ULLSTEIN

Das Buch

Zwei Brüder. Der eine wird zum Mörder. Der andere zum Polizisten. Jahre später steht Detective Red Metcalfe vor der größten Herausforderung seiner Laufbahn. Ein brutaler Serienkiller treibt in London sein Unwesen. Jedes seiner Opfer wird auf andere, unvorstellbar grausame Weise hingerichtet. Allen gemeinsam ist nur ein Silberlöffel im Mund – dort, wo einmal die Zunge saß. Metcalfe ist geradezu berühmt dafür, sich in die krankhaften Hirne von Mördern hineindenken zu können. Doch als er diesmal das Handlungsmuster seines tödlichen Gegners entschlüsselt, beschleicht ihn ein grausiger Verdacht. Was haben die Morde mit seinem Bruder zu tun, der seit Jahren hinter Gittern sitzt? Kann Metcalfe den Killer stoppen? Und welchen Preis muß er dafür zahlen?

Zum Autor

Boris Starling arbeitete als Reporter für die *Sun* und den *Daily Telegraph*, bevor er kriminalistische Erfahrungen im Bereich von Kidnapping-Aufklärung und als Privatdetektiv sammelte. Der begeisterte Fan der Romane von Dick Francis und der *Tim-und-Struppi*-Comics studierte in Cambridge und lebt heute in London. *Messias* ist sein erster Roman. Sein zweiter Thriller *Die letzte Überfahrt* erscheint noch in diesem Jahr in deutscher Übersetzung.

Boris Starling

MESSIAS

Roman

Aus dem Englischen von
Jutta Lützeler

Ullstein

Ullstein Taschenbuchverlag 2000
Der Ullstein Taschenbuchverlag ist ein Unternehmen
der Econ Ullstein List Verlag GmbH & Co. KG, München

Titel der englischen Originalausgabe: Messiah
(HarperCollins*Publishers*, London)
Übersetzung: Jutta Lützeler
Umschlaggestaltung: Init GmbH, Bielefeld
Umschlagkonzept: Lohmüller Werbeagentur GmbH & Co. KG, Berlin
Titelabbildung: Thomas Schlück, Garbsen
Gesetzt aus der Legacy Serif, Linotype
Satz: Josefine Urban – KompetenzCenter, Düsseldorf
Druck und Bindearbeiten: Ebner Ulm
Printed in Germany
ISBN 3-548-25106-4

Meiner Familie für all ihre
Liebe und Unterstützung.

Und für Ian, ohne den dies hier immer noch
auf dem Stapel mit unerledigten Sachen
liegen würde.

Danksagung

Es gibt viele Leute, deren Hilfe mir beim Schreiben von *Messias* unentbehrlich war. Ich hätte mir keine besseren Lektoren als Nick Sayers und Fiona Stewart wünschen können, die mich unermüdlich unterstützten und mir stets gute Ratschläge gaben.

Ich danke außerdem allen bei HarperCollins, TalkLoud und PH2 für ihre ansteckende Begeisterung und ihren Enthusiasmus anläßlich des Projekts, und Richard Fenning, der mir großzügig erlaubte, halbtags zu arbeiten, damit ich *Messias* überhaupt schreiben konnte.

Was die Recherche angeht, so wird oft behauptet, daß Autoren vorzugsweise Ärzte und Anwälte kennen sollten. Ich kenne glücklicherweise genügend in beiden Berufssparten. Professor Anthony Busuttil lieferte mir faszinierende Einsichten in allen medizinischen Fragen, während der Rest der Busuttil-Familie sich standhaft weigerte, sich oben genannte Unterhaltungen während des Abendessens anzuhören. Mein Expertenteam, bestehend aus Godwin Busuttil, Toby Riley-Smith und Rory Unsworth, hat mir bei allen juristischen Fragen sehr geholfen, und das zu äußerst moderaten Honoraren (pro Person ein Krabben-Vindaloo oder ein äquivalentes Gericht).

Viele Leute haben das Manuskript während der Entstehung gelesen und Hunderte von hilfreichen (und manchmal auch weniger hilfreichen) Kommentaren abgegeben. Es sind zu viele, um sie einzeln aufzulisten, aber sie wissen, wer gemeint ist, und ich stehe in ihrer Schuld.

Alle Fehler in *Messias* sind selbstverständlich meine eigenen.

TEIL EINS

Wer Mund und Zunge bewahrt,
der bewahrt sein Leben vor Not.
Sprüche 21,23

1

Freitag, 1. Mai 1998

Red sieht die Füße der Leiche, als er durch die Tür kommt. Zwei nackte Füße an zwei nackten Beinen, die regungslos herunterbaumeln. Mehr kann er aus diesem Blickwinkel nicht erkennen.

Er durchquert die Diele und weicht einer großen Tragetasche aus, die die Aufschrift HARTS LEBENSMITTEL trägt. Red kann die Umrisse einer Packung mit Croissants und einer Flasche Orangensaft erkennen, die sich gegen das Plastik drücken.

Der Teppich ist dunkelgrün und noch dunkler an der Stelle, an der sich unter den Füßen der Leiche eine Blutlache gebildet hat. Red geht die Treppe hinauf und schaut dabei stur geradeaus. Auf der vierten Stufe sieht er aus den Augenwinkeln die Füße, die sich nun neben seinem Kopf befinden. Fünf Stufen weiter macht die Treppe eine Biegung nach links und dann eine weitere, ebenfalls nach links. Er wird die Leiche erst anschauen, wenn er sie ganz sehen kann.

Sorg dafür, daß du sie auf Augenhöhe hast, wenn du einen ersten Blick darauf wirfst, sagt er zu sich selbst.

Er geht die fünf Stufen hinauf, schließt schnell die Augen, wendet sich nach links und dreht sich dann mit offenen Augen vollständig um.

Red hat ein geistiges Bild der Leiche im Kopf, bevor er die Augen öffnet. Die meisten Erhängten sehen gleich aus; sie haben große, hervorquellende Augen, einen offenstehenden Mund und eine heraushängende Zunge.

Als er die Augen öffnet und die Leiche ansieht, weiß er sofort, daß etwas nicht stimmt.

Da er ein vorgefertigtes Bild im Kopf hat, braucht Red eine hal-

be Sekunde, um zu erkennen, was ihn stört. Schnell hakt er seine mentale Checkliste ab.
Weitaufgerissene Augen. Check.
Offener Mund. Check.
Heraushängende Zunge.
Die Zunge fehlt.
Red schaut genauer hin. Wo einst der Mund war, befindet sich nur noch ein blutiges Loch, ein roter Klumpen unterhalb der Nase der Leiche, aus dem das Blut zum Kinn und zu Brust hinuntergelaufen ist, wo es sich dann über die Rippen verteilt hat.
So viel Blut. Es sieht aus, als wären es ganze Liter.
Jemand hat dem Mann die Zunge herausgeschnitten.
Red fährt sich mit der Hand über das Gesicht und schließt die Augen. Das Bild der zungenlosen Leiche hat sich in die Innenseite seiner Augenlider eingebrannt, und er sieht es ständig vor sich, ob nun mit geschlossenen oder geöffneten Augen.
Er macht einen Schritt zur Seite und öffnet die Augen, weil er nichts übersehen will. Im Mund der Leiche – oder in dem, was davon übrig ist – blitzt etwas auf.
Red schaut es sich genauer an und erkennt, worin sich das Licht gespiegelt hat. Es ist ein Stück Metall, das zwischen der unteren Zahnreihe und der linken Wange eingeklemmt wurde. Ein Stück glänzendes Metall mit einem gerundeten Ende. Es ist ziemlich klein.
Ein Löffel. Ein Teelöffel. Seltsam.
Red hat schon andere Morde gesehen, bei denen die Täter ihren Opfern Gegenstände eingeführt haben, wie zum Beispiel Besteck. Aber meistens waren es andere Körperöffnungen als der Mund. Das Einführen von Gegenständen soll das Opfer sexuell degradieren. Aber das hier sieht nicht aus wie ein sexueller Übergriff. Es sieht aus wie …
Nun ja, Red weiß nicht, wie es aussieht. Das ist das Problem.
Er lehnt sich an die Wand und betrachtet erneut die Leiche. Diesmal fängt er bei den Füßen an und arbeitet sich nach oben hoch.

Die Haare auf den Beinen des Opfers kleben durch das Blut an der Haut fest. Der Mann ist bis auf die Unterhosen nackt – seine grauen Calvin-Klein-Hosen sind mit braunen Flecken übersät –, und jemand hat ihm die Hände auf den Rücken gebunden. Das Seil zwischen seinem Hals und dem Geländer ist straff gespannt.

Red wirft einen Blick auf das Gesicht und kann sich beim besten Willen nicht vorstellen, wie er ausgesehen haben mag, als er noch lebte.

Er hört, wie sich jemand in einem der Räume im oberen Stockwerk bewegt. Ein Beamter taucht auf dem Treppenabsatz auf.

»Kein schöner Anblick, was?« Der Mann kommt die Treppe herunter und streckt im die Hand hin. »DCI Andrews.«

Red macht sich nicht die Mühe, sich vorzustellen.

»Wie sieht's aus?« fragt er.

»Die Spurensicherung ist gerade bei der Arbeit. Die Ambulanz dürfte jeden Moment kommen, um die Leiche abzuholen und zur Autopsie zu bringen. Wir wollten, daß Sie sie sich zuerst ansehen.«

»Irgendeine Spur von der Zunge?«

Andrews schüttelt den Kopf. »Nein. Der Kerl hat sie wohl mitgenommen.«

»Da kann man nichts machen.« Red zeigt mit dem Kopf auf die Leiche. »Wer ist er?«

»Philip Rhodes. Zweiunddreißig Jahre alt. Betreibt einen Partyservice. Hat seinen eigenen Laden in einer umgebauten Feuerwache unten in Greenwich. Die Firma beliefert hauptsächlich Partys von großen Firmen. Fünf oder sechs feste Angestellte und außerdem noch Aushilfen von einer Agentur, wenn viel zu tun ist.«

»Wer hat die Leiche gefunden?«

»Seine Verlobte Alison Bird. Heute morgen kurz nach sieben. Wir haben sie zum Polizeirevier am Heckfield Place gebracht.«

»Wie geht es ihr?«

»Sie war völlig hysterisch, als wir hier ankamen. Eine Beamtin gibt sich gerade die größte Mühe, sie zu beruhigen.«
»Was macht sie? Schüttet sie ihr Valium in den Tee?«
Andrews lacht. »Ja, so ähnlich. Schlimmer kann der sowieso nicht schmecken.«
Red schiebt sich von der Wand weg. »Ich würde gerne mit Alison reden.«
»Aus der holen Sie nur mit viel Glück ein vernünftiges Wort heraus.«
»Dann warte ich eben.«
»Wollen Sie sich hier noch weiter umsehen?«
»Nein, im Moment nicht. Aber ich komme später wieder, wenn es etwas ruhiger ist. Würden Sie bitte dafür sorgen, daß das Absperrband hängen bleibt und für mindestens vierundzwanzig Stunden ein Constable vor der Tür steht?«
Andrews nickt. »Klar.«
Red geht die Treppe hinunter und durch die Haustür an dem Constable vorbei, der dort Wache steht. Ein halbes Dutzend Nachbarn stehen herum. Leben und Tod in einer großen Stadt. Ein bißchen Klatsch für die nächsten Wochen, der dann schnell wieder vergessen wird. Red blickt auf die Schaulustigen und fragt sich, ob sie Philip Rhodes überhaupt gekannt haben, als er noch lebte.
Er schaut die Straße hinunter und bemerkt, daß sie beinah symmetrisch ist. Die Häuser sind alle weiß oder cremefarben angestrichen und haben im Erdgeschoß ein Erkerfenster mit drei Scheiben vorzuweisen.
Hin und wieder wird die Uniformität der Farben und Materialien durch das Schild eines Maklers unterbrochen, auf dem eine schwarze oder grüne Schrift auf weißem Grund verkündet, daß das betreffende Objekt zu verkaufen sei.
Eine Autoalarmanlage plärrt eine Zweitonmelodie, und ein riesiger Umzugslastwagen blockiert die Straße am nördlichen Ende. Niemand kümmert sich auch nur im mindesten um eines der beiden.

Red wendet sich wieder an den jungen Constable an der Tür.
»Waren schon Leute von der Presse da?«
»Nein, Sir.«
»Wenn, dann sorgen Sie bitte dafür, daß sie nichts erfahren. *Nichts.* Sie können sich so lange mit den Nachbarn unterhalten, wie sie lustig sind, aber was darüber hinausgeht, verweisen Sie sie bitte an Scotland Yard.«
»Ja, Sir.«
Red steigt in den roten Opel und setzt auf die Fulham Road zurück. Er bedankt sich bei einem Taxifahrer, der ihn vorläßt. Ein netter Taxifahrer. Das kann man sich wirklich im Kalender anstreichen. Vielleicht wird der heutige Tag doch nicht so schlecht.

2

Auf dem Fulham Broadway ist der Verkehr völlig zum Erliegen gekommen, und dahinter sieht es wahrscheinlich auch nicht besser aus. Die Autos kommen nur zentimeterweise vorwärts, rote Bremslichter blinken wütend auf und sehen aus wie leuchtende Dominosteine, die sich die Schlange entlang nach vorne bewegen.
Red flucht. Zu Fuß wäre er schneller vorangekommen.
Er klappt sein Handy auf und wählt die Nummer des Pressebüros von Scotland Yard. Einige seiner Kollegen überlassen die Medienarbeit anderen, aber Red kümmert sich gerne persönlich darum. Wenn ein Fall schon von der Presse aufgegriffen wird – und bei großen Mordfällen geschieht das beinah immer –, dann will er kontrollieren, wer was sagt und wie es gesagt wird. Behandelt man sie richtig, können die Medien eine große Hilfe beim Ergreifen eines Mörders sein. Überläßt man sie sich

selbst, vertreiben sie ihn womöglich für immer. Sosehr die Öffentlichkeit auch das Recht hat, informiert zu werden; zu dieser Öffentlichkeit zählt auch die Person, die die ganze Geschichte kennt: nämlich der Killer. Zu viele Informationen können ihm verraten, wie dicht die Polizei davor steht, ihn zu schnappen, und ihn dazu zu verleiten, seine Gewohnheiten zu ändern und seine Spuren zu verwischen.

Red wirft einen Blick auf seine Uhr. Es ist noch nicht einmal halb neun. Die meisten Mitarbeiter des Pressebüros sind noch nicht da.

Das Telefon am anderen Ende klingelt ungefähr zehnmal, bevor sich eine atemlose Stimme meldet. »Pressebüro«, sagt die Frau hastig.

»Hier spricht Red Metcalfe. Wer spricht dort?«

»Mein Name ist Chloë Courtauld.«

Der Name sagt ihm nichts. Vielleicht ist sie die Blonde, die er während der letzten Monate ein paarmal gesehen hat. Er weiß, daß sie neue Leute eingestellt haben. Das würde auch erklären, warum sie so früh schon da ist – sie will einen guten Eindruck machen. Das wird nicht lange so bleiben.

»Haben Sie einen Stift da, Chloë?«

»Ja.«

»Gut. Hier unten in Fulham gab es einen Mord. Ein Typ namens Philip Rhodes. Betreiber eines Partyservice. Lebte in der Radipole Road. Wenn jemand anruft, dann sagen Sie bitte, der Fall werde noch untersucht und man vermute einen Einbruch. Ein einfacher Einbruch mit einem unglücklichen Ausgang. Spielen Sie es herunter. Klingen Sie nicht zu aufgeregt. Ich sage Ihnen mehr, wenn ich zurück bin.«

»Wie wurde er umgebracht?«

Red denkt einen Moment lang nach. »Halten Sie sie hin. Sagen Sie ihnen, daß wir erst nach der Autopsie Genaueres über die Todesursache wüßten. Ich rufe später zurück.«

Er beendet den Anruf.

Die digitale Anzeige auf dem Armaturenbrett zeigt an, daß es draußen bereits neunzehn Grad Celsius sind. Der Wettermann vermutet, daß es am Nachmittag sogar knapp dreißig Grad werden. Die sommerliche Hitzewelle kommt dieses Jahr ziemlich früh. Schön und gut, wenn man den ganzen Tag im Park Frisbee spielen kann. Nicht mehr ganz so gut, wenn man ein leicht übergewichtiger Detective Superintendent ist, der sich um Leichen ohne Zungen kümmern muß.

Red braucht weitere fünfzehn Minuten, um das Polizeirevier von Fulham zu erreichen. Er biegt links in den Heckfield Place ein, weicht einem laut hupenden LKW aus, der von dem *Safeway*-Parkplatz am Ende der Straße kommt, und parkt im absoluten Halteverbot. Er steckt das Schild mit der Aufschrift POLICE DETECTIVE hinter die Scheibe und fragt beim diensthabenden Sergeant nach Alison Bird.

»Die, deren Freund gerade abgemurkst wurde?« Der Sergeant sieht so aus, als wäre das hier das aufregendste Ereignis des ganzen Jahres. »Sie ist unten in 13A. Ich schätze, sie ist schon seit einer Stunde hier. Völlig außer sich.« Er öffnet die Klappe und läßt Red durch. »Die Treppe hoch, durch die Schwingtür, zweite Tür links. Immer dem Heulen und Zähneknirschen nach.«

Red findet Raum 13A ohne Probleme und klopft sanft an die Tür. Drinnen ertönen Schritte, und dann taucht die Beamtin auf, die Andrews erwähnt hat. Red kann hinter ihr den Hinterkopf von Alison sehen.

»Ich bin Red Metcalfe.«

»Woman Police Constable Lisa Shaw.«

»Wie geht es ihr?«

»Ganz gut. Zumindest ist sie bei sich. Wollen Sie mit ihr reden?«

»Wenn sie es verkraften kann. Was haben Sie aus ihr herausbekommen?«

»Fast gar nichts. Ich habe sie hauptsächlich getröstet. Aber ich denke, sie ist jetzt bereit, Fragen zu beantworten. Vielleicht möchte sie es lieber jetzt hinter sich bringen als später.« Shaw macht die Tür weiter auf. »Kommen Sie herein.«

Red geht an Alison vorbei, die zu ihm hochblickt.
»Alison Bird? Ich bin Detective Superintendent Metcalfe. Das mit Philip tut mir sehr leid.«
Alison nickt stumm. Ihre Augen sind ganz rot vom Weinen.
Red setzt sich ihr gegenüber an den Tisch und betrachtet sie dabei eingehend. Sie trägt einen blonden Kurzhaarschnitt, aber das Blond ist unecht, da die dunklen Wurzeln zu sehen sind. Die Nase ist ein bißchen zu klein für ihr Gesicht, aber sie hat einen hübschen Mund. Sie trägt kein Make-up, was auch ganz gut so ist. Bei den vielen Tränen hätte nicht einmal die beste Wimperntusche gehalten.
»Ich würde Ihnen gerne ein paar Fragen stellen. Fühlen Sie sich in der Lage, sie zu beantworten?«
Alison nickt erneut.
»Hätten Sie gerne einen Tee oder Kaffee, bevor wir anfangen?«
»Tee, bitte«, sagte Alison, und ihre Stimme ist von der Weinerei ganz heiser.
»Ich hole ihn«, sagt Shaw, die immer noch steht. Sie blickt Red an. »Möchten Sie auch eine Tasse?«
»Für mich bitte Kaffee. Milch und ein Stück Zucker.« Red denkt flüchtig an die erste heilige Tasse Kaffee des Tages, die er halb ausgetrunken hat stehenlassen, als er am Morgen den Anruf aus Fulham bekam.
Heute morgen. Vor weniger als eineinhalb Stunden, um genau zu sein. Ihm kommt es bereits wie eine Ewigkeit vor.
Die Tür schließt sich mit einem Klicken, als Shaw den Raum verläßt.
»Was machen Sie beruflich, Alison?«
Red kommt sich vor, als würde er Smalltalk auf einer Cocktailparty machen.
»Ich arbeite für eine Softwarefirma. In Reading. Ich werde zu spät zur Arbeit kommen.« Dieser letzte Satz klingt, als sei ihr das gerade erst eingefallen. Vielleicht ist es auch so, denkt Red.

»Ich bin sicher, sie werden es verstehen.«
»Ich habe um neun Uhr fünfzehn ein Verkaufsmeeting. Bis dahin schaffe ich es niemals.«
Dein Verlobter wird brutal ermordet, und du machst dir Sorgen, daß du zu spät zur Arbeit kommst. Keine untypische Reaktion. Nach so einem Schock klingen alle Stimmen ganz weit weg, und die Gedanken gehen seltsame Wege.
»Alison, ich will Ihnen nur einige Fragen stellen. Es wird nicht lange dauern. In Ordnung?«
»Sicher.«
»Wie lange kennen Sie Philip?«
Es hätte »kannten« und nicht »kennen« heißen müssen. Scheiße. Alison scheint es jedoch nicht zu merken.
»Fünf Jahre.«
»Und wie lange waren Sie verlobt?«
»Er hat mich vor sechs Wochen um meine Hand gebeten. Am 15. März. Die Iden des März. Wir machen oft Witze darüber.«
Diesmal ist sie es, die das Tempus verwechselt, und wieder merkt sie es nicht.
»Hatten Sie einen Termin für die Hochzeit festgesetzt?«
»Ja, den 17. Oktober.«
»Können Sie mir erzählen, wie Sie ihn heute morgen gefunden haben?«
»Ich bin sehr früh hingefahren. Wir hatten gestern abend einen Streit. Eine unwichtige Kleinigkeit wegen der Hochzeit. Er wollte jemanden einladen, den ich nicht dahaben wollte.«
Eine Exfreundin, denkt Red, und ich wette, es war nicht unwichtig. Er fordert sie mit einer Handbewegung auf weiterzusprechen.
»Also fuhr ich nach Hause – «
»Nach Hause? Haben Sie nicht zusammen gewohnt?«
»Nein. Meine Eltern sind strenge Katholiken. Sie halten nichts von so etwas.«
»Und wo wohnen Sie?«

»West Kensington. Castletown Road. Nicht weit von hier.«
»Ja, ich weiß. Und wann sind Sie nach Hause gefahren?«
»Gegen zehn Uhr dreißig oder elf.«
»Und was taten Sie dann?«
»Ich ging ins Bett, konnte aber nicht schlafen. Ich war so wütend auf Philip. Schließlich muß ich wohl eingeschlafen sein, denn um vier Uhr bin ich wieder aufgewacht. Und plötzlich wollte ich zu Philip und ihm sagen, daß ich falsch entschieden hätte und er K…, diese Person einladen könne, wenn er es wirklich wolle. Es war ja schließlich auch seine Hochzeit. Also fuhr ich heute so früh wie möglich hin. Ich wollte ihn nicht in aller Frühe wecken und einen weiteren Streit anzetteln. Ich habe unterwegs in dem Supermarkt gegenüber vom Krankenhaus Frühstück eingekauft –« der Beutel auf der Treppe, denkt Red »– und mir dann selber aufgeschlossen.«
»Sie haben einen eigenen Schlüssel?«
»Ja, natürlich.«
»Und Sie haben die Tür aufgeschlossen?«
»Ja.« Sie wirkt verwirrt.
»Die Tür war vorher also nicht gewaltsam geöffnet worden?«
»Ach so.« Sie begreift, worauf er hinaus will. »Nein.«
»Hat sonst noch jemand einen Schlüssel?«
»Nein.«
»Niemand? Verwandte? Freunde? Ein Makler? Die Putzfrau?«
»Nein. Philip hatte eine Putzfrau, aber er hat sie letzte Woche gefeuert. Er sucht nach einer neuen.«
»Und er hat ihr den Schlüssel abgenommen, als er sie rausgeworfen hat?«
»Ja.«
»Hätte sie den Schlüssel nachmachen lassen können?«
»Nein, es ist einer dieser Sicherheitsschlüssel, die man ohne Genehmigung nicht nachmachen lassen kann.«
»Na gut. Erzählen Sie weiter.«

»Ich schloß also die Tür auf und wollte die Treppe hochgehen, und dann sah ich seine Füße baumeln und –«
Die Tür geht auf, und Shaw kommt mit drei Plastikbechern herein. Sie stellt sie auf dem Tisch ab.
Alison tupft sich die Augen ab und nutzt die Unterbrechung, um sich zu fassen. Red wendet sich an Shaw.
»Könnten Sie sich um einen Streifenwagen kümmern, der Alison in ungefähr fünf Minuten nach Hause bringt? Und würden Sie ihren Arbeitgeber anrufen und ihm sagen, daß sie heute nicht zur Arbeit kommen wird?«
»Sicher.«
Shaw verläßt den Raum und schließt die Tür hinter sich.
»Sie war wirklich sehr nett zu mir«, sagt Alison. »Wäre es möglich, daß sie heute morgen bei mir bleibt?«
»Bestimmt.« Red lächelt. »Da wären noch ein paar Einzelheiten. Als Sie Philips Leiche fanden ... was haben Sie da als erstes gedacht?«
»Ich dachte, er hätte sich erhängt. Ich dachte, er hätte sich wegen unseres Streits umgebracht.«
»Hielten Sie das für wahrscheinlich?«
»Was?«
»Ich meine, war Philip die Sorte Mensch, die ...« Er sucht nach der richtigen Formulierung »... die so ... mh ... so extrem reagieren würde?«
Alison zuckt zusammen. »Nein, überhaupt nicht. Ich meine, er hatte eine gefestigte Persönlichkeit. Er war nicht ständig glücklich oder beschwingt, aber auch nicht depressiv. Das sah ihm gar nicht ähnlich.«
»Aber im ersten Moment haben Sie geglaubt, er hätte sich erhängt?«
»Ja, aber ich war ... ich fühlte mich schuldig wegen des Streits. Ich dachte, es wäre meine Schuld.«
»Wenn Sie ihn also tot aufgefunden hätten, ohne vorher gestritten zu haben, hätten Sie nicht geglaubt, daß er sich umgebracht hat?«

»Nein. Ich meine... Nein, ganz bestimmt nicht. Aber das ist doch das erste, was einem durch den Kopf geht, wenn jemand dahängt, oder? Daß es Selbstmord ist. Leute bringen andere doch nicht um, indem sie sie erhängen, oder?«
»Das stimmt.«
»Und dann sah ich das Blut, und was sie ihm angetan haben, und... danach weiß ich nicht mehr sehr viel, fürchte ich.«
»Wissen Sie noch, daß Sie die Polizei angerufen haben?«
»Ja, daran erinnere ich mich, weil ich dabei die Einkaufstüte ansah. Ich muß sie auf der Treppe fallen gelassen haben, als ich Philip entdeckte. Ich bemerkte sie in dem Augenblick, als ich der Polizei sagte, wohin sie kommen müsse. Und ich dachte die ganze Zeit... ich dachte die ganze Zeit, daß wir, wenn ich da gewesen wäre, wenn ich doch nur nicht weggefahren wäre, daß wir ihn vielleicht hätten abwehren können, wir beide.«
Red beugt sich vor. »Alison, wenn Sie letzte Nacht dort gewesen wären, als Philip ermordet wurde, würden Sie jetzt in der Leichenhalle neben ihm liegen. Das ist der einzige Unterschied. Tut mir leid, daß ich so direkt bin, aber so ist es nun mal. Der Streit, den Sie mit ihm hatten, hat Ihnen im Grunde das Leben gerettet.«
Sie blickt ihn ausdruckslos an. »Oh.«
»Ich habe nur noch eine Frage, und dann sind wir fertig. Fällt Ihnen irgend jemand ein, der Philip vielleicht umbringen wollte?«
»Nein.« Eine spontane Antwort. »Er war ein netter Mann, ein guter Mann. Er hat sich keine Feinde gemacht. Nein, mir fällt niemand ein, der ihn umbringen wollte.«
Red steht auf. »Alison, Sie waren großartig. Danke für Ihre Hilfsbereitschaft. Vielleicht müssen wir noch einmal mit Ihnen reden. Wenn ja, dann rufen wir Sie zuerst an, um einen Termin auszumachen, der Ihnen paßt. Und wenn Sie etwas brauchen oder Ihnen etwas einfällt, das Sie vielleicht für wichtig halten, dann rufen Sie mich bitte an.« Er gibt ihr seine Karte

und zeigt auf die Telefonnummern. »Das ist meine Nummer bei Scotland Yard, und das hier meine Handynummer.«
Er begleitet sie hinaus in den Flur und übergibt sie Shaw, die ihnen entgegenkommt. Red und Alison geben sich die Hand, und er wünscht ihr alles Gute.
Armes Mädchen. Nicht sehr angenehm, seinen Verlobten so zugerichtet zu sehen. Gott weiß, wie es ihr in ein paar Stunden geht, wenn sie so richtig begreift, was passiert ist.
Draußen vor dem Revier fängt Reds Handy zu klingeln an. Er zieht es aus seiner Jackentasche, wo es sich zuerst im Innenfutter verfängt, und klappt es auf.
»Metcalfe.«
»Hier spricht Detective Inspector Robert Nixon, Wandsworth. Wir haben hier eine Leiche, die Sie sich ansehen sollten.«
Red seufzt.
»Warum ich? Warum ausgerechnet heute?«
»Zuerst einmal wurde das Opfer brutal zusammengeschlagen. Und da gibt es noch ein paar andere merkwürdige Einzelheiten.«
»Zum Beispiel?«
»Schwer zu sagen, aber ich glaube, man hat ihm die Zunge herausgeschnitten.«
Red bleibt abrupt stehen. Er atmet langsam aus und achtet darauf, daß seine Stimme ganz ruhig klingt, bevor er antwortet.
»Sind Sie sicher?«
»Ziemlich sicher. Wir sind noch nicht sehr nah rangekommen, aber sein Mund steht offen, überall ist viel Blut, und wir können keine Zunge sehen.«
»Was ist die andere?«
»Wie bitte?«
»Sie sagten doch, daß es ein paar merkwürdige Einzelheiten gäbe. Was ist die andere?«
»In seinem Mund steckt ein Löffel.«
Red klemmt sich das Telefon zwischen Ohr und Schulter und holt sein Notizbuch aus der Tasche.

»Geben Sie mir die Adresse.«
»Wandle Road, an der Trinity Road. Es ist das Haus des Bischofs.«
»Wie bitte?«
»Das Haus des Bischofs von Wandsworth. Er ist umgebracht worden.«
Red rennt zu seinem Wagen.

3

Die Trinity Road verläuft schnurgerade durch den Süden von London. Ab der Wandsworth-Brücke scheint sie sich endlos dahinzuziehen, und man hat das Gefühl, als läge das Morgen vor und das Gestern hinter einem. Red fährt diese Asphaltachse hinunter, als würden ihm die Höllenhunde persönlich an seinem Auspuff kleben.
Er biegt direkt nach der Ausfahrt nach Earlsfield rechts in die Wandle Road ein. Wenn Radipole Street das perfekte Beispiel für städtische Symmetrie abgibt, dann ist Wandle Road das genaue Gegenteil. Häuser in verschiedenen Stilrichtungen und Farben stehen in Reih und Glied dicht nebeneinander. Ein dunkelrotes Ziegelsteinhaus neben einer hellgelben Fassade und daneben ein hellblauer Anstrich. Zwei weiße Steinlöwen flankieren die Tür von Nummer 26, und Hängepflanzen bilden einen Torbogen am Eingang zu Nummer 32. Ein Mittelklassevorort, genau wie Fulham; Orte, an denen einfach keine gewaltsamen Verbrechen vorkommen.
Nixon wartet vor dem Haus des Bischofs. Red steigt aus dem Wagen und geht auf ihn zu.
»Hier hinein, Sir«, sagt Nixon und führt Red durch den Flur in das Wohnzimmer.

Die Leiche des Ehrwürdigen Reverend James Cunningham, Bischof von Wandsworth, liegt in der Mitte des Raums. Red geht daneben in die Hocke, und Nixons Worte, er sei »brutal zusammengeschlagen worden« gehen ihm durch den Kopf.
Das Wort »brutal« reicht gar nicht aus, um es zu beschreiben.
Der Bischof, der bis auf die Unterhosen nackt ist, ist mit unvorstellbarer Grausamkeit angegriffen worden. Als er noch lebte, war sein fetter, aufgeblähter Körper wahrscheinlich kalkweiß – abgesehen von den unter der Haut befindlichen, geplatzten Blutgefäßen, die durch starkes Trinken verursacht wurden. Aber im toten Zustand hat der gleiche Körper eine grelle, zornige Farbe angenommen; rot vom Blut, dunkelblau und lila von den Prellungen und braun von den Kotstreifen auf seinen Beinen. Gelegentlich sind weiße Stellen zwischen den bunten Verfärbungen zu sehen, als wollten sie beweisen, das dies wirklich einmal ein menschliches Wesen war.
Cunningham liegt auf der Seite. Sein linker Arm liegt quer über seinem Gesicht, und der Unterarmknochen ragt an der Stelle hervor, an der er durch einen niedergehenden Schlag gebrochen wurde. Der schmale graue Haarkranz, der sich am Hinterkopf von Schläfe zu Schläfe zieht, ist voller Blut.
Blut. So viel Blut. Genau wie bei Philip. Es ist überall: auf Cunninghams Gesicht, seinem Nacken, seinen Schultern, seinem Rücken und seinem Bauch und auf dem Boden.
Red betrachtet Cunninghams Gesicht, dessen zungenloser Mund von gelben Zähnen umrahmt wird. Der Löffel ist leicht zu erkennen, da er nicht so tief in die Wange eingeklemmt ist wie bei Philip. Der Stiel stützt sich locker auf dem Boden ab und sieht wie ein Speichelfaden aus, der sich vom Mund zum Teppich zieht.
Red steht auf und wendet sich Nixon zu.
»Wer hat ihn als letztes lebend gesehen?«
»Sein Bruder Stephen. Sie haben gestern in einem Restaurant ein Stück weiter die Straße hinunter zu Abend gegessen. Ste-

phen sagt, er habe James hier gegen elf Uhr dreißig abgesetzt und sei dann zu seinem Haus nach Battersea gefahren.«

»Lebte der Bischof alleine?«

»Ja.«

»War er je verheiratet?«

»Nein, noch nie.«

»Wer hat ihn gefunden?«

Nixon blättert in seinem Notizbuch. »Ein Typ namens Gerald Glazer. Einer der Küster in der Kathedrale von Wandsworth. Der Bischof sollte um sieben Uhr dreißig einen Gottesdienst abhalten. Er ist jedoch nicht aufgetaucht.«

»Offensichtlich.«

»Äh ... ja. Offensichtlich. Nach dem Gottesdienst rief Glazer hier an, aber niemand hob ab. Also kam er her. Die Kathedrale ist nicht weit von hier. Glazer klopfte an, erhielt wieder keine Antwort, sah durch das Fenster und entdeckte die Leiche.«

»Ein bißchen übertrieben von Glazer, hier vorbeizukommen, oder? Ich an seiner Stelle hätte angenommen, daß der Bischof einfach verschlafen habe oder krank sei.«

»Glazer sagt, Cunningham habe in mehr als zehn Jahren nicht einen Gottesdienst versäumt. Daher hielt er es auch für so ungewöhnlich. Na, jedenfalls hätte er sich auch gar nicht die Mühe gemacht, wenn es nicht so nah gewesen wäre. Es war kein großer Umstand für ihn.«

»Wo ist Glazer jetzt?«

»Auf dem Revier.«

»Und Cunninghams Bruder?«

»Auch dort.«

»Haben sie schon ihre Aussagen gemacht?«

»Mittlerweile dürften sie fertig sein.«

»Sie waren nicht zu geschockt dazu?«

»Nein.«

Red denkt flüchtig an Alison Bird und fragt sich, wie es ihr gerade geht, in ihrem Haus, wo ihr nur Lisa Shaw und ihre Erinnerungen an Philip Gesellschaft leisten.

»Ich fahre zurück zum Yard. Können Sie mir die Aussagen zufaxen?« Er gibt Nixon seine Faxnummer. »Ich komme später zurück und sehe nach, ob alles abgesperrt und richtig bewacht wird. Leiten Sie bitte alle Pressefragen an Scotland Yard weiter.«

Red wendet sich zum Gehen und bleibt dann stehen.

»Ach, übrigens, gab es Anzeichen eines gewaltsamen Eindringens?« fragt er.

Nixon schüttelt den Kopf. »Nein, gar keine. Das Schloß wurde nicht aufgebrochen oder manipuliert, und alle Fenster waren geschlossen.«

Red nickt nachdenklich und geht hinaus zu seinem Auto.

4

Freitag, 12. Februar 1982

Hier fängt alles an. An dem Laternenpfahl, unter dem Charlotte Logans Leiche von einem Ruderer des Universitätsteams gefunden wird, der auf dem Weg zum morgendlichen Training ist. Die blauen Flecken an ihrem Hals und ihre panisch aufgerissenen, hervorquellenden Augen lassen keinen Zweifel, wie sie umgebracht wurde. Charlotte Logan, im zweiten Jahr am Clare College, wo sie Naturwissenschaften studierte, hatte den Großteil ihres Lebens noch vor sich und liegt nun als halberfrorene, strangulierte Leiche auf dem Boden.

Das CID von Cambridge kann alles erklären, bis auf die wichtigste Tatsache: wer sie getötet hat. Sie finden heraus, daß Charlotte in der Nacht, in der sie umgebracht wurde, auf einer Party war, wo sie noch um Viertel vor drei gesehen wurde. Niemand erinnert sich, gesehen zu haben, wie sie die Party verließ, und schon gar nicht, ob

sie mit jemandem zusammen wegging. Scheinbar war die Party schon so weit fortgeschritten, daß niemand sich mehr an irgend etwas erinnern konnte.
Charlotte entschied sich offensichtlich, zu Fuß zu ihrem College zu gehen, wo sie niemals ankam. Sie wurde nicht vergewaltigt und auch nicht ausgeraubt. An ihrem Hals sind keine Fingerabdrücke zu finden; bei den Minusgraden des Winters in East Anglia trägt natürlich jeder, der nachts unterwegs ist, Handschuhe. Es ist ein Mord ohne Hinweise und scheinbar auch ohne Motiv.
Das vordere Tor des Clare Colleges schmiegt sich am Ende einer Sackgasse an die Windschattenseite der King's Chapel. Diese Sackgasse ist nun von Fernsehteams, Fotografen und Reportern belagert, die von Pförtnern mit ernsten Gesichtern aus dem College ferngehalten werden. Diese verlassen hin und wieder ihren Posten, um sensiblere Studenten durch den Wald aus Mikrophonen und Notizbüchern zu geleiten. DCI Derek Hawkins, der Beamte, der die Untersuchung leitet, erscheint dreimal am Tag vor dem Hintergrund der Sandsteinfassaden und schwarzen Gitter, um mit unterschiedlichen Euphemismen die Tatsache zu vertuschen, daß die Polizei keinen Schritt weiterkommt.
Charlottes Vater Richard, der letztes Jahr mehr als zwanzig Millionen Pfund durch den Verkauf seines Teppichunternehmens verdient hat, bietet dreißigtausend Pfund für denjenigen, der Informationen hat, die zu einer Verhaftung und einer Anklage führen. Einer der Reporter fragt ihn, ob er glaube, das Geld könne das Leben seiner Tochter zurückkaufen. Nein, erwidert er, aber vielleicht kann es Gerechtigkeit kaufen, und das wäre immerhin etwas.
Es kauft weder das eine noch das andere. Während sich die kalten Tage dahinziehen, verringern sich die Aussichten, Charlottes Mörder zu finden, wie der Morgennebel auf dem Cam. Cambridge arbeitet und feiert und lacht wie immer – es hat nicht viel Zeit übrig, mit den Logans und Charlottes Freunden zu trauern.
Red kennt Charlotte flüchtig, obwohl er nicht sicher ist, wo oder wie er ihr begegnet ist. Er ist ein Jahr weiter als sie und studiert an

einem anderen College und noch dazu ein ganz anderes Fach. Er verspürt Mitleid mit ihrer Familie und einen leichten Zorn auf denjenigen, der ihr das Leben genommen hat. Aber ihr Tod bringt sein Leben nicht aus den Fugen.
Bis er eine Woche später herausfindet, wer sie getötet hat.

5

Als Red im Yard ankommt, liegen die gefaxten Aussagen von Stephen Cunningham und Gerald Glazer bereits auf seinem Schreibtisch. Er überfliegt sie und findet darin nichts, womit er nicht gerechnet hätte.
Für die Officer, die die Aussagen aufgenommen haben, ist der Mord an Cunningham nur ein weiterer Vorfall, der erledigt und ad acta gelegt wird. Für Stephen Cunningham und Gerald Glazer ist es ein Trauma, das sie ihr Leben lang nicht loslassen wird.
Red verschränkt die Hände hinter dem Kopf und blickt auf die Wände. Seine Augen wandern flüchtig über die gerahmten Zeitungsartikel, die in seinem Büro hängen. Ein großer Artikel aus dem *Daily Telegraph* mit einer Weichzeichner-Nahaufnahme, die einen ernsten, nachdenklichen Red abbildet, hat den Ehrenplatz hinter dem Schreibtisch. Es sind Erinnerungen an seine Erfolge, an die Fälle, bei deren Lösung er geholfen hat. Der harmlose Personenkult ist einigen seiner Kollegen ein Dorn im Auge.
Nichts über seine Fehlschläge. Diese Artikel hat er in einen unbeschrifteten Ordner gestopft und in eine Schublade gesperrt. Wenn man ihn fragen würde, wo sie sind, würde er so tun, als wüßte er es nicht. Aber er weiß genau, wo er sie aufbewahrt – er kann sie nicht vergessen. Er hortet vieles von dem,

was über ihn geschrieben und gesagt wird, aber er hängt nur das auf, was sein Ego aufbaut und ihn zum Bruce Wayne von London proklamiert.

Die Uhr zeigt zehn Uhr fünfzehn. Drei Stunden, seit er aufgestanden ist. Und zwei Morde. Er hat furchtbare Kopfschmerzen.

Der vorläufige Autopsiebericht über die zwei Leichen wird gegen Mittag fertig sein. Red muß bis dahin ein Team zusammenstellen. Das hier ist sein Baby. Red wird um sie bitten und sie auch bekommen: die Carte blanche, um bei diesem Fall praktisch alles tun zu können, was er will. Solange er Resultate erzielt, werden ihm die Mächtigen erlauben, nach seinem Gutdünken zu handeln.

Aber zuerst muß er das Team zusammenstellen. Er will es klein halten, aber nicht zu klein. Zwei Leute sind zu wenig. So machen sie es immer in den Filmen, meistens mit zwei Bullen, die nicht besonders gut zusammenpassen, die aber langsam Respekt füreinander entwickeln und sich am Ende des Films mögen. Aber zwei verschiedene Arten zu denken werden sich nie einander annähern. Also braucht er mindestens drei Leute. Drei bilden ein Dreieck, das an den Ecken verschweißt ist. Aber drei ist auch eine schlechte Zahl. Sie ist ungerade und kann dazu führen, daß sich die Leute zwei zu eins teilen und einer sich an den Rand gedrängt fühlt.

Also müssen es vier sein. Vier ist genau richtig. Er und drei weitere. Die Frage ist, welche drei?

Es geht gar nicht darum, wer in seinem Job gut ist. Jeder, den er in Betracht zieht, ist gut. Das ist selbstverständlich. Es geht auch nicht darum, ob sie gut im Team arbeiten können. Red will, daß die Leute, die er aussucht, unterschiedliche Dinge einbringen. Es nützt nicht viel, wenn bei einer Party jeder Bier mitbringt, wenn er nach Weißwein, Wodka und Pfirsichschnaps gefragt hat. Er will, daß sich die Leute gegenseitig befruchten, weil sie unterschiedlich denken. Nur so kann das Ganze größer werden als die Summe der einzelnen Teile.

Red fährt sich mit der Hand durch sein orangefarbenes Haar, zieht sich ein paar Strähnen in die Stirn und dreht sie vor seinen Augen zusammen. Dann läßt er sie los und sieht zu, wie sich das verknotete Haar langsam trennt. Dann öffnet er sein Notizbuch und schreibt in alphabetischer Reihenfolge sechs Namen auf.

Adamson, Beauchamp, Clifton, Pritchard, Warren, Wilkinson.

Er blickt die Namen ein paar Minuten lang an und wirbelt seinen Stift immer wieder um den Mittelfinger.

Er trifft die erste Auswahl. Er streicht Adamson und Wilkinson, setzt ein Häkchen hinter Beauchamp und Clifton und schreibt ein Fragezeichen hinter Warren und Pritchard.

Da Adamson und Wilkinson nun weggefallen sind, schreibt er die restlichen Namen erneut auf. Zuerst Clifton und Beauchamp, dann einen Strich, anschließend Warren und Pritchard. Clifton und Beauchamp will er auf jeden Fall. Clifton, weil Red inzwischen fünf Jahre lang mit ihm zusammengearbeitet hat und weil er gut ist – gut genug, um eines Tages vielleicht Reds Nachfolger zu werden. Beauchamp, weil sie die beste Frau ist, die sie haben, und Red eine Frau im Team haben will. Nicht, um die Verfechter der politischen Korrektheit zu besänftigen, sondern weil man solch einen Fall nicht ohne weiblichen Standpunkt angehen kann. Das wäre so, als würde man sich eine Hand auf den Rücken binden.

Außerdem kommen sie und Clifton gut miteinander aus. Einigen Leuten zu gut. Seit einer Weile schwirren Gerüchte über eine Affäre zwischen ihnen durch den Yard. Red hat die Gerüchte gehört und hält sie für wahr, aber sie stören ihn nicht besonders. Clifton ist ein gutaussehender Bursche, und sie ist ein hübsches Mädchen. Wenn sie es treiben wie die Karnickel, dann viel Glück für sie beide.

Clifton und Beauchamp sind drin, egal ob sie nun eine Affäre haben oder nicht. Bei Warren und Pritchard ist er sich nicht sicher.

Er braucht nur einen von ihnen. Eine schwere Entscheidung.
Pritchard hat eine Menge Potential, aber nur wenige Jahre auf dem Buckel. Er ist gut – enthusiastisch, energiegeladen, scheint nie die gute Laune oder den Mut zu verlieren. Aber vielleicht ähnelt er zu sehr Clifton und Beauchamp, vielleicht verdoppelt er nur ihre Stärken und ihre Schwächen.
Was Warren angeht... nun, er ist ganz die alte Schule. Über vierzig, hart geworden auf den Straßen von Manchesters Wohnsiedlungen und abgestumpft von zuviel Kontakt mit Crack-Dealern und jugendlichen Autodieben. Er kann manchmal ein humorloser Typ sein, besonders wenn er die Haltung heraushängen läßt, schon alles gesehen zu haben. Und er wird womöglich nicht gut mit den anderen beiden zurechtkommen, schon allein, weil er jedem von ihnen zehn Jahre voraus hat.
Red greift in seine Jackentasche, öffnet eine Malboro-Schachtel, zieht ein Zigarette heraus und holt sie aus der Tasche. Er hat diese Angewohnheit seit Jahren – die Zigarette herauszunehmen, während die Schachtel noch in der Tasche ist. Er kann sich nicht erinnern, wann oder wo er es sich angewöhnt hat. Einige Leute werfen ihm vor, er wolle seine Kippen nicht teilen, aber das stimmt nicht. Außerdem rauchen heute nur noch wenige. Selber schuld. Red hat genug Autopsien gesehen, um zu wissen, daß London einem die Lungen schwärzt, egal ob man nun raucht oder nicht.
Beim Anmachen schießt die Flamme seines Feuerzeugs in die Höhe. Er stellt die Flamme auf Normalgröße und zündet sich seine Zigarette an.
Red denkt zehn Minuten lang nach, aber das Problem wird nicht kleiner. Das einzige, was er nicht in Betracht zieht, ist ihr derzeitiges Arbeitspensum. Wen auch immer er auswählt, wird sofort von allem anderen abgezogen. So ist es nun einmal, bis sie das Arschloch schnappen, das so zum Spaß den Leuten die Zunge herausschneidet.

Er wird eine Münze werfen müssen.
Red greift in seine Hosentasche und zieht ein Fünfzigpencestück heraus. Pfundstücke sind zwar schwerer, aber nicht so groß, und sie fliegen auch nicht so gut wie Fünfzigpencestükke.
Er hält sich immer noch strikt an die alphabetische Reihenfolge. Pritchard Kopf, Warren Zahl.
Die Münze dreht sich mehrmals in der Luft.
Er fängt sie in der rechten Handfläche, schlägt sie auf den Handrücken seiner linken Hand und nimmt die rechte Hand weg.
Also Zahl.

6

Jez Clifton ist in Schweiß gebadet, als er sein Fahrrad in der Tiefgarage unter dem Scotland Yard ankettet. Es ist ein warmer Morgen, und Clifton ist von Islington sehr schnell hergefahren.
Seine steifen Fahrradschuhe klappern über den Beton, als er in die Duschen geht, die sich im Keller befinden. Abgesehen von zwei Detectives der Abteilung für Pornographische Schriften, die Squash spielen wollen, ist der Umkleideraum leer. In gespieltem Entsetzen schauen sie auf Jez' orangefarbenes Unterhemd und seine Lycra-Shorts mit einem Union-Jack-Aufdruck.
»Verdammt, Clifton«, sagt der eine. »Dafür sollte man dich verhaften. Schrille Farben in geschlossenen Räumen sind gesundheitsschädlich.«
Sein Kollege lacht. Jez lächelt und zeigt ihnen den Mittelfinger.

Er schält sich aus seiner Fahrradmontur und geht unter die Dusche. Obwohl er immer noch schwitzt, stellt er sie so heiß, wie er es aushält. Egal ob Sommer oder Winter, das Wasser muß bei ihm immer sehr heiß sein. Jez kann die Leute einfach nicht verstehen, die die letzten dreißig Sekunden das eiskalte Wasser aufdrehen. Er hat das einmal ausprobiert, und er weiß nur noch, daß sich seine Eier mit Lichtgeschwindigkeit in seine Bauchhöhle verkrochen und eine Ewigkeit gebraucht haben, um wieder hervorzukommen.

Jez wäscht sich den Dreck der Stadt vom Körper. Die Luftverschmutzung kommt ihm im Sommer immer schlimmer vor, obwohl er irgendwo gelesen hat, daß sie in Wahrheit im Winter höher ist, da dann keine heiße Luft hochsteigen und den Smog mitnehmen kann. Er radelt trotzdem lieber an einem frischem Januartag durch London statt in der beklemmenden Julihitze.

Er hält seinen Kopf unter den Wasserstrahl und kneift sich in den Bauch, um nach Fettrollen zu suchen. Die Sommersaison des Triathlon beginnt in ein paar Wochen, und Jez will für die fünf Rennen, für die er sich angemeldet hat, in Hochform sein. Mit dem Narzißmus des Athleten spannt Jez seinen Körper an und bewundert, was er sieht. Nicht schlecht. Gar nicht schlecht.

Nach fünf Minuten stellt Jez die Dusche aus, trocknet sich ab und zieht gähnend eines der Hemden an, die ordentlich in seinem Spind hängen. Er hat gestern die Schicht von vier Uhr nachmittags bis Mitternacht gearbeitet. Daher kommt er auch erst um elf Uhr dreißig im Yard an. Er ist immer noch schläfrig.

Vollständig angezogen fährt er mit dem Fahrstuhl in den vierten Stock. Als er den Flur entlanggeht, hört er sein Telefon klingeln. Es ist nur ein Einton-Klingeln, also ein interner Anruf. Sie können warten. Anrufer innerhalb des Gebäudes hängen meistens nach fünf- bis sechsmal Klingeln auf, wenn niemand abhebt. Aber das Telefon klingelt immer noch, als Jez sein Büro betritt. Ohne große Begeisterung hebt er ab.

»Clifton.«
»Jez, hier ist Red.«
»Hallo. Wie geht's?«
»Du hast die Wahl zwischen ›schlecht‹ oder ›total beschissen‹. Wonach ist dir?«
»Da nehme ich doch ›total beschissen‹. Schlimmer als das, was ich hier vor mir habe, kann es nicht sein.« Jez geht ohne großes Interesse den Inhalt seines Eingangskorbes durch. Interne Memos, Konferenzunterlagen, Anregungen der Regierung. Er gähnt erneut.
»Ich wette einen Zehner dagegen.«
»Die Wette gilt.«
»Komm in mein Büro.«
»Bin schon unterwegs.«

7

Kate Beauchamp langweilt sich zu Tode. Wenn man die Körpersprache der anderen betrachtet, dann scheint es den meisten Konferenzteilnehmern nicht anders zu ergehen.
Sie schaut zum tausendsten Mal an diesem Morgen auf die Uhr. Elf Uhr zwanzig. Mindestens noch eine Stunde bis zum Mittagessen, wahrscheinlich noch länger. Um sich die Zeit zu vertreiben, dreht sie das Zifferblatt ihrer Uhr so, daß sie darin ihr Gesicht sehen kann. Sie hat sich immer noch nicht an ihren neuen kurzen Haarschnitt gewöhnt. Das schulterlange Haar, das sie zuvor hatte, umrahmte ihr Gesicht und machte ihre Züge weicher. Jetzt stehen ihre Ohren ab, und sie sieht ungefähr fünf Jahre älter aus. Ihr Freund David behauptet, der neue Schnitt stehe ihr, aber sie ist sich nicht sicher.
Kate fängt an, auf ihrem Block herumzukritzeln. Sie malt den

Mann, der schräg vor ihr sitzt, und macht sich an das Halbprofil, das sie von ihm sehen kann. Sie malt ihm einen breiten Mund und läßt übertrieben große Schnarchlaute herauskommen.

Sind Konferenzen nicht so angelegt, daß die interessanten Sprecher am Morgen reden? Alle Konferenzen, auf denen sie bis jetzt war, haben sich an ein striktes Schema gehalten: zuerst der beste Redner, wenn alle noch wach und interessiert sind. Es gibt immer ein paar Teilnehmer, die während der Mittagspause gehen, und es besteht eine stillschweigende Abmachung, daß die, die am Nachmittag sprechen, dies vor einem Saal voller schlafender Zuhörer tun. Das ist immer der tote Zeitpunkt: wenn das Essen sackt und die Teezeit noch in weiter Ferne liegt.

Wenn das hier der beste Sprecher ist, den sie haben, dann gnade ihnen Gott. Er spricht mit tiefer, monotoner Stimme über Psychometrische Versuche, und sein holländischer Akzent ist so stark, daß man ihn meist gar nicht verstehen kann. Er unternimmt nichts, um die Aufmerksamkeit der Zuhörer zu erringen. Er benutzt keine visuellen Hilfen, er gestikuliert nicht mit den Händen, und er variiert auch nicht den Tonfall oder die Geschwindigkeit seiner Worte. Er spricht vor einem großen Saal und hat doch nur wenig interessierte Zuhörer vor sich.

Kate blättert das Informationspaket der Teilnehmer durch, bis sie seinen Namen findet. Rolf van Heerden. Derzeitiger Repräsentant der Europäischen Union bei der Langeweile-Olympiade und Anwärter auf einen Platz in der Weltmannschaft, die sich nächstes Jahr bei den Sonnensystemmeisterschaften mit dem Team vom Mars messen will.

Kate hat im Yard eine Menge Arbeit, und hier sitzt sie nun und vergeht fast vor Langeweile.

Eine der Konferenzassistenten, eine junge Frau mit einer Brille und einer Jacke, die ihr zwei Nummern zu groß ist, kommt herein und geht mit schnellen Schritten auf die Bühne zu. Kate beobachtet sie. Vielleicht wurde sie geschickt, Rolf van Heerden zu töten und ihnen allen einen Gefallen zu tun.

Die Frau geht die Treppe zur Bühne hinauf. Van Heerden, der offensichtlich sehr verärgert ist, unterbricht sich mitten im Satz. Die Frau flüstert ihm etwas ins Ohr. Er gibt eine kurze scharfe Erwiderung. Sie antwortet. Er zuckt wütend mit den Achseln und tritt einen Schritt zurück. Das Ganze wirkt wie eine Scharade.

Die Frau beugt sich vor und spricht in das Mikrophon. »Detective Inspector Kate Beauchamp möchte sich bitte zum Informationsschalter begeben, der sich direkt vor diesem Saal befindet. Dort erwartet Sie ein dringender Anruf.«

Kate ist so verdattert, daß sie ein paar Sekunden braucht, bis sie begreift, daß die Frau von ihr spricht. Überrascht steht sie auf, nimmt ihre Handtasche und drängt sich an den Stuhlreihen entlang, während die Leute näher an ihre Tische rutschen, um ihr Platz zu machen. Ein paar schauen sie neugierig an und fragen sich, was zum Teufel so wichtig sein kann, um den Holländer mitten in seiner Rede zu unterbrechen.

Das gleiche fragt sie sich auch. Schlechte Neuigkeiten? Ihre Mutter war in letzter Zeit krank. Sie hofft, daß es nicht schon wieder das ist.

Die Frau in der grünen Jacke holt Kate am Ausgang des Saals ein.

»Bitte hier entlang.«

Sie führt Kate zu dem Informationsschalter und zeigt auf das Telefon, dessen Hörer neben der Gabel liegt. Kate nimmt ihn auf.

»Kate Beauchamp.«

»Kate, hier spricht Red.«

»Oh, hallo.«

»Kannst du zurück ins Büro kommen?«

»Sofort?«

»Ja, sofort. Es ist dringend.«

»Na gut, ich werde in zwei Minuten da sein.« Sie befindet sich in dem Konferenzgebäude gegenüber der Westminster Abbey. Bis zum Scotland Yard sind es nur ein paar Schritte.

Kate legt auf und grinst. Nun muß sie sich nicht mehr weitere fünfundvierzig Minuten Rolf van Heerden anhören. Vielleicht gibt es ja doch einen Gott.

8

Duncan Warren klemmt sich den Hörer zwischen das Kinn und die rechte Schulter und trommelt ungeduldig mit den Fingern auf den Tisch. Helen braucht immer ewig, bis sie an den Apparat geht.

Dumme Kuh. Läßt ihn wahrscheinlich warten, um ihn wütend zu machen.

Er weiß, daß er sich nicht darüber aufregen sollte, aber er tut es trotzdem. Seit ihrer Scheidung vor zehn Jahren sollte sich seine Antipathie gegen Helen – und ihre gegen ihn – abgekühlt haben und einer kalten Gleichgültigkeit Platz gemacht haben. Aber das ist nicht der Fall. Die Antipathie ist immer noch da, so stark und bitter und destruktiv wie eh und je. Wenn Duncan sich streiten will, dann ruft er manchmal einfach nur Helen an, denn er weiß, daß sie es immer schafft, ihn auf die Palme zu bringen. Und wenn dieser Wichser Andy, mit dem sie jetzt zusammenlebt, sich einmischen will, um so besser. Mit seinen ein Meter neunzig und seinen hundertzehn Kilo kann Duncan Andy immer noch jederzeit zusammenschlagen, wenn ihm danach ist, auch wenn die hundertzehn Kilo mehr aus Fett als aus Muskeln bestehen.

Aber in diesem Moment will er nicht mit Helen streiten und sich nicht mit Andy prügeln. Er hat zuviel zu tun. Er will nur das Wochenende besprechen und so schnell wie möglich wieder auflegen.

Plötzlich erklingt ihre laute Stimme in seinem Ohr.

»Helen Rowntree.«

Sie hat sofort ihren Mädchennamen wieder angenommen, als die Scheidung offiziell war.
»Hallo, hier spricht Duncan.«
»Ich weiß. Was willst du?«
Und schon sträuben sich ihm auch schon die Nackenhaare.
»Was glaubst du, was ich will? Ich will das Wochenende abklären.«
»Verdammt, Duncan. Die Absprache ist so, wie sie schon immer war. Du holst Sam heute um sechs ab und bringst ihn Sonntag abend um sechs zurück. Und sei pünktlich. Ich werde hier nicht ewig warten, wenn du zu spät bist.«
»Wo fährst du hin?«
»Kümmere dich um deine eigenen Angelegenheiten.«
Er seufzt. »Na gut, bis um sechs dann. Wie geht es Sam?«
»Ihm geht es gut.«
»Schön. Und wie geht es dir?«
»Was geht dich das an?«
Aus einer leidenschaftlichen Liebe wird leidenschaftlicher Haß. Aber Duncan will sich nicht aufregen. Heute nicht.
»Bis später.«
Helen legt auf, ohne sich zu verabschieden. Duncan knallt den Hörer auf und flucht die vier Wände seines Büros an. Das Telefon klingelt. Er schnappt sich den Hörer.
»Ja?«
»Duncan, hier spricht Red.«
»Hallo.«
»Könntest du bitte in mein Büro kommen?«
»Sofort?«
»Ja, sofort. Es ist dringend.«
»Ich hoffe, daß mir das nicht das Wochenende versaut, Red. Ich habe Sam bei mir.«
»Komm einfach, Duncan.«
Die Leitung ist tot. Zuerst Helen, und jetzt Red. Beide haben aufgehängt, ohne sich von ihm zu verabschieden. Scheint ansteckend zu sein.

9

Donnerstag, 18. Februar 1982

Red hat überhaupt nicht damit gerechnet. Es gibt keine Vorwarnung, kein Anzeichen, daß es passieren wird. Einen Moment lang weiß er nicht, wer Charlotte Logan ermordet hat, und im nächsten weiß er es. Eine Sekunde, die sein ganzes Leben in Stücke reißt.

Er sitzt im Zimmer seines Bruders Eric im Trinity College. Es ist spät, bereits nach Mitternacht. Sie waren in der Bar des Colleges, und jetzt trinken sie noch ein letztes Glas. Red ist müde und will gerade gehen. Er ist leicht beschwippst, und Eric ist betrunken, sehr betrunken. Nicht auf eine laute, singende, sondern auf eine weinerliche, philosophische Art. Sie reden über dies und das. Und plötzlich sagt Eric: »Ich habe Charlotte Logan umgebracht.« Er sagt es mit so viel Verzweiflung in der Stimme, daß Red nicht eine Sekunde an seinen Worten zweifelt oder vermutet, daß er einen schlechten Witz gerissen hat. Und bevor Red etwas erwidern kann, bricht Erics Mauer der Selbstbeherrschung zusammen, und er lädt seine Beichte auf den Schultern seines Bruders ab.

»Ich bin zusammen mit ihr von dieser Party nach Hause gegangen. Ich habe mich kurz vor ihr auf den Nachhauseweg gemacht, mußte aber unterwegs anhalten und pissen, und als ich fertig war, da hatte sie mich eingeholt. Wir waren beide ziemlich blau. Wir sind herumgetorkelt, haben uns im Gehen geküßt, und irgendwo in der Nähe von Parker's Piece hat sie ihre Hand in meine Hose geschoben und ...«

Er verstummt, als wäre die Erinnerung an das, was dann kam, zu schmerzhaft.

»Sprich weiter«, sagt Red sanft. »Ich höre dir zu. Ich verurteile dich nicht.«

Eric schluckt schwer und spricht weiter. »Sie hat mich ausgelacht, weil ich keine Erektion hatte. Es war schweinekalt, verdammt noch mal, und ich war besoffen. Natürlich hatte ich keine Scheiß-Erektion. Aber sie hat gelacht und mich verspottet. Sie hielt meinen Schwanz in der Hand und sagte: ›Wenn ich eine Zigarette gewollt hätte, Schmalhans, dann hätte ich nach einer gefragt.‹ Sie hörte gar nicht mehr auf. Zuerst dachte ich, sie würde einen Scherz machen, aber irgendwann wurde sie bösartig. Also ... also habe ich sie geschlagen.«

»Du hast sie geschlagen?«

»Ja, mit der flachen Hand. Es war eher eine Ohrfeige als ein Schlag.«

»Und was hat sie getan?«

»Sie hat zurückgeschlagen. Mit der Faust, und das ziemlich hart.«

»Und dann?«

»Ich kann mich nicht richtig erinnern. Ich weiß noch, daß ich die Hand nach ihrem Hals ausstreckte, weil sie einen unverknoteten Schal trug, und daß sie versuchte, meine Arme abzuwehren. Und danach weiß ich nur noch, daß sie neben der Laterne auf dem Boden lag und mir die Finger weh taten. Wahrscheinlich von der Anstrengung.«

»Mein Gott, Eric.«

»Ich wußte nicht, was ich tun sollte. Ich wußte, daß sie tot war. Ich fühlte ihren Puls, aber sie hatte keinen. Da bin ich weggerannt. Ich habe mich aus dem Staub gemacht.«

»Verdammt, wie hast du es so lange geheimhalten können?«

»O Gott, es war furchtbar, Red. Ich weiß nicht, wie ich das tun konnte. Ich hatte Angst, daß mich jemand dabei beobachtet hat und zur Polizei geht. Jedesmal, wenn in der letzten Woche jemand an meine Tür geklopft hat, war ich überzeugt, daß es die Polizei ist, die mich verhaften will. Das schlimmste war, daß ich es jemandem sagen wollte. Gestern wäre ich beinah zur Polizei gegangen und hätte mich gestellt.«

»Warum hast du es nicht getan?«

»Ich weiß nicht. Mich hat wohl der Mut verlassen.«

»Hast gedacht, es würde schon vorbeigehen, wenn du es ignorierst?«

»Ja. Ja, wahrscheinlich.«

Red nimmt einen Schluck Whiskey und versucht nachzudenken. Soll er praktisch denken oder versöhnlich sein? Er sieht Erics Angst, aber er weiß auch, daß sein Bruder jemanden umgebracht hat, und der bloße Gedanke daran stößt ihn ab. Es ist also einfacher, praktisch zu denken und sich vom Ausmaß von Erics Tat zu distanzieren.

»Du mußt es jemandem sagen, Eric.«

»Ich habe es jemandem gesagt. Ich habe es dir gesagt.«

»Nein, einer offiziellen Stelle. Wie der Polizei.«

»Nein, ganz bestimmt nicht.«

»Warum nicht? Du hättest es doch gestern beinah getan.«

»Ich weiß, aber das habe ich nicht. Ich bin froh darüber. Es macht mir angst, was ich getan habe, Red, das kannst du dir gar nicht vorstellen. Was ich in der vergangenen Woche durchgemacht habe, ist Strafe genug. Ich will das nie wieder durchmachen, nie wieder.«

Eric schweigt und scheint sich von etwas überzeugen zu wollen. Red wartet ab.

»Alles wird mit der Zeit wieder gut«, sagt Eric. »Alles wird wieder normal.«

Wieder normal. Ganz bestimmt nicht für die Familie von Charlotte Logan. Red steht auf.

»Wo willst du hin?« fragt Eric alarmiert.

»Raus.«

»Wohin? Du wirst es doch niemandem sagen, oder?«

Red blickt seinen Bruder aus müden Augen an und weicht der Frage aus.

»Ich bin müde, Eric. Ich will ins Bett.«

»Du kannst es niemandem sagen. Das kannst du nicht.«

»Warum nicht?«

»Weil ich Schwierigkeiten bekommen werde.«

Schwierigkeiten. Die Untertreibung des Jahres.

»Eric – «

»Versprich mir, daß du es niemandem sagen wirst. Versprich es.«

Red seufzt. »Ich verspreche es.«
Eric umarmt ihn mit einer ungelenken Geste, der Red am liebsten ausweichen würde. Er erlaubt seinen Händen, Erics Schultern flüchtig zu berühren, und versucht, sich nicht zu hastig von ihm loszumachen.
Eric geht zu dem Plattenspieler hinüber, der in der Ecke steht. Red macht einen Schritt auf die Tür zu.
»Ich gehe jetzt, Eric.«
»Nein, warte eine Sekunde.«
»Ich habe dir doch schon gesagt, daß ich ...«
Eric holte eine Platte aus der Hülle. »Hör dir das zuerst an, Red, und dann kannst du gehen.«
Red läßt sich schwerfällig in einen Sessel sinken und gibt seinem Bruder ein letztes Mal nach. Es ertönt ein leises Krachen aus den Lautsprechern, als die Nadel auf der Plattenrille aufsetzt.
Sanfte und tröstende Streichinstrumente erklingen.
»Was ist es?«
Eric geht zur Tür hinüber und schaltet das Licht aus. Die Musik erfüllt die Dunkelheit.
»Händels *Der Messias.* Teil Zwei«, ertönt Erics Stimme über die Streicher hinweg. »Eine Arie mit Altstimme. ›Er ward verschmähet.‹«
Red hört ein Geräusch, als sich Eric auf den Boden legt.
»Warum spielst du mir das vor, Eric?«
»Es ist aus Jesaja. Kapitel 53, Vers 3: ›Er ward verschmähet und verachtet, von allen verschmäht, ein Mann der Schmerzen und umgeben von Qual.‹«
»Eric, warum spielst du mir das vor?«
»Ich habe es mir angehört, nachdem ich ... als ich in jener Nacht zurückkam. Ich hielt es für passend. Du bist mein Beichtvater. Du solltest es hören.«
Eine weibliche Stimme setzt ein und schwebt über den Streichern. Sie hält die Töne sekundenlang, ganz klar und sicher. Verschmähet. Verachtet. Worte fallen in die Stille und werden von den sachten Bogenstrichen der Violine aufgehoben.

Red lauscht fünf Minuten der Musik in der Dunkelheit und steht dann auf, um zu gehen.
Eric liegt neben der Tür, und seine Brust senkt und hebt sich regelmäßig im Schlaf. Sein Mund steht offen und sein Atem reicht nach Whiskey. Selbst in der Dunkelheit kann Red erkennen, daß der Schlaf die Züge seines Bruders weicher gemacht hat, die Linien des Kummers und des Schmerzes ausradiert hat.
Red geht zum Bett hinüber, nimmt das Federbett und legt es über Erics Körper. Er hockt sich neben ihn, steckt die Decke an den Seiten und um seine Füße herum fest, damit sein Bruder es warm hat.
Versprich mir, daß du es niemandem sagen wirst.
Ich verspreche es.
Red beugt sich vor und küßt Eric auf die Wange.
Mein Bruder. Mein kleiner Bruder. Vergib mir, was ich tun werde.

10

Der Raum ist eng, warm und stickig. Red hat versucht, einen der besseren Räume zu bekommen, aber sie sind alle besetzt. Überall im Scotland Yard wimmelt es von wichtigen ausländischen Delegationen: eine von Interpol, eine andere aus Japan und eine dritte aus Chile. Weiß der Henker, was die alle hier zu tun haben.
Red sitzt am Kopfende des Tisches. Jez und Kate sitzen zu seiner Linken und sehen ordentlich und adrett aus. Duncan befindet sich zu seiner Rechten und verbreitet den Geruch nach Tabak im Raum. Am anderen Ende des Tisches sitzt Professor Andreas Lubezski, der Pathologe, der die Leichen untersucht hat. Hinter ihm sind mehr als vierzig Bilder von beiden

Mordschauplätzen mit roten Magneten an einer weißen Tafel befestigt, die an den Ecken der Bilder wie Bluttropfen aussehen.

Sie alle kennen Lubezski gut und mögen ihn. Er ist Pole und kam in den Sechzigern als Austauschstudent von der Universität Warschau nach Edinburgh. Er hat es nie so richtig geschafft, nach Hause zurückzukehren. Er war der Hauptpathologe in Lockerbie, wo er dreieinhalb Tage ohne Schlaf auskam und an mehr als zweihundert Leichen Autopsien durchführte. Von den Tausenden von Fällen, die er hatte, ist dies der einzige, über den er nicht spricht. 1992 bot die Universität von London Lubezski die Professur der forensischen Medizin an, und er tauschte Edinburgh gegen die Smog-Metropole London ein und die kriminellen Kelten gegen die aus Cockney.

Weder Lubezskis Schwäche für Fliegen noch sein seltsamer polnisch-schottischer Akzent können die Tatsache verbergen, daß er außergewöhnlich gut in seinem Job ist. Wie Red tritt er den Schrecken seines Berufs mit der gleichen unerschütterlichen Gleichmut entgegen, wie er ein Buch liest oder Auto fährt. Aber Red vermutet, daß diese Gleichmut Lubezski bis ins Innere durchdringt, während sie bei ihm selber nur die Oberfläche ankratzt.

Lubezski räuspert sich. »Ich habe an der Leiche von Philip Rhodes eine vorläufige Autopsie vorgenommen und auch mit Dr. Slattery gesprochen, der eine ähnliche Untersuchung an James Cunningham vorgenommen hat.« Lubezski wedelt mit einem Blatt hin und her, auf dem er sich Notizen über seine Unterhaltung mit Slattery gemacht hat. »Soweit man das überhaupt sagen kann, sind beide Morde von ein und demselben Mann begangen worden. Die gleiche Handschrift – die abgeschnittene Zunge, der Löffel, die Unterhosen – läßt darauf schließen. Und wenn ich sage ›ein und derselbe Mann‹, dann meine ich es auch so. Besonders die Verletzungen von James Cunningham passen nicht zu einem weiblichen Angreifer. Und sie passen auch nicht zu mehreren Angreifern.«

Er schiebt seinen Stuhl zurück und geht zu den Bildern an der weißen Tafel hinüber.
»Philip Rhodes wurde mit großer Wahrscheinlichkeit als erster umgebracht, wenn wir rechnen, daß die Körpertemperatur bei normaler Raumtemperatur mit jeder Stunde nach dem Tod eineinhalb Grad Fahrenheit gesunken ist. Philip Rhodes' Leiche wurde gegen sieben Uhr heute morgen gefunden. Zu diesem Zeitpunkt war er mindestens schon fünf Stunden tot. Ich würde den Zeitpunkt seines Todes auf den Zeitraum zwischen Mitternacht und zwei Uhr legen. James Cunningham wurde wahrscheinlich zwischen drei und fünf Uhr heute morgen getötet. Sein Körper war ein wenig frischer, als er gegen neun gefunden wurde.«
Red macht sich auf einem Block, der vor ihm liegt, Notizen. *Rhodes spätestens um zwei getötet und Cunningham nicht vor drei.* Damit dürfte der Täter mindestens eine Stunde gehabt haben, um von Fulham nach Wandsworth zu kommen. Machbar, egal welches Transportmittel er benutzt hat, vor allem zu der Tageszeit.
Aber was ist mit dem Blut? London ist nicht einmal mitten in der Nacht völlig leer. Wie gelangt er völlig mit Blut bedeckt von einem Ort zum anderen, ohne gesehen zu werden?
Lubezski fährt fort. »Philip Rhodes starb durch Erhängen. Die Wucht des Sturzes hat ihm das Genick gebrochen. James Cunningham dagegen wurde im wahrsten Sinne des Wortes zu Tode geprügelt. Letztendlich starb er an mehreren Schlägen auf den Kopf. Doch selbst wenn sein Kopf unversehrt geblieben wäre, wäre er letztendlich nach ein paar Stunden an den Schlägen gestorben, die er an seinem Körper erlitten hat. Abgesehen von schweren Autounfällen habe ich selten eine Leiche mit so vielen inneren Blutungen gesehen wie die von James Cunningham.«
Lubezski zeigt auf eine Auswahl von Fotos, auf denen Cunninghams Leiche abgebildet ist. Die gleiche Szene aus zehn verschiedenen Blickwinkeln, die alle den Tod im Standbild festgehalten haben.

»Ich würde sagen, daß der Angreifer eine Art Holzknüppel benutzt hat – vielleicht so etwas wie einen Baseballschläger. Sie können es hier wegen des ganzen Blutes und der Schwellungen nicht so gut sehen, aber bei genauerem Hinsehen bilden die Aufprallstellen ein deutliches Muster. Die Abdrücke sind rund. Sie bilden eine Ellipse mit einem durchschnittlichen Durchmesser von acht bis zehn Zentimetern. Das breitere Ende der Abdrücke befindet sich mehr in der Mitte des Körpers. Daraus läßt sich schließen, daß die Waffe an einem Ende breiter war, wie ein Baseballschläger. Und Professor Slattery hat mir erzählt, daß sie im Haar am Hinterkopf von Cunningham Holzsplitter gefunden haben.«
»Warum glauben Sie, daß es nur ein Angreifer war?« fragt Jez.
»Weil die meisten Schläge auf die gleiche Art ausgeübt wurden. Sie wurden von der gleichen Seite ausgeführt, vorwiegend im gleichen Winkel und mit gleicher Kraft. Bei mehr als einem Angreifer findet man gewöhnlich Schläge von verschiedenen Seiten und mit unterschiedlicher Stärke. Außerdem gibt es keine Bündelung von Schlägen. Der Angreifer hat Cunningham selten zweimal an der gleichen Stelle geschlagen. Wenn Sie zwei oder mehrere Angreifer haben, dann suchen sie sich meist eine Körperstelle aus und übersäen sie abwechselnd mit Schlägen, wie Holzfäller, die einen Baum fällen. Daher die Bündelung.«
Red macht sich wieder Notizen. *Nur ein Killer. Motiv? Warum die Methode ändern? Warum ein Opfer erhängen und auf das andere einprügeln?*
»Und was seine Handschrift angeht«, sagt Lubezski, »so wissen wir schon ziemlich viel darüber. Zuerst die Zungen. Beide Zungen müssen mit einem ziemlich scharfen Messer herausgeschnitten worden sein. Vielleicht sogar mit einem Skalpell. So wie es aussieht, wußte unser Mann, was er tat. Er hat zuerst unter der Zunge entlanggeschnitten, dann an beiden Seiten und schließlich am Zungenrücken. Wie bei einem dieser Kof-

fer, bei denen sich zwei Reißverschlüsse in der Mitte treffen. Jedenfalls wurde das Frenum – das Zungenbändchen, das die Zunge am unteren Bereich des Mundes befestigt – durchtrennt. Dabei wurden die drei Hauptblutbahnen einschließlich zweier Arterien verletzt. Das erklärt auch die enormen Mengen an Blut auf der Leiche und um sie herum. Der Killer muß die Zungen mitgenommen haben. Sie sind nirgendwo an den Leichen oder an den Tatorten zu finden.«

Red schreibt einzelne Worte auf das Blatt Papier vor sich. *Zungen. Sex? Schweigen? Wichtiger Spitzel? Omertà? Geheimhaltung? Warnung???*

Duncan setzt an, etwas zu sagen, aber Lubezski hat die Frage schon erwartet.

»Die Zungen wurden entfernt, als die Männer noch lebten.«

Jez zuckt zusammen. Lubezski ignoriert ihn.

»Wären sie posthum entfernt worden, wäre nicht all das Blut ausgetreten. Die Blutspuren auf den Leichen und in den Mündern zeigen, daß der Killer die Arterien durchtrennte, als sie noch mit ziemlich hohem Druck pumpten. Das Blut kam sogar so heftig herausgeschossen, daß es den Opfern den Gaumen aufriß.«

»Was ist mit den Löffeln?« fragt Duncan.

»Die Löffel wurden den Opfern nach dem Entfernen der Zungen in den Mund geklemmt. Sie sind aus Silber und nicht aus Edelstahl. Die Gerichtsmedizin arbeitet an ihnen, während wir uns hier unterhalten. Ich habe Fotos von ihnen, wenn Sie sie zurückverfolgen wollen.«

Silberlöffel. Offensichtlicher Symbolismus. Mit dem silbernen Löffel im Mund geboren werden/sterben. Ablehnung der Reichen. Finanzen überprüfen.

Red zieht von den letzten zwei Worten einen Pfeil, der sich weiter unten gabelt. Unter die Spitzen schreibt er *Partyservice* und *Bischof* und fügt ein paar Fragezeichen hinzu.

»Wie Sie wissen«, sagt Lubezski, »wurden beide Männer in ihren Unterhosen aufgefunden, und beide haben während des

Angriffs oder im Todesmoment eine Menge Kot ausgeschieden. Laut der Spurensicherung wurde auf dem Boden von Cunninghams Schlafzimmer neben der Tür ein Nachthemd gefunden, das zwar unblutig, aber eingerissen war.«

Red schreibt wieder. *Unterhosen. Sexuell?* Er verbindet das Wort mit dem Wort *Sex,* das er weiter oben notiert hat, als er über die abgeschnittenen Zungen nachdachte. *Kleidung. Worin haben sie geschlafen? Aus dem Bett geholt? Uhrzeit des Angriffs wichtig – wahrscheinlich schlafend.*

»Wurden sie sexuell mißbraucht?« fragt Kate.

»Nein.«

Red blickt auf. »Nein?«

»Nein, keiner von beiden. Keinerlei Anzeichen von analer Penetration durch ein Fremdobjekt. Kein Samen auf der Leiche. Eigentlich haben wir bis jetzt auf den Leichen überhaupt nichts gefunden. Kein Sperma, keine Haare, kein Speichel, keine Fingerabdrücke, keine Fasern, keine Hautpartikel. Nichts. Aber wir werden sie Zentimeter für Zentimeter mit dem Mikroskop untersuchen. Es wird ein paar Tage dauern, und vielleicht finden wir etwas. *Wenn* wir etwas finden, schicken wir es weg, damit eine DNA-Analyse durchgeführt wird. Das kann ungefähr zwei Wochen dauern.

Aber ich würde mir keine allzu großen Hoffnungen machen, vor allem, was die Fasern angeht. Ich habe oft Fälle, bei denen ich gar keine fremden Fasern finden kann. Wenn die Leiche bewegt wurde oder es einen Windstoß gab – und sei es nur, daß eine Tür geöffnet wurde –, dann werden die Fasern weggeblasen, und wir finden sie niemals. Denken Sie auch daran, daß die beiden Männer beinah nackt waren, was unsere Chancen, etwas zu finden, ziemlich reduziert. Kleidung fängt bedeutend mehr Spuren auf als nackte Haut.«

»Ich nehme an, unter den Fingernägeln war auch nichts zu finden?« fragt Kate. »Vielleicht hat sich dort ein wenig Haut des Angreifers verfangen, falls sie versucht haben, sich zu verteidigen.«

»Unglücklicherweise haben sie das nicht. Nicht in diesem Fall.«

Keine Spuren, schreibt Red. *Ein Profi.*

Es klopft an der Tür, und eine junge Frau schaut zögernd in den Raum hinein.

»Detective Superintendent Metcalfe?«

»Ja?«

»Ich bin Chloë Courtauld aus dem Pressebüro. Wir hatten heute massenweise Anrufe, und ich wollte nur wissen, ob Sie noch weitere Anweisungen für mich haben als die, die Sie mir heute morgen gegeben haben.«

Red schnalzt mit der Zunge. Er hatte sich wirklich vorgenommen, sich um die Presse zu kümmern, und jetzt haben sich die Ereignisse völlig überschlagen. Er hat die Pressemitteilungen völlig vergessen.

Er steht auf. »Ich werde mit Ihnen kommen, Chloë.« An Lubezski gewandt sagt er: »Vielen Dank, Andreas. Sie werden es mich sofort wissen lassen, wenn Sie etwas herausgefunden haben, nicht wahr?«

»Natürlich.«

Red wendet sich an die anderen. »Duncan, du kommst mit mir. Jez und Kate, ihr fahrt zu den Häusern der Opfer und seht, ob ihr etwas herausfinden könnt, das uns in irgendeiner Weise weiterhilft. Fragt noch einmal die Nachbarn, Freunde und Verwandten, wen auch immer. Ich sehe euch dann hier morgen früh um –«, er überlegt kurz, »– halb zehn.«

»Gilt das auch für mich?« fragt Duncan.

Red sieht ihn an, als wäre er ein Idiot.

»Natürlich.«

»Aber ich habe dieses Wochenende Sam bei mir.«

»Duncan, es wäre mir sogar egal, wenn du den Papst und Nelson Mandela übers Wochenende zu Besuch hättest. Ich brauche dich bei dieser Sache.«

»Ich – «

»Spar dir den Atem. Komm schon.«

Duncan erhebt sich widerwillig. Red schiebt Chloë vor sich her aus der Tür.
»Wer hat angerufen?«
»Alle. BBC, ITN, Sky, sämtliche Zeitungen. Sie haben unaufhörlich angerufen und nachgefragt, ob wir inzwischen schon mehr wüßten, als wir ihnen gesagt haben. Sie alle haben Leute vor dem Haus unten in Wandsworth postiert – «
»Wandsworth?«
»Ja, vor dem Haus des Bischofs.«
»Was ist mit dem Mord in Fulham?«
»Es haben heute morgen ein paar Leute angerufen, aber seitdem nicht mehr. Ich habe nicht einmal gewußt, daß in Wandsworth ein Mord stattgefunden hat, bis ich den ersten Anruf bekam.« In ihrer Stimme schwingt ein leichter Vorwurf mit.
»Ich wußte auch nichts davon, als ich mit Ihnen telefoniert habe, Chloë. Es tut mir leid. Danach hab' ich Sie völlig vergessen. Es interessiert sich also niemand für unseren Mr. Rhodes?«
»Es scheint so. Sie alle wollen nur etwas über den Bischof erfahren.«
Red überlegt einen Moment lang. »Na schön. In Ordnung. Duncan wird runter nach Wandsworth fahren und sich um sie kümmern, und vielleicht verziehen sich die Arschlöcher dann wieder nach Hause.«

11

»Guten Tag, mein Name ist Detective Chief Inspector Duncan Warren. Es tut mir leid, daß Sie alle so lange warten mußten. Ich werde ein kurzes Statement abgeben und dann Ihre Fragen beantworten.«
Duncan steht auf dem Bürgersteig vor dem Haus des Bischofs,

damit die Fotografen und Kameraleute ihn vor dem Eingang aufnehmen können. Er blickt auf die erwartungsvollen Journalisten, die sich vor ihm drängeln und gegenseitig schubsen, um einen guten Blickwinkel zu bekommen. Alles in allem werden es mehr als dreißig Journalisten sein, die sich auf dem Bürgersteig versammelt haben, und unzählige Autos und Lieferwagen stehen in zweiter Reihe entlang der Straße. Kein guter Tag, um in der Wandle Road zu wohnen.

Duncan räuspert sich. »James Cunningham, der Bischof von Wandsworth, wurde heute morgen um neun Uhr von einem seiner Angestellten tot aufgefunden. Er wurde erschlagen, und wir vermuten, daß es sich möglicherweise um einen Einbruch handelt.«

Sie halten sich an die Version eines mißglückten Raubüberfalls. Deshalb kümmert sich auch Duncan um die Presse. Reds Gesicht und sein auffälliger, karottenfarbener Haarschopf sind bei zu vielen bekannt, als daß man ihm die Überfall-Geschichte abnehmen würde. Zudem wirkt Duncan mit seinen fünfundvierzig Jahren eher wie das typische, zuverlässige Mitglied der Polizei Ihrer Majestät als Jez oder Kate. Er steht mit gestrafften Schultern und gewölbter Brust vor den Kameras wie der personifizierte Pfeiler des Gesetzes.

»Dieser feige Angriff auf den wehrlosen alten Mann fand heute morgen zwischen drei und fünf Uhr statt. Wir möchten jedes Mitglied der Öffentlichkeit, das in diesem Zeitraum etwas gesehen oder gehört hat, bitten, uns dies so schnell wie möglich mitzuteilen. Haben Sie noch Fragen?«

Ein Tumult bricht aus. Ein Dutzend Leute sprechen gleichzeitig und halten ihm Mikrophone und Kassettenrekorder vor das Gesicht. Duncan hebt abwehrend seine großen Hände in die Höhe.

»Bitte, ich bitte Sie. Einer nach dem anderen.«

»Was wurde aus dem Haus gestohlen?«

Duncan sagt beinah ›nichts‹, fängt sich aber gerade noch rechtzeitig.

»Zu diesem Zeitpunkt ist das schwer zu sagen.« Er beherrscht die Polizeisprache perfekt und benutzt fünf Worte, wenn auch eins ausgereicht hätte. »Bischof Cunningham lebte alleine, und es existiert keine formelle Inventarliste seines Hauses. Wir durchsuchen unter Mithilfe seiner Angehörigen sein Haus so gründlich wie möglich. Sie werden verstehen, daß dies einige Zeit in Anspruch nehmen wird, da sie alle natürlich sehr aufgebracht sind.«

»Rechnen Sie in Kürze mit einer Verhaftung?«

»Wir sind zuversichtlich, daß wir den, der dies getan hat, finden werden.«

»Welche Waffe hat der Angreifer benutzt?«

»Wir glauben, daß es ein hölzerner Gegenstand war, so etwas wie ein Baseballschläger.«

»Nach welcher Art von Person suchen Sie?«

»Nach einem kräftigen Mann.«

»Ist das alles?«

»Ja, das ist bis jetzt alles. Wenn wir mehr erfahren, werden wir es Sie als erstes wissen lassen.«

Es entsteht eine kurze Stille. Duncan ergreift die Gelegenheit beim Schopf.

»Ich hoffe, daß Ihnen dies genügt, meine Damen und Herren. Es tut mir nur leid, daß wir Ihnen zur Zeit nicht mehr Informationen geben können. Wir werden Sie natürlich über den Verlauf der Ermittlungen auf dem laufenden halten. In der Zwischenzeit möchte ich Sie bitten, die Anwohner in Ruhe zu lassen. Es gibt hier wirklich nicht mehr zu sehen. Vielen Dank.«

Er weiß, daß sie nicht sofort fahren werden. Es friert eher noch die Hölle zu, als daß Journalisten freiwillig etwas anderem als einem direkten Befehl der Polizei nachkommen. Aber Duncan geht davon aus, daß sie innerhalb einer Stunde verschwunden sind, wenn sie begriffen haben, daß hier unten wirklich nicht viel passiert. Jedenfalls nichts, von dem sie etwas erfahren werden. Wäre das Opfer nur irgendein armer Kerl gewesen, würde es die Story nur mit viel Glück in die Lokalnachrichten schaffen. Aber da es

der Bischof ist, wird in den morgigen Zeitungen ein bißchen altmodische, christliche Empörung zum Ausdruck gebracht werden – vor allem die Regenbogenpresse, wie die *Mail* und die *Express,* wird herausblöken, was Mittelengland hören will.
Duncan hofft, daß die Story für die Medien nur eine Eintagsfliege sein wird. Für die vier Mitglieder des Teams wird sie allerdings weit mehr sein.

12

Es ist kurz vor ein Uhr morgens. Bald ist die tote Zeit, in der die, die nicht schlafen, an ihrem toten Punkt ankommen.
Red sieht niemanden. Er geht die Jesus Lane entlang, vorbei an den Studentenunterkünften auf der rechten Seite und dem ADC Theatre zur Linken, auf dessen weißer Wand die großen schwarzen Buchstaben hervorstechen. Vorbei an der Rover-Werkstatt, wo die Straße langsam eine Biegung nach rechts auf das Jesus College zumacht und weiter in Richtung Newmarket führt.
Er geht allein, eingehüllt in den kalten Kokon aus Nebel. Er weiß, wohin er geht, und mit jedem Schritt entfernt er sich immer mehr von dem großen Kind, das auf dem Boden im Trinity College in einen unruhigen Schlaf gefallen ist.
Versprich mir, daß du es niemandem sagen wirst. Ich verspreche es.
Erics Worte und seine eigene Erwiderung gehen ihm immer wieder durch den Kopf.
Red geht am Jesus College vorbei. Er blickt schnell den langen, mit Fahrrädern gesäumten Pfad hoch, der zum Haupttor des Jesus College führt. Das geschlossene Tor wirkt wie ein schwarzer Klotz. Hinter dieser Barriere liegen unerzählte Weisheiten, die Red verborgen bleiben werden. Nicht nur wegen dieser unchristlichen Zeit, sondern auch, weil er diesen Besuch ganz alleine machen muß.

Er wandert in eine Richtung und seine Gedanken in eine andere.
Schutz. Schweigen bringt Schutz.
Sprich nicht darüber, und niemand wird es je erfahren. Niemand außer Red und Eric, Vertrauter und Täter. Bloß ein weiteres Geheimnis zwischen Brüdern und ein weiterer ungelöster Mord. Heute noch eine wichtige Neuigkeit - und morgen schon Einschlagpapier für Fish and Chips.
Schutz.
Red sieht die Alternative vor sich: Eric in Untersuchungshaft, vor Gericht, seine Verurteilung. Ihre Eltern sind völlig erledigt und versuchen, ihr ganzes Leben zu zerpflücken, um zu verstehen, was sie falsch gemacht haben. Ihre Mutter wird versuchen, den Schmerz zu ignorieren, indem sie sich ihrem besessenen Putzwahn hingibt, und ihr Vater wird zu Hause sitzen und nur dumpf in seinen Whiskey starren. Das Krawattengeschäft ihres Vaters geht sowieso schon den Bach hinunter; sie haben eine zweite Hypothek auf das Haus aufgenommen und vor einer Woche den Zweitwagen verkauft. Es ist bereits jetzt schon fraglich, ob er den Bankrott abwenden kann.
Und dann fehlt nicht mehr viel, und ihr Vater steckt sich den Gewehrlauf in den Mund, und ihre Mutter endet in einer Gummizelle.
Schutz.
Red erreicht den Kreisverkehr am Ende der Jesus Lane.
Er kann das nicht durchziehen.
Er wendet sich zum Umkehren.
Ein Motorgeräusch durchbricht den Nebel. Zwei Lichtkegel bewegen sich auf ihn zu, aus der Jesus Lane, aus der er gerade gekommen ist, in Richtung Kreisverkehr. Es ist die erste Begegnung mit jemandem, seit er Erics Zimmer verlassen hat.
Red steht am Rand des Bürgersteigs, damit er den Wagen sehen kann, der vorbeifährt. Es ist ein Volvo-Kombi mit vier Insassen, Skiern auf dem Dachgepäckträger und aufgetürmten Koffern und Taschen im Kofferraum. Die Mutter, die vorne auf dem Beifahrersitz sitzt, blickt Red an, als sie vorbeifahren. Er sieht, wie ihr Ge-

sicht an ihm vorbeizieht, wie sich ihr Mund stumm hinter der Scheibe bewegt, als sie etwas zu ihrem Mann sagt, wie sich der Mund des Fahrers zu einem Lächeln verzieht, während dieser die Geschwindigkeit drosselt, als sie sich dem Kreisverkehr nähern. Die Kinder im Teenageralter sitzen hinten; der schlafende Junge lehnt gegen die Innenseite der Tür, das Mädchen beugt sich zwischen den zwei Vordersitzen nach vorne.

Der Wagen ist an ihm vorbei. Seine Bremslichter leuchten kurz auf, und dann wird er vom Nebel verschluckt, als er rechts abbiegt und verschwindet.

Eine Familie, die aus dem Urlaub zurückkehrt.

Eine Familie.

Fünf Jahre weiter, und dieses Mädchen ist gerade von jemandem erwürgt worden, der wegen der Kälte und des Alkohols keinen mehr hochkriegen konnte, der sie umgebracht hat, weil sie sich über ihn lustig gemacht hat. Der Junge lehnt immer noch schlafend an der Tür, aber an der Stelle, wo das Mädchen gesessen hat, ist nun nichts mehr, eine leere Stelle, an der Erinnerungen hängen.

Was, wenn diese Familie ihre Tochter verlöre? Was, wenn diese Familie wie die Logans würde? Ihr Leben wäre zerstört, und sie hätten noch nicht einmal den Trost, den Grund zu kennen. Du verlierst ein Kind und findest nie heraus, wer es war. Jede Minute deines Lebens weißt du, daß irgendwo da draußen ein Mörder herumläuft, der nicht bestraft wurde. Du siehst Menschen auf der Straße und fragst dich, ob einer dieser Menschen derjenige ist, nach dem du suchst. Du willst nur Gewissheit haben, aber sogar das bleibt dir verwehrt.

Wie Charlotte Logans Eltern, wenn Red schweigt, wie er es Eric versprochen hat. Und was, wenn die Polizei jemand anderen verhaftet? Alle wollen sie, daß jemand verhaftet und des Mordes an Charlotte angeklagt wird. Was, wenn die Polizei aus lauter Verzweiflung den falschen Mann erwischt? Red kann doch dann nicht einfach danebenstehen, mit dem Wissen, daß ein Unschuldiger für etwas bestraft wird, das er nicht getan hat.

Was, wenn der Falsche verhaftet und angeklagt wird und Red erst dann zur Polizei geht und ihnen die Wahrheit erzählt? Dann wird er ziemliche Schwierigkeiten bekommen. Behinderung der Justiz. Begünstigung nach einer Straftat. Beihilfe zum Mord. Wahllose Phrasen, die ihm immer wieder durch den Kopf gehen.

Die Zeit der Qual ist vorbei. Er hat keine Wahl. Er muß tun, was getan werden muß.

Red überquert den Kreisverkehr und biegt rechts ab. Er geht nun schneller. Links in die Parker Street, wo Fahrräder unverschlossen vor den Häusern stehen und sich niemand die Mühe macht, sie zu stehlen. Er geht an der großen Rasenfläche von Parker's Piece vorbei, die vom Frost ganz hart ist. Der Nebel verschleiert die Laterne, die letzte Woche Wache über Charlotte Logans Leiche gehalten hat.

Red drückt die Tür zur Polizeistation von Parkside auf und geht hinein. Es riecht nach Desinfektionsmittel, und eine Stelle auf dem Boden ist naß; die Kotze eines Betrunkenen, die schnell weggewischt wurde. Der diensthabende Constable schaut Red über den Rand seiner Teetasse an.

»Kann ich Ihnen helfen, Sir?«

»Ich würde gerne den verantwortlichen Beamten sprechen.«

Der Constable ruft etwas nach hinten und wendet sich wieder Red zu.

»Dauert nur eine Sekunde.«

Red nickt ihm zu.

An einer Wand steht eine Reihe von harten Vinylstühlen. Er wählt den, der am weitesten von dem Putzmittelfleck entfernt ist, und starrt auf die gegenüberliegende Wand. Die blasse gelbe Farbe formt sich vor seinen Augen zu Kreisen.

Versprich mir, daß du es niemandem sagen wirst, Red. Versprich mir, versprich mir, versprich mir.

Zu seiner Linken öffnet sich eine Tür, und ein großer Mann mit einer Brille und glattgekämmten Haar taucht auf. Eines seiner Schulterstücke wird sich bald von seinem dunkelblauen Pullover lösen.

»Mein Name ist Sergeant Ackermann. Was kann ich für Sie tun?«

Red steht auf.
»Können wir uns drinnen unterhalten?«
»Sicher.« Ackermann tritt zur Seite und läßt ihn vorbei. »Hier entlang. Die erste Tür auf der rechten Seite.«
Der wachhabende Constable dreht sich um und sieht Red nach, der hinter ihm vorbeigeht, und blickt Ackermann mit hochgezogener Augenbraue an. Ackermann zuckt als Antwort mit den Achseln.
Die erste Tür auf der rechten Seite führt in einen kleinen, spartanischen Vernehmungsraum. Vier Stühle, ein Tisch, kein Fenster. Red fragt sich, welcher Abschaum hier über die Jahre durchgekommen ist und ob ihn das, was er vorhat, nicht auf eine niedrigere Stufe stellt, als all diese Leute zusammengenommen.
Sie setzen sich. Ackermann blickt Red an und wartet, daß er anfängt.
Die letzte Chance umzukehren.
Red holt tief Luft und fängt schnell an zu sprechen, damit er nicht mittendrin den Mut verliert.
»Ich weiß, wer Charlotte Logan umgebracht hat.«
Ackermann sagt nichts. Sein müder, erwartungsvoller Gesichtsausdruck verändert sich nicht. Vielleicht bekommt er jede Nacht solche Besucher.
Red spricht weiter.
»Er heißt Eric Metcalfe und ist Student am Trinity College.«
Da. Jetzt ist es gesagt.
Zum ersten Mal in dieser Unterredung spricht Ackermann.
»Woher wissen Sie das?«
Red kann seinen eigenen Kopf und seine Schultern in Ackermanns Brillengläsern sehen. Die Linse verändert seine Züge, so daß sich seine Augen an der Seite seines Kopfes befinden und er aussieht wie ein Frosch. Aber trotz dieser Verzerrung kann er die Trauer in seinem Gesicht erkennen. Eine tiefe, endlose Trauer. Trauer um den Verlust eines geliebten Menschen.
»Eric Metcalfe ist mein Bruder.«

13

Susan ist nicht da, als Red nach Hause kommt. Er ist eigentlich ganz froh, die Wohnung für sich alleine zu haben, und kämpft gegen das Schuldgefühl an, weil er so empfindet. Er braucht ein wenig Zeit, um abzuschalten. Am liebsten würde er eine Ewigkeit schlafen. Aber er weiß, daß er das nicht kann, da er später das tun muß, was er am meisten haßt: sich ganz alleine die Tatorte ansehen. Aus dem Grund ist er so früh nach Hause gekommen; um sich nach Möglichkeit ein wenig auszuruhen, bevor er sich in die Mangel nimmt.

Er schließt die Wohnungstür hinter sich und geht in die Küche. Red und Susan leben in den oberen zwei Stockwerken eines Wohnhauses. Küche und Wohnzimmer befinden sich im ersten Stock, Schlafzimmer und Bad im zweiten.

Red nimmt die letzte Büchse Heineken aus dem Kühlschrank und geht durch die Doppeltüren ins Wohnzimmer, wo er sich auf das Sofa plumpsen läßt. Sein Gewicht läßt die Fernbedienung vom Rand des Polsters auf den Boden fallen. Zu müde, nach ihr zu greifen und sie aufzuheben, sitzt Red da und starrt auf den schwarzen Bildschirm des Fernsehers.

Zwei Leichen in einer Nacht. Schnelle Arbeit.

Red zündet sich eine Zigarette an und nippt an der kalten Metallöffnung der Büchse. Er hofft, daß das Nikotin und der Alkohol seinen erschöpften Körper wieder in Gang bringen.

Aber Fehlanzeige.

Red trinkt sein Heineken in fünf oder sechs Schlucken aus, statt nur daran zu nippen. Er hievt sich hoch und geht durch die Doppeltüren zurück in die Küche. Vielleicht muß er einfach etwas essen, um wieder Energie zu bekommen. Er findet Nudeln in dem Schrank über der Spüle und ein bißchen Gemüse im Kühlschrank. Rote und gelbe Paprika, Avocados und Gurken. Das wird reichen.

Red hört, wie die Tür zum Gebäude aufgeht. Susan?

Die Tür zu der Wohnung im Erdgeschoß knallt zu. Nicht Susan. Die Schritte gehören wahrscheinlich zu Mehmet Shali, dem Plattenproduzenten, der unten lebt.
Er füllt Wasser in einen Kessel und stellt ihn zum Kochen auf. Mit dem schärfsten Messer, das er finden kann, fängt er an, das Gemüse zu würfeln. Er wird den Rest des French Dressing darüberschütten, das Ganze mit der Pasta vermischen und sich vormachen, daß er gesund lebt. Trotz der Marlboros und des Heinekens.
Red nimmt sich ständig vor, wieder fit zu werden und dem Beispiel von Jez zu folgen. Er hatte einmal eine gute Kondition, als er noch jung war, aber mittlerweile hat er sich gehenlassen, und es gibt Tausende von Gründen, warum er nicht wieder in Form kommen kann – will.
Das rhythmische Summen des Großstadtlärms dringt in Reds Küche. Dann setzt der Baß von Shalis Stereoanlage ein, dessen harte Schläge Red durch den Fußboden in die Beine fahren.
Verdammt noch mal, denkt Red. Gerade heute hätte er gerne ein bißchen Ruhe.
Ungefähr seit einem Jahr fechten Red und Shali wegen der Musiklautstärke einen Kampf aus. In der Zeit hat Red sich mindestens zehnmal bei Shali oder der Stadt beschwert. Die Beamten vom zuständigen Amt waren zweimal da, bewaffnet mit Dezibelmeßgeräten, und haben Shali nur ein paar Verwarnungen geschickt.
Red hat versucht, es auf freundschaftliche Weise aus der Welt zu schaffen, ohne seine Position als hochgestellter Polizist herauszukehren, aber jetzt hat er genug. Die Müdigkeit haftet an ihm wie Tentakel. Er hat nun wirklich keine Lust auf eine Konfrontation, aber genausowenig hat er Lust auf stundenlanges Bassgehämmere.
Er geht durch seine Wohnungstür, die kurze Treppe zu Shalis Wohnung hinunter und klingelt an dessen Tür. Die Musik spielt weiter. Red legt den Finger auf die Klingel und läßt ihn

diesmal so lange auf dem Knopf, bis er von drinnen ein genervtes »Ist ja schon gut, ich komme« hört.

Shali öffnet die Tür. Er trägt ein limonengrünes Seidenhemd und legt eine ziemliche Arroganz an den Tag.

»Ja?«

»Drehen Sie die Musik leiser.«

Kein »Bitte«. Kein »Würde es Ihnen etwas ausmachen«. Es ist ein Befehl, keine Bitte.

Shalis Blick wandert von Reds Gesicht zu dessen rechter Hand, und er reißt erschrocken die Augen auf. Red hält immer noch das Küchenmesser umklammert, mit dem er das Gemüse geschnitten hat. Die Klinge ist mit matschiger Avocado beschmiert.

»Sie drohen mir mit einem Messer, Mann?«

»Drehen Sie die Musik leiser.«

Shali fährt sich mit der Hand durch seine lockigen Haare, die ihm in die breite Stirn fallen.

»Wenn Sie mich auf nette Art bitten, werde ich es mir überlegen.«

»DREHEN SIE DIE VERDAMMTE MUSIK LEISER.«

»Wissen Sie, was Ihr Problem ist, Mann? Sie sind zu verkrampft. Sie müssen – «

Und plötzlich stürzt sich Red auf Shali, preßt ihn gegen die Wand und fährt ihm mit dem Messer die Kehle entlang. Shalis Augen sind vor Überraschung ganz groß und panisch, Blut klebt an dem Avocadofruchtfleisch und spritzt Red in einer großen Fontäne ins Gesicht und auf die Wand hinter ihm, als das Messer durch die grüne Seide tief in Shalis Bauch fährt. Immer und immer wieder stößt es zu, und der Baß bildet den Rhythmus zu dem mörderischen Akt. Shali stößt einen gellenden Schrei aus, und seine warmen, weichen Innereien gleiten aus der grinsenden Wunde in Shalis Bauch und über Reds Hände …

Shali wird von einer Hand gegen die Wand gepreßt, die seinen Hals umklammert. Red blickt auf die Hand und dann weiter

auf den Arm und den aufgerollten Ärmel eines weißen Hemdes.
Sein weißes Hemd. Es ist seine Hand, die Shali festhält.
Red bittet ihn ein letztes Mal: »Dreh - die - verdammte - Musik - leiser.«
Shali wendet den Kopf zur Seite und ruft etwas in die Wohnung hinein. Es muß noch jemand da sein.
Die Musik verstummt abrupt.
Stille, abgesehen von Shalis keuchendem Atem. Kein Blut auf dem Messer oder auf der Wand. Keine warmen Innereien in Reds Hand.
Red läßt Shalis Hals los. Der rückt seinen Kragen zurecht, geht zurück in seine Wohnung und knallt die Tür hinter sich zu, als wolle er so sein Macho-Image wiederherstellen. Red läßt sich gegen die Wand fallen und versucht, die Nachwirkungen dieses Ausbruchs unter Kontrolle zu bringen.
Als Red die Treppe hochgestiegen ist und sich wieder in seiner Wohnung befindet, zittert er am ganzen Körper. Das Wasser für die Pasta kocht bereits. Er schaltet den Herd aus. Er will nichts mehr essen.
Er nimmt die Kopfhörer, die auf dem Tisch liegen, und stöpselt sie in seine Hifi-Anlage ein. Große, muschelförmige Kopfhörer, die jedes Ohr völlig umschließen. Er drückt den Startknopf am CD-Player und legt sich auf das Sofa.
Die Kopfhörer sind wie Schleusen, die Red von allen Sinnen abschotten, mit Ausnahme des Hörsinns.
Er lauscht dem ansteigenden Beginn der Ouvertüre, die ihm feierlich und verhängnisvoll in den Ohren klingt. Red schließt die Augen und läßt die Musik über sich hinweggleiten. Er kennt das ganze Oratorium in- und auswendig. Er weiß alles darüber - wann die Musik steigt und fällt, wann die Stimmen singen und wann sie verstummen, wann die Blasinstrumente alleine spielen und wann die Streicher sich ihnen anschließen. Dieses Wissen ist ihm ein Trost.
Händels *Der Messias.* Die einzige Aufnahme, die Red besitzt.

14

Red zeigt dem Constable seinen Ausweis – es ist ein anderer, als der, der gestern morgen die Tür zu Philip Rhodes' Haus bewacht hat.

»Ich nehme an, die Spurensicherung ist mit dem Tatort fertig?«

»Ja, Sir. Die Leute sind schon vor Stunden gegangen. Hier war seit dem frühen Nachmittag niemand mehr drin.«

»Sorgen Sie dafür, daß das so bleibt. Gute Arbeit.«

Der Constable öffnet die Tür, und Red betritt das Haus. Es ist ein paar Minuten nach ein Uhr morgens. Der Samstag ist knapp eine Stunde alt.

Red schiebt die Haustür hinter sich zu und knipst das Licht im Flur an. Philips Leiche ist verschwunden, und das Stück Teppich am Fuß der Treppe, wo sich das Blut gesammelt hatte, wurde herausgeschnitten und zur Gerichtsmedizin gebracht. Ein Viereck aus grauem Beton, eine kalte Insel in einem Meer aus flauschigem Grün, die Red zuzublinzeln scheint.

Er holt ein paarmal tief Luft und streicht sich mit den Handballen die Haare an den Schläfen glatt.

Im Haus herrscht absolute Stille. Genauso muß es vor vierundzwanzig Stunden gewesen sein, in den kostbaren Momenten, bevor der Mörder eingetroffen ist.

Und nun wird Red die Abläufe zwischen dem Mörder und dem Opfer nachspielen. Was war der Auslöser für diese kurze und außergewöhnliche Beziehung zwischen den beiden? Wer tat was? Wer sagte was?

Wenn Red all das nachspielen kann, dann gelingt es ihm vielleicht herauszufinden, was diesem Mann durch den Kopf geht. Aber das kann er nicht, wenn die Hälfte aller Polizeiwissenschaftler von ganz London im Haus herumläuft. Also läßt er sie ihren Job erledigen und wartet, bis sie weg sind, bevor er mitten in der Nacht herkommt und seinen erledigt.

Die durchdringende Stille befällt Red wie ein Virus. Er blickt auf seine Notizen hinunter, und es kommt ihm vor, als würde er das zum hundertsten Mal tun.
Motiv? Zungen. Finanzen überprüfen. Partyservice. Bischof. Worin haben sie geschlafen? Ein Profi.
Die unsinnigen Worte auf der Seite scheinen sich über ihn lustig zu machen.
Warum tust du es, Mann? Warum nur?
Red spricht mit dem Mörder, aber er könnte genausogut sich selbst gefragt haben.
Warum trittst du gegen diese Leute an?
Er kennt die Antwort.
Weil du gut darin bist. Du bist besser als sie.
Jetzt redet er wirklich mit sich selbst.
Deshalb kriegst du sie auch. Selbst in diesem Moment, in dem du in diesem fremden Haus stehst und Norden nicht von Süden unterscheiden kannst und der Mörder dich völlig fertigmacht, bist du besser als er.
Red schiebt das Notizbuch wieder in seine Tasche und schlägt sich gegen die Wange.
Auf geht's.

15

Philip Rhodes' Haus ist ganz hübsch, aber eine Villa kann man es nicht gerade nennen. Warum also der silberne Löffel und der Neid und der Groll, der hinter diesem Motiv steckt? Vielleicht besitzt Philip heimliche Reichtümer. Irgendwie bezweifelt Red das.
Red geht langsam durch das Haus und prägt sich den Grundriß ein. Im Erdgeschoß befinden sich die Diele, die Küche und

das Wohnzimmer. Im ersten Stock befinden sich Philips Schlafzimmer, ein Badezimmer und ein kleiner Trockenraum. Die Hintertür in der Küche führt in den Garten. Red schaltet seine Taschenlampe an und leuchtet mit ihr durch die Glasscheibe in der Tür. Der Lichtstrahl wandert über den Boden, der mit Steinen gepflastert ist, einen Grill und ein Blumenbeet vor dem Zaun auf der anderen Seite.

Der Garten ist völlig eingeschlossen. Weder an der rechten noch an der linken Seite des Hauses gibt es einen Durchgang, durch den man zur Straße gelangen könnte. Wenn also der Mörder durch den Garten kommt, dann muß er vorher über ein fremdes Grundstück laufen. Um ein Uhr morgens durch fremde Gärten? Sehr unwahrscheinlich. Das hier ist Fulham. Irgend jemand wird eine Lichtschranke über der Hintertür haben.

Red spricht mit dem Mörder und will ihn so herbeizwingen. Du hast zwei Leute umgebracht, und bis jetzt haben wir keine Spur von dir gefunden. Du wirst es nicht riskieren, Lichter oder einen Alarm auszulösen, nicht wahr? Außerdem ist die Küchentür verriegelt und verrammelt. Du kommst also nicht durch den Garten. Das kannst du gar nicht. Es gibt keine seitlichen Durchgänge. Du gelangst von der Straßenseite aus herein.

Red geht zurück zum vorderen Teil des Hauses und sucht dort nach Möglichkeiten, ins Haus zu gelangen. Im Erdgeschoß gibt es nur zwei Wege. Durch die Haustür und das Wohnzimmerfenster.

Er geht nach oben und versucht, nicht an die Leiche zu denken, die gestern morgen dort gehangen hat. Er betritt Philips Schlafzimmer und geht zu dem Schiebefenster hinüber. Red schiebt es ein Stück nach oben und schaut hinaus. Er befindet sich knapp fünf Meter über der Straße, und an der Außenwand verlaufen auch keine Regenrinnen. Du brauchst eine Leiter, um hier heraufzukommen. Und wenn du nicht das Risiko eingehst, durch die Gärten zu laufen, dann wirst du auch nicht eine Leiter hinaufklettern, wobei dich sämtliche Nachbarn sehen können.

Du kommst also im Erdgeschoß von der Vorderseite herein. Durch die Haustür oder durch das Wohnzimmerfenster?

Red geht zurück nach unten ins Wohnzimmer. Das Fenster ist verschlossen.

Würdest du wirklich das Fenster öffnen und es dann wieder verschließen? Wahrscheinlich nicht. Also benutzt du die Haustür.

Red sieht sich die Innenseite der Tür an. Es hat drei Schlösser, auf die ein und derselbe Schlüssel paßt. Eines ist ein Riegelschloß. Keines der drei wurde manipuliert oder aufgebrochen.

Daher bleiben nur drei Möglichkeiten.

Erstens, du knackst das Schloß.

Nein. Das ist zeitaufwendig und gefährlich. Das Risiko, daß dich jemand sieht oder hört, ist zu groß.

Zweitens, du hast deinen eigenen Schlüssel und läßt dich selber herein.

Aber außer Philip und Alison besitzt niemand einen Schlüssel. Und der Mörder ist eindeutig ein Mann.

Also bleibt nur eine Möglichkeit.

Philip Rhodes öffnet die Tür und läßt dich herein.

Um ein Uhr morgens?

In der Tür ist ein Spion. Red blickt hindurch und sieht den Rücken des Constable, der durch das Fischauge absurd breit wirkt.

Philip muß zuerst durch das Fischauge schauen. Er wird um ein Uhr morgens niemandem die Tür öffnen, ohne das zu tun. Und er fühlt sich sicher genug, dir die Tür zu öffnen.

Es ist jemand, den Philip kennt. Also nicht der Gasmann, und auch nicht der Typ, der den Fernseher reparieren soll.

Wenn es nicht jemand ist, den er kennt, dann jemand, der Hilfe braucht.

Oder vorgibt, Hilfe zu brauchen.

Wer steht vor der Tür? Wer bist du?

Es läuft immer wieder auf die eine Frage hinaus. Wer immer du bist, Philip öffnet dir die Tür.
Er trägt wahrscheinlich seine Unterhosen, als er zur Tür geht. Er wird nicht nackt nach unten kommen, und es ist eine warme Nacht, also wird er nicht seinen dicken Morgenmantel überziehen.
Philip trägt seine Unterhosen, und er öffnet die Tür.
Aber du mußt mit ihm nach oben zurückgehen, um ihn zu hängen. Und du brauchst einen plausiblen Grund, damit er wieder die Treppe hinaufgeht. Du kannst niemanden gegen seinen Willen hängen. Du kannst niemandem eine Schlinge um den Hals legen und ihn zwingen, in die Tiefe zu springen. Menschen tun das nicht einfach so, es sei denn, man schlägt sie, bis sie gehorchen. Aber es gibt keine Male auf Philips Leiche, abgesehen von den Fesselspuren an seinen Händen – und natürlich den Druckstellen an seinem Hals. Ansonsten gibt es keine Anzeichen von einem Kampf.
Also weiß Philip nicht, was ihm bevorsteht.
Er geht zurück die Treppe hinauf. Du bist – wo? Vor ihm? Hinter ihm? Wahrscheinlich hinter ihm. Du erreichst den obersten Treppenabsatz und überfällst Philip mit dem Seil. Du bindest ein Ende an das Geländer und das andere um seinen Hals.
Und dann schubst du ihn nach unten. Philip greift nach dem Seil und versucht, es an seinem Hals zu lockern. Aber das kann er nicht. Seine Hände sind gefesselt.
Du mußt ihn also mit etwas bedrohen, damit er sich die Hände fesseln läßt.
Er vertraut dir so sehr, daß er dir die Türe öffnet. Was bedeutet, daß er nicht weiß, daß du eine Waffe hast.
Was hast du bei dir? Du hast das Seil, und das Mess –
Natürlich. Das Messer, mit dem du ihm die Zunge herausschneidest. Du kannst ihn damit bedrohen.
Seine Hände sind gefesselt, wenn du ihn hinunterstößt.
Und wann schneidest du seine Zunge heraus? Bevor du ihn hinunterschubst, oder danach?

Red geht die Treppe bis nach oben hinauf. Er kann die Stellen sehen, wo das Seil am Geländer entlanggeschabt ist.
Es ist kein Blut auf dem Boden. Das Blut befindet sich auf dem Boden im Erdgeschoß. Wenn du ihm die Zunge abschneidest, bevor du ihn schubst, dann wäre überall im ersten Stock Blut zu sehen. Aber es ist keines da.
Also schubst du Philip hinunter, und dann... während er dahängt und nach Luft schnappt... beugst du dich über das Geländer, greifst in Philips Mund und schneidest ihm die Zunge ab.
Reds Puls rast. Er ist plötzlich Philip, ein Körper, der am anderen Ende des Seils zappelt.
Du beugst dich nach unten, bis ich dich direkt vor mir sehe. Dein linker Arm umschlingt meinen Hals, damit ich stillhalte, und dein rechter Arm zwingt die Klinge in meinen Mund.
Was hat Lubezski noch gesagt? »Das Blut kam sogar so heftig herausgeschossen, daß es den Opfern den Gaumen aufriß.«
Red schlägt sich die Hand vor den Mund und übergibt sich zwischen seine Finger hindurch.

16

Red hat immer noch den Geschmack von Erbrochenem im Mund, als er eine halbe Stunde später durch das Haus von James Cunningham geht.
Er will das hier nicht tun. Er würde die Sache gerne abkürzen und einfach annehmen, daß an jedem Ort das gleiche geschehen ist. Aber das kann er nicht, bevor er nicht ganz sicher ist. Und er kann sich erst ganz sicher sein, wenn er alles noch einmal durchmacht.
Er muß jeden Mord getrennt betrachten. Das, was Philip Rho-

des passiert ist, hat zwar etwas damit zu tun, was James Cunningham geschehen ist, aber es ist kein Teil davon.

Fang ganz von vorne an, wie zuvor.

Es gibt keinen anderen Weg ins Haus als durch die Haustür. Keine Durchgänge an der Seite des Hauses in den Garten und ohne Hilfsmittel kein Zugang in den ersten Stock. Genau wie in der Radipole Road.

Die Annahme, daß Cunningham dem Mörder die Tür geöffnet hat, trifft also zu.

War es jemand, den er kannte? Wie wahrscheinlich ist es, daß er und Philip Rhodes gemeinsame Freunde hatten?

Ganz und gar unwahrscheinlich. Sie liegen Generationen auseinander, übten einen unterschiedlichen Beruf aus und lebten in verschiedenen Gegenden der Stadt.

Es ist vier Uhr morgens, und es klingelt an der Tür.

Wo ist James Cunningham? Natürlich im Bett.

Red geht nach oben ins Schlafzimmer. Cunningham schläft – *schlief* – in einem großen Doppelbett. Die Decke auf der linken Seite ist durcheinander, das Laken ist hier und da zu sehen, und es befindet sich ein schwacher Abdruck im Kissen. Die andere Seite des Bettes ist unberührt. Kein Anzeichen eines Kampfes.

James Cunningham tritt die Decke nach unten, als er die Klingel hört. Er wird nicht aus dem Bett gezerrt oder in seinem Zimmer angegriffen. Warum wurde dann sein Nachthemd auf dem Fußboden im Schlafzimmer gefunden? Er wird nicht in Unterhosen zur Tür gehen, geschweige denn nackt. Schläft er in seinem Nachthemd *und* seinen Unterhosen? Unwahrscheinlich.

Red dreht sich um und geht langsam die Treppe hinunter.

Es ist vier Uhr morgens, und es klingelt an der Tür. Cunningham geht nach unten und macht die Tür auf. Und was dann?

Und dann schlägt ihn jemand auf dem Wohnzimmerfußboden brutal zusammen. Aber irgendwann, mittendrin, zieht er sein Nachthemd aus und seine Unterhosen an.

Die Bilder fügen sich in Reds Hirn zusammen und lösen sich wieder auf. Er spürt, wie sie sich allmählich herauskristallisieren.
Er zieht Verbindungen zu Philip.
Die Unterhosen. Wo liegen Cunninghams Unterhosen?
Im Schlafzimmer.
Also zwingst du Cunningham, nach oben in sein Schlafzimmer zu gehen und seine Unterhosen an- und sein Nachthemd auszuziehen.
Wie zwingst du ihn? Ganz einfach. Du bist jünger und stärker. Und du hast mindestens zwei Waffen bei dir. Den Knüppel, mit dem du ihn schlägst, und das Messer, mit dem du seine Zunge herausschneidest.
Red geht nach oben ins Schlafzimmer zurück. Er bleibt in der Tür stehen und sieht sich um.
Du bist hier und zwingst Cunningham, sich umzuziehen. Er geht zu der Kommode an der Wand hinüber und holt ein Paar Unterhosen heraus. Dann zieht er sie an.
Zieht er sich nackt vor dir aus?
Er wird das nicht tun, wenn du ihn nicht dazu zwingst. Er wird vor dir nicht nackt sein wollen. Er wird seine Unterhose unter dem Nachthemd überstreifen und dann sein Nachthemd ausziehen. Und wenn du ihn zwingst, sich völlig auszuziehen, warum läßt du ihn dann seine Unterhosen wieder anziehen, bevor du ihn umbringst?
Er ist also nie völlig nackt vor dir. Was bedeutet, daß du ihm zumindest einen Teil seiner Würde läßt.
Red steht in der Schlafzimmertür. Wenn er sich anstrengt, dann hat er das Gefühl, als könne er den Bischof in seinem Kopf zum Leben erwecken und ihn im Zimmer vor sich sehen.
Und du? Was tust du währenddessen?
Plötzlich erkennt Red, daß er genau an der Stelle steht, an der der Mörder gestanden hat.
Du folgst Cunningham die Treppe hinauf, also betrittst du das

Schlafzimmer nach ihm. Und du bleibst an der Tür, damit er dir nicht entkommen kann. Warum bringst du ihn also zurück nach unten, um ihn zu töten? Warum machst du ihn nicht hier im Schlafzimmer kalt? Hast du die Waffen unten gelassen? Nein, du hast sie bei dir, um den Bischof in Schach zu halten, falls er querschießt. Es gibt also keinen Grund, Cunningham wieder nach unten zu bringen.

Es sei denn...

Lubezskis Worte gehen ihm durch den Kopf. Sie haben auf dem Boden von Cunninghams Schlafzimmer ein Nachthemd – »unblutig, aber eingerissen« – neben der Tür gefunden.

Eingerissen.

Red bleibt stocksteif in der Tür des Schlafzimmers stehen und wartet, daß der Groschen fällt.

Der Bischof steht in seinen Unterhosen da und hält das Nachthemd in den Händen, das er gerade ausgezogen hat.

Und er wirft es dir zu. Das tut er. Er wirft es dir genau ins Gesicht und bringt dich für eine Sekunde aus dem Konzept. Und in dieser Sekunde, in der du das Nachthemd entfernst, drängt sich Cunningham an dir vorbei. Du zerrst an dem Nachthemd. Deshalb zerreißt es. Du zerrst daran, um es von deinem Gesicht zu entfernen.

Und Cunningham ist durch die Tür, aber er ist alt und dick und langsam, und du wirst ihn einholen.

Red blickt sich um und sieht es beinah sofort. Das Holz des Türrahmens ist ungefähr in Schulterhöhe gesplittert.

Du schlägst mit einem Baseballschläger nach Cunningham, aber du verfehlst ihn und triffst den Türrahmen. Du bist jedoch schnell. Du holst erneut aus, und diesmal triffst du ihn. Du bist immer noch im ersten Stock, denn du triffst Cunningham, bevor er eine Chance hat, laut loszuschreien. Er hat immer noch seine Zunge, denn hier oben befindet sich nicht viel Blut.

Wenn du Cunningham die Stufen hinunterlaufen läßt, verschwindet er durch die Haustür und schreit Zeter und Mordio.

Und da er das nicht getan hat, mußt du ihn auf dem oberen Treppenabsatz getroffen haben. Warum ihn also nach unten bringen? Hier oben ist genügend Platz, ihn zu töten.
Weil …
Weil du Cunningham so hart triffst, daß er die Treppe hinunterfällt. Deshalb. Und im Flur ist nicht genug Platz, sich umzudrehen, geschweige denn, mit einem Baseballschläger auszuholen. Also bringst du ihn ins Wohnzimmer und tötest ihn dort.
Die Waffe hebt und senkt sich wie in der Schlußszene von *Apocalypse Now,* der Bischof liegt fett und hilflos wie Brando auf dem Boden.
Wann schneidest du ihm die Zunge ab? Lubezski sagt, du tust es, als er noch lebt. Aber du kannst nicht genau wissen, wann Cunningham stirbt. Also machst du es gleich, als du gerade anfängst, ihn zu bearbeiten, wenn du ganz genau siehst, daß er noch lebt. Und dann prügelst du richtig auf ihn ein.
Auf Reds Körper bilden sich Schweißperlen, aber nicht nur, weil es eine warme Nacht ist.
Ich weiß also jetzt, wie du es tust. Aber ich weiß immer noch nicht, warum.

17

Zwei Polizeiwagen jagen mit stummen, blauen Sirenen durch die Nacht.
Sie treffen sich in der Trinity Street und jagen dann nach rechts und links auseinander wie Düsenjäger. Einer hält vor dem Whewell's Court und der andere auf dem Kopfsteinpflaster, das zum Great Gate führt.
Autotüren öffnen sich, und das leise Rauschen von geheimen Funk-

kanälen ist zu vernehmen. Die Männer bewegen sich zielstrebig; sie werden einen Mörder verhaften.

Red steigt aus einem der Polizeiwagen aus. Die Polizisten, vier insgesamt, ziehen ihre Helme an. Red zeigt ihnen den Weg.

»Im dritten Innenhof, der letzte Treppenaufgang auf der linken Seite. Treppenaufgang J, Zimmer fünf. Es ist nicht abgeschlossen.«

Sie nicken ihm zu und verschwinden durch das Tor.

Red sitzt auf der niedrigen, kniehohen Mauer, die das Trinity College umgibt, und vergräbt das Gesicht in den Händen. Die blauen Lampen auf den Dächern der Polizeiwagen rotieren träge im Nebel, und die Rücklichter werfen einen roten Schimmer auf das Kopfsteinpflaster.

Farben. Blau steht für Kälte, Rot für Schande und Wut und Verrat.

Das Tor zum Whewell's Court öffnet sich.

Eric befindet sich zwischen den Polizisten. Der Kragen seines alten Tweedmantels ist nach innen eingeschlagen, er hat die Augen zu Boden gerichtet, und sein Mund steht offen. Die Polizisten müssen ihn an den Armen festhalten, und Eric stößt immer wieder leicht gegen sie, während sie zu den Polizeiwagen gehen. Als wäre er ein harmloser Betrunkener, den sie zum Revier nach Parkside fahren, damit er dort in einer Zelle seinen Rausch ausschlafen kann. Ein harmloser Querulant, kein Mörder.

Einer der Officer drückt Erics Kopf nach unten, als er auf den Rücksitz des Autos klettert, das dem Tor am nächsten ist, und er wehrt sich nicht. Zwei Polizisten zwängen sich neben ihn, und einer steigt vorne auf der Fahrerseite ein. Der vierte fährt den andern Wagen zurück nach Parkside.

Eric sieht seinen Bruder nicht, der zehn Meter entfernt auf der Mauer sitzt, denn er blickt nicht einmal auf oder schaut sich um.

18

Samstag, 2. Mai 1998

Die Morgenzeitungen liegen ausgebreitet auf dem großen Tisch in der Mitte des neuen Raums, den Red als Einsatzzentrale für sie organisiert hat. Jede einzelne enthält einen Artikel über den Mord an Cunningham. Die *Sun*, der *Independent* und die *Daily Mail* bringen den Artikel auf der Titelseite, die *Times* und der *Daily Telegraph* enthalten zusätzlich zu ihren Berichten auf den Nachrichtenseiten Nachrufe.

Die meisten Artikel enthalten das gleiche: Zitate von Duncan, einen Beitrag vom Erzbischof von Canterbury, Kommentare von den Nachbarn. Sie alle haben die Einbruch-Story geschluckt, und Philip Rhodes wird nirgendwo erwähnt. Ein getöteter Bischof ist eine Schlagzeile wert; der ermordete Besitzer eines Partyservice nicht.

Da Samstag ist, sind alle leger gekleidet zur Arbeit gekommen, und so wie Jez nun einmal ist, hat er es auf die Spitze getrieben. Er taucht als letzter auf und trägt knappe Joggingshorts und ein Unterhemd.

»Mein Gott«, sagt Kate. »Seht euch das an.«

Jez wirft ihr einen Kuß zu. »Faß nicht an, was du nicht bezahlen kannst, Schätzchen«, sagt er. »Außerdem wirst du mich sowieso nie kriegen. Ich bin viel zu schnell für dich.«

»Bist du schon im Training?« fragt Red.

»Ja, klar. Beim Triathlon muß man topfit sein.«

Duncan starrt Jez wütend an. »Wenn du mich fragst, wärst du besser dran, wenn du dich besaufen und bumsen lassen würdest.«

»Und du wärst besser dran, wenn du nicht wie eine ganze Brauerei stinken würdest. Also halt dich geschlossen.«

»Läßt du dich bumsen, Jez? Oder bist du so sehr in dich selber verliebt, daß du übers Wichsen nicht rauskommst?«

Red geht dazwischen. »Hört sofort auf damit.«
Red weiß, wo das Problem liegt. Duncan ist sauer, weil er an diesem Wochenende Sam nicht nehmen kann, und seine Wut wird durch die Auswirkungen seines Katers nur noch schlimmer. Also will er es an jemandem auslassen. Und Jez – ein intelligentes, dynamisches Produkt der Thatcherzeit – ist dafür genau der Richtige.
Red versucht, die Spannung abzubauen, indem er zur Sache kommt.
»Ich schlage vor, wir rekapitulieren, was wir bis jetzt herausgefunden haben, und dann können wir unsere Theorien besprechen, was das Wer und Warum angeht. Wer möchte anfangen?«
Kate antwortet als erste.
»Ich fange an. Willst du zuerst die guten oder die schlechten Neuigkeiten hören?«
Red überlegt einen Moment lang. »Die schlechten.«
»Die Tatorte haben nichts ergeben. Jez und ich waren gestern noch einmal überall, um ganz sicher zu gehen, daß wir nichts übersehen haben, aber es ist absolut nichts dabei herausgekommen. Weder die Nachbarn in Fulham noch die in Wandsworth haben etwas gesehen oder gehört. Wenn sie doch etwas wissen, dann sagen sie es jedenfalls nicht. Du weißt, wie es in den Städten ist – jeder kümmert sich nur um seine eigenen Angelegenheiten, und niemand interessiert sich für die Probleme anderer.«
»Was ist mit der Gerichtsmedizin? Haben sie etwas Brauchbares gefunden?«
»Nein. Gar nichts.«
»Was ist die gute Neuigkeit?«
»Ich habe gleich mehrere. Wir haben die Fabrik ausfindig gemacht, die die silbernen Löffel herstellt.«
Red zieht die Augenbrauen nach oben.
»Ich bin wirklich beeindruckt.«
»Es ist ein Laden in Sheffield, was wohl keine große Überraschung darstellt. Er heißt *Rivelin Valley Metalworks.* Ich habe

gestern nachmittag mit dem Direktor gesprochen, einem gewissen Malcolm Fremantle.« Sie zeigt auf ein paar Zahlen auf ihrem Notizblock. »Die Löffel werden in Zwölfersets verkauft und sind aus massivem Geprägesilber. Für den Einzelhandel kosten sie ungefähr 250 Pfund. Wenn es weniger kosten soll, dann gibt es die gleichen Löffel versilbert für unter 80 Pfund. Das ist der durchschnittliche Preis. Was der Einzelhändler dafür verlangt, bleibt ganz ihm überlassen. So aus dem Stehgreif schätzt Fremantle, daß sie seit 1989 ungefähr sechstausend Sets verkauft haben.«

»Warum seit 1989.«

»In dem Jahr hat *Rivelin Valley Metalworks* die Fabrik übernommen. Aus der Zeit davor haben sie keine Zahlen. Na, jedenfalls wird Fremantle überprüfen, was er hat, und mich sofort als erstes am Montag anrufen.«

»Hast du eine Liste der Einzelhändler, die *Rivelin Valley* beliefert?«

»Das hat er mir außerdem für Montag versprochen. Aber so wie es sich anhört, werden sie im ganzen Land verkauft.«

»Wenn sie in zehn Jahren nur sechstausend Sets verkauft haben, dann werden wir wohl nicht allzu viele Einzelhändler überprüfen müssen.«

Kate nickt. »Sehe ich auch so.«

»Und bei einem Preis von 250 Pfund werden die meisten Leute mit Kreditkarte oder Scheck bezahlt haben, nicht in bar. Daher dürften die Käufer einfacher zurückzuverfolgen sein. Na schön ... was ist die andere gute Nachricht?«

»Das hat auch mit den Löffeln zu tun. Die Symbolik mit dem Silberlöffel war so offensichtlich, daß wir die finanzielle Situation der Opfer überprüft haben. Und was glaubst du, haben wir herausgefunden?«

»Was?«

»Philip Rhodes hatte ein beträchtliches Vermögen. Wir konnten gestern in der kurzen Zeit bis Büroschluß keine Einzelheiten herausfinden, aber wir haben genug Informationen.«

Sie blättert in ein paar Papieren herum.
»Hier. Einzelheiten von der Unterhaltung mit Philip Rhodes' Vater im Revier Heckfield Place, die gegen 17.15 stattfand. Er ist nach London gekommen, nachdem er von Philips Tod erfahren hatte. So wie es aussieht, hat die Familie altes Geld. Seine Eltern leben auf irgendeinem Schloß in Warwickshire. Und Philip verfügt über einen Treuhandfond, der von einer Firma von Börsenmaklern verwaltet wird. Er wird auf mehr als eine Millionen Pfund geschätzt.«
»Ach du heilige Scheiße. Aber er hat doch ein ganz normales Leben in Fulham geführt.«
»Offensichtlich war vorgesehen, daß er erst nach seinem fünfunddreißigsten Geburtstag an den Löwenanteil der Kohle kommt. Und ich glaube, daß Philip und sein Vater deswegen eine Meinungsverschiedenheit hatten.«
»Warum?«
»Der alte Rhodes hat zwar nichts gesagt, aber offensichtlich wollte er, daß Philip zu ihnen zieht und das Anwesen verwaltet. Es ist seit Hunderten von Jahren in den Händen der Familie, und Philip war das einzige Kind. Wenn er das Erbe nicht antritt, wird der Familie alles abgenommen, sobald der Vater stirbt.«
»Und Philip wollte nicht mitspielen?«
»Scheint so. Sein Vater murmelte etwas von ›wollte was aus seinem Leben machen‹ und ›auf eigenen Beinen stehen‹, und es klang, als sei das eine ansteckende tödliche Krankheit.«
»Aber die Meinungsverschiedenheit war nicht so ernst, daß er Philip enterben wollte?«
Kate zuckt die Achseln. »Anscheinend nicht. Außerdem hätte er das Geld niemandem sonst hinterlassen können, außer vielleicht der Wohlfahrt. Es gibt keine habgierigen Verwandten oder so etwas. Ich habe es überprüft.«
»Damit wäre Rhodes geklärt. Was ist mit Cunningham?«
»Jez hat sich darum gekümmert.«
Red wendet sich an ihn. »Jez?«

»Ich konnte nichts Richtiges über ihn herausfinden, aber im Gegensatz zu Philip schien er nicht sehr betucht. Kirchenmänner werden nicht besonders gut bezahlt. Ich habe Cunninghams Bankmanager erwischt, bevor er gestern nach Hause gehen wollte. Er hat mir nichts Konkretes gesagt.«
»Hat er gedacht, du wolltest ihm etwas vormachen?«
»O nein, er wußte, daß ich echt bin. Ich habe ihn gebeten, mich über die Vermittlung vom Yard zurückzurufen.«
»Was hat er gesagt?«
»Er hat mir keine Details genannt, aber er sagte, es gäbe keine ›exorbitanten‹ – seine Wortwahl, nicht meine – Summen auf Cunninghams Konto. Ich habe auch mit Cunninghams Bruder gesprochen, der mir im großen und ganzen das gleiche gesagt hat.«
Red legt die Handflächen auf den Tisch.
»Glaubt ihr, daß es sich um eine Verwechslung handelt?«
»Wer weiß. Könnte sein. Das Ganze ist mir ein Rätsel. Wenn dieser Typ etwas gegen reiche Leute hat, warum räumt er nicht ihre Häuser aus, wenn er schon einmal dabei ist. Das ergibt keinen Sinn. Er würde doch alles stehlen, was ihm in den Weg kommt, oder? Und warum versucht er es nicht in den wirklich großen Häusern in Mayfair oder Belgravia? In manchen dieser Häuser gibt es keine vernünftigen Sicherheitssysteme. Die zwei, in denen er war, waren nichts Besonderes, oder?«
Niemand hat darauf eine Antwort.«
Red steht auf. »Na gut. Damit wäre also das Grundsätzliche erledigt.« Er geht zu der weißen Tafel hinüber. »Ich bin gestern abend noch einmal zu den Häusern zurückgefahren und habe ein bißchen nachgedacht. Das offensichtlichste ist, daß es bei keinem der Häuser irgendwelche Anzeichen für gewaltsames Eindringen gab. Also gehe ich davon aus, daß sowohl Cunningham als auch Rhodes ihrem Mörder die Tür öffneten.«
In dem weißen, grellen Licht ihrer Einsatzzentrale teilt Red seinen drei Teammitgliedern das Ergebnis seiner Mutmaßungen vom vergangenen Abend mit – daß Philip Rhodes nicht wußte,

daß er gehängt werden würde, und daß James Cunningham versucht hat, zu entkommen. Er erzählt ihnen jedoch nicht, daß er sich übergeben mußte, weil er sich fürchtete, in den Häusern der Toten alleine zu sein.

»Meine Theorien sind selbstverständlich nicht hieb- und stichfest«, sagt er abschließend. »Aber sie sind vermutlich das Beste, was wir haben, bis wir etwas Gegenteiliges finden. Und ich bin sicher, daß ihr alle eine ziemlich gute Vorstellung davon habt, mit was für einer Sorte Mensch wir es zu tun haben.«

Red nimmt einen dicken Filzstift und malt ein Strichmännchen auf die weiße Tafel.

»Vorschläge.«

»Weiß«, sagt Jez.

»Bitte?« fragt Kate.

»Er ist weiß. Der Mörder ist ein Weißer. Du kennst doch die Theorie – Serienmörder übertreten nie die Grenze ihrer ethnischen Gruppe. Egal, welche Hautfarbe die Opfer haben, es ist sehr wahrscheinlich, daß der Mörder die gleiche hat.«

Red nickt und schreibt *weiß* neben das Strichmännchen.

»Unter fünfzig«, sagt Jez. »Es würde mich sehr wundern, wenn jemand über fünfzig genug Kraft besäße, den Bischof so zuzurichten.«

»Er besitzt eine höhere Ausbildung«, meldet sich diesmal Duncan zu Wort. »Der durchschnittliche Arbeiter trägt keine Silberlöffel mit sich herum.«

»Genau«, stimmt Red ihm zu und schreibt es auf. »Macht weiter. Kate?«

»Er kennt sich in London aus. Dieser Typ muß die Gegend erkundet haben, bevor er letzte Nacht losgeschlagen hat. Er ist kein Bauer vom Land. Er lebt in London. Irgendwo zentral wahrscheinlich.«

»Also müssen wir nur acht Millionen Leute überprüfen«, kommentiert Duncan. »Na großartig.«

»Vielleicht besitzt er medizinisches Hintergrundwissen«, mut-

maßt Jez. »Lubezski sagt, daß die Zungen fachmännisch herausgeschnitten wurden.«
»Gut.« Red schreibt *Mediziner?* neben das Strichmännchen und wendet sich wieder den anderen zu.
»Warum schneidet er ihnen die Zungen heraus? Und warum nimmt er sie mit?«
»Für medizinische Versuche?« schlägt Kate vor. »Wenn er medizinisches Wissen besitzt, dann will er vielleicht damit herumexperimentieren.«
»Ja, das ist eine Möglichkeit.«
»Eigentlich ist das doch eine Mafia-Methode, oder?« sagt Duncan. »Ihr wißt schon, bei Informanten und so. Sie schneiden ihnen die Zunge heraus, weil sie etwas gesagt haben, was sie nicht sollten. Glaubst du, daß einer der Opfer etwas mit der Unterwelt zu tun hatte?«
»Die beiden?« schnaubt Jez. »Ich bitte dich.«
Duncan starrt ihn wütend an, und Red geht schnell dazwischen.
»Das wissen wir nicht mit Sicherheit, Jez. Wir werden es untersuchen, wie alles andere auch.«
»Ist gut, tut mir leid. Apropos Informanten, mir ist gestern abend etwas ähnliches durch den Kopf gegangen. Wofür benutzen wir Zungen?«
»Zum Sprechen«, erwidert Duncan. »Wie ich gerade schon sagte.«
»Und wozu noch?«
»Zum Essen«, sagt Kate. »Zumindest zum Schmecken.«
»Genau. Essen und Sprechen. Philip betrieb einen Partyservice, und James war ein Bischof. Philip hat Essen zubereitet und James gepredigt. Beide benutzten ihre Zungen bei ihrer Arbeit.«
Red kratzt sich am Ohr.
»Das ist eine interessante Art, die Sache zu betrachten. Aber beinah jeder benutzt seine Zunge bei der Arbeit.«
»Aber einige mehr als andere«, erwidert Jez.

Duncans Sarkasmus überwindet seine Kopfschmerzen. »Wer ist also auf deiner Liste, Jez? Busschaffner, Fensterverkäufer, Politiker, Sänger, Schauspieler und der Typ im Supermarkt, der den *Evening Standard* anpreist? Das ist ja ein toller Anfang.«
»Duncan, du bist keine große Hilfe«, sagt Red.
»Ach komm schon, Red. Wir tappen völlig im dunkeln, und das weißt du auch. Der ganze Mist über Motive ist… nun ja, Mist. Es wird uns nirgendwo hinführen.«
»Was also, schlägst du vor, sollen wir tun?«
Duncan lehnt sich in seinem Stuhl zurück und schaut sich im Raum um. »Beten.«

19

Sie stecken Eric zwei Stunden lang in eine Zelle, bevor sie ihn verhören. Einerseits, um ihn mürbe zu machen, andererseits, um DCI Hawkins Zeit zu geben, herzukommen und das Verhör zu führen.
Das Verhör dauert länger als anderthalb Stunden, und Eric weint nicht ein einziges Mal. Er schreit auch nicht herum oder brüllt oder verspottet sie oder verlangt einen Anwalt. Er tobt nicht herum oder versucht, seine Unschuld zu beteuern. Eric beantwortet Hawkins Fragen ruhig und gelassen und blickt die meiste Zeit des Verhörs auf den Boden. Eigentlich benimmt er sich mehr wie ein Augenzeuge bei einem Autounfall als der Mann, der bis vor ein paar Stunden der meistgesuchte Kriminelle der Stadt war. Er scheint ein gebrochener Mann.
Hawkins kann sich nicht helfen und hat beinah Mitleid mit Eric. Es ist ein flüchtiges Gefühl, daß er vehement beiseite schiebt. Aber es ist ganz eindeutig da und zerrt an ihm, als er den Vernehmungsraum verläßt und den Gang entlanggeht, um sich eine Tasse Tee und ein Anklageformular zu suchen.

Um Viertel vor neun morgens wird Eric Metcalfe offiziell des Mordes an Charlotte Logan angeklagt.

20

Zwischenspiel

Sie finden nichts. Absolut nichts.

Jez und Kate überprüfen die Liste von Philip Rhodes' Freunden und die von James Cunnighams Freunden, aber keiner der Namen taucht auf beiden Listen auf. Sie überprüfen jeden, der möglicherweise auf beruflicher Ebene mit den Männern in Kontakt gestanden hat, und wieder gibt es keine Übereinstimmungen. Nur ihr Tod verbindet die beiden miteinander. Warum hat der Mörder in einer Millionenstadt gerade die beiden ausgesucht?

Fragen über Fragen und zu keiner eine Antwort. Alles, was sie finden, ist ein Spitzname für den Mörder, den sie »Silberzunge« taufen.

Duncan kümmert sich um die Liste der Leute, die die Löffel gekauft haben. Von den 6 000 verkauften Sets wurden weniger als 500 im Großraum Londons gekauft. Sie suchen und befragen jeden einzelnen Käufer. Die meisten haben ihr Set komplett. Ein paar behaupten, sie hätten das Set Freunden oder Verwandten geschenkt. Diese werden überprüft und als komplett befunden. Zwei Leute behaupten, ihre Kreditkarten seien gestohlen und (neben anderen Dingen) zum Kauf der Löffel benutzt worden. Die Kreditkartenfirmen bestätigen das und fügen hinzu, daß sie die Opfer entschädigt hätten. Vier Leute behaupten, sie hätten ihr Set bei einem Einbruch verloren, und Polizeiberichte und Versicherungsberichte bestätigen das. Elf

Leute haben ihr Set außerhalb des Großraum Londons gekauft und sind dann in die Gegend gezogen. Sie alle werden befragt und entlastet.
Die psychologischen Profiler finden auch nicht mehr heraus, als Red und sein Team mit Hilfe des Strichmännchens auf der weißen Tafel herausgefunden haben. Die berühmte Abteilung für Verhaltensforschung des FBI ist zu beschäftigt, um Leute auszuleihen: Sie haben mit einem großen Fall in Gary, Indiana zu tun, das nicht nur die zweifelhafte Ehre hat, Amerikas Gewalthauptstadt zu sein, sondern auch noch die Heimat der Jackson Five ist. Offizielle Stellen bestreiten, daß da ein Zusammenhang besteht. Außerdem hat Silberzunge bis jetzt erst zwei Leute getötet. Laut FBI muß man fünf Opfer haben, um offiziell als Serienmörder eingestuft zu werden.
Wie vorherzusehen war, verlieren die Medien schnell das Interesse. Die Fortsetzungsartikel werden immer weniger und hören knapp vier Tage nach dem Auffinden von James Cunninghams Leiche ganz auf. Nicht ein einziger Journalist im ganzen Land scheint zu wissen, daß Philip Rhodes überhaupt existiert hat, oder schert sich darum, daß er getötet wurde.
Red, Jez, Duncan und Kate drehen sich im Kreis. Sie suchen, bis sie nicht mehr wissen, wo oben und unten ist. Sie gehen immer und immer wieder die gleichen Fakten durch, überprüfen Hinweise, von denen sie wissen, daß sie in Sackgassen enden, und finden heraus, daß alle neuen Spuren ebenfalls nirgendwohin führen.
Und die ganze Zeit kommt Red keinen Schritt weiter, was das Warum angeht. Zwei Morde an einem Tag und dann nichts. Er fragt sich, warum Silberzunge nicht wieder zugeschlagen hat. Vielleicht ist er wegen eines anderen Verbrechens verhaftet worden, das gar nichts mit diesem Fall zu tun hat, und sitzt in Untersuchungshaft. Vielleicht ist er gestorben oder ins Ausland gegangen. Oder vielleicht ist er da, wartet den richtigen Zeitpunkt ab und verspottet sie mit seinem Schweigen. Er hat keinen Versuch unternommen, mit ihnen in Kontakt zu tre-

ten. Keine Nachrichten, keine Anrufe, keine Faxe oder E-mails. Keine Aufforderung, verschlüsselte Botschaften im Anzeigenteil oder auf den Teletextseiten im Fernsehen zu hinterlassen.

Nichts.

Red fällt der Fall von Colin Ireland ein, der 1993 fünf Homosexuelle tötete, bevor er gefaßt wurde. Ireland nahm Kontakt mit der Polizei auf und sagte ihnen, er werde jede Woche einen Homosexuellen umbringen, bis sie ihn fassen. Red kann sich sehr gut daran erinnern. Er erinnert sich auch an die Bitte, die sie an Ireland richteten. »Wir müssen mit Ihnen reden. Genug ist genug. Genug Schmerz, genug Kummer, genug Tragödie. Geben Sie auf – zu welchen Bedingen auch immer und egal, was Sie verlangen.«

Aber in diesem Fall können sie solch eine Bitte nicht äußern. Silberzunge hat nicht angerufen, und daher können sie nicht mit ihm direkt sprechen. Und da die Morde in der Öffentlichkeit nicht bekannt sind, können sie sich auch nicht durch die Medien an ihn wenden.

Es besteht absolut kein Kontakt. Das Schweigen dehnt sich vor ihnen aus. Eine Woche. Zwei Wochen. Ein Monat. Zwei Monate. Die unbarmherzig erdrückende Hitze hält weiterhin an. Jeden Tag nehmen sie ihre Sandwiches mit in den St. James' Park, setzen sich unter den gleichen Baum und gehen die Fakten durch. Und wenn sie nach Hause gehen, sind sie Silberzunge nicht näher als bei Arbeitsbeginn am Morgen.

Am ersten Juli wetten sie, ob sie bis zum 1. August – drei Monate nach den Morden an Philip Rhodes und James Cunningham – einen weiteren Mord haben werden oder nicht. Jeder von ihnen zahlt fünfundzwanzig Pfund in den Topf. Jez und Kate gehen davon aus, daß sie ungeschoren davonkommen, da sie Glück haben und den Täter erwischen werden. Duncan kann sich nicht entscheiden und schließt sich ihnen dann doch an – wohl eher, weil er überzeugt ist, daß Silberzunge untergetaucht ist, und nicht, weil er glaubt, daß sie ihn kriegen werden.

Nur Red behauptet, daß Silberzunge vor dem 1. August erneut töten wird.
Jez, Kate und Duncan werden also jeder dreiunddreißig Pfund und dreiunddreißig Pence gewinnen, wenn es kein neues Opfer gibt, und Red kriegt die ganzen hundert Pfund, wenn doch. Kate findet es unfair, daß sie und Jez und Duncan so wenig bekommen, wenn sie gewinnen. Red weist sie darauf hin, daß sie viel höhere Chancen hätten – oder zumindest glaubten sie das ja wohl, da sie sonst nicht ihr Geld gegen ihn gesetzt hätten.
Red gewinnt.

21

Samstag, 25. Juli 1998

James Buxton macht nicht die Tür auf.
»Ich bin mir sicher, er hat zwölf Uhr dreißig gesagt«, sagt Caroline.
»Vielleicht ist er nur kurz zum Laden gegangen«, erwidert Rupert. »Wir können ja ins Pub gehen und es in einer halben Stunde noch einmal versuchen.«
»Nein, Rupert. All die Pubs in Putney, die am Fluß liegen, werden inzwischen brechend voll sein. Wir werden niemals einen Platz draußen bekommen, und drinnen ist es brütend heiß. Außerdem sieht es James gar nicht ähnlich, zu spät zu kommen. Er wird bald hier sein.«
»Ich will versuchen, ihn anzurufen.« Rupert wühlt in seiner Tasche herum. »Verdammt. Ich habe mein Handy vergessen. Du hast nicht zufällig zehn Pence bei dir, oder?«
Caroline öffnet ihr Portmonnaie und sucht ihre Silbermünzen

durch. »Nein, nur Zwanzigpencestücke.« Sie gibt ihm eins. »Ich glaube, um die Ecke ist ein Münzsprecher. Da, genau hinter dem Telefonmast.«

Rupert will gerade losgehen, bleibt dann jedoch stehen. Er starrt mit zusammengekniffenen Augen die Straße hinunter auf einen Mann, der mit vier Taschen auf sie zukommt. Sie sehen aus wie schwere Einkaufstüten, und er hält sie von seinem Körper weg, damit sie ihm beim Gehen nicht gegen die Beine knallen.

»Das ist doch Nick, oder?« sagt er.

Caroline folgt seinem Blick. »Ja, ich glaube schon.« Mit lauter Stimme ruft sie: »Nick, Nick!«

Nick Buxton hebt die Einkaufstüten in seiner rechten Hand zum Gruß ein wenig in die Höhe und beschleunigt seine Schritte. Als er sie erreicht, ist er außer Atem, und Schweißperlen laufen ihm vor dem rechten Ohr das Gesicht herunter.

»Verdammt, ich habe überhaupt keine Kondition mehr«, stöhnt er und beugt sich vor, um Caroline auf beide Wangen zu küssen. »Caroline, wie schön, dich zu sehen.«

Er wendet sich Rupert zu und streckt den Mittelfinger unter den Schlaufen der Tragetaschen hervor, als Ersatz für einen Handschlag. »Rupert, alter Junge. Wie zum Teufel geht es dir? Und warum steht ihr beiden hier wie zwei Waisenkinder herum?«

»Wir waren eigentlich mit deinem Bruder zum Mittagessen verabredet, aber er ist nicht da«, erwidert Caroline.

»Nicht? Ich bin sicher, er hat gesagt, er wollte hier sein. Na ja, ich bin gerade erst zurückgekommen.« Nick zeigt mit dem Kopf auf die Reisetasche, die er auf dem Rücken trägt. »Ich dachte mir, ich kaufe auf dem Nachhauseweg ein paar Lebensmittel ein. Verdammt warm, nicht wahr?«

Er lädt zwei der Einkaufstaschen bei Rupert ab und öffnet die Tür. Der Flur ist dunkel und kühl. Rupert und Caroline folgen Nick die Treppe hinauf zu der Wohnung im ersten Stock. Nick

stellt die Tragetaschen auf dem Sideboard in der Küche ab und wischt sich die Stirn ab.
Er ruft nach seinem Bruder. »James? Rupert und Caroline sind hier.«
Keine Antwort.
Rupert rümpft die Nase, als er seine zwei Einkaufstüten auf dem Tisch abstellt.
»Hier riecht es aber komisch.«
Nick, der schon auf dem Weg aus der Küche ist, dreht sich um. »Das ist wahrscheinlich James. Ihr wißt doch, wie Soldaten sind. Ich wette, er hat sich seit einem Monat nicht mehr gewaschen.«
Sie gehen ins Wohnzimmer.
Und dann fängt Caroline an zu schreien, und es ertönt ein Poltern, als Rupert bewußtlos zu Boden fällt. Nick steht einfach nur da und weiß, daß ihn dieser Anblick sein Leben lang verfolgen wird.

22

Red spricht leise in sein Diktiergerät.
»James Buxton. Männlicher Kaukasier. Vierundzwanzig Jahre alt. Armeeoffizier, bei den Coldstream Guards. Die Leiche wurde kurz vor 13 Uhr von seinem Bruder Nicholas und zwei Freunden gefunden. Kein Anzeichen von gewaltsamem Eindringen in die Wohnung.«
Er tritt näher an die Leiche heran und preßt das Diktiergerät an den Mund. Das schwarze Plastik streift seine Lippen, als er spricht.
»Der Leichnam wurde enthauptet, der Kopf ungefähr sechzig Zentimeter vom Rest des Körpers entfernt aufgefunden. Der

Mann ist nur mit Unterhosen bekleidet und liegt auf der linken Seite. Die Hände sind auf dem Rücken gefesselt.«
Er macht eine Pause und fügt das Unerträgliche hinzu.
»Die Zunge wurde herausgeschnitten, und in der Mundhöhle befindet sich ein silberner Löffel.«
Red blickt von den Überresten von James Buxton auf.
»Blut ist auf die Wand am Kamin gespritzt, Blut umgibt den Leichnam auf dem Boden.«
Er schaltet das Diktiergerät aus und dreht sich einmal langsam um die eigene Achse. Es ist ein hübscher, geschmackvoll eingerichteter Raum. Die dunkelrosa Tapete ist mit alten Drucken übersät, auf denen Jagd- und Angelszenen abgebildet sind, und die Vorhänge werden von Troddelschnüren zuammengefaßt. Das Ganze sieht aus wie eine Werbung für *Liberty*.
Red spaziert zu dem Zeitungsständer neben dem Fernseher und läßt seinen Blick die Magazinrücken entlangwandern. *Tatler, Harpers & Queen, Horse and Hound, The Field, Top Gear, What Car?* Die typischen Interessen der britischen Reichen, denkt er. Gesellschaftsbälle, kleine Tiere töten und schnelle Autos fahren.
Er sieht sich in der restlichen Wohnung um. James' Schlafzimmer ist tadellos aufgeräumt und sein Bett unberührt. Red betrachtet die Fotocollagen an den Wänden und bemerkt, daß James' Gesicht auf allen zu sehen ist. James, wie er kerzengerade in seiner Regimentuniform dasteht, James, wie er bei einem formellen Abendessen betrunken in die Kamera lächelt. Es ist ein angenehmes, glückliches Gesicht.
Und nun liegt es ohne Zunge auf dem Fußboden im Zimmer nebenan.

23

»Was ist mit Caroline?« fragt Nick.
»Wir haben einen Arzt geholt, der ihr eine Beruhigungsspritze gegeben hat«, erwidert Red. »Sie haben ja gesehen, wie hysterisch sie war.«
»Und Rupert?«
»Er ist völlig geschockt. Im Moment ist ein Officer bei ihm.«
»Er ist in Ohnmacht gefallen, als er die Leiche gesehen hat, wissen Sie.«
»Ja, ich weiß.«
Nick blickt aus dem Fenster auf die Upper Richmond Road, wo der Verkehr völlig zum Stillstand gekommen ist und die Abgase die Ziegelsteine der Polizeistation von Putney noch mehr schwärzen.
Wenn man es nicht wüßte, käme man nicht darauf, daß Nick und James Brüder sind. Sie sehen sich überhaupt nicht ähnlich. James hatte ein markantes Kinn und eine schiefe Nase; Nicks Kinn scheint ohne Übergang in seinem Hals zu verschwinden. Ungleiche Brüder. Nick und James. Red und Eric. Red versucht, nicht daran zu denken.
Er zieht die Kappe von seinem Kugelschreiber. »Fertig?«
Nick wendet sein Gesicht wieder Red zu und nickt.
»Wann haben Sie James das letzte Mal gesehen?«
»So ungefähr vor zwei oder drei Wochen, glaube ich. Als ich das letzte Mal in London war.«
»Und Sie hatten ausgemacht, sich heute in der Wohnung zu treffen?«
»Ja, zum Mittagessen. Ich war beruflich in Newmarket und bin erst heute morgen zurückgekommen.«
»Was für eine Art von Beruf?«
»Ich bin ein Sicherheitsberater. Wir haben dort oben bei ein paar Büros die Antiterror-Vorkehrungen überprüft.«
»Und wie lange war James schon in der Wohnung?«

»Oh, erst seit gestern abend.«
»Wissen Sie, wann er nach Hause gekommen ist?«
»Nun, ich habe ihn gegen halb elf auf seinem Handy angerufen. Da war er im Pub. Also irgendwann danach.«
»In welchem Pub war er?«
»Er sagte, er sei im *Star and Garter.* Das ist eines der Pubs unten am Fluß.«
»Ich kenne es. Mit wem war er dort?«
»Mit ein paar Freunden. Ich kann Ihnen genaueres zu ihnen sagen, wenn Sie wollen.«
»Ja, bitte.«
Nick holt einen Kalender aus der Tasche und schlägt den Adressenteil auf, wo er eine lange Liste von Namen und Telefonnummern notiert hat. Er zeigt auf zwei von ihnen. Red schreibt sie sich auf.
»Sie wissen nicht, ob sie nach dem Pub noch irgendwo anders hingegangen sind?«
»Das kann ich mir nicht vorstellen. Jedenfalls nicht für sehr lange.«
»Könnten sie nicht in eine Disco gegangen sein?«
»Nein, Nick mochte keine Discos. Es wäre möglich, daß sie nach dem Pub noch zum Inder gegangen sind.«
»Und danach sind sie getrennte Wege gegangen?«
»Ja.«
Red rechnet laut vor sich hin. »Also … das Pub schließt um elf, zwanzig Minuten, um auszutrinken, anschließend noch ungefähr eine Stunde beim Inder, ein paar Minuten zu Fuß nach Hause … Er kann nicht viel später als ein Uhr zu Hause gewesen sein.« Das ist halb als Frage, halb als Feststellung formuliert.
»Das nehme ich an.«
»Na ja, ich kann mir diese Information immer noch von den Leuten besorgen, mit denen er zusammen war.« Red schweigt und fährt dann fort. »Nick, die nächste Frage, die ich Ihnen stellen werde, mag Ihnen ein wenig seltsam vorkommen. Bitte

glauben Sie mir, daß sie wirklich wichtig ist und daß sie möglicherweise sogar helfen kann, den Mörder Ihres Bruders zu fassen.«
»Sicher.«
»Wer lebte in der Wohnung?«
»James und ich.«
»Und wem gehörte sie?«
»Uns beiden zusammen.«
»Haben Sie zusammen eine Hypothek aufgenommen?«
»Nein, wir haben sie direkt gekauft.«
»Womit?«
»Mit Geld aus einem Treuhandvermögen.«
»Sind Ihre Eltern reich?«
»Das kommt darauf an, was Sie unter reich verstehen.«
Red begreift, daß Nick nicht versucht, auf Konfrontation zu gehen, sondern nur Klarheit schaffen will.
»Na gut. Im herkömmlichen Sinne, würden Sie sagen, daß Ihre Eltern reich sind?«
»Ich glaube schon.«
»Was macht Ihr Vater beruflich?«
»Er ist Banker.«
»Ist er erfolgreich?«
»Er ist Partner in einer großen Firma in der City. Ich denke, er ist ziemlich erfolgreich.«
»Ist er Millionär?«
»Nun ja – an einem guten Tag, wenn seine Anteile in die Höhe gehen, dann wahrscheinlich.«
»Aha.«
Der Silberlöffel. Der Silberlöffel paßt hier genausogut hin wie zu Philip. Aber nicht zu James Cunningham.
Red legt die Fingerspitzen aneinander. Er läßt seine Gedanken zurück zu dem schweifen, was er in der Wohnung der Buxtons gesehen hat.
James' Leiche, nackt bis auf die Unterhosen.
James' abgetrennter Kopf.

Bilder von einem jungen, freundlichen und hoffnungsvollen James an der Wand.
Etwas stimmt an den Bildern nicht.
Die Bilder sind in Collagen arrangiert und stecken hinter Glasrahmen. Die Art von Collagen, die Leute von sich und ihren Freunden machen.
Etwas stimmt an den Bildern nicht.
Red hat es beinah. Er läßt es auf sich zukommen, wie er es schon bei der Vorstellung von James Cunningham in seinem Nachthemd getan hat. Er weiß, daß es ihm entgleiten wird, wenn er zu sehr versucht, es festzuhalten.
Die Leute auf den Bildern.
Die Leute auf den Bildern sind fast ausschließlich Männer. Es hängen an die hundert Fotos an den Wänden, und nur ein kleiner Teil von ihnen zeigt Frauen.
Red läßt Nick nicht aus den Augen. Er will seine Reaktion auf das sehen, was er als nächstes sagen wird.
»Nick?«
»Ja?«
»War James homosexuell?«
»Nein. Nein, natürlich nicht.«
»Nicht einmal ein bißchen?«
»Was meinen Sie mit ›ein bißchen‹? Entweder ist man es, oder man ist es nicht.«
Oder man ist bisexuell und verdoppelt seine Chancen, an einem Samstag abend jemanden abzuschleppen.
»Ich meine, ob er jemals homosexuelle Erfahrungen gesammelt hat?«
»Nein.«
»Sind Sie sicher?«
»Ja.«
»Absolut sicher?«
»Ja!«
Er schreit es beinah heraus. Das ist eindeutig eine Lüge.
»Nick, Sie lügen. Ich weiß, daß Sie lügen.«

»Nein, tue ich nicht.«
»Doch, das tun Sie. Wissen Sie, woher ich das weiß? Weil Sie mich nicht das Offensichtlichste gefragt haben.«
»Und das wäre?«
»*Warum*? Warum glauben Sie, daß James homosexuell war? Wenn es keinen Grund zur Annahme gab, daß er homosexuell war, dann hätten Sie mich als erstes fragen müssen, wie ich zu dieser falschen Annahme komme.«
»Wenn ich es Ihnen doch sage, mein Bruder war hetero.«
»Warum hängen dann all diese Fotos von Männern an den Wänden?«
»Das weiß ich nicht. Er hatte viele Freunde.«
»Männliche Freunde?«
»Ja.«
»Was ist mit Freundinnen?«
»Meinen Sie weibliche Freunde oder richtige Freundinnen?«
»Beides.«
Nick schluckt. Seine Augen flehen Red an, ihm nicht weiter diese Fragen zu stellen.
Es ist doch nicht solch ein Tabu, denkt Red. Ich halte deinen Bruder schließlich nicht für einen Pädophilen oder einen Kannibalen oder so etwas.
»Nick ... ich muß es wissen. Sie verraten James nicht. Wenn wir denjenigen fassen sollen, der das getan hat, dann müssen Sie uns alles sagen, was Sie wissen, egal, ob Sie es für unwichtig erachten oder nicht. Es gibt so vieles an diesem Fall, das Sie nicht wissen und ich Ihnen nicht sagen kann. Aber bitte vertrauen Sie mir.«
Nick schaut auf den Boden, dann hoch zu Red, und schließlich hebt er die Hände in einer Geste der Kapitulation.
»Na gut, James war nicht besonders gut mit Frauen. Ich meine, er hatte hier und da eine Affäre, aber sie hielten nie sehr lange. Die längste Beziehung, die er hatte, dauerte, glaube ich, sechs Wochen. Er fühlte sich mit Frauen nicht sehr wohl. Er machte natürlich mit, wenn die Jungs bei einem Bier loslegten – Sie

wissen schon, Sprüche wie ›Hast du die Titten gesehen?‹ oder Prahlereien über seine Eroberungen, so was in der Art –, aber er war nicht mit ganzem Herzen bei der Sache. Das ganze Theater war wirklich nicht sein Ding.«

»Aber war er homosexuell?«

Nick antwortet auf Umwegen, quasi über die landschaftlich schöne Strecke.

»Sie dürfen nicht vergessen, daß James in der Armee war. Er wollte nie etwas anderes sein als ein Soldat. Er wollte nie Rennfahrer werden oder Kricketspieler oder sonst etwas. Nur Soldat. Ich glaube, von seinem zehnten Geburtstag an. Und er wollte es so sehr – *so* sehr –, daß er all seine Zweifel ganz weit von sich schob.«

»Was für Zweifel? Über seine Sexualität?«

»Ja. Er... äh... hat in der Schule *herumexperimentiert.«* Nicks Finger setzen das Wort in Anführungszeichen. »Ich glaube nicht, daß es etwas Ernsthaftes war. Ich glaube, die Hälfte der Jungen in seiner Jahrgangsstufe haben so etwas gemacht. Aber James hatte entsetzliche Angst, daß die Leute es herausfinden würden. Die Leute in der Armee.«

»Mit wie vielen Leuten hat er herumexperimentiert?«

»Oh, nur mit einem.«

»Wer war es?«

»Wer war wer?«

»Der Junge, mit dem James herumexperimentiert hat?«

»Er hieß Justin Rizzo.«

»Und was macht Justin Rizzo heute?«

»Er ist tot. Er starb in dem Jahr, das er sich zwischen Schule und Uni freigenommen hatte, bei einem Autounfall.«

»Oh.«

Red nimmt eine Marlboro aus dem Päckchen in seiner Tasche und zündet sie an. Er blickt Nick durch den Rauch mit zusammengekniffenen Augen an.

»Es wäre also sehr schlimm gewesen, wenn jemand die Sache mit James und Justin herausgefunden hätte?«

»Natürlich. Sie hätten ihn aus der Armee geworfen. Die Armee ist nicht gerade wild auf Schwule. Es ist schlecht für die Moral und so. Und selbst wenn sie ihn nicht rausgeworfen hätten, hätten sie ihm das Leben zur Hölle gemacht. James war ein verdammt guter Soldat. Er hatte es nicht nötig, sich wegen etwas fertigmachen zu lassen, das Jahre zuvor passiert ist.«

»Wie viele Leute wissen davon?«

»Nur ich.«

»Sie sind der einzige, dem er je davon erzählt hat?«

»Ja.«

»Nicht Ihren Eltern?«

»Scheiße, nein. Mein Vater wäre durch die Decke gegangen. Nein, ich bin der einzige, dem James es erzählt hat. Bitte erzählen Sie es niemandem.«

»Nick, das kann ich Ihnen nicht versprechen. Es könnte sehr wichtig sein.«

»Aber – «

Red hebt die Hand.

»Ich kann Ihnen nur versprechen, daß niemand erfahren wird, daß Sie es gesagt haben. Ich werde es als meinen Verdacht deklarieren. Wir haben schon genug herausgefunden, um so zu tun, als wären wir alleine darauf gekommen.«

Nicks Augen weiten sich, als ihm langsam die Bedeutung aufgeht.

»Glauben Sie, daß der Typ, der das getan hat … glauben Sie, daß das eine Schwulengeschichte ist?«

»Ich weiß es nicht. Aber andererseits weiß ich auch nicht, ob es das nicht ist.«

24

Red telefoniert nach dem Frühstück mit Parkside, und nach einem kurzen Zögern entscheidet Hawkins, daß Red seinen Eltern persönlich die Neuigkeit über Eric mitteilen soll. Die Angehörigen über den Tod, einen Unfall oder eine Verhaftung zu unterrichten, ist normalerweise die Aufgabe der Polizei, aber Hawkins stimmt zu, daß dies ungewöhnliche Umstände sind.

Red will gerade aufhängen, als Hawkins ihm viel Glück wünscht. Überrascht murmelt er ein Dankeschön und braucht drei Versuche, um den Hörer richtig auf die Gabel zu legen.

Als Red den Great Court, den großen Innenhof der Universität, überquert, hat sich der Nebel aufgelöst, und an seine Stelle ist eine wolkenlose, azurblaue Himmelskuppel getreten, gegen die sich die Türme und Zinnen der Colleges von Cambridge in scharfem Kontrast abzeichnen. Es ist ein kalter Wintermorgen, an dem jedoch die Sonne scheint; beides wird die Seelen derjenigen reinigen, die diesen Tag angehen werden, als sei es ein Tag wie jeder andere.

Für Red ist dieser Tag bereits sieben oder acht Stunden alt und wird nie mehr wie jeder andere sein.

Er braucht fünfzehn Minuten bis zur Grange Road, wo sein verbeulter grauer Mini Metro steht. Es ist Studenten nicht erlaubt, ohne offizielle Erlaubnis ein Auto in Cambridge zu halten, aber Red hat diese Regel ignoriert, seit er letzten Oktober sein letztes Jahr angefangen hat. Er läßt sein Auto in der Grange Road stehen, da es dort kein Parkverbot gibt. Außerdem gibt es dort nur einen Menschen, der so etwas wie Autorität besitzt, und das ist der Platzwart, der sich um die Sportplätze vom Trinity College kümmert.

Red braucht weniger als eine halbe Stunde, um von Cambridge zum Haus seiner Eltern zu fahren, das sich in dem Dorf Much Hadham befindet. Kurz vor zehn Uhr fährt er die Hauptstraße des Dorfes entlang, und plötzlich haßt er den Ort, in dem er lebt. Er haßt die Selbstgefälligkeit Mittelenglands, die Much Hadham nicht nur verkörpert, sondern die charakteristisch für das Dorf ist; die weißen Tudorhäuser mit den schwarzen Balken, die überall entlang der Straße stehen, die winzigen Tankstellen, die wie Miniaturausgaben aussehen, das Schild, das damit prahlt, daß Much Hadham das gepflegteste Dorf in Hertfordshire ist. Stinkende, egoistische, harte Konservative, die ihr sicheres, bequemes Leben führen und nichts von dem Zorn wissen, der außerhalb ihrer säuberlich geschnittenen Rasen herrscht.

Red stellt sich vor, welchen Effekt Erics Verhaftung auf das Dorf haben wird, und seine Knöchel umklammern das Lenkrad, bis sie weiß hervortreten. Er malt sich aus, wie die Leute über dem Kaffee am Morgen und beim abendlichen Bier im Pub tratschen werden; zweigesichtige Harpien, die sich in dem Drama und der Aufregung und der Schande der Metcalfes suhlen, die ihre Hilfe anbieten, obwohl sie wissen, daß sie sie nie geben müssen, und die sich gegenseitig gestehen, daß sie schon immer wußten, daß mit dem Jungen etwas nicht stimmt.

Robert und Margaret Metcalfe leben kurz hinter dem Dorf, in dem ersten Haus hinter dem Straßenschild, das die nationale Geschwindigkeitsbeschränkung anzeigt. Red biegt in die Auffahrt ein und stößt beinah mit dem Rover seines Vaters zusammen, der am Tor vorbeizirkelt.

Sein Vater kurbelt die Scheibe hinunter. »Red! Was für eine Überraschung. Da hatten wir ja ziemliches Glück, daß du mir nicht draufgefahren bist. Bleibst du lange? Ich habe es ein bißchen eilig, aber ich bin heute nachmittag wieder da.«

Ach, Dad. Immer optimistisch, auch wenn sein Geschäft den Bach runtergeht. Die Welt könnte vor einem Atomkrieg stehen, und er würde sich immer noch Gedanken machen, ob die Gin und Tonics kalt genug sind. Red lehnt sich aus dem Fenster.

»Dad, ich muß mit dir reden. Mit dir und Mum.«

»Kann das nicht warten? Ich habe um halb zwölf ein Treffen mit meinen Bankleuten in der Stadt. Ich befürchte, sie werden die Zwangsvollstreckung einleiten, wenn ich mir nicht schnell eine gute Ausrede einfallen lasse. Sie haben schon etwas von Konkursverwaltung gemurmelt. Es ist wirklich wichtig, daß ich pünktlich bin.«

»Dad . . . es ist etwas passiert.«

Der Schmerz muß Red deutlich im Gesicht stehen, denn er sieht, wie sein Vater bestürzt die buschigen Augenbrauen hochzieht.

»Was? Was ist passiert?«

»Ist Mum drinnen?«

»Ja. Ja natürlich. Was ist passiert?«

»Ich würde es euch beiden lieber zusammen sagen.«

»Was denn? Geht es dir gut? Ist Eric etwas passiert?«

»Dad. *Bitte.*«

Red fährt über den Kies zu dem Parkplatz unter dem Fenster zur Vorratskammer. Sein Vater läßt ihn zuerst aussteigen, bevor er rückwärts neben ihm einparkt. Schweigend gehen sie ins Haus.

Reds Mutter bügelt vor dem Fernseher in der Küche. Sie gibt einen leisen überraschten Laut von sich, als sie ihren Sohn sieht, und kommt hinter dem Bügelbrett hervor, um ihn zu umarmen.

»Margaret.« Die Stimme ihres Mannes. »Red hat schlechte Neuigkeiten.«

Sie bleibt kurz vor ihnen stehen und schaut unsicher von einem zum anderen.

»Was? Was ist passiert?«

Red zieht einen Stuhl unter dem Küchentisch hervor.

»Setz dich, Mum. Du auch, Dad.«

Sie setzen sich gehorsam hin, wie Hunde, die auf ihr Fressen warten.

Red weiß nicht, was er sagen soll, also fängt er einfach am Anfang an. Er steht völlig stocksteif da, so daß sich nur sein Mund und seine Augen bewegen. Seine Hände pressen sich an den Stoff seiner Hosentaschen, und seine Füße sind wie am Boden festgenagelt.

Red braucht zwanzig Minuten, um die ganze Geschichte zu erzählen. Das einzige, was er ausläßt, ist sein Versprechen an Eric, es niemandem zu sagen. Ansonsten erzählt er ihnen alles – Erics Geständnis, *Der Messias,* der Gang zur Polizeistation, die Verhaftung, die Anklage. Er weiß nicht, was er ihnen ersparen soll, also erspart er ihnen nichts.

Red läßt seine Eltern während seines Monologs nicht aus den

Augen. Er sieht, wie die Hand seiner Mutter an ihr Herz greift und dort liegenbleibt, als wäre die Berührung das einzige, was es am Leben halten kann. Sein Vater schüttelt langsam den Kopf und murmelt leise: »Mein Gott. Mein Gott.« Tränen quellen seiner Mutter unter den Lidern hervor und rollen ihr das Gesicht hinunter, bis sie sie von den Lippen leckt. Anständige Leute, gewöhnliche Leute, die es nicht verdient haben, daß ihr Leben auf diese Weise zerstört wird.

Als Red zu Ende gesprochen hat, herrscht Stille, die nur von dem Ticken der Wanduhr unterbrochen wird.

»Was haben wir falsch gemacht?« fragt seine Mutter, mehr sich selbst als die anderen.

»Mum . . .«

»Das ist jetzt nicht wichtig.« Sein Vater versucht, autoritär zu klingen. »Es ist jetzt nicht wichtig, was wir falsch gemacht haben. Die Frage ist, was wir jetzt machen sollen.«

»Wir können nichts *machen,* Dad.«

»Nichts? Es muß doch etwas geben. Wir können Eric doch wohl sehen?«

»Ich weiß es nicht. Da müssen wir zuerst die Polizei fragen.«

»Aber er ist unser Sohn«, weint Margaret. »Wir müssen ihn sehen. Es ist unser . . . Recht, ihn zu sehen. Oder etwa nicht?«

»Mum.« Red legt seine Hand auf ihre Hände.

Das Stuhlbein schabt über das Linoleum, als sein Vater aufsteht.

»Ich muß die Bank anrufen. Ihnen sagen, daß ich es nicht schaffe.«

»Robert! Ist das alles, woran du jetzt denken kannst? Du und deine verdammt Bank! Dein Sohn ist gerade – «

Red drückt die Hände seiner Mutter fester.

»Laß ihn gehen, Mum. Dad hat recht. Er sollte das zuerst erledigen.«

Bevor er all das richtig begreift, denkt Red, sagt es aber nicht laut.

Sie sehen Robert nach, der die Küche verläßt, und hören seine

Stimme, die um die Ecke in den Hörer spricht. Er hält sich kerzengerade, um unter dem Schock nicht zusammenzubrechen.
»Michael? Robert Metcalfe hier ... Sehr gut, danke. Und selbst? ... Ausgezeichnet, ausgezeichnet ... Hören Sie, es ist mir hier etwas dazwischengekommen ... Nein, das stimmt ... Ich fürchte, ich kann es nicht schaffen ... Etwas Wichtiges ... Könnten wir nicht einen neuen Termin vereinbaren, sobald das hier geklärt ist? ... Ja, das ist sehr nett von Ihnen ... Nein, ganz und gar nicht ... Ich habe Ihnen zu danken ... Auf Wiederhören.«
Robert kommt zurück in die Küche. Er läßt sich auf seinen Stuhl fallen und reibt sich die Augen. Nur am Telefon dieses unehrliche Gespräch zu führen hat schon seine ganzen Kräfte aufgezehrt.
Reds Eltern sehen ihren Sohn an.
»Was sollen wir tun, Red?« fragt sein Vater. Es ist keine Bitte um Rat. Es ist ein flehentlicher Hilferuf.
Seine Mutter und sein Vater sind so geschockt, daß sie keine Entscheidung mehr treffen können. Red ist nun ihr Elternteil und trifft Entscheidungen für sie, wie sie es für ihn getan haben, als er ein Kind war. Red und Eric, auf ihre eigene Art beide Männer der Tat, bahnen den Weg und lösen Ereignisse aus, die die behagliche Welt von Robert und Margaret Metcalfe verwüsten wie ein Wirbelsturm. Die Eltern sind von ihrem ältesten Sohn abhängig, damit er ihnen dabei hilft, mit dem fertig zu werden, was ihr jüngerer Sohn getan hat. Red sieht ihre Hilflosigkeit und weiß, daß er sie nicht im Stich lassen darf.
»Wir werden nach Cambridge fahren und zwar sofort. Ihr werdet unter falschem Namen in einem Hotel absteigen und ...«
Die Stimme seines Vaters unterbricht ihn.
»Red, ich schulde der Bank Tausende von Pfund. Das Haus ist bereits mit einer Hypothek belastet, und ich stehe so kurz vor dem Bankrott.« Er hält Daumen und Mittelfinger einen Millimeter auseinander. »Wo sollen wir das Geld für ein Hotel hernehmen?«
Die Jovialität seines Vaters ist nun verschwunden, als das Ausmaß von dem, was geschehen ist, langsam zu ihm durchdringt.
»Dad, wir haben keine andere Wahl. Die Presse wird jeden Moment

die Sache mit Eric herausfinden und wie der Blitz hier sein. Es wird zugehen wie am Picadilly Circus zur Mittagszeit. Du wirst nicht einmal mehr in der Lage sein, dir die Nase zu putzen, ohne daß sie darüber berichten. Ihr müßt losfahren. Und zwar sofort.«

»Ich werde nicht zulassen, daß irgenwelche verdammten... Reporter hier herumtrampeln. Ich werde hierbleiben. Ich werde nicht in irgendein Hotel ziehen.«

Roberts versuchter Trotz wirkt in seiner Unwirksamkeit lächerlich. Red legt seinem Vater eine Hand auf die Schulter.

»Es muß ja kein teures Hotel sein, Dad. Es gibt genügend Bed & Breakfast, die völlig genügen. Ihr könnt in eines einchecken, und dann kümmern wir uns darum, ob ihr Eric besuchen dürft. Aber du wirst nicht hierbleiben. Wir werden die Polizei bitten, vorbeizukommen und nach dem Haus zu sehen.« Er sieht seine Mutter an. »Mum, warum gehst du nicht und packst ein paar Sachen in den Koffer?«

Sie nickt geistesabwesend und schlurft aus dem Zimmer. Vater und Sohn sitzen in der Küche und lauschen auf die Geräusche aus dem ersten Stock.

Zehn Minuten später fahren sie im Rover in Richtung Cambridge. Red sitzt am Steuer, da es seiner Meinung nach weder sein Vater noch seine Mutter bis zum vorderen Tor schaffen würden, ohne einen Unfall zu bauen.

25

Montag, 27. Juli 1998

»Hat er tatsächlich den Kopf mit einem Schlag abgehauen? Junge, Junge. Nettes Bild, Tex.«

Jez geht die Fotos durch, die in der Wohnung von James Buxton gemacht wurden. Er klemmt die Knie zusammen, damit der Autopsiebericht nicht zwischen ihnen hindurch auf den Boden des Autos fällt. Die warme Luft von draußen bläst Jez ins Gesicht, während Red den Opel bei hundertdreißig Kilometer hält. Auf der gegenüberliegenden Fahrspur staut sich eine sechs Kilometer lange Schlange in Richtung London.

In Lubezskis Bericht steht, daß der Mörder sehr wahrscheinlich ein richtiges Schwert benutzt hat, um James zu enthaupten. Der Schnitt ist sehr glatt, und es gibt keine Säge- oder Hackspuren – die dagewesen wären, wäre der Kopf nicht mit einem Hieb abgetrennt worden.

Ein sauberer Hieb und ab mit dem Kopf.

Jez überfliegt die getippten Worte. Das meiste hat er sich schon gedacht. Vor Eintreten des Todes wurde die Zunge herausgeschnitten und der Löffel hineingeschoben. Die Druckstellen an den Knien lassen darauf schließen, daß James zum Zeitpunkt der Enthauptung kniete. Der Zeitpunkt des Todes wird auf zwischen zwei und vier Uhr morgens geschätzt. Kein Anzeichen von gewaltsamem Eindringen in die Wohnung. Kein Anzeichen von sexuellem Mißbrauch.

Jez steckt die Bilder zurück in den Bericht und wendet sich Red zu.

»Nun, Mr. Metcalfe, ich nehme an, es ist an der Zeit für Glückwünsche. Du bist jetzt hundert Pfund reicher als am Freitag.«

Red zieht eine Grimasse.

»Wenn du es genau wissen willst, könnte ich auf die hundert Pfund gut verzichten.«

»Du wirst sie also nicht annehmen?«

Red lächelt.

»*Das* habe ich nicht gesagt. Einhundert Pfund sind schließlich einhundert Pfund. Und es ist besonders befriedigend, sie euch Mistkerlen abzunehmen. Aber mal im Ernst – ich würde sie gerne abgeben – und noch mehr –, wenn ich in diesem Fall nur einen einzigen Hinweis hätte.«

»Und du glaubst, es wird etwas bringen, Alison Bird noch einmal zu befragen?«
»Ich weiß es nicht. Aber es ist einen Versuch wert, besonders nach dem, was James' Bruder uns gesagt hat.«
»Welcher James?«
Red blickt abrupt zu ihm hinüber.
»Oh, verdammt. Daran hatte ich nicht gedacht. Ich meinte James Buxton, aber es hätte genausogut James Cuningham gewesen sein können. Sie haben beide Brüder, nicht wahr? Nein, ich meinte Nick Buxton. Ich habe auch versucht, Stephen Cunningham zu erreichen. Er ist für zwei Wochen in Urlaub gefahren.«
»Glaubst du, es hat etwas mit dem Namen James zu tun?«
»Könnte sein. Aber warum wurde dann Philip Rhodes getötet?«
»Vielleicht heißt er mit Zweitnamen James. Weißt du es noch?«
»Nein, nicht auswendig, und ich habe auch nicht die Akte dabei. Wir werden Alison fragen, wenn wir da sind.«
Red nickt zu dem großen blauen Schild auf dem Grasstreifen hinüber. »Das ist unsere Abfahrt.« Er setzt den linken Blinker und fährt auf die Abbiegerspur.
»Was hat James' Bruder dir denn nun erzählt?« fragt Jez.
»Er hat gesagt, James habe in der Schule homosexuelle Erfahrungen gesammelt.«
»Na und?«
»Vielleicht hat sich Lubezski geirrt, daß dieser Fall nicht sexuell motiviert ist.«
»Nur weil eines der Opfer als Teenager ein bißchen herumexperimentiert hat? Jetzt hör aber auf. Außerdem ist keines der Opfer mißbraucht worden.«
»Das muß nichts bedeuten. Sieh es doch einmal so. Die Sache mit den Unterhosen hat mich die ganze Zeit gestört. Nehmen wir an, unser Mann ist schwul, oder *glaubt,* er könne schwul sein. Auf jeden Fall ist er ein bißchen prüde und obendrein

noch sexuell unzulänglich. Er geilt sich daran auf zuzusehen, wie sich diese Männer vor ihm ausziehen. Vielleicht zwingt er sie dazu, ihre ganze Kleidung auszuziehen und nackt herumzuspazieren, bevor sie sich wieder die Unterhosen anziehen. Vielleicht gebraucht er obszöne Ausdrücke. Er sieht gerne zu, versucht jedoch sonst nichts. Er kann keine Erektion bekommen. Er sieht ihnen einfach zu und bringt sie dann um. Daher der fehlende sexuelle Mißbrauch.«

»Klingt in meinen Ohren ziemlich dünn.«

»In meinen auch, aber wir haben keine besseren Ideen, oder?«

»Du hast aber immer noch keine Erklärung, wie die Zunge und der Löffel ins Bild passen.«

»Zugegeben, bei dem Löffel komme ich nicht weiter. Philip Rhodes und James Buxton passen in dieser Hinsicht ins Bild, weil sie beide über ein Vermögen verfügten. Aber nicht der Bischof. Man kann ihn ganz bestimmt nicht reich nennen. Also nehmen wir entweder an, daß der Mord an dem Bischof eine Verwechslung war, oder wir sind auf der falschen Fährte. Und so ungern ich es auch zugebe, aber ich glaube, es trifft das letztere zu.«

»Na gut, und was ist mit den Zungen?«

»Wenn es etwas mit Sex zu tun hat, dann gibt es verschiedene Gründe, warum er die Zungen mitnehmen möchte. Wenn er sie zwingt, ihm einen zu blasen oder etwas in der Art, dann wird er nicht wollen, daß Spuren von seinem Sperma oder seiner Haut zurückbleiben.«

»Aber du hast doch gesagt, er sei impotent.«

»Das stimmt. Und deshalb bin ich beinah hundertprozentig sicher, daß er sie nicht zwingt, mit ihm etwas zu tun. Und außerdem würde es nicht verhindern, daß Beweise im Rest des Mundes oder des Magens zurückbleiben, wenn er die Zunge herausschneidet. Laß uns das also ausschließen. Betrachten wir es aus einem anderen Blickwinkel. Zungen werden beim Küssen benutzt. Zungen sind ein Symbol für Intimität. Man küßt keine Prostituierten, oder? Man schiebt nur seinen Schwanz rein, und das war's. Aber wenn Silberzunge glaubt, daß er intim mit diesen Leuten werden kann, bevor er sie tötet, dann betrachtet er die Zunge vielleicht als Symbol für diese Intimität. Und so kann er sie mitnehmen und sie ansehen. Und wenn er impotent ist, dann symbolisieren die Zungen genau das Level seiner Erfahrung. So ergibt dieser Ansatz einen Sinn.«

»Was ist mit dem Bischof?«

»So wie ich das sehe, war er das Asexuellste überhaupt. Aber schwule Kirchenmänner gibt es wie Sand am Meer. Wenn Silberzunge *dachte*, daß Cunningham schwul ist, dann hat das vielleicht schon gereicht.«

Jez denkt an Cunningham, dessen Leiche fett und aufgedunsen und ekelerregend aussah. »Ich kann mir nicht einmal einen Hardcore-Perversen vorstellen, der ihn attraktiv finden könnte«, sagt er.

»Jez, wir reden hier von einem Typen, der Leuten bei lebendigem Leib die Zunge herausschneidet und Löffel in den Mund stopft. Er ist nicht gerade ein Kandidat für den Friedensnobelpreis.«

»Aber warum verändert er die Methode des Tötens, während er andere Aspekte konstant hält? Warum hat er einen erhängt, den anderen erschlagen und den dritten geköpft? Es ergibt keinen Sinn.«

»Ich weiß. Ich weiß, daß es keinen Sinn ergibt. Aber ich denke doch, daß wir den Schwulenaspekt verfolgen sollten.«

»Ich glaube nicht so ganz daran. Aber mit einem hast du recht.«

»Womit?«

»Wir haben keine besseren Ideen.«

Sie liegen gut in der Zeit. Der Verkehr ist für gewöhnlich nicht so dicht, wenn man in der morgendlichen Rush-hour aus London herausfährt – abgesehen von den gelegentlichen Staus um Heathrow herum und der Stelle, an der die M4 auf die M25 trifft. Sie haben kaum fünfundvierzig Minuten vom Scotland Yard bis zum Stadtrand von Reading gebraucht.

»Wir werden Alison Bird also fragen, ob ihr verstorbener Verlobter schwul war?« fragt Jez.

»Ja.«

»Na toll. Sie wird echt begeistert sein. Kann man einen Montagmorgen schöner beginnen? Wir sollten unsere eigene Fernsehshow bekommen. Starten Sie die Woche mit Metcalfe und Clifton. Da kriegen die vom Frühstücksfernsehen endlich mal Konkurrenz.«

Er zieht Alisons Karte aus der Tasche und liest die Aufschrift laut vor.

»SoftCentre. Computer Software Products.« Er schnaubt. *»SoftCentre.* Was für ein schrecklicher Name.« Er wählt die Nummer auf seinem Handy und kritzelt die Wegbeschreibung hin, die ihm die Empfangsdame gibt.

»Nun, ich fühle mich auch nicht sehr wohl, sie so zu überfallen«, sagt Red, nachdem Jez das Gespräch beendet hat.

Sie schweigen und denken an das, was vor ihnen liegt. Nicht nur, daß sie die Vergangenheit aufwirbeln werden, die Alison wahrscheinlich am liebsten vergessen will. Sie wissen auch, daß das Büro – und das gilt für jedes Büro – der schlimmste Ort ist, an dem die Polizei jemanden befragen kann. Wenn die Polizei erst einmal da ist, kann man es unter den Kollegen kaum noch aushalten, die sich heimliche Blicke zuwerfen und sich verstohlen anstupsen.

Red wollte Alison am Wochenende zu Hause verhören, aber ihre Mitbewohnerin hat ihm gesagt, daß Alison das ganze Wochenende auf Geschäftsreise sei und Montag morgen von Heathrow aus direkt ins Büro fahren werde. Nein, sie wisse nicht, mit welchem Flug sie ankommen werde. Nein, sie wisse auch nicht, wo genau Alison sei. Irgendwo in Skandinavien, aber genauer könne sie es nicht sagen. Ob da wirklich die Polizei sei.

Außerdem wollten sie Kate dabeihaben, für den Fall, daß sie Alison mit Samthandschuhen anfassen müssen, aber Kate ist wegen einer Untersuchung im Krankenhaus. Eine Frauensache, lautete ihre Erklärung, und sie haben nicht nach Einzelheiten gefragt. Sie kommt heute nachmittag wieder zurück, aber da ihnen nicht viel Zeit bleibt, haben sie nicht auf sie gewartet. Duncan hat sich freiwillig angeboten, die Telefone im Yard zu bewachen.

SoftCentre House ist ein blaues Glasgebäude mitten in einem Industriegebiet, in dem überall Fontänen im Sonnenlicht plätschern und glänzende Autos ordentlich auf reservierten Parkplätzen stehen. Red und Jez nehmen ihre Sakkos vom Rücksitz des Opels und treten in die Sonne hinaus. Vor ihnen liegt ein weiterer heißer Tag, dessen bleierne Hitze ihnen die Energie nimmt und ihnen das Hirn brät.

In der Eingangshalle ist es dank der Klimaanlage angenehm kühl. Red nennt der Empfangsdame ihre Namen, sagt ihr aber nicht, daß sie von der Polizei sind. Er will Alison das nach Möglichkeit ersparen. Es der Rezeptionistin zu erzählen käme einer Ansage im Radio gleich.

»Erwartet Miss Bird Sie?«

»Nein, das tut sie nicht.«

Die Rezeptionistin öffnet den Mund, um etwas zu sagen, aber Red schneidet ihr das Wort ab.

»Holen Sie sie einfach.«

Sie wählt vier Zahlen und spricht in den Hörer.

»Alison? Hier spricht Lorraine vom Empfang. Ein Mr. Metcalfe möchte Sie sprechen.«

Lorraine lauscht verwirrt der Antwort und wendet sich dann wieder Red zu.

»Darf ich fragen, um was es geht?«

Red lehnt sich über den hohen Tresen des Empfangs und nimmt den Hörer an sich.

»Alison? Hier spricht Redfern Metcalfe. Wir haben uns vor ein paar Monaten unter ein wenig ... unglücklichen Umständen kennengelernt. Ich wäre nicht hergekommen, wenn es nicht sehr wichtig wäre ... Ja, genau das ist es ... Vielen Dank.«

Red gibt Lorraine den Hörer zurück.
»Sie ist auf dem Weg nach unten«, sagt er.
Jez lacht angesichts dieses improvisierten Rollentauschs. Lorraine sieht noch verwirrter aus als zuvor.
Red und Jez setzen sich auf das Sofa in der Halle. Red blättert die Ausgabe des *Daily Telegraph* durch, während Jez seine Beine vor sich ausstreckt und seine Kniekehlen massiert.
Red blickt auf.
»Hörst du niemals auf?« fragt er.
»Mit was?«
»Mit dem Training. Deinen perfekten Körper zu formen.«
Jez lächelt und tätschelt Red den Bauch.
»Ach je, Mr. Metcalfe«, sagt er. »Wie kuschelig.«
»Ich war in meiner Jugend ein ziemlicher Athlet«, erwidert Red.
»Jugend? Du bist nur ein paar Jahre älter als ich, Kumpel. Hör auf mit dem In-meiner-Jugend-Scheiß.«
Alison kommt die Treppe herunter. Red steht sofort auf und gibt ihr einen festen Händedruck.
»Alison. Schön, Sie zu sehen. Das ist mein Kollge, Jeremy Clifton.«
Er sagt nicht »Detective Inspector«, solange Lorraine sie hören kann.
»Was ist passiert?« fragt Alison. »Haben Sie die Person gefunden, die Philip umgebracht hat?«
Lorraine spitzt die Ohren. Red wirft ihr einen durchdringenden Blick zu.
»Können wir uns hier irgendwo ungestört unterhalten, Alison?« fragt Jez.
Alsion geht zum Empfang hinüber und sieht in einem kleinen Buch nach.
»Das blaue Zimmer ist frei«, sagt sie. »Lorraine, können Sie mich eintragen, sagen wir für ...«
»Eine halbe Stunde«, sagt Red.
»Sicher«, sagt Lorraine.

Als sie gehen, kann man ihr ansehen, daß sie darauf brennt zu erfahren, was vor sich geht.
Es stellt sich heraus, daß das blaue Zimmer der Konferenzraum der Firma ist, der in einem hellen Türkis gestrichen ist. Sie setzen sich an das Ende des Tisches. Alison nimmt am Kopfende Platz, während sich die zwei Männer jeweils neben sie setzen.
»Haben Sie den Mörder gefunden?« fragt sie erneut.
»Noch nicht, aber – «
»Was kann ich dann für Sie tun?«
Red formuliert es vorsichtig.
»Es haben sich ein paar neue Informationen ergeben.«
»Und die wären?«
Jez übernimmt abrupt und ungeschminkt das Reden.
»Hatte Philip homosexuelle Neigungen?«
Red fängt beinah an zu lachen. Er versucht, Alison die Scheu zu nehmen und behutsam mit ihr umzugehen, und da kommt Jez mit rauchenden Kanonen angepoltert. Er blickt Jez durchdringend an, aber der hebt die Hand hoch, als wolle er sagen: »Laß mich das auf meine Art machen.«
Alison starrt ihn mit offenem Mund an.
»Wie bitte?«
»Hatte er homosexuelle Neigungen?«
»Das geht Sie nichts an.«
Es wäre einfacher für sie gewesen, es direkt zu leugnen. Red und Jez blicken sich an.
»Bei allem Respekt, Alison«, sagt Jez, »aber es geht uns etwas an.«
»Philips Geschlechtsleben war seine eigene Angelegenheit.«
»Und ich könnte mir vorstellen, Ihre auch. Hatten Sie und Philip ein gutes Sexleben?«
»Das geht Sie auch nichts an.«
Red fühlt sich schuldig, weil er Alison wie eine Verdächtige behandelt, aber er weiß, daß er so wahrscheinlich am leichtesten Informationen aus ihr herausbekommt. Egal, welches Ge-

heimnis sie mit Philip geteilt hat, sie wird es ihnen nicht sagen wollen. Also entweder bekommt es Jez durch Einschüchterung aus ihr heraus, oder Red wird im Vergleich zu ihm annehmbarer wirken, so daß Alison ihm alles erzählt.
»Alison, bitte«, sagt er so sanft wie möglich. »Detective Inspector Clifton stellt Ihnen diese persönlichen Fragen, weil wir Grund zu der Annahme haben, daß der Mord an Philip sexueller Natur ist.«
»Mit unserem Sexleben war alles in Ordnung.«
»Wie oft hatten Sie Sex?« fragt Jez.
»Oft genug.«
»Wie oft ist *oft genug*?«
»Wahrscheinlich mehr, als Sie bekommen, Detective Inspector.«
»Hat Philip von Ihnen je etwas Ungewöhnliches verlangt?«
»Was ist ungewöhnlich?«
»Hat er je Analverkehr von Ihnen verlangt?«
Sie beißt sich auf die Unterlippe und wird hochrot.«
Es ist genug. Sie wissen es.
Jez will noch etwas sagen, aber Red wirft ihm einen Blick zu, der ihn innehalten läßt. Jez ist weit genug gegangen, und seine Taktik hat gewirkt.
Alison wendet sich Red zu. Sie wird es ihm sagen, nicht Jez.
»Na gut. Philip war bisexuell. Er hat viel herumexperimentiert, als er jung war. Männer und Frauen, normal und pervers. Er hat alles gemacht. Als wir anfingen, miteinander auszugehen, wollte er mich fesseln, Analverkehr mit mir haben, all so etwas. Ich habe ihm gesagt, daß ich damit nichts zu tun haben will.«
»Und dann?«
»Als ihm klar wurde, daß ich es wirklich so meinte, hörte er auf. Er sagte, er würde mich lieben und alles tun, was ich verlange. Er sagte, sein Leben sei vor mir leer gewesen. Er sagte, er habe durch mich begriffen, daß ein Mann mit einem anderen Manne keinen geschlechtlichen Umgang haben dürfe wie mit einer

Frau. Das war ein Bibelzitat, das er irgendwo gefunden hatte.«
»Die Bibel? Hatte er die Religion wiederentdeckt?«
»Nein, ich glaube, ihm hat einfach nur das Zitat gefallen.«
»War er Ihnen jemals untreu?«
Auf ihrem Gesicht spiegeln sich flüchtig ihre verletzten Gefühle wider.
»Ja.«
»Wie oft?«
»Nur einmal. Das heißt, ich weiß nur von dem einen Mal.«
»Wenn Sie einmal sagen, meinen Sie dann bei einer Gelegenheit oder mit einer Person?«
»Einer Person.«
»War es ein One-Night-Stand oder eine Affäre?«
»Eine Affäre.«
»Und wie lange dauerte sie an?«
Diesmal klingt ihre Stimme nicht unsicher.
»Anderthalb Jahre.«
»Wie hieß die andere Frau?«
»Es war keine Frau. Es war ein Mann. Er heißt Kevan Latimer.«
Sie beobachtet Red, der den Namen aufschreibt. »Kevan schreibt sich mit einem a«, fügt sie hinzu.
»Wer ist dieser Kevan Latimer?«
»Einer von Philips Freunden. Hält sich für so etwas wie einen Playboy. Ich halte ihn für ein Stück Dreck.«
»Was macht er beruflich?«
»Wer weiß das schon. Er behauptet, er sei Geschäftsmann. Ich weiß nur, daß er im Gefängnis war.«
»Wissen Sie, wo er lebt?«
»Irgendwo in der Nähe von Paddington. Die genaue Adresse weiß ich nicht. Er wird jedoch in Ihrer Verbrecherkartei stehen.«
Red denkt einen Moment lang nach.
»Warum haben die beiden ihre Affäre beendet? Weil Sie es herausfanden?«

Alison schüttelt den Kopf.
»Ich wußte nichts darüber, bis Philip es mir erzählt hat. Und er hat es mir erst erzählt, nachdem es vorbei war.«
»Hat er erwähnt, warum sie sich getrennt haben?«
»Ja. Er sagte, der Sex habe nicht mehr geklappt. Kevan konnte keinen mehr hochkriegen.«
Sexuell unzulänglich. Impotent. Red und Jez schauen sich an.
Alison ist fest entschlossen, nicht zu weinen, genau wie damals im Mai nach Philips Tod, aber jetzt gibt es keine Beamtin, die Tee bringt und ihr Zeit läßt, sich wieder zu fassen.
Red beugt sich vor.
»Alison, Sie wissen ja gar nicht, wie sehr wir das hier zu schätzen wissen. Danke, daß Sie so kooperativ waren.«
Sie nickt stumm.
Red sucht nach Worten. Er fühlt sich verpflichtet, ihr etwas Tröstendes zu sagen.
»Es muß sehr hart für Sie gewesen sein.«
Alison schluckt.
»Ich bin darüber hinweggekommen. Am schlimmsten fand ich die Lügen. Er hat mir gesagt, er würde sich nicht mehr für Männer interessieren, und es zur gleichen Zeit hinter meinem Rücken mit einem von ihnen getrieben. Ich war mir nicht sicher, ob es besser oder schlechter war als eine andere Frau. Ich dachte... zumindest kann er keine direkten Vergleiche ziehen.« Ihre Unsicherheit steht ungeschminkt im Raum. »Ich habe mir die größte Mühe gegeben, es zu vergessen. Und dann... dann hat Philip alles vermasselt.«
»Wie?«
»Er wollte Kevan zur Hochzeit einladen.«
Eine unwichtige Kleinigkeit wegen der Hochzeit, hatte sie Red bei der ersten Befragung gesagt. Er wollte jemanden einladen, den ich nicht dahaben wollte.
Keine Exfreundin, wie Red angenommen hatte. Einen Ex*freund.* Kein Wunder, daß sie ausgeflippt ist.

Und dennoch ist sie am nächsten Morgen wieder hingefahren, um Philip zu sagen, daß Kevan doch zur Hochzeit kommen dürfe. Sie gibt nach, wenn die meisten Leute hart bleiben. Sie ist entweder sehr großzügig oder besitzt überhaupt kein Rückgrat. Red kann sich nicht entscheiden. Was ihr passiert ist, hat sie jedoch auf keinen Fall verdient.

Red und Jez stehen auf, um zu gehen. Sie schüttelt Red die Hand und tupft sich die Nase, um zu vermeiden, Jez die Hand zu geben.

»Finden Sie allein hinaus?« fragt sie.

»Ja, danke sehr.«

Jez drückt den Fahrstuhlknopf, als ihm etwas einfällt.

»Alison?«

Sie bleibt stehen und dreht sich um. In ihren Augen blitzt Feindseligkeit gegen ihn auf.

»Ja.«

Die Fahrstuhltüren öffnen sich.

»Wie hieß Philip mit Zweitnamen?«

»Mit Zweitnamen? John. Warum?«

»Reine Neugierde«, erwidert Jez und dankt innerlich den Lifttüren, die sich schließen und ihm eine weitere Lüge ersparen.

26

Red sitzt am Schreibtisch in seinem Zimmer, als es an der Tür klopft.

Er blickt auf seine Uhr. Zwölf Uhr fünfundzwanzig. Es können nicht seine Eltern sein, da sie erst weniger als zwanzig Minuten weg sind. Auf Hawkins Rat hin sind sie Eric ohne ihn besuchen gegangen. Hawkins Unbehagen am anderen Ende der Leitung war nicht zu überhören, als er Red erzählte, was passiert war. Nachdem sie Eric nach seiner Anklage zurück in seine Zelle gebracht hätten, habe er plötzlich angefangen, gegen die Tür zu hämmern und zu brüllen, daß er Red den verdammten Hals umdrehen werde, so wie er Charlotte Logan den verdammten Hals umgedreht habe. Vier Polizisten hätten Eric beruhigen und ihm damit drohen müssen, ihn ruhigzustellen, bevor er sich endlich beruhigt habe. Diese Verwandlung sei sowohl plötzlich als auch drastisch gewesen; von gefügiger Akzeptanz seines Schicksals zu Haß gegen Red, der laut Eric sein Versprechen gebrochen habe, es niemandem zu sagen. Alles in allem sei es wohl besser, wenn Red nicht mitkäme. Er solle seine Eltern alleine zu Eric gehen lassen. Er könne ihn besuchen, wenn dieser sich beruhigt habe.

Red blieb nichts anderes übrig, als dem zuzustimmen.

Es klopft ein zweites Mal, diesmal lauter. Red steht auf, geht zur Tür hinüber und öffnet sie.

Der Mann, der vor ihm steht, kommt ihm bekannt vor, aber Red kann ihn nicht genau einordnen. Er hat glänzendes braunes Haar, das an den Schläfen ein paar graue Strähnen aufweist, und er trägt einen grauen Anzug, ein Hemd mit rosafarbenen Streifen und weißem Kragen, eine goldene Krawattennadel und Schuhe mit Troddeln. Er ist größer als ein Meter achtzig, breit in den Schultern und wirkt sehr imposant. Er ist ein Mann, der es gewöhnt ist, Autorität zu verbreiten, und der eher Befehle erteilt, als sie empfängt.

»Redfern Metcalfe?« fragt er.

»Ja.«

»Ich bin Richard Logan.«

Richard Logan. Charlotte Logans Vater, der Teppichkönig.

Plötzlich weiß Red es wieder. Logan hatte nach der Ermordung seiner Tochter im Fernsehen um Mithilfe gebeten. Red erinnert sich an die silbernen Strähnen in Logans Haar und den harten Ausdruck auf seinem Gesicht, mit dem er sich an die Fernsehkameras wandte. Er erinnert sich außerdem an den Urlaubsschnappschuß, auf dem sich die Tochter an ihren Vater schmiegte und den die Zeitungen am folgenden Tag abgebildet hatten.

Nun steht Red diesem Mann gegenüber, dessen Tochter von seinem Bruder Eric getötet wurde, und weiß nicht, was er sagen soll.

Logans Hand streckt sich ihm entgegen. Ein graugekleideter Arm, der herstößt, um Red in vernichtendem, erbitterten Zorn zu Boden zu schleudern. Plötzlich schnürt ihm Furcht die Kehle zu.

Logan umfaßt Reds rechte Hand. »Nett, Sie kennenzulernen.«

Red spürt seinen festen Händedruck, und sein Herz schlägt einen Moment lang vor Erleichterung schneller.

»Darf ich hereinkommen?« fragt Logan.

»Was ...? Oh, natürlich. Bitte.«

Red tritt einen Schritt zurück. Logan duckt sich ein wenig, damit er durch den Türrahmen paßt.

Red redet nervös weiter, um die Stille zu überbrücken. »Kann ich Ihnen etwas anbieten? Tee? Kaffee?«

»Nein, vielen Dank.«

»Hm ... möchten Sie sich setzen?«

Logan geht zu dem niedrigen Sessel vor dem Mansardenfenster hinüber. Er bleibt kurz mit dem Rücken zu Red gewandt stehen blickt auf den Great Court hinaus, dreht sich dann um und läßt sich in dem Sessel nieder.

Selbst im Sitzen, mit seinem Hinterteil nur wenige Zentimeter über dem Boden und die Knie in Höhe seiner Schultern, hat Logan eine derartige Präsenz, daß er mühelos den Raum beherrscht. Red setzt sich auf den harten Stuhl vor seinem Schreibtisch und kann spüren, wie die Macht des Mannes auf ihn zu wirken beginnt.

»Sie haben wirklich ein hübsches Zimmer, Redfern. Es gibt wohl nicht viele Studenten, die eine Unterkunft im Great Court bekommen.«

»Nein, das stimmt. Ich hatte Glück. Wir bekommen am Ende unseres ersten Jahres per Los eine Zahl zugeteilt, und am Ende des zweiten Jahres wird getauscht. Auf der ersten Liste war ich bei den untersten zehn, und als getauscht wurde, konnte ich beinah als erster wählen. Sie hätten die Bruchbude sehen sollen, die ich im zweiten Jahr hatte.« Red lacht nervös. Logan lächelt, aber es ist wie ein wölfisches Verziehen der Lippen.

»Ich habe das mit Ihrem Bruder gehört«, sagt Logan, und nun ist das Lächeln völlig aus seinem Gesicht verschwunden.

Red schluckt und sagt nichts.

»Detective Hawkins hat mich heute morgen angerufen und mir mitgeteilt, daß Ihr Bruder des Mordes an Charlotte angeklagt wurde.«

»Es tut mir leid, Mr. Logan.«

»Mir auch, Redfern. Mir auch.«

Die Uhr im Great Court schlägt die halbe Stunde. Ding-Dong. Ding-Dong. Der letzte Ton verhallt in der Stille von Reds Zimmer.

Logan räuspert sich.

»Hawkins hat mir außerdem erzählt, wie die Polizei Eric gefunden hat.«

»Mr. Logan . . . ich weiß nicht, was ich sagen soll.«

»Sie brauchen nichts zu sagen, Redfern. Ich bin hier, um Ihnen zu danken.«

»Mir danken?«

»Ja. Dafür, daß Sie mir meinen Seelenfrieden wiedergegegeben haben. Charlottes Mörder ist gefaßt worden. Sie wissen gar nicht, wieviel mir das bedeutet.«

»Es hat Charlotte aber nicht zurückgebracht, oder?«

Logan weicht der Frage aus.

»Sie haben etwas sehr Mutiges getan, Red. Daher bin ich Ihnen besonders dankbar. Den eigenen Bruder anzuzeigen . . . ich kenne nicht viele Leute, die den Mut hätten, dies zu tun.«

Was? Sein Versprechen zu brechen? Sein eigen Fleisch und Blut zu verraten?

»Ich hatte keine große Wahl. Ich habe nur das getan, was jeder andere auch getan hätte.«

»Nein, Sie haben nicht getan, was jeder andere getan hätte. Sie haben das getan, was fast niemand sonst getan hätte. Wäre ich an Ihrer Stelle gewesen, und hätte es sich um meinen Bruder gehandelt . . . ich weiß nicht, ob ich es gekonnt hätte.«

Red blickt zu Boden.

»Danke«, murmelt er verlegen angesichts des unerwarteten Lobs.

Er spürt, wie Tränen hinter seinen Augen brennen. Er kann mit dem Haß seines Bruders und der Verwirrung seiner Eltern umgehen, aber nicht mit der Güte dieses Fremden. Red preßt seine Finger in die Augenwinkel und streicht das Wasser an den Nasenflügeln ab. Er hofft, daß die Geste seiner Müdigkeit und nicht seinen Gefühlen zugeschrieben wird.

Logans Stimme dringt durch seine quälenden Gedanken zu ihm durch.

»Ich bin nicht nur hergekommen, um Ihnen zu danken, Redfern.«

Red blickt auf.

»Als Charlotte umgebracht wurde, habe ich eine Belohnung für denjenigen geboten, der Informationen besitzt, die zur Festnahme des Mörders führen. Erinnern Sie sich?«

Red nickt. »Ich erinnere mich.«

Red weiß, was kommt. Sagen Sie es nicht. Bitte nicht.

Red kann die Worte nicht schnell genug aussprechen. Logan redet weiter und lädt, ohne es zu wissen, noch mehr Schuld auf Reds Schultern.

»Sie haben den Mörder gefunden, Redfern. Die Belohnung gehört von Rechts wegen Ihnen, wenn Sie sie wollen.«

27

Jez zieht das Blatt aus dem Drucker und stößt einen Pfiff aus. »Unser Kevan hat ja einiges auf dem Kerbholz«, sagt er. »Hat vor drei Jahren sechs Monate wegen wiederholtem Kokainmißbrauch gesessen. Therapieversuche sind unregelmäßig. Außerdem Kleindiebstähle, ein paar Verurteilungen wegen Geschwindigkeitsübertretungen und eine Anklage wegen Erregung öffentlichen Ärgernisses. Klingt wie ein richtig netter Kerl. Von Beruf Geschäftsmann, daß ich nicht lache.«

»Welche Adresse haben wir von ihm?« fragt Red.

Jez überfliegt den Text. »Norfolk Square, W2.«
»Verdammt«, sagt Red. »Ich kenne den Norfolk Square. Er liegt praktisch gegenüber von meiner Wohnung.«
»Was für charmante Nachbarn du doch hast. Sollen wir vorbeifahren und ihm einen Besuch abstatten?«
»Er ist möglicherweise nicht da – die Adresse ist vielleicht nicht die aktuelle. Aber es schadet auch nichts, es zu versuchen, oder?«
Sie brauchen vom Scotland Yard zum Norfolk Square fünfzehn Minuten. Das Haus, das sie suchen, liegt auf der südlichen Seite, aber wegen der Einbahnstraßen müssen sie um den ganzen Platz herumfahren. Die meisten der Häuser, an denen sie vorbeifahren, sind billige Hotels.
»Mein Gott«, sagt Jez. »Sieh dir das an. Ein Paradies für Rucksacktouristen. Ich weiß wirklich nicht, warum die den ganzen Weg nach England machen, um dann in einem Drecksloch wie Paddington zu landen.«
Red lenkt den Opel an einem Mann mit farbbekleckstenJeans vorbei, der einen weißen Mercedes-Kombi mit dem Staubsauger saubermacht, und fährt die Straße entlang, die den Platz umrundet.
»Du solltest wissen, daß das Etablissement *Chez Metcalfe* ungefähr hundert Meter in dieser Richtung liegt«, sagt Red und zeigt an Jez' Nasenspitze vorbei.
»Ich will nichts gesagt haben. Es muß eine ziemlich tolle Gegend sein, wenn Leute wie du hier wohnen.«
»Und du kannst dir deine Bemerkungen in den Hintern schieben. Nach welchem Haus suchen wir?«
Jez schaut auf die Nummern, während sie langsam an den Häusern vorbeifahren. »Da. Genau das vor uns. Mit der dunkelgrünen Tür.«
Das fragliche Haus müßte mal wieder angestrichen und saubergemacht werden. Die Ecken der Fenster sind völlig verdreckt, und durch die Glasscheibe über der Haustür dringt kränklich gelbes Licht nach draußen.

Zwei Autolängen vor ihnen befindet sich ein freier Parklatz. Red bleibt genau davor stehen, schaltet in den Rückwärtsgang und dreht den Kopf nach hinten, um zu sehen, wo er hinfährt. Jez schaut in den Seitenspiegel.

»Wie sieht Kevan Latimer aus? fragt er.

»Keine Ahnung«, erwidert Red. »Warum fragst du?«

»Weil da gerade ein Typ aus dem Haus kommt und ich gerne wüßte, ob er es ist.«

»Warum fragst du ihn dann nicht?«

Red legt den ersten Gang ein und dreht die Reifen nach innen. Jez öffnet die Tür und lehnt sich aus dem Wagen, soweit es ihm sein Gurt erlaubt. Der Mann geht gerade die Stufen zum Bürgersteig hinunter. Er ist mittelgroß, trägt ein weißes T-Shirt, braune Baumwollhosen und Turnschuhe.

»Kevan Latimer?« ruft Jez.

Der Mann bleibt stehen und blickt ihn an. »Sind Sie Kevan Latimer?« ruft Jez erneut.

Der Mann sieht ihn ausdruckslos an, als würde er kein Englisch verstehen, und rennt dann plötzlich los.

»Verdammter Mist«, flucht Jez.

Er drückt auf den Knopf, der den Sicherheitsgurt löst, und springt blitzschnell aus dem Wagen. Wie ein richtiger Sprinter stellt er die Fußspitzen nach außen und holt mit den Armen Schwung, um Geschwindigkeit zu bekommen. Er hört, wie hinter ihm die Autotür zuknallt und Red ihm folgt. Aber Red ist beinah vierzig und noch dazu Raucher. Er wird nie im Leben mithalten können.

Latimer erreicht das Ende des Platzes und biegt nach rechts in Richtung Bahnhof ab. Er weicht einem Taxi aus und läuft mitten auf der Straße in die entgegengesetzte Fahrtrichtung. Jez ist zehn Meter hinter ihm. Die riesige Kuppel des Bahnhofs ragt vor ihnen auf, als sie auf Paddington Station zulaufen.

Vorbei an dem Postkartenkarussel auf der einen und dem Burger King auf der anderen Seite der Straße. Quer über einen Mini-Kreisverkehr und die breite Rampe hinunter in den

Bahnhof. Die Taxifahrer, die die Rampe heraufkommen, veranstalten ein lautstarkes Hupkonzert.
Jez kann spüren, wie ihm die Hitze ins Gesicht steigt und sich unter seinem Hemd breitmacht, während er läuft. Latimer ist immer noch vor ihm, und er ist schnell, aber Jez ist in besserer Kondition. Jedenfalls muß er das sein. Er steckt mitten in der Triathlon-Saison. Wenn sie ihn und Mr. Latimer einen Konditionstest machen lassen würden, würde Jez mit ihm den Boden wischen.
Latimer verläßt die Taxirampe und rennt nach links, quer durch die Bahnhofshalle. Es scheint, als würde sich der weiße Fußboden bewegen, als elektrische Gepäckwagen und ein Strom von Menschen, die gerade auf dem Bahnsteig angekommen sind, vor ihnen die Halle durchqueren. Sie rasen zwischen ihnen hindurch. Jez nimmt verschwommen Gesichter wahr, die sich ihm zuwenden. Alte Gesichter mit Brillen und Pfeifen in den Mündern. Niemand rührt sich, um zu helfen oder sich einzumischen. Sie denken wahrscheinlich, daß Jez und Latimer zwei Freunde sind, die sich einen Scherz erlauben.
Latimer rennt quer durch die Halle und läßt den achteckig geformten Informationsstand zu seiner Linken hinter sich. Dann biegt er scharf nach rechts ab und läuft einen Bahnsteig entlang. Ein Zug mit dem grün-weißen Anstrich der *Great Western Railway* fährt gerade ab. Latimer weicht zwei Postbeamten aus, die einen Postwagen schieben. Er rennt unter der großen, dreiseitigen Uhr hindurch, die auf halber Strecke auf dem Bahnsteig steht, und biegt scharf nach links ab, zwischen den Säulen hindurch und auf den Zubringer, über den Autos Passagiere abholen und abladen. Jez folgt ihm immer noch. Der Abstand beträgt nun fünf Meter und wird immer kleiner.
Paddington liegt an einem Hügel. Egal, ob Latimer nun nach rechts oder links läuft, er muß bergauf. Er biegt rechts ab, und Jez holt eindeutig auf. Als sie am oberen Ende die Brücke errei-

chen, trennen sie nur noch wenige Schritte voneinander. Latimer biegt erneut nach rechts ab, nimmt jedoch die Kurve zu schnell und stolpert. Dabei schabt er mit der Hand über den Boden, als er versucht, die Balance zu halten.
Das reicht schon. Jez springt den letzten Meter und landet auf Latimers Rücken wie eine riesige Spinne. Latimer fällt und schlägt zuerst mit den Ellbogen und dann mit der Brust auf dem Boden auf. Durch den Sturz und Jez' Gewicht geht ihm die Luft aus, und er hört sich an wie ein Asthmatiker.
Minimale Kraftanwendung. Darauf müssen die Polizisten sich normalerweise beschränken. Aber es können Ausnahmen gemacht werden. Jez steigt von Latimer herunter und tritt ihm zweimal fest in die Rippen. Latimer hat gar nicht genug Luft in den Lungen, um zu schreien.
Jez hört hinter sich eine Stimme.
»Verdammt noch mal«, keucht Red.
Sein Gesicht ist beinah so rot wie seine Haare.
»Du hast ihn.« Er schnappt nach Luft. »Gut gemacht, Junge«, stößt er atemlos hervor. »Lies ihm seine Rechte vor.«
Jez legt Latimer die Handschellen an.
»Kevan Latimer. Ich verhafte Sie wegen Mordverdachts. Sie haben das Recht zu schweigen, denn alles, was Sie jetzt sagen, kann und wird vor Gericht gegen Sie verwendet werden.«
Latimer dreht den Kopf zur Seite. Durch die Bewegung legt sich die Haut auf seinem Nacken in Falten. Er hat das Gesicht zu einem Lächeln verzogen.
»Die Bullen. Ich fress' 'nen Besen. Ich dachte, ihr wärt die Jungs von McAllister, der sein Geld zurückhaben will.«

28

»Er war es also nicht?« fragt Kate.

»Nein. Keine Chance«, erwidert Red. »Er wußte gar nicht, wovon wir sprechen. Dachte, wir wären ein paar schwere Jungs, die seine Wettschulden eintreiben wollen. Der hat gar nicht wieder aufgehört, idiotisch zu grinsen, als er herausfand, daß wir das nicht sind. Wenn er sich mit Kredithaien einlassen will, dann ist das sein Problem, aber ein Verbrechen ist es nicht. Nein, Kevan Latimer ist leider nicht unser Mann. Wir hätten einen Erfolgstreffer brauchen können.«

»Hättest du ihn nicht wegen Widerstand gegen die Staatsgewalt drankriegen können?«

»Nein, wir haben uns erst als Polizisten ausgewiesen, als Jez ihn hatte.«

»Und seine Alibis sind alle hieb- und stichfest?«

»Leider ja.«

»Laß mich mal sehen«, sagt Duncan.

Red schiebt Latimers Aussage über den Tisch auf ihn zu. »Sie sind alle sauber«, sagt Red. »In der Nacht, in der Philip und James Cunningham ermordet wurden, war er in einer Entzugsklinik in der Nähe von Hurstpierpoint in Sussex. Er war beinah einen ganzen Monat da. Wurde am 17. April eingewiesen und am 15. Mai entlassen. Laut Direktor ein ziemlich hoffnungsloser Fall. Ich hatte den Eindruck, daß er Kevan langsam nicht mehr sehen kann, aber er darf ihn nicht abweisen.«

»Warum nicht?« fragt Duncan, der den Blick nicht von der Aussage hebt.

»Weil der Staat die Gebühren bezahlt.«

»Und es besteht keine Möglichkeit, daß Kevan für die Nacht verschwunden sein könnte?«

»Nein, nicht die geringste. Die Klinik wird nachts abgeschlossen, und der diensthabende Wachmann überprüft, ob alle da sind. Kevan war sowohl um 23 Uhr als auch am nächsten Tag um sieben anwesend.«

»In der Zeit hätte er nach London und wieder zurückfahren können.«

»Duncan, er wäre nicht mal aus der verdammten Klinik rausgekommen. Und wenn ihm das durch eine wundersame Fügung doch gelungen wäre, wäre er nicht weit gekommen. Der letzte Zug nach London fährt um 22.48, und Kevan besitzt kein Auto.«

»Er hätte eines stehlen können.«

»In jener Nacht wurde im Umkreis von fünf Kilometern kein Wagen als gestohlen gemeldet.«

»Vielleicht hatte er einen Mittäter?«

»Lubezski hat ausdrücklich gesagt, daß die Morde von einem Mann begangen wurden. Glaubst du, Kevan Latimer hatte einen Chauffeur, der still und leise vor den Häusern wartet, während er auf brutale Weise die Besitzer tötet? Jetzt mach aber mal einen Punkt.«

»Was ist mit letzten Freitag?«

»Er war bei einem Freund in Potter's Bar. Die ganze Nacht.«

»Was für eine Art Freund?«

»Ein männlicher Freund, obwohl ich den Eindruck hatte, daß er für dessen Dienste bezahlt. Die örtliche Polizei hat es überprüft und ist sich sicher, daß auch dieses Alibi sauber ist.«

Duncan läßt die Aussage auf den Tisch fallen. »Klingt in meinen Ohren ganz und gar nicht hieb- und stichfest«, sagt er.

»Hör zu.« Red wird langsam ungeduldig. »Ich will genausosehr wie du, daß Latimer Silberzunge ist. Ich will es, weil wir dann diesen Fall abschließen könnten und weil er eine miese kleine Tunte ist. Aber Latimer ist nicht Silberzunge. Er ist es einfach nicht. Er hat nicht den Mumm, das zu tun, was Silberzunge getan hat. Latimer ist ein Verlierer. Er ist nicht ... *gut* genug, um Silberzunge zu sein.«

»Gut genug«, wiederholt Duncan und zieht die Augenbrauen hoch. »Das ist eine merkwürdige Art, es auszudrücken.«

Red zuckt die Achseln.
»Du weißt, was ich meine, Duncan.«
»Nein, weiß ich nicht. ›Gut genug‹ impliziert Billigung, Bewunderung. Bewunderst du diesen Typ, Red? Magst du ihn?«
»Fang jetzt nicht damit an, Duncan. Nicht hier.«
»Was jetzt?« fragt Kate.
»Wir werden schwul«, erwidert Red.
Duncan blickt abrupt auf.
»Du machst Witze.«
»Nicht im mindesten. Zwei der drei Opfer hatten homosexuelle Neigungen, und der dritte gehört einer Institution an – der Kirche –, der Skandale um Homosexualität nicht fremd sind. Alle wurden in Unterhose aufgefunden. Bis jetzt liegt darin unsere beste Chance.«
»Wenn du glaubst, ich würde mich unter die Leder- und Schnäuzerjungs mischen ...«
»Ja, Duncan. Genau das wirst du tun. Als Colin Ireland unterwegs war, haben Jez und ich genau das getan.«
»Muß der Tunte ja Spaß gemacht haben. Hattest du Glück, Jez?«
Jez blickt Duncan ruhig an und sagt nichts.
»Halt den Mund, Duncan«, sagt Red. »Wir sind von einer Schwulenbar zur nächsten gezogen, haben mit Leuten gesprochen und uns angehört, was sie beobachtet haben. Okay, es war seltsam. Ich lebte seit über zehn Jahren in dieser Stadt und wußte nicht einmal, daß diese Subkultur überhaupt existiert. Ich wußte nicht, daß man in manchen Pubs auf die Toilette gehen und auf zwei Männer treffen kann, die unter dem Urinal Sex haben. Ich wußte nicht, daß Schwule ihre sexuellen Präferenzen durch die Farbe ihres Taschentuchs verkünden, das sie in der Gesäßtasche tragen.«
»Hat euch letztendlich nicht viel gebracht.«
»Was meinst du damit?«
»Euer Zug durch die Schwulenkneipen war doch völlig sinn-

los. Ireland hat sich bei dem Versuch, sich euren Nachforschungen zu entziehen, verraten, und so habt ihr ihn geschnappt. Ihr hättet euch also nicht die Mühe machen brauchen.«

»Aber wir haben uns die Mühe gemacht. Zumindest haben wir es versucht. Und wenn wir es dieses Mal nicht versuchen, werden sich eines Tages, wenn der Fall aufgeklärt ist, sämtliche Schwulengruppierungen im Land lauthals beschweren, daß sich die Polizei einen Dreck um sie schert und nur die Fälle aufklärt, in denen die Opfer weiß sind und für das richtige Team spielen.«

Red öffnet einen Papphefter und holt Fotos der toten Männer heraus. Es sind keine Aufnahmen vom Tatort, sondern Bilder der Männer, als sie noch lebten. Ein Foto von Philip Rhodes, auf dem er sehr ernst aussieht. Eines von James Cunningham, auf dem er entspannt mit einem Glas Wein in der Hand bei einem Essen sitzt. Und das offizielle Sandhurst-Bild von James Buxton, auf dem er seine Regimentsuniform trägt und stolz in die Kamera lächelt.

Von jedem gibt es vier Abzüge. Red verteilt sie wie ein Blackjack-Croupier die Karten.

»Es gibt ungefähr hundertzwanzig Schwulenbars, Kneipen und Diskotheken in London. Ich habe bei den Leuten von der Schwulenvereinigung nachgefragt, wo wir wohl am meisten Erfolg haben könnten. Die Lokale sind im West End und um den Earl's Court herum, also fangen wir dort heute abend an.«

Red faltet zwei fotokopierte Seiten aus dem Straßenatlas von London auseinander, auf denen sich hastig gezogene rote Kringel befinden, die sich gegen das Wirrwarr aus schwarzen und weißen Straßen abheben.

»Wir machen das paarweise.« Er schiebt eine der Seiten auf Duncan zu. »Duncan, du und Kate, ihr nehmt das West End. Geht in die Lokale, die ich markiert habe. Jez und ich übernehmen Earl's Court. Ich muß euch ja wohl nicht sagen, daß ihr alles vermeiden müßt, was eine Panik auslösen könnte. Beschränkt eure Fragen auf die Barmänner, die Türsteher und die Manager – sie sind es, die alles und jeden sehen. Fragt einfach, ob sie einen dieser Männer gesehen haben. Ihr erzählt natürlich nicht, warum ihr diese Fragen stellt, und ihr sprecht auch nicht mit irgendwelchen kleinen Ganoven. Haltet die Augen und Ohren offen. In Ordnung? Macht so lange wie nötig. Wir treffen uns morgen um Punkt zehn.«

Kate wendet sich Jez zu.

»Und du paßt gut auf dich auf, junger Mann«, sagt sie und droht ihm zum Spaß mit dem Finger. »Geh ja nicht mit fremden Männern mit.«

»Wieso nicht?« fragt Jez. »Wirst du sonst eifersüchtig?«

»Da hast du verdammt recht«, erwidert Kate. »Du weißt doch, daß ich dich ganz für mich alleine will.«

»Na, dann schieß Mr. Langweile doch zum Mond. Dann gebe ich dir vielleicht eine Chance.«

Kate errötet. »Scher dich zum Teufel, Jez. Sprich nicht so von ihm. Du kennst ihn nicht einmal.«

»Nein, aber ich – «

»Weißt du, manchmal kannst du ein richtiges Arschloch sein. Halt einfach den Mund.«

Sie steht auf und wendet sich zum Gehen. Duncan folgt ihr.

»Ach ja, Duncan ...« sagt Red, der immer noch sitzt.

»Versuch, nicht zu sehr aufzufallen.«

29

Die Mittagszeit kommt und geht, ohne daß Red es bemerkt. Er hält Logans Visitenkarte an den Ecken und dreht sie immer wieder in den Händen herum. Das Zimmer erscheint ihm kleiner, nachdem

Logan gegangen ist, so als habe er etwas mitgenommen. Die ganze Zeit wirbeln ihm Logans Worte durch den Kopf: »Denken Sie darüber nach, Red. Es besteht keine Eile. Rufen Sie mich an, wenn Sie sich entschieden haben.

Red denkt immer noch darüber nach, als seine Eltern zurückkehren.

Als sie durch die Tür treten, weiß er sofort, daß ihr Besuch bei Eric nicht gut verlaufen ist. Die Haut unter Margarets Nase ist ganz rot vom vielen Naseputzen, und Roberts Krawattenknoten ist ganz klein, weil er ständig daran gezerrt hat. Red legt Logans Karte auf den Schreibtisch und geht zu seinen Eltern hinüber. Er führt seine Mutter zu dem Sessel, in dem Logan gesessen hat, und überläßt seinem Vater das kleine Sofa, das dem Sessel gegenübersteht. Red zieht den harten Stuhl unter seinem Schreibtisch hervor und stellt ihn neben das Sofa, wobei er ihn herumdreht, so daß er sich rittlings daraufsetzen und sich mit dem Bauch gegen die Rückenlehne stützen kann.

»Wie war es?« fragt er ruhig.

Sein Vater zuckt die Achseln. »So, wie es zu erwarten war.«

»Wie geht es Eric?«

»Dieser Polizist – wie ist sein Name?«

»Hawkins.«

»Ja, Hawkins. Er sagt, Eric sei heute morgen sehr ruhig gewesen.«

»Aber wie geht es ihm *jetzt*, Vater?«

»Ich . . . ich glaube nicht, daß er weiß, was wirklich los ist.«

»Ist er sehr still?«

»Nein. Nein, das ist er nicht.«

»Worüber habt ihr denn gesprochen?«

Robert zerrt wieder an seiner Krawatte. Margaret betrachtet ihre Nägel.

Red weiß, worüber sie gesprochen haben. Über ihn. Er seufzt.

»Was hat er gesagt, Dad?«

»Laß uns jetzt nicht darüber sprechen, Red.«

»Nein, Dad, ich will es wissen. Was hat er gesagt?«

»Red, wir werden später darüber sprechen. Deine Mutter und ich sind sehr – «

»DAD!«

»Na gut, in Ordnung, ich werde es dir sagen. Obwohl ich glaube, daß du einiges von dem bestimmt nicht hören willst.«

»Dad, erzähl es mir einfach. Ich kann mir das meiste sowieso denken. Eric gibt mir die Schuld für das, was passiert ist, nicht wahr? Er würde mir am liebsten den verdammten Hals umdrehen.«

Seine Mutter gibt einen schockierten Laut von sich. Red ignoriert sie.

»Die Worte hat er doch benutzt, nicht wahr, Dad? ›Ich würde ihm am liebsten den verdammten Hals umdrehen.‹ Nicht wahr?«

»Woher weißt du das?«

»Er hat es vorher schon einmal gesagt. Deshalb wollte Hawkins, daß ihr alleine hingeht.«

»Eric sagt, du hättest ihm versprochen, niemandem etwas zu sagen, und dann, nachdem er eingeschlafen ist, wärst du sofort zur Polizei gegangen und hättest es ihnen erzählt.«

»Ist das wahr, Red?« fragt seine Mutter.

»Ja. Ich habe es ihm versprochen, weil er mich sonst nicht hätte gehen lassen. Was hat er sonst noch gesagt?«

Sein Vater antwortet. »Er sagt, wenn du deinen . . . Mund gehalten hättest, hätten wir eine Lösung finden können.«

»Wir?«

»Du. Ich. Deine Mutter. Die Familie.«

»Was meint er damit, *eine Lösung finden*? Was für eine Lösung? Er hat jemanden umgebracht. Was kann man da noch lösen?«

»Ich weiß es nicht. Irgend etwas.«

»Und was denkst du, Dad? Glaubst du, wir hätten –«, er deutet Anführungsstriche an, »– eine Lösung finden können?«

»Red . . .«

Das Zögern seines Vaters ist Antwort genug.

»Stimmst du ihm zu, Dad?«

»Spielt das eine Rolle?«

»Ja, verdammt noch mal. Glaubst du, es war falsch von mir, zur Polizei zu gehen?«

»Ich ... ich finde, du hättest es uns zuerst sagen sollen.«

»Warum? Was hätte das genützt?«

»Wir hätten Eric vielleicht Hilfe besorgen können. Wir hätten kontrollieren können, was mit ihm passiert.«

»*Kontrollieren*? Dad, er hat jemanden umgebracht. Ich weiß, daß es schwer zu begreifen ist, aber es ist *passiert.* Daß es dir nicht gefällt, heißt nicht, daß es nicht stimmt. Wäre es dir lieber gewesen, wenn ich es dir gar nicht gesagt hätte? Wäre es dir lieber gewesen, wenn ich es zwischen mir und Eric belassen hätte? Ein weiteres Geheimnis zwischen Brüdern, wie die, die wir seit unserer Kindheit bewahren? Dann hättest du nie etwas erfahren.«

»Darum geht es nicht, Red.«

»Doch, genau darum, Dad. Es tut mir sehr leid, daß du und Mama herausfinden mußtet, daß Eric ein Mörder ist.«

»War. Ein Mörder war.«

»War. Ist. Das spielt doch eigentlich keine Rolle, Dad. Er hat es getan. Es tut mir sehr leid, daß Eric wahrscheinlich den Großteil seines Lebens im Gefängnis verbringen wird. Und es tut mir leid, daß ihr mir aus irgendeinem Grund die Schuld dafür gebt. Aber es ist nicht meine Schuld. *Ich* habe Charlotte Logan nicht umgebracht. *Er* war es.«

»Niemand gibt dir die Schuld, Red.«

»Ach ja?«

»Red, ich sage nur, daß es andere Möglichkeiten gibt, die du hättest in Betracht ziehen können.«

»Dad, ich habe getan, was ich für richtig hielt. Mein Bruder hat falsch gehandelt. Er verdient es, bestraft zu werden. Und zumindest –«

»›Er verdient es, bestraft zu werden?‹ Seit wann spielst du Gott, Red?«

»– zumindest erfährt Charlotte so ein wenig Gerechtigkeit. Zumindest kommt ihre Familie nun ein wenig zur Ruhe.«

»Und wo liegt deine Loyalität, Red? Bei uns oder bei ihnen?«

Zorniges, feindseliges Schweigen. Sie wollen das mit Eric nicht glauben. Sie wollen nicht glauben, daß er es getan hat. Also töten sie statt dessen den Überbringer der Botschaft.
Die Frage nach Reds Loyalität hängt unbeantwortet im Raum.
Margaret sagt etwas, und ihre Stimme klingt distanziert.
»Eric will wissen, ob Logan schon hier war, um dir die Belohnung zu geben.«

30

Von außen kann man in das *Coleherne* nicht hineinsehen. Die Fenster des Pubs sind schwarz übermalt, die Vorhänge fast immer zugezogen, und das Innere ist so schwach beleuchtet, daß man, wenn jemand hineingeht oder herauskommt, auf die Schnelle nicht viel erkennen kann. Alles, was man erkennen kann, ist ein dämmriges Tableau, das sich aus sanften Bewegungen, Schatten und Formen zusammensetzt, die sich undeutlich gegen das düstere Licht abzeichnen.
Das *Coleherne* befindet sich an einem belebten, aber unauffälligen Abschnitt der Old Brompton Road. Das gelbe Neonlicht aus dem Handyladen nebenan spiegelt sich im Straßenbelag, und Obst kullert aus den Kisten vor dem Lebensmittelladen, der sich auf der anderen Straßenseite befindet und rund um die Uhr geöffnet hat. Ein paar Meter weiter donnert der Verkehr in Richtung Norden die Finborough Road hinauf. Beinah nichts verrät, daß das *Coleherne* zu Londons berühmtesten Schwulenpubs gehört.
Nichts, abgesehen von der Kundschaft. Wenn man sich auch nur fünf Minuten an die Straßenecke stellt, kann man die Stammkunden der Schwulenszene rund um den Earl's Court gar nicht übersehen. Enge weiße T-Shirts. Jeans, die ein paar Zentimeter

über den Knöcheln hochgerollt sind. Hier und da Lederhosen oder Lederjacken. Fast immer ein Kurzhaarschnitt. Manchmal ein Schnäuzer. Jung und alt, dünn und dick, muskulös und schlaff, alle strömen sie wie Motten zum Licht in das *Coleherne* oder in die nahe gelegene Diskothek *Brompton's.*

Das *Coleherne* ist das Pub, in dem Colin Ireland 1993 seine fünf Opfer aussuchte, und es war eben dieser Fall, bei dem Red und Jez sich kennengelernt haben. Alle Opfer Irelands wurden bei Sadomaso-Ritualen gefesselt, bevor er sie erwürgte. Die meisten Beamten, die mit diesem Fall zu tun hatten, waren der Meinung, daß der Mörder Mitglied der Schwulenszene sein müsse – ein Mann, der sich in diesen Kreisen auskenne und der durch das Quälen und Töten seiner Opfer eine intensive sexuelle Befriedigung erlange.

Aber Jez, der zu dieser Zeit erst siebenundzwanzig war und an seinem ersten großen Fall mitarbeitete, stimmte dem nicht zu. Er behauptete, daß der Mörder ganz und gar kein Homosexueller oder Schwulenhasser sei, der sich an Schwulen rächen wolle. Er war der Meinung, daß der Täter von Natur aus ein äußerst gewalttätiger Mann sei, der als Serienmörder gelten wolle und sich Homosexuelle aussuche, weil sie leichte Beute seien. Daher gebe er vor, ein Homosexueller zu sein, bis er sie gefesselt habe und mit ihnen tun könne, was er wolle. Er argumentierte, daß sie nur ihre Zeit verschwenden würden, nach einem Homosexuellen zu suchen. Sie sollten einfach nach jemandem suchen, der einige Vorstrafen habe und stark genug sei, die Opfer auf die Art umzubringen.

Die anderen Ermittler machten sich über ihn lustig. Aber Red hörte ihm zu und merkte es sich. Als Ireland gefaßt wurde, stimmte er ganz genau mit Jez' Beschreibung überein. Also nahm Red Jez unter seine Fittiche. Nicht nur, weil er recht behalten hatte, sondern weil er keine Angst gehabt hatte, seine Meinung vor einer Gruppe von Leuten vorzubringen, die viel älter und erfahrender waren als er.

Nun stehen sie wieder vor dem *Coleherne,* aber diesmal sind die

Umstände anders. Bei der Jagd nach Ireland wußten sie, daß der zu dem Zeitpunkt unbekannte Mörder an den fraglichen fünf Abenden im Pub gewesen war, obwohl es nicht einfach war, ihn eindeutig zu identifizieren, da zwei Drittel der Kundschaft die gleiche Kleidung und den gleichen Haarschnitt bevorzugte.

Diesmal haben sie nichts. Nur drei Fotos und das Wissen, daß zumindest zwei der Opfer homosexuelle Erfahrungen gesammelt haben.

Red parkt den Opel auf der Coleherne Road neben dem Pub.

»Warum mag Duncan mich nicht?« fragt Jez und steigt aus dem Auto.

Red zuckt die Achseln.

»Ich meine, hast du nicht darüber nachgedacht, als du uns ins gleiche Team gesteckt hast«, fährt Jez fort, »oder ist das wieder ist das wieder eine deiner berühmten Metcalfe-Lektionen über kreative Spannungen und die Freuden der Zwietracht?«

Red lächelt.

»Gewiefter Scheißkerl«, schimpft Jez.

»Sieh es doch mal von der positiven Seite. Zumindest habe ich dich heute abend nicht mit ihm losgeschickt. Stell dir vor, wie sehr ihr euch amüsiert hättet.«

»Ich bin sicher, Kate wird dir unendlich dankbar sein.«

»Kate wird schon mit ihm fertig, Jez. Außerdem werde ich euch beide bestimmt nicht zusammentun. Ihr würdet euch doch garantiert nach Hause verdrücken und euch die Seele aus dem Leib vögeln, oder?«

»Nicht im Dienst, Chef«, sagt Jez, dem der Witz immer besser gefällt. »Niemals im Dienst.«

»Na, jedenfalls, heißt es du und ich, ob es dir nun gefällt oder nicht. Würdest du mich in dieses Lokal eskortieren?« Red hält ihm den gebeugten Arm hin, damit Jez seinen Ellbogen nehmen kann. Jez lacht.

»Sei nicht albern. Wir wollen hier doch nicht zu gut hinpassen.«

Sie betreten das Pub. Der lange Übergang zwischen Tag und Nacht ist vorbei, so daß es im Inneren des *Coleherne* nicht viel dunkler ist als vor der Tür. Dennoch brauchen Red und Jez einen Moment, bis sie etwas erkennen können.
Ein paar Köpfe wenden sich ihnen zu, um sie zu taxieren, während Jez und Red in der Türöffnung stehen. Sie wissen beide, daß sie nicht wie Stammkunden oder Männer auf der Suche nach einem Partner aussehen. Also hält man sie entweder für Touristen, die versehentlich hier gelandet sind, oder für Polizisten. Und Touristen tragen keine Anzüge.
Weder Red noch Jez waren seit dem Ireland-Fall hier, und der liegt fünf Jahre zurück. Es dauert nur wenige Sekunden, bis die zwei stärksten Aspekte sie wieder einholen: die Feindseligkeit gegen ihren Status als Polizisten und die Offenheit, mit der sie taxiert werden.
»Mein Gott«, sagt Jez. »Jetzt weiß ich, wie Frauen sich fühlen müssen.«
»Du bist so langweilig. Das hast du beim letzten Mal, als wir hier waren, auch gesagt. Außerdem bist du derjenige, der sich Sorgen machen muß, Loverboy. Du bist der durchtrainierte Triathlet mit dem sensationellen Körper. Ich bin der fette Typ mit den roten Haaren, der die fünfunddreißig schon hinter sich hat. Zum Glück bist du nicht in deinem engen Lycra-Outfit hergekommen, in das du dich normalerweise quetschst. Mit intaktem Schließmuskel wärst du hier bestimmt nicht rausgekommen.«
»Na gut, Opa, kann ich dir ein Bier ausgeben?«
»Das bezweifle ich. Du siehst zu jung aus, um Alkohol ausgeschenkt zu bekommen.«
Jez lacht und hält Red den Mittelfinger vors Gesicht.
Gemeinsam gehen sie zur Theke, ohne von den anderen Gästen aus den Augen gelassen zu werden. Sie erwidern die Blicke und lassen dann die Augen langsam durch den Raum schweifen wie Radarwellen. Ohne Angst, aber nicht aggressiv. So, als wollten sie sagen: »Wir möchten keinen Ärger anfangen, aber wir sind bereit, wenn ihr darauf aus seid.«

Sie spüren die Feindseligkeit, an die sie sich noch gut erinnern können, auch wenn die Beziehung zwischen der Polizei und der Schwulenszene sich seit dem Ireland-Fall verbessert hat. Damals hat die Polizei die bekanntesten Homophoben in das Ermittlungsteam gesteckt und sich anschließend gewundert, warum man sie kritisierte.

An der Theke ist ein Platz für einen von ihnen frei, aber nicht für beide. Jez drängelt sich zuerst in die Lücke und schiebt seine Thekennachbarn sacht mit den Ellbogen beiseite, so daß Red neben ihm stehen kann.

Der Barmann trägt ein Jeanshemd mit gemusterten Flicken auf den Schultern und spricht mit einem leichten Lispeln.

»Was kann ich Ihnen bringen, Gentlemen?«

»Ich würde gerne mit dem Besitzer sprechen«, sagt Red.

»Und ich habe noch nicht einmal etwas falsch gemacht.«

Jez lächelt. Red nicht.

Mr. Flickenhemd geht zu einem anderen Barmann hinüber, der mit ein paar Gästen spricht, und tippt ihm auf die Schulter.

»Jeff, diese beiden Gentlemen würden gerne mit dir sprechen.«

Jeff nimmt widerstrebend seine wuchtigen Unterarme von der Theke und wendet sich ihnen zu.

»Was kann ich für Sie tun?«

»Ich bin Detective Superintendent Metcalfe, und das ist Detective Inspector Clifton. Wir würden Ihnen gerne ein paar Fragen stellen.«

»Worum geht es?«

Er ist nun nervös und mißtrauisch. Jez spürt es als erster.

»Machen Sie sich keine Sorgen«, sagt er. »Wir sind nicht von der Sitte, und wir wollen auch niemanden verhaften. Wir möchten nur, daß Sie sich ein paar Fotos ansehen und uns sagen, ob Sie jemanden wiedererkennen.«

»Wenn Sie nicht von der Sitte sind, von welcher Abteilung sind Sie dann?«

Red beugt sich vor, und in seiner Stimme schwingt ein stählerner Unterton mit.
»Sie haben doch gehört, was mein Kollege gesagt hat, Sir. Würden Sie sich bitte die Fotos ansehen?«
Jeff blickt zuerst Red und dann Jez an und nickt.
Red reicht ihm die Bilder. Es sind insgesamt sechs. Red hat drei Testfotos dazugesteckt. Bilder von Männern, die tot sind und auf gar keinen Fall etwas mit dem *Coleherne* zu tun haben konnten.
Jeffs riesige Hände nehmen die Bilder hoch und halten sie unter das Licht an der Kasse. Er geht sie zweimal durch, sortiert sie neu und gibt sie Red zurück.
»Ihn erkenne ich.« Er zeigt auf das Bild, das er nach oben gelegt hat. »Er war ein paarmal hier.«
Red blickt auf das Bild hinunter und hält überrascht den Atem an.
Das Bild, auf das Jeff zeigt, ist das von James Cunningham, dem verstorbenen Bischof von Wandsworth.

31

Sie befinden sich in der Küche in der Wohnung über dem Pub. Red und Jez trinken Mineralwasser, während Jeff mit der Flasche Becks herumwedelt, um seine Worte zu untermalen.
»Das letzte Mal hab' ich ihn hier gesehen vor ... also, das muß ungefähr vor sechs Monaten gewesen sein. Ganz bestimmt im Winter, weil er diesen tollen dicken Mantel anhatte.«
»Wie oft war er davor schon hier?« fragt Red.
»Ich habe ihn nur ein- oder zweimal gesehen. Aber möglich, daß er an den Abenden hier war, als ich frei hatte, oder bevor ich hier vor drei Jahren angefangen habe.«

»Sie haben ihn also in dem Zeitraum höchstens dreimal gesehen?«
»Ja.«
»In der Zeit müssen hier Tausende von Gästen durchgekommen sein. Wieso erinnern Sie sich so deutlich an ihn?«
Bisher haben sie Jeff noch nicht Cunninghams Namen genannt und schon gar nicht, warum sie sich nach ihm erkundigen. Jeff hat auch nicht danach gefragt. Er hatte schon oft genug mit der Polizei zu tun, um zu wissen, daß es sie verärgert, wenn man ihnen Fragen stellt, die sie nicht beantworten wollen. Wenn sie einem etwas sagen, dann nur von sich aus.
»Weil er alt war. Auf jeden Fall älter als die übrige Kundschaft. Und weil er... nun ja, er ist nie in Begleitung hergekommen und auch nie in Begleitung wieder gegangen.«
»Ist das ungewöhnlich?«
»Ziemlich. Die Leute sind entweder mit ihren Freunden hier, oder sie kommen alleine her und lernen jemanden kennen.«
»Aber es kommen doch sicher Männer her, die auf der Suche sind und kein Glück haben?«
»Ja, sicher. Aber dieser Typ schien es auf nichts anzulegen. Bei niemandem. Er kam einfach nur rein, trank ein paar Bier, unterhielt sich mit ein paar Leuten und ging wieder.«
»Na ja, er war ja auch nicht gerade der Traumtyp«, wirft Jez ein.
Jeff zuckt die Achseln. »Was macht das schon. Die Leute hier stehen auf die unterschiedlichsten Typen.«
»Ist heute abend jemand hier, der sich mit ihm unterhalten hat?«
»Mein Gott, was für eine Frage. Lassen Sie mich nachdenken.« Jeff zieht die Stirn kraus. »Nein, nicht daß ich mich erinnern könnte. Ich kenne ein oder zwei Leute, die sich mit ihm unterhalten haben, aber die sind heute abend nicht da.«
Red gibt ihm seine Karte.
»Wenn sie herkommen, könnten Sie uns dann anrufen?«
»Sicher.«

Jeff geht mit Red und Jez die Treppe hinunter und führt sie aus der Seitentür. Die beiden gehen schweigend zum Wagen hinüber.
»Also, was denkst du?« fragt Red schließlich, ehe sie den Opel erreicht haben.
»Alle drei verkappte Homosexuelle. Verwirrt wegen ihrer Sexualität. Vielleicht hat Silberzunge es darauf abgesehen. Vielleicht wollte er sie glauben machen, daß er schwul ist, oder ihnen nur Angst machen. Ich weiß es nicht. Ich werde aus dem Ganzen noch nicht schlau.«
»Ich auch nicht«, stimmt Red ihm zu. »Er rührt sie nicht an. Er bumst sie nicht oder ejakuliert auf sie oder macht sonst irgend etwas. Er zieht sie nicht vollständig aus, bevor er sie umbringt. Es ist, als ob ... es ist beinah so, als wäre er genauso unsicher wie sie.«
Red greift in seine Tasche, um die Autoschlüssel herauszuholen.
»Scheiße«, sagt Jez.
Red blickt ihn über das Dach des Opels hinweg an.
»Was?«
»Ich habe gerade nachgedacht. Erinnerst du dich an Emmanuel Spiteri?«
»Irelands letztes Opfer?«
»Ja.«
»Was ist mit ihm?«
»Er hatte einen Partyservice.«
Red begreift sofort, worauf er hinaus will.
»Wie Philip Rhodes.«
»Ja.«
Red findet den Schlüssel und steckt ihn ins Schloß. Die Zentralverriegelung öffnet sich mit einem lauten Klicken.
»Könnte ein Zufall sein«, sagt Red, während er sich auf den Fahrersitz gleiten läßt.
»Und er könnte genau dort weitermachen, wo Ireland aufgehört hat. Spiteri und dann Rhodes. Ein glatter Übergang.«

Red läßt den Motor an, sieht in den Rückspiegel und biegt auf die Straße ein.
»Mein Gott. Ireland Teil 2. Das hat uns gerade noch gefehlt.«

32

»Ich hasse diese Läden«, sagt Duncan.
»Wir waren noch nicht einmal drinnen«, erwidert Kate.
»Müssen wir das denn? Sieh es dir doch an. Bloß eine schmierige Schwulenkaschemme in einer dreckigen Seitenstraße in Soho.«
Duncan räuspert sich und spuckt angewidert auf die Straße. Kate schiebt sich an ihm vorbei und geht durch die Tür in das *Substation.*
»Komm schon, Duncan«, sagt sie. »Laß es uns hinter uns bringen.«
Es stehen zwei Leute am Eingang; eine Frau mit lilafarbenen Haaren und Nasenring und ein Türsteher, dessen gelocktes Haar ihm bis zur Schulter reicht. Kate greift gerade nach ihrem Ausweis, als die Frau mit dem lila Haar etwas sagt.
»Es tut mir leid, Sir, aber Sie können hier nicht rein.«
Kate ist vorübergehend etwas verwirrt, bis sie merkt, daß Duncan inzwischen hinter ihr steht und die Frau mit ihm spricht.
»Warum zum Teufel nicht?« fragt Duncan wütend.
»Weil Sie nicht passend angezogen sind.«
»Aber ich trage doch einen Anzug. Wie kann ich nicht – «
»Keine Krawatten, Sir«, wirft der Türsteher ein.
»Wenn ich also meine Krawatte ausziehe, dann darf ich rein?«

»Ja, Sir.«
Duncan tippt sich mit dem Finger gegen die Schläfe. »Das ist doch verrückt.«
Der Türsteher macht einen Schritt auf ihn zu. Kate, die mittlerweile ihren Ausweis in der Hand hat und ihn dem Türsteher vor das Gesicht hält, geht dazwischen.
»Detective Inspector Kate Beauchamp, und das hier ist Detective Chief Inspector Duncan Warren.«
Der Türsteher tritt wieder einen Schritt zurück.
Kate übernimmt das Reden, so wie sie und Duncan es abgemacht haben. Auf die Weise werden sie wahrscheinlich mehr erreichen.
»Arbeiten Sie schon lange hier?«
»Zwei Monate«, antwortet die Frau.
»Ein Jahr«, sagt der Türsteher.
Sie wendet sich dem Türsteher zu und liest seinen Namen auf dem Schild an seinem Revers. Edwin Green.
»Und Sie arbeiten jede Nacht hier, Mr. Green?«
»Ja, fast jede Nacht.«
»Würde es Ihnen etwas ausmachen, sich diese Fotos anzusehen und mir zu sagen, ob Sie einen dieser Leute erkennen?«
Er nimmt die Fotos. Die der drei Opfer und die drei Testfotos.
»Was haben diese Typen denn angestellt?«
»Sehen Sie sich die Bilder bitte einfach nur an.«
Green geht sie ein bißchen zu schnell durch und schüttelt den Kopf.
»Nein, die habe ich noch nie gesehen.«
»Sehen Sie bitte noch einmal hin, aber diesmal verdammt noch mal ein bißchen genauer.«
Überrascht und gehorsam wie ein geprügelter Hund tut er, was Kate ihm sagt. Als er diesmal den Kopf schüttelt, weiß sie, daß er es so meint.
Green gibt Kate die Bilder zurück, die sie an die Frau weiterreicht.

»Das gleiche gilt für Sie, Madam.«
Die gleiche Prozedur, das gleiche Ergebnis.
»Haben Sie etwas dagegen, wenn wir uns umsehen?« fragt Kate.
Green weist auf die Treppe, die nach unten führt. »Ganz wie Sie wollen.«
Kate und Duncan gehen eine kurze Treppe hinunter, die schon bessere Tage gesehen hat. Die Musik, die bis dahin nur als gedämpfte Vibrationen unter ihren Füßen spürbar war, wird lauter, als sie um die Ecke biegen. An der Wand über ihren Köpfen befindet sich ein Fernsehbildschirm, und Kate blickt automatisch hinauf, während sie daran vorbeigeht. Sie rechnet damit, daß er ein Musikvideo zeigt oder es sich um einen Überwachungsbildschirm handelt.
Statt dessen bekommt sie ein Schwulenporno zu sehen.
Zwei nackte Männer knien hintereinander. Der vordere hat die Augen geschlossen und greift mit den Händen nach hinten, um den Po seines Partners zu umfassen. Der Hintere hält die Genitalien des Vordermanns in den Händen, während er ihn penetriert. Sie bewegen sich zu ihrem eigenen hektischen Rhythmus.
»Ich weiß nicht«, sagt Duncan, der ihrem Blick folgt. »Mit denen kann doch etwas nicht stimmen.«
Kate erwidert nichts.
In der Diskothek ist es warm und dunkel, und laute Schlagzeug- und Synthezisermusik pulsiert durch den rotbeleuchteten, nach Schweiß riechenden Raum. Immer wieder tauchen im stroboskopischen Licht die verzerrten Gesichter der Tänzer auf. Kate und Duncan stehen mit dem Rücken zur Theke und sehen sich um. In den dunklen Ecken sind verschwommen Grüppchen auszumachen. Ein Paar in weißen Unterhemden und Tarnkluft tanzt am Rand der Tanzfläche und sieht aus wie ein ins Gegenteil verkehrtes Zwillingspaar. Einer der beiden ist schwarz und hat wasserstoffblondes Haar, der andere ist weiß mit einem pechschwarzen Bürstenhaarschnitt.

Kate blickt sich in der Diskothek um, und es fällt ihr etwas auf: Niemand unterhält sich.
Wie deprimierend. Jeder stellt sich zur Schau wie Vieh bei einer Auktion, damit er angebaggert und mit nach Hause genommen wird, und wofür? Vorübergehende körperliche Befriedigung und anschließend das bange Warten, ob das Telefon klingelt oder man sich eine Geschlechtskrankheit eingefangen hat. Ausschweifungen und Lustbefriedigung unter den Straßen Londons, das moderne Sodom und Gomorrha von heute.
Kate fragt sich, ob es für sie einen Unterschied darstellen würde, wenn dies ein Heteroclub wäre. Woran stößt sie sich? Daran, daß sie schwul sind, oder daran, daß es der reinste Viehmarkt ist? Sie setzt einigen der Männer im Geiste Frauengesichter auf und macht ein paar von ihnen wieder zu Männern. Es ändert nichts daran, ob sie schwul oder hetero sind – es ist immer noch unerträglich deprimierend.
Sie beugt sich zu Duncan hinüber und schreit in sein Ohr, damit er sie über die Musik hinweg hören kann.
»Du verstehst es nicht, oder?«
»Was?«
»All das hier.«
»Nein, ganz und gar nicht.«
»Ich auch nicht.«
Er sieht sie überrascht an. »Ich dachte, du magst sie«, sagt er.
»Wen?«
»Die Homos.«
»Ich habe nichts gegen sie. Sie machen mich nicht an, aber ich verstehe nicht, warum Leute wie du sie hassen. Aber ich meinte eigentlich, daß ich nicht verstehe, warum sich Leute so degradieren, warum sie herkommen und sich so zur Schau stellen. Es würde keinen Unterschied machen, wenn sie hetero, lesbisch oder Monster vom Mars wären. Es wäre immer noch ein Viehmarkt.«
Duncan legt seinen Mund an ihr Ohr.
»Komm, wir gehen.«

»Warum? Wir haben noch nicht einmal herumgefragt.«
»Weil ich es sage. Ich habe genug.« Er geht auf den Ausgang zu.
Kates liberale Prinzipien gehen nicht so weit, daß sie gerne alleine bleiben würde, und Duncan weiß das genausogut wie sie selbst. Er hat geblufft und gewonnen.
Auf der Treppe befindet sich eine Menschentraube, und Kate muß sich einen Weg hindurchbahnen. Als sie draußen ankommt, ist Duncan bereits ein ganzes Stück die Straße hinuntergegangen. Sie läuft, um ihn einzuholen.
»Was ist nur los mit dir, Duncan?«
Er dreht sich zu ihr um, und zum ersten Mal sieht sie, wie wütend er ist. Nicht nur wegen des heutigen Abends, sondern wegen allem.
»Hör zu, Kate. Dieser Fall hat von dem Moment an, als wir dazu abkommandiert wurden, nichts als Ärger gemacht. Ich habe ein Wochenende mit meinem Sohn verpaßt und mein sowieso schon schwieriges Verhältnis zu Helen ungefähr ein ganzes Jahrhundert zurückgeworfen. Wir jagen die ganze Zeit einem Phantom hinterher, und das hier ist auch nichts anderes. Reds großartige Theorien sind Scheiße, und das weiß er auch. Er greift nach Strohhalmen. Es gibt keinerlei Beweise, daß Silberzunge ein Schwuler ist oder sich Schwule aussucht. All dieser Mist über jugendliche Experimente und Bisexualität bringt nichts. Absolut nichts. Wenn wir eine halbwegs vernünftige Spur in diesem Fall hätten, hätten wir diesen Scheiß ruckzuck über Bord geworfen. Aber da wir nichts in der Hand haben, kriechen wir in Mistlöchern wie diesem herum –«, er zeigt zurück auf die Diskothek, »– und das völlig grundlos.«
»Aber wenn die Verbindung nicht hier liegt, Duncan, wo zum Teufel liegt sie dann?«
»Ich weiß es nicht. Aber es wird uns mit der Zeit einfallen.«
»*Mit der Zeit*? Du meinst, wir sollen warten, bis Silberzunge noch ein paar weitere Opfer um die Ecke bringt, bevor wir ihm auf die Spur kommen?«

»Nein, das sollen wir nicht. Wir sollten jedoch all unsere Ansätze beiseite schieben und ganz von vorne anfangen. Ich weiß, daß mich diese Meinung nicht besonders beliebt machen wird, aber so ist es nun einmal. Wenn du und Red und Jez glaubt, daß wir es mit einem Schwulen zu tun haben, der wegen des Kicks tötet, dann wünsche ich euch viel Glück. Egal, wer oder wo Silberzunge ist, er würde sich vor Lachen bepinkeln, wenn er dich jetzt hören könnte.«

33

Es ist nach zwei Uhr morgens, als Kate nach Hause kommt. In ihrer Wohnung brennt kein Licht. Als sie ins Schlafzimmer geht, kann sie Davids tiefe und regelmäßige Atemzüge hören. Sie zieht sich schnell aus und klettert leise neben ihn ins Bett. Er rührt sich nicht, und sie ist froh darüber.

Sie sind erst vor kurzem zusammengezogen, und sie ist bereits der Meinung, daß sie einen Fehler gemacht hat. Sie hätte es beenden sollen, als er das mit dem Zusammenziehen vorschlug, anstatt ihm nachzugeben. Sie sind seit zwei Jahren zusammen, und für sie hat diese Beziehung nichts mehr zu bieten. Aber sie hat ihm zugestimmt, weil das der Weg des geringsten Widerstandes war. Und Jez hatte recht, als er David Mr. Langeweile nannte, denn genau das ist David geworden. Vielleicht war er das immer schon, und Kate hat es einfach nicht erkannt. Aber jetzt ist er es ganz bestimmt. Und deshalb hat sie ihn auch so vor Jez verteidigt, weil der den Nagel auf den Kopf getroffen hat.

Kate Beauchamp, die jeden Tag mit Silberzunge und all seinen Horrortaten fertig wird, besitzt dennoch nicht genug Rückgrat, eine Beziehung zu beenden, die längst am Ende ist. Sie

weiß nicht einmal, ob David findet, daß sie ein Problem haben, geschweige denn, wie er damit umgeht.
Aber sie weiß, wie sie damit umgeht. Sie denkt an Jez.
Sie will, daß Jez und nicht David neben ihr im Bett liegt. Jez mit seinem harten, athletischen Körper. Sie will seine breiten Schwimmerschultern küssen und von dort aus mit den Lippen die Waschbrettlinien entlangstreifen, die seinen Bauch durchziehen. Und dann will sie mit der Hand über die Muskeln streichen, die sich über seinem Knie erheben, wenn er seine Beine anspannt. Sie will vor ihm aufwachen und ihn betrachten, während er noch mit zerwuschelten Haaren schläft. Sie will, daß er sie zu Hause zum Lachen bringt, wie er es immer im Büro tut, wenn er mit ihr flirtet und ihr zumindest für einen kurzen Moment lang das Gefühl gibt, daß sie das Wichtigste in seinem Leben ist – sein könnte. Sie will mit ihm zusammen diesen Fall lösen.
Kate ist verliebt, aber nicht in David.
Vor zwei Nächten hatte sie einen so lebhaften Traum über Jez, daß sie überzeugt war, daß David davon wissen müßte. David kam auch in dem Traum vor und hat ferngesehen, während sie und Jez sich im Schlafzimmer liebten. Als sie aufwachte, ist sie ins Wohnzimmer gelaufen, um nachzusehen, ob David noch da war, wie in ihrem Traum. Sogar nachdem sie sich beruhigt hatte, konnte sie sich am Frühstückstisch gerade noch davon abhalten, David alles zu gestehen.
Sie lügt ihren Freund im Bett an.
Und sie weiß nicht, ob es Jez genauso geht. Sie sind gute Freunde und flirten wie verrückt, aber er weiß nicht – er kann gar nicht wissen –, was sie für ihn empfindet. Sie flirten miteinander, weil sie es können, da sie mit ihrem Freund zusammenlebt und ihm daher nicht gefährlich werden kann. Sie weiß nicht, was Jez mit seiner freien Zeit anstellt, wenn er nicht gerade für einen Triathlon trainiert. Sie weiß nicht, ob er eine Freundin hat. Sie weiß nicht einmal, ob er hetero ist. Vielleicht ist er heute abend in den Schwulenkneipen geblieben, um seine ganz

persönlichen »Recherchen« anzustellen. Vielleicht kann sie ihm nicht gefährlich werden, weil sie eine Frau ist, und nicht, weil sie in festen Händen ist.
Kate weiß nur eines mit Sicherheit: Sie muß Jez mindestens fünf Tage die Woche sehen, und das macht sie völlig fertig.

34

Red steht mühsam auf und geht hinüber zu seinem Schreibtisch. Er nimmt Logans Karte in die Hand und beugt sich vor, um sie seiner Mutter zu geben. Sie betrachtet sie ein paar Sekunden lang und legt sie dann auf die Armlehne des Sessels.
»Er war hier, als ihr bei Eric wart, Mum.«
»Das ging aber schnell.«
Red zuckt die Achseln, während er sich wieder hinsetzt. »Sieht so aus.«
»Was hat er gesagt?«
»Er hat gesagt, die Belohnung gehört mir, wenn ich will.«
Er hat gesagt, er bewundert meinen Mut, und mich damit fast zum Heulen gebracht.
»Und was hast du erwidert?«
»Ich hab' gesagt, ich würde darüber nachdenken. Es kam alles ein bißchen plötzlich.«
»Du hast also nicht damit gerechnet?«
»Womit?«
»Mit der Belohnung?«
»Nein, natürlich nicht. Ich hatte völlig vergessen, daß Logan eine Belohnung ausgesetzt hatte.«
»Wann ist es dir wieder eingefallen?«
»Als er sie erwähnte. Ich habe erst gar nicht kapiert, warum er vorbeigekommen ist.«

»Du hattest sie also vergessen, bis er sie dir anbot?«
»Ja.«
»Stimmt das, Red? Stimmt das wirklich?«
Und nun versteht Red, worauf sie hinauswill.
»Das glaube ich ja nicht.«
»Ich frage nur, weil Eric – «
»Eric? Willst du ernsthaft behaupten, Eric glaubt, ich bin zur Polizei gegangen, um die Belohnung zu kassieren?«
»Er ... äh ... ja, genau das denkt er.«
»Du kannst ihm sagen, daß ich *ihm* den verdammten Hals umdrehen werde, wenn er das annimmt.«
»Redfern!«
»Ich schwöre bei Gott, daß ich erst an die Belohnung gedacht habe, als Logan sie erwähnte. Wenn Eric ernsthaft glaubt, daß ich mir sein Geständnis angehört und mir dabei schon die Hände gerieben habe, weil ich bald dreißigtausend kriege, dann ... ich weiß nicht, was. Ich weiß nicht, für welche Sorte Mensch mich Eric hält, um so etwas zu glauben.«
»Warum hast du Logan dann nicht sofort abgewiesen?«
»Weil es ein Schock für mich war. Ich wollte nichts überstürzen.«
»Wie zum Beispiel heute morgen zur Polizei zu gehen?«
Sie glaubt Eric. Sie glaubt wirklich, daß Red ihn verraten hat, um das Geld zu bekommen.
Red atmet tief durch die Nase ein und aus, damit er nicht irgendwas kurz und klein schlägt.
»Laß mich ein paar Dinge klarstellen, Mum. Egal, was du denkst, ich habe Eric nicht wegen der Belohnung angezeigt. Hätte ich das getan, hätte ich das Geld doch wohl sofort genommen, oder?«
»Vielleicht hast du das ja auch, Red. Vielleicht hast du es schon genommen und es uns nur nicht gesagt.«
»Ist das eine Anschuldigung?«
»Es ist eine Möglichkeit. Das ist alles.«
»Wie oft muß ich es dir noch sagen? Ich habe das Geld nicht genommen. Das Geld hat bei der Frage, ob ich zur Polizei gehen soll oder nicht, keine Rolle gespielt. Was ich übrigens immer noch

für die richtige Entscheidung halte. Ich habe es bestimmt nicht getan, um die Belohnung zu kassieren. Und ich halte es auch für die richtige Entscheidung, daß ich Logans Belohnung noch nicht definitiv abgelehnt habe. Wenn du – oder du, Dad – mit einer dieser Aussagen Probleme hast, dann hast du Pech gehabt. Dann sind wir eben unterschiedlicher Meinung.«

Seine Mutter zieht die Augenbrauen hoch. »Aber du wirst die Belohnung doch wohl ablehnen, Red?«

»Wahrscheinlich.«

»Nicht mit Sicherheit?«

»Nein, nicht mit Sicherheit. Vielleicht können wir sie für etwas Sinnvolles benutzen.«

»Zum Beispiel?«

»Ich weiß es nicht. Ich habe noch nicht darüber nachgedacht. Aber laß mich dir zur Abwechslung eine Frage stellen, Mum. Warum bist so dagegen, daß ich die Belohnung nehme? Weil du immer noch glaubst, ich hätte Eric wegen des Geldes verraten, oder weil du der Meinung bist, daß wir – als Erics Familie – nicht von jemandem profitieren sollten, der wegen Erics Taten gelitten hat?«

Sie gibt ihm keine Antwort. Das braucht sie auch nicht. Red weiß, was sie denkt. Es ist leichter für sie, einen ihrer Söhne für geldgierig zu halten, als zu akzeptieren, daß der andere ein Mörder ist.

Egal, was später passieren wird, denkt er, unser Leben wird nie wieder so sein wie früher.

»Was würdest du mit dem Geld tun, Red?« fragt sie. »Würdest du es für Erics Verteidigung benutzen?«

»Nein, Mum, natürlich nicht. Wie könnte ich das? Wie könnte ich Mr. Logans Geld nehmen und es auf diese Weise gegen ihn verwenden? Das wäre beinah so, als würde er die Anwälte bezahlen, die den Mörder seiner Tochter vertreten. Das ist lächerlich. Er kann Eric nicht finanziell unterstützen. Oder?«

Schweigen.

»Oder?«

Es erscheint Red so einleuchtend. Er versteht nicht, warum seine Eltern es nicht genauso sehen.

Wo liegt deine Loyalität, Red? Bei uns oder bei ihnen?
Jetzt versteht er, was ihnen durch den Kopf geht. Das ist deine Chance, Buße zu tun, Red. Nimm Logans Geld, und verwende es für Eric, damit er den besten Anwalt bekommt. Du hast ihn da hineinmanövriert, und nun kannst du helfen, ihn wieder herauszubekommen. Du kannst das einzige tun, was deinem Verrat irgendwie den Stachel nimmt. Aber du weigerst dich standhaft. *Wo liegt deine Loyalität, Red? Bei uns oder bei ihnen?*
Red steht auf.
»Leckt mich doch.«
Er geht auf die Tür zu.
»Wo gehst du hin, Red?« fragt seine Mutter nervös.
»Raus. Spazieren. Bis ihr zwei wieder klar denken könnt.«
Er knallt die Tür so stark hinter sich zu, daß Stücke vom Putz herunterfallen. Der Student, der eine Etage tiefer wohnt, beschwert sich über den Krach, sieht den Ausdruck auf Reds Gesicht, der die Treppe hinunterkommt, und verschwindet wieder in sein Zimmer.
Red hat keinen Mantel, und es ist kalt draußen. Er verläßt den Great Court durch die Seitentür, die auf die Trinity Lane hinausführt, und geht nach rechts in Richtung Fluß. Wenn er schnell genug geht, dürfte ihm nicht kalt werden. Der Verdacht seiner Eltern quält ihn.
Es gibt andere Möglichkeiten, die du hättest in Betracht ziehen können. Du hattest die Belohnung also vergessen, bis er sie dir anbot? Stimmt das, Red? Stimmt das wirklich?
Und dennoch versucht Red, der immer noch hofft, daß alles gut ausgeht, Entschuldigungen für sie zu finden. Sie stehen unter Schock. Sie wissen nicht, wie sie mit dem, was passiert ist, fertig werden sollen. Sie würden aufhören, wenn sie sich selber hören könnten. *Stimmt das, Red? Stimmt das wirklich?* Seine Mutter, die ihm all seine Bemerkungen über die Belohnung im Mund herumdreht und seinem Vater keine Gelegenheit gibt, etwas zu sagen.
Nein. Das stimmt nicht. Sein Vater hatte genügend Gelegenheiten, etwas zu sagen – als Red sie aufforderte, ihm seine Entscheidung,

zur Polizei zu gehen, zu glauben, und während des langen Schweigens, nachdem er ihnen gesagt hatte, daß er Logans Geld nicht für Erics Anwaltskosten verwenden würde.
Aber sein Vater hat geschwiegen. Er hat freiwillig darauf verzichtet, etwas zu sagen, seit die Belohnung erwähnt wurde.
Und dann begreift Red, warum, und er sieht eine Möglichkeit, wie aus diesem verdammten Durcheinander etwas Gutes hervorgehen kann.

35

Dienstag, 28. Juli 1998

»Ich bin immer noch nicht davon überzeugt, daß es einen Unterschied macht«, sagt Duncan.
Jez hebt ungeduldig die Hände.
»Duncan, wir haben Beweise, daß alle drei Opfer homosexuelle Neigungen hatten. Wir haben Beweise, daß sie alle im Hinblick auf ihre Sexualität verunsichert waren, genau wie Silberzunge es zu sein scheint. Wir haben drei Leute, die bis zu einem gewissen Grad ein Doppelleben führten und einen Teil ihrer Persönlichkeit vor ihrer Umwelt versteckten. Philip Rhodes hatte eine Verlobte, aber machte nebenbei noch mit einem Freund herum, James Cunningham – *ein Bischof* – besuchte ohne Begleitung Schwulenkneipen, und James Buxton hatte furchtbare Angst, daß sie ihn aus der Armee werfen würden, falls sie etwas über die unbedeutende Liebelei herausfinden würden, die er in der Vergangenheit hatte. Was willst du mehr?«
»Ich habe es Kate gestern abend gesagt und sage es dir noch einmal: Ich denke, wir sind auf der falschen Spur.«
»Warum?«

»Ich weiß es nicht. Es ist einfach so.«
»Das reicht nicht.«
Duncan beugt sich nach vorne und zeigt mit dem Zeigefinger auf Jez und Kate.
»Hör zu, Jez, ich bin länger bei der Polizei, als ihr zwei zusammen – «
»Ich glaube nicht, daß das hier eine Rolle spielt.«
» – und du weißt genausogut wie ich, daß viele Verbrechen aufgedeckt werden, weil jemand etwas im Gefühl hat. Ein Gefühl, eine Ahnung, so was in der Art. Es gibt in diesem Fall zu viele Faktoren, die keinen Sinn ergeben. Ich weiß auch nicht, welche Verbindung zwischen den Morden besteht, aber ich weiß genau, daß es nicht diejenige ist, die wir gerade überprüfen.«
Red, der bis dahin den stillen Vermittler gespielt hat, hebt die Hand.
»Na gut. Jetzt alle gemeinsam. Duncan, wenn es deine Entscheidung wäre, was würdest du jetzt tun?«
»Ich würde weitersuchen. Ich würde noch einmal alles durchgehen, was wir bis jetzt haben, und überprüfen, ob wir etwas übersehen haben. Das Ganze von einem Blickwinkel aus betrachten, der uns bis jetzt noch nicht eingefallen ist, egal, wie albern er auch sein mag.«
»Jez?«
»Ich würde eine Ankündigung machen, daß ein Serienmörder unterwegs ist, der es auf verkappte Homosexuelle abgesehen zu haben scheint. Ich würde die Schwulenszene warnen, vorsichtig zu sein.«
Duncan springt zornig auf. »Jez, hast du überhaupt eine Ahnung, was du – «
»Setz dich hin«, knurrt Red.
» – für eine Panik auslösen würdest?«
»DUNCAN!«
Duncan starrt Jez ein paar Sekunden lang an, der seinen Blick gelassen erwidert. Schließlich senkt er langsam die Augen,

hebt seinen Stuhl auf und wischt den Sitz ab, bevor er sich hinsetzt. Red wendet sich an Kate.

»Kate?«

»Ich würde so weitermachen wie bisher. Vielleicht ein paar verantwortungsbewußten Schwulenvereinigungen und einschlägigen Zeitschriften unseren Verdacht mitteilen, ohne ihnen jedoch zu viel zu erzählen. Aber zu diesem Zeitpunkt würde ich mich nicht an die Öffentlichkeit wenden.«

Jez wendet sich protestierend an sie. »Komm schon, Kate. Wenn wir die Katze aus dem Sack lassen, dann muß es zu unseren Bedingungen geschehen. Sobald die Geschichte die Polizeikreise verläßt, wird sie sich wie ein Lauffeuer verbreiten – und wir können nichts mehr daran ändern. Es wird überall Gerüchte und Gegengerüchte geben. Wenn wir eine Ankündigung machen, dann besteht zumindest eine geringe Hoffnung, daß wir kontrollieren können, was gesagt und getan wird.«

Red nickt.

»Jez hat recht, Kate«, sagt er. »Wir wollen ganz bestimmt nicht, daß diese Sache an die Öffentlichkeit kommt und wir *nicht* die Quelle sind. Wir können nicht einfach ein paar Leuten unser Geheimnis erzählen und von ihnen erwarten, daß sie schweigen. Das werden sie bestimmt nicht tun. Die Frage ist also ganz einfach: Machen wir eine Ankündigung, oder verhalten wir uns still und rackern uns hinter den Kulissen ab?«

Jez ist unerbittlich. »Mach eine Ankündigung. Warne die Leute. Bring es ans Licht.«

»Es wird Silberzunge vertreiben«, wirft Duncan ein. »Wir werden ihn verlieren.«

»Nein, werden wir nicht. Er wird wieder töten oder es zumindest versuchen. Wenn wir es der Öffentlichkeit mitteilen, können wir ihn vielleicht aufgreifen, bevor er wieder zuschlägt. Wenn ihn jemand beobachtet, wie er sich verdächtig verhält oder sich jemandem nähert, den er nicht kennt, dann wird es vielleicht gemeldet, und wir haben ihn. Bis jetzt hat er jeden umgebracht, der ihn gesehen hat. Die einzigen, die wissen, wer er ist, befinden sich hier auf diesen Bildern und außerdem zwei Meter unter der Erde. Es muß ihn jemand sehen und am Leben bleiben, damit er uns sagen kann, wie er aussieht und wer er ist. Die beste Möglichkeit, das zu erreichen, ist, die Leute vorzuwarnen. Es ist unsere beste Chance.«

»Und wenn wir uns irren?« fragt Duncan.

»Was meinst du damit?«

»Egal, wie sehr du an deine Theorie glauben willst, Jez, sie hat mehr Löcher als ein Schweizer Käse. Ich persönlich bin der Meinung, daß du falsch liegst. Aber ich bin bereit einzuräumen, daß du mit der Zeit recht behalten könntest. Erst wenn das eintritt, ist der richtige Zeitpunkt, sich an die Öffentlichkeit zu wenden – wenn du es *weißt.* Es gibt noch zu viele Ungereimtheiten. Was, wenn du diese Ankündigung machst und sich herausstellt, daß du falsch liegst? Was, wenn diese Theorie über den schwulen Serienmörder sich als Quatsch herausstellt? Wir haben dann nicht nur unsere Glaubwürdigkeit eingebüßt, sondern alle auf die falsche Fährte gesetzt – und einen Mörder, der sein Glück wahrscheinlich gar nicht glauben kann. Mir ist das zu riskant.«

Anklage und Verteidigung haben ihr Plädoyer gehalten. Red ist der Richter. Er blickt auf seine Hände hinunter und denkt über das nach, was sie gesagt haben.

Wenn sie eine Ankündigung machen, werden sie natürlich die Einzelheiten der Morde für sich behalten. Weder die Zungen, noch die Löffel oder die Unterhosen werden erwähnt. Und auch nicht, daß sie den Mörder unter sich, das heißt unter sich vier und Lubezski, Silberzunge nennen. Auf die Art können sie Hunderte, womöglich sogar Tausende von Anrufern ausschließen, die sich als Mörder ausgeben. Und bei der Sache werden sie ganz bestimmt viele Anrufe bekommen. Schwulenhasser, betrunkene Studenten, die Traurigen und Einsamen – sie alle werden nach dem Hörer greifen, sobald die Geschichte bekannt wird.

Was, wenn sie keine Ankündigung machen und noch jemand

umgebracht wird? Ein junger Mann, der abends alleine zu Hause ist. Vielleicht jemand wie James Buxton. Es klingelt an der Tür. Er macht auf. Um am nächsten Tag finden sie seine Leiche, entweder zusammengeschlagen oder erhängt oder enthauptet oder auf andere Weise entstellt. Aber wenn dieser junge Mann gewußt hätte, daß ein Mörder unterwegs ist, hätte er dann die Tür aufgemacht? Oder hätte er die Polizei gerufen und so bei der Ergreifung des Täters geholfen? Ein verschwendetes Leben und ein Mörder, der immer noch auf freiem Fuß ist, obwohl Red die Mittel hatte, beides zu verhindern.

Ungewisse Faktoren. Es gibt einfach zu viele ungewisse Faktoren.

Red war sich vergangene Nacht im *Coleherne* so sicher, daß sie etwas auf der Spur waren. Aber Duncan hat ihn zum Nachdenken gebracht. Duncan mag ein unglücklicher, alter Kerl sein, aber er ist schon länger dabei als sie alle, was einer der Gründe dafür war, daß Red ihn dabeihaben wollte. Red ist der Mann, der mit den Haien schwimmt, aber Duncan hat schon viel mehr von dem Plankton gesehen, das den Abschaum der Gesellschaft darstellt. Duncan würde das, was er gesagt hat, nicht ohne guten Grund anführen.

Du stehst an einer Kreuzung und weißt nicht, wohin du gehen sollst. Wartest du, bis du eindeutig weißt, in welche Richtung du mußt, oder triffst du eine Entscheidung und gehst in eine Richtung, obwohl du weißt, daß dich jeder Schritt möglicherweise weiter von dem Ort entfernt, an den du gelangen willst?

Mehr Löcher als ein Schweizer Käse.

Red blickt auf. Drei Gesichter wenden sich ihm erwartungsvoll zu.

Er hat die Antwort.

»Wir halten es geheim«, sagt er. »Vorläufig jedenfalls.«

36

Robert Metcalfe ist noch da, als Red eine halbe Stunde später in sein Zimmer zurückkehrt, aber Margaret ist weg.

»Wo ist Mum?« fragt Red und bläst in seine Hände, die vor Kälte ganz rot sind.

»Sie ist zurück ins Hotel gegangen. Sie hat gesagt, sie muß sich hinlegen.«

»Ich glaube, das müssen wir alle.«

»Ja, wahrscheinlich.« Er schweigt einen Moment lang. »Red . . . es tut mir leid, daß wir gestritten haben. Wir hätten dich nicht so angreifen dürfen. Wir wollten doch nur . . .«

»Auf jemanden einprügeln?«

Sein Vater bringt ein Lächeln hervor. »Ja, so etwas in der Art.«

Red zuckt die Achseln, sagt aber nichts, das seine Vergebung andeutet.

»Möchtest du eine Tasse Kaffee, Dad?«

»Nein danke. Ich wollte gerade gehen. Ich wollte dich noch erwischen, bevor ich gehe.«

»Bleib noch. Ich will mit dir reden.«

»Ach ja? Worüber?«

»Laß mich zuerst den Kaffee machen. Bist du sicher, daß du keinen willst?«

»Na gut, ehe ich mich schlagen lasse.«

Red hantiert in der kleinen Küche draußen auf dem Flur vor seinem Zimmer herum und kommt mit zwei Tassen Kaffee zurück. Er reicht seinem Vater eine und nippt vorsichtig an der anderen.

»Erzähl mir von deinem Geschäft, Dad.«

Sein Vater sieht ihn überrascht an. »Warum?«

»Erzähl mir einfach davon. Dann sage ich dir, warum ich frage.«

»Na gut. Was willst du wissen?«

»Alles. Warum du in Schwierigkeiten steckst. Wie groß die Schwierigkeiten sind. Ich weiß im großen und ganzen, was du tust, aber ich verstehe nicht, wie es im einzelnen läuft.«

»Red, ich glaube wirklich nicht, daß – «
»Dad, nach all den Anschuldigungen, die du und Mum geäußert habt, bist du nicht in der Position, mit mir zu handeln.«
Robert hält beschwichtigend die Hände in die Höhe. »Schon gut, schon gut. Lange Zeit habe ich die Krawatten direkt von einer Fabrik in Humberside bezogen. Ich habe sie vom Hersteller gekauft, sie den Einzelhändlern wiederverkauft und meinen Profit einbehalten. Billige Krawatten, die sich haufenweise in Warenhäusern verkaufen, nichts Besonderes. Kommst du bis dahin mit?«
»Ja.«
»Na gut. Vor ungefähr drei oder vier Jahren haben wir richtige Probleme mit den Gewerkschaften bekommen. Dienst nach Vorschrift, Streikposten, alles, was du dir nur vorstellen kannst. Besonders schlimm war es im Winter 78/79. Erinnerst du dich daran? Es war der Winter, der Callaghan und die Labour Party richtig erledigt hat. Mich hat er auch richtig fertiggemacht. Ich dachte, es würde unter Thatcher besser werden – und das wurde es bis zu einem gewissen Punkt auch –, aber der Schaden ist lange vorher angerichtet worden. Selbst nachdem die Konservativen an die Macht kamen, war die Produktion im Keller, die Zulieferfirmen unzuverlässig und der ganze Ärger mit den Arbeitern bedeutete nur, daß ich nicht soviel abbezahlen konnte, wie ich sollte.«
»Also habe ich letztes Jahr die Sache mit Humberside hingeschmissen und beschlossen, einen völlig neuen Weg einzuschlagen. Ich bin mit einem Hersteller in Italien, ganz in der Nähe von Mailand, ein Joint-venture eingegangen. Es ist eine kleinere Sache, aber mit viel mehr Klasse. Handgearbeitete Seidenkrawatten anstelle der Polyesterdinger, mit denen ich vorher gehandelt habe. Die Handelsspanne zwischen Fabrik und Laden ist natürlich viel höher, und was ich durch die niedrigere Stückzahl verliere, mache ich durch den Profit wieder wett. Das war zumindest der Plan.«
»Was ist schiefgegangen?«
»Die Nachfrage nach teuren Krawatten ist einfach nicht so groß, wie ich gedacht habe. Die Läden, in denen die Reichen kaufen,

sind alle schon gebunden – und ich kriege einfach keinen Fuß in die Tür. Vielleicht versuche ich es an den falschen Stellen, oder vielleicht spiele ich auch im falschen Spiel mit.«

»Aber egal, aus welchem Grund, du stehst bei der Bank in der Kreide?«

»Ja.«

»Wieviel schuldest du ihnen?«

»Es war eine ganze Menge. Ich habe es geschafft, das meiste abzuzahlen, indem ich den zweiten Wagen abgab, eine weitere Hypothek auf das Haus aufnahm und ein paar Aktien verkaufte, aber es ist immer noch eine Menge.«

»Wieviel, Dad?«

Robert will nicht antworten. Red schweigt und drängt so seinen Vater, seine Frage zu beantworten.

Sein Vater gibt nach. »Zweiundzwanzigtausend Pfund.«

»Und wieviel Zeit gibt dir die Bank, das Geld aufzutreiben?«

»Ein paar Tage. Bis Anfang nächster Woche. Nicht länger.« Robert schüttelt den Kopf. »Ich glaube, die sind mit ihrer Geduld am Ende.«

»Hast du irgendeine Ahnung, wo du das Geld hernehmen willst? Du hast heute morgen am Telefon ein paar Ideen erwähnt, die dir vorschweben.«

»Ach, *die*.« Robert schluckt schwer. »Ich fürchte, das war nur heiße Luft. Ich habe keine Ideen mehr.«

»Du weißt also nicht, wo du das Geld hernehmen sollst?«

»Nein, eigentlich nicht.«

»Eigentlich nicht, oder nein?«

»Mein Gott, Red. Nein. Eindeutig nein.«

»Was wird also passieren?«

»Sie werden wahrscheinlich einen Konkursverwalter bestimmen und mich für bankrott erklären.«

»Also kämen Richard Logans dreißigtausend Pfund sehr gelegen?«

Red sagt das ganz beiläufig, ohne seine Stimme zu verändern, und es dauert ein oder zwei Sekunden, bis sein Vater reagiert.

»Redfern! Ich kann unmöglich dieses Geld nehmen. Das wäre ein Skandal.«
»Warum?«
»Es ist Blutgeld, Red. Das mußt du doch verstehen.«
»Ja, *ich* kann es verstehen. Aber ich bezweifle, daß deine Bankiers das tun werden.«
»Nein, auf gar keinen Fall. Lieber gehe ich bankrott, als diese Belohnung zu nehmen, um mein Geschäft wieder auf die Beine zu bringen. Nein, das werde ich nicht.«
»Komm schon, Dad. Du willst mir doch wohl nicht erzählen, daß du noch nicht darüber nachgedacht hast.«
»Natürlich habe ich das nicht.«
»Du kannst dich doch hier nicht vor mich hinstellen und ernsthaft behaupten, daß du vor einer halben Stunde nicht darüber nachgedacht hast, während Mum mich deswegen niedermachte.«
»Nein, bestimmt nicht. Wie kannst du so etwas behaupten?«
»Weil du während dieses Teils der Unterhaltung nichts gesagt hast, deshalb. Du warst so sehr darauf bedacht, mich fertigzumachen, weil ich zur Polizei gegangen bin, und als dann die Belohnung ins Gespräch kam, warst du plötzlich stumm wie ein Fisch. Ich weiß, daß du daran gedacht hast. Es stand dir ins Gesicht geschrieben.«
»Warum hast du dann in dem Moment nichts gesagt?«
»Weil ich so wütend auf Mum war, daß ich es nicht sofort gesehen habe. Ich habe es erst im nachhinein begriffen, als ich schon auf halbem Weg zum Fluß war. Und selbst wenn ich es sofort bemerkt hätte, hätte ich es nicht sagen können, solange Mum da war. Du hast doch gesehen, was sie davon hält, daß ich womöglich die Belohnung nehme. Sie wäre völlig ausgerastet.«
Robert bring ein schwaches Lächeln zustande.
»So hätte ich es zwar nicht ausgedrückt, aber genau das wäre wahrscheinlich passiert.«
»Daher wollte ich dich auch alleine sprechen.«
»Es ergibt einen Sinn, Red, aber es ist dennoch ... *falsch*.«
»Warum? Wir können genausogut etwas Positives aus diesem gan-

zen Schlamassel ziehen. Es gibt keinen Grund, warum du oder Mum – oder ich – wegen Erics Tun leiden sollen. Es ist nicht unsere Schuld. Du solltest das Geld nehmen und dir die Geier vom Hals schaffen.«

»Was wird Logan denken?«

»Logan? Der Mann ist ein Multimillionär. Er würde wahrscheinlich deinen initiativen Unternehmergeist bewundern. Mein Gott, Dad, vielleicht gibt er dir sogar einen Job.«

»Mach keine Witze, Red.«

»Es tut mir leid. Aber was kümmert es dich, was Logan denkt? Als Logan dieses Geld ausgesetzt hat, wußte er, daß er es wahrscheinlich auch jemandem bezahlen muß. Es macht für ihn keinen Unterschied, an wen das Geld geht, solange er Gerechtigkeit für Charlotte bekommt. Ihn hätte es wahrscheinlich auch nicht gestört, wenn es an Ayatollah Khomeini geflossen wäre. Was ist also so schlimm daran, daß wir Erics Familie sind?«

»Unser Sohn hat seine Tochter getötet. Das ist schlimm daran.«

»Nein, ist es nicht. Es würde nur etwas machen, wenn wir das Geld dafür benutzten, Erics Anwälte zu bezahlen. Aber das können wir wirklich nicht. Du kannst wirklich nicht erwarten, daß Logan die Anwälte des Mannes bezahlt, der seine Tochter getötet hat.«

»Aber es ist nicht schlimm, damit das Geschäft des Vaters des Mörders seiner Tochter zu sanieren?«

»Nein, natürlich nicht. Warum auch?«

Robert seufzt. »Mir gefällt die Sache einfach nicht.«

»Ich weiß. Mir auch nicht besonders. Aber so machen wir das Beste aus einer schlimmen Situation.«

»Was wird deine Mutter sagen?«

»Was wird sie sagen, wenn du bankrott gehst, Dad? Was werden deine Bankiers sagen, wenn sie herausfinden, daß du das Geld hättest bekommen können, es aber nicht genommen hast?«

»Wir *verdienen* dieses Geld nicht, Red.«

»Und Charlotte hat es nicht verdient, umgebracht zu werden. Diese Sache hat schon das Leben von zu vielen Menschen ruiniert. Wir können also getrost etwas Positives daraus ziehen.«

Red ist wieder einmal wie ein Vater zu seinem Vater.
»Nimm das Geld, Dad. Nur weil du es ungern tust, heißt das noch lange nicht, daß es falsch ist.«
Robert fährt sich mit den Händen durchs Haar, wühlt es mit seinen Fingern auf und glättet es dann mit seinen Handballen.
»Na gut, Red. Ruf Logan an und sag ihm, daß wir seine Belohnung annehmen werden.«

37

Freitag, 7. August 1998

Kate drängelt sich geschickt zwischen einer Gruppe von Geschäftsleuten an der Theke hindurch, läßt sich auf den Stuhl fallen, der Red gegenübersteht, und stellt ihre Drinks auf dem Tisch ab. Ein Pint Helles für ihn und einen Wodka Tonic für sie. Die Barfrau nimmt den Aschenbecher von ihrem Tisch und leert ihn in einen Plastikeimer.
Da die meisten Gäste draußen auf dem Bürgersteig stehen, haben Red und Kate das Pub beinah für sich allein. Sie sitzen in der Ecke, die am weitesten von der Tür entfernt ist, damit sie jeden sehen können, der hereinkommt. Auf dem Boden liegt ein dunkelroter, fleckiger Teppich, und über den Tischen hängt schaler Zigarettenrauch.
Red reibt sich die Augen.
»Ich weiß, wie du dich fühlst«, sagt Kate.
Er sieht sie an.
»Eine ziemlich beschissene Woche, was?«
»Das kannst du laut sagen.«
Er nimmt einen großen Schluck aus seinem Pintglas, bereits sein drittes an diesem Abend, und spürt, wie der Alkohol seine

müden Muskeln betäubt. Es gibt nichts, was er lieber täte, als sich sinnlos zu betrinken. Vier oder fünf Pints, bevor er zu Schnäpsen übergeht, so daß sein Hirn bei Lokalschluß in seinem Schädel herumschwimmt und sein Mund trockener ist als die Wüste Gobi. Er würde mit Kate trinken, wenn sie will, oder, wenn es sein muß, auch alleine an der Theke sitzen und ins Nichts starren, während er mit dem Äthanol den Schmerz des Versagens betäubt.

Zum Teufel mit dem Kater, den er morgen haben wird. Er muß sich betrinken.

Bei der Suche nach Silberzunge sind sie auch nicht weiter als bei Beginn der Mordserie vor drei Monaten. Red arbeitet sechzehn Stunden am Tag, von acht Uhr morgens bis nach Mitternacht, sechs oder sieben Tage die Woche, in der Hoffnung, daß er irgendwie den ersehnten Durchbruch schafft, wenn er sich ja nur genug Arbeit auflädt. Es ist absolut verrückt, und tief im Inneren weiß er das auch. Er weiß, daß es besser wäre, das genaue Gegenteil zu tun. Er sollte an einen wilden, abgelegen Ort fahren, vielleicht an die Westküste Schottlands, und warten, daß ihm die frische Luft die Antworten bringt.

Aber es reicht nicht, hart zu arbeiten. Man muß dabei gesehen werden, daß man hart arbeitet. Und nach Schottland abzuhauen würde ihm wahrscheinlich als Vernachlässigung seiner Pflichten ausgelegt. Also bleibt Red im Schmutz und Smog der Stadt und hetzt sich jeden Tag durch den gleichen destruktiven Kreislauf aus Adrenalin und Erschöpfung.

Die Vormittage übersteht er durch Koffein. Manchmal spätnachmittags, wenn er wirklich keinen Kaffee mehr trinken kann, ohne sich zu übergeben, sucht er sich ein leeres Büro und legt sich eine halbe Stunde lang auf den Boden, wo er zwischen Wachen und Schlafen in einem Dämmerzustand dahindümpelt, in dem sich ein dünner, undurchsichtiger Film zwischen ihn und die Realität schiebt. Und abends, wenn die Stadt von der Arbeit nach Hause kommt und anschließend wieder loszieht, um sich zu amüsieren, arbeitet Red weiter.

Und was hat ihm das gebracht? Nichts. Absolut nichts. Die Tränensäcke unter seinen Augen sehen aus wie Känguruhbeutel, und vor lauter Müdigkeit wirkt seine Haut ganz grau.
»Du siehst total erledigt aus«, sagt Kate.
»So fühle ich mich auch.«
»Nein, ernsthaft, Red, du solltest dir ein bißchen frei nehmen. Sieh dich doch an. Ich habe schon Leichen gesehen, die sahen fitter aus als du.«
Er streckt ihr die Zunge heraus. »Ich habe immer noch die hier.«
»Mach keine Witze darüber, Red.«
»Tut mir leid. Und du hast recht. Danke, daß du dir Sorgen machst.«
»Und doch wirst du nicht vernünftig sein, weil du ein sturer Hund bist.«
Er gibt einen resignierten Laut von sich. »Laß es mich so ausdrücken. Ich werde nicht vernünftig sein, weil ich diesen Scheißkerl unbedingt erwischen will. Und er, er könnte mir genau in diesem Moment vor der Nase sitzen, und ich würde es nicht einmal wissen.«
Sein Magen ist von dem Bier ganz aufgebläht. Er hätte vorher etwas essen sollen, aber er ist heute abend mit Susan zum Abendessen eingeladen. Wenn er schon betrunken auftaucht, dann sollte er wenigstens soviel Anstand besitzen, etwas Appetit mitzubringen. Red schmeckt das Bier auf seinem Atem, als er redet.
»In all der Zeit, in der ich das tue, Kate, in all den Fällen, an denen ich gearbeitet habe, hatte ich immer ein gewisses Maß an … Kontrolle. Immer, außer bei diesem. Egal, wie furchtbar die Morde auch waren, ich habe immer gewußt, daß wir den Täter irgendwann schnappen würden. Es ist wie beim Versteckspielen, nur daß wir länger suchen können, als er sich verstecken kann. Es gibt nicht unendlich viele Verstecke. Egal, für wie anonym oder unsichtbar er sich hält, er muß trotzdem atmen und essen und trinken und schlafen. Er muß immer

noch existieren. Und mit der Zeit tut er Dinge, die die Chancen erhöhen, daß wir ihn schnappen. Wir, daß heißt die Polizei, wissen also, daß wir ihn kriegen werden, und haben daher einen Vorteil. Wir gewinnen. Es ist nur die Frage, wo und wann wir das tun.«

»Und wie viele Leute in der Zwischenzeit getötet werden, bevor wir gewinnen.«

»Ja, bis zu einem gewissen Grad. Du mußt es als unvermeidbar akzeptieren, daß du niemanden sofort schnappst. Aber es gibt da zwei Fakten. Erstens, je häufiger er tötet, desto eher verrät er sich und läßt eine Spur zurück. Und er wird sich selber zu erkennen geben. Sieh dir Colin Ireland an. Er hat fünf Menschen umgebracht und einen Fehler gemacht. Weißt du, was das war?«

»Natürlich. Ich habe die Akte auch gelesen. Ein Daumenabdruck auf dem Fenstergitter in Dalston. Er wollte wissen, was draußen auf der Straße los war, und hat seinen Daumenabdruck hinterlassen.«

»Genau. Es war nicht einmal ein ganzer Abdruck, sondern nur ein Teil. Ein winziger Fehler, aber es hat gereicht.«

»Was war der zweite Fakt?«

»Egal, wie viele Leute er umbringt, er wird immer weiter machen, wenn wir ihn nicht stoppen. Mörder hören nicht freiwillig auf.«

»Ja, da stimme ich dir zu.«

»Aber der hier, Silberzunge ... ich habe keine Ahnung, was dieser Mistkerl als nächstes tun wird. Ich weiß absolut gar nichts über ihn. Er hinterläßt keine Hinweise. Keinen einzigen. Er tötet zweimal an einem Tag und verschwindet dann beinah drei Monate lang. Wir wissen, daß er stark genug ist, James Cunningham zu Tode zu prügeln. Aber wir wissen nicht, ob er ein großer, kräftiger Kerl oder ein kleiner, drahtiger Typ ist. Wir haben keine Ahnung, wie er aussieht. Die einzigen, die ihn gesehen oder mit ihm gesprochen haben, sind tot.

»Und was seine Gedanken angeht ... Kate, das ist der Bereich, in dem ich angeblich gut bin. Ihnen in die Köpfe zu schauen. Zu fühlen, was sie fühlen. Sogar bei den richtig Irren. Ich habe Sutcliffe befragt, Nielsen und Rose West, und ich weiß, was sie denken. Soweit sie sich selber kennen, weiß ich zumindest, was sie antreibt. Verdammt, ich habe einen Bruder, der lebenslang einsitzt. Es gibt nichts, das mich dazu bringen könnte zu denken: ›Mann, das ist viel zu krank für mich.‹ Egal, wie degeneriert oder pervers etwas erscheint, es ist immer noch verständlich. Aber was Silberzunge angeht ... ich weiß absolut nicht, was ihm durch den Kopf geht. Jedesmal, wenn wir uns hinsetzen und eine Theorie entwickeln, warum er es tut, gibt es Hunderte von Möglichkeiten, diese Theorie zu widerlegen. Das hatte ich noch nie. *Niemals.*«

»Red, du mußt – «

»Nein, hör mir zu, Kate.« Das z klingt leicht undeutlich. »Hör ssu.«

»Na gut, ich höre zu.«

»Weißt du, wie sich das anfühlt? Du bist gut in etwas, du hast dir mit etwas einen Namen gemacht, richtig? Nun, bei mir ist dieses etwas, Mörder aufzuspüren. Dafür bin ich bei den Leuten bekannt. Dafür bin ich berühmt, deshalb werden Artikel über mich geschrieben, und deshalb haben heute die Leute vom Fernsehen angerufen, die eine Dokumentation über mich machen wollen. ›Das ist Redfern Metcalfe. Er versetzt sich in Mörder hinein und spürt sie auf.‹ Das ist mein Ding. Kannst du mir folgen?«

»Ja. Bis jetzt schon.«

»Stell dir vor, eines Tages kommt jemand daher und nimmt dir diese Sache weg. Er kommt zu dir und nimmt es dir einfach aus der Hand. Du merkst gar nicht, daß es weg ist. All das, worin du gut bist, wird dir blitzschnell von diesem Menschen weggenommen. Egal, wie gut du bist, *warst*, er ist besser darin. Er hat die Kontrolle. Ich sehe nach links, er geht nach rechts. Ich sehe nach rechts, er geht nach links. Es hat mal jemand gesagt, George Best sei so gerissen, daß es seinen Gegnern regelrecht den Magen umgedreht hat. Genauso fühle ich mich jetzt. Als würde sich mir ständig der Magen umdrehen. Weißt du eigentlich, wie weh das tut?«

»Red, wir werden ihn finden. Das verspreche ich dir.«

»Nur, wenn er es zuläßt. Silberzunge ist nicht wie die anderen. Er ist besser als wir. Siehst du das nicht? Es liegt gar nicht in unserer Hand. Wenn er will, daß wir wissen, wer er ist oder wo er sich befindet, wenn er aufhören will, dann wird er sich stellen. Aber das wird er nicht. Er wird nicht aufhören.«

»Ach, komm schon, Red. Das Ganze dauert doch erst drei Monate. Du weißt doch, daß es meist noch länger dauert, bevor solche Fälle gelöst werden.«

»Ja, aber in diesen drei Monaten haben wir nichts erreicht. Nach drei Monaten sollte man zumindest eine ungefähre Idee haben, was los ist. Haben wir aber nicht. Wir wissen absolut gar nichts.«

»Red, du darfst dir das nicht so zu Herzen nehmen.«

»Aber das tue ich. Das ist der Punkt. Ich kann einfach nicht nach Hause gehen und die Sache vergessen. Wenn ich abends ins Bett gehe, ist es da. Wenn ich morgens aufwache, ist es da. Und während des ganzen Tages natürlich auch. Also ist mein Versagen – «

»Du hast nicht versagt.«

» – ist mein Versagen nicht nur ein Spiegel meiner Arbeit als Detective. Ich, Redfern Metcalfe, habe auch als menschliches Wesen versagt.«

»Red, du benimmst dich albern.«

»Nein, tue ich nicht. Laß mich dir etwas erzählen. Mein bester Freund von der Universität bekam in seinem Abschlußexamen eine Drei. Er hatte wirklich hart gearbeitet und war ein schlauer Kerl. Er sollte eine Eins bekommen, hatte aber eine Drei. Er bekam die zweitniedrigste Note in seinem Jahrgang. Für mich war er immer noch der gleiche Kerl wie zuvor. Er hatte sein Examen vergeigt. Na und? Es machte ihn nicht zu einem geringeren Menschen. Wir sind ins Pub gegangen, und ich hab' versucht, ihn zu trösten. Da dreht er sich mir um und sagt: ›Das verstehst du nicht.‹ ›Was denn?‹ frage ich. ›Diese Sache betrifft mich. Als Person‹, erwidert er. ›Es geht nicht um mein Gehirn oder darum, daß mich alle für einen intelligenten Kerl gehalten haben. Es geht nicht um ein paar blöde Examina. Es trifft mich tief in mir drin. Ich habe angefangen, daran zu zweifeln, was ich als Person wert bin. Ich habe mein Bestes versucht und schlecht abgeschnitten. Das ist ein grundsätzlicher Charakterfehler.‹ Und genauso fühle ich mich heute, Kate.«

Kate starrt in ihren Wodka Tonic. Dazu kann sie wirklich nicht viel sagen.

»Mein Kumpel hat sich Mühe gegeben, Kate, und es hat nicht gereicht. Es ist leicht, zu versagen und zu behaupten, daß es nicht viel ausmacht, weil man es nicht richtig versucht hat. Es ist viel härter zu versagen, wenn man zugeben muß, daß man sein Bestes gegeben hat. Ich gebe gerade mein Bestes und versage völlig.« Red blickt auf seine Uhr. »Scheiße. Ich komme zu spät.« Er leert sein Glas und steht auf. »Kate, ich muß gehen. Danke für den Drink. Und danke, daß du meinem Gefasel zugehört hast. Unternimmst du dieses Wochenende mit David etwas Schönes?«

»David spielt das ganze Wochenende Kricket. Ich besuche eine Freundin in Windsor.«

»Wirst du Jez am Sonntag zusehen?«

»Bei was?« fragt sie gelassen, als ob sie nicht wüßte, wovon er spricht. Als ob!

»Bei seinem Triathlon. Er findet in Windsor statt.«

»Ach das. Klingt, als würde es viel zu früh für mich anfangen. Vielleicht folge ich deinem Beispiel und betrinke mich maßlos.«

»Gute Idee.«

Red nimmt seine Aktentasche.

»Ach übrigens, läuft da etwas zwischen dir und Jez?«

Sie zwingt sich, überrascht auszusehen.

»Wie zum Teufel kommst du darauf?«
»Ach, du weißt schon. Gerüchte, Getratsche, so was in der Art. Außerdem scheint ihr euch zu mögen.«
»Ich mag ihn. Er ist ein netter Kerl.«
»Das habe ich nicht gemeint.«
Sie lacht. »Ich bin eine gebundene Frau, Red.«
»Und ich bin die Königin von Saba. Das einzige, was dich zurückhalten könnte, wären eine Eisenkugel und eine Kette, Schätzchen.«
Kate trinkt aus und hängt sich die Handtasche über die Schulter.
»Na los, Red, du kommst noch zu spät. Wo mußt du hin?«
»Fulham. Und du?«
»Leider in die andere Richtung. Zurück zu den Docklands.«
Erst später, als Reds Taxi die Hälfte der King's Road zurückgelegt hat, fällt ihm auf, daß Kate ihm über Jez keine konkrete Antwort gegeben hat.

38

»Was ist nur los mit dir, Red?«
Die Ampel schaltet von Grün auf Gelb und dann auf Rot, während Susan aufs Gas tritt. Über die Kreuzung und dann ein geschicktes Rechts-links-Manöver. Susan ist wütend. Sie fährt nur zu schnell, wenn sie wütend ist.
»Ich habe dich gefragt, was mit dir los ist.«
Ihr Neuseeland-Akzent ist ein weiteres Zeichen ihres Zorns. Es besteht keine Chance auf ein vernünftiges Gespräch. Sie ist fuchsteufelswild, und er ist betrunken. Sie werden sich nur anschreien. Darauf hat Red jetzt wirklich keine Lust. Er versucht, die Situation zu entschärfen.

»Ich hatte bloß eine harte Woche, das ist alles.«

»*Du* hattest also eine harte Woche?« Ihre Stimme trieft vor Sarkasmus. »Und das gibt dir das Recht, halbbesoffen zum Abendessen zu erscheinen und mit jemandem einen Streit anzufangen, den du vorher noch nie getroffen hast?«

So ist Susan am schlimmsten. Sie ist mehr besorgt über die Gefühle eines Fremden als über den drohenden Zusammenbruch ihres Mannes. Der Sturm steht kurz bevor. Red versucht ein letztes Mal, ihn abzuwenden.

»Susan, es tut mir leid. Ich bin völlig mit diesem Fall beschäftigt.« Er sieht, wie sie ihm aus schmalen Augen einen flüchtigen Blick zuwirft.

»Das ist ja wohl die Höhe. Du kommst nach Mitternacht nach Hause und bist noch vor dem Frühstück wieder aus der Tür. Kein Wort zu mir, kein Anruf, daß du spät nach Hause kommst, keinerlei Bemühungen, mal einen Abend für mich freizumachen – « Red bemerkt, daß sie *›für mich‹* gesagt hat, nicht *›für uns‹* » –, und keinen einzigen Gedanken für andere, nur für dich. Mein Gott, Red, wir sind verheiratet.«

»Es tut mir leid, Susan.«

»Und wenn du dann mal zu Hause bist, bist du trotzdem meilenweit weg. Zumindest hatten wir keine mysteriösen Anrufe. Sonst würde ich noch glauben, du hättest eine Affäre.«

Da platzt Red der Kragen.

»Verdammt Susan! Du willst wissen, was ich die ganze Zeit mache? Du willst wissen, was Silberzunge den Menschen antut? Willst du zum Yard kommen und dir die Fotos der Leichen ansehen? Willst du das? Das ist der schlimmste Fall meines Lebens, und du beschwerst dich, weil ich heute beim Abendessen einen miesen, kleinen Buchhalter verärgert habe. Wenn du hingesehen und hingehört hättest, dann wüßtest du vielleicht ungefähr, was ich durchmache.«

Sie beide schreien sich nun an, und ihre lauten Stimmen dröhnen ihnen in dem engen Auto in den Ohren.

»Jetzt ist es also meine Schuld, was? Red, du redest mit mir gar nicht über diesen Fall. Du redest nie darüber. Und dann hast du tatsächlich den Nerv, mir vorzuwerfen, ich würde dir nicht zuhören. Wenn du mit mir reden willst, dann höre ich dir zu. Ich frage nicht danach, weil ich davon ausgehe, daß du mir nichts darüber erzählen willst.«

Red unterdrückt seine Wut und versucht, vernünftig zu sein.

»Susan, ich bitte dich nicht, meine Therapeutin zu spielen. Ich bitte dich nur um ein bißchen Freiraum, bis die Sache vorbei ist.«

»Vorbei? Und wann glaubst du, wird das sein?«

»Ich weiß es nicht.«

»In ein paar Wochen? Monaten? Jahren?«

»Ich sagte doch, ich weiß es nicht.«

»Also mußt du weiterhin zu allen unmöglichen Zeiten arbeiten, bis ihr ihn habt. Du denkst tatsächlich, daß es in der ganzen Polizeitruppe Londons niemanden gibt, der deinen Job machen kann, damit du hin und wieder ein bißchen freie Zeit bekommst? Oder wird unser Mörder Amok laufen, bis unser Superdetective ihn schnappt?«

»Susan, nicht. Mach dich nicht über mich lustig. Mach dich nicht über das lustig, was ich tue.«

»Red, wir sind verheiratet.«

»Ich weiß.«

»Na ja, ich hoffe, dieser Spinner ist glücklich darüber, daß du an ihn tausendmal häufiger denkst als an deine Frau.«

Sie appelliert an seine Loyalität. Genau wie Eric.

»Das ist nicht wahr.«

»Doch, das ist es. Red, halte mich nicht für selbstverständlich.«

Darauf kann er nichts erwidern, denn er weiß, daß er sie für selbstverständlich gehalten hat. Aber er ist nicht in der Lage, ihr seinen Standpunkt klarzumachen, nicht heute abend.

Red schweigt und blickt hinaus auf die Laternen, die am Fenster vorbeiziehen.

In Sheperd's Bush fährt Susan auf die erhöhte zweispurige

A40, die sich durch das kahle, deprimierende Hinterland der Vorstädte windet. Graue Hochhäuser mit erhellten Fenstern, die wie Zitronenscheiben aussehen und Einblick auf Hunderte von beschissenen Leben geben. Leute, die zusammengepfercht in einem Pulverfaß leben, in dem überall Funken sprühen.
Red ist betrunken und spricht innerlich mit Silberzunge.
Lebst du eines dieser beschissenen Leben, mein Freund? Stehst du jetzt an deinem Fenster und siehst dem Verkehr zu, der vorbeirauscht? Sind wir zwei Gegner, die sich ohne es zu wissen durch die Dunkelheit hinweg ansehen?
Susan überquert drei Fahrbahnen, um die Abfahrt nach Paddington zu nehmen.
Weißt du überhaupt, wer ich bin, Silberzunge? Denn ich habe wirklich keine Ahnung, wer du bist.
Schweigend betreten sie das Haus. Red hört den Anrufbeantworter ab und zappt einmal durch alle Fernsehprogramme. Als er sich davon überzeugt hat, daß nichts Sehenswertes gezeigt wird, liegt Susan bereits im Bett und hat das Licht ausgeschaltet.
Red schläft ein, sobald sein Kopf das Kissen berührt, und ist schon vor Tagesanbruch hellwach. Alkohol und Sorgen haben ihn aus dem Schlaf gerissen, und langsam setzt sein Kater ein. Er sieht zu Susan hinüber, die ihm den Rücken zugedreht hat, und fragt sich, ob die Kluft zwischen ihnen immer schon so groß war.

39

Freitag, 9. April 1982

Red spricht am Eingang zum Highpoint-Gefängnis vor. Die Anspannung rumort in seinen Eingeweiden.

Er spricht in die Sprechanlage an der Wand zu seiner Rechten.

»Mein Name ist Redfern Metcalfe, ich möchte meinen Bruder besuchen.«

Es ertönt ein Summen, und die kleine Tür, die in dem riesigen, grauen Haupttor eingelassen ist, öffnet sich. Red geht hindurch und steht zwei Gefängnisbeamten gegenüber.

»Wenn Sie mit uns kommen wollen, Sir.«

Sie begleiten ihn über eine dreißig Meter große Rasenfläche auf das Empfangsgebäude zu. Auf ihren Gesichtern sind die Spuren von Streß und Schlafmangel zu erkennen. Red fragt sich, ob man anhand der Falten im Gesicht eines Wärters bestimmen kann, wie lange er diesen Beruf schon ausübt. Wie bei einem Baum durch die Anzahl der Ringe.

Red unterschreibt am Empfang, geht durch den Metalldetektor und streckt seitlich die Arme aus, damit sie ihn abtasten können. Ein anderer Wärter führt ihn einen Gang entlang. Sie gehen durch Metalltüren, die vom Boden zur Decke hinaufreichen, und der Wärter sorgt dafür, daß jede Tür hinter ihnen abgeschlossen wird, bevor sie weitergehen. Er erklärt ihm die Regeln. »Versuchen Sie nicht, Ihrem Bruder während Ihres Besuches etwas zuzustecken. Es werden die ganze Zeit zwei Officer im Raum anwesend sein. Sie sind zu Ihrer eigenen Sicherheit da und werden auf keinen Fall den Raum verlassen. Sie haben höchstens eine halbe Stunde mit Ihrem Bruder. Wenn Sie aufgefordert werden zu gehen, dann müssen Sie dem sofort nachkommen. Haben Sie alles verstanden?«

Red nickt. Sein Nacken tut weh, genau über der Wirbelsäule.

Der Wärter führt ihn in einen kleinen, kahlen Raum, in dem ein Tisch und ein paar Stühle stehen und dessen Wände grau gestri-

chen sind. Genau wie der im Polizeirevier von Parkside, wo er den Bruder verraten hat, den er jetzt besuchen will.
»Sie werden in ein paar Minuten hier sein«, sagt der Wächter und verläßt den Raum.
Red setzt sich auf den Stuhl, der am weitesten von der Tür entfernt steht, damit er jeden sehen kann, der hereinkommt. Er legt seine Finger auf seinen Nacken und fängt an, die Muskeln zu massieren.
Es hat sie sechs Wochen gekostet, Eric dazu zu überreden, Red zu sehen, sechs Wochen, in denen ihre Eltern Eric beinah angefleht haben, Red zu erlauben, ihn zu besuchen. Und nun hat er endlich zugestimmt, und Red ist nicht sicher, ob er es durchziehen will. Er war arrogant genug zu glauben, Eric seinen Standpunkt klarmachen zu können. Nun, da es soweit ist, hat sich die Arroganz in Furcht verwandelt, seinen Bruder wiederzusehen.
Warum hat Eric überhaupt zugestimmt? Wahrscheinlich, damit Mum und Dad Ruhe geben. Er hat wahrscheinlich einem Treffen zugestimmt und will es nun so unangenehm machen, daß sie ihn nie wieder darum bitten werden.
Bitte, Gott, laß diese Sache gut ausgehen.
Die Tür geht auf, und Eric kommt herein.
Das sieht gar nicht gut aus. Ganz und gar nicht.
Blanker, blinder Haß springt Eric aus den Augen. Er reißt sich aus dem viel zu leichten Griff des Wärters los und rast durch den Raum. Seine Hände sind zu steifen Klauen geformt, die Red die Seele herausreissen wollen, und sein Mund ist zu einem Schrei verzerrt.
»ICH DREH DIR DEN VERDAMMTEN HALS UM.«
Bewegungen verschwimmen. Red rollt von seinem Stuhl herunter und spürt einen scharfen Schmerz im Knie, als er auf dem Boden aufschlägt. Der Stuhl kippt auf zwei Beinen hin und her und fällt dann um. Er streift Erics Finger, der daran vorbeispringt. Endlich knien die Wärter über Eric. Einer dreht ihm den Arm auf den Rükken, während der andere auf seinen Beinen sitzt.
Red schiebt sich an der Wand hoch, und Eric schleudert ihm haßverzerrte Worte entgegen.

»Du verdammtes Arschloch, du hast das Geld genommen, du hast das Geld von Logan genommen, du verdammter Judas, ich habe dir vertraut, ich habe dir alles erzählt, weil ich dir vertraut habe, und du gehst einfach zur verdammten Polizei, um an das Geld zu kommen, mein verdammter Bruder ein verdammter Söldner, du hast die Familie zerstört, du dummer egoistischer Bastard, Mum und Dad kommen her und kennen mich gar nicht mehr, für sie bin ich ein Fremder, ein Monster, es wird sie umbringen, und das ist dann alles deine Schuld, nicht meine, du elender Wichser ...«

Der Wärter, der auf Erics Beinen sitzt, dreht sich zu Red um.

»Raus. Los raus. Klopfen Sie an die erste Tür, an die Sie kommen, und man wird Sie rauslassen.«

»Ich – «

»Gehen Sie schon.«

Red geht hastig zur Tür.

Er will gehen, ohne sich umzudrehen, aber das kann er nicht. Er blickt sich um, wirft Eric einen letzten Blick zu, denn er ist sicher, daß er ihn nie wiedersehen wird.

Erics Gesicht ist rot vor Zorn und wegen des Gewichts der Männer auf ihm. Die Ader, die an der linken Seite seiner Stirn entlangläuft, steht hervor, und ein Speichelfaden zieht sich von seinem Mundwinkel zum Boden.

Und genau dieses Bild von seinem Bruder bleibt Red im Gedächtnis.

40

Sonntag, 9. August 1998

Mehr als zwei Stunden voller unerträglicher Schmerzen liegen vor Jez, und er ist auf keine einzige Minute vorbereitet.
Seine Gedanken sind woanders, kreisen um Schrecken und Verstümmelung. Er hätte sich längst von diesem Triathlon abmelden sollen. Er hatte weder die Zeit noch die Energie, richtig dafür zu trainieren. Mal ein Lauftraining am frühen Morgen, mal ein bißchen Schwimmen am späten Nachmittag und natürlich die tägliche Radfahrt zum Büro. Aber das reicht längst nicht.
Andererseits braucht er dieses Rennen. Egal, welches Rennen. Er muß sich weh tun. Red und Duncan finden Trost in der Flasche, Jez in Endorphinen. Das ist seine Erleichterung. Seinen Körper ermüden und einen klaren Kopf bekommen.
Die Themse ist voller grüner, glitschiger Algen und braunem Schlamm. Jez hat noch nie zuvor weniger den Wunsch verspürt, in einen Fluß zu springen. Er fragt sich flüchtig, wieviel davon pures Abwasser ist. Da hätte er sich genausogut seine Toilette runterspülen und einen fliegenden Start hinlegen können.
Schwimmer, die in ihren Neoprenanzügen wie Pinguine aussehen, reihen sich am Ufer auf. Es herrscht konzentriertes Schweigen.
Hektische Betriebsamkeit bricht aus, als die Teilnehmer den Befehl bekommen, in den Fluß zu springen. Die meisten springen mit den Füßen zuerst und halten sich mit der einen Hand die Nase zu und mit der anderen die Schwimmbrille fest. Jez taucht jedoch in einem flachen Winkel ein, wie bei einem fliegenden Start, damit er sich nicht auf dem Grund verletzt. Das Wasser unter dem Anzug ist zuerst kalt, wärmt sich dann jedoch an seiner Haut auf. Seine Schwimmkappe sitzt eng über

seinen Ohrenspitzen, und das Band seiner Brille preßt sich an seinen Hinterkopf. Er fährt mit den Fingern daran entlang, um zu überprüfen, ob es nicht verdreht ist.

Seine Muskeln sind schwach und flattern vor Anspannung. Auch seine Nerven sind nicht in Form, sondern fordern die Flucht statt den Kampf. Es sind die Art von Nerven, die sagen »Ich will nicht hier sein« statt »Und los geht's.«

Schwimmkappen tanzen wie Enten im trüben Wasser auf und ab. Laut und deutlich unterbricht die Pfeife des Starters die morgendliche Stille, und plötzlich verwandeln achtzig strampelnde Beine das Wasser in kabbelige, schaumgekrönte Wellen. Das ist der schlimmste Teil, wenn man noch nicht seinen Rhythmus gefunden hat und von allen Seiten getreten wird. Immer wieder stößt im Gedränge jemand gegen ihn. Ein weicher Unterwasserkontakt von Arm auf Bein, und dann ein scharfer Schmerz, als jemand Jez direkt mit dem Fuß ins Gesicht tritt. Seine Brille verrutscht, und er greift mit einer Hand danach, um sie geradezurücken. Er ist noch keine zwanzig Schläge geschwommen.

Finde den Rhythmus.

Rechter Arm, linker Arm, nach rechts atmen, rechter Arm, linker Arm, nach rechts atmen. Ein Schmerz macht sich in seinen Schultern und Armen breit. Tritt weiter, mach zwei Schläge, um die Balance zu halten, und nicht sechs Schläge, um Geschwindigkeit aufzubauen. Nutze den Windschatten des Mannes vor dir.

Die Wende findet unter einer Eisenbahnbrücke statt. Siebenhundertundfünfzig Meter liegen hinter ihnen und damit die Hälfte der Schwimmstrecke. Die Meute drängt sich zusammen, als sie sich der Wende nähert. Jez hält sich innen, damit er nicht so weit schwimmen muß.

Die Sonne scheint warm auf seine Hände und sein Gesicht, als er wendet, und das Licht bricht sich in der Gischt, verfängt sich in kleinen Wassertropfen und färbt diese rot.

Wie Blut.

Das Blut befindet sich auf Jez' Händen und seinem Gesicht und seinem Anzug und seinen Füßen, und spritzt aus zerschnittenen Arterien in zungenlosen Mündern.
Das Blut der Toten.
Blinde Panik steigt in ihm auf. Jez öffnet den Mund, um zu atmen, obwohl sich sein Kopf noch unter Wasser befindet. Die Themse ist warm und unangenehm süßlich in seiner Kehle.
Wie Blut.
Und dann hat er die Wende hinter sich, und die Sonne befindet sich hinter ihm. Die Gischt ist wieder klar und durchsichtig. Er hält an, tritt Wasser und atmet tief ein und aus. Sein Puls rast vor Anstrengung und Angst.
Mein Gott, beruhige dich.
Er will aus dem Wasser und auf sein Rad, wo der Wind seine Haut trocknen wird.
Zwölf weitere Minuten im Wasser, und dann greifen die Hände des Sportwartes ihm am Landungssteg unter die Achseln und ziehen ihn heraus, damit er nicht die blockiert, die sich hinter ihm befinden. Er greift nach hinten, während er auf den Platz zuläuft, zieht den großen Reißverschluß nach unten und schält sich aus dem oberen Teil des Anzuges.
Numerierte Fahrradständer voller Metallräder glänzen in der Sonne. Er kennt den Ablauf. Der Neoprenanzug läßt sich leicht abstreifen, da er die Beine mit Vaseline eingeschmiert hat. Er zieht das Unterhemd an, setzt sich die Sonnenbrille auf und zieht den Helm an. Dann nimmt er das Rad herunter, schiebt es vom Platz und steigt auf. Er steckt die Füße in die Schuhe, die an den Pedalen befestigt sind, und zieht sie zu. Und fährt los.
Durch die Vororte von Windsor, vorbei an Sportwarten in gelben Jacken, die den Verkehr regeln. Die dreizehn Kilometer lange Strecke liegt endlos und einsam vor ihm. Er wagt es nicht, sich umzublicken.
Als der erste lange Anstieg auftaucht, merkt er, wie die richtigen Schmerzen beginnen. Jez schaltet zwei Gänge nach unten

und steht vom Sattel auf, um die Geschwindigkeit zu halten. Er spürt einen stechenden Schmerz, als sich seine Oberschenkel versteifen. Sein Atem klingt laut in seinen Ohren, und Schweiß bedeckt seine Stirn.

Genau wie in dem Moment, als er die Opfer sah.

Bilder tauchen vor seinem geistigen Auge auf, wie Lubezskis Fotos an der weißen Magnetwand. Rhodes und Cunningham und Buxton, Namen auf den Fußzetteln im Leichenschauhaus.

Über den Gipfel des Hügels. Jez schaltet wieder in den höchsten Gang und legt sich flach über die Handgriffe. Immer schneller tritt er mit den Beinen, bis sie nicht länger mit der Geschwindigkeit des Rades mithalten können. Die Reifen surren über den Asphalt.

Er nähert sich mit hoher Geschwindigkeit einem anderen Fahrer. Red macht einen großen Bogen, um ihn zu überholen. Die zwei Räder fahren ein paar Sekunden lang nebeneinander her, und der andere Teilnehmer sieht zu ihm herüber. Es ist Philip Rhodes, dessen Gesicht vor Qual verzerrt ist. Philip Rhodes' Kopf und der Körper des Radfahrers.

Der Mann wendet das Gesicht von ihm ab. Die Karte an seinem Rad besagt, daß er Teilnehmernummer 273 ist.

Als die Straße in Serpentinen übergeht und ansteigt, erhebt Jez sich wieder aus dem Sattel, damit er die Geschwindigkeiten beibehalten und 273 Rhodes entkommen kann. Jez blickt sich über die Schulter um. Nummer 273 ist immer noch da, zehn oder zwölf Radlängen hinter ihm. Nur ein weiterer Teilnehmer, der eine Sekunde lang Philip Rhodes war.

Jez überholt weitere Fahrer und wird selbst von ein paar überholt, aber er blickt niemanden von ihnen an. Er befindet sich in einem Tunnel, der so breit ist wie seine Schultern und so lang wie die Straße, die er entlangfährt.

Die letzten Kilometer führen durch Windsor Great Park; seine Energiereserven sind erschöpft, und nichts scheint ihm mehr weh zu tun. Er humpelt zurück auf den Platz und läßt sich Zeit, seine Laufschuhe anzuziehen.

Draußen auf der Straße scheinen Jez' Beine einfach nicht laufen zu wollen. All das Blut, das ihm während der Fahrradstrekke in die Beine gelaufen ist, befindet sich in seinen Waden. Wenn man sich das schlimmste Kribbeln von eingeschlafenen Beinen vorstellt, es mit zehn multipliziert und eine Unmenge Milchsäure dazuzählt, dann kommt man dem Gefühl sehr nahe.
Er würde am liebsten aufhören und sich irgendwo zusammenrollen. Aber er muß weitermachen. Finde den Rhythmus.
Seine Schuhe klatschen auf die Straße, und unter ihnen tauchen die Gesichter der toten Männer auf. Der etwa dreißigjährige Besitzer eines Partyservices, ein fetter Bischof und ein junger Soldat. Er tritt auf sie, während sie sich unter seinen Füßen abwechseln. Rechts, Rhodes. Links, Cunningham. Rechts, Buxton. Links, Rhodes. Rechts, Cunningham. Links, Buxton. Und wieder von vorne. Ein endloser Kreislauf.
Die Hitze nimmt zu, und die Uhr läuft. Die Laufstrecke ist neun Kilometer lang und verläuft dreimal in einem drei Kilometer langen Kreis herum, über die Windsorbrücke, hoch nach Eton hinein und wieder zurück.
Die letzten Kilometer verschwimmen in Jez' Kopf: Schweiß in seinen Augen und Gesichter auf der Straße; die Menge feuert die Ruderer an, die unter der Windsorbrücke entlanggleiten; die verzerrte Stimme, die über Lautsprecher verkündet, daß Siân Brice den Frauenwettbewerb gewonnen hat; Zeiger auf seiner Uhr, die ihn wegen seiner Schmerzen und seinem Mangel an Stolz verspotten; kraftlose Schritte.
Die große digitale Uhr über der Ziellinie zeigt zwei Stunden und zehn Minuten an, als Jez darunter stehenbleibt. Er humpelt zum Geländer hinüber und erbricht eine blaßgelbe Flüssigkeit. Er krümmt sich fünf Minuten lang und würgt Luft aus, obwohl sein Magen längst leer ist.

41

Red sitzt ein paar Minuten lang auf der Motorhaube seines Autos, bevor er sich in der Lage fühlt zu fahren. Er hält sich völlig steif, wie eine Comicfigur in einem Zeichentrickfilm, mit aneinandergepreßten Knien und vor sich ausgestreckten Armen, um das Zittern in seinen Gliedmaßen zu stoppen. Er hat Angst, sich in die Hose zu scheißen.

Das starre Auge der Überwachungskamera auf dem Parkplatz beobachtet Red, der seinen Blick auf die Häuser der Angestellten des Gefängnisses richtet. Es sieht aus wie ein normales Dorf, das aus dicht zusammengedrängten Doppelhäusern besteht, vor denen Autos geparkt sind und wo es sogar einen Spielplatz gibt, auf dem drei Kinder Fußball spielen. Bis Red seinen Blick nach links schweifen läßt und er nur noch das monströse Gebäude von Highpoint erkennt, das mit doppelten Zäunen umgeben ist, die mit Stacheldraht verstärkt und Alarmvorrichtungen versehen sind. Eine Insel des Abschaums inmitten einer ländlichen Idylle, in dem das Böse verwahrt wird und das die Unschuldigen ausschließt.

Als Red das Gefühl hat, annähernd die Kontrolle über seinen Körper wiedererlangt zu haben, steigt er in seinen Wagen und fährt los. Er will zurück nach Hause, nach Much Hadam, aber zuerst muß er kurz nach Cambridge, um ein paar Bücher zu holen, die er in seinem Zimmer vergessen hat. Das Semester beginnt erst wieder in zwei Wochen, und er will frühzeitig anfangen, für seine Prüfungen zu lernen.

Die Straße hinunter nach Haverhill ist völlig leer. Es ist das Osterwochenende, und die meisten Leute sind bereits nach Hause zurückgekehrt oder weggefahren. Reds Auto rollt die Straße entlang, die sich durch die flache Landschaft Suffolks windet. Eine endlose Strecke von monotonem Grün, die gelegentlich durch das Gelb eines Rapsfeldes aufgelockert wird.

Ich dreh' dir den verdammten Hals um. Ich dreh' dir den verdammten Hals um.

Red schießt den langgestreckten Hügel nach Haverhill hinunter und konzentriert sich aufs Fahren. Am Fuß des Hügels biegt er nach rechts ab, schaltet und blickt in alle drei Spiegel.

Du hast das Geld genommen, du hast das Geld von Logan genommen, du verdammter Judas.

Es wird dunkel. Red tastet nach dem Lichtschalter und schaltet zuerst die Scheibenwischer und den Blinker an, bevor er beim dritten Versuch den richtigen Knopf findet. Er sollte in der Lage sein, in diesem Auto blind alle Knöpfe zu finden. Er ist wahrscheinlich immer noch sehr mitgenommen.

Red dreht das Radio an und schaltet wahllos die Sender durch. Nichts, was das Zuhören lohnt. Er muß sich also mit der Stille begnügen und ist alleine mit seinen Gedanken. Schon wieder.

Sein Knie schmerzt noch immer. Erics verzerrtes Gesicht und sein Speichel, der zu Boden tropft, das ist nur eines von Tausenden von Bildern, die vor seinem geistigen Auge auftauchen.

Er fährt über die Kuppe des Hügels bei Wandlebury und sieht die Lichter in den Fenstern des Addenbrooke's Hospital, die wie Konfetti wirken.

Ist das etwa schon Cambridge? Scheiße.

Red kann sich nicht mehr an die letzten fünfzehn Minuten erinnern, seit er nach Haverhill hineingefahren ist. Er weiß noch, daß er sich beim ersten Kreisverkehr stark konzentriert hat und dann ... nichts. Es ist, als wäre er betrunken gefahren oder von Aliens entführt worden. Ein Abschnitt seines Lebens, der für immer verschwunden ist.

Er bleibt an einer Ampel stehen, schlägt sich ins Gesicht und atmet tief durch. Es beginnt zu regnen. Er schaltet den Scheibenwischer ein.

Sogar innerhalb der Stadt herrscht wenig Verkehr. Er muß nicht einmal anhalten, als er die Hills Road hinauffährt, über die Brücke und am Bahnhof zu seiner Rechten vorbei, die Regent Street entlang, die man mit ihren zahllosen, deprimierenden Maklerbüros und Cafes problemlos in eine andere Stadt versetzen könnte, ohne daß es auffiele.

Die Zufahrtsbeschränkungen zum Market Place zwingen Red, einen großen Umweg zum Trinity College zu fahren. Er biegt rechts ein und fährt am Busbahnhof vorbei in Richtung Parkside, wo die Ereignisse begonnen haben, die vor einer halben Stunde in dem Wutausbruch seines Bruders gipfelten.

Red will nicht nach Parkside fahren. Er sieht die Emmanuel Road auf der linken Seite erst spät und biegt viel zu scharf ab. Das Quietschen der Reifen unterbricht die Stille im Auto.

Er fährt die Emmanuel Road hinunter in Richtung Kreisverkehr vor der Jesus Lane. Es ist die vertraute Strecke, die er nach Parkside gegangen ist, als er Eric angezeigt hat.

Die Scheibenwischer bewegen sich mit einem dumpfen Geräusch über die Scheiben und verschmieren die Regentropfen über dem Glas. Red blickt durch den Halbkreis, den sie ziehen, und erinnert sich an die einsame Gestalt, die an jenem bitterkalten Februarmorgen durch den Nebel zur Polizeistation gestapft ist.

Die gleiche Strecke, nur in umgekehrter Richtung.

Ihn überkommt der unbändige Wunsch, alles rückgängig zu machen. Die plötzliche Hoffnung, seine Schritte in dieser Straße ungeschehen zu machen und diesen langen, einsamen Spaziergang so weit zurückzuspulen, bis Charlotte Logan nicht existiert und sein kleiner Bruder die Chance hat, normal aufzuwachsen.

Er erreicht den Kreisverkehr. Sein orangefarbener Blinker klickt, als er links abbiegt und die Jesus Lane hinunterfährt. Die Straße ist rutschig und glänzt im Regen.

Sein Tacho zeigt ihm, daß er in einer 50-Zone mit 90 fährt. Zu schnell.

Sein rechter Fuß will sich nicht vom Gas zur Bremse bewegen. Er fährt nicht schneller, er fährt aber auch nicht langsamer.

Es sind keine anderen Autos auf der Straße. Es ist ja nicht so, als würde er fahrlässig fahren.

Vor ihm, auf dem Bürgersteig vor dem Haupttor zum Jesus College, sieht er einen Jungen, der Anstalten macht, die Straße zu überqueren. Er trägt schwarze Trainingshosen und ein weites Sweatshirt, und er jongliert im Gehen einen Fußball von einem Fuß

zum anderen. Vom Regen kleben ihm die Haare am Kopf. Er sieht aus, als wäre er ungefähr sechzehn oder siebzehn.
Der Junge ist immer noch ein gutes Stück weg. Er wird längst sicher auf der anderen Straßenseite sein, wenn Red ihn erreicht.
Red drosselt nicht die Geschwindigkeit.
Der Ball ist rutschig. Er schießt vom Fußrücken des Jungen und prallt gegen das andere Bein, so daß der Junge mit dem Gesicht nach unten und ausgestreckten Armen auf der Straße landet.
Der Ball springt langsam in den Rinnstein.
Der Junge liegt mitten auf der Straße, und nun wird er es nicht mehr rechtzeitig auf die andere Seite schaffen.
Red tritt hart auf die Bremse.
Zu hart.
Das Steuer blockiert, und das Auto schießt wegen des Aquaplaning über den nassen Asphalt.
Red erinnert sich, was ihm sein Fahrlehrer über solche Situationen beigebracht hat. Egal, was deine erste Reaktion ist, tu das Gegenteil. Statt von der Stelle wegzusteuern, steuere darauf zu. Statt auf die Bremse zu treten, gib Gas. Auf die Art und Weise bekommst du den Wagen wieder unter Kontrolle. Dann – und nur dann – kannst du die Richtung korrigieren.
Soweit zur Theorie.
Red gerät in Panik. Er reißt das Steuer im Uhrzeigersinn herum, weg von der rutschigen Stelle, und tritt noch einmal auf die Bremse.
Das Auto dreht sich um die eigene Achse, wie ein Hund, der sich in den eigenen Schwanz beißen will.
Red bleibt angeschnallt in seinem Sitz, während sich die Welt um ihn dreht.
Er wird gegen etwas prallen. Den Bordstein. Eine Mauer. Einen Laternenpfahl.
Den Jungen.
Der Wagen hat sich vollständig um die eigene Achse gedreht und zeigt wieder nach vorne.
Red steuert geradeaus und spürt, wie die Reifen packen.

Der Junge. Er kann den Jungen nicht sehen. Wo ist der verdammte Junge?
Unter dem Auto gibt es kurz hintereinander zwei Schläge, die sich über die Reifen in die Pedale und ins Steuer übertragen und sich von da aus in Reds Füße und Hände und sein Gehirn fortsetzen.
O Gott.
Red bremst so hart, wie er es wagt. Das Auto vibriert und kommt schließlich zum Stehen. Genau an der Stelle, an der die Straße eine leichte Krümmung nach links macht und sich weiter in Richtung Hintereingang vom Trinity College erstreckt.
Er blickt in den Rückspiegel. Der Junge liegt immer noch völlig bewegungslos auf der Straße.
Er liegt auf dem Rücken, nicht auf dem Bauch, was bedeutet, daß der Wagen ihn herumgerissen haben muß.
O Gott. O Gott, O Gott, O GOTT.
Red sollte etwas unternehmen. Zurückfahren und dem Jungen helfen, einen Krankenwagen rufen, ihn ins Krankenhaus fahren. Irgend etwas.
Was, wenn der Junge tot ist?
Er ist in der Ortschaft mit 90 über eine nasse Straße gefahren. Also viel zu schnell.
Das ist unachtsames Fahren. Grob fahrlässiges Fahren. Totschlag. Was wird er für Totschlag bekommen? Wahrscheinlich fünf Jahre Gefängnis. Sieben, wenn er Pech hat.
Beide Metcalfe-Söhne im Gefängnis. Das wäre es doch. Das würde seine Eltern garantiert umbringen. Da könnte er sie ebensogut erschießen.
Red weiß wirklich nicht, was er tun soll.
Wenn der Junge tot ist, dann kann er ihn sowieso nicht mehr retten. Wenn der Junge lebt, dann wird ihn schon rechtzeitig jemand finden. Es ist eine Hauptstraße. In ein oder zwei Minuten wird ein anderes Auto kommen, selbst an einem Karfreitag.
Was bedeutet, daß er fahren muß.
Sofort.

Red kann nicht glauben, daß er das denkt.
Er blickt sich hektisch um, ob jemand den Unfall beobachtet hat.
Niemand vor ihm. Niemand hinter ihm. Niemand zu seiner Linken oder Rechten.
Zum zweiten Mal in zwei Monaten betet Red um Vergebung für das, was er tun will.
Er löst die Handbremse und fährt in Richtung Trinity College.

42

Montag, 24. August 1998

Ein Blatt Papier mit einem großen, gemalten Herzen. Viele kleine Herzen entlang der Innenlinie des großen. Einige von ihnen sind so schnell gezeichnet, daß sie aussehen wie Bs. Und in ihnen die Worte: »Liebesbotschaft an Susan Metcalfe. Heute abend, 8.30, Kensington Place. Ein geheimer Verehrer.«
Nicht ganz so geheim. Heute ist Red und Susans Hochzeitstag. Zeit für einen abendlichen Waffenstillstand, um trotz all der gegenteiligen Beweise zu zeigen, daß zwischen ihnen alles in Ordnung ist.
Red bewundert sein Kunstwerk einen Moment lang und schiebt das Blatt dann in das Faxgerät.
Jez, der neben ihm steht, lacht leise in sich hinein.
»Du verdammtes Weichei.«
»Wohl eher ein vernünftiges Weichei.«
Das Blatt kommt wieder aus dem Gerät heraus, und Red schiebt es in den Schredder.
»Ich gehe mir ein Sandwich holen. Kommst du mit?« fragt Jez.

»Ja. Warte einen Moment. Ich hole mir Geld aus meiner Jakke.«
Red geht zu seinem Schreibtisch zurück, wo seine Jacke über der Stuhllehne hängt. Er wühlt in den Taschen herum, findet eine Handvoll Kleingeld und verteilt es auf dem Handteller. Vorwiegend Pfund- und Zwanzigpencemünzen. Insgesamt nur vier Pfund. Das sollte genügen, sogar bei den Preisen in der Londoner Innenstadt.
Jez steht im Türrahmen.
»Fertig?«
»Ja.«
»Dann los. Der durchtrainierte Athlet verhungert gerade.«
Das Telefon klingelt, und Jez zieht eine Grimasse. Red hebt ab.
»Metcalfe.«
Jez kann nur den einen Teil der Unterhaltung hören, aber es genügt.
Red klemmt den Hörer zwischen sein rechtes Ohr und die Schulter und beginnt, sich hastig Notizen zu machen.
»Wo ... Wo ist das? ... Ja, kenne ich ... Und die Leiche weist alle Anzeichen auf ... Sie ist was? Mein Gott ... Ja. Ja. Wir sind in fünfzehn Minuten da.«
Er legt auf und blickt Jez an. Sein Gesicht ist bleich.
»Wieder einer?« fragt Jez.
Red gibt keine Antwort. Er schnappt sich seine Jacke und rennt auf die Tür zu.

43

Die Streifenwagen bringen sie in zwölf Minuten vom Scotland Yard nach Wapping. Duncan fragt sich, warum sie sich überhaupt beeilen. Der Polizeiarzt hat schon festgestellt, daß er tot

ist. Es wird für den armen Kerl nicht den geringsten Unterschied machen, ob sie in Minuten oder Tagen ankommen.
Red und Jez sitzen in einem Wagen, Kate und Duncan in dem anderen. Es ist das erste Mal, daß sie alle zusammen zum Tatort kommen.
Red liest das Straßenschild, als sie abrupt stehenbleiben. Green Bank, E1. Zu ihrer Linken befindet sich *Jackman House*, eine braungestrichene Sozialbausiedlung, in der überall Satellitenschüsseln hängen. Direkt gegenüber steht ein brandneues Bauprojekt, das von einem riesigen Industrieschornstein überragt wird. Auf einem Schild steht CHIMNEY COURT. LUXUS-APARTMENTS.
Red steigt aus dem Wagen und geht auf *Chimney Court* zu. Jez ruft ihm etwas hinterher.
»Nicht da drüben, Red. Hierher. In der Sozialbausiedlung.«
Red dreht sich überrascht um. »Was? Da gibt es bestimmt nicht viele Silberlöffel. Ich hätte gedacht, daß unser Mann sich einen Yuppie von da drüben ausgesucht hat.« Er zeigt hinter sich, in Richtung *Chimney Court*.
Jez zuckt die Achseln. »Paßt irgendwie nicht, was?«
Sie gehen durch den Haupttorbogen von *Jackman House*. Die Wände sind voller Graffiti, und in einem Abflußkanal liegt ein verschrumpeltes, benutztes rosafarbenes Kondom. Die Bewohner werfen ihnen feindselige Blicke zu, da die Polizei an Orten wie diesen nicht als Gesetzeshüter angesehen wird, sondern als Vertreter der herrschenden Klasse.
Ein Polizist in Hemdsärmeln steht vor dem ersten Hauseingang hinter dem Torbogen. Red spürt, wie sich unter seinem Sakko in seinen Achseln Schweißtropfen sammeln. Der Polizist tritt zur Seite und macht den Eingang frei.
»Im Erdgeschoß, ganz durch und dann die letzte Tür rechts. Kein hübscher Anblick da drinnen.«
Der Geruch nach Tod kommt ihnen aus der offenen Tür am Ende des Korridors entgegen. Dann befinden sie sich in dem winzigen Flur, und der unerträgliche Gestank nach Körpersäf-

ten, die in der Hitze verwesen, schlägt ihnen wie ein Hammer entgegen, dringt in ihre Nasenlöcher ein und erdrückt sie beinah. In einem Raum zu ihrer Linken blitzt es auf, als ein Beamter von der Spurensicherung ein Foto macht. Red geht in die Richtung, während sich Jez, Kate und Duncan hinter ihm verteilen.

Das wird fürchterlich. Schlimmer als bei den anderen. Red kann es richtig spüren.

Der Beamte von der Spurensicherung hat ihnen den Rücken zugedreht, als sie das Zimmer betreten. Er dreht den Kopf, bewegt sich aber ansonsten nicht.

»Wer ist es?« fragt Red.

»Ein gewisser Bart Miller. Hat als Gerber in einer Fabrik auf der anderen Seite der Brücke gearbeitet. Sie haben ihn gefunden, nachdem die Nachbarn mißtrauisch wurden.«

»Wo ist die Leiche?«

»Genau hier.«

Und nun sehen sie, warum sich der Officer nicht bewegt hat. Er steht zwischen ihnen und der Leiche.

»Es ist wirklich kein schöner Anblick«, sagt er.

»Das hat man uns schon gesagt«, erwidert Duncan.

Der Beamte tritt zur Seite und gibt den Blick auf die Leiche frei.

O Gott. O mein Gott. In Reds Kehle steigt sofort heiße Gallenflüssigkeit hoch.

Schlimmer als bei den anderen. Schlimmer, als er es jemals gesehen hat.

Red spürt, wie Kate sich haltesuchend an seine Schulter klammert, und hört, wie Duncan angewidert aufstöhnt.

Lieber Gott, denkt Red. Wenn ich sterbe, dann laß es nicht *so* geschehen.

Bart Miller wurde bei lebendigem Leib gehäutet.

44

Red stützt die Hände auf die Knie, damit er nicht hinfällt. Er atmet tief durch, und die Luft, die er einatmet, stinkt regelrecht nach dem Bösen.
Es ist schlimmer als alles, was er bis jetzt gesehen hat.
Red richtet sich auf und zwingt sich, näher hinzugehen. Seine Füße wollen sich nicht bewegen. Seine Nervenenden streiken, und seine Muskeln wollen den Befehlen des Gehirns nicht gehorchen. Endlich macht er ein paar Schritte nach vorn. Seine Füße scheinen Meilen entfernt zu sein.
Barts Leiche sitzt auf einem Holzstuhl mit einer hohen gerippten Lehne. Red betrachtet die Vorderseite der Leiche, geht dann ein paar Schritte und sieht sich Barts Rücken an.
Dort befindet sich ebenfalls keine Haut mehr.
Barts gesamter Rumpf wurde gehäutet. Am unteren Ende des Halses ist eine saubere Linie sichtbar, wo der Mörder – das Monster – zu schneiden angefangen hat. Ebenso an der Taille, kurz über dem Bund der Unterhosen. Zwei weitere Linien unter den Achseln und auf den Schultern.
Er hat die Haut auf den Armen nicht abgetrennt. Nur die des Rumpfes. Eine Weste aus Haut.
Und an den Stellen ohne Haut befinden sich überall kreisrunde Flecken. Es sind die Adern, die aussehen, als hätten sie sich zu unzähligen Spinnennetzen verflochten, die ganz dicht aneinandergepreßt wurden. Von nahem kann man die jeweiligen Grenzen erkennen, aber von weitem ist das Ganze dank des Unterhautfettgewebes eine einzige weiße Fläche.
Dieses Ding, das wir jagen. Mit was zum Teufel haben wir es hier zu tun?
Nicht mit wem. Mit was. Das hier ist nicht mehr menschlich.
In Barts Augen spiegelt sich unbegreifliches Entsetzen wider. Sie sind nicht weitaufgerissen, sondern so stark zugekniffen,

daß in der Haut daneben einige Äderchen geplatzt sind. Und wie bei den anderen ragt ein Silberlöffel aus dem blutigen Brei, der einmal der Mund war – wie der Cocktailstab aus einer Bloody Mary.

Wo hört das Entsetzen auf, und wo fängt das blanke Unverständnis an? Wann wird das Böse so greifbar, daß sich das Hirn einfach weigert, es zu akzeptieren, und statt dessen den Befehl gibt, alle Reaktionen im Körper herunterzufahren? Red schaut in Barts lebloses Gesicht und sieht, was man ihm angetan hat. Er vermutet, daß er diesem Moment so nah wie sonst niemand gekommen ist.

Bart Millers linke Hand hängt leblos auf seinen Oberschenkel herunter und hält etwas umklammert. Jez hockt sich neben den Stuhl und sieht es sich an.

Das Objekt in Barts Hand sieht aus wie ein zusammengeknülltes Tuch.

Red folgt Jez' Blick.

Es ist kein Tuch.

Es ist Haut.

Bart Miller umklammert seine eigene Haut.

45

Der Verkehr auf der Tower Bridge staut sich von einem Ufer zum anderen. Sie sitzen im Streifenwagen, aber die Sirenen sind ausgeschaltet. Red braucht Zeit, sich zu sammeln. Er erinnert sich, was er Kate vor ein paar Wochen im Pub gesagt hat – *es gibt nichts, das mich dazu bringen könnte zu denken: »Mann, das ist viel zu krank für mich.«*

Jetzt gibt es das.

Die Lastwagen, die ihnen entgegenkommen, schaukeln leicht,

als sie die Mitte der Brücke überfahren, den Teil, der sich hebt, wenn Schiffe darunter hindurchfahren. Red kann das sanfte Vibrieren an der Karosserie des Wagens spüren. Touristen drängen sich auf dem Bürgersteig. Ein paar Meilen im Osten glänzen die Türme von Canary Wharf golden in der Sonne.

Sie brauchen zehn Minuten, um die Brücke zu überqueren, und dann sind sie beinah da. Unter den Bahngleisen hindurch, die sich von der London Bridge Station ausbreiten, dann die erste rechts und sofort wieder links, an den Containern am Tor vorbei und über den Hof zur Gerberei.

Sie haben Ashley Lowe, Bart Millers ehemaligen Arbeitgeber, angerufen, und daher wartet er vor der Tür zur Fabrik auf sie. Red und Duncan folgen ihm nach oben. Sie haben Kate und Jez zurückgelassen, damit sie sich um die Befragung der Nachbarschaft in Wapping kümmern.

In Lowes Büro, das hoch über der Fabrikhalle liegt, ist es heiß und stickig. Das Licht strömt durch ausgefranste Rollos herein und fällt auf einen alten Pirellikalender, der im November 1985 stehengeblieben ist. Lowe sitzt in einem Drehstuhl hinter seinem Schreibtisch. Red und Duncan nehmen auf den Stühlen Platz, die davor stehen.

»In dieser Straße, der Tanner Street, war einmal die ganze Industrie angesiedelt«, sagt Lowe. »Wie eine Art Lederversion der Fleet Street. Alle von uns in einer Reihe, bis runter zum Ledermarkt am Ende der Straße. Und sehen Sie sich die Straße heute an. Fast nur Wohnblocks für die Banker, die auf der anderen Flußseite arbeiten. Wir sind die einzigen Gerber, die übriggeblieben sind, und ich kann mir nicht vorstellen, daß es lange dauern wird, bis wir auch untergegangen sind. Die ganze Schwerindustrie und die Maschinen werden uns fertigmachen. Wir sind eine kleine Fabrik. Wir können mit denen einfach nicht konkurrieren.«

Durch das staubbedeckte Fenster, das auf die Fabrikhalle hinauszeigt, kann Red ein paar hundert Männer sehen, die sich über lange Tische beugen. Er sieht drei große Maschinen, die alle stillstehen. Er wendet sich an Lowe.

»Mr. Lowe, was genau machen Sie hier?«

»Wir verarbeiten Leder. Wir nehmen es in seiner natürlichen Form – «

»Von den Tieren?«

» – genau und verarbeiten und trocknen es, damit daraus Schuhe und Handtaschen und all so was gemacht werden können. Man kann es nicht einfach einer Kuh abziehen und sich über die Füße streifen, wissen Sie.« Lowe lacht wie ein typischer Raucher, ein tiefes, röchelndes Lachen, das in einem Hustenanfall endet.

»Entschuldigen Sie«, sagt er und wischt sich einen Schleimklumpen aus dem Mundwinkel. »Bin nicht mehr so fit wie früher.«

Er lacht erneut und fängt wieder an zu husten.

Red macht sich Notizen. *Leder,* schreibt er und unterstreicht das Wort. *S & M?*

»Sie ziehen also hier den Tieren die Haut ab?« fragt er.

»O nein. Das wird auf dem Weg zwischen Schlachthof und hier erledigt. Wir bekommen die Häute und verarbeiten sie. Aber wir ziehen sie nicht selber ab.«

»Und was hat Bart Miller hier getan?«

»Alles. Hier macht jeder alles. Wie ich schon sagte, wir sind eine kleine Fabrik. Wir können uns keine Spezialisten leisten. Wenn etwas erledigt werden muß, dann krempelt jeder die Ärmel hoch. Wenn Sie verstehen, was ich meine?«

»Hat Bart Leder getragen? Hat er jemals Lederklamotten getragen?«

Lowe schnaubt.

»Er hatte eine Lederjacke, wenn Sie das meinen, und hin und wieder trug er ein Paar Lederschuhe, aber das war's auch schon.«

»Er hat sich also nicht in Lederhosen und Ketten geworfen?«

»Bart? Jetzt hören Sie aber auf. Er war doch keine Schwuchtel.«

»Sind Sie sicher?«
»Sicher? Natürlich bin ich sicher. Bart war der normalste Typ, den ich je kennengelernt habe. Er mußte sich die Frauen praktisch mit einem Stock vom Hals halten. Hatte immer fünf oder sechs zur gleichen Zeit. Hat zum Beispiel damit angegeben, daß er eine flachgelegt hat und ihre Freundin am nächsten Abend, ohne daß die beiden voneinander wußten. Und dann hat er eine dritte kennengelernt und sie auch auf seine Liste gesetzt. Weiß der Teufel, wie er das geschafft hat.«
»Haben Sie jemals eine dieser Frauen gesehen?«
»Ein paar.«
»Wo haben Sie sie gesehen?«
»Sie sind hergekommen. Manchmal haben sie ihn abends abgeholt und manchmal morgens hergebracht. Wenn Sie verstehen, was ich meine?« Lowe zwinkert ihnen verschwörerisch zu. »Und die Weiber haben ständig hier angerufen. Ich mußte ihm nach einer Weile verbieten, das Telefon zu benutzen. Hatte keine Zeit, ihn ständig ans Telefon zu holen, wenn eine seiner Bienen einen Furz quersitzen hatte.«
»Sie haben also wirklich existiert?«
»Wer?«
»Diese Frauen?«
»Ja, natürlich.«
Red klopft nachdenklich mit seinem Stift auf den Block.
Also war Bart nicht schwul. Und niemand hätte ihn für einen Schwulen halten können.
Der Lederaspekt wäre einfach zu schön gewesen, um wahr zu sein. Es sei denn... es sei denn, Bart hat privat mit seinen Freundinnen Lederspielchen gespielt, und Silberzunge hat sein S&M-Outfit gefunden und ihn für einen Schwulen gehalten.
Barts Kleiderschrank überprüfen, schreibt Red, obwohl er weiß, daß die Chancen recht gering sind.
»Noch eine Sache, Mr. Lowe. Was haben Sie Bart bezahlt?«
»Fünf Pfund fünfzig die Stunde.«

»Im Jahr macht das also ...?«
»Ungefähr zwölftausend.«
»Hatte er sonst noch Geld?«
»Nicht daß ich wüßte. Wenn ja, dann hätte er bestimmt nicht hier gearbeitet.«
»Er war also nicht gerade wohlhabend?«
»Jetzt hören Sie aber auf. Wenn die Leute, die hier arbeiten, Millionär werden wollen, dann müssen sie wohl im Lotto gewinnen. Wenn Sie verstehen, was ich meine?«
»Ja, das weiß ich, Mr. Lowe.« Red steht auf. »Danke, daß Sie uns Ihre Zeit gewidmet haben. Wenn wir von Ihnen eine Aussage brauchen oder mit Barts Kollegen sprechen müssen, lassen wir es Sie wissen.«
Ashley Lowe beobachtet sie, wie sie die Treppe hinuntergehen, den Hof betreten und ihre dunklen Sonnenbrillen aufsetzen, als sie ins Sonnenlicht treten. Ihm fällt auf, daß er keine Trauersprüche von sich gegeben hat, die die Leute wahrscheinlich normalerweise in solchen Umständen ablassen. Er hat ihnen nicht gesagt, was für ein guter Arbeiter oder aufrechter Bürger Bart war. Er hofft, daß die Polizisten es nicht gemerkt haben. Nicht, daß er wegen Barts Tod nicht traurig wäre. Aber jetzt muß er wegen eines Ersatzes inserieren, und das wird ihn Geld kosten. Und Bart war ein guter Arbeiter. Wußte jedenfalls, was er tat. Die Jungs unten in der Halle sind nicht besser als Lehrlinge.
Er hört, wie der Streifenwagen wegfährt.
Komisch, daß nur der eine Detective das Reden übernommen hat. Der andere, der Dicke, hat die ganze Zeit nichts gesagt. Hat nur dagesessen und ihn nicht aus den Augen gelassen, als würde er irgendein Urteil über ihn fällen.

46

Die weiße Tafel ist wieder mit Fotos übersät.
»Hiermit steigt Silberzunge in eine ganz andere Liga auf«, sagt Lubezski. »Die drei vorherigen Morde haben bewiesen, daß er stark und wütend ist. Aber dieser hier – für diesen hier braucht man Können.«
Er zeigt auf die Bilder, auf denen Vorder- und Rückseite von Barts Torso abgebildet sind.
»Das ist erst ein vorläufiges Ergebnis, aber es dürfte ausreichen. Sehen Sie her. Sehen Sie sich die Einschnitte an. Am Hals, an den Oberarmen und an der Taille. Wie eine Weste oder ein Pullunder. Also ich vermute, daß er hier angefangen hat.«
Lubezski zeigt mit dem Finger auf die eigene Brust, direkt auf die Stelle unter dem Hals, an der sich die Schlüsselbeine treffen.
»Und dann hat er wahrscheinlich hier entlanggeschnitten.«
Er fährt mit dem Finger von seiner Brust zu seiner Taille hinunter.
»Können Sie mir alle folgen?«
Red, Jez, Kate und Duncan nicken.
»Als nächstes hat er den Hals ausgeschnitten. Dann wahrscheinlich an jeder Seite über die Schultern und unter den Achselhöhlen entlang. Und anschließend zwei lange Schnitte. So etwa.«
Er hebt seinen rechten Arm hoch und fährt von der Achselhöhle zur Taille hinunter.
»An beiden Seiten. Dann um die Taille herum. Verstehen Sie?«
Das tun sie. Nur zu gut.
»Und dann hat er wahrscheinlich die Haut abgezogen.«
»Einfach so?« fragt Kate skeptisch.
»Aber ja. Man kann die Haut wie Tesafilm abziehen, wenn man richtig geschnitten hat. Und das hat unser Mann offensicht-

lich getan. Sehen Sie, die Haut ist am Körper nicht überall gleich dick. Am dicksten ist sie an den Fußsohlen, wo sie ungefähr acht Millimeter mißt. Am dünnsten ist sie im Gesicht – ungefähr zwei Millimeter. Diese Teile des Körpers hat er natürlich nicht berührt. Die Haut auf der Brust ist ein wenig dicker als im Gesicht, aber dünner als auf dem Rücken. Das wußte er und hat dementsprechend gehandelt.«

»Wie können Sie das so genau wissen?« fragt Jez.

»Weil wir drei Stücke Haut in Bart Millers Hand gefunden haben. Zwei Stücke waren praktisch identisch und das dritte war größer und dicker als die anderen beiden. Dieses letzte Stück, das große, stammt vom Rücken. Die zwei kleineren Stücke stammen von der Vorderseite. Silberzunge hat die Haut vom Haupteinschnitt vorne an der Brust abgeschält, bis er an die Schnitte an den Seiten unter den Achselhöhlen kam. Daher hatte er zwei Stücke von der Vorderseite. Und dann hat er den Rücken in einem Stück abgezogen.«

»Wie lange hat er dafür gebraucht?« fragt Jez.

»Das hängt von einer Menge Faktoren ab.«

»Und die wären?«

»Zum einen, ob sich das Opfer gewehrt hat, aber auch, wie es um Silberzunges Nerven und Geschick bestellt ist. Aber grob geschätzt, wahrscheinlich eine halbe Stunde. Vielleicht auch weniger.«

Red legt die Fingerkuppen aneinander.

»Was ist mit der Zunge? Hat er die herausgeschnitten, bevor oder nachdem er das Opfer gehäutet hat?«

»Danach. Ganz eindeutig.«

»Warum?«

»Aus drei Gründen. Erstens befand sich nicht genug Blut auf der Haut, die Bart in der Hand hielt, um davon auszugehen, daß er die Zunge herausgeschnitten hat, bevor er mit dem Häuten anfing. Wenn er die Zunge zuerst herausgeschnitten hätte, wäre überall Blut gewesen. Das haben wir bei den anderen Morden gesehen.

Zweitens. Hätte er die Zunge zuerst herausgeschnitten, hätte er entweder warten müssen, bis die Blutung aufhört – wodurch sich sein Aufenthalt im Haus verlängert und das Risiko, ertappt zu werden, erhöht hätte –, oder er hätte unter einer Blutfontäne arbeiten müssen.
Und drittens könnte ich mir vorstellen, daß er Bart auf den Kopf gestellt hat, bevor er sich an die Arbeit machte.«
»Auf den Kopf?« hakt Red nach. »Warum?«
»Silberzunge ist ein Sadist. Er genießt es, jemandem Schmerzen zu bereiten. Und wenn das Opfer auf dem Kopf steht, dann steigt der Blutdruck im Kopf, das Opfer bleibt länger bei Bewußtsein, und der Schmerz wird vergrößert. Außerdem befindet sich relativ wenig Blut auf den Unterhosen von Bart Miller. Das paßt zu der Vermutung, daß sie sich über den gehäuteten Stellen befanden, was wiederum nur möglich ist, wenn er auf dem Kopf stand.«
»Und dann hat er ihn wieder herumgedreht?«
»Das vermute ich. Bart Miller ist nämlich nicht an akutem Blutverlust gestorben.«
»Nicht?«
»Nein, obwohl er das irgendwann wäre. Er ist an einem Herzversagen gestorben, der durch den Schock ausgelöst wurde. Sein Körper konnte ertragen, was mit ihm geschah – aber sein Verstand nicht.«
Lubezskis Stimme ist ganz ruhig, als würde er die Fußballergebnisse vorlesen.
»Ich glaube, Bart Miller ist vor Angst gestorben.«

47

Vor Angst gestorben. Lubezskis Worte gehen Red immer wieder durch den Kopf, während er durch Bart Millers Wohnung wandert. Draußen weicht ein warmer Abend erneut einer stickigen Nacht.

Er sieht zuerst im Kleiderschrank nach. Keine Peitschen oder Ketten oder Lederhosen. Bart bevorzugte offensichtlich ganz normalen Sex. Wenn man Tag für Tag mit Leder arbeitet, hat man vielleicht in seiner Freizeit keine Lust mehr auf so ein Zeug.

Red geht zurück ins Wohnzimmer. Der Stuhl, auf dem Barts Leiche gefunden wurde, steht noch da. An den oberen Enden der Stuhllehne befinden sich Abschabungen, wo Barts Knöchel festgebunden waren.

Du bist an den Knöcheln und Handgelenken am Stuhl festgezurrt, hängst an der hohen Lehne herunter, aber nicht an der Seite mit dem Sitz, damit du gerade hängst. Das Blut läuft dir in den Kopf und hält dich länger bei Bewußtsein, während sich jemand mit einem Messer an dir zu schaffen macht.

Red kann Bart Millers Schmerz beinah schmecken. Er rollt ihn auf seiner Zunge herum, an seinem Gaumen entlang, nach hinten in seinen Rachen. Bart Miller unerträgliche Schmerzen, und Silberzunges großes Vergnügen daran. Er ist ein Künstler, ein Chirurg, der genußvoll das scharfe, blitzende Metall in die glänzende Haut bohrt und sie abzieht wie eine Orangenschale.

Du reißt die Haut nicht in Fetzen, während du sie entfernst. Du produzierst ein verdammtes Kunstwerk. Und wir haben dich nur für ein gewalttätiges, kleines Arschloch gehalten. Kannst du uns diese Unterschätzung noch einmal verzeihen?

Aber wenn du die Haut nicht mitnimmst, warum hast du ihn dann überhaupt gehäutet? Mörder, die ihr Opfer häuten, wollen normalerweise die Haut für ihre eigenen Zwecke haben. Aber Silberzunge wollte die Haut nicht behalten. Er hat sie zurückgelassen und Bart in die linke Hand gedrückt. Das einzige, was er mitgenommen hat, ist die Zunge. Warum?

Vielleicht wurde er bei der Arbeit gestört und mußte schnell verschwinden. Vielleicht hat er deshalb Bart die Haut in die Hand gedrückt, statt sie feinsäuberlich zu falten. Aber das ergibt keinen Sinn. Er hätte die Haut einfach auf den Boden fallen lassen können, wenn er in Eile gewesen wäre. Und außerdem hat Lubezski gesagt, daß die Zunge nach dem Häuten herausgeschnitten wurde. Wenn er, kurz nachdem er mit dem Häuten fertig war, hätte verschwinden müssen, dann wäre die Zunge noch intakt gewesen.

Also zurück zu dem *Warum*. Versuch es mit dem *Warum*.

Lowe sagt, daß niemand seiner Angestellten dafür zuständig ist, den Tieren die Haut abzuziehen. Das wird erledigt, bevor die Häute bei ihnen ankommen. Zwischen dem Schlachthof und uns, hat er gesagt.

Wer befindet sich zwischen dem Schlachthof und ihnen? Könnte es einer von Lowes Lieferanten sein?

Tiere zu häuten wäre eine gute Übung, bevor man zu Menschen übergeht. Und es müßten nicht unbedingt tote Tiere sein. Das FBI vertritt die Theorie der »Mord-Triade«, die besagt, daß es drei Kindheitscharakteristika gibt, von denen jeder Serienmörder mindestens zwei aufweist. Bettnässerei ist eines, Brandstiftung das zweite.

Grausamkeit gegenüber Tieren ist das dritte.

Wenn man erst einmal einen Katzenkadaver auf dem Rasen aufgespannt hat, wie groß ist dann noch der Schritt, einen Mann bei lebendigem Leib zu häuten? In Reds Kopf formen sich Zusammenhänge. Die Mord-Triade. Brandstiftung.

Brandstifter bewundern gerne ihre Arbeit. Die Polizei überprüft bei Bränden immer die Zuschauermenge. Wenn das Feuer absichtlich gelegt wurde, dann ist es gut möglich, daß der Brandstifter zusieht. Aber Silberzunge kommt nicht zurück und sieht zu. Der einzige Mord, bei dem es Schaulustige gab, war der erste, der an Philip Rhodes. Und man darf nicht die Journalisten vergessen, die über den Mord an James Cunningham berichtet haben. Seitdem gab es niemanden am Tatort. Niemand am Tatort und keine Spuren an den Leichen.

Red legt den Kopf in die Hände. Es ist hoffnungslos. Vier tote Menschen, und er kann einfach nichts für sie tun.

Schlimmer noch, er kann einfach nichts für die tun, die noch nicht wissen, daß sie gejagt werden.

48

Es ist nach neun, als Red nach Hause kommt, und Susan ist noch nicht da. Wahrscheinlich arbeitet sie spät.

Red läßt den Wagen stehen und geht in Richtung Paddington Station. Er überquert Sussex Gardens, die Straße, die Reichtum von Armut trennt, wie es kein Stacheldraht vermag. Südlich von Sussex Gardens, in Richtung Hyde Park, stehen stolze, große Häuser auf sauberen Bürgersteigen. Im Norden liegen sowohl Abfall als auch Betrunkene in der Gosse. Zwei verschiedene Welten, die durch eine Ampelanlage voneinander getrennt werden. Red fragt sich, wie lange es noch dauert, bis die Armen den kleinen Schritt über die Straße machen und alles kurz und klein schlagen.

Er geht die Straßen entlang, durch die sie vor einem Monat Kevan Latimer verfolgt haben. Aus den Augenwinkeln nimmt Red Schaufenster wahr: die Wein- und Spirituosenhandlung, in der die Achselhöhlen des Besitzers nach Ziegenkäse stinken, das weißgestrichene, aufgetakelte Pub, der Delikatessenladen an der Ecke, der scheinbar alle paar Monate den Besitzer wechselt.

Die abendliche Luft ist erfüllt von dem seltsamen vielsprachigen Gesumme, das typisch für das sommerliche London ist: holländische Touristen, bengalische Zeitungsverkäufer und schottische Arbeiter. An einer Straßenecke steht eine Gruppe von Fußballfans. Sie haben nackte Oberkörper und Tätowierungen, und ihre Gesichter sind von der Hitze und dem Alkohol hochrot. Sie singen lautstark und bedrohlich, und die Fußgänger machen einen großen Bogen um sie.

Red geht mitten hindurch, in seinem eigenen Kraftfeld eingeschlossen, und für ihn stellt die Welt nur eine Pappkulisse für seine Gedanken und Ängste dar, die ihm im Kopf herumgehen. Er biegt links ab, geht an einem Supermarkt vorbei und betritt die U-Bahn-Station. Red hat seit einem Jahr nicht mehr die U-Bahn benutzt und ist sich nicht sicher, warum er es jetzt tut.

Die farbigen Linien auf dem Plan liegen übereinander wie verworrene Innereien. Das Braun der Bakerloo-Line zwischen Harrow und Charing Cross. Die gelbe Ellipse der Circle-Line, die um die Zone 1 herum einen endlosen Kreis fährt. Red lächelt. Da sind sie schon zu zweit.

Er kann nach Westen oder Osten fahren. Die westliche Strecke führt ihn an der Haltestelle St. James' Park vorbei, die direkt neben dem Scotland Yard liegt. Zurück zur Arbeit. Zurück zu der ergebnislosen Suche. Er wählt die Strecke in Richtung Osten.

Der erste Zug kommt nach zwei Minuten. CIRCLE LINE VIA LIVERPOOL STREET STATION steht in orangefarbenen, aus Punkten bestehenden Buchstaben auf der Anzeigetafel. Einige der Buchstaben haben Löcher, wo die Punkte sich nicht richtig zusammenfügen.

Die Türen eines beinah leeren Waggons öffnen sich mit einem Zischen. Red steigt ein und setzt sich. Ein Teil des *Evening Standard* liegt auf dem Sitz neben ihm, und die lachsfarbenen Seiten heben sich gegen die Oberfläche des Sitzes ab. Es ist der Wirtschaftsteil. Er macht sich nicht die Mühe, ihn zu lesen.

Der Zug fährt in den Tunnel, und Red kann sein verzerrtes Spiegelbild in der ihm gegenüberliegenden tiefschwarzen

gebogenen Scheibe sehen. Seine Stirn scheint im Dach des Waggons zu verschwinden.
Der Zug füllt sich an den Haltestellen Edgeware Road und Baker Street, bis wirklich kein Sitz mehr frei ist. Leute, die sich in der Enge ihres kleinen Lebens von einem Ort zum anderen bewegen.
Ist einer von ihnen Silberzunge?
Red blickt sich langsam im Waggon um und sucht nach möglichen Verdächtigen. Wenn man die Frauen, Kinder und Rentner wegnimmt, was bleibt dann übrig? Direkt ihm gegenüber sitzt ein dicker Mann mit einer Baseballkappe und einem grünen Sweatshirt. Er trägt Trainingshosen, die er an den Knöcheln in glänzende weiße hohe Turnschuhe gesteckt hat. Er besitzt zwar die nötige Ausrüstung, ist aber viel zu übergewichtig und träge, um sie zu nutzen. Was ist mit dem Typ neben ihm, der ein bißchen wie Salman Rushdie aussieht? Durch sein dünnes, dunkles Haar ist seine Kopfhaut sichtbar, und er hat ein ganz leichtes Doppelkinn. Und neben ihm sitzt ein Mann in einem Nadelstreifenanzug, einem rosafarbenen Hemd und einer gelbgemusterten Krawatte mit Windmühlen. Sein blondes Haar ist an den Seiten kurzgeschnitten und oben mit Gel glattgekämmt. Bestimmt ein Banker. Vielleicht der Held aus *American Psycho.*
Das ist lächerlich. Es ist niemand von ihnen. Du kannst nicht herumlaufen und jeden Unschuldigen für einen Massenmörder halten.
Aber genau das tut er. Ganz genau das.
Berechnungen rasen durch Reds Kopf. Wie viele Leute benutzen täglich die U-Bahn? Zwei oder drei Millionen, hat er irgendwo gelesen. Die meisten von ihnen benutzen sie zweimal am Tag – zur Arbeit und wieder nach Hause. Und die meisten von denen benutzen sie in der Rush-hour. Also wie viele Leute sind jetzt, Viertel nach acht an einem Sommerabend, irgendwo im U-Bahn-Netz unterwegs? Sagen wir eine halbe Million?
Eine halbe Million. In London leben acht Millionen Menschen. Es besteht also eine Chance von eins zu sechzehn, daß

Silberzunge jetzt, genau in diesem Moment, entweder in einem Zug sitzt oder auf einen wartet. Eins zu sechzehn. Da würde es sich beinah lohnen, sämtliche Züge anzuhalten und von jedem ein Alibi zu verlangen.

Als ob das etwas bringen würde!

Er rechnet trotzdem weiter. Wie stehen die Chancen, daß Silberzunge in diesem Zug sitzt, genau in dem, in dem Red sitzt? Oder in dem danach oder dem davor? Oder in einer der Stationen steht, eines der Gesichter der Menschen ist, die in den kurzen erleuchteten Strecken zwischen den Tunneln an den Fenstern vorbeisausen? Warum sollen wir nicht wirklich etwas riskieren? Was würdest du darauf setzen, daß er und ich *und* das nächste Opfer zusammen in diesem Zug sitzen? In diesem Waggon? Da hättest du größere Chancen, im Lotto zu gewinnen, und die Chancen stehen 14 Millionen zu eins.

Ashley Lowe hat an diesem Nachmittag etwas über einen Lottogewinn gesagt.

Red sitzt da, formuliert Permutationen und schreibt Chancen auf die Tafel in seinem Kopf, bis die Nummern ineinanderlaufen und vor seinem geistigen Auge so schnell vorbeisausen, daß er sie nicht mehr lesen kann. Er schlägt sich ins Gesicht, damit er zu sich kommt, und bemerkt, daß die Leute ihn mißtrauisch ansehen. Der Zug hält an der Station St. James' Park, direkt da, wo er arbeitet, und er ist zwei Drittel der Circle-Line gefahren, ohne es zu merken.

49

Susan ist zu Hause, als Red zurückkommt. Und sie ist stocksauer.

Sie sitzt zusammengesunken vor dem Fernseher und sieht sich

die Werbepause in den Zehnuhrnachrichten an. Auf dem Bildschirm pulsieren bunte Bilder von sportlicher, schweißtreibender Anstrengung. Eine Werbung für Nike.

»Ich hoffe für dich, daß du eine gute Entschuldigung hast«, faucht sie ihn an.

Er wirft ihr einen überraschten Blick zu.

»*Erklärung*? Wofür denn?«

Der Zorn, der ihm aus ihren Augen entgegenblitzt, scheint geradewegs aus ihrer Seele zu kommen. »Kensington Place. Unser Hochzeitstag. Erinnerst du dich?«

Schuld und Schamgefühl versetzen Red einen Schlag in den Magen.

»O Susan. O mein Gott. Es tut mir leid. Es tut mir wirklich leid. Wir hatten einen weiteren –«

»Du hast mir ein Fax geschickt und mich zum Essen eingeladen. Ein Fax mit einem Herz und der Aufschrift ›Liebesbotschaft‹, und darin viele kleine Herzen. Erinnerst du dich?«

Sie schreit nicht. Noch nicht. Was es nur noch schlimmer macht. Es wäre einfacher für Red, wenn sie die Beherrschung verlöre und anfangen würde, ihn anzuschreien. Dann könnten sie sich gegenseitig beleidigen und sich beide falsch verhalten. Aber wenn sie ruhig bleibt, wird sie ihm Schuldgefühle einimpfen, bis er derjenige ist, der zusammenbricht und verbal um sich schlägt und dadurch doppelt im Unrecht ist. Nicht nur, weil er es von Anfang an versaut hat, sondern weil er die Geduld verloren hat. Wenn sie will, kann Susan Red besser als jeder andere auf der Welt manipulieren.

»Susan. *Liebling*.«

Red macht einen Schritt auf sie zu, aber nur einen. Er weiß, daß er besser nicht versuchen sollte, sie zu berühren, wenn sie in dieser Stimmung ist. Es ist, als würde sie vor Wut Stachel aufstellen wie ein Igel.

»Ich weiß, daß nichts, was ich sage, etwas daran ändern kann, Susan, aber laß mich bitte erklären, was passiert ist. Wir hatten heute einen weiteren Mord. Ich wurde festgehalten. Ich habe seit heute mittag durchgearbeitet.«

Das stimmt zwar nicht genau, ist aber besser als zu sagen, daß er in der Circle-Line gesessen hat und langsam verrückt geworden ist.

»Hast du überhaupt eine Vorstellung, was du getan hast, Red?«

»Susan, ich – «

»Nein, laß mich zu Ende reden. Dann kannst du etwas sagen.«

Sie schweigt einen Moment lang, als müßte sie überlegen, wo sie anfangen soll, obwohl sie diese Rede sicherlich immer wieder innerlich geübt hat, während sie auf ihn gewartet hat.

»Na gut, Red. Wir versuchen hier, etwas zu kitten. Du gibst dich romantisch, als hätten wir uns gerade erst kennengelernt, und nicht, als würden wir versuchen, unsere scheiß Ehe zu retten. Du schickst mir dieses Fax, dieses wirklich süße Fax. Und ich, ich spüre im Inneren eine Wärme, die schon lange nicht mehr da war, und bin wild entschlossen, meinen Teil dazu beizutragen, daß der heutige Abend etwas Besonderes wird. Ich komme nach Hause, tupfe hier und da etwas Parfum hin –« sie berührt ihren Hals und ihre Handgelenke »– und warte hier bis acht Uhr. Dann denke ich mir, daß du bestimmt direkt von der Arbeit hinfährst, weil du in letzter Zeit soviel zu tun hattest. Also nehme ich ein Taxi zum Kensington Place, damit ich auch pünktlich bin, und sitze dort eine Stunde lang wie bestellt und nicht abgeholt herum und rufe dich dreimal auf deinem Handy an – dreimal – und kriege jedesmal von dieser scheiß Digitalstimme gesagt, daß das Handy, das ich angewählt hätte, ausgeschaltet sei. Und jeder im Restaurant beobachtet mich verstohlen, natürlich nicht zu auffällig, und denkt ›die arme Kuh ist versetzt worden‹, und schließlich gebe ich auf und gehe zu Fuß nach Hause. Und die ganze Strecke lang heule ich mir die Augen aus dem Kopf und male mir aus, wie gerne ich dich umbringen würde. Daß du dich wie ein Schwein benimmst, ist eine Sache, aber daß du versprichst, dir Mühe zu geben, und dich trotzdem wie ein Schwein benimmst, das macht dich zu einem beschissenen Scheißkerl, und ich weiß nicht, warum ich mich überhaupt mit dir abgebe.«

Sie steht auf und geht an ihm vorbei in den Flur, die Stufen zu ihrem Schlafzimmer hinauf. Sie schließt die Tür nicht. Offensichtlich bekommt er trotz ihres Versprechens nicht die Gelegenheit, etwas zu erwidern.

Red geht in die Küche und schaltet den Wasserkessel an. Er wirft einen Teebeutel in eine Tasse, gießt etwas Milch hinzu und löffelt noch etwas Zucker hinein. Weißer Zucker, in dem sich braunes Kaffeepulver befindet. Der Löffel stößt gegen den Rand der Tasse, und der Zucker verteilt sich überall auf der Anrichte. Red flucht und schiebt die Körner mit beiden Händen zusammen und dann mit der rechten Hand in die linke.

Ich habe Freunde, deren Ehen gescheitert sind, denkt er. Ich habe ihnen zugehört, wie sie darüber geredet und geweint haben. Aber bis jetzt habe ich nie erfahren, was es wirklich bedeutet. All die kleinen Dinge, die eine Ehe ausmachen, gleiten mir durch die Finger wie Sand, und je mehr ich mich bemühe, sie aufzuheben, desto mehr geraten sie außer Reichweite.

Ich kenne außerdem Leute, die mit Absicht Meinungsverschiedenheiten provozieren, weil der Sex bei der Versöhnung so gut ist. Sogar gut genug, um das aufzuwiegen, was im Grunde fehlt. Beziehungen, die nur aufrechterhalten werden können, indem sie ständig an ihre Grenzen gebracht werden und die Partner sich an dem Kick festklammern, wenn die Beziehung wieder gerettet ist. Beziehungen, in denen die Beteiligten Angst haben, daß die Partnerschaft implodiert und die Luft raus ist, wenn sie zu statisch bleibt.

Das Wasser brodelt. Er gießt es in die Tasse, rührt den Beutel herum, bis der Tee dunkel genug für ihn ist, wirft den Beutel in den Mülleimer und geht ins Schlafzimmer hinauf. Susan liegt bereits mit dem Rücken zur Tür im Bett. Red nippt an seinem Tee und stellt ihn auf dem Nachttisch ab.

»Kann ich nun meinen Teil sagen?«
Sie rührt sich nicht. Er wartet ein paar Sekunden und beschließt, ihr Schweigen als Zustimmung zu werten. »Er hat wieder zugeschlagen.«
»Wer?«
»Silberzunge.«
»Wann?«
»Heute. Kurz nachdem ich dir das Fax geschickt habe. Ich hatte dem Gerät gerade den Rücken zugedreht und wollte mit Jez ein Sandwich essen gehen, als das Telefon klingelte.«
»Ich will es nicht hören, Red.« Ihre Stimme klingt unter dem Federbett gedämpft.
»Nummer vier, Susan. Bereits Nummer vier! Ein Mann namens Bart Miller. Und weißt du, wie Silberzunge ihn getötet hat? Er hat ihn gehäutet, Susan. Hat ihn bei lebendigem Leib gehäutet und ihm die Haut zusammengeknüllt in die Hand gedrückt. Eine viertel Stunde, nachdem ich dir das Fax geschickt habe, habe ich mir einen Mann angesehen, an dessen Rumpf sich keine Haut mehr befand. Verstehst du jetzt?«
Das Federbett rutscht von ihrem Gesicht, als sie auf ihn zurollt.
»Red, das alles haben wir schon früher durchgemacht. Es wäre mir völlig egal, wenn sie Bart Miller mit den Füßen in einem Zementeimer in der Themse gefunden hätten. Er ist nicht mein verdammter Ehemann, und er ist auch kein Freund von mir. Es ist mir *egal.* Verstehst du das nicht?«
Red verliert langsam die Beherrschung. Es beginnt in ihm zu brodeln, und dann platzt es aus ihm heraus, wie ein Lavastrom.
»Bart Miller wurde auf den Kopf gestellt, damit er länger das Bewußtsein behält. Er wußte, was mit ihm passiert. Lubezski schätzt, daß es eine halbe Stunde gedauert hat. Die ganze Zeit über, während man ihm die Haut von der Brust und dem Rükken schälte, konnte er es spüren. Kannst du dir das vorstellen, Susan? Kannst du das? Eine halbe Stunde, in der ihm jede

schmerzerfüllte Sekunde wie ein Jahrhundert vorkommen mußte. Denk mal einen Moment darüber nach. Vielleicht begreifst du dann, warum ich mich so verhalte.«

Susan rollt wieder von ihm weg auf die Seite. Red springt auf das Bett und packt sie an den Schultern. Sein Zorn wird von ihrer Weigerung geschürt, ihm zuzuhören, und er schreit sie an.

Und plötzlich scheint die Ohnmacht seiner Wut zu Susan durchzudringen. Sie rollt sich auf den Rücken und zieht ihn an sich, schlingt ihre Arme um seine Schultern und vergräbt ihren Mund in seinem Haar. Sie reden beide Unsinn, seine Schreie werden zu Schluchzern, und sie gibt kleine tröstende Laute von sich.

Sie schiebt sein Gesicht von sich weg und dann preßt sie die Lippen auf seine und ihre Zungen – *Zungen* – berühren sich in der Mitte ihrer Münder wie elektrische Blitze. Seine Hände gleiten unter ihr Nachthemd und schieben es nach oben über ihre Schenkel, so daß die dunkle Stelle unter ihrem Nabel entblößt ist. Weiter nach oben über ihre Brüste, und sie hebt den Kopf vom Kissen, damit er es ihr über den Kopf streifen kann. Sie greift nach seinem Hemd und seinen Hosen, und gemeinsam treten sie das Federbett beiseite, bis es halb auf dem Bett und halb auf dem Boden liegt. Dann sind sie beide nackt, und er liegt zwischen ihren Beinen, und sie greift nach unten, um ihn in sich hineinzuführen, und er schließt die Augen...

Bei lebendigem Leib gehäutet.

Er kann unter seinen Fingern spüren, wie sich Susans Hüftknochen unter der Haut bewegt, und es kommt ihm vor, als wäre diese Berührung das einzige, was ihn mit der Realität verbindet. Ein Strudel reißt ihn mit sich fort, und hinter seinen Augenlidern tauchen quälende Bilder auf: Haut, die von einer Faust umklammert wird, eine Leiche, die von einem Geländer herunterhängt, Löffel, die in Mündern klemmen und ganze Seen von Blut, wo die Zungen waren. Als er seine Augen öffnet,

sind die Bilder noch da und verschwimmen mit Susans Gesicht, bevor sie sich in Nebel auflösen.
Red blickt nach unten. Sein Penis hängt schlaff und nutzlos herunter und verspottet ihn. Soviel zu der großen Leidenschaft, die der Sex bei der Versöhnung angeblich mit sich bringt.
Er schiebt sich vom Bett hoch und greift sich seine Unterhose, um seine Schande zu bedecken. Er nimmt den immer noch heißen Tee vom Nachttisch und geht zurück nach unten ins Wohnzimmer, wo er sich vor den Fernseher setzt, ohne etwas zu sehen, und sich selbst haßt.

50

Mittwoch, 4. Juli 1982

Eric hat eine Woche durchgehalten, ehe er ein Geständnis ablegte. Red hat drei Monate ausgehalten, und nun kann er nicht mehr.
Es vergeht kein einziger Tag, an dem Red nicht an den Jungen denkt und sich fragt, was mit ihm passiert ist. Ob er lebt oder tot ist, ob er okay ist oder dahinvegetiert. Wie er heißt. Kein einziger Tag, an dem Red nicht diese wenigen Sekunden erneut durchlebt, in denen er über die Straße rutschte. Kein Tag, an dem die Reue und die Qual nicht an ihm nagen.
Zwei Wochen lang meidet er die Lokalnachrichten und die Zeitungen, da er fürchtet herauszufinden, daß er – wie sein Bruder – die Grenze überschritten hat und zum Mörder geworden ist. Aber jeden Tag geht er an der Stelle vorbei, an der er den Jungen überfahren hat. Die Polizei hat mittlerweile das gelbe Schild mit der Aufschrift UNFALL: KÖNNEN SIE HELFEN? entfernt, aber es ist ihnen nicht gelungen, seine Schuldgefühle zu entfernen. Red weiß nun,

was Eric durchgemacht hat. Er weiß, wie es ist, unter dem Druck dieses riesigen Wesens in sich zu ersticken, unter diesem enormen Geheimnis, unter dem sein Körper beinah zusammenbricht. Die meiste Zeit drückt das Monster nur gegen die Innenwände seines Magens, aber manchmal kriecht es ihm die Kehle hoch, um einen Blick auf die Außenwelt zu werfen, und verlangt von ihm, mit der Wahrheit herauszuplatzen. Er kann gar nicht mehr zählen, wie oft er schon nach dem Telefon gegriffen hat, um die Polizei anzurufen und sich schuldig zu bekennen. Er hat sogar schon den Hörer hochgenommen und die Nummer gewählt. Aber er ist nie lange genug am Apparat geblieben, bis sich eine Stimme meldete, denn dann hätte er ihnen vielleicht alles gesagt. Er hat immer aufgelegt, während die Verbindung hergestellt wurde. Er hat nie gewartet, bis es am anderen Ende klingelte.

Was würde es denn nutzen? Es würde dem Jungen nicht helfen. Es hätte gar keinen Sinn, denn es war nichts weiter als ein Unfall, den man ganz und gar nicht mit dem vergleichen kann, was mit Eric und Charlotte Logan geschehen ist. Eric wollte ihr weh tun, wenn er sie nicht sogar umbringen wollte. Red hatte nie vor, den Jungen zu treffen. Er will nicht wegen eines Unfalls ins Gefängnis kommen.

Das sagt er sich immer wieder, drei Monate lang. Aber jetzt ist er sich nicht sicher, ob es nicht besser wäre, ins Gefängnis zu gehen. Er kann die Last nicht länger tragen. Er kann dieses Leben nicht weiterführen, das von Schuld erfüllt ist.

Er hat sein Examen gemacht, seinen Abschluß erhalten und sucht gerade nach einem Job. Sein Leben ist momentan sowieso in einem Schwebezustand.

Kurz nach dem Mittagessen, als die Sonne zum ersten Mal an diesem Tag durch die Wolken lugt, macht Red einen langen Spaziergang zum Polizeirevier. Er ist diesen Weg natürlich schon einmal gegangen, um Eric anzuzeigen. Diesmal wird er sich selbst anzeigen.

51

Mittwoch, 9. September 1998

Der Commissioner nimmt Reds Hand in beide Hände.
»Red. Schön, Sie zu sehen.« Er führt ihn zu einem Sessel. »Setzen Sie sich bitte. Kaffee? Tee?«
»Nein danke.«
Red läßt sich in den Sessel sinken und spürt, wie die weichen Lederkissen unter seinem Gewicht nachgeben. Der Commissioner geht wieder auf die andere Seite seines Schreibtisches und nimmt Platz. Sein Kopf befindet sich gut einen halben Meter über dem von Red. Eine ganz simple Taktik, um ihn ein wenig einzuschüchtern. Red muß nun während des gesamten Treffens aus den Tiefen seines Sessels zu dem Commissioner aufschauen. Der Commissioner hätte sich genausogut in den anderen Ledersessel setzen können, der ungefähr einen Meter entfernt steht, oder Red einen Stuhl mit gerader Lehne geben.
Warum machst du es nicht gründlich und verlegst das Treffen auf den Nachmittag, denkt Red, wenn die Sonne mir genau in die Augen scheint und mich blendet.
»Wie kommen Sie mit dem Fall voran, Red?«
Dem Fall. Es ist nur einer. Sie sind von allen anderen Fällen abgezogen worden, seitdem das alles angefangen hat. Na, viel hat es ihnen nicht genutzt.
Zumindest redet der Commissioner nicht lange um den heißen Brei herum. Red beschließt, ebenso direkt zu sein.
»Nicht sehr gut, fürchte ich. Der Fall zieht sich jetzt schon über vier Monate hin, und wir haben absolut nichts herausgefunden.«
»Nichts?«
Du weißt doch, daß wir nichts haben, du Idiot. Du hättest mich wohl kaum hergebeten - sorry, herzitiert –, wenn wir

einen Verdächtigen in Untersuchungshaft und einen wasserdichten Fall für den Obersten Staatsanwalt hätten.
Red verzieht keine Miene.
»Nichts. Unser Mörder – «, Red bezeichnet ihn nicht als Silberzunge, jedenfalls nicht vor dem Commissioner, » – hinterläßt keine Spuren auf den Leichen. Die Autopsien an allen vier Opfern haben in dem Bereich auch nichts ergeben. Freunde, Nachbarn, Passanten, sie alle haben nichts gesehen. Es gibt keinerlei Anzeichen, daß in die Wohnungen der Opfer eingebrochen wurde. Entweder überredet unser Mann die Opfer, ihm die Tür zu öffnen – wir wissen jedoch nicht, wie –, oder er steigt durch offene Fenster ein. Die Morde haben im Mai angefangen, als es schon ungewöhnlich heiß war, und wir können davon ausgehen, daß die Leute tatsächlich nachts die Fenster offenlassen. Die Opfer selbst haben nichts gemeinsam, abgesehen davon, daß der Mörder sie ausgewählt hat. Keine gemeinsamen Freunde, keine gemeinsamen Interessen. Jede Verbindung, die wir ziehen, wird früher oder später zunichte gemacht, wie Sie sicherlich schon gehört haben.«
»Ja, das habe ich gehört. Aber erklären Sie es mir bitte noch einmal.«
Du Arschloch. Das ist das letzte, was ich jetzt gebrauchen kann.
»Wir dachten, es könnte möglicherweise eine homosexuelle Verbindung geben. Die ersten drei Opfer haben zumindest homosexuelle Erfahrungen gesammelt. Aber das letzte Opfer, Bart Miller, war ausgesprochen heterosexuell und besaß noch dazu eine sehr ausgeprägte Libido. Wir haben außerdem vermutet, daß unser Mann alleinlebende Männer auswählt, aber das dritte Opfer, James Buxton, beweist das Gegenteil. Er lebte mit seinem Bruder zusammen. Ihre Wohnung war übrigens der einzige Tatort, der nicht im Erdgeschoß lag. Auf der Suche nach Parallelen haben wir angenommen, daß die Häutung von Bart Miller mit seiner Arbeit als Gerber zu tun haben muß, aber keiner der anderen wurde auf eine Art umgebracht, die

mit seiner Tätigkeit in Verbindung steht. Falls wir jedoch einen Buchhalter bekommen, der zu Tode gelangweilt wurde, dann müssen wir diese Meinung wohl noch einmal überdenken.«

Der Commissioner bleibt ernst. »Sie warten also auf einen glücklichen Zufall, Red?«

»Nein, ganz und gar nicht«, verteidigt er sich. »Wir *warten* auf gar nichts. Wir tun alles, was wir können, um diesen glücklichen Zufall herbeizuführen.«

»Und ist das sehr wahrscheinlich?«

»Ich weiß es nicht. Es gibt noch kein Anzeichen dafür. Aber dafür bedarf es wenig. Ein Zufall ist und bleibt ein Zufall. Er kann kommen, wenn man am wenigsten damit rechnet. Wenn unser Mann einen Fingerabdruck zurückläßt oder eine Körperflüssigkeit oder ihn jemand sieht, dann haben wir plötzlich viel mehr, mit dem wir arbeiten können.«

»Aber im Moment jagen Sie noch einem Phantom hinterher?«

Red seufzt. »Ja. Im Moment jagen wir noch einem Phantom hinterher.«

Der Commissioner dreht einen grünen Briefbeschwerer aus Glas in den Händen.

»Und Sie, Red? Wie kommen *Sie* mit all dem klar?«

Also darum geht es in diesem Treffen.

»So gut man es erwarten kann.«

»Das Ganze zieht Ihre psychische, hm, Verfassung nicht in Mitleidenschaft?«

Meine psychische Verfassung? O nein. Ich werde nicht still und heimlich verrückt. Mach dir um mich keine Sorgen.

»Nun, offensichtlich haben mein Team und ich hart gearbeitet, und wir sind alle ein bißchen müde und mit den Nerven am Ende ...«

»Waren Sie bei der Streßberatung?«

»Ich war vor ein paar Tagen da, wie es jedes Vierteljahr Pflicht ist.«

»Wollen Sie wissen, was die Therapeutin gesagt hat?«

»Nein, möchte ich nicht. Obwohl ich annehme, daß sie zufrieden war.«
»Wie kommen Sie darauf?«
»Weil ich noch nichts von ihr gehört habe.«
»Aber *ich*.«
Der Briefbeschwerer liegt wieder auf dem Tisch, und nun hält der Commissioner einen dünnen Umschlag in den Händen.
»Sie hat sich solche Sorgen um Sie gemacht, daß sie den Bericht direkt an mich geschickt hat. Möchten Sie wissen, was darin steht?«
Nein, ganz bestimmt nicht, denkt Red. Er macht eine lässige, zustimmende Handbewegung, obwohl er sich ganz und gar nicht so fühlt.
Der Commissioner öffnet den Umschlag nicht. Offensichtlich hat er den Bericht sehr gründlich gelesen.
»Sie behauptet, daß Sie sich einem Streß-Level ausgesetzt hätten, der, und ich zitiere ›unerträglich‹ ist. Sie ist der Meinung, daß Ihr Selbstwertgefühl durch Ihr Versagen, durch Ihre mangelnden Fortschritte in diesem Fall, unterhöhlt wird. Sie kommt zu dem Schluß, daß Sie einen Nervenzusammenbruch erleiden werden, wenn Sie nicht kürzertreten.«
»Das ist doch lächerlich.«
»Ist es das?«
»Ja, das ist es. Ich bin bereit, die ersten zwei Diagnosen zu akzeptieren, die über den Streß-Level und das Selbstwertgefühl. Damit hat sie recht. Nicht, daß es hellseherischer Fähigkeiten bedarf, das herauszufinden. Aber ich stehe nicht am Rand eines Nervenzusammenbruchs. Diese Behauptung ist absurd.«
Der Commissioner räuspert sich. »Wären Sie bereit, sich einem anderen Fall zuteilen zu lassen?«
»Nein, das wäre ich nicht«, erwidert er aufrichtig und vehement.
»Warum nicht?«
»Es wäre völlig kontraproduktiv.«

»Es könnte Ihre Gesundheit retten.«
»Meine Gesundheit ist in Ordnung. Jedenfalls gut genug. Und wenn Sie mich von diesem Fall abziehen, dann reduzieren Sie Ihre Chancen drastisch, den Täter zu finden.«
»Sie haben sich bis jetzt nicht gerade mit Ruhm bekleckert.«
Autsch. Red zuckt zusammen.
»Nein, das haben wir nicht. Aber wir sind ein gutes Team und vertrauen einander. Der Mörder ist gut. Er ist sehr gut. Um ehrlich zu sein, ist er der beste, der mir je begegnet ist. Und ich glaube wirklich nicht, daß jemand anderes erfolgreicher sein wird. Mein Team und ich sind die besten, die es gibt. Wenn Sie mich abziehen – oder jemand anderes aus dem Team –, dann fangen wir wieder von vorne an.«
Red blickt schweigend auf das Grün des Briefbeschwerers und das Braun des Umschlags, während der Commissioner darüber nachdenkt, was er tun soll. Grün und braun. Die Farben der Natur.
»Na gut, Red. Ich vertraue Ihrem Urteil – gegen mein eigenes, wie ich hinzufügen sollte. Aber ich möchte, daß Sie häufiger an einer Therapiesitzung teilnehmen als an der vierteljährlichen, der Sie sich zur Zeit unterziehen.«
»Wie oft?«
»Monatlich.«
Red verkneift sich seinen Protest. Ich hasse Therapeuten. Sie können sich nicht länger als fünf Minuten mit mir unterhalten, ohne meinen scheiß Bruder zu erwähnen. Viermal im Jahr ist schlimm genug. Zwölfmal im Jahr wird die Hölle sein. Nicht daß ich eine Wahl hätte. Beuge dich, oder verliere den Fall.
»Na gut.«
»Und wenn die Therapeutin verlangt, daß Sie einen neuen Fall bekommen, dann werde ich nicht zögern, diesem Vorschlag zu folgen.«
Red erwidert nichts.
Der Commissioner steht auf und deutet damit an, daß das

Gespräch beendet ist. Er begleitet Red zur Tür und wendet sich ihm zu, als seine Hand bereits auf dem Türknauf liegt.
»Ich will genau wie Sie, daß dieser Mann gefunden wird. Ich will nur nicht, daß Sie dabei im Irrenhaus landen. Auf Wiedersehen, Red. Halten Sie mich auf dem laufenden.«

52

Das letzte Mal, als Red nach Parkside gegangen ist, war er beinah unnatürlich wach – Einzelheiten, Geräusche und Bilder stürmten auf ihn ein, während er mit seinem Gewissen kämpfte. Diesmal kommt es ihm vor, als wäre sein Körper auf Autopilot geschaltet. Er ist sich vage bewußt, daß er auf dem Bürgersteig entlanggeht, daß er rechts und links abbiegt, wenn nötig, aber er sieht und hört beinah nichts. Als er das Polizeirevier erreicht, erschrickt er ein wenig, als würde es ihn überraschen, sich hier wiederzufinden.
Am Empfang ist niemand zu sehen. Red bleibt einen Moment vor dem hohen Tisch stehen und versucht, sein Hirn in Gang zu bringen. Es ist, als hätte ihm der Entschluß zu gestehen die Fähigkeit zu denken genommen. Er denkt und fühlt rein gar nichts. Er übt nicht die Worte, die er sagen wird. Er hat keine Schmetterlinge im Bauch. Nichts.
Er wendet sich von dem hohen Tisch ab und wirft einen Blick auf das Anschlagbrett an der Wand gegenüber. Der Aufruf zur Mithilfe hängt genau in der Mitte und ist der einzige Aushang, der nicht von anderen zu Hälfte verdeckt wird. Ein einfaches KÖNNEN SIE HELFEN mit dem Zeitpunkt und dem Ort des Unfalls. Keine Namen. Kein Nachfolgebericht. Es hätte ebensogut jemand anderem passiert sein können.
Jeden Moment wird ein Polizist auftauchen, und er wird alles gestehen, seine Strafe wie ein Mann hinnehmen und sein Leben neu beginnen. Warum fühlt er sich dann so leer?

»Ja, Sir?«
Die Stimme läßt Red zusammenzucken. Er wendet sich von dem Aushang ab und sieht den Mann an, der gerade wie von Zauberhand hinter dem Empfangstisch aufgetaucht ist. Ein junger Constable, nicht viel älter als Red. Er ist höchstens Anfang Zwanzig, und an seinen Wangen sind noch Reste von Akne zu erkennen. Er wirkt unschuldig und eifrig.
Etwas an der Art, wie der Constable dasteht, gerade, aber nicht stocksteif, verrät Red, daß dieser Mann seine Arbeit liebt. Er liebt sie, weil er wirklich glaubt, daß das, was er tut, gut und richtig ist.
Red geht auf ihn zu. Er weiß, was er jetzt sagen will. Das Gefühl der Leere ist weg.
»Ich würde gerne der Polizei beitreten«, sagt er.

53

Montag, 21. September 1998

Keith Thompson steht auf halber Höhe auf der Leiter und vollführt mit seinem Schwamm langsame Kreise auf der Fensterscheibe. Er sieht zu, wie sich der weiße Seifenschaum durch seine Hand immer wieder zu neuen Kreisen verformt und schließlich durch eine schnelle Bewegung mit seinem Gummischrubber verschwindet. Zurück bleibt ein perfekt sauberes Stück Glas, das den Schaum zerteilt wie Moses das Rote Meer.
Die Tüllgardine auf der Innenseite des Fensters verhindert, daß Keith in den Raum hineinsehen kann. Er schnalzt mit der Zunge.
Nicht daß Keith ein potentieller Dieb wäre, der die Bude ausspionieren will, oder ein Perverser – obwohl er in den fünfzehn

Jahren als Fensterputzer schon genug nackte Frauen gesehen hat. Die Wahrheit ist viel prosaischer. Keith sieht einfach gerne, wie andere Leute leben. Selbst von dem statischen Anblick eines leeren Zimmers läßt sich anhand der Zeitschriften, Bücher, Bilder und Aschenbecher viel erkennen.

Keith sieht sich selbst als eine Art Detektiv, der mit ein paar Beweisen eine ganze Lebensgeschichte zusammenbastelt. Familien mit streitenden Kindern, die Eltern, die sie und sich gegenseitig anschreien. Junge Paare beim Anfang des Beischlafs, wenn das Zusammensein noch ein Abenteuer ist. Junggesellen, die Bier trinken und mit ihren sexuellen Abenteuern prahlen. Dreißigjährige, die alleine leben und sich nicht der Tatsache stellen wollen, daß sie die Gelegenheit vielleicht verpaßt haben – oder die, die darüber nachdenken, eine emotionale und finanzielle Zweckgemeinschaft einzugehen, bei der sich beide für etwas statt gar nichts entscheiden. Keith Thompson, der Superschnüffler. Natürlich irrt er sich bei seinen Diagnosen oft, aber er weiß es nicht, und es ist ihm auch egal. Fenster zu putzen ist kaum eine Tätigkeit, die das Gehirn beansprucht, und seine Überlegungen entspringen tödlicher Langeweile, wenn er auf seiner Leiter steht.

Er putzt das Fenster mit der Tüllgardine zu Ende und klettert auf der Leiter ganz nach oben, um sich an das Fenster darüber zu machen. Das Gebäude ist in Wohnungen unterteilt, also gehört dieses neue Fenster jemand anderem. Ein neuer Ausblick auf ein neues Leben.

Verdammt. Die Vorhänge sind zugezogen. Und auch noch dikke Vorhänge, nicht durchsichtige aus Tüll. Da schläft wohl irgend so ein fauler Typ lange. Er taucht seinen Schwamm in den Eimer mit Seifenlauge und preßt ihn gegen die Scheibe.

Die Vorhänge sind doch nicht vollständig zugezogen. Da ist ein ungefähr dreißig Zentimeter breiter Spalt. Keith preßt sein Gesicht dicht an das Glas und legt die Hände um die Augen. Trübes Licht fällt durch die Tür in den Raum hinein. Es ist nicht viel, aber Keith kann genug erkennen. Zu seiner Linken befindet sich ein Sofa, daneben der Kamin mit einem Fernseher auf dem Sims. Auf der anderen Seite des Zimmers, vor der gegenüberliegenden Wand, kniet eine Figur. So wie es aussieht, eine kleine Statue. Neben ihr ist etwas Dunkles verschüttet worden und hat den hellen Teppich verschmutzt. Vielleicht Rotwein.

Keiths Augen wandern durch den Raum. Es ist nicht nur ein Fleck. Dort ist noch einer und noch einer und noch einer, bis er sieht, daß der ganze Teppich hell und dunkel getupft ist.

Er blickt zurück zu der Figur vor der Wand.

Es ist keine Statue.

Es ist ein Mann. Ein Mann, dessen Rücken mit Wunden überzogen ist. Es ist das Blut von den Wunden, das die Flecken verursacht hat.

Keith spürt, wie sich der Flüssigkeitspegel in seinen Ohren verlagert und er die Balance verliert. Er reißt die Hände von der Scheibe und umklammert die oberen Enden der Leiter. Sein rechter Fuß gleitet von der Sprosse ins Leere. Die Leiter schwankt sachte hin und her.

Keith befindet sich sechs Meter über dem Bürgersteig. Wenn er so tief fällt, auf den harten, unnachgiebigen Steinboden unter ihm, wird er sich mindestens ein Bein brechen. Vielleicht sogar beide. Und noch einen Arm dazu. Er wird sechs Wochen Gips tragen und nicht arbeiten können. Nicht sehr praktisch für einen Geschäftsmann, der ein Einmannunternehmen führt. Keith kennt eine Frau, die sechs Meter aus einem Fenster gefallen ist. Sie war zu geschockt, um zu schreien, und hat eine halbe Stunde lang ihre eigene Scheiße an die Wand geschmissen, bevor sie jemand fand.

Er klammert sich an die Leiter und gibt ihr den stillen Befehl, nicht umzukippen. Er weiß, daß er hilflos ist. Wenn die Leiter fällt, wird sie es mit quälender Langsamkeit tun und erst schneller werden, wenn sie ihren eigenen Schwerpunkt überschritten hat. Und er wird jede Sekunde genau mitbekommen.

Nicht verkrampfen, denkt er. Laß dich hängen, und du wirst dich weniger verletzen. Knall nur ja nicht mit vor Angst angespannten Muskeln auf den Bürgersteig.
Er wartet und wartet und wartet und begreift dann plötzlich, daß sich die Leiter stabilisiert hat. Keith Thompson wird nicht fallen. Jedenfalls heute nicht.
Er klettert die Leiter mit übertriebener Vorsicht hinunter. Er tastet mit den Füßen nach jeder Sprosse und stellt erst beide Füße auf eine Sprosse, bevor er einen weiteren Schritt macht. Er ist so damit beschäftigt, sicher nach unten zu gelangen, daß er gar nicht bemerkt, daß er den Bürgersteig erreicht hat, und erst einen weiteren Schritt macht, wie jemand, der im Dunkeln eine Treppe hinuntersteigt.
Mit zitternden Händen nimmt er das Handy vom Gürtel und wählt die Nummer der Polizei.

54

Ein weiterer Montag, eine weitere Leiche. Bittere Gedanken eines bitteren Mannes.
Red blickt auf seine Notizen hinunter. Matthew Fox, fünfunddreißig Jahre alt. Finanzbeamter, beinah dreizehn Jahre bei der Steuerbehörde, arbeitete zur Zeit beim Finanzamt Blackheath im Lancaster House am Newington Causeway. Zu Tode gehackt, wahrscheinlich mit einer Machete. Hier liegt weder der kalkulierte Sadismus vor, mit dem Bart Miller gehäutet wurde, noch die zielsichere Enthauptung von James Buxton. Nur rasender Zorn, der durch die Machete ein Ventil gefunden hat.
Matthew Fox wurde mehr als zwei Dutzend Male getroffen. Die Wunden sind lang und gezackt und manche so tief, daß

stellenweise der weiße Knochen durch den roten Brei hervorschaut. Die meisten Schläge sind auf den Rücken und die Schultern niedergegangen. Matthews rechter Arm wurde fast abgetrennt – er hängt schlaff an seiner Seite herunter und ist nur noch durch ein dünnes Scharnier aus Knorpel und Sehnen an seiner Schulter befestigt.

Eine hohe A-Note, aber nur eine geringe Punktzahl im B-Bereich.

Die Leiche ist immer noch so, wie Keith sie vorgefunden hat. Sie kniet mit dem Gesicht zur Wand, beinah so, als würde sie beten. Silberzunge muß ihn nach dem Eintreten des Todes so plaziert haben. Red kann sich nicht vorstellen, daß jemand während solch einer Attacke diese Haltung beibehält. Selbst wenn Matthew gefesselt gewesen wäre, hätte er sich bestimmt auf dem Boden herumgewälzt und versucht, sich so klein wie möglich zu machen. Und selbst wenn nicht, wäre er schon allein von den Schlägen zu Boden gegangen.

Es gibt keine sichtbaren Kopfwunden. Entweder hat Silberzunge den Kopf gemieden, oder Matthew hat zum Schutz die Arme über den Kopf gelegt. Was bedeutet, daß er nicht gefesselt gewesen sein kann.

Red hockt sich hin, damit er Matthews Gesicht von unten betrachten kann. Er weiß, was er finden wird, aber er will sich vergewissern.

Da ist er, genau wie bei all den anderen. Ein Silberlöffel in seinem Mund. Überall auf dem nackten Rumpf befindet sich Blut, das jedoch nicht von Machetenwunden stammt, sondern von der abgeschnittenen Zunge.

Das Blut ist überall. *Überall.* Nicht nur auf dem Teppich, sondern auch auf der Wand über Matthews Kopf und sogar an der Decke. Red legt den Kopf in den Nacken und blickt zu den langgezogenen Spritzern hinauf. Er stellt sich vor, wie das Blut von der Klinge der Machete spritzt, als Silberzunge sie aus dem Körper zieht, nach oben schwingt und sie dann wieder nach unten sausen läßt, um einen weiteren mörderischen Schlag auszuführen.

Silberzunge muß etwas von dem Blut auf seine Kleidung bekommen haben. Es geht gar nicht anders. Das ist eines der ersten Probleme, über das Red nachgedacht hat, als sie Philip Rhodes Leiche fanden, und ihm ist immer noch keine Lösung eingefallen.

Wie entkommst du, Mann? Gehst du vollgeschmiert mit Blut die Straßen entlang? Steigst du in ein Auto und schmierst es auf die Sitze? Oder wechselst du die Sachen und wirfst die dreckigen weg? Wo? Wir haben sämtliche Mülleimer und Container in der Nähe der Tatorte durchsucht und absolut nichts gefunden.

Red geht zum Fenster hinüber und blickt nach draußen, den Hügel hinunter in Richtung Westcombe Park Station. Er kann das Kreischen der Züge hören, die dort halten. Einen der alten Züge der Southern Region Gesellschaft, die auf dem Weg zur Stadt durch das schmutzige Grau von Deptford und Bermondsey rattern. Das ist das Problem mit Blackheath. Es ist eine hübsche Gegend, aber man muß durch ein paar richtige Scheißgegenden, bis man hier ist.

Er dreht sich wieder um.

Fünf Opfer. Wie viele werden es noch?

55

Als Red zum Scotland Yard zurückkehrt, tut er etwas, das er lange nicht mehr getan hat. Er sperrt die Tür seines Büros ab, schließt eine seiner Schubladen auf und holt die Artikel heraus, die er sich nicht an die Wand gehängt hat.

Manchmal liest er sie alle durch, aber diesmal sucht er nach einem bestimmten. Ein Artikel, der kurz nach Erics Verurteilung in einer Sonntagszeitung erschien, als Red in seinem ersten Jahr als Polizist arbeitete. Selbst jetzt weiß er noch nicht, ob er sehr ehrlich oder sehr dumm war, als er versuchte, einer niedlichen, jungen Journalistin namens Janine Bloom zu erklären, warum er befürchtete, Erics Irrsinn in sich zu tragen.

Er findet den Artikel, der zweimal gefaltet ist, und glättet ihn auf dem Tisch. Die Worte springen ihm entgegen.

Ich spreche davon, wie es ist, die Straße entlangzugehen und einen Fremden zu sehen und sich zu fragen: »Wie wäre es wohl, dich zu töten. Wie wäre es, dir etwas ins Herz zu stoßen oder dich so lange zu treten, bis dein Kopf explodiert? Vielleicht könnte ich dir die Nase abbeißen oder dir das Ohr abreißen. Ich frage mich, wie deine Innereien aussehen, wenn ich dir den Bauch aufschlitzte. Würde dein Blut eine Meile weit herausspritzen, oder würde es langsam und jämmerlich im Boden versickern? Welche Geräusche würdest du von dir geben, während es aus dir herausläuft?«

Worte, die er gesagt hat, weil er sie so meinte. Und weil er ihr annähernd begreiflich machen wollte, wie es ist, seinen eigenen Bruder verraten zu haben.

56

Freitag, 25. September 1998

Erics Antrag auf Bewährung wird abgelehnt, so wie er es schon von vornherein gewußt hat.

Er hat sich beworben, so schnell er konnte. Die meisten Kriminellen, die zu lebenslanger Haft verurteilt werden, müssen eine gewisse Anzahl an Jahren absitzen, nach der ihre Strafe vollzogen ist und sie entlassen werden können, sobald das Bewährungskomitee entscheidet, daß sie keine Gefahr mehr für die

Öffentlichkeit darstellen. Als Eric 1982 verurteilt wurde, war seine Zeit auf fünfzehn Jahre festgelegt worden – ohne die Zeit, die er bereits vor und während der Verhandlung in Gewahrsam ihrer Majestät verbracht hatte. Und nun sind die fünfzehn Jahre um, und sie wollen ihn immer noch nicht gehen lassen.

Es gibt Leute, die nie in den Genuß einer Bewährung kommen werden. Bis Juni 1993 konnte das Innenministerium ohne eine Erklärung im geheimen die Mindestzeit eines Gefangenen ändern, so daß einige Gefangene nicht einmal wußten, daß sie niemals wieder freigelassen werden würden und jedes Jahr umsonst den Antrag stellten. Aber im Juni 1993 beschloß das Oberhaus, daß die Gefangenen, deren Zeit durch das Innenministerium verlängert wurde, davon in Kenntnis gesetzt werden müssen, damit sie Einspruch einlegen konnten.

Es blieb jedoch noch eine Hitliste von Verbrechern übrig, die niemals wieder herauskommen. Unter ihnen ist Jeremy Bamber, der wegen des Geldes fünf Mitglieder seiner Familie umbrachte, und Myra Hindley, die eine Hälfte der Moor-Mörder. Aber Hindleys Partner, Ian Brady, steht nicht auf dieser Liste, und auch nicht Peter Sutcliffe, der Yorkshire-Ripper.

Und auch nicht Eric Metcalfe. Aber sie werden ihn trotzdem nicht gehen lassen. Zumindest nicht beim ersten Mal. Und er kennt auch den Grund.

Sein Bruder, Red, Mr. Superschnüffler, der ihn vor all den Jahren ins Gefängnis gebracht hat und nun der Grund dafür ist, daß sie ihn nicht herauslassen werden. Denn sie wollen auf jeden Fall verhindern, daß er eine Sonderbehandlung bekommt. Wenn er jemand anderes wäre, der Bruder eines anderen, dann hätten sie ihn schon längst herausgelassen, aber weil er der ist, der er ist, muß er sich seine Streifen doppelt hart verdienen.

Die Ironie ist, daß sie Eric einfach schon während seiner gesamten Haftzeit hätten freilassen können, ohne daß die Gefahr bestanden hätte, daß er noch etwas anstellt. Das hat er ihnen die ganze Zeit versucht zu erklären. Aus diesem Grund war er der Vorzeigehäftling – fünfzehn Jahre hinter Gitter und der einzige Eintrag wegen schlechten Benehmens, als er versuchte, Red zu töten. Er war verdammt zu einer Existenz hinter Gittern wegen eines Moment des Irrsinns, eines Moments, der gar nicht zu seinem Leben gehörte. Er kann sich nicht einmal mehr erinnern, wie Charlotte ausgesehen hat, so lange liegt es zurück. Das Bild ihres Gesichts ist mit den Jahren verblaßt. Manchmal glaubt er, es fassen zu können, aber dann löst es sich in Luft auf.

Zumindest hat er eine Zelle für sich. Sie ist schmal und kalt und spartanisch, aber sie gehört dennoch ihm allein. Manchmal fragt sich Eric, wie sein Leben verlaufen wäre, wenn er dieses Verbrechen in einem anderen Teil der Welt verübt hätte. In den Staaten zum Beispiel. Nun, er hätte sich den Staat sehr sorgfältig aussuchen müssen. Washington DC hat zum Beispiel keine Todesstrafe, aber in Florida gibt es sie. Das war Ted Bundys großer Fehler: Er wurde hingerichtet, weil er ein paar seiner Opfer in Florida getötet hat. Wenn Bundy sich die Bundesstaaten sorgfältiger ausgesucht hätte, würde er heute noch leben.

Aber andererseits hätte Eric auch in Bangkok oder Bogotá oder Bagdad leben können. Die Zellen sind dort im Sommer wie Glutöfen, aus deinen Poren dringt der Gestank nach Schweiß und Kot und Furcht, und du weißt nie, wann du das nächste Mal gegen die Wand gepreßt und gnadenlos brutal vergewaltigt wirst, bis dir der Schmerz wie ein Schwert durch die Membranen fährt.

Alles in allem geht es Eric also ganz gut. Er überlebt, indem er all seinen Zorn und Haß in eine Richtung lenkt. Er haßt die Wärter nicht; weder die, die sich kumpelhaft geben, noch die, die ihn wie den letzten Dreck behandeln. Sie bedeuten ihm nichts. Er haßt nicht einmal das System, das ihm wegen der Position seines Bruders die Freiheit vorenthält.

Es gibt nur eine Person, die Eric haßt. Seinen Bruder Red.

Er haßt Red jetzt genausosehr, wie er ihn haßte, als er versucht

hat, ihn in Highpoint zu töten. Charlottes Gesicht mag mit der Zeit verblaßt sein, aber das Ausmaß von Reds Verrat nicht.
Eric zählt die Gründe, warum er Red haßt, und er braucht gar nicht lange zu überlegen. Dafür, daß er die Familien anderer über seine eigene gestellt hat. Dafür, daß er die beschissene Belohnung genommen hat. Dafür, daß er nicht begriffen hat. Eric kann akzeptieren, daß die Öffentlichkeit ihn mißverstanden hat, aber sein eigener Bruder... Es tut ihm leid, was er Charlotte angetan hat, und er hätte es nie wieder getan. Aber was immer sie Eric angetan haben und noch weiter antun werden, es wird Charlotte nicht zurückbringen.
Er hört natürlich von Red. Er sieht seinen Namen gelegentlich in den Zeitungen oder im Fernsehen.
Was Eric nicht sieht, ist, wie Red jeden Tag aufwacht und am Rand seines eigenen Wahnsinns entlangbalanciert.
Sie sind Waffenbrüder. Wer weiß, welcher von ihnen gefährlicher ist?

57

Sonntag, 27. September 1998

Es ist Anfang Herbst und immer noch heiß in der Stadt. Sogar noch heißer, wenn man Stoßstange an Stoßstange auf der Stoke Newington High Street steht. Das Wochenende ist vorbei, und Duncan und Sam sitzen schweigend im Auto. Wieder sind achtundvierzig Stunden vorüber, und ein weiterer Monat liegt vor ihrem nächsten gemeinsamen Wochenende. Kostbare gestohlene Momente für Duncan, in denen er seinen Sohn für kurze Zeit von Helens Bitterkeit entfernen kann.
»Dad?«

»Ja?«
»Kann ich dich etwas fragen?«
Duncan fährt ein paar Zentimeter nach vorne und versucht, seinen Wagen vor den Ford Fiesta auf der Spur neben ihm zu lenken. Der Fahrer des Fiestas schließt auf, um Duncan den Weg zu versperren. Duncan starrt ihn wütend an, aber der Mann blickt stur geradeaus. Seine Autotüren sind zugeschlossen. Duncan wendet sich von dem Fiesta-Fahrer ab und blickt zu Sam hinüber.
»Sicher.«
»In deinem … ich meine, wenn du bei der Arbeit bist, mußt du dann Leuten weh tun?«
»Was meinst du mit weh tun?«
»Du weißt schon. Sie schlagen. Sie verprügeln.«
»Nein, ich nicht. Ich bin Detective. Ich löse Verbrechen.«
»Aber du verhaftest doch Leute, oder?«
»Ja, manchmal.«
»Und wenn du sie verhaftest, tust du ihnen dann weh?«
»Nein.«
»Niemals?«
»Wenn sie sich der Verhaftung widersetzen, dann wenden wir ein Minimum an Gewalt an, um sie zu überwältigen.« Komm schon, denkt Duncan. Du hörst dich ganz schön dämlich an, wie du deinem neunjährigen Jungen diesen Pressemist erzählst.
»Andy sagt aber etwas anderes, Dad.«
Andy. Duncan hätte es wissen müssen.
Es konnte doch nur Andy sein. Andy, ein Professor an der Universität von Westminster, in dessen Haus in Stoke Newington Helen und Sam vor sechs Monaten gezogen sind. Der seitdem enorm viel Zeit damit verbringt, Sams Einstellung gegenüber der Polizei im allgemeinen und gegen Duncan im besonderen zu beeinflussen. Duncan hat Andy nur kurz gesehen, als er Sam das erste Mal von Stoke Newington abholte, und sie haben sich auf den ersten Blick gehaßt. So sehr, daß Andy sich

rar macht, wenn Duncan vorbeikommt, um Sam abzuholen oder abzusetzen. Andy. Dieser verdammte Schickimicki-Wichser. Bestimmt liest der auch noch den *Guardian*.
Außerdem ist er typisch für Helen. Man braucht nicht Freud zu sein, um die Logik darin zu erkennen, daß sie sich einen Mann ausgesucht hat, der das genaue Gegenteil ihres Exmannes ist. Duncan ist reaktionär, schroff, reserviert und pragmatisch. Andy ist progressiv, unverbindlich, überschwenglich und voller Prinzipien. Kein Wunder, daß sie sich hassen.
Duncan zwingt sich, vernünftig zu sein. Es ist schließlich nicht Sams Schuld. Er ist zu jung, um die ganze Situation zu begreifen.
»Was sagt Andy denn?«
»Er sagt, die Polizeibrutalität wächst ständig, und die meisten Opfer melden es nicht, weil sie Angst haben oder glauben, daß ihr Fall unter die Hufe des Amtsschimmels kommt.«
Wortwörtlich, ohne Modulation der Stimme, als hätte er es auswendig gelernt.
»Was ist ein Amtsschimmel, Dad?« fragt Sam, nun wieder ein neunjähriger, verwirrter Junge und kein Papagei mehr.
»Ähm ... das ist die Bürokratie.«
»Was bedeutet Bürokratie?«
»Das ist ... das ist das System. Du hast all die unterschiedlichen Regierungsabteilungen, so wie die, die Schulen und die Krankenhäuser leiten, und dann gibt es da noch die Notdienste, wie die Polizei und die Feuerwehr und die Krankenwagen und so weiter – praktisch jeder, der benötigt wird, damit alles glatt vonstatten geht. Aber in diesem Fall spricht Andy wahrscheinlich von dem Polizeiprozedere. Es gibt eine Menge Gesetze, die festlegen, was wir dürfen und was nicht, damit jeder, der in Schwierigkeiten steckt, die Hilfe bekommt, die er benötigt. Und da es so viele Gesetze gibt, dauert es manchmal sehr lange, bis etwas geschieht.«
»Oh.«
Sie verfallen wieder in Schweigen. Die Autos vor ihnen krie-

chen vorwärts, als die Ampel auf Grün schaltet. Sam redet weiter.
»Stimmt es, Dad? Das mit den Opfern?«
»Ich weiß es nicht. Wenn sich die Menschen über die Polizei beschweren wollen, dann gibt es bekannte Wege, dies zu tun. Wir behandeln jeden so fair wie möglich.«
Endlich verlassen sie die Hauptstraße und fahren schnell durch die Nebenstraßen, in denen sich Sozialbauwohnungen den Platz mit weißgestrichenen Häusern streitig machen. Vor zehn Jahren war Stoke Newington nur eine weitere heruntergekommene Gegend in der Stadt. Nun sieht es aus, als würde sie dem Beispiel von Islington und Bayswater folgen und ebenfalls ein Spielplatz für die Oberschicht werden.
Duncan biegt links in die Evering Road ein, hält an der Ecke, die dem Haus am nächsten liegt, und blickt Sam an.
»Mir hat unser Wochenende wirklich Spaß gemacht, Sam.«
Sam gibt keine Antwort. Er sieht an Duncans rechter Schulter vorbei.
»Da ist Mum«, sagt Sam.
Helen steht mit verschränkten Armen vor der Haustür. Wahrscheinlich hat sie gerade auf die Uhr gesehen, ob Duncan die 48-Stunden-Regel nicht gebrochen hat: von sechs bis sechs, Freitag bis Sonntag, ohne Ausnahme. Einst haben sie sich so geliebt, und nun leben Duncan und Helen nach der Stechuhr wie Fabrikarbeiter. Von sechs bis sechs. Und danach immer ein leerer Sonntagabend, der noch einsamer wirkt, weil Sam durch seinen kurzen Besuch eine Lücke hinterläßt. Aber Duncan hält sich an die Abmachung, weil er weiß, daß es ihm mehr Ärger einbringt, als es die Sache wert ist, wenn er es nicht tut.
Sam steigt aus dem Auto, läuft auf seine Mutter zu und umarmt sie. Sams Eltern werden sich vor ihm zivilisiert benehmen. Das tun sie immer.
Duncan steigt ebenfalls aus und blickt an der Hauswand hinauf. Die Haustür steht offen, aber von Andy ist keine Spur zu sehen.

Helen läßt Sam los und blickt auf ihn herunter. Sie ignoriert Duncan völlig, hat nicht einmal ein Hallo für ihn übrig.
»Hattest du ein schönes Wochenende?« fragt sie ihren Sohn.
»Ja, danke.«
»Was habt ihr gemacht?«
»Wir sind zu diesem Laden an der Queensway gegangen. Man kann dort Eislaufen und Bowling spielen und Videospiele spielen. Es war toll.«
Duncan lächelt. »Ja, er hat mich bei dem Grand-Prix-Spiel geschlagen. Sieht so aus, als hätten wir hier einen zukünftigen Damon Hill.«
Wir. Das ist ja lächerlich, denkt Duncan. Wenn es Sam nicht gäbe, würden er und Helen sich nie wiedersehen, und selbst das wäre noch zu früh.
Helen blickt Sam an, und auf ihrem Gesicht spiegeln sich Wärme und Liebe wider. Dann richtet sie den Blick auf Duncan, und der Ausdruck ist verschwunden.
»Danke, Duncan, daß du ihn hergebracht hast. Ich nehme an, du willst dich auf den Weg machen.«
Was soviel heißt wie: »Ich will, daß du so schnell wie möglich verschwindest.«
»Nein, Helen, da wären noch ein paar Dinge, über die ich gerne mit dir reden würde.«
Er weiß, daß sie sich nicht weigern wird, nicht vor Sam. Helen wirft ihm einen haßerfüllten Blick zu, weil er sie in diese Lage manövriert hat. Dann schaut sie wieder auf Sam hinunter.
»Sam, Dad und ich haben noch ein paar Dinge zu klären. Willst du schon mal vorlaufen und dir eine Cola holen? Ich komme gleich nach.«
Sie denken, daß sie es ihm ersparen, aber Sam kennt seine Eltern lange genug, um zu wissen, daß ein Streit bevorsteht, und das ist schon schlimm genug. Er macht sich von Helen los und legt ungelenk einen Arm um Duncans Taille.
»Tschüs, Dad. Bis bald.«
»Ja, bis bald.«

Er zerzaust Sam mit einer väterlichen Geste das Haar, und der Junge läuft die Stufen hinauf und durch die Haustür. Helen platzt der Kragen, noch bevor er ganz verschwunden ist.
»Was willst du?«
»Was hat Andy zu Sam gesagt?«
»Worüber?«
Duncan imitiert den mitleidigen Liberalen-Tonfall: »Die Polizeibrutalität wächst ständig, und die meisten Opfer melden es nicht, weil sie Angst haben oder glauben, daß ihr Fall unter die Hufe des Amtsschimmels kommt.«
»Polizeibrutalität?«
»Das sind die genauen Worte, die Sam benutzt hat. Wie viele Neunjährige kennst du, die dieses Wort benutzen? Was hat Andy ihm sonst noch gesagt?«
»Das Thema ist eines Tages beim Abendessen aufgekommen. Andy hatte eine Umfrage mit nach Hause gebracht, die von der Universität in Auftrag gegeben worden war. Sam hat gefragt, was Andy da hat, und Andy hat es ihm gezeigt. Wir haben darüber gesprochen. Das ist alles.«
»Sag Andy, er soll sich da raushalten.«
»Ach, hör doch auf, Duncan. Andy kann tun, was er will.«
»Wenn Andy meine beschissene Frau will – «
»Exfrau.«
» – dann kann er sie gerne haben. Aber er wird nicht meinen Sohn bekommen. Hast du verstanden?«
»Sei kein Idiot, Duncan. Andy versucht nicht, sich Sam aufzudrängen. Er versucht nicht, den Ersatzvater zu spielen, und er will Sam auch nicht gegen dich beeinflussen. Andy lebt mit mir und Sam zusammen. Er und Sam sind Freunde. Sie reden über eine Menge Dinge. Es mag dich überraschen, aber du stehst nicht jeden Abend auf der Liste der Themen.«
Duncan droht Helen mit dem Finger. »Wenn ich noch einmal höre, daß Andy Sam wieder so einen Scheiß erzählt, dann werde ich ihm zeigen, was Polizeibrutalität wirklich ist.«
»Ist das eine Drohung?«

»Sag es ihm einfach.«
Helen stolziert die Stufen hinauf und knallt die Tür hinter sich zu, die eine Barriere zwischen ihrem alten Mann und ihrem neuen Leben darstellt. Duncan steigt wieder in seinen Wagen und fährt langsam los. Er will Helen auf gar keinen Fall die Genugtuung geben, das wütende Quietschen von Reifen zu hören.
Frustriert beißt er die Zähne zusammen.
Das trostlose Ergebnis einer Ehe. Das trostlose Ergebnis eines Lebens.

58

Unter anderen Umständen hätten Reds Eltern es gutgeheißen, daß er zur Polizei gehen wollte. Es war zwar kein Job als Steuerberater oder in einer Bank oder als Jurist, den sich sein Vater womöglich für ihn erhofft hatte, aber es war dennoch eine solide Karriere. Vielleicht unter anderen Umständen.
Doch nach allem, was zuvor passiert war, sahen sie es als die ultimative Beleidigung an, die zu all den anderen Verletzungen hinzukam, die er ihnen bereits zugefügt hatte. Sein Vater kam eines Tages unangekündigt zu ihm, um ihm zu sagen, daß sie sich nicht an seinem Versuch beteiligen würden, sein Gewissen zu beruhigen, und daß sie nichts mehr mit ihm zu tun haben wollten.
Red versuchte, vernünftig mit dem alten Mann zu reden, und als das nichts brachte, versuchte er ihn zu schlagen. Es war ein Fehler – das wußte er bereits, als er mit der Faust ausholte – und das einzige, was man zu seiner Verteidigung sagen kann, war, daß er danebenschlug. Sein Vater verschwand aus dem Raum und, wie es das Klischee so schön sagt, aus seinem Leben.

Während seiner Ausbildung und der ersten Zeit in seinem Job war Red Single, einsam und wie besessen – er meldete sich freiwillig für Extraschichten, und das bekam Beziehungen nicht besonders. Er hatte die Frauen beinah schon aufgegeben, als er Susan im Addenbrooke's Hospital in Cambridge kennenlernte, wo sie als Krankenschwester arbeitete und er einen Mann verhören wollte, den man niedergestochen hatte. Sie gingen am nächsten Abend etwas miteinander trinken und waren innerhalb von drei Monaten verheiratet. Schnell – vielleicht zu schnell. Red schluckte seinen Stolz hinunter und lud seine Eltern zur Hochzeit ein, da er es als Chance zur Versöhnung ansah. Sie gaben nicht einmal Antwort, geschweige denn, daß sie an der Hochzeit teilnahmen. Von dem Moment ihrer Hochzeit an sah er in Susan die einzige Familie, die er hatte – in jeder Beziehung seine andere Hälfte, die Person, mit der er eine Zukunft aufbauen würde und die ihm helfen würde, die Vergangenheit zu vergessen.

Das war, bevor alles schiefging.

Selbst jetzt, sieben Jahre später, weiß Red nicht, wie und warum es schiefgegangen ist. Die ersten Jahre war alles in Ordnung, als die Ehe und den Partner noch der Reiz des Neuen umgab. Dann verflog dieser Reiz und nahm der Sache ihren Glanz. Vielleicht wäre es anders gekommen, wenn sie Kinder hätten, etwas, um sie voneinander abzulenken und doch zusammenzuhalten. Die Ablenkung kommt nun durch Reds Arbeit und seine immer größer werdende Medienpräsenz.

Die meisten Leute würden es genießen, mit einem halbwegs berühmten Menschen verheiratet zu sein, denkt Red. Der Glanz färbt ein wenig ab, und man verspürt ein bißchen Stolz, den Partner in der Zeitung zu sehen. Und Red ist kein Popstar oder Fußballspieler, dem die Klatschreporter den Müll durchwühlen, um nach Beweisen für eine Geliebte oder eine heimliche Kokainsucht zu suchen.

Aber Susan gefällt es nicht. Manchmal glaubt Red, daß sie sich wirklich über die Aufmerksamkeit ärgert, die Red bekommt, daß ihr die Tatsache nicht gefällt, daß ihr Mann erfolgreich ist. Sicher, er kann verstehen, daß es ihr nicht paßt, daß er so lange arbeitet und jederzeit abberufen werden kann. Sie will seine Aufmerksamkeit und nicht die zweite Geige in seinem Leben spielen – aber in letzter Zeit zeigt sie auch nicht viel Interesse, wenn er da ist. Sie will, daß er ihr seine Aufmerksamkeit schenkt, ohne sie erwidern zu müssen. Das denkt er jedenfalls.

Und so drehen sie sich im Kreis. Er erzählt ihr nichts von seiner Arbeit, weil er denkt, sie interessiert sich nicht dafür. Wenn er sie damit konfrontiert, verwendet sie es gegen ihn und sagt, daß sie nicht danach fragt, weil er ihr nichts darüber erzählt. Sie ist unehrlich, aber das ist er auch. Manchmal bleibt er länger wegen eines Falls weg, weil er es nicht ertragen kann, nach Hause zu gehen, und weil er lieber ein paar schlaflose Nächte durchmacht und sich mit scheußlichen Greueltaten konfrontiert, als zu versuchen, gegen eine Wand der Gleichgültigkeit anzurennen.

Und manchmal, so wie jetzt, will Red es bessermachen – und wenn auch nur, um zu beweisen, daß er es kann. So ungern er es auch zugibt, aber die Therapeutin hat recht. Er arbeitet jetzt weniger und macht den schrecklichen Hochzeitstag wieder gut, indem er mit Susan übers Wochenende wegfährt. Vielleicht kehrt er die Probleme unter den Teppich, anstatt sie ans Tageslicht zu bringen, aber es ist besser als nichts.

Oder? Denn es wird alles wieder anders, wenn Silberzunge hervorkommt, um weiterzuspielen, wenn Reds unsichtbarer Marionettenspieler an seinen Fäden zieht und ihm befiehlt zu tanzen.

59

Samstag, 17. Oktober 1998

»Oh, Baby«, sagt Susan mit gespieltem amerikanischen Akzent. »Meine Arterien verkalken ja schon vom bloßen Hinsehen.«

Red grinst sie an und blickt dann auf seinen Teller hinunter. Es ist Mittagszeit, aber er hat ein komplettes englisches Frühstück bestellt – Würstchen, Speck, gebackene Bohnen, geröstetes Brot, Eier, Pilze und Blutwurst. Er schaufelt ein bißchen von der Blutwurst auf seine Gabel und schiebt sie sich in den Mund. Susan zuckt zusammen.

»Wie kannst du das essen? Es ist Schweineblut und sonst nichts. Ich dachte, du hättest in den letzten Monaten genug Blut zu sehen bekommen.«

Red nimmt einen weiteren Bissen und nippt an seinem Pint. Susan blickt an ihm vorbei, und die Gabel mit Salat verharrt auf halbem Weg zu ihrem Mund.

»Warum kommt mir der Typ da bekannt vor?« fragt sie.

Red dreht sich um und folgt ihrem Blick.

»Welcher Typ?«

»Da, an der Theke. Schwarzes T-Shirt und schwarze Wildlederjacke. Er wird gerade bedient.«

»Das ist Nick Beckett. Ich war mit ihm auf der Universität. Er war bei unserer Hochzeit.«

»Nick!« ruft Red durch das Pub.

Nick dreht sich um, und auf seinem Gesicht taucht ein freudig-überraschter Ausdruck auf, als er sie erkennt. Er nimmt sein Wechselgeld von der Barfrau entgegen und kommt zu ihnen herüber, wobei er mit einer Hand sein Pint hält und ihnen die andere zur Begrüßung entgegenstreckt.

»Red und Susan Metcalfe. Was für eine Überraschung.«

Er gibt Red die Hand, küßt Susan auf beide Wangen und setzt sich an ihren Tisch.

»Lange nicht gesehen. Muß drei oder vier Jahre her sein, seit ich euch beide das letzte Mal gesehen habe.«
»Wohl eher sechs oder sieben. Ich glaube nicht, daß wir dich seit unserer Hochzeit zu Gesicht bekommen haben.«
»Verdammt, das ist wirklich lange her. Obwohl ich Mr. Metcalfe hier immer wieder im Fernsehen begegne. Wie geht es denn dem großen Detective?«
Red lacht.
»Na ja, ich versuche immer noch, die Welt in einen sicheren Ort zu verwandeln. Wie geht es dir? Malst du immer noch?«
»Nein, in letzter Zeit nicht. Ich habe eine Galerie eröffnet. Ich verscheuere jetzt die Scheiße von anderen und nicht mehr meine eigene.«
»Eine Galerie? Wo?«
»Da drüben.« Nick zeigt aus dem Fenster. »Praktisch die Straße nebenan. Bin nur kurz auf eine schnelle Brause hier.«
»Das hier ist also deine Stammkneipe? Das *White Horse*?«
»Ja. Nettes Pub. Nur die Kundschaft ist eine Schande.«
»Was meinst du damit?« fragt Susan.
Nick blickt sie an. »Kinnlose Wunderkinder und hirnlose Yuppies, fast ohne Ausnahme. Es ist das einzige Pub, das ich kenne, in das man Samstag abend um halb elf direkt von einer Hochzeit aus hingehen kann, um sich komplett danebenzubenehmen. Und das voll bis obenhin mit Champagner und im Frack. Hier verzieht niemand auch nur eine Miene. In den meisten Läden würde man dich vermöbeln, bevor du überhaupt einen Fuß durch die Tür gesetzt hast. Wenn ich mit den Angestellten der Galerie herkomme, spielen wir Fantasy-Yuppies. Das ist wie Fantasy-Football, nur mit Yuppies. Du kriegst zehn Punkte für rote Jeans oder gelbe Cordhosen, fünfzehn Punkte für ein Rugby-Shirt und volle fünfzig Punkte für beides *und* einen Blazer.«
»Und die Mädchen?«
»Twinset und Perlenkette sind Pflicht. Kleine Halbschühchen mit rosafarbenen Socken werden auch gerne getragen.«

»Was passiert, wenn du deine fünfzig Punkte zusammen hast?«
»Oh, das ist der beste Teil. Du darfst dir folgendes ausmalen: Freitag oder Samstag abend im Sommer, alle stehen draußen im Innenhof und blöken herum, wie Tiffi das oder Piffi jenes getan hat. Und du darfst dir eine von drei Methoden aussuchen, jeden einzelnen im Pub zu töten.«
»Und die wären?«
»Zuerst einmal die Nagelbombe im Innenhof. Das gibt viele Verstümmelte und herumfliegendes Glas. Ein bißchen unpersönlich, aber unbestreitbar sehr effektiv. Als nächstes kann man einfach vorbeifahren und auf sie schießen. Die Arschlöcher einfach aus einem vorbeifahrenden Auto mit einem Maschinengewehr niedermähen. Sehr Cosa Nostra. Und schließlich – das ist meine Lieblingsmethode – kann man auf der anderen Straßenseite ein Zimmer in einem der oben gelegenen Stockwerke mieten und sie nach Scharfschützenmanier abknallen. Einen nach dem anderen, wie in der Szene in *Lethal Weapon,* in der sie glauben, daß Mel Gibson tot ist, er aber in der Wüste liegt und sie einzeln abschießt. Das Höchstmaß an Panik und Befriedigung. Es gibt nichts Besseres.«
»Beckett, du bist wirklich ein krankes Arschloch.«
»Ich weiß. Habt ihr noch Jobs frei? Ich könnte dir dabei helfen, die Verrückten zu fassen, mit denen du zu tun hast.«
Sie lachen. Nick leert sein Pint.
»Ich muß los. Das Böse ruht nie.«
»Zurück zur Galerie?«
»Ja. Wollt ihr mitkommen und sie euch ansehen?«
Red blickt Susan an, die nickt.
»Warum nicht.«
Nick wartet, bis Red und Susan fertig gegessen haben, und führt sie dann über die Straße in eine Seitengasse.
»Die meisten Läden in dieser Straße sind Werkstätten, wie ihr sehen könnt«, sagt Nick. »Das hier ist eine Plattenfirma«, er zeigt auf ein grünes Gebäude an der Ecke, »und meine Lager-

halle ist gleich daneben. Das blaue Gebäude auf der rechten Seite. Ansonsten heißt es nur Autos, Autos, Autos. Es überrascht mich, daß sie nicht ihre Zeit damit verbringen, sich gegenseitig zu Schrott zu fahren. Es liegt ein bißchen abseits, aber die Miete ist niedrig, und die Gegend ist in Ordnung.«

Sie gehen durch ein paar Schiebetüren aus Glas in einen großen, weißgestrichenen Raum hinein. Die Galerie.

»Mein Gott«, sagt Red. »Das sieht aus wie eine Flugzeughalle.«

Nick grinst.

»Ja, wir nennen es Kunst-Lagerhalle statt Galerie, aber du verwirfst das wahrscheinlich als Beckettsche Prahlerei.«

»Nick, ich halte *alles,* was du tust, für Beckettsche Prahlerei.«

Nick kümmert sich um einen Kunden, während Red und Susan herumwandern. Die Bilder hängen an Tüchern, die wie Stalaktiten von der Decke herunterragen. An jedem Bild befindet sich ein Stück Pappe, auf dem der Künstler etwas über seine Arbeit geschrieben hat. Sowohl die Qualität der Arbeiten als auch die der Texte ist unterschiedlich – sie variiert von gut bis mittelmäßig über bewegend bis hin zu total bescheuert.

Susan sieht sich Gemälde gerne länger an. Red nicht. Er sieht es entweder sofort oder gar nicht. Wenn man ein Stück Papier benötigt, um das Bild zu erklären, dann ist es von Anfang an nicht gut genug. Man kann sich auch nicht vorstellen, daß van Gogh eine Notiz neben die Sonnenblumen gelegt hat, auf der stand: »Hier ist eine Kleinigkeit, die ich eben schnell hingeschmiert habe.«

Red wird es bald zu langweilig, leise zwischen den künstlichen Korridoren entlangzuspazieren. Er geht zurück zum Ladentisch, wo eine Kaffeemaschine mit einem Schild steht: BITTE BEDIENEN SIE SICH. Red kommt der Aufforderung nach und trägt die dampfende Tasse zu dem unechten Ledersofa hinüber. Auf dem niedrigen Tisch neben dem Sofa liegen Kunstbücher. Red setzt sich, nimmt das oberste Buch auf und dreht es um, damit er den Titel lesen kann. *Michelangelo: Die Sixtinische Kapelle.*

Red blättert die Seiten durch. Das ist schon eher nach seinem Geschmack. Nicht die Arbeiten eines mittelmäßigen Künstlers, sondern die eines Genies.
Das erste Bild zeigt die ganze Kapelle, die in der späten Nachmittagssonne dunkelrot daliegt. Die Figuren klettern über die Wände und Decken, als hätte sie ein verrückter Tätowierer eingeritzt.
Red schlägt die Seite auf, die die Erschaffung Adams zeigt. Adams Hand, die sich schlaff gegen seine Muskulatur ausmacht, während sie sich nach Gott ausstreckt. Die Erschaffung der Sonne und des Mondes, und Gott, der das Gesicht vor Konzentration in tiefe Falten gelegt hat und seine Arme weit ausstreckt wie ein Dirigent. Wieder Gott, der sich nach hinten und nach oben streckt wie ein Torwart, während er Licht und Finsternis scheidet. David, dem sich der Umhang um die Taille bauscht, während er sich über Goliath beugt. Eine verdammte Seele, die sich selbst umklammert, während die Dämonen sie hinab in die Hölle zerren.
Die Bilder wandern von den Seiten in Reds Gedächtnis.
Ihm ist etwas entgangen. Er blättert ein paar Seiten zurück.
Die Wand des Jüngsten Gerichts. Christus hängt am Fuß der Wand am Kreuz und ist außerdem weiter oben mit erhobenem rechten Arm abgebildet, während sich die Jungfrau sittsam abwendet. Der Schöpfer ist nicht einfach als die bärtige Gestalt der Überlieferung dargestellt, sondern als die tatsächliche Wiedergeburt der unausweichlichen Urkraft des Kosmos. Das Rosa der durchtrainierten Körper hebt sich gegen das intensive Blau des Himmels dahinter ab. Es geschieht so viel, und dennoch passiert nichts. Eine bizarre Kombination aus dramatischer Spannung und friedlicher Ruhe.
Er blättert weiter. *Da.*
Das Bild, daß er übersehen hat. Direkt unter Christus, zu seiner Linken.
Ein paar Seiten weiter ist eine Vergrößerung abgebildet. Daran hat er sich erinnert. An die Vergrößerung.

Red blättert hektisch die Seiten um und zerreißt beinah das Papier.
Da ist es.
Der Heilige Bartholomäus, der sich mit zornigem Blick dem Messias zuwendet. Er hat einen dichten lockigen Bart und einen völlig kahlen Kopf, als wäre sein Haarwuchs vertauscht worden. Seine kräftigen Oberschenkel umschließen den Felsen, auf dem er rittlings sitzt.
Bartholomäus schwingt mit der rechten Hand ein Messer und hält in der Linken seine eigene Haut.
Genau wie Bart Miller.
Die Zeit scheint stillzustehen.
Red weiß, was er da sieht, aber er kann seine Gedanken nicht schnell genug sammeln, um das Ausmaß seiner Entdeckung zu begreifen.
Seine Sinne sind völlig überreizt.
Seine Augen starren auf das Bild, bis es beinah lebensgroß wirkt.
In seinen Ohren ertönt ein lautloses Rauschen wie beim Durchqueren eines Tunnels.
Seine Finger umklammern den glänzenden Buchdeckel, bis seine Knöchel weiß hervortreten.
Er schmeckt das Eigelb auf seiner Zunge, die plötzlich völlig ausgetrocknet ist.
Der Geruch nach Kaffee, der neben ihm auf dem Beistelltisch steht, dringt in seine Nase.
Reds Blick wandert von dem Bild nach unten zu den schwarzen Buchstaben. *Tafel 26. Der Heilige Bartholomäus. Laut Überlieferung wurde der Apostel Bartholomäus bei lebendigem Leib gehäutet. Diese Figur – die wohl berühmteste Darstellung seines Schicksals – zeigt das Ausmaß von Michelangelos Verzweiflung. Das Gesicht auf der abgezogenen Haut, die der Heilige in der Hand hält, ist das von Michelangelo.*
Red blickt zurück auf das Bild und bemerkt zum ersten Mal das Gesicht auf der Haut. Es ist eine häßlich, schiefe Fratze,

und anstelle der Augen und des Mundes sind nur schwarze Löcher vorhanden.
Der Heilige Bartholomäus. Bart Miller. Bartholomew Miller.
Die Namen.
Jez hatte auf dem Weg zu Alison Bird in Reading vermutet, daß es etwas mit den Namen zu tun hat. Aber er hatte von dem Namen James gesprochen. Er war die ganze Zeit auf der richtigen Spur, aber sie haben es nicht gewußt. Sie waren damals in Reading so dicht dran, und haben seitdem so viele Stunden und Wochen verschwendet. Bis jetzt, wo sich der Kreis schließt.
Red liest noch einmal den Text durch, und das Wort, nachdem er sucht, springt ihm wieder ins Auge.
Apostel.
Die Namen.
Philip Rhodes. James Cunningham. James Buxton. Bart Miller. Matthew Fox.
Philippus. Jakobus der Ältere. Jakobus der Jüngere. Bartholomäus. Matthäus.
Die Apostel.
Also kein Schwulenmörder. Und auch niemand, der einen Groll gegen Reiche hegt.
Red weiß endlich, mit was sie es zu tun haben, und dieses Wissen jagt ihm mehr Angst ein, als die Ungewissheit es je vermocht hat. Aber er hat die Verbindung gefunden und fühlt sich im Moment so stark wie zehn Männer.
Er legt langsam das Buch auf das Sofa neben sich und schließt die Augen.
Ein Zitat kommt ihm in den Sinn. Ein Zitat aus Thomas Harris' Roman *Das Schweigen der Lämmer,* das er in einem kleinen Rahmen auf seinem Schreibtisch im Scotland Yard stehen hat.
Problemlösen ist wie Jagen. Ein primitives Vergnügen, und wir sind dazu geboren.

TEIL ZWEI

Ich lebe in Sünde.
Ich sterbe innerlich.
Michelangelo

60

Sie sitzen zu viert in Reds Küche um den Tisch herum. Susan ist zu einer Dinnerparty gegangen. Sie hat eine Flasche Wein mitgenommen und wird Red entschuldigen. Sie wird sich hüten, ihn jetzt zu etwas zu zwingen, wo er zum ersten Mal lebendig wirkt, seit dieser Fall angefangen hat.

Kate hat gekocht, nachdem sie sich gutgelaunt über die Chauvinistenschweine beschwert und anschließend verkündet hatte, es sei sicher auch besser, wenn sie kocht, da alles, was die Männer zustande brächten, sowieso ungenießbar wäre. Sie hat Steaks in einer leichten Senfsauce gebraten und dazu eine riesige Schüssel Salat aus Gurken, Mais, grünem Salat und Avocados zubereitet. Sie essen hastig und ausgehungert, als könnten sie kaum ihre Aufregung darüber zügeln, daß Red endlich Silberzunges Muster geknackt hat.

Red liest aus der Bibel vor. »Hier. Matthäus, Kapitel 10, Vers 2. ›Die Namen der zwölf Apostel sind diese: zuerst Simon, genannt Petrus, und Andreas, sein Bruder; Jakobus, der Sohn des Zebedäus, und Johannes, sein Bruder; Philippus und Bartholomäus, Thomas und Matthäus, der Zöllner; Jakobus, der Sohn des Alphäus, und Thaddäus; Simon Kananäus und Judas Iskariot, der ihn verriet. Diese zwölf sandte Jesus aus.‹«

Seine Augen glänzen im Licht der Neonröhre.

»Also, ich habe die Liste mit den anderen Evangelien verglichen, und es gibt ein paar Unterschiede. Nicht, so möchte ich hinzufügen, bei den Namen derer, die bereits umgebracht wurden, sondern bei denen, die noch übrig sind.« Er sieht auf einem Blatt Papier nach, das neben seinem Teller liegt. »Bei

Markus kann ich keine komplette Liste finden, aber es gibt eine bei Lukas, wo der Name Thaddäus sich in den Namen ›Judas, der Sohn des Jakobus‹ geändert hat.«

»Und was ist dann aus Judas Iskariot geworden?« fragt Jez.

»Der ist auch dabei. Bei Lukas gibt es zwei mit dem Namen Judas. Und Johannes bezieht sich auf jemanden namens Nathanael, obwohl es in dem Evangelium ebenfalls keine vollständige Liste gibt.«

Red nimmt ein dickes Buch mit einem goldfarbenen Einband hoch.

»Hier habe ich eine dritte Liste gefunden. Seht euch das an. Das ist das beste.«

»Was ist das für ein Buch?« fragt Duncan.

Red dreht es herum, damit die anderen den Titel lesen können. *Brewer's Lexikon der Redensarten und Fabeln, Jahrhundertedition.*

»Es ist eine sehr alte Ausgabe«, sagt Red, »und ich habe sie im Regal gefunden, als ich nach ein paar Nachschlagewerken suchte. Ich weiß nicht einmal, wo das Buch herkommt. Ich kann mich nicht erinnern, es gekauft zu haben. Vielleicht gehört es Susan oder vielleicht meinen Eltern. Aber das spielt ja auch keine Rolle.«

Er schlägt das Buch auf der Seite auf, die bereits mit einem gelben Klebezettel markiert ist, und legt es offen auf den Tisch, damit die anderen auch hineinsehen können.

Apostel. Die Symbole der vierzehn Apostel (das heißt die ursprünglichen zwölf und Matthias und Paulus) lauten wie folgt:

Andreas: ein x-förmiges Kreuz, da er an einem gekreuzigt wurde.

Bartholomäus: ein Messer, da er mit einem Messer gehäutet wurde.

Jakobus der Ältere: eine Jakobsmuschel, ein Pilgerstab oder eine Kalebasse, da er der Schutzheilige der Pilger ist.

Jakobus der Jüngere: eine Walkerstange, da er durch einen

Schlag auf den Kopf mit einer Stange starb, den ihm Simon, der Tuchwalker, versetzte.
Johannes: ein Kelch, aus dem eine geflügelte Schlange herausfliegt, in Anspielung an die Überlieferung über Aristodemos, dem Priester der Diana, der Johannes herausforderte, einen Becher mit Gift zu leeren. Johannes schlug das Kreuz über dem Becher, Satan flog in Gestalt eines Drachens heraus, und Johannes leerte den Becher, der nun harmlos war.
Judas Iskariot: ein Sack, da er ein Dieb war und als Verwalter der Kasse deren Einlagen unterschlug (Johannes, 12:6).
Judas Thaddäus: eine Keule, da er mit einer Keule gemartert wurde.
Matthäus: ein Beil oder eine Streitaxt, da er in Nadabar mit einer Streitaxt abgeschlachtet wurde.
Matthias: eine Streitaxt, da er zuerst gesteinigt und dann mit einer Streitaxt geköpft wurde.
Paulus: ein Schwert, da ihm der Kopf mit einem Schwert abgetrennt wurde.
Petrus: ein Schlüsselbund, da Christus ihm »die Schlüssel zum Himmelreich« gab. Auch ein Hahn, denn er ging hinaus und weinte bitterlich, als er den Hahn vernahm (Matthäus 26:75).
Philippus: ein langer Stab, an dessen Ende ein Kreuz befestigt ist, da er an einer hohen Säule erhängt wurde.
Simon: eine Säge, da er laut Überlieferung zersägt wurde.
Thomas: eine Lanze, da er in Mailapur von einer Lanze durchbohrt wurde.

Red schließt das Buch mit einem lauten Knall.
»O mein Gott«, flüstert Kate. »Mein Gott, er hält sich für Jesus Christus, nicht wahr. Er hält sich wirklich für den Messias. Er sammelt seine Apostel. Er tötet sie nach ihren Symbolen.«
Red nickt.
»Ich habe sie mit den Morden verglichen, die wir haben. Hört zu.«

Er sucht die betreffenden Passagen und liest sie laut vor: »Philippus starb, als man ihn an einer hohen Säule erhängte; Jakobus der Jüngere wurde durch einen Schlag auf den Kopf getötet; die Symbole von Jakobus dem Älteren sind eine Jakobsmuschel, ein Pilgerstab oder eine Kalebasse; Bartholomäus wurde mit einem Messer gehäutet; Matthäus' Symbol ist ein Beil oder eine Streitaxt, da er mit einer Streitaxt abgeschlachtet wurde. Versteht ihr? Alle passen, außer einem. Wenn man annimmt, daß der Bischof Jakobus der Jüngere ist – der mit der Walkerstange zu Tode geprügelt wurde –, dann muß James Buxton Jakobus der Ältere sein. Aber James Buxton wurde geköpft. Ich habe mir die Akte noch einmal angesehen. Kein Anzeichen einer Jakobsmuschel, eines Pilgerstabs oder einer Kalebasse in dem Haus, in dem er ermordet wurde.«
Kate nimmt den Brewer's vom Tisch hoch und sieht sich die Liste an.
»Wie wählt er sie also aus?« fragt Duncan verwirrt. »Nur nach ihren Namen?«
»Sieht so aus«, erwidert Red. »Bis jetzt jedenfalls.«
»Wie sollen wir ihn dann finden?« fragt Duncan. »Jeden Mann in London mit dem Namen Andrew oder Simon oder John oder wie auch immer sie heißen warnen, daß sie in tödlicher Gefahr schweben, weil ein Irrer sich für den Messias hält? Ich glaube, mir war es lieber, als wir die Sache unter dem Schwulenaspekt betrachtet haben.«
»Wenn ich mich recht erinnere«, sagt Jez, »dann warst du derjenige, der meinte, wir seien auf der falschen Spur, wenn wir nach einem schwulen Serienmörder suchen. Sieht so aus, als hättest du recht gehabt.«
Duncan besitzt den Anstand, nicht hämisch zu grinsen oder selbstgefällig zu feixen. Kate blättert ein paar Seiten weiter und schnappt nach Luft, als sie den Text vor sich durchliest.
»Was ist, Kate? Was ist los?« will Red wissen.
»Seht euch diesen Eintrag an.« Sie zeigt auf den Text und fängt an zu lesen. **»Apostellöffel.** Silberlöffel mit figürlich geform-

ten Stielen, die früher anläßlich von Taufen verschenkt wurden.« Sie blickt auf. »Allerdings benutzt er einfache Silberlöffel, denn sonst hätten wir sein Schema längst durchschaut.«
»So ist es«, meldet sich Jez zu Wort.
Kate liest weiter. »Manchmal sind es zwölf Löffel, die die zwölf Apostel repräsentieren, manchmal vier für die vier Evangelisten und manchmal wird nur einer verschenkt. Gelegentlich gibt es ein Set, zu dem zusätzlich der sogenannte ›Master Spoon‹ und ›Lady Spoon‹ gehören. Den Kindern der reicheren Schichten schenkte man Silberlöffel, daher der Ausspruch ›Mit einem silbernen Löffel im Mund geboren werden‹.«
»Nun, das löst das Geheimnis mit den Löffeln«, sagt Duncan.
»Es löst wahrscheinlich noch ein weiteres Geheimnis«, fügt Red hinzu.
»Und das wäre?«
»Ob unser Mann es auf die ganzen vierzehn Apostel abgesehen hat, die im Brewer's erwähnt werden, oder nur auf die ursprünglichen zwölf – also ohne Matthias und Paulus. Da er die Löffel benutzt, vermute ich, daß es nur die zwölf sind. Zwölf Löffel, zwölf Apostel.«
»Das ist aber eine ziemlich dürftige Logik«, sagt Jez.
»Wenn man es isoliert betrachtet, magst du vielleicht recht haben«, erwidert Red. »Aber sieh es im Zusammenhang. Denk an die Zungen.«
»Warum denn das?«
»Wozu benutzt du deine Zunge?«
»Die Frage hatten wir doch schon einmal«, wirft Duncan ein.
»Ja, an diesem ersten Samstag im Mai, nach den ersten beiden Morden. Und wir hatten die ganze Zeit recht. Wir wußten es nur nicht. Sowohl die Namen als auch die Zungen haben wir schon früher in den Ermittlungen zur Sprache gebracht. Es waren kleine Randbemerkungen, aber wir mußten bis jetzt warten, um herauszufinden, was sie bedeuten. Aber egal. Kommt schon, wofür benutzt ihr die Zunge?«

»Zum Essen«, schlägt Kate vor.
»Zum Sprechen«, sagt Duncan.
»Genau. Zum Essen und zum Sprechen. Jetzt setzt das mit dem in Verbindung, was wir über die Apostel wissen.«
»Nun«, sagt Jez. »Das Essen bezieht sich wahrscheinlich auf das letzte Abendmahl.«
»Oder die wundersame Brotvermehrung«, ergänzt Kate.
»Und das Sprechen?«
Sie schauen ihn ratlos an.
Red schlägt erneut die Bibel auf und blättert ein paar Seiten um.
»Hier: Matthäus, Kapitel zehn. Jesus schickt die Jünger los. Warum? Um das Wort Gottes zu verbreiten. ›Sondern geht hin zu den Schafen aus dem Hause Israel. Geht aber und predigt und sprecht: Das Himmelreich ist nahe herbeigekommen.‹ Versteht ihr? Sie sollen das Wort Gottes verkünden.«
Jez nickt. »Ja, ich verstehe. Das letzte Abendmahl, die wundersame Brotvermehrung, die Aussendung der Apostel – daran haben nur die zwölf ursprünglichen Apostel teilgenommen, nicht wahr?«
»Genau. Er behält die Zungen, weil sie für ihn ein Symbol sind. Sie stehen für das, was die Apostel – in seinen Augen *seine* Apostel – im Grunde sind. Er muß nicht ihre Körper behalten, sondern nur den kleinen Teil, der in ihm weiterlebt. Ihre Seelen stecken in diesem kleinen Stück Fleisch. Und damit sind Paulus und Matthias definitiv ausgeklammert. Sie waren nicht die Apostel Jesu. Sie wurden beide erst nach der Kreuzigung zu Aposteln.«
Es gibt eine Logik in Silberzunges Irrsinn. Red kann sie jetzt erkennen. Es ist eine Mission Gottes, im wahrsten Sinne des Wortes.
»Und das erklärt auch die Unterhosen«, sagt Jez.
Allgemeines Unverständnis. Jez lächelt.
»Denkt doch mal nach. Für wen hält sich unser Mann? Für Jesus Christus, richtig? Es haben sich immer wieder Serien-

mörder für Jesus gehalten. Erinnert ihr euch an Larry Gene Bell? Er hat in den Achtzigern zwei Mädchen in den Staaten getötet und wurde vor ein paar Jahren hingerichtet. Er behauptete, Jesus zu sein, und wollte lieber auf dem elektrischen Stuhl sterben als durch eine tödliche Injektion, da der Stuhl aus ›echtem, dunklen Eichenholz‹ sei – wie das Kreuz Jesu. Aber wir haben bereits gesehen, daß unser Typ – Silberzunge – seine Berufung sehr wörtlich nimmt. Und was ist das Bild, das in der christlichen Welt am meisten verbreitet ist? Die Kreuzigung, nicht wahr? Nicht die Geburt in Bethlehem, nicht die Wunder, sondern Jesu Tod. Denkt an das Kreuz. Silberzunge glaubt wirklich, daß er die Wiedergeburt Jesu ist. Wenn er also seine Opfer tötet, dann denkt er an seinen eigenen Tod am Kreuz – bei dem er nichts als einen Lendenschurz trug. All seine Opfer tragen praktisch das, was Jesus trug, als er starb.«
Kate zeigt auf die restlichen Steaks.
»Kommt, eßt auf. Das Essen wird kalt. Wir können die Diskussion später weiterführen. Für mich war das schon viel zuviel Religion auf einmal.«
Die einzigen Geräusche, die nun zu hören sind, stammen von dem Besteck, das über das Porzellan schabt.
Problemlösen ist wie Jagen. Ein primitives Vergnügen, und wir sind dazu geboren.
Red ist wie im Siegestaumel. Im Jagdfieber spießt er große Stücke Steak auf die Gabel und lädt noch Salat darauf. Er ist vor allen anderen fertig und geht, noch immer kauend, zum Spülbecken hinüber, um Wasser zu holen. Die anderen bleiben am Tisch sitzen und kauen vor sich hin.
Red nimmt einen Glaskrug aus dem Regal über der Spüle und füllt ihn mit Leitungswasser. Das Fleisch liegt ihm schwer im Mund. Vielleicht hat er zuviel gegessen. Er stellt den Krug auf die Anrichte und schluckt. Der Steakklumpen bleibt in der Luftröhre stecken. Red schluckt erneut, diesmal stärker. Nichts passiert.
Er öffnet den Mund, um nach Luft zu schnappen, aber das

Stück Steak hängt fest. Sein Atem geht nur noch pfeifend, als er versucht, sich einen Weg an dem Klumpen vorbei zu bahnen. Red versucht ein drittes Mal zu schlucken, aber es passiert immer noch nichts.

Panik steigt in ihm hoch.

Er versucht zu schreien. *Ich kann nicht atmen. Ich kann nichts sagen.*

Red schließt die Augen, und als er sie wieder öffnet, ist die Welt plötzlich monochrom. Er schaut auf die kleinen Töpfe mit Kräutern, die nebeneinander auf dem Regal vor ihm stehen. Das übliche Rot und Grün und Braun hat sich in unterschiedliche Grautöne verwandelt. Seltsam. Er erinnert sich, daß er erst an diesem Nachmittag gedacht hat, wieviel besser Farbfotos der Sixtinischen Kapelle aussehen. Und nun ist seine ganze Welt schwarzweiß.

Der Ton ist ebenfalls weg. Er hört weder das Besteck auf den Tellern noch das Klirren der Gläser. Nicht einmal das leise Rumpeln des Verkehrs, der ständig eine Geräuschkulisse bildet.

Es herrscht absolute Stille.

Und plötzlich ist ihm alles egal.

Er spürt, wie er sich zu den anderen umdreht, aber es kommt ihm vor, als würde ihn jemand anschieben. Red überkommt ein absurdes Gefühl der Freiheit. Der Sauerstoff entweicht aus seinem Hirn, aber es ist ihm egal. Es ist wie in einem seiner schönsten Träume, aus denen er nicht mehr aufwachen möchte.

Red kann die anderen nun sehen. Sie bewegen sich in Zeitlupe. Duncans Mund öffnet sich langsam und verformt sich zu einem vollkommenen O. Kates Augen weiten sich, bis es so aussieht, als würden sie ihr halbes Gesicht bedecken.

Und Jez stößt den Stuhl zurück, der lautlos auf den Boden fällt.

Jez überbrückt die Entfernung zwischen ihnen in zwei großen Schritten und verschwindet aus Reds Gesichtsfeld.

Red wird herumgewirbelt, bis er wieder das Spülbecken vor Augen hat. Er spürt einen dumpfen Schmerz zwischen den Schulterblättern.
Und plötzlich ist der Ton wieder da, und Reds tränende Augen nehmen wieder Farbe wahr, und alles bewegt sich in der richtigen Geschwindigkeit. Red steht über die Spüle gebeugt und hustet sich die Seele aus dem Leib. Lange Speichelfäden tropfen langsam von seinen Lippen, und das zerkaute, graue Stück Steak, das aus seinem Mund geflogen kam, liegt auf dem Grund der Spüle.
Als er sich ausgehustet hat und wieder Luft bekommt, blickt Red auf. »Danke«, sagt er und lächelt schwach.
Jez sieht aus, als hätte er ein Gespenst gesehen. »Verdammt, Red«, keucht er. »Ich dachte, das wär's für dich.«
»Du bist ja scheinbar geschockter als ich.«
»Wahrscheinlich.« Jez bleibt ernst. »Ernsthaft, Mann, du hast mir einen ziemlichen Schrecken eingejagt.«
Jez legt seine Hand auf Reds Kreuzbein, und sie kehren zum Tisch zurück. Kate springt auf und küßt Jez vor dankbarer Erleichterung auf den Mund. »Ich habe gar nicht begriffen, was überhaupt los war«, sagt sie. »In einer Minute hast du dir Wasser geholt, und in der nächsten hingst du über der Spüle, und Jez hat deinen Rücken mit Karateschlägen bearbeitet.«
Sie reden eine Weile über den Vorfall, stimmen einander zu, wieviel Glück Red hatte, und trinken auf Jez, der Reds Leben gerettet hat. Duncan räumt die Teller ab und macht Kaffee, und dann sitzen sie mit ihren dampfenden Tassen da und versuchen zu entscheiden, was sie als nächstes tun werden.
Duncan zeigt auf die Bücher, die auf dem Tisch liegen. »Das ist ja alles schön und gut, aber inwieweit hilft uns das wirklich? Na gut, wir wissen jetzt, wie Silberzunge vorgeht. Wir wissen, daß es nur noch eine begrenzte Anzahl von Opfern gibt. Wir kennen die Namen der Opfer, zumindest die Vornamen, und wir wissen ungefähr die Art und Weise, wie sie getötet werden. Aber das ist auch schon alles. Es klingt nach viel, aber das ist es

nicht. Wann er das nächste Mal zuschlagen wird und wo und bei wem, das wissen wir nicht. Und das ist beinah noch schlimmer, als gar nichts zu wissen. Unsere Chancen, ihn zu schnappen, haben sich nicht besonders erhöht.«

»Aber wir wissen, wo wir mit der Suche anfangen müssen«, erwidert Red. »Ich schätze, wir versuchen es zuerst mit den religiösen Fanatikern. Verdammt, das Millennium steht vor der Tür. Es springen Tausende von Irren herum, die das Ende der Welt und diesen Scheiß vorhersagen. Am Montag morgen fangen wir als erstes mit denen an. Ich will, daß die Sekten überprüft und die Anführer befragt werden. Ich will, daß wir mit sämtlichen Vikaren in London reden. Alles, was auch nur annähernd mit dem Christentum zu tun hat, wird unter die Lupe genommen. Sogar die Jungs, die an den Straßenecken stehen und die Bibel verkünden. Im Grunde können wir schon morgen damit anfangen. Hat jemand von euch Lust, zum Speaker's Corner zu gehen? Da stehen doch immer ein paar Bibelquäler herum.«

»Ich nehme nicht an, daß du damit an die Öffentlichkeit gehen willst?« fragt Kate.

»Nein«, erwidert Red. »Ganz bestimmt nicht.«

»Aber wir müssen ein paar Uniformierte mit einbeziehen, die die Lauferei übernehmen, oder? Wir vier können das nicht alleine schaffen. Damit wären wir bis in alle Ewigkeit beschäftigt.«

»Das stimmt, aber wir müssen die Uniformierten ja nicht darüber in Kenntnis setzen, worum es wirklich geht. Wir werden den religiösen Aspekt bearbeiten, bis er erschöpft ist. Dabei muß etwas herauskommen. Silberzunge hält sich für Jesus Christus – ich meine, er glaubt wirklich, daß er es ist. Er muß einfach religiöse Verbindungen haben. Und die müssen wir finden.«

»Aber nun, da wir sein Vorhaben kennen, ist es doch unsere Pflicht, die Leute zu warnen.«

»Wie denn, Kate? Wie können wir sie warnen? Indem wir eine

Warnung herausgeben, daß die Leute mit den und den Namen vorsichtig sein sollen, bis die Polizei einen Verdächtigen festgenommen hat? Es würde ein Chaos auslösen. Ein absolutes Chaos. Und wir würden nur das Wasser trüben und uns zig Stunden sinnloser Mehrarbeit aufhalsen.«

»Wie das?«

»Weil wir von falschen Tätern überschüttet würden, die wir überprüfen und aussortieren müßten. Außerdem würden wir uns noch einige Nachahmungstäter einhandeln, und Silberzunge würde noch tiefer untertauchen. Nein, wir werden uns auf gar keinen Fall an die Öffentlichkeit wenden.«

»Es könnte auch die entgegengesetzte Wirkung haben.«

»Wie das?«

»Wenn wir uns an die Öffentlichkeit wenden, könnte es ihn provozieren. Ihn dazu bringen, jedem zeigen zu wollen, daß er der richtige Messias ist.«

»Kate, er ist bereits davon überzeugt, daß er der echte Messias ist. Wahrscheinlich verbringt er seine Abende damit, Wasser in Wein zu verwandeln und über die beschissene Themse zu wandeln. Er hat eine Mission, im wahrsten Sinne des Wortes. Er wird nicht aus seinem Versteck kommen, nur um sich Bestätigung zu holen.«

»Aber das könnte noch Jahre so weitergehen.«

»Nein«, wirft Jez ein. »Das wird es nicht.«

Sie alle blicken ihn an.

»Warum nicht?« fragt Kate.

»Wir haben es doch gerade gesagt. Das Millennium. Deshalb tut er es. Was ist nächstes Jahr? 1999. Egal, welche Vorhersehungen oder Traktate du liest, es heißt immer, daß 1999 große Dinge geschehen werden. Oder man kann es zumindest so auslegen. Das Ende der Welt, der dritte Weltkrieg, die vier apokalyptischen Reiter, Hamagedon, das Jüngste Gericht. Irgend etwas davon wird passieren. Und nach diesem Zeitplan arbeitet unser Mann. Irgendwann nächstes Jahr, aber wohl eher am Anfang als am Ende, damit er noch Zeit hat, falls etwas schiefgeht.«

Sie verstehen Jez immer noch nicht so ganz.

»Er hat einen Plan. Er gibt nicht einfach einem wahllosen Verlangen nach, Leute zu töten. Er bereitet sich vor.«

»Worauf?«

Ein spürbarer Luftzug geht durch den Raum, als Jez die unerträgliche Wahrheit ausspricht.

»Auf seine Wiederkunft.«

61

Zwischenspiel

Reds Euphorie ist nicht von Dauer.

Sie suchen eine ganze Woche lang, arbeiten rund um die Uhr und finden absolut nichts.

Am Sonntag befinden sich fünf selbsternannte Prediger am Speaker's Corner. Red und Kate gehen hin, mischen sich unter die Menge und hören jedem zu, der sein Sprüchlein aufsagt. Der Himmel ist grauverhangen, da das Wetter langsam kälter wird und der Herbst den heißen Sommer ablöst. Die Männer auf den umgedrehten Milchflaschenkästen wiederholen sich oder schweifen so schnell vom Thema ab, wie die Leute weitergehen.

Red weiß, daß Silberzunge nicht unter den Predigern ist. Silberzunge ist äußerst organisiert; er hat nicht nur eine Mission, sondern bereits fünf Menschen umgebracht, ohne auch nur den Hauch einer Spur zu hinterlassen. Keiner dieser traurigen Verlierer in blauen Steppwesten, die den Neugierigen flammende Reden halten, könnte ihm das Wasser reichen.

Red läßt die Prediger dennoch abführen, die um sich treten und sich lautstark über die Redefreiheit auslassen, als ein

Wagen voller Uniformierter vorfährt und sie mitnimmt. Sie alle haben zumindest für einen der Morde ein Alibi: Zwei von ihnen sind Immigranten, die erst im Juni nach Großbritannien gekommen sind. Sie werden noch vor Anbruch der Nacht aus der Untersuchungshaft entlassen, beschweren sich über die Beschneidung ihrer Rechte und drohen mit rechtlichen Konsequenzen. Ihr könnt mich erst recht mal, denkt Red.

Als erstes am nächsten Morgen - am Montag - versammelt Red ein Team von fünfzehn Detectives und schickt sie zu sämtlichen christlichen, konfessionellen Kirchen. Dabei unterteilt er sie in begrenzte geographische Sektoren. Freitag mittag sind sie wieder zurück und können nur berichten, daß immer weniger Leute in die Kirche gehen. Sie haben alle Vikare und Priester befragt. Nicht nur, um ihre Papiere zu überprüfen, sondern auch, um sie nach Mitgliedern ihrer Gemeinde zu fragen, die sich merkwürdig benehmen. Sie sagen den Geistlichen nicht, warum sie diese Fragen stellen. Ein paar von ihnen zeigen zögernd auf ein paar »Spinner« oder Leute, die neu in ihrer Kirche sind, aber das führt zu nichts.

Die Anzahl der religiösen Sekten im Großraum London ist niedriger, als Red angenommen hat. Red, Jez, Duncan und Kate gelingt es, die meisten selbst zu befragen, aber auch dabei kommt nichts heraus. Jez bezeichnet alle Anhänger von religiösen Sekten als »harmlose Irre« - eine Ansicht, der Red nur zu gerne beipflichtet. Sie überprüfen alle, die an Londoner Kliniken in den letzten fünf Jahren bis zum 1. Mai in ambulanter psychiatrischer Behandlung waren. Niemand von ihnen scheint sich für Jesus Christus zu halten.

Eines Mittags kommt die Therapeutin vorbei und liefert sich eine halbe Stunde lang mit Red ein Wortgefecht, auf das er gut hätte verzichten können. Er macht sie darauf aufmerksam, daß er jetzt, da sie das Vorhaben des Mörders herausgefunden haben, ganz bestimmt nicht am Rand eines Nervenzusammenbruchs steht. Sie solle zur Hölle gehen, und der Commissioner auch, wenn er auf ihren Bericht höre. Das sei sein Fall, und er werde ihn lösen, und wenn es ihn umbrächte. Der Ausdruck auf ihrem Gesicht sagt ihm, daß er diesen letzten Satz besser anders formuliert hätte.

Geduld. Sie brauchen Geduld.

Aber Red ist nicht geduldig. Er hat einen Fuß in der Tür zu Silberzunges Denkweise, und obwohl sie ihm nicht vor der Nase zugeknallt wurde, ist sie aber auch keinen Zentimeter weiter aufgegangen. Er weiß, daß es übertrieben von ihm ist, so früh Resultate zu erwarten. Er weiß, daß das Knacken des Schemas erst der Anfang ist. Duncan hat recht damit, daß es allein besehen nirgends hinführen kann. Das begrenzte Wissen vergrößert sogar Reds Gefühl der Machtlosigkeit. Er ist in der Lage, etwas über den nächsten Mord vorherzusagen, kann ihn aber nicht verhindern.

Namen auf einem Stück Papier. Eine Chronik von vorhergesagten Toden.

Wie ein verzogenes Kind verlangt Red Zugeständnisse, weil er schlau war. Er unterhält sich in Gedanken mit Silberzunge. Ich mache einen Zug, du machst einen Zug. Aber du hast so viele Vorteile, daß es ein Witz ist, Mann. Ich liege um Längen zurück. Du trägst eine Maske *und* kannst mir in die Karten sehen. Ich dagegen habe nichts.

Sie tappen immer noch im dunkeln. Sie suchen in einem Heuhaufen nach dem anderen nach einer Stecknadel, die sie möglicherweise niemals finden werden.

Obwohl sie nun sein Vorhaben kennen, bezeichnen sie ihn immer noch als Silberzunge. Niemand fühlt sich wohl dabei, ihm einen religiösen Namen zu geben, und außerdem haben sie sich an den Namen Silberzunge gewöhnt. So können sie in Gedanken einen Bezug zu ihm herstellen.

Den ganzen Samstag grübelt Red über den Fall nach. Susan geht aus, kommt zurück und geht mit einigen Arbeitskolleginnen auf einen Junggesellinnenabschiedsabend. Red hat sie die vergangene Woche kaum gesehen. Er klettert mit ihr in das gleiche Bett, wenn er mitten in der Nacht nach Hause kommt, und trinkt mir ihr zusammen eine Tasse Kaffee, wenn sie morgens in erschöpftem Schweigen am Frühstückstisch sitzen. Er weiß, daß er sie wieder von sich wegschiebt, wenn er eine Mauer um sich errichtet. Falls es sie stört, sagt sie zumindest nichts. Jedenfalls nicht zu ihm – in den wenigen Minuten, die sie sich am Tag sehen. Vielleicht akzeptiert sie es. Vielleicht frißt sie es in sich hinein und wird eines Tages explodieren. Vielleicht hat er keine Zeit, darüber nachzudenken, was ihr durch den Kopf geht.

Er fällt Samstag abend sehr spät in einen tiefen Schlaf und findet Susan auf der Couch vor, als er Sonntag morgen aufwacht, wo sie betrunken eingeschlafen sein muß. Eine Ausgabe der *News of the World* liegt auf dem Fußboden verstreut. Sie muß sie auf dem Nachhauseweg in einem der Läden an der U-Bahn-Station gekauft haben.

Red setzt sich auf den Boden und nimmt die Zeitung hoch. Er dreht sie herum, so daß er die Vorderseite sehen kann.

Die Schlagzeile springt ihm in dicken, fünf Zentimeter großen Buchstaben entgegen.

Es ist die Titelstory, die die erste Seite und vier weitere einnimmt. Seite eins bis fünf.

APOSTEL-KILLER BEDROHT DIE STADT.

62

Sonntag, 25. Oktober 1998

»Es *muß* einfach einer von euch dreien gewesen sein.«

Sie sitzen wieder in Reds Küche. Als sie vergangene Woche auf das Schema gekommen sind, da haben sie etwas miteinander geteilt. Nun steht etwas zwischen ihnen. Jemand hat die Story an die *News of the World* weitergegeben, aber niemand will es zugeben. Sie versuchen, den Maulwurf zu entlarven. Ein Rätsel innerhalb des Rätsels.

Mißtrauen liegt in der Luft. Jeder paßt auf, was er sagt, damit er sich nicht belastet. Kate ist die erste, die ihre Stimme wiederfindet.

»Red, sich vor uns hinzustellen und Anschuldigungen zu äußern bringt gar nichts. Es muß nicht einer von uns gewesen sein. Es könnte jeder gewesen sein. Lubezski, der Commissioner oder einer der Polizisten, die letzte Woche die Kirchen aufgesucht haben. Vielleicht jemand, der mehr herausgefunden hat, als er sollte. Oder vielleicht haben die Leute der *News of the World* unglaubliches Glück gehabt, als sie zu den gleichen Schlüssen kamen wie wir. Vielleicht haben sie auch an dem Fall gearbeitet und uns nicht um einen Kommentar gebeten, weil sie wußten, daß wir eine einstweilige Verfügung erwirken würden.«

»Kate, nachdem wir beinah sechs Monate versucht haben, diesen Mistkerl zu finden, glaube ich nicht mehr an unglaubliches Glück. Wenn du verstehst, was ich meine? Und nein, es hätte niemand sonst sein können.« Red zeigt mit dem Finger auf eine Seite der Zeitung. »Sieh dir das an. Sieh dir die Details an. Diese Artikel enthalten Einzelheiten, die nur wir vier wissen. Der Vorfall in Nick Becketts Galerie zum Beispiel. Niemand sonst weiß davon, es sei denn, jemand von euch hat geredet. Sie haben hier sogar das Bild vom heiligen Bartholomäus in der Sixtinischen Kapelle abgebildet. ›Das Bild, das das Rätsel um die Morde löste‹, heißt es hier. Sie haben Einzelheiten darüber, wie wir ins *Coleherne* und ins *Substation* gegangen sind. Sie haben Bilder der Häuser der Opfer und wissen, wie sie getötet wurden. Sie erwähnen sogar die Verhaftung von Kevan Latimer. Das sind detaillierte Informationen. Ich könnte es beinah als Fallzusammenfassung benutzen. Alles in allem bleiben uns zwei Möglichkeiten. Erstens, die Reporter der *News of the World* haben übersinnliche Fähigkeiten, dann sollten wir sie ohne Verzögerung zu diesem Fall hinzuziehen, da sie bestimmt besser darin wären, Silberzunge zu fassen, als wir. Zweitens, jemand von uns ist mit den Einzelheiten zu ihnen gerannt.«

»Sie haben die Handschrift des Täters nicht erwähnt«, sagt Duncan.

»Ja, und das ist unsere einzige Rettung. Ich nehme an, nicht einmal die *News of the World* ist so unverantwortlich, solch ein Detail zu veröffentlichen, es sei denn, sie wußten gar nichts darüber. Wenn sie nämlich über die Zungen und die Löffel oder die Tatsache, daß wir ihn Silberzunge nennen, geschrieben hätten, säßen wir wirklich tief in der Scheiße. So wie es jetzt aussieht, bedeutet die Zurückhaltung dieser Details, daß wir neunundneunzig Prozent der Anrufe, die wir bekommen werden, aussortieren können. Außerdem können wir die Nachahmungstäter vom echten Mörder unterscheiden. Aber das ist kein großer Trost dafür, daß die Sache in der Presse breitgetreten wurde.«

Red blickt von einem zum anderen. Einer von ihnen ist mit der Mordserie des Jahrzehnts zu der meistverkauften Klatschzeitung gegangen und hat die Grundstruktur des kleinen Teams zerstört, das die letzten sechs Monat ununterbrochen an diesem Fall gearbeitet hat. Wer von ihnen? Und warum?

Kate wollte letzte Woche an die Öffentlichkeit gehen und wurde überstimmt. Hat sie die Sache selbst in die Hand genommen?

Jez wollte vor ein paar Monaten die Schwulenszene warnen. Wollte er sich so rächen?

Duncan hat ständig argumentiert, daß der homosexuelle Ansatz falsch sei. Wollte er eine nachträgliche Anerkennung, wie klug er doch war?

Red sieht einen nach dem anderen an, und die drei erwidern seinen Blick völlig ungerührt. Kein Trotz, kein Ausweichen, kein Protest. Die Blicke von Leuten, die nichts beweisen oder verbergen müssen. Aber einer von ihnen hat doch etwas zu verheimlichen und schauspielert gut genug, um es zu vertuschen. Red räuspert sich.

»Wir werden es offensichtlich nicht hier herausfinden. Ich erwarte nicht, daß der Schuldige in Anwesenheit der anderen gesteht. Ich rechne auch nicht unbedingt damit, daß er es mir gegenüber tut, wenn wir alleine sind. Egal, was du getan hast, du hast es aus einem Grund getan, und ich bin sicher, daß dieser Grund gut genug ist, daß du nicht zusammenbrichst und beichtest, sobald jemand anfängt, Fragen zu stellen.
Ich werde dir also nichts vormachen. Ich werde nicht sagen, daß du milde bestraft wirst, wenn du es gestehst. Denn das wirst du nicht. Du wirst ohne Bezahlung suspendiert, und ich werde die sofortige Kündigung vorschlagen. Egal, wer von euch es war, er hat die Basis für das gegenseitige Vertrauen und die Zusammenarbeit zerstört, mit dem dieses Team gearbeitet hat. Bis ich dich habe - und du kannst dir sicher sein, daß ich dich kriege -, werden wir vorsichtig sein. Wann immer ihr jemandem etwas sagt, werdet ihr Zweifel haben. Denn die Person, die euch den Rücken freihalten soll, kann genau die sein, die euch in den Rücken fällt.
Zudem wird die undichte Stelle genau das auslösen, was wir befürchtet haben und weshalb wir uns letzte Woche nicht an die Öffentlichkeit gewandt haben. Juxanrufe, Medienpanik, vielleicht auch ein paar Nachahmungsverbrechen. Und ich werde den Schuldigen ganz allein für die unzähligen Arbeitsstunden der Polizisten verantwortlich machen, die die unechten Anrufe entgegennehmen. Und ich werde ihn für die Morde der Nachahmungstäter zur Rechenschaft ziehen.«
Sein Zorn durchflutet den Raum und bricht sich an ihren Köpfen wie Wellen am Strand.
»Egal, wer von euch es ist, ich hoffe, daß es die Sache wert war. Und jetzt macht, daß ihr verschwindet.«

63

Montag, 26. Oktober 1998

Er atmet dreimal stoßweise ein und aus. Er spannt sämtliche Muskeln und läßt sie wieder locker. Er wackelt mit den Fingern, bis das Blut in den Spitzen kribbelt. Er schaltet das Adrenalin ein und wappnet sich innerlich.

Das tun die Athleten vor jedem Rennen und die Politiker vor jeder Rede. Was Red vor sich hat, ist nicht weniger schwer. Schneller Körper, schnelles Hirn.

Red kann den Lärm im angrenzenden Raum hören. Es ist die größte Pressekonferenz, an die er sich beim Scotland Yard erinnern kann. Das Pressebüro ist seit dem Erscheinen des Artikels in der *News of the World* am Vortag mit Anrufen bombardiert worden. Es waren sogar so viele Anrufe, daß sie die Leute aus ihrem freien Wochenende herbeiholen mußten, um die Telefone zu besetzen. Red schüttelt es, wenn er daran denkt, wie viele Anrufe die Reporter zu ihren anonymen Quellen getätigt haben, um herauszufinden, was los ist. Obwohl er sich nicht vorstellen kann, daß sie mehr erfahren haben, als bereits veröffentlicht wurde. Die Reporter der *News of the World* haben einen ziemlich umfassenden Artikel geschrieben. Das muß man ihnen lassen.

Silberzunges Handschrift schützen. Red darf auf gar keinen Fall die Löffel und die Zungen preisgeben. Sie müssen um jeden Preis geheim bleiben, oder er kann seine Chancen, den Fall zu lösen, abschreiben. Dieses Wissen ist das Sieb, mit dem sie den Mörder von den Spinnern trennen können.

Der Commissioner kommt durch die Tür des Vorzimmers.

»Wie fühlen Sie sich, Red?«

»Wie ein Christ vor den Löwen.« Ironie ist bei dem Commissioner verlorene Liebesmüh.

»Sie werden das schon machen. Ich überlasse das Reden Ihnen

und beschränke mich darauf, Sie zu unterstützen, wenn es nötig wird.«

»Das ist großartig. Danke.«

Der Commissioner sieht auf die Uhr.

»Punkt drei Uhr. Sollen wir hineingehen?«

Red öffnet die Tür zum Hauptraum. Das Blitzlichtgewitter der Kameras läßt ihn die Augen zusammenkneifen. Er muß sich beherrschen, nicht die Hand zu heben und die Augen abzuschirmen. Er weiß, wie solch ein Bild in den morgigen Zeitungen aussehen würde und wie viele Schlagzeilen mit dem Satz »Blinded by the light« anfangen würden.

Im Raum steht ein langer Tisch, hinter dem ein überdimensionales Polizeiemblem den Hintergrund bildet. Red bahnt sich einen Weg zum Tisch und nimmt auf einem der beiden Stühle Platz. Der Commissioner setzt sich neben ihn. Nur sie beide gegen mehr als hundertundfünfzig Journalisten, die den Raum beinah aus allen Nähten platzen lassen. Diejenigen, die als erstes angekommen sind, haben die Sitzplätze in Beschlag genommen, und die anderen haben sich um sie herum verteilt. Einige stehen hinten, andere sitzen an der Seite mit ausgestreckten Beinen auf dem Boden.

Die Mikrophone, die am Tisch befestigt sind, strecken sich Reds Mund entgegen. Die roten und weißen Lämpchen an den TV-Kameras starren ihn an. Er räuspert sich.

»Meine Damen und Herren, ich bin Detective Superintendent Redfern Metcalfe. Ich leite die Ermittlungen in dem sogenannten ›Apostel-Killer‹-Fall, dessen Existenz gestern in einer Zeitung veröffentlicht wurde. Ich bin hier, um Ihnen die Fragen bezüglich des Falles zu beantworten, die Sie möglicherweise haben. Sie werden verstehen, daß ich keine Einzelheiten der Ermittlung mit Ihnen besprechen kann, aber ich werde mein möglichstes tun, Ihnen bei den anderen Fragen behilflich zu sein. Wenn Sie bitte Ihren Namen und die Organisation nennen und Ihre Fragen knapp halten könnten. Danke. Wer zuerst?«

Sofort erheben sich unzählige Hände. Red zeigt auf einen Mann in der ersten Reihe.

»Ian Wakefield, *Daily Telegraph.* Diese Morde gehen seit sechs Monaten vor sich. Warum sind nicht schon früher Einzelheiten veröffentlicht worden?«

»Wir haben es mit einem sehr gerissenen Killer zu tun. Die Verbindung wurde erst vor kurzem entdeckt.«

Noch einmal Wakefield, bevor jemand anderes eine Frage stellen kann.

»Haben Sie die Veröffentlichung des Materials, das in der *News of the World* erschien, autorisiert?«

»Nein, das habe ich nicht. Die Dame zu meiner Linken in der roten Jacke.«

»Hat die *News of the …*?«

»Ihr Name bitte.«

»Tut mir leid. Louise Farrington, *Daily Mail.* Es gab keine offiziellen Zitate der Polizei in dem Artikel der *News of the World.* Hat sich die *News of the World* vor dem Erscheinen des Artikels mit Ihnen in Verbindung gesetzt?«

»Nein, das hat sie nicht.«

Sie ist ebenfalls zu schnell. »Wissen Sie, warum nicht?«

»Ich könnte mir vorstellen, daß sie dachten, wir würden die Veröffentlichung verhindern.«

»Sie haben also etwas gegen die Veröffentlichung?«

»Ja, das habe ich. Es gefährdet unsere Bemühungen, den Mörder zur Strecke zu bringen.«

»Finden Sie nicht, daß die Menschen ein Recht haben, es zu wissen?«

Er starrt sie wütend an. »Miss Farrington, ich bin nicht hier, um mit Ihnen oder jemand anderem die Vor- und Nachteile der Pressefreiheit zu diskutieren.«

Er blickt sich um. »Die Dame dort hinten.« Eine Frau zieht fragend die Augenbrauen in die Höhe. »Ja, Sie.«

»Claire Stewart, *BBC Radio Scotland.* Haben Sie schon jemanden festgenommen?«

»Nein.«
»Rechnen Sie bald mit einer Verhaftung?«
»Wir haben die besten zur Verfügung stehenden Männer auf den Fall angesetzt. Wir sind zuversichtlich, daß wir den Mörder dingfest machen werden.«
Er geht schnell weiter. »Der Mann in der dritten Reihe.«
»Guy Dunn, *Newcastle Evening Chronicle.* Hat sich der Mörder mit der Polizei in Verbindung gesetzt?«
»Nein. Gar nicht.« Punkt.
»Alex Hayter, *Evening Standard.* Hat sich schon jemand schuldig bekannt?«
»Ja, bis heute mittag um zwölf Uhr siebenhundertzweiundachtzig Leute. Und es werden immer mehr.«
Gelächter.
»Und es waren alle Spinner?«
»Ja, bis jetzt ja.« Punkt.
»Roy Pembridge, *South London Press.* Nehmen Sie es mir nicht übel, Detective Superintendent, aber dieser ganze Fall stinkt nach polizeilicher Inkompetenz.«
Red seufzt. Es gibt immer einen aggressiven Reporter, der etwas beweisen will.
Er schenkt Pembridge ein schmales Lächeln.
»Nein, Mr. Pembridge, ich nehme es Ihnen nicht übel, wenn Sie Ihre Behauptung beweisen können. Wenn Sie das nicht können, dann nehme ich Sie Ihnen sehr wohl übel.«
Pembridge stürzt sich auf diese Gelegenheit, die Red ihm gegeben hat, und steht auf. Er scheint die Situation zu genießen.
»Sehen Sie sich doch die Fakten an«, sagt er. »Sie sind jetzt schon ... wie lange ... beinahe sechs Monate hinter dem Kerl her. Sie haben keine ernstzunehmenden Verdächtigen. Die einzige Person, die Sie bis jetzt verhaftet haben, hatte mit dem Fall gar nichts zu tun. Sie haben an den Tatorten nichts Relevantes gefunden.«
»Wie ich schon zuvor sagte, haben wir es mit einem gerissenen Täter zu tun. Er wird sich uns nicht in die Arme werfen.«

»Sie haben eine lange Erfolgsliste, Detective Superintendent – «
»Danke«, wirft Red nicht ohne Sarkasmus ein.
»– aber sechs Monate ohne einen Fortschritt ist eine lange Zeit. Haben Sie in Erwägung gezogen, sich von den Ermittlungen zurückzuziehen?«
»Nein.«
»Finden Sie, daß Sie über solch einen Schritt nachdenken sollten?«
»Nein, das tue ich nicht.«
»Warum nicht?«
»Mr. Pembridge, ich muß vor Ihnen nicht meine Position verteidigen – «
»Es hört sich aber ganz so an, als würden Sie das tun.«
Etwas an Pembridges Selbstgefälligkeit, seine weinerliche Stimme, all das weckt in Red den Wunsch, ihm den Hals umzudrehen. Er blickt abrupt zu den beiden Polizisten hinüber, die an der Tür stehen, und weiß, noch während er es tut, daß es falsch ist.
»Adams. Morris. Schafft ihn raus.«
Sie schauen ihn ausdruckslos an.
»SCHAFFT IHN RAUS!«
Es bricht absolutes Chaos aus. Die lauten Stimmen hören sich an wie das Geschrei der Wildgänse. Auf sämtlichen Gesichtern spiegelt sich Unglauben wider.
Adams und Morris bahnen sich einen Weg durch die Menge, um zu Pembridge zu gelangen. Die Leute machen den Polizisten Platz und strömen dann wieder zusammen. Und alles wird von den Fernsehkameras aufgezeichnet, die von Red ablassen, um den Tumult zu filmen.
Adams erreicht Pembridge als erstes, der dummerweise nach ihm schlägt. Angriff auf einen Polizeibeamten. Nun können sie ihn festnehmen. Adams und Morris nehmen Pembridge in den Polizeigriff, drücken seinen Kopf nach unten und drängen ihn aus dem Raum.

Red lehnt sich nach vorne und verschränkt die Arme auf dem Tisch, damit sie nicht mehr zittern.
Ich frage mich, welche Geräusche du von dir geben würdest, wenn ich dir die Luft abdrücken würde, Mr. Pembridge.
Der Commissioner sagt etwas, aber Red kann ihn über den Krach hinweg nicht verstehen.
Er wirft den Journalisten einen haßerfüllten Blick zu und geht mit steifen Beinen zur Tür. Er traut sich nicht, sich umzublikken, als sie ihm hinterherrufen.

64

Dienstag, 27. Oktober 1998

Jede einzelne Zeitung im Land bringt am nächsten Tag die Story, die meisten auf der Titelseite. Der *Guardian* bringt einen moralisierenden Leitartikel über das Recht der Öffentlichkeit auf Wissen, aber der Fotograf des *Independent* ist der einzige, der Reds haßverzerrtes Gesicht am Ende der Konferenz eingefangen hat. Das Bild ist relativ groß und nimmt beinah den ganzen oberen Teil der Titelseite ein. Es ist so beeindruckend, daß es mit dem Bild des Polizeischarfschützen auf dem Dach der Konferenz der Konservativen Partei konkurrieren könnte, das in den Achtzigern auf der Titelseite der Zeitung erschienen ist.
Es ist das haßverzerrte Gesicht eines Mannes, dessen Seele bloßgelegt wird.
Sie lassen Pembridge mit einer Verwarnung laufen, obwohl sie ihn mit öffentlicher Ruhestörung oder Angriff auf einen Polizeibeamten hätten belangen können. Red vermutet, daß der Commissioner persönlich interveniert hat, damit Pembridge

ganz bestimmt ohne Anklage freigelassen wird. Egal, was Red von Pembridge hält, er ist klug genug zu wissen, daß man die Situation am besten entschärft, indem man ihn gehen läßt.

Aber Red hat ein dringenderes Anliegen mit einem anderen Mitglied dieser Berufsgruppe. Er sucht sich ein Exemplar der Sonntagsausgabe der *News of the World* und überprüft die Verfasserangabe des Apostel-Artikels, der auf jeder Seite als Exklusiv-Story angekündigt wird. Der Artikel wurde von einem Journalisten namens Roger Parkin geschrieben, und es ist auch ein Bild abgedruckt. Red blättert die Zeitung durch, bis er die Redaktionsseite erreicht. Die Telefonnummer steht im Impressum. Er wählt sie.

»News International.«

»Roger Parkin, bitte.«

Eine kurze Pause, und dann ertönt ein weiteres Klingeln.

»Parkin.«

»Mr. Parkin, hier spricht Detective Superintendent Metcalfe, Scotland Yard.«

»Hallo«, ertönt es vorsichtig. Parkin weiß natürlich, wer Red ist. Er war bestimmt am Tag zuvor bei der Pressekonferenz. Und wenn nicht, dann hat er garantiert die Berichte darüber gesehen.

»Ich habe mit Interesse Ihren Artikel vom Sonntag gelesen«, sagt Red.

»Da bin ich mir sicher.«

»Ich finde ihn sehr gut. Sehr umfangreich. Es gäbe da nur ein paar Dinge, die ich gerne mit Ihnen klären würde, und ich habe weitere Informationen, die Sie vielleicht ganz nützlich finden. Vielleicht möchten Sie mit mir darüber sprechen?«

»Sicher. Können wir das am Telefon erledigen?«

»Nein, ich würde Ihnen gerne einige Dokumente zeigen. Es wäre besser, wenn Sie zum Scotland Yard kämen.«

»Na gut, wann würde es Ihnen passen?«

»Jederzeit. Je eher, desto besser. Ich habe sogar versucht, Sie gestern zu erreichen, aber dann fiel mir ein, daß Sie von diens-

tags bis samstags arbeiten, da Sie ja eine Sonntagszeitung sind.«
»Lassen Sie mich nachsehen.«
Papier raschelt, und Parkins summt leise am anderen Ende vor sich hin. Er will, daß es sich so anhört, als hätte er Besseres zu tun. Als ob. Wenn er nicht gerade Elvis gesehen hat, der in einem Supermarkt die Regale bestückt, dann wird Parkin alles dafür tun, um unbedingt den Vorteil als Insider im Apostel-Fall zu halten. Er will nur nicht so gierig wirken.
»Ich habe eine Verabredung zum Mittagessen, aber das kann ich absagen. Paßt Ihnen ein Uhr?«
»Ja. Kommen Sie zum Scotland Yard, und fragen Sie unten nach mir.«
»Bis um eins.«
»Ja, bis dann.«
Red hängt auf und lächelt vor sich hin.
Auf den Leim gegangen.

65

Roger Parkin ist in natura kahler und dicker als auf dem Bild. Red, der einen orangefarbenen Pappordner voller Papiere in der Hand hält, trifft sich mit ihm am Empfang und bringt ihn ein paar Stockwerke höher in einen Vernehmungsraum. Beruhigend und anonym. Sie machen im Fahrstuhl Small talk.
»Sie sehen gar nicht aus wie auf dem Foto in der Zeitung«, sagt Red.
»Nein.« Parkin lacht. »Es wurde vor fünf Jahren aufgenommen, als ich noch mehr Haare hatte. Die Eitelkeit der Journalisten. Sie sollten ein paar der anderen sehen. Wie mache ich aus Quasimodo Robert Redford.«

Red führt ihn in den Vernehmungsraum. Sie setzen sich an den Tisch. Parkin nimmt den Stuhl, der näher zur Tür steht. Red legt den Ordner auf dem Tisch ab, und Parkin weist mit dem Kopf darauf.
»Sind das die Dokumente?«
»Ja, wir werden sie uns gleich ansehen. Ich will Ihnen nur vorher noch schnell ein paar Fragen stellen.«
Parkins Augen werden schmal. »Schießen Sie los.«
»Woher haben Sie die Story?«
»Kommen Sie, Superintendent. Sie wissen, daß ich Ihnen das nicht sagen kann.«
»Weil Sie Ihre Quelle schützen müssen?«
»Natürlich.«
»Mr. Parkin, was Ihre Zeitung getan hat, war extrem unverantwortlich. Daran besteht gar kein Zweifel. Die Ermittlungen sind äußerst empfindlich und zeitraubend, und Ihre Story hat dem Ganzen einen großen und möglicherweise irreparablen Schaden zugefügt. Es ist meine Aufgabe, diesen Schaden so gering wie möglich zu halten. Sie besteht zum Großteil darin, herauszufinden, wer Ihnen die Geschichte erzählt hat, warum derjenige dies getan hat und was er Ihnen abgesehen von dem, was in der Zeitung stand, erzählt hat. Es sind nur wenige, die in Frage kommen.«
»Superintendent, Sie wissen, daß ich nicht mit Ihnen kooperieren kann.«
»Warum? Glauben Sie, daß Ihr Informant noch weitere Informationen für Sie hat?«
Parkin zuckt die Achseln. Red spricht weiter.
»Wenn es sein muß, kann ich sofort fünfundzwanzig Polizeibeamten nach Wapping schicken, die Ihre Akten und Notizen beschlagnahmen. Ich kann Sie wegen des Verdachts auf Verdunklung belangen und Sie schneller hinter Gitter bringen, als Sie ›Pressefreiheit‹ sagen können.«
»Na schön, dann gehe ich.«
»Ins Gefängnis?«

»Wenn es sein muß.«
»Mr. Parkin, wenn Sie ein Märtyrer Ihres Berufstandes werden wollen, nur zu. Aber ich habe nicht sechs Monate damit zugebracht, mir wegen dieses Falls den Arsch aufzureißen, damit mir Ihre Zeitung die Tour vermasselt.«
»Superintendent, wenn Sie ein Problem mit dem haben, was wir veröffentlicht haben, dann schlage ich vor, Sie wenden sich an meinen Herausgeber und hören auf, mich einzuschüchtern.«
»Tee?«
Ein abrupter Wechsel des Tonfalls und der Angriffstaktik. Parkin erwartet mehr Streit und bekommt statt dessen eine höfliche Frage gestellt. Der Wechsel bringt ihn aus dem Gleichgewicht.
»Was?«
»Tee. Hätten Sie gerne eine Tasse Tee? Oder Kaffee?«
»Tee wäre nett, danke. Milch und ein Stück Zucker.«
»Ich bin sofort wieder da.«
Red steht auf und geht an Parkin vorbei, so als wolle er zur Tür. Parkin dreht sich nicht um und sieht ihm nach. Er ist damit beschäftigt, etwas auf seinen Block zu schreiben.
Red hat die Plastikhandschellen blitzschnell aus der Tasche geholt. Er packt Parkins linken Arm, zieht ihn hinter die Rükkenlehne, läßt eine Schelle um Parkins Handgelenk schnappen und greift bereits nach dem zweiten Arm.
Parkins ist zu langsam. Ein Tintenstreifen glänzt auf dem Papier, wo seine Hand weggezerrt wurde, und der Füller fällt polternd auf den Linoleumboden.
Red zerrt Parkins rechten Arm durch die Streben des Stuhls und läßt die zweite Schelle zuschnappen. Der Journalist ist an den Stuhl gefesselt, seine Hände sind aneinandergebunden, und sein Arm ist durch die Streben des Stuhls gezogen.
»Was zum Teufel ...?«
Red beugt sich über Parkins linke Schulter und langt in die Jackentasche des Reporters. Seine Hand greift sofort in die lin-

ke Innentasche, nicht die rechte. Die meisten Menschen tragen ihr Portemonnaie in der rechten Tasche, aber Red sucht nach etwas anderem.
Er findet es sofort. Ein kleines Buch mit einem roten Rücken und einem schwarzen Deckel. Die Seiten sind mit den Buchstaben des Alphabets markiert. Parkins Adreßbuch.
»Das können Sie nicht tun!« Parkins Stimme klingt vor Zorn ganz wichtigtuerisch.
»Sparen Sie sich Ihren Atem, Mr. Parkin. Ich kann und ich werde. Und kommen Sie ja nicht auf die Idee zu schreien. Das passiert hier ständig. Polizisten ignorieren Schreie aus Vernehmungsräumen, so wie die meisten Leute Autoalarmanlagen ignorieren.«
Red blättert das Buch durch. Es enthält Hunderte von Namen, die in Parkins ordentlicher, schräger Handschrift eingetragen sind. Die meisten sind mit schwarzer Tinte notiert, aber ein paar sind in Grün oder Rot oder Blau eingetragen worden, als ein anderer Stift bei der Hand war. Hinter einigen Namen stehen in Klammern die Namen der Artikel, bei denen sie geholfen haben. Andere Namen sind so bekannt, daß sie keine nähere Erläuterung benötigen. Geheimnummern und Handynummern der Reichen und Berühmten. Es ist eine ziemlich beeindruckende Liste.
Red sucht nach seinem Maulwurf.
Nichts unter B.
Nichts unter C.
Er fährt mit dem Finger am Register entlang, bis er bei W ankommt. Dann schlägt er die Seite auf.
Es ist zu einfach.
Es ist der letzte und daher neuste Eintrag unter W.
Duncan Warren. Nur die Handy- und Privatnummer. Duncan hat Parkin bestimmt gesagt, er soll ihn nicht beim Yard anrufen.
Duncan. Warum?
Jetzt weißt du also, wer es ist, Red. Macht es die Sache besser,

daß du nun nicht mehr zwei Leute verdächtigen mußt, die nichts falsch gemacht haben? Oder macht es die Sache schlimmer, weil es den letzten Zweifel ausräumt, daß einer aus deinem Team dich verkauft hat? Jemand, dem du vertraut hast und der dich verraten hat.

Eric. So muß sich Eric fühlen, nicht wahr?

Red geht um den Stuhl herum und setzt sich Parkin gegenüber auf den Tischrand.

»Duncan Warren ist Ihr Kontaktmann, nicht wahr?«

»Das kann ich Ihnen nicht sagen.«

»Mr. Parkin, sein Name steht in Ihrem Buch. Außerdem ist er erst vor kurzem notiert worden. Es gibt nur zwei weitere Leute, die Ihnen etwas über den Apostel-Fall erzählen können, und ihre Namen stehen nicht in Ihrem Buch. Also ist Duncan Warren Ihr Informant. Ja oder nein?«

»Ich kann meine Quelle nicht preisgeben.«

Red stellt seinen Fuß auf Parkins Brust. Sein Bein ist angewinkelt.

»Wenn ich nun zutrete, wird der Stuhl, auf dem Sie sitzen, nach hinten kippen und Ihre Arme darunter begraben. Die Chancen stehen ziemlich hoch, daß Sie sich dabei einen oder sogar zwei Arme brechen. Vielleicht auch noch ein paar Finger. Oder das Handgelenk. Ich bitte Sie ja nicht, Ihre Quelle zu enthüllen, Mr. Parkin, sondern ihre Identität zu bestätigen. Dies hier hat mir bereits gesagt, was ich wissen muß.« Er wedelt mit dem Adreßbuch herum. »Ich will nur, daß Sie den letzten Zweifel ausräumen. Wenn Sie so wollen, seien Sie meine zweite Meinung.«

»Wenn Sie mir weh tun, werde ich Sie verklagen.«

»Glauben Sie, daß Sie mit einem gebrochenen Arm schreiben können? Oder tippen?«

»Ich schwöre bei Gott, ich werde Sie verklagen.«

Parkin rutscht auf seinem Sitz hin und her und versucht, seine Arme zu befreien. Die Angst hinter seinem Gehabe gibt Red einen Kick, und er verspürt ein Kribbeln an seinem Damm. Er fühlt sich wie eine Katze, die mit einem Wollknäuel spielt.

»Wissen Sie, Mr. Parkin, Sie muten sich wegen einer ziemlich kleinen Sache sehr viel zu.«
Red beginnt, sein Bein zu strecken. Der Stuhl kippt auf die hinteren Beine. Reds Fuß hält den Mann und den Stuhl in einer wackeligen Balance. Es ist seine Entscheidung. Seine Macht.
Parkin gibt nach.
»Na gut. Es ist Duncan Warren. Er ist mein Kontaktmann. Zufrieden?«
Parkin sieht nach unten und schämt sich für seine Feigheit.
Red zieht seinen Fuß zurück und läßt den Stuhl wieder auf seine vier Füße kippen.
»Danke. Und nun, da Sie mir Ihre Quelle genannt haben, werden Sie doch wegen dieses kleinen Austauschs kein Theater machen, nicht wahr? Denn Sie werden keine heißen Tips mehr bekommen, wenn Sie jederzeit den Inhalt Ihres Adreßbuches preisgeben. Wir haben also beide ein Interesse daran, diese Sache für uns zu behalten, nicht wahr?«
Red schließt die Handschellen auf. Parkin nimmt seine Arme nach vorne, streckt sie und reibt seine Handgelenke, wo das Plastik sich in seine Haut eingeschnitten hat.
Red gibt Parkin sein Adreßbuch zurück. Parkin schnappt es sich und stopft es in seine Innentasche.
Sie nehmen schweigend den Fahrstuhl ins Erdgeschoß und verzichten darauf, sich an der Eingangstür die Hand zu geben.

66

Duncan ist alleine in ihrer Einsatzzentrale, als Red hereinkommt. Er ißt sein Mittagessen. Ein weiches Brötchen, aus dem an den Seiten weißer Brie herausquillt. Er hebt zur Begrüßung die Hand.

»Wo sind Kate und Jez?« fragt Red.
Duncan schluckt.
»Sind essen gegangen.«
»Gut, ich wollte sowieso mit dir reden.« Red setzt sich ihm gegenüber.
Duncan trinkt einen Schluck Cola. »Leg los.«
Ein Wort. Ein einziges Wort, mit dem er um eine Erklärung bittet.
»Warum?«
»Warum was?«
»Warum hast du es getan, Duncan?«
»Warum habe ich was getan?«
»Mit den Leuten der *News of the World* geredet.«
»Das habe ich doch nicht.«
Red springt auf und hämmert mit der Faust auf den Tisch.
»Doch, verdammt, das hast du. Ich habe deinen Namen in Parkins Adreßbuch gesehen. Er hat mir gesagt, daß du es warst. Also warum? Warum mußtest du losgehen und uns alles kaputtmachen?«
Reds Zorn bohrt ein Loch in Duncans Fassade, dessen Protest in sich zusammenfallen zu scheint.
»Wegen des Geldes«, sagt er leise.
»Wegen des Geldes?« Red setzt sich wieder hin.
»Ja.«
»Sie haben dich bezahlt?«
»Ja.«
»Wieviel?«
Duncan blickt auf die Tischplatte hinunter.
»Wieviel, Duncan?«
»Zwanzig Riesen.«
»Zwanzig Riesen?«
»Ich habe sie gebraucht. Ich habe das Geld gebraucht. Es ist der Unterhalt. Er macht mich fertig. Von Sams Schulgebühren ganz zu schweigen. Helen ist mit diesem Wichser Andy zusammengezogen, aber ich muß ihr immer noch Geld in den Ra-

chen werfen. Ich habe Hypotheken bis zum Hals, und die Bausparkasse droht mit der Zwangsversteigerung. Ich versuche, mit meinem Bullengehalt auszukommen, aber ich schaffe es einfach nicht. Ich schaffe es nicht.«

»Wer ist auf wen zugegangen?«

»Hm ... das ist schwer zu sagen. Irgendwie beide. Ich habe Montag abend mit einem alten Kontaktmann, der bei der *News of the World* arbeitet, ein Bier getrunken. Ein Kriminalreporter, und wir haben uns unterhalten, wie man das halt so macht. Er hat mich gefragt, ob wir an ein paar interessanten Fällen arbeiten – nicht, weil er einen Verdacht hatte, sondern einfach so im Verlauf des Gesprächs. Ich hab natürlich nein gesagt, aber ich muß mich wohl verraten haben, denn er ließ nicht locker. Schließlich fragte er im Scherz, wieviel es kosten würde, aus mir Informationen herauszukriegen. Und ich erwiderte, das hinge davon ab, wieviel er zahlen würde. Er sagte, er werde sich bei mir melden. Es war zuerst nur ein Scherz. Wir hätten jederzeit aufhören können, aber irgendwann wurde es ernst. Auf jeden Fall sagte ich, ich würde darüber nachdenken, und dann haben wir vereinbart, uns am nächsten Abend zu treffen.«

»Und?«

»Am nächsten Abend stellte er mich Parkin vor. Wir feilschten ein bißchen und einigten uns auf zwanzig Riesen.«

»Du hast ihm wahrscheinlich ein bißchen über den Fall gesagt?«

»Nicht viel. Nur genug, um sein Interesse zu wecken.«

»Also wieviel?«

»Nur, daß ein Serienmörder unterwegs ist, der sich für Jesus Christus hält und die Apostel sammelt.«

»Und das nennst du ›nicht viel‹? Kein Wunder, daß sein Interesse geweckt war. Wann hast du dich mit Parkin zusammengesetzt und alles ausgeplaudert?«

»Mittwoch abend und noch einmal Freitag. Es war zuviel, um es bei einem Treffen zu erledigen.«

»Duncan, wir haben letzte Woche rund um die Uhr gearbeitet.

Wir sind an den meisten Abenden nicht vor zehn, elf Uhr gegangen. Wann hast du die Zeit gefunden?«
»Nachdem wir Feierabend hatten. Spät in der Nacht.«
»Und du hast ihm alles erzählt?«
»Alles, außer den typischen Merkmalen.«
»Hat er danach gefragt?«
»Ja. Er hat direkt gefragt, ob der Mörder eine bestimmte Handschrift hinterlassen hat.«
»Und was hast du gesagt?«
»Ich sagte nein. Ich wußte, daß wir, wenn ich ihm von den Zungen und den Löffeln erzähle, Silberzunge niemals finden würden.«
»Nicht ›wir‹, Duncan. Nicht mehr. Ab jetzt bist du suspendiert.«
Duncan rührt sich nicht. Red steht auf.
»Los, wir gehen. Ich werde dich aus dem Gebäude bringen.«
»Was ist mit meinen Sachen?«
»Ich sorge dafür, daß sie dir zugeschickt werden. Los.«
»Kann ich mich von Jez und Kate verabschieden?«
Ein Mann, der gesündigt hat und dennoch Vergebung erwartet. Red packt ihn.
»Verdammt noch mal, Duncan. Es gibt zwei Menschen auf der Welt, die dich ganz bestimmt nicht sehen wollen, und das sind sie. Und mich mußt du auch dazuzählen. Jetzt steh auf.«
Zum zweiten Mal in einer halben Stunde fährt Red schweigend mit jemandem im Aufzug hinunter. Sie durchqueren den Eingangsbereich und lassen sich nicht den Konflikt anmerken, der zwischen ihnen besteht. An der Tür fällt Red etwas ein.
»Als wir letztens in meiner Wohnung waren und Kate sich an die Öffentlichkeit wenden wollte, da hast du dafür plädiert, die Einzelheiten geheimzuhalten. Hattest du das bereits geplant? Hattest du schon ernsthaft vor, unsere Geheimhaltung zu deinem Vorteil zu nutzen?«
Duncans Schweigen spricht Bände.
Red nimmt Duncan den Sicherheitsausweis ab. Er sieht Dun-

can nach, der die Straße überquert und in die U-Bahn-Station St. James' Park geht. Die verrückte alte Frau, die am Morgen auf ihrem Plakat eine jüdische Verschwörung ankündigte, ist verschwunden.

Duncan blickt sich noch einmal um und bittet stumm um Vergebung.

Red denkt an den Beginn der Ermittlung zurück, als er eine Münze geworfen hat, um sich zwischen Duncan und Pritchard zu entscheiden. Die Münze zeigte Zahl, und er wählte Duncan. Wie sich herausgestellt hat, war das ein sehr teurer Fehler.

Es ergibt keinen Sinn, jemand anderen ins Team aufzunehmen. Er müßte zuviel lernen, und es ist zuwenig Zeit, um ein neues Vertrauensverhältnis zu ihm aufzubauen. Sie müssen sich von nun an zu dritt durchschlagen.

Drei blinde Mäuse. Genau das sind sie. Drei blinde Mäuse, die im Dunkeln ihrem eigenen Schwanz nachjagen.

Red dreht sich um und geht zurück zum Fahrstuhl.

67

Der Nachrichtenzähler am Anrufbeantworter blinkt einmal, als Red nach Hause kommt. Er drückt den Play-Knopf und geht in die Küche, um sich einen Drink zu holen. Susans tränenerstickte Stimme ertönt, und er läuft zurück ins Wohnzimmer.

»Red, ich bin's. Ich bin ... ich bin in Rickmansworth. Ich bleibe für ein paar Tage bei Shelley. Sie ist eine Arbeitskollegin. Ähm ... könntest du mich anrufen?«

Sie nennt ihm die Nummer zweimal, einmal schnell und dann langsamer. Er kritzelt die Nummer auf den Block, der neben dem Telefon liegt, während Susan weiterspricht. »Ich muß mit dir reden, Red. *Bald.* Ruf mich an. Tschüs.«

Ein kurzer Gesprächsfetzen mit jemand anderem, bevor die Verbindung unterbrochen wird.
Sie verläßt ihn. Sie hat es zwar nicht gesagt, aber er weiß es. Sie verläßt ihn. Was für ein beschissener Tag.
Schlechte Neuigkeiten kommen immer im Dreierpack. Parkin, Duncan und nun das hier.
Red nimmt den Hörer hoch und beginnt, Shelleys Nummer zu wählen. Mittendrin legt er wieder auf und geht in die Küche. Es ist wahrscheinlich besser, der Sache mit einem starken Drink gegenüberzutreten. Er nimmt sich eine Büchse Heineken aus dem Kühlschrank und gießt sich einen großen Whiskey in ein Glas. Damit wird er es schon durchstehen.
Red geht zurück ins Wohnzimmer und wählt die Nummer ein zweites Mal. Eine weibliche Stimme meldet sich. Es ist nicht Susan. Wahrscheinlich Shelley.
»Könnte ich bitte mit Susan Metcalfe sprechen?«
»Warten Sie eine Sekunde.«
Am anderen Ende klappern Schritte über einen harten Fußboden. Eine entfernt klingende Stimme sagt: »Es ist Red.« Diesmal nähern sich lauter werdende Schritte dem Telefon.
»Red?« fragt Susan.
Ihre Stimme ist tränenerstickt. Sie hat geweint.
»Liebling, geht es dir gut?«
»Ja. Na ja, so einigermaßen. Nein, nicht gut. Ganz und gar nicht. Ich ... ich brauche einfach Zeit zum Nachdenken.«
»Worüber?«
»O Red, merkst du es denn nicht? Dieser Fall. Er hat dein ganzes Leben in Beschlag genommen. Ich habe die letzten sechs Monate gar nicht mehr für dich existiert.«
»Das stimmt nicht. Das weißt du auch ...«
»Nein, Red, halt den Mund und laß mich zu Ende reden. Diese Sache dominiert dein Leben. Es ist kein Platz mehr für etwas anderes. Damit kann ich nicht mehr leben. Ich weiß, du hast versucht, dir Zeit zu nehmen, und ich weiß es zu schätzen, aber im Grunde bist du ein Sklave dieses Falles. Ich sehe dich eine

Weile, und dann passiert etwas, und du bist eine Woche lang verschwunden. Hörst du, was ich sage? Ich kann nicht so weiterleben. Entweder werde ich völlig ignoriert, oder ich muß dich wie ein rohes Ei behandeln, aus Angst, etwas Falsches zu sagen.«

Sie schweigt, und Red hält die Luft an.

»Und dann habe ich dich gestern nacht im Fernsehen und heute in der Zeitung gesehen.«

O Gott. Susan kauft immer den *Independent.* Sie hat das Bild mit seinem haßverzerrten Gesicht gesehen.

»Es hat mir angst gemacht, Red, wirklich. Ich habe den Bericht über dich gesehen, und dieses Foto, und gelesen, was dieser schreckliche Pembridge über dich sagt, und das warst gar nicht du. Und doch warst du es. Es war plötzlich so, als ob ... ich weiß nicht, als wäre ich mit einer Hälfte von dir verheiratet, und plötzlich ist da diese neue Seite an dir, die ich noch nie zuvor gesehen habe. *Niemals.* Der Mann, den ich kenne, ist nicht der auf der Titelseite, der so aussieht, als würde er gleich jemandem das Herz aus dem Leib reißen. Und genau das hat der Fall mit dir gemacht, Red. Er hat dich verändert.«

»Nein, Susan, das hat er nicht. Das verspreche ich dir.«

Er sagt nicht *So bin ich nicht.* Denn er ist tatsächlich so. Dieses wutverzerrte Gesicht gehört ihm.

»Der Fall hat dich verändert. Oder er hat dich nicht verändert, und du hast mich die ganze Zeit belogen und getäuscht. Und das ist genauso schlimm.«

»Susan ... wir sollten das nicht am Telefon besprechen. Können wir uns nicht sehen?«

Stille dringt an sein Ohr, während sich ihre Wut in Kummer verwandelt.

»Red, ich weiß nicht mehr, wo oben und unten ist. Ich möchte einfach eine Weile allein sein. Das ist alles.«

»Wie lange dauert eine Weile?«

»Ich weiß es nicht.«

»Ungefähr?«

»Red. Ich habe doch gesagt, ich weiß es nicht. Aber zumindest so lange, bis du Silberzunge gefaßt hast. Dann sehen wir weiter.«

»Susan, das könnte Monate dauern. Oder Jahre. Verdammt, vielleicht kriegen wir ihn nie.«

»Red, solange du von diesem Fall besessen bist, haben wir absolut keine Chance, diese Sache zu klären. Es hat keinen Sinn, eine große Aussprache anzusetzen, wenn du zu müde zum Reden bist oder du vielleicht jederzeit zu einem Tatort gerufen werden kannst. Es ist nicht fair dir gegenüber, und mir gegenüber schon gar nicht. Konzentriere dich auf eine Sache. Wenn du ihn hast, dann können wir vernünftig über alles reden.«

»Kann ich nicht vorbeikommen, wenn du arbeitest? Wir könnten miteinander essen gehen.«

»Nur, damit du in letzter Minute absagst? Red, bitte. Halt dich zurück. Vorübergehend.«

Er weiß, wann er aufhören muß, sie zu drängen. »Na gut.«

»Danke. Hör zu, ich muß jetzt auflegen. Ich rufe dich an ...«

»Wann?«

Eine instinktive Bitte. Viel zu verzweifelt.

»Wenn ich bereit bin.«

Schweigen.

»Paß auf dich auf.«

»Du auch.«

»Tschüs.«

»Tschüs.«

Er hat beinah aufgelegt, als ihre Stimme aus dem Hörer dringt und ihn zurückruft.

»Red?«

»Ja?«

»Dein Mörder, ich hasse ihn so sehr wie du.«

Das sanfte Tuten des Freizeichens dringt an sein Ohr.

Red schaltet das Licht aus, setzt den Kopfhörer auf, und *Der Messias* erfüllt das, was von seiner Welt noch übrig ist, mit Klängen.

68

Die Polizei sagt, ich würde unschuldige Menschen umbringen. Aber das stimmt nicht. Ich bringe sie nicht um, ich mache sie zu Märtyrern. Das ist der Unterschied. Wenn sie den Märtyrertod sterben, kommen ihre Seelen zu mir. Deshalb behalte ich ihre Zungen. Habt ihr die Sprüche gelesen? Kapitel 21, Vers 23. »Wer Mund und Zunge bewahrt, der bewahrt sein Leben vor Not.« Ich nehme ihre Zungen heraus, während sie im Sterben liegen, damit ihre Seelen zu mir kommen. Und so leben sie weiter und verbreiten das Wort Gottes durch mich. Im Tod geben sie sich mir ganz, etwas, das sie im Leben nicht getan hätten – gar nicht hätten tun können. Bevor ich sie auswählte, waren sie nichts. Als Jesus seine Zwölf auswählte, waren sie ganz normale Menschen. Es war seine Anwesenheit, sein Einfluß, der sie zu Ausnahmen machte. So ist es auch bei mir. Ich nehme diese Männer und mache sie zu etwas. Ich verändere sie. Ich führe sie vom Leben zum Tod, von einer Dimension in die andere. Aber es funktioniert auch anders herum. Als sie noch lebten, waren sie im Geiste tot. Aber nun, da sie tot sind, haben sie durch mich das ewige Leben …

69

Mittwoch, 28. Oktober 1998

»Samariter, wie kann ich Ihnen helfen?«

Janet 749 reibt sich den Schlaf aus den Augen, während sie sich meldet. Sie wirft einen Blick auf die Uhr an der Wand. Es ist halb fünf morgens. Unter der Uhr schläft Abigail 552, ebenfalls eine freiwillige Helferin, unruhig auf einem Klappbett. Sie hat sich zwei graue Decken eng um den Körper geschlungen.

Aus Gründen der Anonymität benutzen die Freiwilligen statt ihres Namens Nummern. Sie sind den Leuten, die anrufen, und teilweise auch ihren Kollegen unbekannt.

Am anderen der Leitung herrscht absolute Stille. Janet wartet geduldig. Das ist ziemlich normal. Leute, die die Samariter anrufen, brauchen oft ein paar Sekunden, bevor sie den Mut fassen und anfangen zu sprechen. Sie nutzt die Zeit, um völlig wach zu werden.

Immer noch Schweigen. Janet spricht erneut. »Ich bin hier, wenn Sie reden wollen.«

Nichts.

Sie weiß, daß sie niemals aufhängen und die Verbindung unterbrechen darf, bevor sie es tun.

Dann ertönt eine männliche Stimme.

»Ich habe jemanden umgebracht.«

Janet klemmt sich den Hörer zwischen Schulter und Kinn, bedeckt die Sprechmuschel mit der linken Hand und schnippt mit den Fingern der rechten Hand. Abigail öffnet ein Auge, sieht die Dringlichkeit in Janets Gesicht und schwingt das linke Bein vom Feldbett. Die Decken fallen zu Boden. Sie durchquert den Raum und hebt den Hörer des zweiten Anschlusses ab. Janet nimmt die Hand von der Muschel.

»Wollen Sie darüber sprechen?«

»Kennen Sie den Apostel-Killer?«

»Es tut mir leid, ich habe das nicht verstanden«, sagt Janet.

Die Stimme des Mannes ist dumpf und undeutlich, als würde er durch ein Taschentuch sprechen.

»Ich sagte, kennen Sie den Apostel-Killer?«

»Der, der in allen Zeitungen stand?«

»Ja.«

»Ja, ich weiß, von wem Sie sprechen.«

»Der bin ich.«

Ja, klar, denkt Janet. Du und tausend andere Spinner, die bereits bei der Polizei angerufen haben.

Seine Stimme unterbricht ihre skeptischen Gedanken.

»Sie glauben mir nicht, stimmt's?«
In der Ausbildung der Samariter kommt so etwas nicht vor. Sie bekommen beigebracht, wie sie mit Menschen umgehen, die gerade von ihrem Partner verlassen wurden, oder mit Teenagern, die glauben, Pickel oder Schlägertypen in der Schule seien das Ende der Welt. Sie bekommen nicht beigebracht, was man zu jemandem sagt, der behauptet, der meistgesuchte Mann Englands zu sein. Janet sagt das erste, das ihr durch den Kopf geht.
»Wollen Sie darüber reden?«
»Die Bullen wissen, was ich vorhabe. Aber sie können mich nicht aufhalten. Ich habe mehr Leute umgebracht, als sie wissen.«
»Sie haben mehr Leute umgebracht?«
»Das stimmt.«
»Wie viele?«
»Zwei heute nacht. Zwei in den letzten drei Stunden. Deshalb rufe ich auch an.«
»Warum?«
»Um Ihnen zu sagen, wo sie zu finden sind. Nun, wo sie einen von ihnen finden können. Ich meine, sie sollten zumindest über einen Bescheid wissen.«
»Warum?«
»Weil er mit Ihnen zusammenarbeitet.«
Janet schluckt schwer und versucht, etwas Speichel zu sammeln, da ihr Mund plötzlich völlig ausgetrocknet ist.
»Wer ist es?« fragt sie. »Wen haben Sie getötet?«
»Er heißt Jude Hardcastle. Kennen Sie ihn?«
»Ich fürchte, wir können Einzelheiten unseres – «
»Es ist mir egal, ob Sie ihn kennen oder nicht. Er ist hier bei mir, bei sich zu Hause, und ich habe ihn getötet. Wollen Sie die Adresse haben?«
»Ja.«
»Westwick Gardens, London, W12. Die Kellerwohnung. Ich kann mich nicht an die Nummer erinnern, aber vor der Tür steht ein roter Toyota. Haben Sie das mitgeschrieben?«

»Ja.«
»Lesen Sie es noch einmal vor.«
Sie tut es.
»Gut. Jude wird noch hier sein, wenn Sie kommen. Aber ich nicht.«
»Was ist mit dem anderen, den Sie umgebracht haben?«
Zu spät. Er ist weg.
Janet zittert. Sie fährt sich mit der Hand durchs Haar und spürt das Ziepen an ihrer Kopfhaut.
»O mein Gott«, sagt Abigail.
»Ich werde Alex anrufen«, sagt Janet. Alex 192 ist der Leiter ihrer Samariter-Zentrale.
»Denkst du nicht, wir sollten direkt bei der Polizei anrufen?«
»Nicht, ohne es Alex zu sagen. Es wird nur ein paar Minuten dauern.«
Janet fährt mit dem Finger den Dienstplan entlang bis zum Eintrag Alex und wählt dann seine Privatnummer. Es klingelt dreimal, viermal, fünfmal, während Alex langsam aus dem Tiefschlaf erwacht. Währenddessen sucht sie auf der Liste der Freiwilligen nach Jude Hardcastle. Sein Name ist nicht dabei.
»Ja?« Alex' Stimme klingt verschlafen und leicht verärgert.
»Alex, hier spricht Janet 749. Wir hatten gerade einen merkwürdigen Anruf.« Sie entschuldigt sich erst gar nicht dafür, daß sie ihn geweckt hat. Alex weiß, daß keiner der Freiwilligen ihn ohne guten Grund um fünf Uhr morgens anrufen würde.
»Es hat ein Mann angerufen, der behauptet, Jude Hardcastle getötet zu haben.«
»Jude Hardcastle?«
»Ja, offensichtlich arbeitet er für uns, aber ich kann seinen Namen nicht finden.«
»Er ist für die Öffentlichkeits- und Pressearbeit zuständig. Er hat vor sechs Monaten mit dem Telefondienst aufgehört. Deshalb steht er nicht mehr auf der Liste.«

»Der Mann hat mir seine Adresse gegeben. Wollen Sie sie haben?«
»Ja bitte.«
Sie liest sie ihm vor.
»Gut«, sagt Alex. »Das ist nicht weit von mir. Ich werde nachsehen.«
»Finden Sie nicht, wir sollten die Polizei anrufen?«
»Nein, noch nicht. Wenn dieser Typ nur Spaß gemacht hat, dann ist das letzte, was wir wollen, daß eine Flotte von Streifenwagen bei Jude auftaucht und ihn und die Nachbarschaft ohne triftigen Grund aus dem Bett zerrt. Ich fahre selber hin. Es dauert nur zehn Minuten. Danke für den Anruf.«

70

Red ist bereits wach, als das Telefon klingelt.
Er hat kaum geschlafen. Wirre Gedanken schwirren durch die Dunkelheit und umkreisen die leere Stelle im Bett, wo Susan zuvor gelegen hat. Gesichter verfolgen ihn, die auf die Schatten der Nacht gemalt sind: Parkin, der mit den Händen an den Stuhl gefesselt zu Boden fällt; Duncan, der gegen Homosexuelle wettert; Eric in seiner Gefängniszelle, dessen Gesicht wie das von Dorian Gray jung bleibt, wie vor fünfzehn Jahren, als Red ihn das letzte Mal gesehen hat, während er auf den Fotos, die Red zusammen mit den Artikeln, die ihm nicht passen, versteckt hält, alt und entstellt aussieht. Irgendwann muß Red in einen leichten, traumlosen Schlaf gefallen sein, aber wie lang er geschlafen hat, weiß er nicht.
Er packt den Hörer, noch bevor das erste Klingeln zu Ende ist. Sein Magen zieht sich bereits in einer schrecklichen Vorah-

nung zusammen. Es gibt nur eine Sache, wegen der ihn jemand zu dieser Uhrzeit anruft.

Fünf Minuten später rast er die verlassene A 40 in Richtung Sheperd's Bush entlang.

71

Jude Hardcastles Schädel wurde so malträtiert, daß sein Kopf zerquetscht ist und eine beinah elliptische Form hat – das obere Ende seiner Hirnschale ist flach, nicht mehr rund.

Seine Leiche wird in der gleichen Position wie die von James Cunningham vorgefunden: auf einer Seite liegend mit einem Arm über dem Gesicht. Der gleiche Mörder und wahrscheinlich auch die gleiche Waffe. Abgesehen davon, daß Jude volles Haar hatte und ungefähr zwanzig Kilo leichter war als der Bischof, könnte Red schwören, daß er sich gerade die gleiche Leiche ansieht. Exhumiert und ihm noch einmal präsentiert, wie in einer Horror-Version von *Und täglich grüßt das Murmeltier.*

Das trübe orangefarbene Licht der Tankstelle auf der anderen Straßenseite strömt durch das Fenster.

Red braucht erst gar nicht in Judes Mund zu sehen, aber er tut es trotzdem.

Die Zunge fehlt. Keine große Überraschung.

Er erinnert sich an den Eintrag im Brewer's. **Judas Thaddäus:** eine Keule, da er mit einer Keule gemartert wurde.

Sechs zu sechs.

72

»Wie haben Sie diesen Mann gefunden?« fragt Red Alex 192, der völlig geschockt aussieht. »Wieso befinden Sie sich um fünf Uhr morgens in Jude Hardcastles Haus?«
»Ich will ja nicht Ihre Ermittlungen behindern, aber ich fürchte, daß ich Ihnen das nicht sagen kann.«
»Sie können mir nicht sagen, warum Sie hier sind?«
»Das stimmt.«
»Haben Sie etwas gehört? Einen Kampf, einen Schrei?«
»Nein, ich lebe zehn Minuten von hier.«
»Hat Jude Sie angerufen?«
»Ich … äh, nein. Nicht direkt.«
Red blickt Alex einen Moment lang an, steht auf und geht zum Telefon hinüber. Er zieht die Ärmel über seine Hände, hebt den Hörer hoch und drückt die Wahlwiederholung. Eine weibliche Stimme meldet sich.
»Samariter, wie kann ich Ihnen helfen?«
Red legt wieder auf und blickt Alex an.
»Sie arbeiten für die Samariter?«
Alex nickt widerstrebend.
»Na gut«, sagt Red. »Ich weiß, wie das läuft. Ich weiß, ihr behandelt alles vertraulich, und das respektiere ich. Aber das ist eine Ermittlung in einem Mordfall, also muß ich wissen, was Sie wissen. Also, Sie arbeiten für die Samariter?«
Alex gibt nach. »Ich bin der Chef der örtlichen Zentrale.«
»Und wo befindet sich die?«
Alex sagt es ihm.
»Los, gehen wir«, sagt Red und zieht sein Handy hervor, um Kate und Jez anzurufen.

Sie drängen sich zu sechst in dem engen Eingangsbereich der Samariter: die drei Detectives, Alex, Janet und Abigail. Die Telefonzentrale ist größer, aber dort hat die Polizei keinen Zutritt.

»Wie würden Sie seine Stimme beschreiben?« fragt Red.
»Ich glaube, er hat versucht, sie zu verstellen«, antwortet Janet. »Sie klang gedämpft, als würde er durch ein Taschentuch oder so etwas sprechen. Was ich verstehen konnte, war nicht besonders deutlich. Er hatte keinen starken Dialekt. Eine ganz normale Stimme.«
Normal heißt Mittelklasse und Mittelengland. Weiß, männlich und mit einer höheren Schulbildung. Dinge, die sie bereits wissen.
»Und wie klang er? Ich meine seine Stimmung?«
»Völlig emotionslos.«
»Klang er nicht wütend?«
»Nein.«
»Erregt? Reuig?«
»Nein.«
»Triumphierend?«
»Nein, nicht einmal das. Er hat sich angehört, als würde er anrufen, um mir zu sagen, daß er vergessen hat, die Katze rauszulassen.«
Eiskalt. Aber das war zu erwarten.
Für jemanden, der gerade eine Beichte – oder so etwas Ähnliches – von dem meistgesuchten Mann des Landes gehört hat, ist Janet erstaunlich gefaßt. Oder vielleicht ist sie auch nur zu müde, um es richtig zu begreifen.
»Ich nehme an, Sie haben keine Aufzeichnungen des Anrufs, oder?« fragt Red.
»Wir nehmen keine Anrufe auf«, mischt sich Alex ein. »Das machen wir mit Bedacht so. Wir können keine Anrufe aufnehmen und auch nicht zurückverfolgen.«
»Zurückverfolgen?« fragt Jez.
»Ja, Sie wissen schon, man wählt 1471 und kann herausfinden, welche Nummer als letztes angerufen hat. Wir haben *British Telecom* gebeten, diese Möglichkeit auszuschließen. Aus dem gleichen Grund erscheinen auch nicht die Nummern der Anrufer im Display, bevor man abhebt. Der ganze Sinn und

Zweck der Samariter ist, vertraulich zu helfen. Wir wissen nie, wer der Anrufer ist, es sei denn, er will es uns sagen.«
»Jedenfalls hat er von Judes Haus aus angerufen«, sagt Janet. »Vielleicht hat er Fingerabdrücke hinterlassen.«
»Vielleicht.«
Eher friert die Hölle zu. Silberzunge hat bereits fünf Menschen umgebracht, ohne eine Spur zu hinterlassen. Er wird nicht plötzlich achtlos werden und uns versehentlich seine Fingerabdrücke präsentieren.
»Und er ist auch nicht in Ihren Akten?« fragt Red.
»Wir haben keine Akten«, erwidert Alex.
»Kann ich nachsehen?«
»Der Mann hat hier noch nie zuvor angerufen. Das verspreche ich Ihnen.«
»Wir könnten einen Durchsuchungsbefehl bekommen«, sagt Jez.
»Da bin ich sicher«, erwidert Alex. »Aber Sie würden Ihre Zeit verschwenden.«
Red steht auf. »Ich bin sicher, ein Durchsuchungsbefehl wird nicht nötig sein. Danke für Ihre Kooperation.«
Sie sind beinah aus der Tür, als Red sich umdreht und Janet ansieht.
»Wissen Sie was?«
»Was?«
»Sie sind die einzige Person auf der Welt, die mit diesem Mann gesprochen *und* es überlebt hat.«
Sie gehen, bevor sie etwas erwidern kann.

73

»Drei Cappuccino zum Mitnehmen, bitte.«

Es ist erst halb acht morgens, aber Red hat bereits das Gefühl, eine Ewigkeit auf den Beinen zu sein.

Das in Chrom gehaltene Café blitzt vor Sauberkeit. Bei den Preisen, die sie verlangen, ist dies das mindeste, das man verlangen kann.

Die Cappuccino werden in Pappbechern serviert, die ein kleines Loch im Deckel haben, durch das man trinken kann. Durch das Loch bekommt man bei jedem Schluck angeblich die beste Mischung aus Schaum und Kaffee. *Seattle-Style* lautet der Aufdruck auf dem Becher.

»Das mit dem Mischen von Schaum und Kaffee ist Blödsinn«, sagt Jez. »Wenn man durch das Loch trinkt, bleibt der Schaum innen. Dann kann man den Deckel abmachen und ihn ablekken. Das ist der beste Teil.«

Ihr Atem bildet kleine lungenförmige Wölkchen, als sie das Café verlassen und zurück zum Scotland Yard gehen. Der erste Strom von Pendlern verläßt die U-Bahn-Station. Die meisten gehen in Richtung der japanischen Bank auf der anderen Seite der Victoria Street. Dies mag zwar das Zentrum der Beamten sein, aber keine Behörde fängt so früh an.

»Es ist interessant, findet ihr nicht?« fragt Red.

»Was?«

»Daß Silberzunge sich so kurz nachdem sein Schema bekannt wird mit jemandem in Verbindung setzt. Vorher hat er sich gar nicht gemeldet, aber jetzt ruft er die Samariter an.«

»Wo er weiß, daß niemand seinen Anruf zurückverfolgen oder mitschneiden kann«, ergänzt Jez.

»Das stimmt. Aber Kontakt bleibt Kontakt. Also warum hat er es getan?«

»Vielleicht wird er überheblich«, sagt Kate.

»Oder vielleicht will er aufhören«, sagt Jez.

»Nein«, widerspricht Red vehement. »Er will nicht aufhören. Das wissen wir. Er wird es bis zum Schluß durchziehen. Ich denke, Kate hat möglicherweise recht. Er wird überheblich.«
Reds Handy klingelt. Sie bleiben sofort stehen. Red reicht Kate seinen Cappuccino, nimmt das Telefon von seinem Gürtel und meldet sich.
»Metcalfe.«
Kate und Jez beobachten ihn, während er spricht. Seine Stimme und sein Gesicht sind völlig ausdruckslos. Er ist nicht länger ängstlich oder aufgeregt. Er ist nur müde und will es hinter sich bringen. Er blickt sie an, während er spricht, und nickt kurz.
Plötzlich liegt ein dringlicher Ton in seiner Stimme.
»Wer? ... Ja, natürlich weiß ich, wer er ist ... Ja, ich weiß. Wäre ja auch fast unmöglich, oder? Er ist beinah jeden verdammten Abend in den Nachrichten ... Wo?.. Ja, kenne ich. Welche Nummer? ... Gut. Wir werden hinkommen ... Sie sind gerade bei mir ... Nein, wir werden zu Fuß gehen, das geht genauso schnell ... Es ist nur die Straße runter ... Hören Sie, wozu die verdammte Eile? Er ist doch schon tot, oder?«
Er klappt das Telefon zusammen und sagt nur zwei Worte: »Simon Barker.«
»Der Abgeordnete?« fragen sie gleichzeitig.
»Genau der.«
»O mein Gott«, entfährt es Kate. »Wo ist er?«
»Catherine Place.« Red zeigt in Richtung Victoria Station. »Fünf Minuten in die Richtung.«
Er nimmt Kate den Cappuccino aus der Hand.
»Kommt. Wir können ihn auf dem Weg dorthin trinken.«

74

Simon: eine Säge, da er laut Überlieferung zersägt wurde.

75

Daß Simon Barker von Silberzunge zum Tode auserwählt worden ist, beschert seinem abwechslungsreichen Leben ein recht ironisches Ende. Simon Barker hatte sich in den fünfundzwanzig Jahren im Unterhaus so viele Feinde gemacht, daß nur JFK und J. R. Ewing mit mehr potentiellen Attentätern aufwarten können. Simon Barker hatte wirklich jede soziale Gruppe beleidigt. Er bezeichnete Homosexuelle als »Teufelsbrut«, alleinerziehende Mütter als »verantwortungslose Schlampen«, die IRA als »torfköpfige Murphys« oder »verdammten Abschaum«, weibliche Mitglieder des Parlaments als »Lesben« oder »vom Hals aufwärts tot«, die Palästinenser als »Handtuchköppe« und die Afrikaner als »Dschungelhasen«. Kindische, einfallslose und beleidigende Sprüche eines Mannes, der einmal, wenn auch halb im Scherz, behauptete, er sei »der Mann, der Dschinghis Khan wie Ken Livingston erscheinen lassen würde«.

Simon Barker war der Auffassung, daß eine gemeinsame europäische Währung Englands politischer und finanzieller Ruin wäre, daß die Polizei das uneingeschränkte Recht haben sollte, jeden anzuhalten und zu durchsuchen, daß die Mindeststrafe bei gewissen Verbrechen nur recht und billig war und der Einwanderung endgültig ein Riegel vorgeschoben werden sollte. Und da er keinerlei Wunsch verspürte, ein hohes Amt zu bekleiden, drückte er diese Meinungen ausgiebig und sehr laut aus. Denn er war sich sicher, daß er Teil der stärksten konservativen Wahlkreise Englands war. Simon Barker bekam Sendezeit, von der die meisten Kabinettsmitglieder nur träumen konnten.

Und nun ist er tot. In zwei Hälften zersägt.

Catherine Place ist eine ruhige, elegante Seitenstraße, die gegenüber dem Buckingham Palace liegt. Die schwarzen Straßenlaternen stammen noch aus dem viktorianischen Zeitalter, und die wenigen Unternehmen, die in dieser Straße ihren Sitz haben, kündigen ihre Anwesenheit durch schlichte Messingplaketten an. Catherine Place liegt beinah genau zwischen dem Unterhaus im Osten und dem Rand von Kensington und Chelsea, den Wahlbezirken Barkers, im Westen.

Simon sollte an diesem Morgen kurz vor sechs Uhr dreißig in der BBC-Sendung *Business Breakfast* erscheinen, um über die neuesten Gesetzesvorlagen im Strafrecht zu diskutieren. Der Fahrer der BBC, der ihn um fünf Uhr dreißig abholen sollte, fand die schwarze Haustür offen vor. Als niemand auf das Klingeln reagierte, ging der Fahrer ins Haus, um seinen Passagier zu holen. Das Frühstück des Fahrers liegt nun gut sichtbar auf dem Teppich neben der Tür zum Wohnzimmer.

Simons Leiche befindet sich neben dem Kamin. Er wurde in Höhe der Taille auseinandergesägt, und Silberzunge hat den unteren Teil ungefähr dreißig Zentimeter vom oberen Teil entfernt hingestellt. Zwei Körperhälften, die durch ein Meer aus Blut getrennt sind.

Jedesmal, wenn Red glaubt, daß es an einem Tatort nicht noch mehr Blut geben kann, wird ihm das Gegenteil bewiesen. So schlimm war es noch nie. Simons Blut ist überall hingeflossen und -gespritzt, und nun quatscht es unter Reds Füßen, als er zu der Leiche hinübergeht und sich neben sie hockt.

Simons Haut ist eingerissen, wo das Blatt der Säge zuerst in sie hineingeschnitten hat. Red legt den Kopf schief und betrachtet den unteren Teil des Rumpfes.

Er sieht aus wie ein Sandwich: Die Haut ist das Brot und die

zusammengequetschten Organe der Belag dazwischen. Die Organe schimmern in fahlen Tönen, angefangen von Rot über Hellblau, Lila und Gelb bis hin zu Schwarz, und der durchdringende Geruch nach Galle hängt schwer in der Luft.
Red zuckt zusammen. Dieses ganze Zeug, dieser ganze Matsch ist auch in mir.
Der Bauchnabel befindet sich ungefähr drei Zentimeter über der Trennlinie. Silberzunge hat sich die logischste Stelle zum Schneiden ausgesucht; die Stelle, wo er auf den wenigsten Widerstand stoßen würde. Über der Hüfte, durch die warmen, nachgiebigen Innereien, und durch den einzigen Knochen, den er zersägen mußte, und zwar die Wirbelsäule.
Reds Augen wandern müde über den Rest von Simons Körper. Die blutdurchtränkten Unterhosen sehen widersinnig aus, wie sie das obere Ende des Stumpfes bedecken statt die Mitte des Körpers.
Sowohl die Hände als auch die Knöchel sind gefesselt, damit Simon sich nicht richtig wehren konnte.
Red braucht sich das Gesicht gar nicht anzusehen, aber er tut es trotzdem.
Simon Barkers Augen sind nicht vor Entsetzen weit aufgerissen, sondern vor lauter Schmerzen zugekniffen.
Man stelle sich vor, ein Bein ohne Betäubung amputiert zu bekommen. Vor der modernen Medizin banden sie einen fest und steckten einem ein Stück Holz zwischen die Zähne, damit man sich nicht vor Pein die Zunge abbeißt. Silberzunge hat das nicht nötig gehabt. Er hat ihm einfach zuerst die Zunge herausgeschnitten, so daß sein Opfer gar nicht mehr schreien konnte.
Red fragt sich, wie lange es wohl gedauert hat, bis Simon tot war.
Er steht auf und sieht sich im Zimmer um. Es ist tadellos aufgeräumt. Auf dem Tisch neben dem Sofa sind lässig ein paar Zeitungen arrangiert worden. Der Sekretär ist zugeschlossen. Die Bilder hängen völlig gerade an der Wand.

Und neben Simons Kopf liegt ein greller Schal auf dem Boden.
Red sieht ihn sich genauer an. Es ist ein rotweißer Fußballschal, in den das Wort *Saints* eingewoben ist. Jemand hat ihn auf dem Boden ausgebreitet. Er wurde nicht zusammengeknüllt fallen gelassen, sondern absichtlich ausgebreitet.
Er wurde ausgebreitet, damit man ihn findet.
Fünf Monate lang nimmt er keinerlei Kontakt auf, und nun schickt er zwei Nachrichten an einem Tag. Das Wort »überheblich« reicht gar nicht aus, es zu beschreiben.
Red blickt sich um. Jez und Kate stehen an der Tür.
»Jez – welches Fußballteam heißt *Saints*?«
»*Saints?* Southampton. Warum?«
»Weil hier ein Schal liegt. Seht her.«
Kate und Jez gehen vorsichtig hinüber.
»Ich hätte Simon Barker nicht für einen Fußballfan gehalten«, sagt Kate. »Er hat es wahrscheinlich für furchtbar vulgär gehalten.«
»Ach, ich weiß nicht«, sagt Jez. »Ein Fußballfan zu sein ist heutzutage sehr schick. Die Abgeordneten stehen Schlange, um zu beweisen, daß sie Männer des Volkes sind. Aber aus irgendeinem Grund unterstützen sie alle Chelsea.«
»Warum also nicht Simon?« fragt Red. »Wenn er ein Fußballteam unterstützt hätte, hätte er doch logischerweise zu Chelsea gehalten. Es war schließlich sein Wahlkreis.«
»Red, die Leute halten aus den verschiedensten Gründen zu einem Team. Vielleicht wurde er in Southampton geboren. Vielleicht war sein Vater schon immer ein Fan. Wer weiß.«
»Hm. Vielleicht.«
Red blickt wieder auf den Schal hinunter.
Es ist nicht der Name des Teams, sondern der Spitzname.
Saints. Nicht Southampton.
Heilige.
Der heilige Bartholomäus, mit seiner Haut in der Hand.
Damals in der Galerie ist ihm ein Wort aus dem Text regelrecht

entgegengesprungen. Das Wort Apostel. Aber es gab noch ein anderes Wort, dessen Bedeutung er übersehen hat.
Saint. Heiliger.
Jetzt hat Red es. Das letzte Stück im Puzzle.
Problemlösen ist wie Jagen. Ein primitives Vergnügen, und wir sind dazu geboren.
Erneut fällt alle Müdigkeit von ihm ab. Er wendet sich an Kate und Jez.
»Der Scheißkerl fordert uns heraus. Seht, was darauf steht.«
»Saints?«
»Genau. Und was waren die Apostel? Sie waren alle Heilige.«
»Judas nicht«, wirft Kate ein. »Im Gegenteil.«
»Nun, abgesehen von ihm. Aber das ist nicht wichtig.«
»Es waren also Heilige. Na und?« fragt Jez.
»Versteht ihr denn nicht? Sie waren Apostel, aber auch Heilige. Und was haben Heilige?«
Red beantwortet seine eigene Frage, bevor sie es tun können. »Feiertage und Berufe, für die sie Schutzpatrone sind. Und ich wette, Silberzunge arbeitet danach. Ich wette mit euch um alles, daß diese Kriterien mit den Morden übereinstimmen.«
Er sieht auf die Uhr.
»Um wieviel Uhr machen die Buchläden auf?«

76

Ich hatte im Leistungsfach Religion die beste Note. Der offizielle Prüfer schrieb, daß ich eine »erstaunliche« Menge über das Christentum wisse. Und in der Universität verbrachte ich die meiste Zeit in der Bibliothek und las Buch für Buch über Religion und Glauben und Sinnfragen. Die Professoren, die mich in Religion unterrichteten, hielten mich für eine Nervensäge. Ich habe sie ständig über das Dogma und den Glauben

und dies und das ausgefragt. Ich ließ nichts ungeklärt. Ich forderte jede Annahme heraus, die sie vertraten. Manche hielten mich für einen kleinen, arroganten Typ, der nur angeben wollte, aber das war ich natürlich nicht. Ich wollte es herausfinden. Es war wichtig für mich.
Und nach all dem bekam ich nur eine schlechte Zwei in meinem Abschlußexamen. Sie sagten, ich hätte Glück gehabt, daß ich keine Drei bekommen hätte. Und ich sagte zu ihnen: »Wie kommt es, daß ich das beste Abiturresultat hatte und drei Jahre später ein hoffnungsloser Fall bin?« Sie sagten, ich hätte die Fragen in der Prüfung nicht beantwortet. Natürlich habe ich das nicht. Die Fragen waren Mist. Die Professoren wollten, daß wir ihrer Argumentation folgen und ihren Egos schmeicheln, und dann würden sie uns dafür eine Eins geben. Es war die akademische Version des Faustschen Paktes mit Mephistopheles. Du schreibst, was wir wollen, und wir geben dir eine gute Note. Wir wissen, daß das, was du schreibst, nicht unbedingt das ist, was du denkst, denn ihr seid alle intelligente Menschen, also ist es ziemlich blöd von uns, uns geschmeichelt zu fühlen, daß ihr sklavengleich unsere Argumentation wiederkäut, ohne auch nur den Ansatz eines eigenen Gedanken zu äußern, aber was soll's. Es bestand ein niedliches, kleines Abkommen, den Status quo und die Pfründe der Professoren nicht anzutasten.
Und so viele Leute fielen darauf herein. Da waren diese Leute, meine Zeitgenossen, die alle denken konnten und einfach nur ihre Seelen verkauften. Zuerst an die Prüfungskommission und dann an die Finanzwelt oder die Juristerei oder die Zunft der Wirtschaftsprüfer. Das war in den späten Achtzigern, als man noch die Universität verließ und annahm, daß die Welt einem ein Auskommen schuldete. Ich versuchte, Dinge herauszufordern und die Leute zum Nachdenken zu bringen, aber sie waren alle zu sehr mit sich selbst beschäftigt, um es zu sehen.
Ich habe immer wieder die Bibel gelesen und versucht, einen Sinn zu erkennen. Und je mehr ich las, desto mehr sah ich von Jesus in mir selbst. Aber man kann natürlich nicht hingehen und so etwas in der Öffentlichkeit sagen, ohne daß sie einen als Verrückten bezeichnen. Schaut euch nur an, wie sie David Icke behandelt haben. Aber es stimmte. Daß der Prophet in seiner eigenen Heimat ehrlos war. Jesus wurde von seinen Zeitgenossen mehr mißverstanden als sonst jemand

in der Geschichte. Und so fühlte ich mich. Zuerst wollte ich es nicht glauben. So etwas will man ja nicht wirklich zugeben. »Oh, ich bin der neue Messias.« Denn es ist eine ziemliche Verantwortung. Aber schließlich wurde es unausweichlich.

Ihr wollt also wissen, wieso ich glaube, der Messias zu sein, nicht wahr? Schließlich kann das jeder behaupten. Seht euch all diese Scharlatane an, die Sekten gründen und ihren Anhängern befehlen, Selbstmord zu begehen. Aber ich bin es. Ich weiß es einfach. Ich werde euch sagen, warum, wenn die Zeit gekommen ist.

77

Red sortiert seine Notizen und blickt sie über seinen Tisch hinweg an.

»Gut, bevor ich euch sage, was ich herausgefunden habe, noch schnell eine Frage. Kate, hat Lubezski gesagt, ob an den Männern etwas ungewöhnlich war?«

»Außer der Tatsache, daß sie tot sind?«

Red lacht. »Ja, abgesehen davon.«

»Nein, er hat noch nichts herausgefunden. Wie üblich wird es ein paar Tage dauern, die Leichen gerichtsmedizinisch komplett zu untersuchen, aber er rechnet nicht damit, daß dabei noch etwas Nützliches herauskommen wird.«

»Was für eine Säge, denkt er, wurde bei Simon Barker benutzt?«

»Irgendeine, die scharf genug war. Vielleicht eine kleine chirurgische oder eine größere Handsäge. Anhand der Einschnitte konnten sie bis jetzt nur bestimmen, daß das Sägeblatt dicht gezackt war.«

»Silberzunge kann also keine Motorsäge benutzt haben?«

»O nein. Lubezski sagt, daß jeder durchschnittlich starke

Mann einen menschlichen Körper in zehn bis fünfzehn Minuten durchsägen kann. Wir wissen anhand der Verletzungen, die er James Cunningham und Matthew Fox zugefügt hat, daß er mehr als nur durchschnittliche Kräfte besitzt. Und außerdem hätte er zu dieser Uhrzeit gar keine Motorsäge benutzen können, ohne die ganze Straße zu wecken.«

»Wahrscheinlich nicht. Jez? Ich nehme an, die Befragung der Nachbarn hat nichts ergeben?«

»Da nimmst du richtig an. Es sieht immer noch so aus, als würden wir einem Phantom hinterherjagen.«

»Was du nicht sagst.« Red räuspert sich. »Gut. Seid Ihr beide bereit?«

Sie nicken.

»Na gut. Ich dachte mir, ich halte mich mal an die Literatur. Ich bin zu dem Buchladen gegangen, der ein Stück weiter die Straße hinunter liegt, und habe die hier gekauft.« Er zeigt auf einen Stapel Bücher auf dem Tisch. »Eine Bibel, ein *Wer ist wer in der Bibel* und ein Lexikon der Heiligen. Ich habe sie alle durchgearbeitet. Ich habe jedes Opfer überprüft, und wißt ihr, was ich herausgefunden habe? Er hat sie perfekt ausgesucht. *Perfekt.*«

»Du hattest also recht mit den Heiligen?« fragt Jez.

»Zum größten Teil. Die Berufe der Opfer decken sich entweder mit den Berufen, für die die Heiligen die Schutzpatrone sind, oder sie sind auf andere wichtige Weise verbunden. Und die Feiertage der Heiligen passen alle ganz genau. Sie variieren natürlich zwischen dem westlichen und östlichen Kalender, aber Silberzunge richtet sich eindeutig nach dem westlichen Kalender. Sie passen alle.«

Er blickt auf seine Notizen hinunter.

»Jesus hatte zwölf Apostel und weitere siebzig Jünger, die seine Botschaft verkünden sollten. Die Leute benutzen die Begriffe *Apostel* und *Jünger* oft so, als wären sie austauschbar, aber das sind sie nicht. Sie bedeuten etwas anderes. *Apostel* stammt aus dem Griechischen und bezeichnet eine Person, die ausgeschickt wird, während *Jünger* aus dem Lateinischen stammt und *Schüler* bedeutet. Und wenn wir schon einmal dabei sind, unser Mörder glaubt ja offensichtlich, er sei der neue Messias. Das Wort stammt aus dem Hebräischen und bezeichnet eine gesalbte Person. Vielleicht hat das auch eine Bedeutung.

Aber zurück zu unseren Opfern. Ich habe mit der ersten Leiche angefangen, mit Philip. Der biblische Philippus war einer der ersten Jünger Jesu und wahrscheinlich davor ein Anhänger von Johannes dem Täufer. Nun, soweit ich herausfinden konnte, ist er kein Schutzheiliger von irgend jemandem, aber von allen Aposteln war er am engsten mit der Brotvermehrung verbunden.«

»Daher also der Partyservice«, wirft Kate atemlos ein.

»Genau. Es gibt eine Stelle, in der Philippus Jesus Antwort gibt, wie er die fünftausend speisen soll, und zwar im Johannesevangelium, Kapitel 6. Und Philippus' Feiertag ist der 1. Mai. Erinnert ihr euch an die Zeitspanne, in der, laut Lubezski und Slattery, Philip Rhodes und James Cunningham gestorben sind? Sie sagten, Philip wurde zwischen Mitternacht und zwei Uhr getötet und Cunningham zwischen drei und fünf Uhr morgens. Das heißt, beide starben am Beginn des neuen Tages. Das gilt für alle Opfer. Sie wurden alle ganz früh an ihrem jeweiligen Heiligentag getötet, in den frühen Morgenstunden. Silberzunge sorgt dafür, daß sie zumindest so lange am Leben bleiben, bis der neue Tag angebrochen ist.

Ich habe noch eine weitere Sache herausgefunden, aber möglicherweise ist das purer Zufall. Abgesehen von der Brotvermehrung tritt Philippus als der Apostel in Erscheinung, der Jesus bat, ihnen den Vater zu zeigen. Wißt ihr, was Jesus erwiderte? ›Wer mich sieht, der sieht den Vater.‹«

»Das verstehe ich nicht«, sagt Jez.

»Das ist eine Gemeinsamkeit bei allen Morden«, erwidert Red. »Ich bin durch die Bemerkung darauf gekommen, die ich gegenüber der Frau bei den Samaritern gemacht habe. Die, die den Anruf wegen Jude Hardcastle entgegengenommen hat. Sie ist die einzige, die mit dem Killer gesprochen und es überlebt hat. ›Wer mich gesehen hat, hat den Vater gesehen‹. Die einzigen, die Silberzunge gesehen haben, sind die Opfer. In seiner Vorstellung sehen sie ihren Erlöser, wenn sie *ihn* erblicken. Was du schon über die Wiederkunft gesagt hast, Jez.«

Kate öffnet den Mund, um etwas zu sagen.

»Keine Sorge«, fährt Red fort. »Es wird noch schlimmer. Das nächste Opfer war James Cunningham, der Bischof. Auf der Liste im Brewer's haben wir ihn als Jakobus den Jüngeren identifiziert, weil das zu der Mordmethode paßte – er wurde mit einer Walkerstange erschlagen. Gut. Ich habe alles über Jakobus den Jüngeren nachgelesen, was ich finden konnte. Es war jedoch nicht sehr viel. Offensichtlich ist nicht viel über ihn bekannt, obwohl er häufig in folgenden Zusammenhängen erwähnt wird. Erstens als der Jakobus, dessen Mutter neben Christus am Kreuz stand, zweitens als Verfasser des Jakobusbriefes und letztlich – und am wichtigsten – als Jakobus, ›der Bruder des Herrn‹, der den wiederauferstandenen Christus sah und der oft als *der erste Bischof Jerusalems* bezeichnet wird.«

Kate pfeift durch die Zähne. Jez schüttelt verwundert den Kopf. Red spricht weiter.

»Aber wie auch immer, Jakobus der Jüngere wurde mit einer Walkerstange zu Tode geprügelt, nachdem ihn die Ratsversammlung der Juden 62 nach Christi Geburt zum Tod durch Steinigung verurteilt hatte. Sein Feiertag ist – Überraschung, Überraschung – der 1. Mai. Könnt ihr mir soweit folgen?«

Sie nicken.

»Gut. Als nächstes wurde James Buxton getötet – der durch das Auswahlverfahren Jakobus der Ältere sein muß. Zusammen mit Petrus und Johannes gehört dieser Jakobus zu dem inneren Triumvirat von Aposteln, die Zeugen von Christi Verklärung und seiner Agonie im Garten von Gethsemane wurden. Er war auch der erste Apostel, der für den christlichen Glauben starb, und der einzige Apostel, dessen Tod in der Bibel auftaucht.«

»Aber in den Evangelien wird doch nur Jesu Tod erwähnt?« wirft Jez ein.
»Ja, aber Jakobus wird in der Apostelgeschichte getötet. Hier, Kapitel 12: ›Um diese Zeit‹ – laut einem dieser Bücher 43 nach Christus – ›legte der König Herodes Hand an einige von der Gemeinde, sie zu mißhandeln. Er tötete aber Jakobus, den Bruder des Johannes, mit dem Schwert.‹ Wißt ihr noch, daß die Symbole der Jakobsmuschel und des Pilgerhuts keinen Sinn ergaben? Nun, das müssen sie auch nicht. James Buxton wurde enthauptet, wie Jakobus der Ältere. Offensichtlich dachte Herodes, die Christen zu verfolgen, würde ihn bei den Juden populär machen.«
»Und die Kriterien unseres Mörders passen hier?« fragt Jez.
»Ja. Jakobus der Ältere ist der Schutzheilige verschiedener Gruppen: Pilger, Rheumakranke und Soldaten – sogar ganz frische aus Sandhurst. Jakobus wurde angeblich in Santiago de Compostela in Spanien begraben. Zwischen dem zwölften und fünfzehnten Jahrhundert erwuchs ein richtiger Kult um die Pilgerfahrt nach Compostela. Nur Rom und Jerusalem zogen mehr Pilger an. Die Pilger im Mittelalter nähten sich Jakobsmuscheln in ihre Kleidung, als Glücksbringer. Walter Raleighs Gedicht *The Pilgrimage,* das er in der Nacht vor seiner Köpfung schrieb, beginnt mit den Worten ›Gebt mir meine Jakobsmuschel des Friedens‹. Und der Feiertag von Jakobus ist der 25. Juli.«
»Wie findet Silberzunge nur all diese Leute?« fragt Kate.
»Dazu kommen wir gleich«, erwidert Red. »Als nächster starb Bart, also Bartholomäus – oder Nathanael, wie ihn das Johannesevangelium nennt. Über ihn wissen wir bereits alles. Nach Jesu Tod ging er angeblich nach Indien und Armenien, wo er in Derbent am Kaspischen Meer bei lebendigem Leib gehäutet wurde. Wegen der Methode seines Todes wurde er der Schutzheilige der Gerber und aller, die mit Häuten zu tun haben. Sein Feiertag ist der 24. August. Wieder ganz pünktlich.
Nach ihm kam Matthew, also Matthäus, obwohl er sowohl

bei Lukas als auch bei Markus Levi genannt wird. Matthäus war ein Zöllner – kein Zollbeamter im heutigen Sinne, sondern ein Steuereintreiber von jüdischem Glauben, der für Herodes Antipas in Galiläa arbeitete. Bei der Bevölkerung waren Steuereintreiber sehr unpopulär. Sie wurden von der heiligen Kommunion ausgeschlossen und gesellschaftlich geächtet. Sie waren nicht nur unbeliebt, weil sie als Handlanger der römischen Besatzer angesehen wurden, sondern auch, weil sie ihr Einkommen durch Erpressung aufbesserten. Matthäus' Berufung, die von Jesus direkt ausgesprochen wird, findet im ersten Evangelium Erwähnung.«

»Und Matthew Fox arbeitete für das Finanzamt«, sagt Jez.

»Genau. Deshalb paßte er genau ins Muster. Der heilige Matthäus, Schutzpatron der Steuereintreiber, Buchhalter und Wirtschaftsprüfer. Feiertag am 21. September.«

»Ist das der gleiche Matthäus, der das erste Evangelium geschrieben hat?« fragt Kate.

»Möglicherweise. Die Meinungen unter den Gelehrten gehen da auseinander.« Red blickt auf, um nachzusehen, ob sie noch weitere Fragen haben, und spricht weiter. »Und jetzt kommen wir zu unserem heutigen Fang. Jude Hardcastle und Simon Barker, also Judas Thaddäus und Simon. Beide haben heute, am 28. Oktober, ihren Feiertag. Zuerst zu Judas Thaddäus. In modernen Zeiten hat Judas als Schutzheiliger besonders unter den hoffnungslosen Fällen an Popularität gewonnen. Wißt ihr warum? Weil sein Name so sehr dem des Judas Iskariot ähnelt. Daher wenden sich nur die völlig Verzweifelten an ihn.«

»Daher auch die Samariter«, wirft Kate ein. »Die letzte Bastion der Verzweifelten. Netter Einfall.«

»Ja, nicht wahr?« sagt Red. »Silberzunge hat richtig Humor. So auch bei Simon. In den letzten zwei Jahrhunderten vor Christus wurde das Judentum in Sekten unterteilt. Die bekanntesten waren die Pharisäer und die Sadduzäer. Simon gehörte zu einer dritten Gruppe, den Zeloten, die aus den – jetzt haltet euch fest – unflexibelsten und aggressivsten Konservativen bestand.«

Jez lacht laut auf. »Das trifft ja haargenau auf Simon Barker zu.«
»Warum werden sie zusammen erwähnt?« fragt Kate.
»Es scheint, daß sie zusammen nach Persien gingen, wo sie den Märtyrertod starben.«
Red legt die Blätter ordentlich zusammen und klopft den Stapel noch einmal zurecht. »Das wären sie bis jetzt alle.«
»Wie kann Silberzunge sie so präzise auswählen?« fragt Kate.
»Wenn es nur darum ginge, Leute mit dem richtigen Namen zu finden und sie umzubringen, wann immer es geht, dann wäre es ja nicht so schwierig. Aber wenn er auch noch nach dem richtigen Beruf sucht und sich noch dazu an ein spezielles Datum halten muß, dann muß er eine unglaubliche Recherche betrieben haben. Was, wenn eines der Opfer in Urlaub oder auf Geschäftsreise ist? Es würde sein Muster völlig durcheinanderbringen. Er müßte die ganze Sache abblasen – oder bis nächstes Jahr warten, bis die Feiertage wiederkommen.«
»Ich glaube«, sagt Jez langsam, »daß er die Tatsache, daß seine Opfer alle da waren, als Gottes Wille ansieht.«
»Allmählich habe ich den Verdacht, daß er da nicht ganz falsch liegt«, sagt Red. »Der liebe Gott stand bis jetzt nicht gerade auf unserer Seite, oder? Aber ich nehme an, daß wir ab jetzt mehr Glück haben werden.«
»Warum?«
»Wir können die strengen Regeln von Silberzunge nun gegen ihn verwenden. Wißt ihr noch, wie wir fast verzweifelt wären, weil die Schnittmenge so groß war und wir dachten, es ginge nur um die Namen? Durch den Hinweis auf die Heiligen hat er die Parameter unserer Suche drastisch reduziert. Wir wissen, wann er wieder zuschlagen wird, und wir haben eine ziemlich genaue Vorstellung, nach was für einer Person er sucht.«
»Aber da er uns persönlich auf diese Spur gebracht hat, muß er ziemlich zuversichtlich sein, daß wir ihn trotzdem nicht kriegen werden«, gibt Jez zu bedenken.
»Vielleicht. Aber vielleicht wird er einfach zu überheblich. Je

mehr Informationen wir haben, desto größer ist die Chance, ihn zu erwischen. Er hat bereits sieben Menschen getötet. Bleiben noch fünf Apostel, aber nur vier Heilige.«

»Weil Judas Iskariot kein Heiliger war«, sagt Kate.

»Genau.«

»Ich finde, wir sollten Judas Iskariot nicht ausklammern«, sagt Jez.

»Sehe ich auch so«, sagt Red. »Aber wir sollten uns vorläufig auf das beschränken, was wir wissen.« Er nimmt einen anderen Stapel Papiere. »Hier. Das sind die, die noch ausstehen. Andreas, Johannes, Petrus und Thomas. Ich mußte sie ein bißchen schneller durchgehen, aber ich kann euch ja sagen, was ich herausgefunden habe. Manches oder das meiste wird unwichtig sein. Wir müssen nur die Einzelheiten herausfinden, die wichtig sind. Okay?«

Sie nicken. Red fährt fort.

»Zuerst Andreas. Er war Fischer, und er und Petrus waren Brüder, was möglicherweise etwas zu bedeuten hat. Ich bezweifle, daß unser Mann sich echte Brüder aussuchen wird.«

»Warum nicht?« fragt Kate.

»Aus zwei Gründen. Zum einen würde der Mord an einem Bruder den anderen warnen, und zweitens hatten wir bereits Brüder, von denen nur einer umgebracht wurde.«

»Ja?«

»Ja. Jakobus der Ältere war der Bruder von Johannes. Aber James Buxton hatte nur einen Bruder, Nick – der, der seine Leiche gefunden hat. Also müssen wir die brüderliche Verbindung nicht allzu wörtlich nehmen. Aber zurück zu Andreas. Er war der erste Apostel, der berufen wurde, und in der Liste der Apostel in den Evangelien ist er immer der erste der ersten vier. Wie Philippus war er ein Jünger von Johannes dem Täufer, bevor er ein Apostel von Christus wurde. Als Johannes der Täufer Jesus als Sohn Gottes anerkannte, wurde er von Andreas gehört, der zu Petrus ging und ihm sagte, sie hätten den Messias gefunden. Und ebenfalls wie Philippus wird Andreas ausdrücklich bei der

Brotvermehrung erwähnt. Er war sogar derjenige, der den Jungen mit den ursprünglichen Broten und Fischen fand.«

Red nippt an seinem Kaffee.

»Andreas wurde in Patras, an der nordwestlichen Küste von Achaia, zum Märtyrer gemacht, wo man ihn an einem x-förmigen Kreuz – einem Andreaskreuz – kreuzigte. Die Überlieferung besagt, daß er zwei Tage vom Kreuz herunter predigte, bevor er starb. Seine Reliquien wurden später von dem Bischof von Patras namens St. Rule von Patras nach Schottland gebracht. Engel hatten ihm gesagt, er solle nach Nordwesten reisen, bis ihm befohlen werde anzuhalten. Schließlich hielt St. Rule in Fife, wo er Andreas' Überreste begrub und eine Kirche über dem Grab errichtete. Dort wurde die Stadt St. Andrew's gegründet. Andreas ist der Schutzheilige der Fischer und von Schottland – das Andreaskreuz ist auch auf der schottischen Fahne abgebildet.«

»Ein weißes X auf blauem Hintergrund«, sagt Jez. »Natürlich.«

»Als nächstes haben wir Johannes, das zweite Mitglied des inneren Triumvirats, das Zeuge der Verklärung und der Agonie im Garten wurde. Er wird oft als der Lieblingsjünger bezeichnet und in den Evangelien häufig genannt. Johannes war derjenige, den Jesus bat, sich nach der Kreuzigung um seine Mutter Maria zu kümmern, und er war auch einer der ersten Jünger, der nach der Auferstehung das leere Grab sah. Johannes soll angeblich das vierte Evangelium und die Offenbarung geschrieben haben, die auf der griechischen Insel Patmos verfaßt wurde. Die Höhle, in der er die Offenbarung hatte, ist immer noch in der Nähe des Klosters vorhanden, das seinen Namen trägt. Johannes ist der Schutzheilige der Theologen, Schriftsteller und derer, die mit der Produktion von Büchern zu tun haben. Nur sein Tod bereitet uns Probleme.«

»Warum?« fragt Kate.

»Weil er von allen Aposteln der einzige ist, der keinen Märtyrertod starb. Er wurde unter dem Römischen Kaiser Domitian

verfolgt – er überlebte sogar einen Kessel mit kochendem Öl – und reiste nach Ephesos, wo er im hohen Alter starb. Sein Grab liegt direkt außerhalb von Ephesos. Im Mittelalter glaubte man, daß der Staub von dort alle Krankheiten heilen kann.«
»Wenn er also an Altersschwäche gestorben ist, glaubst du, daß Silberzunge ihn einfach auslassen wird? Sich gar nicht mit ihm abgibt?« fragt Jez.
»Nein, das glaube ich nicht eine Sekunde lang. Johannes ist ein wichtiger Teil des Ganzen. Er ist genauso wichtig wie die anderen Apostel, wenn nicht sogar einer der wichtigsten. Silberzunge wird einen Weg finden, es zu tun.«
Kate klopft sich mit dem Bleistift gegen die Zähne. »Aber wie?«
»Ich weiß es nicht. Wir müssen es herausfinden. Aber laßt uns jetzt mit dem weitermachen, was wir wissen. Der nächste ist Petrus. Er ist der Anführer der Apostel. In jeder Liste ist er der erste, der genannt wird. Wie sein Bruder Andreas war er Fischer. Andreas stellte Petrus Christus vor. Petrus hieß ursprünglich Simon, aber Christus gab ihm den Namen Petrus.«
»Warum?«
»Es stammt von dem griechischen Wort *Petros* ab, das *Stein* bedeutet. Jesus sagte, daß Petrus der Fels sein solle, auf dem seine Kirche gebaut werden würde. Petrus war auch derjenige, dem ›die Schlüssel des Himmelreiches‹ gegeben wurden. Er war der Apostel, der viele Dinge tat. Er war der erste, der Jesus als Messias anerkannte, der erste, der Christus nach der Auferstehung sah, der erste, der ein Wunder vollbrachte, und derjenige, der zum Nachfolger Judas' ernannt wurde. Diese Berühmtheit ist jedoch auch eine zweischneidige Sache. Petrus war zum Beispiel derjenige, der versagte, als er mit Jesus über den See Genezareth gehen sollte. Jesus bezeichnete ihn als ›Kleingläubigen‹. Er ist auch der einzige Apostel, der laut Bibel eine Frau haben soll. Dies mag oder mag nicht wichtig sein.«

»Das war es bis jetzt«, sagt Kate. »Bis jetzt waren alle unsere Opfer ledig.«

»Philip war verlobt«, wirft Jez ein.

»Ja, aber er war nicht verheiratet. Das ist der Unterschied.«

»Das können wir später besprechen«, sagt Red, der es eilig hat weiterzumachen. »Petrus wurde von Nero verhaftet und 64 nach Christus in Rom gekreuzigt. Er wurde mit dem Kopf nach unten gekreuzigt, da er sich nicht mit Jesus gleichsetzen und nicht das gleiche Schicksal erleiden wollte. Petrus' Leiche wurde in Rom begraben, in der Kathedrale, die nach ihm benannt wurde. Petrus ist der Schutzheilige der Päpste und – wie Andreas – der Fischer. Er wird normalerweise mit einem Schlüsselbund dargestellt – wahrscheinlich für das Himmelreich – oder einem Hahn, da er Christus dreimal verleugnete, bevor der Hahn krähte.«

»Das ist ja eine ziemliche Auswahl«, sagt Jez. »Silberzunge könnte sich daraus praktisch alles aussuchen. Petrus gibt ihm eine Menge Munition.«

»Stimmt. Glücklicherweise bieten die restlichen nicht so viele Symbole. Peter wird am schwierigsten zu finden sein, aber ich denke, es ist dennoch möglich.«

»Wer bleibt sonst noch?« fragt Kate.

»Nur Thomas. Der ungläubige Thomas. Er weigerte sich, an die Auferstehung zu glauben, bevor er nicht die Wunden des auferstandenen Christus berührt hatte. Es steht in Johannes, Kapitel 20. ›Da sagten die anderen Jünger zu ihm: Wir haben den Herrn gesehen. Er aber sprach zu ihnen: Wenn ich nicht in seinen Händen die Nägelmale sehe und meinen Finger in die Nägelmale lege und meine Hand in seine Seite lege, kann ich's nicht glauben.‹ Von allen Aposteln reiste Thomas nach Jesu Tod am weitesten. Er ist angeblich nach Südindien gereist, sogar weiter als Bartholomäus. Er wurde von einer Lanze getötet und in Mailapur in der Nähe von Madras begraben. Während er dort war, baute er angeblich für einen indischen König einen Palast – daher ist er der Schutzheilige der Architekten. An der Westseite der Kathedrale von Exeter ist er mit einer Lanze und einem Architektenwinkel abgebildet.«

»Nun, er dürfte einfach sein«, sagt Kate. »Ein Architekt namens Thomas, der mit einer Lanze erstochen wird. Jetzt brauchen wir nur noch das Datum.«

»Scheiße«, entfährt es Red. »Bin ich blöd! Ich habe vergessen, die Feiertage zu überprüfen.«

Er nimmt das Lexikon der Heiligen hoch.

»Wer war der letzte? Thomas.«

Er blättert die Seiten durch.

»Thomas. 21. Dezember.«

Er blickt auf seine Notizen hinunter.

»Und die anderen. Andreas, Johannes und Petrus.«

Er blättert zum Anfang zurück.

»Hier haben wir es ja. Andreas. 30. November.«

Er blättert vor.

»Johannes. 27. Dezember.«

Blätter, blätter.

»Und Petrus. 29. Juni.«

»29. Juni?« fragen Jez und Kate gleichzeitig.

»Ja, 29. Juni. Das steht ...«

Red klappt die Kinnlade herunter, als er die Bedeutung begreift.

»O mein Gott«, flüstert er. »Wir haben einen übersehen.«

78

»Das kann nicht sein«, beharrt Jez.

»Doch, haben wir«, sagt Red. »Wir müssen einen übersehen haben.«

»Vielleicht hat Silberzunge versucht, ihn zu töten, und es nicht geschafft«, wirft Kate ein. »Vielleicht ist er umgezogen.«
Red schüttelt den Kopf.
»Nein, das glaube ich nicht. Kate, du hast doch selbst gesagt, daß man für die ganze Sache ziemlich genau planen muß. Wir wissen, wie gründlich Silberzunge ist. Er hat bis jetzt nicht den kleinsten Fehler begangen. Er hat ihn bestimmt nicht übersehen. Da draußen ist irgendwo ein Opfer namens Petrus beziehungsweise Peter. Deshalb hat er uns den Hinweis mit den Heiligen gegeben. Er will, daß wir es wissen. Er spielt mit uns.«
»Aber wir haben jedes Opfer Stunden nach Eintreten des Todes gefunden«, sagt Jez. »Und dieser Peter wäre«, er zählt die Monate an den Fingern ab, »morgen vor vier Monaten getötet worden. Wenn also dieser Peter tot ist, dann muß Silberzunge ihn versteckt haben. Warum? Warum sollte er diesen hier versteckt haben?«
»Ich weiß es nicht«, sagt Red. Er geht seine Notizen durch, bis er zu Petrus kommt. »Das ist ja wieder typisch. Petrus ist ausgerechnet der mit den meisten Möglichkeiten. Er wird am schwersten zu finden sein, da er so viele Dinge sein kann.« Red überfliegt ungeduldig den Text und murmelt vor sich hin. »Fischer... Anführer der Apostel... Schlüssel des Himmelreichs... kopfüber gekreuzigt... der einzige mit einer Frau.«
Kopfüber gekreuzigt. Reds Faust saust auf den Tisch hinunter.
»Das ist es. Er wurde mit dem Kopf nach unten gekreuzigt. Hätten wir Peter sofort gefunden, nachdem er getötet wurde, hätten wir das Schema viel früher herausgefunden. Kreuzigung bedeutet immer etwas Religiöses. Und selbst der letzte Idiot würde bei einer Kreuzigung auf dem Kopf mißtrauisch werden. Hätten wir Peter gefunden, wäre das Muster ganz klar gewesen.«
Er überprüft die Daten.
»Peter hätte das dritte Opfer sein sollen. Wären wir Silberzunge schon nach drei Opfern auf der Spur gewesen, dann hätte er wirklich Probleme gehabt, die restlichen zu erwischen. Also

versteckt er Peter, und wir verschwenden unsere Zeit auf dem Fleischmarkt der Schwulenszene. Er entscheidet, was er uns sagt und wann. Er hat uns den Hinweis zu den Heiligen gegeben, und dennoch enthält er uns Peter vor.«

»Es muß aber doch jemand merken, oder?« fragt Kate. »Ich meine, du kannst niemanden im Juni töten und erwarten, daß ihn bis Oktober niemand vermißt.«

»Es sei denn, Peter ist ein Landstreicher, dessen Verschwinden nicht aufgefallen wäre«, sagt Jez wie zu sich selbst.

»Vielleicht«, erwidert Red, »aber wahrscheinlicher ist, daß Peter einen Job hatte. Bis jetzt waren alle Opfer berufstätig.« Er wendet sich an Kate. »Geh zur Vermißtenabteilung. Besorg dir alle Unterlagen über die Leute, die ab dem 29. Juni als vermißt gemeldet wurden. Setz die Zeitspanne auf ungefähr einen Monat. Jeder, der von Ende Juni bis Anfang August verschwunden ist. Das dürfte auch die einschließen, die glauben, der Verschwundene sei vielleicht im Urlaub oder krank. Sag ihnen, sie sollen zuerst nach einem Peter im Raum London suchen. Wenn dabei nichts herauskommt, dann erweitert das Suchkriterium. Bleib bei ihnen, während sie sich daranmachen, und geh nicht, bevor sie etwas gefunden haben.«

»Was ist mit dem Beruf?« fragt Jez. »Wofür steht Petrus?«

Red schaut wieder in seine Notizen.

»Schlosser, Fischer und Päpste.« Er lächelt. »Ich glaube, letzteres können wir ausklammern. Nicht einmal der Vatikan könnte so etwas vertuschen.« Er blickt Kate an. »Mach dir nicht zu viele Gedanken über den Beruf. Such zuerst nach dem Vermißten und sieh dann nach, ob auch der Beruf paßt. Er ist wahrscheinlich Schlosser oder hat etwas mit Fisch zu tun, aber beschränke dich nicht darauf. Petrus war eine Menge Dinge. Der Fels Gottes zum Beispiel. Er könnte auch ein Steinmetz sein. Aber wie ich schon sagte, zuerst der Mann und dann der Beruf, nicht umgekehrt.«

»Hab verstanden.« Kate notiert sich hastig seine Anweisungen und steht auf. »Da wäre noch etwas«, sagt sie.

»Was?«
»Wenn er eine Frau hat wie Petrus in der Bibel, wieso zum Teufel weiß sie nicht, daß er verschwunden ist?«
»Vielleicht hat sie ihn als vermißt gemeldet. Vielleicht leben sie getrennt. Vielleicht hat Silberzunge sie ebenfalls getötet. Wer weiß?«
»Nein«, sagt Jez. »Er hat sie nicht getötet. Das paßt nicht zu seinem Plan. Er würde es wahrscheinlich für... schändlich halten. Jemand anderen als die Auserwählten zu töten würde die Reinheit seines Meisterstückes besudeln.«

79

Kate ist genau eine Stunde später wieder zurück.
»Ich mußte bei den Jungs in der Vermißtenabteilung wirklich meinen ganzen weiblichen Charme einsetzen. Sie waren nicht gerade begeistert, daß sich jemand vordrängelt, besonders, als sie herausfanden, daß die Person, nach der wir suchen, schon seit vier Monaten tot sein soll. Aber ich habe sie dann doch weichgekriegt. Und ratet mal, was ich herausgefunden habe?«
»Was?«
»In dem Zeitraum zwischen Ende Juni und Anfang August sind sechzehn Männer namens Peter vermißt gemeldet worden. Zwölf können wir gleich ausklammern, da sie nicht aus London kommen. Bleiben noch vier. Zwei von ihnen wurden putzmunter wiedergefunden. Und von den restlichen beiden ist einer ein achtjähriger Junge.«
»War das nicht dieser Dingsbums?« fragt Jez. »Der aus dieser Sozialsiedlung in Tower Hamlets verschwunden ist? Ihr wißt schon, dieser Junge, der in den Zeitungen stand. Peter Stokes. So hieß er.«

»Ja, das ist er. Niemand weiß, was aus ihm geworden ist, aber die örtliche Polizei geht davon aus, daß er mittlerweile tot ist. Jedenfalls ist er für unsere Zwecke zu jung. Bleibt also nur einer, und ich vermute, das ist unser Mann.«

Sie gibt ihnen jeweils eine Kopie des Ausdrucks.

»Hier. Peter Simpson. Hilldrop Road, Schlosser. Paßt ganz genau.«

»Da hast du verdammt recht«, sagt Red. »Los, fahren wir zur Hilldrop Road.«

Kate räuspert sich. »Da gibt es nur eine merkwürdige Kleinigkeit.«

»Und die wäre?«

»Peter Simpsons Name tauchte in der ursprünglichen Suche gar nicht auf. Wir haben ihn erst gefunden, als wir die Suche erweiterten.«

»Was meinst du damit?«

»Die ursprünglichen Parameter, die du mir gegeben hast, lauteten 29. Juni bis 1. August. Aber wir haben ihn erst gefunden, als wir das erste Datum vorverlegten. Peter Simpson wurde am 25. Juni vermißt gemeldet – vier Tage *bevor* er getötet werden sollte.«

Red und Jez blicken sie ratlos an.

»Er wurde *vor* seinem Tod als vermißt gemeldet?« fragt Jez.

»Ja.«

»Vielleicht haben die Jungs von der Vermißtenabteilung sich geirrt. Vielleicht haben sie das falsche Datum eingetippt oder so etwas.«

»Nein. Sie haben im System nachgeprüft, wann die Datei erstellt wurde. Am 25. Juni um 16.03 Uhr.«

»Wer hat ihn als vermißt gemeldet?« fragt Red.

»Die Frau, die ihn der Wohnung über ihm lebt. Sie heißt Sandra Moore.«

»Na, dann werden wir mal mit ihr reden. Kommt schon.«

80

»Stephen, würdest du bitte damit aufhören.«
Sandra Moore macht ihren vier Jahre alten Sohn von Kates Bein los, das er als Klettergerüst benutzt.
Kate lächelt sie an. »Ach, das macht doch nichts. Wirklich nicht.«
Sandra packt Stephen und zerrt ihn durch den Raum. Sie flüstert ihm mit eindringlicher Stimme etwas ins Ohr und schlingt ihren Arm um seinen kleinen Hals. Die Geste ist eine Mischung aus mütterlicher Zuneigung und dem Versuch, ihn zu bändigen.
»Tut mir leid, Officer.«
»Was sagten Sie gerade?« gibt Red ihr das Stichwort.
»Ach ja. Es war einer von Petes Kunden, der mich darauf aufmerksam gemacht hat. Offensichtlich sollte Pete einen Auftrag für ihn erledigen und ist nicht aufgetaucht, also hat dieser Typ bei Pete angerufen. Aber es ist niemand an den Apparat gegangen, und so ist er schließlich vorbeigekommen. Also, ich war hier und habe mich um meine eigenen Angelegenheiten gekümmert – «
Ja, klar, denkt Red, ich wette, du hast durch die Vorhänge geschaut, als würdest du dafür bezahlt.
»– als dieser Kerl auftaucht. Er hat immer wieder geklingelt, bis man es im ganzen Block hören konnte, weil die Wände so dünn sind. Und dann hat er bei jedem geklingelt, ich meine, in jeder Wohnung, und ich drücke also auf, und er sagt, er will zu Pete. Und ich weiß noch, wie mir einfällt, daß ich Pete schon ein paar Tage nicht gesehen habe, also lasse ich den Mann rein, und wir klopfen beide an Petes Wohnungstür, aber es macht niemand auf. Und der Mann sagt, daß das sehr untypisch für Pete ist – ich glaube, Pete hat viel für ihn gearbeitet, also kennt er ihn ziemlich gut. Und Pete ist immer sehr zuverlässig. Also rufen wir die Polizei an, und dieser junge Constable in Uni-

form taucht auf und macht die Tür mit einem dieser Dietriche auf, die ihr immer bei euch habt. Ich habe Pete immer gesagt, er soll mir einen Schlüssel geben, für den Fall, daß etwas passiert, wenn er nicht da ist oder so, und er hat es mir immer versprochen, aber nie gemacht.«

»Und was haben Sie gefunden?«

»Nun, Pete war weg. Auf dem Küchentisch lag ein Zettel, auf dem stand, daß er es nach Karens Tod nicht mehr ausgehalten hat...«

»Wer ist Karen?«

»Seine Frau.«

»Seine Frau ist gestorben?«

»Ja. Am Anfang des Jahres. Bei einem Autounfall. Ach, es war schrecklich. *Schrecklich.* Sie war so eine liebe Frau. Und sie waren erst ein paar Monate verheiratet. Sie hatten nicht einmal genug Zeit, eine Familie zu gründen. Ich glaube, Pete ist nie über ihren Tod hinweggekommen. Na ja, das ist wohl offensichtlich, sonst wäre er ja nicht weggegangen, oder? Das stand auf dem Zettel. Daß er allein sein will und Zeit zum Nachdenken braucht und daß er eine Weile verschwindet und wir nicht versuchen sollen, mit ihm in Kontakt zu treten. Er wird schon wieder zurückkommen, wenn er bereit dazu ist, und er wird sich nicht umbringen oder so. Und er hat sich bei allen entschuldigt, mit denen er eine Abmachung hatte. Für die Umstände.«

»Habe Sie die Nachricht gesehen?«

»Ja. Der Constable hat sie gelesen und mir dann gegeben.«

»Und Sie sind sicher, daß es Petes Handschrift war?«

»Ja. Pete hat eine sehr schöne Schrift. Hat wahrscheinlich damit zu tun, daß er so geschickt mit den Händen ist und so.«

»Würden Sie sagen, daß Peter die Art von Mensch war – *ist* –, die einfach auf und davon geht?«

Sandra Moore bemerkt Reds Versprecher nicht.

»Nein, ganz und gar nicht. Wie ich schon gesagt habe, er ist sehr zuverlässig. Aber er konnte nicht mehr klar denken, nachdem Karen gestorben war. Wer weiß, was in seinem Kopf vorgegangen ist? Die Menschen reagieren auf solche Sachen sehr komisch, nicht wahr? Leben und leben lassen, sage ich immer.«

»Und Sie haben seitdem nichts von Peter gehört?«

»Nein, kein Wort. Ich weiß noch, wie ich zu dem Constable sage, das ist ja jetzt geklärt, jetzt wissen wir, was passiert ist. Und er sagt, nein, wir müssen ihn trotzdem als vermißt melden, da wir nicht wissen, wo er ist. So lautet offensichtlich das Gesetz.«

»Ja, das stimmt. Erinnern Sie sich noch an den Namen des Constable?«

Sandra runzelt die Stirn und schüttelt langsam den Kopf.

»Nein, es ist ja auch schon lange her.«

»Machen Sie sich keine Gedanken. Wissen Sie, was mit Peters Wohnung passiert ist?«

»Nichts, nehme ich an. Ich meine, er lebt ja noch dort, oder? Es ist immer noch seine Wohnung. Er ist nur für eine Weile weggegangen.«

»Sie ist also nicht verkauft oder vermietet worden?«

»O nein. Soweit ich weiß, hat sie niemand betreten.«

»Na gut.«

Red steht auf, und Kate und Jez machen es ihm nach.

»Mrs. Moore, Sie waren uns eine große Hilfe. Danke.«

»War mir ein Vergnügen, Officer. Wenn Sie sonst noch etwas brauchen ...«

»Das ist sehr nett von Ihnen. Danke.«

Sie schließt die Tür hinter ihnen und läßt sie im dunklen Hausflur stehen. Jez tastet nach dem breiten, glatten Lichtschalter und betätigt ihn. Das Licht geht an, und es ertönt ein leises Summen, als die Zeituhr im Schalter langsam rückwärts bis Null zählt.

Red denkt laut nach.

»An dem Tag, als der Polizist vorbeikam, war also niemand in der Wohnung. Sie haben die Nachricht gefunden. Aber das war am 25. Juni, an dem Tag, als Peter vermißt gemeldet wurde.«

»Vorausgesetzt, daß der Officer es am gleichen Tag gemeldet hat«, sagt Kate.

»Ja, natürlich. Aber selbst wenn nicht, würde es die Zeitspanne bis zum Mord nur vergrößern. Ich meine, selbst wenn er ein paar Tage gewartet hätte, bevor er Peter meldet, dann hätte er die Nachricht am 24. oder 23. gefunden.«

»Wißt ihr, was mich verwirrt?« fragt Jez. »Alle Opfer wurden in ihren Häusern oder Wohnungen getötet, und dort wurden auch ihre Leichen gefunden. Sie wurden nicht auf Müllhalden oder in Flüssen gefunden oder so. Aber in Peters Wohnung ist nichts.«

»Das wissen wir doch nicht«, wirft Kate ein. »Wir waren noch nicht drinnen.«

Red dreht sich um und klopft an Sandra Moores Tür. Sie öffnet so schnell, daß sie auf der anderen Seite gestanden und ihnen zugehört haben muß.

»Mrs. Moore, Sie sagten, es habe nach Ihrem Wissen niemand die Wohnung betreten, seit er vermißt gemeldet wurde.«

»Ja, das stimmt.«

»Danke.«

Zögernd schließt sie die Tür. Sie gehen die Treppe hinunter, damit sie nicht mehr mithören kann. Das Licht geht aus, als sie den Flur im Stockwerk darunter erreichen. Jez drückt den ersten der zahlreichen Lichtschalter, und das Licht geht an.

»Ich denke mir folgendes«, sagt Red. »Silberzunge will nicht, daß wir Peters Leiche zu schnell finden, richtig? Aber andererseits weiß er, daß wir, sobald er ihn tötet, die Leiche finden werden. Denn die Leiche befindet sich zu Hause, und jemand wird bemerken, daß das Opfer verschwunden ist. Nun, er könnte die Leiche irgendwo verstecken, aber das würde seinen Plan durcheinanderbringen. Sie alle wurden zu Hause umgebracht. Seine eigenen Kriterien engen seinen Aktionsradius ein. Er muß Peter am 29. Juni in seinem Haus töten. Sowohl das Datum als auch der Ort sind ein Muß.

Er macht also folgendes. Er bricht ungefähr eine Woche vor dem 29. in Peters Haus ein, zwingt ihn dazu, die Nachricht zu schreiben, kidnappt ihn und hält ihn irgendwo gefangen. Eine Woche reicht aus, bis jemand – in diesem Fall ist es der Typ, für den das Opfer einen Auftrag erledigen soll – es bemerkt und die Polizei ruft. Die Wohnung wird überprüft, die Nachricht gefunden und Peter als vermißt gemeldet. Die Akte wird geschlossen. Leute verschwinden jeden Tag. Keine große Sache. Und dann, am 29. Juni, kehrt er mit Peter in die Wohnung zurück und tötet ihn. Genau dort. Jeder glaubt, Peter reist durch die Weltgeschichte und versucht, über Karens Tod hinwegzukommen. Es besteht also für niemanden ein Grund, Peters Wohnung zu betreten. Und da niemand dort war, hat auch niemand Peters Leiche gefunden.«

»Willst du etwa sagen, daß sich die Leiche in der Wohnung befindet?« fragt Jez.

»Da wette ich mit dir, um was du willst. Das ist die einzige Lösung, die paßt.«

»In dem Fall liegt sie schon vier Monate da drinnen«, sagt Kate. »Die Wohnung wird ziemlich stinken.«

Red blickt sie an.

»Tja, Pech. Dafür werden wir bezahlt.«

81

Sie gehen die Hilldrop Road hinunter und suchen nach einem Schnapsladen.

Auf der anderen Straßenseite, gegenüber der Wohnung von Peter Simpson, befindet sich das *Holloway Community Education Centre.* Durch die Glasfront können sie den örtlichen Gospelchor bei den Proben sehen. Süße Soulmusik, der es nicht

gelingt, die geplagten Seelen der Polizisten auf dem Bürgersteig zu beruhigen.
Sie finden am Ende der Straße einen Schnapsladen, kaufen einen Viertelliter Whiskey und gehen zurück zu Peters Wohnung. Vor der Tür öffnet Red die Flasche und sagt: »Schmiert es dick drauf. Um euren Mund und in die Nasenlöcher. Schmiert soviel drauf, wie ihr könnt. Es wird nicht allzuviel helfen, aber es ist besser als nichts.«
Der scharfe, durchdringende Whiskey brennt an ihren Nasenhaaren. Im Vergleich zu dem fauligen Geruch des Todes ist es wie Honig.
»Was für ein Glück, daß wir heute morgen keine Zeit zum Rasieren hatten, was?« sagt Jez und steckt den Whiskey in seine Tasche. »Das würde brennen wie verrückt.«
»Sprich nur für dich selbst«, erwidert Kate. *»Ich* habe mich heute morgen rasiert.«
»Die berühmte bärtige Frau«, sagt Jez. »Wir bringen dich zum Zirkus und machen ein Vermögen mit dir.«
Sie lächelt ihn schwach an, und er legt den Arm um sie, drückt sie an sich und preßt seinen Mund gegen ihre Stirn. Red fühlt sich einen Moment lang wie ein Außenseiter. Er sieht, wie gut Kates und Jez' Körper zusammenpassen, sogar in etwas so Asexuellem wie einer tröstenden Umarmung, und weiß, daß sie etwas Besonderes teilen. Vielleicht wissen sie es nicht, vielleicht haben sie noch nichts getan, aber es ist da.
Jez macht sich von Kate los.
»Alles in Ordnung?« fragt er, und sie nickt kurz.
Red holt tief Luft.
»Gut. Los geht's.«
Er schwenkt einen kleinen Bund mit Dietrichen und steckt den ersten ins Schloß. Er gleitet ohne Probleme hinein, und Red dreht ihn ein bißchen nach rechts und links. Die Zuhaltung dreht sich nicht.
»Mist.«
Der zweite paßt genau. Red dreht ihn mit Schwung nach

rechts, spürt das Klicken in seinen Fingern, als der Mechanismus greift, und drückt gegen die Tür. Sie rührt sich nicht. Red drückt fester, aber die Tür gibt immer noch nicht nach.
»Vielleicht hast du ihn nicht weit genug gedreht«, sagt Jez.
»Nein, nein, der Dietrich ist ganz gedreht. Und es gibt sonst keine Schlösser an der Tür. Irgendwas blockiert von innen die Tür.«
Red legt die Schulter an das Holz und drückt dagegen. Die Tür gibt oben ein Stück nach.
»Irgendwas liegt auf dem Boden und verkeilt die Tür«, sagt Red. Er dreht sich zu Jez um. »Na los, Mr. Triathlon. Benutz mal deine muskulösen Beine.«
Jez tritt dreimal gegen die Tür, die daraufhin auffliegt. Das Holz am Rahmen zersplittert mit einem lauten Krachen. Der warme, gärende Geruch nach Tod dringt durch den Whiskey. Jez zuckt angewidert zusammen und schlägt sich die Hand vor den Mund. Seine Augen über den Fingern sind weit aufgerissen.
Red blickt zuerst ihn und dann Kate an.
»Alles in Ordnung?«
Kate nickt. Jez nimmt die Hand vom Mund weg.
»Ach, Mist. Ich habe fast den ganzen Whiskey abgewischt. Wartet einen Moment.«
Er zieht die Flasche aus der Tasche, schraubt den Verschluß auf, legt die Hand über die Öffnung der Flasche, stellt sie auf den Kopf und fährt sich mit der Hand über Nase und Mund.
»Das ist besser. Danke.«
Sie gehen langsam und vorsichtig hinein, wie Tiefseetaucher, die sich durch eine unbekannte Welt bewegen. Sie zeigen, statt zu sprechen, und flüstern, statt zu rufen. Es besteht kein Grund für sie, leise zu sein, aber in dieser Wohnung, in der vier Monate lang kein Laut ertönt ist, sind sie es automatisch.
Die Luft ist schwer und stickig; es ist dunkel, da die Vorhänge dicht zugezogen sind.
Red greift nach dem Lichtschalter an der Tür und drückt darauf. Nichts passiert.

»Wahrscheinlich ist der Strom abgeschaltet worden«, flüstert Kate.
Red nickt ihr zu.
Jez drängt sich an ihnen vorbei in den Flur. Er schaut hinter die Tür und zeigt auf etwas. Red und Kate schauen an ihm vorbei und entdecken einen Stapel Umschläge, der sich in einer unordentlichen Pyramide aus weißem und braunem Papier aufgetürmt hat. Das war es, was die Tür versperrt hat. Die angesammelte Post einer Leiche, von der niemand etwas weiß.
Jez tritt zurück, ohne hinzusehen, und stößt gegen Kate, die daraufhin das Gleichgewicht verliert. Sie legt ihre Hand auf den Rand der Tür, um die Balance wiederzuerlangen, und gibt einen überraschten Laut von sich.
»Was?« zischt Red.
»Sieh nur. Eine Gummischicht, um die ganze Tür herum.«
Jemand hat schwarzes Gummi, das wie der innere Schlauch eines Fahrradreifens aussieht, auseinandergezogen und mit braunem Kreppband festgeklebt.
»Er hat die Wohnung hermetisch abgeriegelt, damit der Gestank nicht nach außen dringt und die Leute alarmiert«, sagt Jez.
»Kluger Junge«, sagt Red.
»Ich oder Silberzunge?« fragt Jez.
»Er, du Idiot. Die meisten hätten nicht daran gedacht.«
Sie fangen an, schnell und effizient die Wohnung abzusuchen. Auch an den Fenstern befinden sich überall Gummischläuche. Im Wohnzimmer ist nichts Ungewöhnliches festzustellen. Auch nicht in der Küche oder im Badezimmer.
Sie finden Peters Leiche schließlich im Schlafzimmer, das am weitesten von der Tür entfernt liegt und wo man als letztes nachsieht. An der gegenüberliegenden Wand lehnt ein selbstgezimmertes Kreuz, an dem ein fürchterlich verwester Körper mit dem Kopf nach unten hängt, der wie eine räudige Fledermaus aussieht. Die Haut der Leiche ist dunkelgrün und schwarz, abgesehen von den weißen Stellen, an denen die

Maden herumkrabbeln. Das Gesicht ist aufgebläht, und die Haut hat Blasen gebildet wie ein Ballon. Die Augenhöhlen bestehen nur noch aus schwarzen Ovalen. Hartgewordenes, dunkelbraunes Blut, das aus den gekreuzten Füßen und ausgestreckten Händen gelaufen ist, die an das Holz genagelt wurden, hat den auf dem Kopf stehenden Körper regelrecht mit Furchen durchzogen.
Zwischen der Tür und der Leiche befindet sich schwarzes Linoleum auf dem Boden. Red will es überqueren und spürt, wie es unter seinen Füßen weggleitet.
Es ist kein Linoleum.
Es ist geronnenes Blut, das den Boden mit einer Haut überzogen hat, wie heiße Schokolade.

82

Montag, 29. Juni 1998

Silberzunge zieht fest an dem Seil, das die zwei Holzbalken im rechten Winkel aneinanderzurrt. Es gibt keinen Zentimeter nach. Gut.
Peter Simpson beobachtet ihn. Seine Augen über dem Kreppband auf seinem Mund sind so groß wie Untertassen und fast weiß. Peter muß wissen, daß Silberzunge ihn töten wird. Er hat Peter von Anfang an sein Gesicht gezeigt: jeden Abend, wenn er von der Arbeit nach Hause kam, und jeden Morgen, wenn er sich wieder auf den Weg machte. Zweimal am Tag, eine ganze Woche lang.
Niemand hat sein Gesicht gesehen, seine wahre Identität herausgefunden und es überlebt. Wenn du sein Gesicht siehst, dann weißt du, daß du sterben wirst. Wenn Silberzunge Peter hätte laufenlassen wollen, hätte er ihm nicht sein Gesicht gezeigt. Aber da er Peter

sein Gesicht gezeigt hat, wird er Peter nicht laufenlassen. Jedenfalls nicht lebend.

Vielleicht hat eine Woche der Gefangenschaft Peter völlig den Kampfgeist genommen. Eine Woche, in der er im Haus von Silberzunge auf das Bett gefesselt war. Im Allerheiligsten. Peters Knöchel und Handgelenke waren mit Fuß- und Handschellen gefesselt. Silberzunge hat die Ketten natürlich mit Gummi umwickelt, damit Peter nicht mit ihnen rasseln und die Nachbarn aufmerksam machen konnte.

Eine Woche der Gefangenschaft und des Schweigens. Silberzunge hat kein einziges Wort gesagt, nachdem er Peter gezwungen hatte, die Nachricht zu schreiben, und ihm dann den Äther unter die Nase gehalten hatte. Peter hat ihn natürlich hereingelassen. Das tun sie alle. Die Ausrede, die er benutzt, funktioniert jedesmal, wie es auch sein sollte. Schließlich ist es wahr.

Silberzunge wünschte, es gäbe hierfür eine einfachere Lösung. Peter eine Woche gefangenzuhalten war keine ideale Lösung. Aber so liegen die Daten nun einmal. So ist es ihm bestimmt.

Es läuft auch gar nicht so schlecht. Mit viel Glück schafft er die Hälfte von ihnen, bevor sie es herausfinden. Und selbst wenn sie es herausfinden, werden sie ihn immer noch nicht erwischen können. Es ist Gottes Wille, daß sie es nicht schaffen.

Und nun sind sie wieder in Peters mieser Wohnung in Holloway. Es ist mitten in der Nacht, und er hat das Gummi um die Fenster und Türrahmen geklebt.

Wenn er Peter wäre und gefesselt und geknebelt auf dem Bett dort läge, während jemand ein Kreuz für ihn anfertigt, würde er alles versuchen, um sich zu befreien. Märtyrer liegen nicht einfach nur da und sterben. Sie sollten in Glanz und Gloria sterben. Deshalb sind sie auch Märtyrer.

Der alte Cunningham hat es versucht. Hat ihn völlig überrascht, als er ihm das Nachthemd ins Gesicht warf und aus dem Schlafzimmer flitzte. Er hat zumindest versucht zu entkommen. Im Gegensatz zu diesem rückgratlosen Scheißer hier. Es war beinah eine Schande, Cunningham zu töten.

Aber es war Gottes Wille. Gott hat sie für ihn ausgewählt, und wenn einige von ihnen weniger würdig sind, dann soll es so sein. Das ist doch der Punkt, oder? Einfache Leute werden durch ein Martyrium zu etwas Besonderem gemacht. Die Apostel des ersten Messias waren alle gewöhnliche Männer. Nur der Ruf Jesu verwandelt sie.

Genau wie er jetzt seine Auserwählten verändert. Die Verwandlung. Vom Mann zum Märtyrer.

Silberzunge steht vom Boden auf, auf dem das Kreuz liegt, und spricht zum ersten Mal zu Peter.

»Petrus aber saß draußen im Hof; da aber trat eine Magd zu ihm und sprach: Und du warst auch mit dem Jesus aus Galiläa. Er leugnete aber vor ihnen allen und sprach: Ich weiß nicht, was du sagst. Als er aber hinausging in die Torhalle, sah ihn eine andere und sprach zu denen, die da waren: Dieser war auch mit dem Jesus von Nazareth. Und er leugnete abermals und schwor dazu: Ich kenne den Menschen nicht. Und nach einer kleinen Weile traten hinzu, die da standen, und sprachen zu Petrus: Wahrhaftig, du bist auch einer von denen, denn deine Sprache verrät dich. Da fing er an, sich zu verfluchen und zu schwören: Ich kenne den Menschen nicht. Und alsbald krähte der Hahn. Da dachte Petrus an das Wort, das Jesus zu ihm gesagt hatte: Ehe der Hahn kräht, wirst du mich dreimal verleugnen. Und er ging hinaus und weinte bitterlich.«

Silberzunge kniet sich hin und bringt sein Gesicht dicht an das von Peter. Das Klebeband, das Peters Mund fesselt, riecht nach altem Fisch.

»Kennst du Jesus?«

Keine Reaktion. Peter empfindet längst keine Angst mehr. Er befindet sich in einer Art Hyperraum, in dem Furcht keine wahre Bedeutung mehr hat, denn alles ist Furcht und wird immer Furcht bleiben.

»Antworte mir. Nicke mit dem Kopf, wenn du Ihn kennst. Schüttele deinen Kopf, wenn nicht. Und versuche ja nicht zu lügen, denn ich merke es sofort. Nun, versuchen wir es noch einmal. Kennst du Jesus?«

Peter bewegt den Kopf zaghaft von einer Seite zur anderen.
»Ist das ein Nein?«
Er nickt.
»Ja, das ist ein Nein, oder nein, das ist ein Ja?«
Verwirrung mischt sich in das Entsetzen in Peters Gesicht. Silberzunge lacht.
»Oh, natürlich. Du kannst diese Frage gar nicht beantworten. Du bist ja geknebelt. Es tut mir leid. Meine Schuld, daß ich so doppeldeutig war. Na gut. Fangen wir noch einmal an. Sorg dafür, daß es ein eindeutiges Nicken oder Kopfschütteln ist. Kennst du Jesus?«
Er schüttelt den Kopf.
»Kennst du Jesus?«
Kopfschütteln.
»Kennst du Jesus?«
Kopfschütteln.
»Da dachte Petrus an das Wort, das Jesus zu ihm gesagt hatte: Ehe der Hahn kräht, wirst du mich dreimal verleugnen. Und er ging hinaus und weinte bitterlich.«
Die Verleugnung ist vollzogen. Silberzunge beeilt sich nun.
Er zerrt Peter über den Boden auf das Kreuz, das immer noch flach auf dem Boden liegt.
Er rollt Peter auf den Bauch. Dann steckt er den Schlüssel in die Handschellen und nimmt sie von Peters Handgelenken.
Er reißt Peters Arme auseinander, der immer noch versucht, seine steifen Muskeln zu bewegen, die er eine Woche lang nicht benutzt hat.
Er schnürt ein Handgelenk an das Kreuz, während er das andere mit dem Fuß am Boden festhält, bevor er auch dieses Handgelenk ans Kreuz bindet.
Er nimmt ihm die Fußfesseln ab, kreuzt ihm die Knöchel und bindet sie ans Kreuz.
Peters Hände und Füße bilden nun ein Dreieck. Silberzunge muß ihn zuerst festbinden, damit das Gewicht seines Körpers ihm nicht die Haut von den Nägeln wegreißt.

Er nimmt das Ende des Kreuzes, an dem Peters Füße befestigt sind, und hebt es hoch.
Mann und Kreuz sind schwer, aber Silberzunge ist stark.
Er lehnt das Kreuz an die Wand.
Das Blut fließt in Peters Kopf, dessen Gesicht ganz rot wird. Tränen treten in Peters Augen.
»Und er ging hinaus und weinte bitterlich.«
Silberzunge geht zum Küchentisch hinüber und nimmt den Hammer in die Hand, den er geschickt auf dem Handballen balanciert.
Dann nimmt er die Nägel hoch. Drei Stück, die alle fünfzehn Zentimeter lang sind.
Er sieht, wie Peters Brust sich zusammenzieht, und reißt gerade rechtzeitig das Kreppband von seinem Mund herunter. Peter wendet den Kopf ab, und Erbrochenes spritzt auf seine Wange und tropft auf den Boden. Als er zu würgen aufhört, klebt Silberzunge das Band wieder an seinen Platz.
»Er sitzt zur Rechten Gottes, des allmächtigen Vaters; von dort wird er kommen, zu richten die Lebenden und die Toten.«
Er legt die Spitze des ersten Nagels auf die Haut von Peters rechter Handfläche.
Peter sieht einmal hin und wendet in wehrlosem Entsetzen den Kopf ab.
Vier schnelle Schläge mit dem Hammer, um die Haut und den Knochen und das Holz zu durchbohren, bis der Nagel auf der anderen Seite des Balkens herauskommt. Peters Finger krallen sich um den Nagel, und die Sehnen in seinem Unterarm stehen hervor wie Geigensaiten.
Vier weitere Schläge an der linken Hand. Sechs, um die gekreuzten Füße zu durchbohren.
Das Blut läuft ungehindert auf den Boden. Silberzunge hat einiges davon abbekommen. Aber das ist egal. Man kann es leicht abwaschen. Die Polizei kann nach verschmutzter Kleidung suchen, soviel sie will. Bei diesem Mord und bei allen anderen auch, aber sie werden ihn nie finden. Er könnte mit den Sachen vor ihren

Nasen herumwedeln, und sie würden es immer noch nicht wissen.
Er ist so klug, und sie sind so dumm.
Und er ist der Messias.
Er geht zurück zum Küchentisch, legt den Hammer hin und nimmt sich das Skalpell.
Er geht zurück zu Peter. In einer fließenden Bewegung reißt er ihm das Kreppband vom Mund und steckt ihm das Messer hinein. Er macht einen Schnitt unter der Zunge, zwei an den Seiten und einen auf der Zunge.
»Schrei, soviel du willst, mein Junge, denn du kannst nicht mehr reden. Kannst nicht sprechen und nicht essen. Außer mit mir.«

83

Freitag, 30. Oktober 1998

Jez überfliegt Lubezskis Autopsiebericht über Peter Simpson.
Der Mord liegt zu lange zurück, um eine genaue Todeszeit zu bestimmen, aber das spielt keine Rolle. Sie kennen das Datum, als wäre Peter vor ihren eigenen Augen getötet worden.
Der Inhalt des Berichts ist ihm auf traurige Weise vertraut. Keine Fasern. Keine Haare. Kein Sperma. Kein Blut, abgesehen von dem des Opfers. Kein Speichel.
Acht Leichen und kein einziges gerichtsmedizinisch relevantes Beweisstück. Jez fragt sich flüchtig, ob dies eine Art Rekord aufstellt.
Zumindest ist es ihnen gelungen, die letzten drei Entdeckungen geheimzuhalten. Die Medien wurden darüber informiert, daß Simon Barker einen Herzinfarkt erlitten habe – es war sowieso nicht leicht, die Samariter zum Sprechen zu bringen –,

und Sandra Moore glaubt immer noch, daß Peter Simpson eines Tages wiederkommen wird.
Kate kommt mit drei Bechern Tee in die Einsatzzentrale zurück. Sie stellt die drei Tassen auf dem erstbesten Tisch ab und pustet auf ihre Finger.
»Mann, ist das heiß.« Sie sieht sich im Raum um. »Wo ist Red?«
»Bei der Therapeutin.«
»Na, da wird er ja gleich eine prima Laune haben. Ich dachte, er hätte den Termin verschoben?«
»Das hat er auch. Zweimal schon. Ein drittes Mal konnte nicht mal er sich erlauben. Die Therapeutin bleibt extra länger, damit er auch wirklich erscheint.«
»Na ja, dann wird sein Tee wohl kalt werden.«
Kate geht zu Jez' Schreibtisch hinüber und beugt sich über seine Schulter.
»Ist das der Autopsiebericht über Simpson?«
»Ja.«
»Haben sie etwas Nützliches gefunden?«
»Absolut nichts. Silberzunge hat uns offensichtlich keine Spuren hinterlassen.«
Kate gibt ein verächtliches Schnauben von sich und kehrt zu ihrem Schreibtisch zurück.
Reds Telefon klingelt. Immer noch in den Autopsiebericht vertieft, hebt Jez den Hörer ab und drückt einen Knopf, um den Anruf zu seinem Telefon umzuleiten.
»Clifton.«
»Könnte ich bitte mit Detective Superintendent Metcalfe sprechen?«
Es ist eine männliche Stimme. Der Mann zieht leicht die Vokale auseinander, aber der Dialekt ist schwer einzuordnen.
»Ich fürchte, er ist in einer Besprechung. Kann ich Ihnen helfen?«
»Arbeiten Sie auch an den Ermittlungen im Apostel-Fall mit?«

»Ja, das tue ich.«
»Ich ... ich kenne jemanden, der vielleicht der Mörder ist.«
»Wer spricht da, bitte?«
»Ich möchte meinen Namen lieber nicht nennen. Aber wenn Sie wollen, kann ich Ihnen sagen, wer der Mörder sein könnte.«
Ich wette fünfzig Pfund, daß das wieder zu nichts führt, denkt Jez. Acht Leichen ohne eine Spur, und plötzlich führt uns ein anonymer Hinweis direkt zu Silberzunge. Aber sicher.
»Klar.«
»Er heißt Israel.«
Jez zieht die Augenbrauen in die Höhe. *Israel.* Zehn Punkte für Originalität. Mit dem hier werden sie viel Spaß haben.
»Israel, und wie weiter?«
»Nein, nur Israel. Das ist der einzige Name, den er benutzt.«
»Nur ein Name?«
»Ja, wie Pelé oder Cher.«
Jez lacht beinah laut heraus.
»Und was tut dieser Israel?«
»Er ist das Oberhaupt der Kirche.«
»Wie heißt die Kirche?«
»Kirche des Neuen Millennium.«
»Warten Sie bitte einen Moment.«
Jez drückt den Knopf, der den Teilnehmer auf die Warteschleife schaltet, überprüft, ob das rote Lämpchen an ist, und wendet sich an Kate.
»Als wir diese Sekten überprüft haben, sind wir doch nicht über einen Laden gestolpert, der *Kirche des Neuen Millennium* heißt, oder? Wird von einem gewissen Israel geleitet.«
Kate schüttelt den Kopf.
»Dachte ich mir doch.«
Jez drückt wieder auf den Knopf, und das rote Licht geht aus.
»Wo befindet sich diese Kirche?«
»In Kensington. In einer Nebenstraße der High Street.«

»Sir, ich möchte ja nicht skeptisch klingen, aber wir haben bereits eine große Anzahl an Kirchen überprüft, und keine stimmt mit dieser Beschreibung überein.«

»Das liegt daran, daß diese hier geheim ist. Wir machen keine Werbung.«

»Wir? Sind Sie ein Mitglied dieser Kirche, Sir?«

»Ja, ja, das bin ich.«

»Warum rufen Sie dann an?«

»Ich rufe an, weil ich Angst habe. Ich höre, was Israel sagt, und er spricht nur vom Zorn Gottes und wie er sich auf die Wiederkunft des Herrn vorbereitet. *Seine* Wiederkunft. Er war früher viel ruhiger, aber in letzter Zeit ist er richtig ... *brutal* geworden. Ich meine, in seinen Reden. Was das andere angeht, das Physische, da weiß ich es nicht. Nicht, daß ich wüßte.«

»Leben Sie in einer Kommune?«

»Nein, aber wir dürfen niemandem verraten, daß wir Mitglieder sind. Nicht jeder ist so bereit für das Wort Gottes wie wir. Deshalb rufe ich Sie ja auch anonym an. Wir nehmen an einer Bibelstunde teil und nehmen an bestimmten Tagen der Woche ein Mahl miteinander ein, aber wir leben nicht miteinander.«

»Haben Sie die Adresse der Kirche?«

»Ja.«

»Könnte ich sie bitte haben?«

»Ach ja. Tut mir leid. Phillimore Terrace. Nummer 32. Wenn man von der High Street kommt, ist es auf der linken Seite. Ein großes rotes Haus. Sie können es nicht verfehlen.«

»Ich dachte, Sie hätten gesagt, es sei eine Kirche.«

»Na ja, ungefähr.«

»Wie meinen Sie das?«

»Die Kirche befindet sich im Haus.«

»*Im* Haus?«

»Ja.«

Jez pfeift durch die Zähne.

»Und an welchen Tagen der Woche findet die Bibelstunde statt?«

»Dienstag, Freitag und Sonntag.«
»Freitag? Aber das ist ja heute.«
»Ja, es fängt um halb acht an.«
»Halb acht abends?«
»Ja.«
»In ungefähr«, Jez blickt auf die Uhr, »einer Stunde.«
»Ja.«
»Werden Sie dort sein?«
Stille.
»Darauf möchte ich lieber nicht antworten.«
»Sir, es wäre sehr hilfreich, wenn Sie uns treffen könnten – «
»Ich kann nicht. Sie verstehen nicht. Wir dürfen außerhalb der vier Wände nicht über die Kirche reden. Wir dürfen nicht verraten, daß wir Mitglieder sind. Wir dürfen noch nicht einmal die Existenz der Kirche preisgeben. Israel würde mich umbringen, wenn er wüßte, daß ich das hier tue.«
Mich umbringen.
»Meinen Sie das wörtlich? Daß er Sie umbringen würde?«
»Hm ... ja, ich glaube schon.«
»Warum würde er Sie töten? Weil Sie die Kirche erwähnt haben oder weil Sie annehmen, daß er ein Mörder ist?«
Er weicht der Frage aus.
»Wissen Sie, was Israel am liebsten sagt?«
»Was?«
»Jesus Christus wurde von einem seiner Apostel verraten.«

84

Red ist immer noch bei der Therapeutin, also fahren Kate und Jez alleine zur Phillimore Terrace.
Auf der einen Seite der Straße sind die großen Häuser ein

wenig heruntergekommen und verbreiten eine Atmosphäre verblaßter Pracht. Auf der anderen Seite finden sich helle, neue Steinbauten, die noch nicht durch die Zeit und die Abgase der Stadt angegriffen sind. Kate und Jez wandern zwischen dieser alten und neuen Welt entlang, vorbei an dem blassen Sandsteingebäude der *Kensington United Reform Church* und die Stufen zum Haus mit der Nummer 32 hinauf.

Jez klingelt, und sie hören schwere Schritte.

Als die Tür aufschwingt, ertönt bereits eine dröhnende Stimme, die ganz unten im Bauch zu entstehen scheint und noch tiefer wird, als sie zum Mund aufsteigt.

»Kommt herein, meine Kinder.«

Er ist riesig. Einfach riesig. Mindestens zwei Meter groß. Sein gewaltiger Kopf wird von gelbgefärbtem Haar bedeckt, dessen Wurzeln schwarz sind. Seine Unterarme, die unter aufgerollten Hemdsärmeln hervorschauen, sehen aus wie Eichensäulen, und seine Hände am Ende seiner langen, ausgestreckten Arme wirken wie Schinkenkeulen.

Er füllt beinah den ganzen Türrahmen aus. Ein Glühen umgibt ihn, wo das Licht aus dem Flur sich mit den Konturen seines Körpers vermischt. Verärgerung und Feindseligkeit machen sich auf seinem Gesicht breit. Seine grollende Baritonstimme ist voller Wut.

»Ich habe mit jemand anderem gerechnet. Wer sind Sie?«

»Heißen Sie Israel?« fragt Kate.

»Ich habe gefragt, wer Sie sind. Erweisen Sie mir doch die Freundlichkeit einer Antwort.«

Kate schlägt ihre Marke auf und hält sie ihm ungefähr in Höhe ihrer Rippen hin.

»Detective Inspector Jez Clifton und Detective Inspector Kate Beauchamp.«

Er ist ungefähr dreißig Zentimeter größer als Kate und wahrscheinlich doppelt so schwer wie sie, aber sie zeigt keinerlei Regung.

»Ja, ich bin Israel. Was wollen Sie?«

»Wir würden Ihnen gerne ein paar Fragen stellen.«
»Ich fürchte, das wird jetzt nicht möglich sein.«
»Nun, ich fürchte, es wird sich nicht vermeiden lassen.«
»Sie müssen ein anderes Mal wiederkommen.«
»Nein, jetzt paßt es uns ganz gut. Aber wenn Sie wollen, hören wir uns Ihre Bibelstunde an, bevor wir mit Ihnen reden.«
Israel zuckt zusammen, und das Licht hinter ihm verschiebt sich. Er hat nicht gewußt, daß sie über die Bibelstunde informiert sind.
Einen Moment lang scheint Israel vor ihren Augen zu schrumpfen, aber dann sehen sie, daß es nur daran liegt, daß er beiseite getreten ist, um sie hineinzulassen.
Die Tür schließt sich hinter ihnen mit einem Klicken, und sie folgen ihm die Treppe hinauf. Der dunkelgrüne Teppich wird von roten Tapeten flankiert. Die gerahmten Bilder an der Wand neben der Treppe hängen versetzt wie die Werbeplakate an den Rolltreppen in der U-Bahn. Es sind kleine, stilisierte Zeichnungen von bärtigen Männern in Kutten, die zwar individuell verschieden sind, aber alle einer Gruppe angehören. Die trüben Bilderlampen werfen Schatten auf die Kanten der Stufen.
Erst beim fünften Bild, dem Porträt eines Mannes mit einem großen Messer in der rechten Hand, begreift Jez, was die Zeichnungen darstellen.
Die Apostel.
Peter mit einem großen Schlüssel. Thomas mit einem Architektenwinkel. Simon mit einer Säge. Die anderen sind nicht so leicht zu unterscheiden.
Jez versetzt Kate einen leichten Stoß und neigt den Kopf in Richtung Bilder. Sie zieht die Augenbrauen in die Höhe. Am oberen Ende der Treppe geht Israel nach links und betritt einen sehr modernen, in Weiß gehaltenen Raum, der in völligem Kontrast zum Rest des Hauses steht. Es ist, als würde man aus einem Herrenclub direkt in einen Operationssaal gehen. Offensichtlich ist es Israels Büro. Ein massiver Glasschreib-

tisch steht in der Mitte des Raums, und in der einen Ecke befinden sich zwei Sofas, die im rechten Winkel zueinander angeordnet sind. Über der Tür hängt ein Fernseher, und Neonröhren verbreiten grelles Licht.
Israel stellt zwei Stühle für Jez und Kate hin und geht hinter seinen Schreibtisch. Er läßt sich mit seinem beachtlichen Wanst in einem schwarzen Lederdrehstuhl nieder, der ein wenig nach hinten wippt, bevor er sich stabilisiert.
»Was kann ich für Sie tun?«
Er stellt Jez die Frage, aber es ist Kate, die darauf antwortet.
»Wie ich schon sagte, würden wir Ihnen gerne ein paar Fragen stellen.«
»Bezüglich wessen?«
»Allgemein gesprochen, bezüglich – «
Die Türglocke läutet und schneidet Kate das Wort ab. Kate stößt einen genervten Seufzer aus.
»Entschuldigen Sie mich bitte«, sagt Israel. »Ich könnte mir vorstellen, daß die Leute, für die ich Sie hielt, nun eingetroffen sind. Es dürfte nicht lange dauern.«
Er ist zwar grammatikalisch korrekt und höflich, aber immer noch nicht sehr begeistert von ihrer Anwesenheit. Israel erhebt sich aus seinem Stuhl und verläßt das Zimmer.
Jez betrachtet die Ausstattung von Israels Tisch: ein Computer mit einem Monitor, der auf dem Rechner steht, ein Drucker auf einem separaten Tisch, ein dreiteiliger, schwarzer Ständer aus Fiberglas, der Briefpapier, Umschläge und Postkarten enthält, ein Tintenlöscher aus Leder, dessen Löschpapier die gleiche dunkelrote Farbe wie die Tapeten im Treppenhaus hat. Alles ist pedantisch angeordnet.
Sie hören, wie sich unten die Haustür öffnet und die Neuankömmlinge hereinkommen. Die Stimmen begrüßen sich – zu Israels lautem Dröhnen gesellen sich zwei weiche, weibliche Stimmen.
Kate steht auf und schleicht sich aus dem Büro hinaus auf den Treppenabsatz. Sie schaut nach unten auf die Köpfe der Leute.

Sogar aus diesem Blickwinkel wirkt Israels wasserstoffgefärbter Kopf höher als die zwei grauen Haarknoten der Frauen, mir denen er spricht. Kate kehrt in Israels Büro zurück.
»Wer ist es?« fragt Jez.
Sie zuckt die Achseln.
Die Stufen quietschen, als Israel zurückkommt. Er beginnt zu sprechen, noch bevor er den Raum betritt.
»Ich möchte mich für die Unterbrechung entschuldigen. Das waren die letzten beiden, die zur Bibelstunde wollten. Sie soll in fünf Minuten beginnen, und ich möchte nicht zu spät sein. Vielleicht möchten Sie mitkommen und sich hinten dazusetzen. Es dauert normalerweise zwanzig Minuten. Ich halte es gerne kurz.«
Zum ersten Mal ist Kate ein wenig durcheinander.
»Äh ... danke, aber das Angebot war nicht so ernst gemeint. Wir können gerne hier warten, bis Sie fertig sind.«
»O nein. Sie können gerne mitkommen.«
Israel lächelt, aber es dringt nicht bis zu seinen Augen vor. »Ich habe nichts zu verbergen, Officer. Man weiß ja nie. Vielleicht wollen Sie sogar beitreten, wenn Sie sich angehört haben, was ich zu sagen habe.«

Sie folgen Israel die Treppe hinunter, vorbei an den Bildern der Apostel. Gegenüber der Haustür befindet sich eine kleine, in die Wand eingelassene Tür, die in der gleichen Farbe wie die Wände gestrichen ist, so daß man sie erst beim genaueren Hinsehen erkennen kann.
Israel schiebt die Tür auf und tritt hindurch. Er muß den Kopf einziehen und gleichzeitig ein wenig in die Knie gehen, um hindurchzupassen. Kate und Jez folgen ihm durch die Tür, einen Korridor entlang, der mit dunkelbraun angestrichenem Holz verkleidet ist, und eine weitere Treppe nach unten. Am Fußende befindet sich eine Reihe von Haken an der Wand, an denen zahlreiche Mäntel hängen. Ihre Schuhe klappern laut über einen blanken Steinboden, als der Teppich zu Ende ist.

»Hier sind wir«, sagt Israel, ohne sich umzudrehen. Die Kapelle befindet sich im Keller.
Im flackernden Schein der Kerzen, die auf dem Altar stehen und überall im Raum in Haltern befestigt sind, kann man Wände erkennen, die mit roten, blauen und lila Streifen bemalt sind und an denen zwischen Spiegeln, die die Form von Kirchenfenstern haben, Stoffvorhänge mit goldenen Kanten hängen. Über dem Altar befindet sich ein riesiges Bild von Israel, der die Arme ausgestreckt hat wie Jesus am Kreuz und über dessen blondgefärbtem Schopf ein Heiligenschein schwebt.
Jez kann sich nur mit Mühe ein Lachen verkneifen. Die Kapelle ist so dekoriert, wie sich ein Teenager eine magische, mystische Stätte vorstellen würde. Jez rechnet beinah damit, Leuchtstikker der Sterne und Planeten an der Decke vorzufinden. Es ist … *Kitsch.* Ein besseres Wort fällt ihm nicht ein.
Im Raum befinden sich etwa zwanzig Leute. Sie stehen alle mit dem Gesicht zum Altar und mit dem Rücken zu Kate und Jez. Alle tragen identische indigoblaue Roben mit Kapuzen. Es gibt keine Bänke oder Stühle. Die Anhänger sitzen auf dem Boden, so daß sie sich vor ihrem übergroßen Gott noch kleiner vorkommen.
Israel geht langsam um den Altar herum.
»Meine Kinder, wir haben heute zwei Gäste.« Er zeigt auf Kate und Jez. »Sie werden an unserer Bibelstunde teilnehmen.«
Die Anwesenden drehen sich zu den Polizeibeamten um und sehen sie an wie eine reglose Herde Kühe. Israel führt nicht weiter aus, warum Jez und Kate da sind, und niemand fragt danach.
Jez mustert die Gesichter unter den Kapuzen. Es sind ungefähr genausoviel Männer wie Frauen. Er fragt sich, ob die mysteriöse Telefonstimme hier ist und wer es ist. Er sucht nach einem Zeichen des Informanten, egal wie verschlüsselt. Irgend etwas, das ihn identifiziert und der Stimme ein Gesicht gibt.
Nichts.

Jez beugt sich zu Kate vor und flüstert ihr etwas ins Ohr. Seine Lippen berühren ihre Ohrläppchen, während er spricht.

»Israel hat noch nicht gefragt, warum wir hier sind oder woher wir von der Bibelstunde wissen. Er scheint auch nicht besonders neugierig darauf zu sein, was wir vorhaben. Also entweder verschwenden wir unsere Zeit oder – falls es Silberzunge ist – er fühlt sich so selbstsicher, daß er bereit ist, uns etwas vorzumachen.«

»Er ist mit Sicherheit groß und stark genug, die Männer umgebracht zu haben«, flüstert sie zurück. »Aber wäre er nicht an einem der acht Tatorte aufgefallen? Die Leute vergessen so einen Riesen wie ihn nicht so leicht.«

»Das stimmt. Aber Silberzunge spielt mit uns, und das gleiche gilt für Israel. Sich als Sohn Gottes auszugeben ist kein Verbrechen. Hör dir doch nur an, was er uns zu verstehen gibt: Ihr könnt kommen und zusehen, aber ihr könnt mir nichts anhaben. Eure Gesetze bedeuten mir gar nichts. Ihr könnt euch über mich lustig machen oder mich bemitleiden oder mich verachten oder mich fürchten, aber ihr könnt mir nichts anhaben.«

Israels laute Stimme unterbricht ihr Flüstern. Die Gemeinde dreht sich zu ihm.

»Und ich sah in der rechten Hand dessen, der auf dem Thron saß, ein Buch, beschrieben innen und außen, versiegelt mit sieben Siegeln. Und ich sah einen starken Engel, der rief mit großer Stimme: Wer ist würdig, das Buch aufzutun und seine Siegel zu brechen?«

Jez beugt wieder seinen Kopf und preßt seinen Mund gegen Kates Ohr.

»Die Offenbarung, Kapitel 5.«

»Ich bin beeindruckt. Hast du ein bißchen Recherche betrieben?«

»Das kannst du wohl annehmen. Er aber auch. Er kennt das auswendig.«

»Du hast recht.«

Israels Stimme ist enorm kräftig, wie die von James Earl Jones und Luciano Pavarotti zusammen.
»Ich habe sieben Augen und sieben Hörner. Mein Name ist das Wort Gottes. Ich bin das Wort Gottes, und das Wort Gottes bin ich. Ich bin das Lamm, das der heilige Johannes in seiner Offenbarung sah. Ich bin die Menschheit.
Und ich werde die sieben Siegel öffnen, und es werden nur die gerettet werden, die heute abend hier sind. Ihr, ihr alle, die ihr euch jeden Tag in die Lasterhöhle begebt, die wir Gesellschaft nennen, die Faulheit und Neid und Völlerei und Stolz und Geiz und Zorn und Wollust preist, statt sie zu schmähen. Ihr, die ihr durch die Feuer der Hölle geht, aber dennoch unbeschadet bleibt, weil ihr glaubt. Jesus Christus hat seine Apostel nicht hinter den Mauern eines Klosters eingesperrt.«
Israel wirft Jez und Kate zum ersten Mal seit Beginn der Bibelstunde einen Blick zu.
»Nein, Jesus Christus hat seine Apostel nicht eingesperrt. Er hat sie in die Welt hinausgeschickt, um sein Werk zu verrichten. Er hat sie unter die Ungläubigen geschickt, damit sie glauben. Das Evangelium nach Matthäus, Kapitel 10. Erinnert ihr euch? ›Sondern geht hin zu den Schafen aus dem Hause Israel. Geht aber und predigt und sprecht: Das Himmelreich ist nahe herbeigekommen. Macht Kranke gesund, weckt Tote auf, macht Aussätzige rein, treibt böse Geister aus. Umsonst habt ihr's empfangen, umsonst gebt es auch ... Siehe, ich sende euch wie Schafe mitten unter die Wölfe. Darum seid klug wie die Schlangen und ohne Falsch wie die Tauben.‹«
Israel beugt sich zur ersten Reihe vor, und jeder einzelne Kopf im Raum tut es ihm als Antwort nach und imitiert seine noch so kleinste Geste.
»*Ihr* seid meine Apostel.«
Diesmal blickt er die zwei Detectives länger an. Die Spannung ist beinah greifbar, als Jez versucht, seinen Ärger runterzuschlucken. Kate legt eine Hand auf seinen Arm, teils als War-

nung, teils als Beruhigung. Geben und Nehmen in einer einzigen Geste.
Israel spricht wieder zu seiner Herde, als gäbe es nur sie auf der Welt.
»*Ihr* seid meine Apostel. Ihr alle. Ihr seid diejenigen, die mein gutes Werk tun. Ihr seid diejenigen, die in die Welt hinausgehen und das Wort Gottes verbreiten. Ihr mögt es jetzt noch nicht wissen. Noch bitte ich euch, unsere Existenz geheimzuhalten. Aber das wird sich ändern. Bald, wenn die Zeit gekommen ist, wird es jeder erfahren. Aber ihr werdet diejenigen sein, die gerettet werden, denn ihr gehorcht dem Propheten. Und ihr wißt, was mit denjenigen geschehen wird, die dem Propheten nicht gehorchen? Wißt ihr noch, was mit Korach geschah, der Moses nicht gehorchte? Die Erde tat sich vor ihm auf und begrub ihn bei lebendigem Leib. Und ihr wißt, was mit Ungläubigen geschieht. Laßt mich euch an die hundert Männer erinnern, die den Propheten Elija verspotteten. Er rief das Feuer vom Himmel herunter, und es verschlang sie in seinem Zorn. Das ist passiert. Deshalb werde ich zwei Sorten von Menschen nicht in der Kirche dulden – Querulanten und Ungläubige.«
Damit wären wir in beiden Fällen disqualifiziert, denkt Jez.
»Die Querulanten und Ungläubigen sagen, ich würde euch einer Gehirnwäsche unterziehen. Und wißt ihr was? Sie haben recht. Das tue ich. Wenn ihr herkommt, ist euer Kopf voller Gedanken und Meinungen. Ihr lernt die Offenbarung von Jesus Christus. Ihr lernt es, weil ich der einzige bin – *der einzige* –, der die wahre Bedeutung erkannt hat. Ich bin auserwählt, das Wort Gottes zu sehen, und ich bin auserwählt, es weiterzugeben. Die Worte, die ich spreche, reinigen eure Gedanken und Ansichten. Sie waschen den Schmutz fort, dem ihr jeden Tag ausgesetzt werdet, und mit dem reinigenden Wasser kommt die Wahrheit. Euer Geist ist rein und pur. Ihr habt eine Gehirnwäsche bekommen. Ihr seid *gerei-*

nigt. Und weil ihr gereinigt seid, werdet ihr gerettet werden, wenn ich die sieben Siegel öffne.«

Israel blickt nun nicht mehr die Gemeinde an. Sein Gesicht ist leicht nach oben geneigt, und er hat die Hände an seinen Seiten zu Fäusten geballt. Er sieht aus, als wäre er in einer Art Trance.

»Es dauert nicht mehr lange. Nicht mehr lange, bis die vier Geister aus der Nacht auftauchen. Vier Reiter, die über die Erde reiten. Sie haben keine Substanz. Nichts kann sie aufhalten.

Der erste Reiter sitzt auf einem weißen Pferd, das sich schimmernd gegen die endlose schwarze Nacht abhebt. Er trägt eine Krone aus purem Gold, und in seinen Händen hält er einen Bogen. Er schießt immer und immer wieder, und seine Pfeile durchbohren Fleisch und Knochen. Er verfehlt nie sein Ziel. Er gewinnt, und niemand wagt es, sich ihm entgegenzustellen.

Ihm folgt ein blutrotes Pferd. Der Reiter hält ein glänzendes Schwert, mit dem er weit ausholt und tödliche Hiebe austeilt. Wo immer er vorbeikommt, folgt ein Gemetzel, und der Friede flieht die Erde. Männer schlachten sich ab, Bruder gegen Bruder und Vater gegen Sohn.

Über die Berge der Toten und Sterbenden kommt ein Reiter auf einem schwarzen Pferd. Seine Waffe ist der gnadenlose, beißende Hunger. Die, die vom Schwert verschont wurden, werden vom Hunger heimgesucht und sterben einen langsamen, qualvollen Tod. Die Bäuche der Menschen schrumpfen und schwellen dann wieder an, und dann sterben sie langsam Stück für Stück und beten um das Ende, lange, bevor es eintrifft.

Nach dem vierten Siegel kommt der Tod. Stille ist sein Umhang. Er ist bleich, und ihm folgen Reiter der Hölle. Wo er vorbeikommt, besteht keine Hoffnung mehr. Seine Name ist Tod, und er muß eben diesen fordern. Pest geht ihm voraus, und ein Viertel der Weltbevölkerung fällt ihm zum Opfer.

Nach dem fünften Siegel schreien die kopflosen Opfer nach Gerechtigkeit. ›Wie lange noch?‹ fragen sie. ›Wie lange muß

dies noch so weitergehen?‹ Und sie erhalten keine Antwort, denn es gibt für sie keine Antwort.
Dann erzittert die Erde. Die Sonne verdunkelt sich, und der Mond scheint wie Blut. Die, die vom Bogen, vom Schwert, von der Hungersnot und der Pest verschont wurden, schreien verzweifelt auf. Es kommt aus dem Osten, sein Antlitz ist wie die Sonne. Ein scharfes Schwert ragt aus seinem Mund. Die Menschheit ruft die Felsen und Berge an, sie unter sich zu begraben. Inseln verschwinden, und Berge erzittern wie Bäume im Wind.
Das siebte Siegel. Das letzte, in mehr als einer Hinsicht. Nichts als Stille, die die zerstörte Landschaft umgibt. Kein Leben bleibt, nicht in den Städten und nicht auf dem Land, nicht auf den höchsten Bergen und auch nicht im tiefsten Ozean. Sogar der Wind ist tot. Eine Welt ohne Lebewesen, und ohne Leben kann auch kein neues Leben entstehen. Dies ist wahrlich das Ende.«
Israel lockert seine Hände und öffnet langsam die Augen.
»Das ist alles, Kinder. Geht und bereitet euch auf das Abendmahl vor. Wir essen in fünfzehn Minuten.«
Die Gemeinschaft steht auf und beginnt, nacheinander den Raum zu verlassen. Sie haben den Kopf unter ihren Kapuzen gesenkt und blicken Kate und Jez nicht an. Als sie durch die Tür gehen, stolpert einer der Anhänger über den Saum seiner Kutte. Er stolpert nach vorne, beginnt zu fallen und streckt instinktiv die Hand nach demjenigen aus, der ihm an nächsten ist.
Jez.
Der Mann packt die Aufschläge von Jez' Sakko und reißt ihn mit sich zu Boden. Jez dreht sich, damit er nicht auf dem Rükken landet, und streckt eine Hand aus, um den Fall abzubremsen. Er spürt einen scharfen Schmerz, als er mit der Handfläche über den Steinboden schabt.
Eine Gruppe indigoblauer Kutten umgibt sie. Wie eine Herde Kühe drängen sie sich um sie, um Jez und dem anderen Mann

auf die Füße zu helfen. Viele Hände berühren Jez und klopfen ihm den Staub vom Anzug.
Die Menge geht weiter und nimmt den Mann, der gestürzt ist, mit.
Jez wendet sich an Kate.
»Konntest du erkennen ...?«
Israels Stimme ertönt neben ihm.
»Es tut mir sehr leid. Es war nur ein Unfall, da bin ich sicher. Sind Sie in Ordnung?«
»Ja, danke.« Jez untersucht seine Handfläche. »Nur ein bißchen Blut, wo ich mir die Haut aufgeschürft habe. Es sieht schlimmer aus, als es ist. Ich glaube, ich werde es überleben.« Er lächelt.
Israel lächelt nicht. Er starrt auf Jez' Hand. Schweißperlen tauchen auf seiner Nasenspitze auf.
»Was ist los?« fragt Kate.
Israel weicht vor Jez zurück.
»Blut. Ich kann den Anblick von ... Blut nicht ertragen. Dekken Sie es zu. *Bitte.*«
Jez und Kate sehen ihn überrascht an.
»Ernsthaft ... das ist kein Scherz ... ich bin Bluter ... ich kann den Anblick nicht vertragen ... ich werde immer ...«
Israel stürzt ohnmächtig zu Boden.

85

Jez und Kate hocken zusammen an einem Ecktisch in einem überfüllten Pub und werden immer betrunkener.
Der Barmann greift nach oben und läutet die Glocke. »Letzte Bestellung.«
Kate zeigt auf die Reste in Jez' Glas. »Noch eins?«

»Ja, warum nicht. Dann lohnt sich der Kater morgen wenigstens.«
»Noch mal das gleiche?«
»Bitte.«
»Bier macht fett, Jez.«
»Das behaupten zumindest alle. Aber es besteht aus Kohlehydraten und Flüssigkeit. Perfekt für Athleten wie mich.«
Kate zieht eine Grimasse und steht auf. Sie schwankt leicht und muß ihre Hand auf den Rücken des Mannes am Nebentisch legen, um das Gleichgewicht zu halten.
»Tschuldigung«, sagt sie. »Bin'n bissschen betrunken.« Sie geht zur Theke und konzentriert sich auf jeden Schritt.
Sie sind in einem kleinen Pub in der Kensington Church Street. Eine Oase der Normalität, weniger als eine Viertelmeile von der *Kirche des Neuen Millennium* und der live erlebten Gedankenüberwachung entfernt. Von der Macht eines Anführers wie Israel, der das Herz und den Geist der Leute in den Händen hält, die so von seiner Göttlichkeit überzeugt sind, daß sie alles für ihn tun würden. Die Macht über Leben und Tod. Wie Silberzunge.
Abgesehen davon, daß Israel nicht Silberzunge ist. Es hatte nicht viel Sinn, die Befragung fortzuführen, nachdem er vor ihnen in Ohnmacht gefallen war. Der Schnitt an Jez' Hand war nur ein paar Zentimeter lang und hörte nach wenigen Minuten zu bluten auf. Aber Israel reagierte darauf, als hätte sich Jez vor ihm die Pulsadern aufgeschnitten.
An jedem Tatort gab es Blut. Gleich eimerweise.
Jemand, der so heftig auf einen winzigen Schnitt reagiert, kann unmöglich der Mann sein, nach dem sie suchen. Und wenn Israel wirklich ein Bluter ist, wie er behauptet, dann ist das nur ein weiterer Grund, warum er nicht Silberzunge sein kann. Er könnte nicht das Risiko eingehen, daß eines seiner Opfer sich wehrt und ihn verletzt, egal wie leicht.
Nachdem Israel wieder zu Bewußtsein gekommen war, spulten sie trotzdem das übliche Programm ab. Wissen Sie, was

Sie in den fraglichen Nächten getan haben, Sir? Israel muß für die meisten Nächte in seinen Kalender sehen, aber er weiß, daß er während der ersten beiden Morde in den Staaten war. Haben Sie dafür Beweise, Sir? Natürlich. Hier in meinem Paß. Einreisestempel am JFK vom 18. April 1998, Ausreisestempel vom O'Hare am 9. Mai 1998. Von Samstag bis Samstag, drei Wochen lang. Vielen Dank, Sir. Wir entschuldigen uns für die Umstände. Israel kam nicht einmal zum Essen mit seiner Herde zu spät. Sie überlegen, ob ein Mitglied seiner Gemeinde die Morde in Vertretung ausgeführt hat, aber alle Anhänger Israels wirken so friedlich, daß die Vorstellung lächerlich ist. Dennoch werden sie es am Montag überprüfen.

Und seit diesem mißglückten Verhör sitzen Jez und Kate nun im *Elephant and Castle* in ihrer isolierten Ecke, während das Freitagabendgedränge um sie herum tost. Ihre Unterhaltung dreht sich nicht nur um den Fall, entfernt sich jedoch auch nicht zu weit davon, damit sie jederzeit zu dem Thema zurückkehren können, das sie nun seit sechs Monaten nicht losläßt. Sie sprechen über Reds mentalen Zustand und seine Therapiesitzungen, anschließend über Therapie im allgemeinen und daß die britische Antipathie gegenüber Psychiatern dafür gesorgt hat, daß diejenigen mit richtigen Sorgen mit niemandem über ihre Probleme reden können. Das wiederum führt sie zu der Rolle der Samariter und zurück zu dem Mord an Jude; und dann zu der allgemeinen Frage nach Privatsphäre und Anonymität.

Kate kehrt mit den Drinks zurück. Bier für ihn und einen Wodka und Tonic für sie. Das Bier schwappt über den Rand des Glases, als sie es absetzt.

»Red hat letztens etwas Komisches zu mir gesagt«, sagt sie.

»Was?«

»Nun, mit letztens meine ich vor ein paar Monaten. Im Sommer.«

»Was hat er gesagt?«

»Er hat mich gefragt, ob wir eine Affäre haben.«
»Wer ist ›wir‹?«
»Du und ich.«
»Und was hast du gesagt?«
Kate sucht in ihrem Glas nach einer Antwort, in dem die Zitrone dem klaren Wodka einen öligen Film gegeben hat.
»Ich weiß es nicht mehr. Aber es spielt keine Rolle.«
Sie hat den Mut zusammengekratzt, es zu sagen, als sie an der Theke stand, und nun schluckt sie es wieder hinunter.
»Komm schon, Kate. Du kannst jetzt nicht kneifen. Was hast du gesagt?«
»Ich habe es abgestritten.«
»Und hat er dir geglaubt?«
»Ich weiß es nicht.«
Jez nippt an seinem Bier. Er beobachtet sie über den Glasrand hinweg.
»Ich nehme an, er weiß, daß du einen Freund hast?«
»Natürlich weiß er das. Aber trotzdem ...«
»Trotzdem was?«
»Na, es kommt gar nicht so selten vor.«
»Was?«
»Affären bei der Arbeit.«
»Das stimmt.«
»Es ist ja nicht so, als wären wir die ersten in der Geschichte des Yard, die ... die interkollegiale Kommunikation ernst nehmen, oder?«
»*Intra,* Kate, nicht *inter.*«
Kate lacht.
Sie können den Rubikon überschreiten. Die Karten liegen auf dem Tisch, aber immer noch mit dem Gesicht nach unten. Sie können an diesem Punkt beide mit unverletztem Stolz einen Rückzieher machen. Sie beobachten einander ohne Worte.
Kate wagt den Sprung.
»Ich weiß, daß das Bier aus mir spricht ...«, sagt sie.
»Der Wodka.«

»Ach ja.« Sie kichert. »Der Wodka. Ich weiß, daß der Wodka aus mir spricht, aber ich wollte dir nur sagen, daß ich dich sehr attraktiv finde. Ich ... würde dich wirklich gerne küssen. Mein Gott, ich komme mir in deiner Gegenwart vor wie ein Teenager.«

»Du hast einen Freund«, sagt er nicht ohne Wärme.

»Ich weiß. Aber da ist die Luft raus, Jez.«

»Und was bin ich dann für dich? Eine schnelle Nummer?«

»Jez, sag das nicht. Du weißt gar nicht – du kannst gar nicht wissen, wie oft ich an dich denke. Du bist du, und David ist David, und was ich über dich denke, hat nichts mit dem zu tun, was ich über ihn denke. Aber was du gerade gesagt hast, das ... es beleidigt uns beide.«

Jez steht auf. »Mit einer vollen Blase kann ich nicht nachdenken«, sagt er. »Ich geh mal pinkeln. Bin sofort zurück.«

Er streicht mit der Hand über ihren Rücken, als er sich an ihr vorbeiquetscht, und sie hebt die Hand, um seine zu berühren. Ihre Fingerspitzen liegen auf seinen Knöcheln, nur eine Sekunde lang.

Es ist nur eine flüchtige Berührung, denkt sie, aber mich macht es ganz verrückt.

Die drei Stellen an dem Metallurinal sind voll, also geht Jez in die Kabine am Ende des Raums. Über dem Spülkasten ist etwas mit kleinen, schmalen Buchstaben hingeschrieben. Jez liest es, während er uriniert.

Bauarbeiter sind verdammt gut im Bett. Neulich war einer hier mit kurzen dunklen Haaren und großen Muskeln unter seinem T-Shirt, und wir unterhielten uns. Er hieß Steve und gab mir ein Bier aus. Wir konnten nicht die Finger voneinander lassen und sind dann zu seiner Wohnung, wo wir es die ganze Nacht miteinander getrieben haben. Er war ein toller Fick.

Und das in einer Männertoilette. Erinnerungen an das *Coleherne.*

Als Jez fertig ist, sind die Männer an den Urinalen verschwunden. Er hält die Hände unter das kalte Wasser und betrachtet

sich im Spiegel über dem Waschbecken. Rote Adern durchziehen das Weiße in seinen Augen, in denen der Alkohol in sein Hirn eindringt.
Er hat es kommen sehen, aber ignoriert. Das Problem ist teilweise seine Schuld. Er muß sie sanft abblitzen lassen.
Zurück im Pub setzt er sich ihr wieder gegenüber. Sie beugt sich vor.
»Ich habe dir gesagt, was ich denke, Jez. Jetzt bist du an der Reihe.«
»Kate. Kate. Kate. Kate.«
Ihr Schweigen drängt ihn weiterzusprechen.
»Ich halte es für keine gute Idee, Kate.«
Sie sagt nichts.
»Ob es nun falsch ist oder nicht, du hast einen Freund, und –«
»Das ist mein Problem, Jez. Du kennst ihn nicht, also betrügst du nicht deinen Freund oder so. Was ich ohne Davids Wissen tue, ist meine Entscheidung und mein Problem.«
Jez hebt die Hände und fängt von neuem an.
»Schon gut, schon gut. Davon abgesehen halte ich es trotzdem für keine gute Idee. Wir haben Silberzunge noch nicht gefunden, und wir sollten uns nicht miteinander einlassen, während das noch nicht erledigt ist. Wir müssen miteinander arbeiten, Kate. Wir können nicht noch mehr Spannungen gebrauchen als die, die schon existieren. Und außerdem wäre es Red gegenüber nicht fair. Jetzt, da Duncan weg ist, sind wir nur noch zu dritt. Stell dir vor, wie Red sich fühlen muß, wenn er herausfindet, daß zwei Drittel seines Teams es miteinander treiben.«
»Ach, komm schon. Er hätte nichts dagegen.«
»Doch, das hätte er.«
»Warum? Weil Susan ihn verlassen hat?«
»Nein, natürlich nicht. Nur, wir verstehen uns alle sehr gut, und ich will dieses Gleichgewicht nicht zerstören. Ich will nicht, daß Red sich ausgeschlossen fühlt.«
»Jez, du klammerst dich an Strohhalmen fest, und das weißt du auch. Was ist los? Bist du schwul oder so?«

Er lacht. »Sei nicht albern.«
»Na, man weiß ja nie. Der Mann, der den Colin-Ireland-Fall gelöst hat. Wäre es nicht die glatte Ironie, wenn sich herausstellte, daß du doch *einer von ihnen* bist? Kein Wunder, daß du Ireland so leicht gefunden hast. Man muß einer sein, um einen zu erkennen, und all das.«
»Colin Ireland war nicht schwul, Kate, und ich bin es auch nicht.«
»Mich dünkt, er protestiert zu sehr.«
»Kate . . .«
»Ich wette, die Jungs im *Coleherne* sind ganz verrückt nach dir, Mr. Muskelprotz«, stößt sie plötzlich gehässig hervor. Sie ist betrunken und fühlt sich abgewiesen.
Jez steht auf. »Das muß ich mir nicht anhören. Glaub doch, was du willst.«
»Oh, das werde ich. Mach dir da mal keine Sorgen.«
»Ich gehe. Wenn du möchtest, daß ich dich noch zu einem Taxi bringe, dann tue ich das.«
»Nein danke, Jez, ich lasse mich lieber von einem *richtigen* Mann beschützen.«
Jez verschwindet durch die Tür, knöpft seinen Mantel zu und geht die Straße hinunter, ohne sich noch einmal umzudrehen.
Kates Freund. Das Gleichgewicht des Teams. Die Gefährdung der Ermittlungen. Die Gründe sind alle plausibel, aber es sind nicht die wahren Gründe, und Kate weiß das ebensogut wie er.

86

Die Welt braucht einen neuen Messias. Ich weiß, daß die Deutschen das am Ende der Weimarer Republik gesagt und dafür Hitler bekommen haben, aber das ist ein zu engstirniger und profaner Vergleich. Die Welt braucht heute einen Messias, so wie sie vor 2000 Jahren Jesus Christus brauchte. Die Welt braucht einen Erlöser. Sie braucht jemanden, der all das Leid und den Schmerz auf sich nimmt und den Stand auf Null bringt, damit die Menschheit von neuem anfangen kann. Seht euch doch um. Seht euch doch die heutige Welt an. Wollt ihr mir weismachen, daß sie nicht verderbt ist? Denn das ist sie. Sie ist bis ins Mark verderbt.

Wir haben keine Moral mehr. Wir haben keine Werte mehr. Wir hatten die Ansichten der Achtziger – ungehinderter Materialismus, Gier ist gut –, aber als die Rezession kam, ging alles den Bach runter. Uns blieb nichts. Keine Form von Führung. Nur ein moralisches Vakuum. Seht ihr das nicht? Wir wählen Politiker, damit sie uns regieren, und sie füllen ihre Taschen mit Schmiergeldern und regen sich über unwichtige Parteiquerelen auf. Westliche Multikonzerne sind mächtiger und reicher geworden als die Hälfte aller Länder der Welt. Sie vergewaltigen die Dritte Welt für Profite, und sie impfen dann all denen zügellosen Kapitalismus ein, deren Leben sie berühren und zerstören, so daß diese Länder wiederum unsere schlimmsten Angewohnheiten nachäffen müssen, um zu überleben. Seht euch Rußland, China oder Brasilien an – alle werden sie wie der Westen, wo die Reichen immer reicher und die Armen immer ärmer werden.

Und deshalb gibt es Verbrechen. Denn diese beschissene Welt bringt uns dazu, Dinge anzustreben, die wir unmöglich haben können, und wundert sich dann, warum wir gewalttätig werden. Daher war der Kommunismus auch eine gute Idee. Die Dinge, die die Leute im Kommunismus anstrebten – ein guter Farmer oder Arbeiter zu sein –, waren erreichbar. Die Sowjetunion basiert auf Hammer und Sichel. Unsere Welt basiert auf dicken Autos und Silikonblondinen. Seid besser. Seid reicher. Seid erfolgreicher. Und die Leute können da nicht mithalten. Also versuchen sie es auf die schnelle Weise, indem sie anderen Leuten ihren Besitz wegnehmen. Verbrechen und Gewalt und Drogen für eine geschlagene Generation nach der anderen.

Die Welt produziert genug Nahrung, um die ganze Bevölkerung zu versorgen. Aber ein Drittel dieser Bevölkerung ist hungrig. Und wißt ihr was? Niemand kümmert es. Die Minderheit, die es kümmert – die gegen Umweltverschmutzung protestieren oder in die Kirche gehen oder den Armen helfen – werden als Freaks oder Irre verspottet. Der Rest der Welt sitzt nur apathisch da und verkleinert seinen Horizont. Nun, das reicht nicht länger.

Ich bin derjenige, der etwas daran ändern wird. Ich bin derjenige, der den Unterschied machen wird.

87

Montag, 2. November 1998

Der einzige freie Parkplatz befindet sich ganz hinten. Es ist sechs Uhr morgens, und der Billingsgate-Parkplatz ist beinah voll. Ein paar Quadratmeter Betriebsamkeit inmitten einer schlafenden Stadt.

Der Anzeiger für die Außentemperatur an Reds Armaturenbrett steht auf zwei Grad Celsius, und dabei ist der schneidende Wind nicht mitgerechnet. Es ist der erste Kälteeinbruch des Winters.

»Kommt«, sagt Jez auf dem Rücksitz. »Laßt uns eine paar böse Jungs fangen.«

Kate steigt aus, ohne ihn auch nur eines Blickes zu würdigen. Sie und Jez haben bis jetzt noch kein Wort gewechselt. Falls Red es bemerkt hat, so hat er noch kein Wort darüber verloren.

Gegen den Wind vornüber gebeugt, überqueren sie den Parkplatz in Richtung Billingsgate-Fischmarkt. Hoch über ihnen, auf dem pyramidenförmigen Dach von Canary Wharf, blinkt immer wieder das blaue Licht der Flugzeugwarnanlage auf. Eine Steintreppe führt vom Parkplatz hinauf zur Markthalle, und genau diese Stufen kommt ihnen jetzt eine endlose Pro-

zession von Leuten entgegen, die braune Pappkartons in den Händen halten. Sie kommen im Gleichschritt die Treppe herunter, und als sie den Fuß der Treppe erreichen, verteilen sie sich sternförmig und strömen auf ihre Autos zu.
Red, Kate und Jez quetschen sich zwischen den Menschen hindurch und betreten die Markthalle. Hier finden sie so viel Licht und Bewegung vor, während anderswo die meisten Leute noch stocksteif in der Dunkelheit liegen. Träger in weißen Kitteln schieben Karren mit Kisten voller Makrelen und Heringe vor sich her. Der Boden ist naß und der Geruch nach Fisch so stark, als würde er direkt durch das Belüftungssystem in die Halle gepumpt.
Sie gehen eine der Treppen hinauf, die von der Markthalle hoch zu der Empore führt, von der aus man in die Halle hinuntersehen kann und auf der sich rundherum die Büros der Fischhändler befinden. Die meisten Telefonnummern auf den Bürotüren fangen mit einer 01 an, dem Londoner Code, der schon vor acht Jahren abgeschafft wurde.
Sie finden das Büro des Inspektors der City of London auf der letzten Seite der Empore. Ein Reliefwappen auf der Tür macht sich den Platz mit einem Kombinationsschloß streitig. Die Tür ist nur angelehnt. Red schiebt sie ganz auf, und sie gehen hinein. Die einzige Person im Raum ist ein kleiner Mann mit fettigen Haaren und nikotinverfärbten Fingern. Eine brennende Zigarette liegt auf dem Rand des Glasaschenbechers neben ihm.
»Kann ich Ihnen helfen?«
»Ich suche nach dem Inspektor.«
»Sie haben ihn gefunden.«
»Ich bin Detective Superintendent Metcalfe, und das hier sind die Detective Inspectors Clifton und Beauchamp.«
»Derek Welch. Hallo.«
»Wir suchen nach jemandem mit dem Namen Andrew.«
Welch blinzelt ihn verwirrt an.
»Was?«

»Wir würden gerne mit jedem in diesem Gebäude reden, der Andrew heißt.«
»Kennen Sie seinen Nachnamen?«
Red seufzt.
»Ich glaube, Sie verstehen nicht. Wir suchen nicht nach jemand Bestimmtem. Wir möchten mit jedem in diesem Gebäude reden, der auf den Namen Andrew hört. Haben Sie hier ein öffentliches Lautsprechersystem?«
»Ja.«
»Würden Sie dann bitte alle mit Namen Andrew auffordern, so schnell wie möglich in Ihr Büro zu kommen?«
»Ist es dringend?«
»Mr. Welch, wenn es das nicht wäre, wäre ich bestimmt nicht zu dieser unchristlichen Zeit mit meinen beiden Kollegen hergekommen, oder?«
Welch steht auf und durchquert das Büro. Er nimmt den Hörer eines gelben Telefons auf, das an der Wand hängt, und drückt einen Knopf.
»Würde bitte jeder mit Namen Andrew sofort zum Büro des Inspektors kommen? Ich wiederhole, jeder mit dem Namen Andrew bitte sofort zum Büro des Inspektors.«
Jez verläßt das Büro, überquert die Empore und schaut hinunter in die Markthalle. Ein paar Gesichter wenden sich ratlos einander oder den Lautsprechern zu. Zwei Leute – nein drei – gehen auf die verschiedenen Ausgänge der Halle zu. Die meisten zollen der Ansage nicht die geringste Aufmerksamkeit. Wahrscheinlich müßte erst eine Atombombenwarnung losgehen, um den Laden lahmzulegen.
Innerhalb von fünf Minuten befinden sich vier ›Andreas‹ in Welchs Büro. Ein junger, Andrew Turner. Zwei im mittleren Alter, Andrew Marshall und Andrew Guildford, und ein alter, Andrew Routledge.
Es sind ganz gewöhnliche Männer, möglicherweise Hauptzielscheibe von Silberzunge. Der Geruch nach Fisch entströmt ihrer Kleidung.

Red stellt sich, Jez und Kate vor.

»Was ich Ihnen jetzt sagen werde, mag Ihnen seltsam oder wie ein schlechter Scherz vorkommen. Ich kann Ihnen versichern, daß es sich ganz und gar nicht um einen Scherz handelt. Sie haben sicherlich alle von dem sogenannten Apostel-Killer gehört?«

Alle vier Andrews nicken.

»Seit die Story bekannt wurde, haben wir gewisse... Details aufgedeckt, die uns die nächsten Opfer des Mörders mit großer Genauigkeit festlegen lassen. Wir wissen nicht nur, daß er seine Opfer nach dem Namen, sondern auch nach gewissen Aspekten ihres Namensheiligen auswählt – besonders nach ihrem Feiertag und dem Beruf, mit dem sie der Überlieferung gemäß verbunden sind. Wie Sie vielleicht wissen, ist der heilige Andreas der Schutzheilige der Fischer, und aus diesem Grund sind wir hier. Wir glauben, daß die Personen, auf die der Mörder es abgesehen hat, in irgendeiner Weise mit der Fischindustrie zu tun haben. Der Feiertag des heiligen Andreas ist der 30. November – ab heute ist es also etwas weniger als einen Monat bis dahin.«

Die vier Andrews starren ihn mit offenen Mündern an wie Guppys.

»Ich kann nicht stark genug betonen, daß die Wahrscheinlichkeit, daß einer von Ihnen ausgesucht wird, sehr gering ist. Ich bin sicher, es gibt Hunderte anderer Männer mit Namen Andrew, die in London in Fischhandlungen und Supermärkten arbeiten, und wir werden in den nächsten zwei Wochen mit jedem einzelnen von ihnen reden. Für Sie besteht kein höheres Risiko als für die anderen auch. Dies ist nur eine vorbeugende Maßnahme. Ist jemand von Ihnen verheiratet?«

Die zwei im mittleren Alter, Marshall und Guildford, heben die Hand.

Red wendet sich an Andrew Turner. »Und Sie, Sir?«

»Nein, noch nicht.« Auf seinem Gesicht, das noch Spuren von Akne aufweist, macht sich ein dümmliches Grinsen breit.

»Und Sie, Sir?« fragt Red Andrew Routledge.
»Mein Frau ist verstorben.«
»Das tut mir leid.«
Andrew Routledge zuckt die Achseln. »Das ist schon lange her.«
»Ich frage das«, erklärt Red, »weil der Mörder sich bis dahin nur unverheiratete Männer ausgesucht hat.«
»Also müssen ich und Marshy uns keine Sorgen machen?« fragt Andrew Guildford.
»So weit würde ich nicht gehen. Bis jetzt hat er nur unverheiratete Männer ausgesucht. Möglich, daß er dieses Verhaltensmuster jederzeit ändert.«
»Werden wir Polizeischutz bekommen?« fragt Andrew Turner.
»Wie ich schon sagte, ist das Risiko recht gering. Sie werden verstehen, daß wir nicht über das Personal verfügen, gleichzeitig Hunderte von potentiellen Opfern zu schützen, bei denen die sehr geringe Wahrscheinlichkeit besteht, ausgesucht zu werden. Ich möchte Sie jedoch bitten, um den 30. November herum besonders vorsichtig zu sein. Sorgen Sie dafür, daß Sie immer bei jemandem sind. Gehen Sie nicht alleine vor die Tür. Überprüfen sie, ob Ihre Fenster und Türen fest verschlossen sind. Machen Sie keinem Fremden die Türe auf. Und zögern Sie nicht, uns anzurufen, wenn es nötig sein sollte.«
Red greift in seine Brusttasche und holt vier Visitenkarten hervor. Er fächert sie in seiner Hand auseinander wie ein Croupier die Spielkarten und hält sie den vier Andrews hin.
»Sollten wir uns bewaffnen?« fragt Andrew Marshall.
»Offiziell kann ich das nicht gutheißen«, sagt Red. »Wir sind hier nicht in Amerika, und wir haben hier nicht das verfassungsmäßige Recht, Waffen zu tragen. Wenn man Sie mit einem Messer in der Tasche anhält, könnte man Sie sogar wegen Verstoß gegen das Waffengesetz drankriegen. Wenn Sie sich jedoch dazu entschließen sollten, einen Baseballschläger

unter dem Bett zu verstecken ... das wäre sicherlich eine sinnvolle Vorsichtsmaßnahme.«

Er spricht weiter, bevor noch jemand eine Frage stellen kann. »Ich will Sie jedoch nicht unnötig von Ihrer Arbeit abhalten, Gentlemen. Wie ich schon sagte, ist das Risiko sehr gering. Ich weiß, es ist leichter gesagt als getan, aber lassen Sie nicht zu, daß dies hier die nächsten Wochen über Ihnen hängt und Ihnen das Leben vermiest. Die Wahrscheinlichkeit ist höher, daß Sie im Lotto zu gewinnen, als von dieser Person behelligt zu werden. Und bitte behalten Sie das hier für sich. Wir wollen nicht, daß die Presse etwas erfährt, was den Mörder möglicherweise wütend machen könnte. Und wer weiß, was er dann tut.«

Die Andrews gehen schweigend nacheinander zurück in die Markthalle. Red gibt Welch ebenfalls eine Karte und dankt ihm dafür, daß er sein Büro benutzen durfte. Welch, der bereits wieder eine neue Zigarette im Mund hat, bläst als Antwort Zigarettenrauch in seine Richtung. »Jederzeit.«

Sie gehen zurück zum Auto. Es wird immer noch eine ganze Stunde dunkel sein. Kate wendet sich im Gehen an Red.

»Das, was du über die Lotterie gesagt hast, das glaubst du doch nicht wirklich, oder?«

»Natürlich nicht. Aber wir müssen mit ein paar hundert Leuten sprechen. Wenn ich jedem genau sage, mit was er – und wir – es wirklich zu tun hat, müßten wir ein verdammtes Irrenhaus bauen.«

»Ich frage mich, wie die Chancen stehen, daß einer derjenigen, die wir warnen, das nächste Opfer ist?« sagt Jez.

Red blickt ihn an.

»Ich könnte mir vorstellen, ziemlich groß.«

88

Kate wartet, bis Red den Raum verlassen hat, bevor sie etwas sagt.
»Jez«, setzt sie unsicher an.
Er blickt von seinem Schreibtisch auf. Er zieht die Augenbrauen nach oben, sagt jedoch nichts, um ihr zu helfen.
»Es tut mir wegen letztens sehr leid«, sagt sie. »Ich bin zu weit gegangen. Ich hätte nicht sagen sollen, was ich gesagt habe. Es war ... kindisch. Kindisch und dumm.«
Jez zuckt die Achseln.
»Ist schon in Ordnung. Du warst betrunken. Ich war betrunken. Laß es uns einfach vergessen.«
»Das ist nicht so einfach, Jez. Du hast mich schließlich angemacht, weißt du.«
»Du hast einen Freund, Kate. Ich dachte nicht, daß du es ernst meinst.«
»Nun, jetzt weißt du es. Wirst du mir nun den wahren Grund sagen, warum du nicht an mir interessiert bist?«
»Ich habe es dir doch gesagt. Im Pub.«
»Nein, im Pub hast du irgendeinen Mist erfunden.«
»Kate, ich werde nicht mit dir streiten. Du weißt, daß ich dich ganz toll finde, aber ich halte es nicht für fair – «
»Das hast du schon ges– «
»Und das meine ich auch. Auch wenn du es nicht glauben willst. Hör zu, du hast deinen Teil gesagt, und ich habe meinen Teil gesagt. Freunde?«
»Jez, wir haben noch nicht darüber – «
Sie bricht ab, als Red in den Raum zurückkehrt.
»Freunde?« fragt Jez erneut.
Red blickt zuerst ihn und dann Kate fragend an.
Kate seufzt. Sie weiß, daß sie nichts aus Jez herausbekommen wird, nicht, wenn er so dichtmacht.
»Na gut, Freunde.«

89

Zwischenspiel

Zwei Wochen lang durchkämmen sie jeden Fischhandel und Supermarkt in London. Es ist eine undankbare und ermüdende Arbeit, zwanzig- oder dreißigmal am Tag zu erklären, worin die Gefahr besteht, welche Vorsichtsmaßnahmen zu ergreifen sind und welche Nummer die Leute anrufen können. Sie kommen sich vor wie Vertreter, die immer die gleichen Phrasen wiederholen. Eine größere Wahrscheinlichkeit, im Lotto zu gewinnen. Reine Vorsichtsmaßnahmen. Öffnen Sie keinem Fremden die Tür.

Red sagt jedem, mit dem er spricht, eindringlich, wie wichtig Geheimhaltung ist. Erzähl es niemandem, vor allem nicht der Scheißpresse, denn wenn du diesen Typen wütend machst oder ihn provozierst, weiß der Himmel, was er dann tun wird. Er appelliert an ihren Selbsterhaltungstrieb, und es funktioniert. Jeden Tag überfliegt Red beklommen die Zeitungen, aus Angst, eine Riesenstory zu sehen, aber niemand geht zur Presse.

Red will nicht, daß Silberzunge weiß, was sie tun. Er will nicht, daß er etwas vermutet oder ahnt.

Und jeder Tag, der kommt und geht, bringt ihnen den Tag des heiligen Andreas näher. Es ist das erste Mal, daß sie wissen, wann Silberzunge zuschlagen wird, und dieses Wissen lastet auf Red. Er weiß nicht, was schlimmer wäre: jemanden zu warnen, der dennoch umgebracht wird, oder herauszufinden, daß das Opfer jemand ist, an den sie nicht gedacht haben. Wird es mehr weh tun, wieder einmal überlistet worden zu sein, oder erkennen zu müssen, daß Silberzunge ihnen trotz der eingegrenzten Parameter dennoch überlegen ist?

Zuerst denkt Red, daß jeder Hinweis, egal wie klein, besser ist, als im dunkeln herumzutappen, wie sie es beinah sechs Mona-

te lang getan haben. Nun kennen sie den Hintergrund der Morde. Sie wissen, was auf sie zukommt. Sie wissen das Wann und sie wissen ungefähr das Wer und das Wo.
Aber sie können immer noch nichts unternehmen.
Es ist genau diese Impotenz, die Red frustriert. Das Wissen zu haben, aber sich dennoch bewußt zu sein, daß sie damit nichts erreichen können.
Es ist, als würde man eine Brücke über einen Fluß bauen. Man fängt auf beiden Seiten des Flusses an und baut und baut, und die beiden Teile kommen einander entgegen wie Hero und Leander über den Hellespont. Und dann merkt man, daß man nicht genug Material hat, es zu beenden, daß in der Mitte eine Lücke bleibt, die ein bißchen zu breit ist, um darüber hinwegzuspringen. Das ganze Bauwerk ist perfekt, abgesehen von der Lücke – und genau diese Lücke macht das Ganze völlig wertlos.
Manchmal fragt sich Red, was Silberzunge wohl gerade tut. Er malt sich aus, daß sie parallele Leben führen; gar nicht mal, was die Routine angeht, wie essen, schlafen, duschen, sondern in persönlicheren und intimeren Dingen. Wenn Red um vier Uhr morgens in einem leeren Bett aufwacht, mit dem Bild einer zungenlosen Leiche vor Augen, hat Silberzunge dann im gleichen Moment dasselbe Bild vor Augen? Wenn Red die Liste der Andrews durchgeht und bei jedem innehält, an welchen denkt Silberzunge gerade?
Red und Silberzunge. Zwei Seiten einer Münze. Schwarz und weiß. Positiv und negativ. Christus und Satan.
Der 30. November. D-Day. Oder eher A-Day.
Es ist Montag. Der Anfang der Woche. Das Ende eines Lebens.
Sie haben in der Einsatzzentrale zwei Kalender nebeneinander hängen, bei dem jeder Tag eine Seite einnimmt. Der eine ist bereits bis auf den nächsten Heiligentag abgerissen worden. Der andere zählt ganz normal den Countdown herunter.
Red reißt die Seiten an dem zweiten Kalender ab. Jeder Montag

repräsentiert den Anfang einer neuen Woche und zeigt gleichzeitig, daß eine weitere Woche vergangen ist. In einer Siebenereinheit, wie die Todsünden.
Der 9. November. Noch drei Wochen. Drei Wochen sind eine schöne, sichere Entfernung. Länger als die Sommerferien oder die Olympischen Spiele.
Der 16. November. Noch zwei Wochen. Immer noch genug Luft. Immer noch Zeit, etwas herauszufinden. Jemanden zu finden.
Der 23. November. Noch eine Woche. Nicht mehr lange. In der Politik ist es eine Ewigkeit. Bei einer Mörderjagd, die bereits sieben Monate andauert, nicht so lange.
Aber es dauert nur einen Moment, einen Glückstreffer zu landen.
Und plötzlich werden aus der Woche Tage, und aus den Tagen Stunden, und aus den Stunden Minuten, und aus den Minuten Sekunden. Es ist, als würde die Zeit gleichzeitig dahinkriechen und rasen.
Freitag, der 27. November kommt und geht. Red blickt um halb sechs aus dem Fenster und sieht London zu, wie es dem Wochenende entgegeneilt. Zwei freie Tage, an denen man lange schlafen und Fußball sehen kann und das Sonntagsessen mit den Verwandten ertragen muß, um dann Montag morgen wieder in die Tretmühle zurückzukehren, halb im Spaß über dies und das zu murren und doch froh zu sein, daß man die Routine hat, die das prosaische Leben untermauert.
Red hat keine zwei Tage frei. Es sind eher zwei Tage, in denen er in der Wohnung auf und ab läuft oder im Büro sitzt und zum hundertsten Mal die Fakten durchgeht. Eine völlig sinnlose Übung.
Die Rettungswagen und Polizeieinheiten stehen in höchster Alarmbereitschaft.

Red liegt Sonntagnacht im Bett und beobachtet die Anzeige auf seinem Radiowecker, die langsam von 23.59 auf 0.00 umschlägt und den Sonntag in einen Montag verwandelt.
Es ist soweit.

90

Montag, 30. November

Auf einen Anruf zu warten ist wahrscheinlich das beste Mittel gegen das Einschlafen, das je erfunden wurde.

Red liegt zwei Stunden hellwach in der Dunkelheit da, bevor er schließlich den ungleichen Kampf gegen die Schlaflosigkeit aufgibt. Die Müdigkeit steckt in jedem Teil von ihm, mit Ausnahme seines Gehirns. Um zwei Uhr morgens steht er auf, tapst in die Küche und stellt den Wasserkessel auf.

Was kann ich tun?

Irgendwo hinfahren.

Aber wohin? Wo wird es am wahrscheinlichsten passieren?

Das gelbe Dach von Billingsgate geht ihm nicht aus dem Kopf.

Dort haben sie die Suche begonnen, denn es schien ihnen der logischste Ort, damit anzufangen. Und wenn es der logischste Ort für den Anfang der Suche war, dann ist es wohl auch der logischste Ort für das Ende.

In Billingsgate haben sie vier Andrews gefunden, aber in jedem anderen Geschäft nie mehr als zwei. Billingsgate soll es also sein.

Red geht zurück ins Schlafzimmer und zieht die Sachen an, die er gestern getragen hat.

Gestern.

Tage sind im Grunde nur Zeiträume, die durch den Schlaf unterbrochen werden und nicht durch den Zyklus von Nacht und Tag. Wenn man also nicht schläft, werden die Tage einfach länger.

Er überprüft, ob sein Handy an seinem Gürtel befestigt ist, und trinkt hastig eine Tasse Kaffee. Die heiße Flüssigkeit verbrüht ihm die Zunge.

Der Opel bewegt sich wie ein Geist durch die verlassenen Straßen. Red dreht das Radio an. Er schaltet von Sender zu Sender, die auf der blaßgrünen, elektronischen Anzeige angegeben werden; von *Capitol Radio* zu *Radio 1* und *Virgin* und anschließend wieder zurück.

Der Discjockey bei *Capitol Radio* sagt ein Lied von Joan Osborne an, das Red kennt. Er summt die Melodie nach und singt dann die Worte mit, von denen er nicht einmal wußte, daß er sie kennt. Er hört den Worten zu, während er sie singt, und fragt sich, warum sie ihm noch nie zuvor aufgefallen sind.

If God had a face (Wenn Gott ein Gesicht hätte)
What would it look like? (Wie würde er aussehen?)
And would you want to see? (Und würdest du sehen wollen?)
If seeing meant that you would have to believe.(Wenn sehen bedeuten würde, daß du glauben müßtest)
In things like heaven and in Jesus and the saints and all the prophets? (an Dinge wie den Himmel und Jesus und die Heiligen und alle Propheten)
God is great. God is good. (Gott ist groß. Gott ist gut.)

Seine Stimme erhebt sich zusammen mit ihrer zum Refrain.

What if God was one of us? (Was, wenn Gott einer von uns wäre)
Just a slob like one of us. (Nur ein Trottel wie wir.)
Just a stranger on the bus, (Nur ein Fremder im Bus,)
Trying to make his way home (Der versucht,
Back up to heaven all alone (ganz alleine hinauf in den Himmel zurückzukehren)
Nobody calling on the phone (Niemand ruft ihn an)
'cept for the Pope maybe in Rome. (Vielleicht mit Ausnahme des Papstes in Rom)

Der DJ, der offensichtlich nur in Superlativen sprechen kann, fängt zu reden an, lange bevor das Lied zu Ende ist. Wütend über das idiotische Gelaber des Mannes haut Red auf den Aus-Knopf und fährt die restliche Strecke nach Billingsgate nur in Begleitung einer schrecklichen Vorahnung.

91

Welch wirkt kein bißchen überrascht, Red wiederzusehen. Er bietet ihm einen Stuhl an (den er annimmt) und einen Kaffee (den er ablehnt) und sagt: »Heute ist es wohl soweit, was?«
»Ja, das stimmt. Ist schon jemand als vermißt gemeldet worden?«
»Nein.«
»Haben Sie persönlich nachgeprüft, ob alle Männer, die wir befragt haben, auch hier sind?«
»Ich persönlich? Nein. Sie können gerne runtergehen und nachsehen, wenn Sie möchten.«
»Wissen Sie, an welchen Ständen sie arbeiten?«
»Sicher.«
Welch führt ihn aus dem Raum und über die Empore, damit sie genau in die Markthalle hinuntersehen können.
»Na gut. Andrew Marshall ist ein Träger. Er geht also immer herum und ist nicht an einen Stand gebunden. Andrew Routledge arbeitet dort drüben, hinter der Uhr. Ich kann ihn von hier aus sehen.«
Welch zeigt in die Richtung. Reds Blick folgt seinem Finger, und er sieht den alten Witwer, der Fisch in eine weiße Kiste packt.
»Ja, ich sehe ihn.«
»Andrew Guildford arbeitet an dem Stand daneben, mit der Aufschrift EXOTISCHE MEERESFRÜCHTE. Die haben da jede Menge merkwürdiges Zeug. Ich kann ihn gerade nicht ... nein, da ist er ja. Da. Er hat uns den Rücken zugedreht. Der sich gerade bückt. Jetzt richtet er sich auf. Er hat eine Kiste in der Hand. Sehen Sie ihn?«
»Ja.«
»Wer ist der andere?«
»Andrew Turner. Ein junger Kerl.«
»Ach ja. Er arbeitet ... lassen Sie mich nachdenken ... da drü-

ben in der Ecke an dem Stand neben dem kleinen Café. Ich kann ihn im Moment nicht sehen. Aber da ist Andrew Marshall. Er geht gerade daran vorbei. Der Träger mit dem leeren Karren. Sehen Sie?«
»Ja.«
»Fehlt also nur noch der junge Bursche.«
Er fehlt.
»Er könnte natürlich überall sein«, fährt Welch fort. »Im Vorratsraum, auf dem Klo, oder er holt sich eine Tasse Tee. Wahrscheinlich...«
Er bricht ab. Red ist bereits auf dem Weg nach unten.

Die riesige Teemaschine am Kaffeestand gibt ein lautes Zischen von sich, während Red mit Andrew Turners Kollegen spricht.
»Andy, ja, der arbeitet hier. Ist jedoch noch nicht aufgetaucht. Fauler Hund. Hat wahrscheinlich verschlafen.«
»Um wieviel Uhr sollte er hier sein?«
»Zwei Uhr. Wie ich schon sagte, hat wahrscheinlich verschlafen.«
Red blickt auf die Uhr. Es ist viertel vor drei.
Zwei Uhr. Das ist fünfundvierzig Minuten her. Mein Gott.
»Haben Sie Andrews Adresse?«
»Nein, Mann. Ich mach' hier nur meine Arbeit. Versuchen Sie es doch beim Inspektor im ersten Stock. Andy wird in den Unterlagen stehen, wie wir alle.«
Red rast die Treppen zu Welchs Büro hinauf und platzt in den Raum, als Welch sich gerade eine neue Zigarette anzündet.
»Andrew Turners Adresse? Wo ist sie?«
Red weiß, daß er sie sich direkt hätte geben lassen sollen, als er ihn befragt hat. Denn jetzt verschwendet er kostbare Minuten.
»Ich habe sie hier«, sagt Welch. »Warum? Ist er nicht aufgetaucht?«
»Nein, das ist er nicht. Jetzt geben Sie mir die beschissene Adresse.«

Welch blickt Red an, und der Groschen scheint allmählich zu fallen.
»O mein *Gott.*«
Welch greift hinter sich und öffnet die zweite Schublade eines alten, grauen Aktenhängeschranks. Mit der Zigarette zwischen den Zähnen geht er die Hängemappen durch. »Targett ... Tukker ... Turner. Hier haben wir ihn ja.«
Welch zieht die dünne, braune Pappmappe heraus und gibt sie Red. Seine Hände zittern.
Andrew Turners Adresse steht auf der ersten Seite. Donbey House, Wohnung 53, Wolesley Street, SE1. Auf der anderen Seite der Themse, an der Jamaica Road.
Red rennt los, und seine Füße gleiten auf dem nassen Steinboden des Marktes aus. Mit hochgezogenen Knien und keuchendem Atem sprintet er in der eiskalten Morgenluft über den Parkplatz. Mit quietschenden Reifen fährt er durch das Haupttor.

92

Das letzte Mal, als Red in Richtung Süden über die Tower Bridge gefahren ist, hatte er gerade die Leiche von Bart Miller gesehen, und der Verkehr war völlig blockiert. Diesmal ist er auf dem Weg *zu* einer Leiche – zumindest ist er sich da ziemlich sicher –, und er überquert die Brücke mit ungefähr hundert Stundenkilometern.
Donbey House ist ein Sozialbau, und Andrew Turner lebt im obersten Stock. Red sprintet die Treppe hinauf, bis es nicht mehr höher geht, und wendet sich dann nach rechts. Aus den Augenwinkeln sieht er Türen vorbeirasen, und seine Schuhe klappern laut über den Betonboden. Niemand protestiert.

Hochhäuser in der Stadt sind die beste Umgebung für einen Mörder. Niemand würde einem schreienden Mann zu Hilfe kommen, aus Angst, der nächste auf der Liste zu sein. Nichts sehen, nichts hören, nichts sagen. Das Problem von anderen ist nicht meines.

Andrews Wohnung befindet sich am Ende des Gangs, hinter der blauen Tür. Es hat keinen Zweck zu klingeln.

Das Schloß ist nicht der Rede wert. Red tritt gleich beim ersten Versuch die Tür ein.

Andrew ist da, genau vor ihm, als würde er auf Red warten. Das Andreaskreuz lehnt an der Wand, und Andrew ist darauf ausgebreitet und mit allen vieren an den vier Balken des X befestigt.

Ein normales Kreuz folgt den Formen des Körpers, aber bei einem Andreaskreuz ist weder der Rumpf noch der Kopf gestützt. Also hängen Andrews Kopf und Torso nach vorne, so daß das Gewicht für die Hände zu schwer ist und sie in Stücke reißt.

Red tritt näher.

Silberzunge ist kein Risiko eingegangen. Jeweils zwei Nägel in jeden Fuß und in jede Hand. Damit Andrew nicht herunterfällt *und* damit er ein bißchen schneller verblutet. Das Blut hat sich unter seinen Wunden zu wahren Pfützen angesammelt.

Warum? Warum hat Andrew zugelassen, daß man ihm das antut?

Red stellt seine Füße auf die unblutigen Stellen des Bodens, hockt sich hin und blickt zu Andrews Gesicht hoch. Aus diesem Blickwinkel sehen seine Wangen aufgebläht und seine Augen aufgequollen aus. Das Blut von Andrews abgeschnittener Zunge blubbert auf seinen Lippen und tropft von dort auf den Boden.

Es blubbert.

Red springt auf und hätte sich beinah den Kopf an Andrews gestoßen.

Er streckt die Hand nach Andrews Hals aus und legt zwei Finger an seine Haut.

Da. Unter seinen Fingerspitzen. Schwach, aber unverkennbar.
Ein Puls.

93

Red wählt die Notrufnummer, um einen Rettungswagen zu bestellen.
Hol Andrew da runter. Er muß wieder richtig atmen.
Wenn er Andrew von dem Kreuz herunterbekommen kann, gelingt es ihm vielleicht, die Qualen des Erstickungstodes umzukehren oder anzuhalten. Denn bei Kreuzigungen erstikken die Menschen meistens, statt am Blutverlust zu sterben. Wenn man jemandem die Arme an ein Kreuz nagelt, wird die Luftzufuhr zu den Lungen vermindert, da sich Brust und Zwerchfell zusammenziehen. Je schwieriger es ist zu atmen, desto weniger Sauerstoff gelangt in die Muskeln, wodurch die Arme weniger Gewicht halten können und der Rumpf und Kopf nach vorne durchhängen. Dadurch wird wiederum das sowieso schon schwache Atmungssystem stärker belastet. Es ist ein furchtbarer Kreislauf, der nur ein Ende haben kann.
Es sei denn, es findet jemand die betreffende Person.
Red versucht, einen der Nägel aus Andrews rechter Handfläche zu ziehen, aber es gelingt ihm nicht. Andrews Blut hat den Nagel zu glitschig gemacht, so daß Red ihn nicht packen kann. Außerdem ist der Nagel so weit in das Holz hineingeschlagen worden, daß das spitze Ende auf der anderen Seite des Kreuzes wieder herausragt.
Red blickt sich im Zimmer um. Er braucht etwas, mit dem er ihn packen kann. Eine Zange.
Aber es ist keine Zange in Sicht. Weder auf den Tischen noch

auf den Regalen oder den Sesseln. Warum auch? Zangen hat man schließlich nicht immer griffbereit herumliegen.

Es muß doch irgendwo eine Zange zu finden sein. Aber wenn Red jetzt Andrews Wohnung durchwühlt, wird er mögliche Spuren verwischen und vielleicht genau das Beweisstück vernichten, das ihnen den Durchbruch verschaffen könnte.

Entscheide dich. Schnell.

Das ist eigentlich gar keine Frage. Acht Morde, und bei keinem von ihnen auch nur der Ansatz einer Spur. Warum sollte es hier anders sein? Und wenn Andrew überlebt, ist er der einzige, der Silberzunge gesehen *und* überlebt hat. Was er ihnen sagen könnte, wäre unbezahlbar.

Abgesehen davon, daß er ihnen nichts sagen könnte, weil er nicht mehr sprechen kann.

Eine Sekunde lang fragt sich Red, ob er Andrew einfach sterben lassen soll. Außer Red würde es niemand wissen. Andrew ist bewußtlos. Er weiß nicht einmal, daß Red im Raum ist. Wenn Andrew überlebt, wird er ein Leben lang ein Trauma mit sich herumtragen, alleine mit sich in der Stille leben und sich an Schmerzen erinnern, die nur die wenigsten jemals erlitten haben.

Menschen schläfern Tiere ein, wenn sie Qualen erleiden und keine Aussicht auf Heilung besteht.

Aber geht es nicht genau darum? Andrew ist kein Tier. Er besitzt immer noch Verstand und Intelligenz und Gefühle.

Die Wahl liegt nicht bei Red. Er muß alles versuchen, diesen Mann am Leben zu halten.

Spiel nicht Gott. Irgendwo da draußen ist bereits jemand, der das tut.

Red rast auf der Suche nach einer Zange wie ein Tornado durch die kleine Wohnung. Er reißt Schubladen heraus, kippt sie auf dem Boden aus und durchwühlt den Inhalt hastig mit Händen und Füßen. Er durchsucht Regale, läßt die Finger über Büchsen mit Baked Beans und Taschenlampen und Ketchupflaschen und Glühbirnen gleiten und verschwendet kostbare Sekunden.

Schließlich findet er unter dem Spülbecken in der Küche eine Zange. Es ist eine ganz einfache mit roten, gerippten Gummigriffen, die ihm jedoch völlig ausreicht.
Zuerst Andrews Hand, am besten die rechte.
Red umschließt mit der Zange den ersten Nagel, direkt unter dem Kopf, damit sie nicht abrutschen kann, verstärkt seinen Griff und zieht, so fest er kann.
Der Nagel bewegt sich zuerst nicht, aber dann spürt Red, wie er nachgibt und mit einem glitschigen Plopp aus Andrews Handfläche gleitet.
Der Körper sackt ein wenig nach vorne, und Red sieht, daß die Haut um den anderen Nagel herum einreißt.
Scheiße. Scheiße, Scheiße, Scheiße. Wie konnte ich nur so dumm sein? Ich hätte das Schrägkreuz zuerst auf den Boden legen sollen, um Andrews Arme zu entlasten.
Red bückt sich, packt die beiden Enden des Kreuzes zu Andrews Füßen und zerrt daran. Die Balken schaben laut an der Wand entlang und hinterlassen gezackte, braune Streifen auf der Tapete, während das Kreuz zu Boden kracht.
Andrew liegt nun auf dem Rücken, und Red dreht schnell seinen Kopf zur Seite, damit er nicht an seinem eigenen Blut erstickt. Es wird nun schwieriger sein, die Nägel herauszubekommen, da Red nach oben, gegen die Schwerkraft ziehen muß, aber andererseits hat er nun eine bessere Hebelwirkung.
Er bückt sich, legt die Zange um den zweiten Nagel und zieht daran.
Nichts.
Er zieht noch einmal, und diesmal gibt der Nagel nach.
In der Ferne ertönt das Heulen der Sirene. Der Rettungswagen ist unterwegs.
Red arbeitet nun schneller.
Einklemmen, ziehen. Einklemmen, ziehen. Einklemmen, ziehen.
Andrews Hände sind frei.

Red legt Andrews Arme neben seinen Oberkörper und horcht an seinem Mund.
Nichts. Kein Luftzug an Reds Wange.
Andrew hat aufgehört zu atmen.
Mund-zu-Mund-Beatmung. Es muß sein.
Mund-zu-Mund-Beatmung bei einem Mann ohne Zunge.
Red steckt seine Finger in Andrews Mund und holt soviel Blut heraus wie möglich. Einer seiner Finger stößt gegen den Löffel. Er zieht ihn heraus und dreht Andrews Gesicht nach oben.
Er kann es nicht tun. Er kann einfach nicht seinen Mund auf den blutigen Klumpen in Andrews Gesicht legen.
Tu es.
Red kneift Andrews Nasenflügel zusammen und nähert sich mit dem Gesicht dem, was von Andrews Mund übrig ist.
Er bläst dreimal Luft hinein.
Er legt die Hände auf Andrews Brust, einen über den anderen.
Und drückt dreimal gegen den Brustkorb.
Zurück zum Gesicht.
Drei Luftstöße in Andrews Lungen.
Draußen auf dem Flur ertönen eilige Schritte.
Drei Stöße gegen den Brustkorb.
Hinter Reds Schulter ertönt eine Stimme.
»Das machen wir schon, Sir.«
Die Sanitäter übernehmen schnell und effizient, so wie sie es gelernt haben. Sie legen die Sauerstoffmaske und Plasmatropf an und plazieren die Trage neben dem Kreuz auf den Boden.
Einer der Sanitäter nimmt die Zange vom Boden und entfernt die Nägel, mit denen Andrews Füße am Kreuz befestigt sind. Sonst können sie ihn nicht auf die Bahre legen.
Red lehnt völlig erledigt an der Tür.
Der Sanitäter, der Andrew von Mund zu Mund beatmet, blickt zu Red hoch und spricht durch das Blut, das seinen Mund bedeckt.
»Er ist tot.«

Red geht neben ihm in die Hocke. »Das kann nicht sein«, sagt er dümmlich. »Er hatte doch einen Puls.«
»Es tut mir leid, Sir, dieser Mann ist tot.«

94

Lubezski läßt sich nicht beirren.
»Red, machen Sie sich keine Vorwürfe. Sie hätten nichts tun können.«
»Nein, das stimmt nicht. Ich hätte ihn zuerst auf den Boden legen können. Ich hätte ihm früher eine Mund-zu-Mund-Beatmung geben können. Ich hätte – «
»Red!« sagt Lubezski mit rauher Stimme, und alle zucken zusammen. »Hören Sie mir zu. Andrew Turner war schon über drei Stunden an diesem Kreuz, als Sie ihn fanden. Er hat nur so lange überlebt, weil er so jung war und eine so gute Kondition hatte. Die meisten Leute hätten es nur eine Stunde geschafft. Wenn Silberzunge statt dessen den alten Mann ausgesucht hätte ...«
»Andrew Routledge.«
»Ja, genau, wenn er Andrew Routledge ausgesucht hätte, wäre er längst tot gewesen, als Sie dort ankamen. Sie hätten für Andrew Turner unmöglich – *unmöglich* – mehr tun können. Als Sie dort ankamen, war er bereits tot.«
»Nein, das war er nicht. Er hatte einen Puls.«
»Sie mißverstehen mich, Red. Wenn ich sage, daß Andrew bereits tot war, dann meine ich damit, daß er dabei war zu sterben und daß das nicht mehr umzukehren war. Ich spreche hier von Gehirnschäden, Koma, dem Dahinvegetieren. Ich würde sagen, er hat gar nicht mitbekommen, was Sie mit ihm gemacht haben – oder vielmehr *für* ihn. Kein Arzt der Welt hät-

te verhindern können, daß er stirbt. Es war nur eine Frage der Zeit.«

»Er hat recht, Red«, wirft Jez ein. »Du darfst dich nicht so geißeln.«

»Aber ich wußte, daß es jemand von Billingsgate sein würde«, sagt Red. »Ich *wußte* es. Ich hätte früher hinfahren sollen. Ich hätte überprüfen müssen, ob alle Andrews zu Beginn ihres Dienstes da sind. Andrew Turner war schon fünfundvierzig Minuten zu spät, als ich es gemerkt habe. Sie hätten schon nach fünfundvierzig Sekunden Alarm schlagen müssen.«

»Diese fünfundvierzig Minuten hätten keinen Unterschied gemacht«, sagt Lubezski sanft. »Wenn Sie jemandem die Schuld geben wollen, dann diesem Monster, das diese Dinge tut. Die Verantwortung für diese Morde liegt ganz allein bei ihm. Laden Sie sich selbst keine Schuldgefühle auf.« Lubezski steht auf. »Ich meine es ernst, Red. Gehen Sie los und fangen Sie diesen ... diesen Irren.«

»Das ist es ja«, erwidert Red. »Er ist kein Irrer. Wenn er das wäre, hätten wir ihn schon längst erwischt. Machen Sie nicht den Fehler, ihn als verrückt abzutun. Er weiß genau, was er tut.«

Lubezski zuckt die Achseln. »Wie auch immer. In der Pathologie kenne ich mich aus. Auch ein bißchen mit guten Ratschlägen, wenn es sein muß. Aber nicht in der Psychiatrie. Ich muß los. Ich schicke Ihnen später den vollständigen Autopsiebericht. Wir werden Andrews Leiche natürlich sehr genau unter die Lupe nehmen – obwohl ich bezweifle, daß wir etwas finden werde. Und ja«, fügt er hinzu, da er Reds Bemerkung schon vorausahnt, »Sie haben genau das richtige getan, als Sie mögliche Beweise zerstörten, um Andrew zu retten. Ich hätte genau das gleiche getan.«

»Nur, daß ich ihn *nicht* gerettet habe und dabei womöglich wichtige Spuren verwischt wurden. Ich habe sowohl Teil 1 als auch Teil 2 vergeigt. Wenn ich ihn hätte sterben lassen, hätten wir vielleicht etwas gefunden.«

»Und Sie hätten den Rest Ihres Lebens kein Auge mehr zugetan. Also vergessen Sie es.«
Lubezski legt Red in einer linkischen Geste der Zuneigung die Hand auf die Schulter und schlendert aus dem Raum. Red stößt einen Seufzer aus.
»Na, dann mal los«, sagt er in die Runde.
»Ich habe eine Theorie«, sagt Kate und klopft sich mit dem Bleistift gegen die Zähne.
»Laß hören«, fordert Red sie auf.
»Ich glaube, Silberzunge ist ein Polizist.«
Red nickt langsam. Jez fährt sich mit der Hand übers Kinn.
»Du siehst nicht sehr überrascht aus«, sagt sie.
»Nein«, erwidert Red. »Das bin ich auch nicht. Ich habe ungefähr das gleiche gedacht. Aber erkläre mir, wie du darauf kommst.«
»Es ist kein plötzlicher Einfall oder so. Es ist eine Kombination aus Dingen, die sich mit der Zeit angesammelt haben. Aber es sind vor allem drei Gründe. Erstens betrifft es genau das, was wir gerade besprochen haben – die fehlenden Spuren an den Leichen. Zwei oder drei Morde ohne Spuren könnte noch Zufall sein, aber wir hatten mittlerweile – wie viele? – neun, den heute eingeschlossen, und haben nirgendwo etwas gefunden. Wer immer diese Männer tötet, weiß, wonach wir suchen, und er weiß daher auch, was er vermeiden muß. Es ist absolut undenkbar, daß jemand ohne polizeiliches oder gerichtsmedizinisches Hintergrundwissen so lange durchhalten kann. Wenn wir Spuren gefunden hätten und sie einfach niemandem in der Verbrecherkartei zuordnen könnten, schön und gut – obwohl das bedeuten würde, daß wir es mit einem Erstlingstäter zu tun haben, was ich persönlich für sehr unwahrscheinlich halte. Aber wie ich schon sagte, ist das nicht der Fall.«
»Es ist doch gar nicht schwierig, diese Informationen zu bekommen, wenn man weiß, wo man nachschauen muß«, gibt Jez zu bedenken. »Man kann sie in Bibliotheken und im Internet finden. Es gibt da draußen eine Menge Verrückte, die Poli-

zeiermittlungen mitverfolgen, geheime Funkverbindungen abhören und sich *NYPD Blue* ansehen. Ganz zu schweigen von den ganzen ehemaligen Polizisten und Soldaten, Sicherheitsberatern, Ärzten, Krankenschwestern und so weiter, die dieses Wissen bei ihrer Arbeit mitbekommen.«

»Sicher«, stimmt Kate ihm zu. »Da hast du völlig recht. Mein Argument ist für sich betrachtet nicht stichhaltig. Aber wenn man es als Teil eines größeren Bildes betrachtet, dann wird es stimmig.«

»Kate, ich will dir ja gar nicht widersprechen, ich spiele nur den Advocatus Diaboli. Wir sind schon so oft in einer Sackgasse gelandet, daß wir es nicht noch einmal verhunzen sollten.«

»Da hast du nicht ganz unrecht«, sagt Red. »Sprich weiter, Kate.«

»Der zweite Punkt ist, daß wir bis jetzt praktisch keinen Kontakt zu Silberzunge haben«, fährt sie fort. »Die Gelegenheiten, bei denen er sich mit uns in Verbindung gesetzt hat – durch Jude Hardcastle und Simon Barker –, haben uns nicht annähernd auf seine Spur gebracht. Er hat keinerlei Anstalten gemacht, mit uns zu kommunizieren. Das ist ungewöhnlich. Viele Serienmörder kontaktieren die Polizei, entweder auf direktem oder auf indirektem Wege. Ireland hat angerufen. Berkowitz hat Briefe geschrieben. Heirens hat auf Wände geschrieben. Natürlich treten nicht alle Serienmörder mit der Polizei in Verbindung. Aber in diesem Fall, in dem es ganz eindeutig um eine religiöse Mission geht, hätte ich angenommen, daß wir etwas bekommen: Bibelzitate vielleicht, oder ein gezeichnetes Kreuz, irgend etwas. Wie bei allen Religionen ist auch die christliche voller Symbole und Sprüche.

Aber wir haben nichts. Das erscheint seltsam – es sei denn, Silberzunge ist Polizist. Zum einen wird er fürchten, daß jede Form von Kommunikation ihn verraten könnte, daß jemand seine Schrift oder seine Ausdrucksweise erkennen könnte. Das stellt kein Problem dar, wenn er in einer Fabrik arbeitet und niemand seiner Bekannten je die Beweise zu sehen bekommt.

Aber wenn er bei der Polizei arbeitet, vergrößert er die Gefahr enorm, falls er Nachrichten hinterläßt. Es ist einfacher, sich still zu verhalten. Und wo wir schon einmal dabei sind, denkt daran, daß manche Mörder Nachrichten hinterlassen, um die Polizei herauszufordern. Sie sehen die Polizei als ihren Feind. Sie treten gegen das Establishment an und zeigen der Polizei eine lange Nase. Aber wenn Silberzunge ein Polizist ist, dann trifft das möglicherweise nicht zu. Vielleicht will er nicht geschnappt werden, vielleicht will er auch einfach seine eigenen Handlungen und die der Polizei nicht voneinander trennen, wie es jemand anders getan hätte. Versteht ihr, was ich meine?«

»Voll und ganz«, sagt Red.

»Gut. Der dritte Punkt ist womöglich der wichtigste – besonders nach heute. Wir haben uns doch immer gefragt, wie Silberzunge sich Zutritt zu den Häusern seiner Opfer verschafft? Na ja, was gibt es da Besseres als eine Polizeimarke? Wenn man jemanden umbringen will, dann macht man es am besten im Haus des Opfers. Hinter verschlossenen Türen ist es weniger wahrscheinlich, gesehen oder gestört zu werden, als im Freien. Aber man muß sich erst Zutritt verschaffen. Für einen Polizisten ist es einfach, aufzutauchen und zu sagen: ›Es tut mir furchtbar leid, Sie zu stören, aber man hat uns dies oder das gemeldet, und wir würden gerne ein paar Dinge überprüfen.‹ Und schon ist er drin. Schließlich ist es mitten in der Nacht. Die Leute machen nicht einfach jedem die Tür auf, nicht zu dieser Tageszeit und ganz besonders nicht in einer Großstadt. Sie öffnen die Tür entweder jemandem, den sie kennen, oder dem Vertreter des Gesetzes; entweder aus Vertrauen oder aus Furcht.«

»Du hast gesagt, besonders nach heute«, wirft Jez ein. »Warum?«

»Weil Andrew Turner wußte, daß jemand möglicherweise hinter ihm her ist. Er war das erste Opfer, das ausdrücklich gewarnt wurde, und trotzdem hat Silberzunge ihn erwischt.

Versetzt euch doch mal in seine Lage. Er weiß, daß er vorsichtig sein muß. Er sitzt also gestern nacht da, will sich wahrscheinlich noch ein paar Stunden aufs Ohr legen, bevor seine Schicht in Billingsgate anfängt. Es klingelt an der Tür. Lubezski sagt, er habe seit ungefähr Mitternacht an dem Kreuz gehangen – das war zugegebenermaßen nicht sehr spät, aber spät genug, vor allem in einem Sozialbau. Er ist wahrscheinlich nervös. Er öffnet die Tür mit der vorgelegten Kette und sieht einen Polizisten. ›Ich entschuldige mich für die späte Störung, Sir, aber ich wollte bei Ihnen nur nach dem Rechten sehen. Kann ich hereinkommen und überprüfen, ob alles seine Ordnung hat?‹ Andrew entspannt sich, läßt den Polizisten herein. Und das ist die letzte Person, die er sieht.«
Red fährt sich mit der Hand über das Gesicht und kneift sich in den Nasenrücken. Ein Mörder bei der Polizei. Das hat ihm gerade noch gefehlt.
»Erscheint mir logisch«, sagt er. »Ich glaube es. Jez?«
»Ja, absolut. Ich halte es für die beste Idee, die einer von uns seit Ewigkeiten hatte.«
»Danke«, erwidert Kate, und sie meint es auch so.
»Jetzt kommt der langweilige Teil«, sagt Red. »Wir müssen die Akten aller Polizisten überprüfen, die in London arbeiten. Wir fangen in Zentrallondon an und dehnen die Suche aus, wenn wir damit kein Glück haben. Fangt mit den Dienstplänen an. Ich will Einzelheiten von jedem Revier, wer in den Nächten, in denen die Morde geschehen sind, Abend- oder Nachtdienst hatte – das heißt in den Nächten 30. April/1. Mai, 28./29. Juni, 24./25. Juli, 23./24. August, 20./21. September, 27./28. Oktober und letzte Nacht. Ihr könnt jeden ausklammern, der in diesen Nächten Dienst hatte. Selbst wenn es nur in einer dieser sieben zutrifft, könnt ihr ihn wegfallen lassen. Danach klammert ihr jeden aus, der verheiratet ist.«
»Warum?« fragt Jez.
»Dieser Typ schneidet Zungen heraus und nimmt sie mit. Er kommt blutüberströmt nach Hause. Es ist höchst unwahr-

scheinlich, daß jemand mit ihm zusammenlebt und *nicht* merkt, was los ist. Und denkt daran, daß er sich für den Messias hält und es sehr wörtlich nimmt. Jesus war auch nicht verheiratet. Unser Mann glaubt wahrscheinlich, daß für ihn keine Frau gut genug ist.«

»Das klingt nicht gerade hieb- und stichfest«, gibt Jez zu bedenken. »Peter Sutcliffe war verheiratet.«

»Ja, und er war außerdem LKW-Fahrer, der vorwiegend weite Entfernungen fuhr. Er hat unterwegs gemordet, weit weg von zu Hause, und er hat keine Souvenirs mitgenommen. Ich gebe zu, daß meine Theorien nicht unbedingt stimmig sind, aber wir haben nur begrenzt Zeit, und ich will keine weiteren Leute hinzuziehen. Wir werden das unter uns dreien erledigen. Wir können immer noch die verheirateten dazunehmen, wenn wir bei der ersten Runde nichts erreichen. Aber vorerst wollen wir unsere Suche so eng wie möglich fassen.«

»Na gut«, sagt Jez. »Das ergibt einen Sinn.«

»Diejenigen, die durch das Netz fallen – also nicht im Dienst waren und nicht verheiratet sind –, werden wir befragen. Laßt euch von ihnen Alibis für die betreffenden Nächte geben. Die meisten werden welche haben. Die, die keines aufweisen können, bringt ihr zur Befragung her. Ist das klar?«

Jez und Kate nicken.

»In der Zwischenzeit werde ich zusehen, ob wir bei den Architekten namens Thomas mehr Glück haben als bei den Fischern namens Andrew. Ich werde eigenhändig die Gelben Seiten durchgehen, mir die Architektenbüros heraussuchen und anschließend bei ihnen vorbeigehen. Es ist die gleiche Prozedur wie zuvor, aber es dürften weniger Leute sein. Ich glaube nicht, daß London so viele Architekten wie Fischer hat.«

»Na, du wirst dich wundern«, widerspricht Kate. »Ich bin einmal mit einem Architekten ausgegangen.«

»Wenn ich die Architekten alleine erledigen kann, werde ich es tun«, fährt Red fort. »Ich erledige die Architekten, und ihr spielt *Internal Affairs.*«

»Wirst du den Architekten sagen, sie sollen sich vor Polizisten in acht nehmen?« fragt Kate.
Red schweigt einen Moment lang.
»Ich ... nein, ich glaube nicht.«
»Warum nicht?« fragt sie.
»Weil ich nicht gewöhnlichen Bürgern raten kann, nicht auf die Gesetzeshüter zu hören.«
»Das würdest du doch gar nicht. Du würdest diesen Architekten sagen, daß sie in dieser speziellen Nacht niemandem die Tür aufmachen sollen.«
»Aber ich müßte explizit sagen, daß das die Polizei mit einschließt.«
»Nein, das müßtest du nicht. Betone nur das Wort *niemandem.*«
»Kate, jeder normale Mensch macht einem Polizisten die Tür auf, der nach dem Rechten sehen will. Sie werden nicht glauben, daß das Wort *niemandem* Polizisten mit einschließt. Wir reden hier über Architekten, verdammt noch mal, nicht über Crack-Dealer. Die meisten von ihnen sind wahrscheinlich noch nie in ihrem Leben zu schnell gefahren.«
»Du hast gerade deine eigenen Argumente widerlegt, Red. Wenn sie so unschuldig sind, dann mußt du sie beschützen. Du mußt ihnen sagen – oder es zumindest andeuten –, daß unser Hauptverdächtiger ein Polizist ist.«
»Nein.«
»Warum nicht?«
»Weil ...« Red hebt die Hände. »Wenn ich herumlaufe und den Leuten das erzähle, wird es früher oder später an die Öffentlichkeit dringen. Einer von ihnen wird mit seiner Frau sprechen, und sie wird es der Nachbarin erzählen, und die wiederum ihrer Cousine, die für den *Evening Standard* arbeitet, und bevor wir es wissen, wird es in allen Zeitungen stehen. ›Von jetzt an dürfen Sie alle die Polizei ignorieren.‹ Das wird die Polizei absolut lächerlich machen.«
»Ich – «

»Kate, wenn du das Thema mit dem Commissioner diskutieren willst, bitte schön. Er wird dir das gleiche sagen wie ich.«

»Red, ich kann nicht glauben, daß du so reagierst. Wir wissen, daß der Mörder ein Polizist sein muß, und du – «

»Nein, Kate. Da irrst du dich. Wir wissen gar nichts. Wir glauben, daß Silberzunge ein Polizist ist, aber wir wissen es nicht mit Sicherheit. Und ich werde nicht hingehen und die Arbeit von Polizisten in der ganzen Stadt gefährden, aufgrund einer Theorie, die zwar sehr plausibel, aber nicht bewiesen ist.«

»Halt mir keine Predigt, Red.«

»Dann versuche nicht, mich dazu zu zwingen, etwas zu tun, was einfach nicht geht.«

Red steht auf.

»Es tut mir leid. Wir sind angeschissen, wenn wir es tun, und wir sind angeschissen, wenn wir es nicht tun.«

»Was tun wir also?« fragt Jez.

»Ganz einfach. Wir finden ihn, bevor er Thomas findet.«

95

Ich weiß, daß ich die Gesellschaft nicht kritisieren darf, ohne zu versuchen, sie zu verändern. Daher habe ich mir meinen Beruf ausgesucht und tue, was ich tue. Ich helfe in einem sehr kleinen Rahmen und mache einen der wenigen Jobs in diesem stinkenden Durcheinander, die es annähernd wert sind. Wir helfen, einen winzigen Teil der Schlacke abzuschöpfen, die der Gesellschaft die Luft abschnürt. Wir erwischen die schlimmsten Übeltäter – nein, wir erwischen die, die am meisten auffallen, was etwas völlig anderes ist – und schaffen sie von der Straße. Aber das ist auch schon alles, was wir tun, und viel ist es nicht. Wir rehabilitieren sie nicht oder machen sie zu besseren Menschen. Wir erwirken nur einen vorüber-

gehenden Aufschub. Wir verhindern für eine Weile neue Straftaten, aber wir heilen nicht. Und das meine ich damit, wenn ich sage, daß ich nur in einem sehr kleinen Rahmen helfe.
Ich bin zur Polizei gegangen, weil ich dachte, ich könnte etwas verändern. In meinem ersten Jahr habe ich das auch wirklich geglaubt. Es ist ein großer Triumph, einen Kriminellen zu fassen oder ein Leben zu retten. Aber mit der Zeit wächst es einem über den Kopf. Wenn man es mit diesem Dreck zu tun bekommt, Tag für Tag, dann begreift man, daß es im großen und ganzen keinen Unterschied macht. Also entweder akzeptiert man, daß es sich nie ändern wird, oder man ändert die Arbeitsweise, bis es etwas ausrichtet. Das habe ich getan.
Denn die Leute hören erst dann wieder zu, wenn man die Lautstärke aufdreht und ihnen direkt ins Gesicht schreit. Die Welt wird nicht aufwachen, nur weil ein Typ mit einer kleinen Schar Anhänger herumzieht und das Wort Gottes verkündet. Die Leute scheren sich einen Teufel darum. Man muß sich doch nur die ganzen Sekten und ihre Anführer ansehen. Das sind alles Niemande. Wenn die Menschen überhaupt Notiz von ihnen nehmen, dann mit amüsiertem Mitleid. Ich will nicht bemitleidet werden. Vielleicht geschmäht, aber nicht bemitleidet. Lest die Zeitungen. Ich bin der meistgesuchte Mann im Land. Ich könnte einen fahren lassen und wäre der wichtigste Beitrag in den Abendnachrichten. Denn das, was ich getan habe, hat die Menschen dazu gebracht, hinzuhören und Notiz zu nehmen. Sie werden sich an mich erinnern. Sie werden sich erinnern und nachdenken und schließlich erkennen, daß ich recht habe. Ich habe ihre Aufmerksamkeit erregt. Das ist das wichtigste. Der Rest wird einfach.

96

Fünfundzwanzig Tage bis Weihnachten. Einundzwanzig Tage, bis Silberzunge wieder zuschlagen wird.

Der Dezember und die alljährliche Hommage an den Konsum manifestiert sich in glitzernden Lichtern und aufgeregten Kindern. Manchmal, wenn er einen klaren Kopf bekommen muß, überquert Red die Straße und geht zum *Army & Navy*-Kaufhaus gegenüber vom Scotland Yard, um dort die Männer zu beobachten, die Geschenke für ihre Frauen oder Freundinnen suchen. Es überrascht ihn, daß noch niemand darüber einen Horrorfilm gedreht hat. *Angriff auf die Parfümabteilung, Teil 13* vielleicht.

Von allen Läden auf der Victoria Street hat offensichtlich nur der *Body Shop* Mitleid mit den armen Männern. Red weiß nicht, wie der offizielle Marketing-Ausdruck für die fraglichen Gegenstände lautet – ein Sammelsurium all der Lotionen und Cremes und Seifen und Parfums, die Frauen nach Meinung der Männer mögen, werden in ein billiges Körbchen gestopft und in drei verschiedenen Preiskategorien angeboten. Man kann also hineingehen, entscheiden, wieviel man ausgeben will, sich ein Körbchen in besagter Kategorie schnappen, bezahlen und wieder gehen. Und das alles in neunzig Sekunden.

Red verbringt viel Zeit damit, etwas Passendes für Susan zu suchen. Er hat sie nicht mehr gesehen, seit sie ausgezogen ist, obwohl sie regelmäßig telefonieren. Sie ist bei Shelley ausgezogen und hat sich in Potter's Bar, hinter der M25, eine Wohnung gemietet. Sie haben abgesprochen, vor Weihnachten etwas trinken zu gehen, aber sie haben noch keinen Termin vereinbart. Das ist bestimmt besser, als den Termin, wie der Teufel es bestimmt will, kurzfristig absagen zu müssen. Was wahrscheinlich bedeutet, daß sie sich überhaupt nicht sehen werden. Wie er es zuvor formuliert hat – er ist angeschissen, wenn er es tut, und angeschissen, wenn er es nicht tut.

Überall im Yard gibt es Gerüchte, daß eine der islamistischen Gruppierungen ein Weihnachts-Special veranstalten wird. Jux-Bombendrohungen sind nichts Neues; ein einziger Anruf kann das öffentliche Verkehrssystem im Südosten der Stadt innerhalb weniger Minuten lahmlegen. Aber inmitten all der unechten Drohungen ist vielleicht eine echte, also können sie es nie riskieren, der Sache nur oberflächlich nachzugehen.
Genau wie bei dem, was Red, Jez und Kate tun. Sie verbringen unzählige Stunden auf der Suche, die ganz bestimmt zu nichts führen wird. Das einzige, was sie bei der Stange hält, ist die Angst, daß ein noch so winziges Detail, das sie außer acht lassen, für den Fall entscheidend ist. Red ruft beinah jedes Architekturbüro an, das er in den Gelben Seiten und den Computerlisten der Berufsgenossenschaft finden kann. Immer und immer wieder hält er seine Rede vor einem Thomas, bis er sie perfekt aufsagen kann. Langsam kommt er sich vor wie ein verdammter Papagei.
Aber immer, wenn er in Versuchung gerät, Schluß zu machen und die eine oder andere Firma auszulassen, weil sie nur zwei Leute beschäftigen und bestimmt niemand Thomas heißt, malt er sich aus, wie er sich wohl fühlen wird, wenn es doch einen Thomas gibt und genau der umgebracht wird. Ihnen nicht die ganze Geschichte zu erzählen – egal, wie gut seine Gründe sind – ist eine Sache. Sie ganz auszulassen eine andere. Red versetzt außerdem jedes Polizeirevier in der Stadt für die Nacht des 20. Dezember in Alarmbereitschaft.
Kate und Jez arbeiten sich durch riesige Datenberge über die Polizisten in Zentrallondon hindurch und haken dann langsam die Listen ab. Sie verbringen die erste Woche im Büro vor ihren Bildschirmen und ziehen dann los und befragen Leute, notieren sich Alibis und überprüfen Aussagen. In der dritten Woche laden sie Leute in den Yard vor. Red befragt jeden einzelnen persönlich, aber er weiß, daß es Zeitverschwendung ist. Ob sie nun ein Musterbeispiel der Kooperation sind oder sich beschweren, sie hätten der Polizei fünfundzwanzig Jahre lang

treu gedient, sie sind alle unschuldig. Red braucht sie bloß anzusehen, um es zu wissen.
Wenn er ihn sieht, so denkt Red – oder hofft er zumindest –, dann wird er es wissen. Sofort. Er wird es wissen, so wie Leute auf einer Party vom ersten Augenblick an wissen, daß sie mit dem Mann oder der Frau den Rest ihres Lebens verbringen werden.
Red kennt Silberzunge mittlerweile. Er weiß, was er denkt, was er hofft und fürchtet. Er kennt ihn in groben Zügen. Aber Red hat keine Details. Er weiß nicht, wo Silberzunge lebt oder was er gerne an den Wochenenden tut.
Aber vor allem weiß er nicht, wie er aussieht.

97

Freitag, 18. Dezember 1998

Red geht in das Pub, um aus der leeren Wohnung herauszukommen. Es ist unbeschreiblich erbärmlich, sich vor dem eigenen Fernseher zu betrinken. Es ist besser, ins Pub zu gehen, selbst wenn man dort nur an der Theke sitzt und mit niemandem spricht.
Die Kneipe ist voller junger Leute, die dichtgedrängt an den Tischen sitzen und sich lautstark unterhalten. Die Billardspieler hinten in der Ecke schicken die Kugeln mit lautem Klacken über das grüne Vlies. Red findet einen leeren Hocker an der Theke und bestellt einen doppelten Whiskey und ein Pint Bier.
Der Whiskey ist leer, und er hat sein Pint bereits zur Hälfte geleert, als sich jemand neben ihm auf den Barhocker fallen läßt und ihn mit dem Arm anstößt. Er blickt auf.

»Muß das sein, Mann?«
Der Neuankömmling dreht sich ihm zu und blickt ihn an. Er trägt eine dicke Arbeiterjacke, und seine Augen sind blutunterlaufen. Entweder Alkohol oder Drogen.
»Ich habe hier ein gehäutetes Kaninchen drin«, sagt er und zeigt auf eine Tasche. »Ich kämpf' mit dir drum.«
Der Barmann, der ein paar Zapfhähne entfernt ein Guiness zapft, versteift sich.
»Ich kämpf' mit dir drum«, wiederholt der Mann.
Red weiß, daß er nicht darauf reagieren sollte. Aber was soll er tun? Er kann es nicht ignorieren, wenn es direkt vor ihm passiert. Er kann nicht einfach aufstehen und gehen, denn dadurch würde er Schwäche zeigen, und der andere würde ihm sowieso nachkommen. Man kann nicht einfach weggehen, wenn man es mit jemandem zu tun hat, der völlig breit ist.
Red steht auf und schlägt dem Mann ins Gesicht. Er trifft ihn so hart, daß der Mann gegen die Theke prallt, dann vom Hokker fällt und die Tasche mitreißt. Sie öffnet sich, und ein Kaninchen fällt auf den Teppich. Red ist überrascht, daß er wirklich ein Kaninchen in der Tasche hatte, und dann tritt er dem Mann in den Unterleib und gegen den Kopf. Dabei spürt er unter seinen Schuhsohlen, wie die Nase des Mannes bricht.
Der Barmann springt über die Theke und packt Red bei den Schultern. Red dreht sich um und nimmt seine Jacke vom Barhocker, leistet aber ansonsten keinerlei Widerstand. Er läßt sich vom Barmann zur Tür bringen und grob nach draußen stoßen. Er geht nach Hause, ohne sich umzusehen. Er ist nicht aufgedreht oder zittert oder hat Angst, sondern denkt nur, wie gut es sich anfühlt, jemandem das Gesicht einzuschlagen.

98

Sonntag, 20. Dezember 1998

Die Zeichnung auf dem Tisch vor Thomas Fairweather ist mit roten Linien bedeckt. Seinen roten Linien.

Das Architekturbüro, für das Thomas arbeitet, entwirft gerade einen Kinokomplex in Riad, und Thomas leitet das Projektteam. Er hat einen der Neulinge im Büro auf die Umrisse angesetzt, damit der Erfahrung sammeln kann, und nun muß er zu Hause die Fehler korrigieren. Daher die roten Linien.

Hinter ihm stellt Thomas' Computer ein dreidimensionales Modell des Komplexes her. Das Computerprogramm braucht einige Stunden.

Er blickt auf die Uhr. 23.45. Der kalte Kaffee schwappt in der Tasse, als er sie hochnimmt und zum Fenster hinübergeht, wo er auf die Straßen von Hampstead hinausblickt.

In einer Stadt, die aus Dörfern besteht, ist Hampstead eines, das noch am stärksten seinen Charakter behalten hat. Alles an ihm steht in scharfem Kontrast zum Rest Londons. Die kleinen Grasdreiecke an den Kreuzungen lassen einen eher an eine offene ländliche Gegend denken statt an Straßen in einer Stadt. Die Art, wie sich die Hügel durch die Haupt- und Nebenstraßen schlängeln, ist das genaue Gegenteil zum Straßennetz städtischer Planung. Sogar die Straßenschilder sind entschieden anders: weiße Buchstaben auf schwarzem Hintergrund und nicht umgekehrt.

Ein leichter, feuchter Nebel wabert um die Glühbirnen der viktorianischen Straßenlaternen. Das ist auch so eine Sache mit Hampstead: Es ist einer der wenigen Stadtteile Londons, die am besten bei kaltem, feuchtem Wetter aussehen. Heller Sonnenschein kommt am besten auf offenen Plätzen zur Geltung, aber die Straßen von Hampstead winden sich an düsteren Häusern und niedrigen Bäumen vorbei. Egal, ob man es nun intim oder klaustrophobisch nennen will, aber Hampstead ist am schönsten, wenn die Menschen Atemwölkchen bilden und die Blätter an den Bäumen Regentropfen zu weinen scheinen.

Die Türklingel läßt Thomas zusammenzucken.

Er tapst mit bloßen Füßen zur Tür und schaut durch den Spion. Es ist ein Polizist, dessen Gesicht durch die Fischaugenlinse verzerrt ist. Thomas öffnet die Tür, an der noch die Kette befestigt ist.

»Mr. Fairweather?«

»Ja.«

»Ich bin nur vorbeigekommen, um zu überprüfen, ob alles in Ordnung ist.«

»In Ordnung? Warum sollte es das nicht sein?«

»Haben Sie nicht vor ein paar Wochen Besuch von einem Detective Superintendent Metcalfe bekommen? Wegen des Apostel-Killers?«

»Was? Ach ja, ich erinnere mich. Er kam eines Nachmittags vorbei. Ich bin wegen ihm zu spät zu einem Meeting gekommen.«

»Hat er Ihnen gesagt, daß Sie sich in Gefahr befinden?«

»Er sagte, es sei ein Verrückter unterwegs, der sich für Jesus hält, aber daß die Wahrscheinlichkeit größer sei, daß ich im Lotto gewinne, als von ihm getötet zu werden.«

»Das ist gut. Wir überprüfen aber dennoch jeden, den Mr. Metcalfe aufgesucht hat, um dafür zu sorgen, daß sie vernünftige Vorsichtsmaßnahmen treffen. Würde es Ihnen etwas ausmachen, wenn ich mal kurz alles überprüfe? Es tut mir sehr leid, Sie zu dieser späten Stunde zu stören, aber Sie wissen ja ... Vorsicht ist besser als Nachsicht.«

»Da stimme ich Ihnen völlig zu, Officer. Bitte.« Fairweather nimmt die Kette ab und öffnet die Tür. »Seien Sie mein Gast.«

Der Polizist betritt das Haus. Er trägt über der einen Schulter eine längliche, schwarze Tasche.

»Sie haben wohl eine lange Nacht vor sich?« fragt Thomas und zeigt auf den Sack.
»Mein Dienst endet in ein paar Stunden, und ich fahre direkt zu meiner Freundin. Deshalb habe ich frische Sachen mit. Nach dem Motto ›Liebe geht durch die Nase‹.«
Thomas lacht.
»Soll ich Sie herumführen?«
»Ja, bitte.«
Thomas führt den Polizisten im Erdgeschoß des Hauses herum. Der überprüft alle Schlösser an Türen und Fenstern, faßt aber keine an.
Sie bleiben in der Küche stehen, wo der Polizist seine Tasche auf den Boden stellt und hineingreift.
»Oben geht es noch weiter«, sagt Thomas. »Aber ich möchte nicht, daß – «
Er spürt einen Schlag und einen stechenden Schmerz hinter dem Ohr und dann nichts mehr.

99

Die Rückkehr aus der Bewußtlosigkeit ist so fließend, daß Thomas ein paar Sekunden lang nicht sicher ist, ob er überhaupt wieder bei sich ist. Er öffnet die Augen, und es herrscht immer noch Dunkelheit.
Aber diese Dunkelheit ist nicht so unerbittlich schwarz wie die hinter seinen Augenlidern. Er kann eine graue Stelle ausmachen, wo sich das Fenster befinden muß.
Das Fenster in seinem Schlafzimmer. Thomas liegt auf seinem Bett. Ihm ist ein wenig kalt an den Beinen und an der Brust, und er spürt ein Gummiband an der Taille. Seine Unterhosen. Das einzige, was er trägt. Abgesehen von den Seilen, mit denen

seine Knöchel und sein linkes Handgelenk an das Bett gefesselt sind.
Langsam beginnen seine anderen Sinne zu arbeiten. Sein Kopf schmerzt an der Stelle, an der er geschlagen wurde. Er hört das Geräusch seines Atems.
Aber das Geräusch ist ein Stück entfernt, also kann es nicht sein Atem sein.
Thomas hält die Luft an, und das Atmen geht weiter. Ganz regelmäßig.
Es ist noch jemand im Raum.
Der Polizist, der die Schlösser überprüfen wollte.
Thomas beugt den rechten Ellbogen und versucht, sich darauf abzustützen. Eine Hand legt sich schnell auf seine Brust und drückt ihn sachte wieder nach unten.
Thomas zwingt sich, etwas zu sagen. Irgend etwas. Das erste, das ihm in den Kopf kommt.
»Wer sind Sie?«
Schweigen.
»Sind Sie der Polizist?«
Stille.
»Was ist mit mir passiert?«
Endlich eine Antwort.
»Du hast dir den Kopf gestoßen.«
»Wie spät ist es?«
Leuchtzeiger einer Uhr blitzen auf.
»Zehn nach Mitternacht.« Es ist bereits Montag.
»Kannst du sehen, Thomas?«
»Ja.«
»Halte die Augen offen. Sieh dich ein bißchen um. Ich will, daß deine Nachtsicht funktioniert.«
Es ist die Stimme des Polizisten in der Dunkelheit.
Thomas blickt sich um, und die Schatten verformen sich zu vertrauten Gegenständen. Der Sessel beim Fenster, die Kommode unter dem Spiegel. Einheitliches Schwarz verwandelt sich in graue Schatten.

Silberzunge sitzt an Thomas' Bettrand. Sein Oberkörper ist nackt, und unter seinem Gewicht wirft das Laken Falten, die unter seinem Körper verschwinden. Er trägt Gummihandschuhe.
Neben ihm befindet sich ein länglicher dunkler Schatten auf dem Bett. Die Tasche.
Silberzunge wühlt darin herum und holt etwas Viereckiges, Glänzendes heraus. Eine Plastikplane. Er steht auf, legt sie auf das Bett und setzt sich darauf.
»Was tun Sie da?«
Keine Antwort.
Silberzunge sieht wieder in der Tasche nach.
Im Halbdunkel blitzt Metall auf.
Ein Messer.
Bitte nicht. Bitte, bitte nicht.
Thomas schließt die Augen.
Kein Messer. Alles, nur kein Messer.
»Thomas, sieh mich an.«
Thomas öffnet ein Auge.
Silberzunge schneidet sich selbst.
Er fährt mit dem Messer an seiner rechten Seite entlang, direkt unter dem Brustkorb. Auf der weißen Haut taucht eine schnurgerade, dunkle Blutspur auf, aus der dann die Tropfen herunterlaufen wie Regentropfen auf einer Fensterscheibe.
Silberzunge wischt die Klinge an seinem Arm ab und packt das Messer zurück in die Tasche. Er scheint keinerlei Schmerzen empfunden zu haben.
Thomas sieht das Weiße in seinen Augen, als er den Blick auf ihn richtet.
»Wenn ich nicht meine Hand in seine Seite lege, kann ich's nicht glauben.«
Er streckt die Hand nach Thomas' Rechter aus.
»Gib mir deine Hand, Thomas.«
Thomas spürt, wie seine Hand durch die Dunkelheit geführt wird, und es kommt ihm vor wie eine Ewigkeit.

Silberzunge streicht mit Thomas' Hand immer wieder über seine Wunde. Ganz leicht über die Ränder der Schnittwunde und dann tief in das klebrige, warme Blut.

»Reiche deinen Finger her, und sieh meine Hände und reiche deine Hand her und lege sie in meine Seite, und sei nicht ungläubig, sondern gläubig. Weil du mich gesehen hast, Thomas, darum glaubst du. Selig sind die, die nicht sehen und doch glauben.«

Thomas spürt zuerst einen Luftzug an seinen Fingerspitzen und dann Plastik. Silberzunge legt Thomas' Hand auf die Plastikplane und setzt sich dann direkt auf die Hand.

»Tut das weh?«

Thomas schüttelt den Kopf.

»Gut. Es tut mir leid, aber ich bin sicher, du verstehst, daß ich das jetzt tun muß.«

Thomas versteht nicht. Ganz und gar nicht.

Silberzunge, der immer noch auf Thomas' Hand sitzt, steckt das Messer zurück in die Tasche und holt etwas Anderes hervor. Thomas kann nicht sehen, was es ist.

Silberzunge beugt sich nach vorne.

»Mach den Mund auf, Thomas.«

Draußen fährt ein Auto vorbei, und die Scheinwerfer beleuchten flüchtig den Gegenstand in seiner Hand.

Ein Skalpell.

Thomas preßt die Lippen zusammen.

»Öffne bitte den Mund, Thomas.«

Keine Reaktion.

»Thomas, mach den verdammten Mund auf.«

Nein, nein, NEIN.

Der Schlag kommt so schnell, daß Thomas ihn gar nicht sieht, geschweige denn Zeit hat, ihn abzuwehren oder zur Seite zu rollen. Silberzunge streckt den linken Arm und trifft Thomas direkt unter der Brust am Solarplexus. Die Luft weicht mit einem Pfeifton aus Thomas' Lungen und zwingt ihn, den Mund zu öffnen, um nach Luft zu schnappen.

Das Skalpell befindet sich in Thomas' Mund, schneidet durch das Zungenbändchen und an den Seiten der Zunge entlang. Blut spritzt gegen den Gaumen. Dann schneidet das Skalpell in seinem Rachen.
Thomas versucht zu schreien, aber er hat nichts mehr, womit er schreien könnte.
Thomas' Zunge befindet sich in Silberzunges Hand.
Silberzunge nimmt einen Glasbehälter aus seiner Tasche, der zur Hälfte mit einer Flüssigkeit gefüllt ist, schraubt den Deckel auf, steckt die Zunge hinein und schraubt den Deckel wieder zu. Er steckt das Glas zurück in die Tasche und holt etwas anderes heraus.
Silberzunge sitzt immer noch auf Thomas' rechter Hand, damit er sie nicht bewegen kann, und spricht ein letztes Mal zu ihm.
»Thomas: eine Lanze, da er mit einer Lanze durchbohrt wurde.«
Silberzunge hält die Lanze mit einer Hand am oberen Ende des Schafts, als wäre es ein Snooker-Queue. Als er die Lanze über den Kopf hebt, faßt er sie wie ein Speerwerfer, mit der Hand unter dem Schaft.
Die Lanze saust durch die Luft und bohrt sich in Thomas' Bauch.
Es ist ein dumpfer Aufprall, da der Schmerz noch nicht eingetreten ist. Wie wenn man sich den Zeh stößt und weiß, daß in zwei Sekunden sämtliche Nervenenden aufschreien werden, man aber immer noch diese zwei schrecklichen erwartungsvollen Sekunden ertragen muß.
Silberzunge reißt die Lanze aus Thomas' Körper heraus und stößt sie immer wieder hinein, bis die Stöße ineinanderfließen und nicht mehr voneinander zu unterscheiden sind. Das arterielle Blut spritzt wie eine Fontäne in die Höhe. Thomas stöhnt, während ihn die Lanze in tausend Stücke reißt und ihm unermeßliche Schmerzen bereitet. Schließlich nähert sich der Schatten des Todes und bringt ewigen Schlaf, den Thomas dankbar willkommen heißt.

100

»Onkel Thomas?« ertönt eine helle Stimme vor Thomas' Schlafzimmer. Die Stimme eines Kindes.

Silberzunge wendet den Kopf. Die Tür steht ein Stück offen, und durch den Spalt dringt blaßgelbes Licht ins Zimmer.

Er läßt die Lanze in Thomas' Körper stecken und erhebt sich vom Bett. Seine Seite blutet noch immer, dort wo er sich selbst geschnitten hat. Also zieht er sein Oberteil hoch, und er spürt die Wärme, wo das Blut das Material an seiner Haut festklebt.

Heute nacht wird nichts von seinem Blut zurückbleiben. Das ist gut.

Ein Schatten taucht im Lichtschein auf. Silberzunge durchquert das Schlafzimmer in drei schnellen Schritten.

Das Kind schiebt die Tür auf.

»Onkel Thomas?«

Silberzunge steht im Türrahmen, und das Kind blickt zu ihm hoch.

Es ist ein Junge. Er ist sechs oder sieben Jahre alt und steckt in einem braunen Schlafanzug mit aufgedruckten Dampflokomotiven. Seine Augen sind ganz schmal und verklebt vom Schlaf, und seine Haare stehen ihm in blonden Büscheln vom Kopf ab.

Lasset die Kinder und wehret ihnen nicht, zu mir zu kommen; denn solchen gehört das Himmelreich.

Silberzunge geht in die Knie, so daß sein Gesicht auf der gleichen Höhe wie das des Kindes ist.

»Dein Onkel ist krank. Ich habe ihm Medizin gegeben. Er wird wieder gesund.«

Der Junge sieht ihn eher neugierig als mißtrauisch an. Er ist eine schwarze Erscheinung mit gelben Gummihandschuhen, die wie eine riesige Hummel aussieht.

Silberzunge steht auf und will die Hand des Jungen nehmen. »Komm, ich bringe dich zurück ins Bett.«

Das Kind weicht vor ihm zurück, und Silberzunge begreift, warum. Thomas' Blut befindet sich auf seinen Handschuhen. Auf seiner schwarzen Kleidung kann man es nicht sehen, aber auf dem gelben Gummi ist das anders.
»Das ist das Blut deines Onkels. Er war verletzt, aber ich habe ihm geholfen. Er wird wieder gesund. Du solltest ins Bett gehen. Ich decke dich zu.«
Silberzunge läßt das Kind vor sich den Flur entlanggehen, das immer einen Schritt vorausgeht, damit es nicht das Blut seines Onkels anfassen muß. Der Junge macht für jeden seiner Schritte zweieinhalb.
Sie gehen in das letzte Zimmer auf der rechten Seite. Es ist ein kleines, spärlich möbliertes Zimmer, das keinen sehr bewohnten Eindruck macht. Es ist ein Gästezimmer. Der Junge klettert zurück ins Bett und zieht sich das Federbett bis zum Kinn hoch.
»Mach dir keine Sorgen um Onkel Thomas«, sagt Silberzunge. »Er wird wieder gesund.«
Das Kind nickt und dreht ihm den Rücken zu, um wieder einzuschlafen.
Silberzunge schaltet die Lampe neben dem Bett aus, schließt die Tür und geht zurück in Thomas' Zimmer.
Thomas ist nur noch ein lebloser Klumpen, aus dem die Lanze herausragt wie ein Sendemast. Er zieht sie aus der Leiche und steckt sie zurück in die schwarze Tasche.
Dann holt er einen Silberlöffel heraus. Nummer zehn. Er steckt ihn in Thomas' Mund.
Seine Polizeiuniform liegt ordentlich zusammengefaltet auf dem Stuhl in der Ecke des Zimmers. Er wird sie wieder anziehen, wenn er fertig ist. Aber er ist noch nicht fertig. Er muß noch eine Sache erledigen.
Die einzige Abweichung, die er sich gestattet. Der einzige Makel, der sein Meisterwerk besudelt.
Thomas' rechte Hand liegt immer noch auf der Plastikplane.

Sein Blut, das Blut Christi, befindet sich auf diesem Plastiktuch und an Thomas' Fingern. Sonst nirgendwo.
Er muß alle Beweise mitnehmen.
Silberzunge holt sein Messer aus der Tasche und schneidet Thomas' rechte Hand am Gelenk ab.

101

Red erkennt Thomas Fairweathers Gesicht nicht, aber er weiß, daß er ihn gewarnt hat. Das Datum und die Uhrzeit des Treffens wurden peinlich genau in den Computer eingegeben.
Wenn er ihn doch nur wegen des Polizisten gewarnt hätte.
Red schüttelt den Kopf. Er hat die Entscheidung, den Polizistenaspekt geheimzuhalten, aus gutem Grund getroffen. Dieser Grund ist jetzt ebensogut wie zuvor. Außerdem haben sie immer noch keinen Beweis, daß Silberzunge wirklich ein Polizist ist. Kates Theorie ist einleuchtend, aber sie haben die Akten der Polizei drei Wochen lang überprüft und bis jetzt noch kein Ergebnis vorzuweisen.
Thomas Fairweathers Leiche wurde von seiner Schwester Camilla kurz nach acht Uhr gefunden. Es ist ihr Sohn Tim – Thomas' Neffe –, der beinah in das Gemetzel geplatzt wäre. Tim hat das Wochenende bei Thomas verbracht, damit Camilla und ihr Bankerehemann ein ungestörtes Wochenende alleine in den Cotswolds verbringen konnten. Camilla war früh am morgen vorbeigekommen, um Tim abzuholen, bevor Thomas zur Arbeit mußte.
Nun sitzen Mutter und Sohn in der Küche, und es ist schwer zu sagen, wer von beiden einen größeren Schock erlitten hat. Ein Constable ist bei ihnen.

Lubezski kommt ins Schlafzimmer und pustet sich in die Hände. »Heiliger Vater«, sagt er. »Draußen ist es eiskalt.«
Er wirft einen Blick auf Thomas und stellt die offensichtliche Frage.
»Warum wurde die rechte Hand abgeschnitten?«
Red blickt ihn müde an.
»Ich vermute, wegen der Geschichte mit dem ungläubigen Thomas.«
Lubezski schaut ihn ratlos an.
»Thomas wollte nicht an die Wiederauferstehung glauben, bevor er Jesus nicht leibhaftig gesehen hatte und – was wohl noch wichtiger war – bevor er ihn nicht *berührt* hatte«, erklärt Red. »Er glaubte es erst, als er die Male an Jesu Händen und seiner Seite, an der der römische Soldat ihn geschnitten hatte, berühren konnte.« Red blickt auf die Leiche hinunter. »Ich vermute, genau das ist hier letzte Nacht passiert.«
»Er hat Thomas gezwungen, ihn zu berühren?«
»Ja. Wahrscheinlich hat er sich die Wunde eigenhändig zugefügt, entweder an seinen Händen oder an seiner Seite. Eher an seiner Seite, da man dort die Wunde leichter unter der Kleidung verbergen kann. Wenn er sich in die Hände geschnitten hätte, müßte er sie verbinden, und dadurch würde er auf sich aufmerksam machen.«
»Es sei denn, er trägt Handschuhe über den Verbänden.«
»Aber er müßte sie irgendwann einmal ausziehen. Wenn er drinnen ist. Oder es würde ziemlich seltsam wirken, wie die Verbände auch. Ich vermute also, er fügt sich eine Schnittwunde an der Seite zu und zwingt Thomas, ihn zu berühren, damit Thomas glaubt.«
Lubezski spinnt Reds Gedankengang weiter.
»Aber nun hat Thomas Silberzunges Blut an den Fingern, und er kann es nicht riskieren, daß wir sein Blut finden. Also hackt Silberzunge Thomas' Hand ab und nimmt sie mit.«
»Genau.«

»Wenn er sich jedoch geschnitten hat, dann hat er vielleicht irgendwo Blut zurückgelassen«, sagt Lubezski.
Red zeigt auf das blutige Durcheinander auf dem Bett.
»Wenn Sie hier irgendwo einen Tropfen Blut des Verbrechers finden, dann sind Sie ein verdammtes Genie. Ich persönlich glaube nicht, daß er irgendwelche Spuren hinterlassen hat.«
»Nun, er hat ziemlich viel Glück, wenn er sich selber verletzt und trotzdem keine Spuren hinterlassen hat.«
»Glück hat damit nichts zu tun. Das wissen wir doch bereits. Egal, was er tut, um seine Mission zu erfüllen, er verrät sich dabei nicht. Das ist sein zehnter Mord, und die anderen neun waren perfekt.«
Red fährt sich mit den Fingern durchs Haar.
»Ich gehe hinunter in die Küche und sehe mal, wie es dem kleinen Tim geht.«
»Wem?«
»Thomas' Neffe. Er war letzte Nacht hier.«
»O Gott. Hat er etwas gesehen?«
»Das will ich ja herausfinden. Wenn Kate oder Jez in den nächsten zehn Minuten ankommen, sagen Sie ihnen bitte, wo ich bin.«
Er geht hinunter in die Küche, wo Camilla in ihren Jeans und ihrem dicken blauen Sweatshirt ungewöhnlich leger wirkt. Sie sitzt auf einem Regisseurstuhl aus Leinenstoff und balanciert Tim auf den Knien, dessen blonden Kopf sie eng an die Brust gedrückt hat. Eine grüne Dampflok auf dem Kragen von Tims Pyjamaoberteil ragt unter der karierten Decke hervor, die um seinen Körper gewickelt ist. Camilla blickt Red aus roten, tränenverquollenen Augen an.
»Mrs. Weekes, wie geht es Ihnen?« fragt er und hat das Gefühl, daß seine Worte völlig unangebracht sind.
Sie gibt keine Antwort.
Der Constable steht neben der Anrichte. Red wendet sich an ihn.
»Warum besorgen Sie sich nicht einen Tee?«

»Ja, Sir.«
Er schaltet den Wasserkessel an. Red verzieht das Gesicht.
»Nein, Sie Idiot. Sie sollen sich rar machen.«
»Oh, tut mir leid. Ich dachte ...«
»Schon gut. Verschwinden Sie.«
Der Constable zieht den Kopf ein und eilt aus der Küche. Red nimmt sich einen Stuhl, setzt sich Camilla gegenüber und beugt sich vor, stützt die Ellbogen auf die Knie und verschränkt die Hände unter dem Kinn.
Er stellt ihr die erste Frage ganz ruhig, um sie langsam darauf vorzubereiten. »Wie war Thomas?«
Sie unterdrückt ein Schluchzen. »Er war ein guter Mensch. Er hat hart gearbeitet. Er war kein Mensch, der je die Welt verändern würde, aber er hat hart gearbeitet, und die Leute mochten ihn. Er ... das hat er nicht verdient.«
»Das hat niemand.«
»Ich weiß.«
Camilla reibt Tim mit kleinen, kreisenden Bewegungen über den Kopf.
»Wie geht es Tim?« fragt Red.
»Nicht gut.«
»Hat er es gesehen ...?«
Red zeigt zur Decke, zu Thomas' Schlafzimmer und der Leiche.
Camilla nickt.
»Die Leiche oder den Mörder?« fragt Red.
»Auf jeden Fall die Leiche. Ich habe ihn in Thomas' Schlafzimmer gefunden, als ich heute morgen hier ankam.«
»Wie sind Sie hereingekommen?«
»Ich habe mich selbst hereingelassen, als niemand die Tür aufmachte. Ich habe einen eigenen Schlüssel.«
»Und Sie haben Tim in Thomas' Schlafzimmer vorgefunden?«
»Ja.«
»Was hat er getan?«

»Er stand einfach da und hat die Leiche angesehen.«
»Aber Sie wissen nicht, ob er den Mörder gesehen hat?«
»Superintendent, seit ich ihn gefunden habe, hat er noch kein einziges Wort gesprochen.«
Red beugt sich noch weiter nach vorne, aber er streckt nicht die Hand aus, um ihn anzufassen.
»Hey, Tim«, sagt er sanft.
Tim dreht ein wenig den Kopf, der auf der Brust seiner Mutter liegt. Mit einem ängstlich aufgerissenen Auge starrt er Red an.
»Alles wird gut«, sagt Red, und das kommt ihm noch unangebrachter vor als die Worte zuvor.
Tims Auge ist immer noch auf Red gerichtet, und dann dreht er seinen kleinen Kopf ein Stück weiter, bis Red sehen kann, wie sich beide Augen vor Überraschung und Furcht weiten. Er hat hinter ihm etwas entdeckt. Camilla hat es offensichtlich ebenfalls gesehen, denn Red hört, wie sie nach Luft schnappt.
Red wirbelt herum.
Es stehen zwei Leute im Türrahmen. Jez, der gerade erst angekommen ist und der immer noch seine Fleecejacke anhat, deren Reißverschluß bis zum Hals zugezogen ist, und Lubezski, der alle Augen auf sich zieht.
Lubezski ist völlig mit Blut bedeckt. Sein weißes Hemd weist dunkelrote Flecken auf und klebt an einigen Stellen, an denen es sich vollgesogen hat, an seinem Bauch fest. Außerdem sind die linke Seite seines Gesichts und seine Hände voller Blut. Er sieht aus wie ein Schlachtermeister.
»Was zum …?« fragt Red.
»Ich wollte Ihnen nur sagen, daß ich nach Hause fahre, um mich umzuziehen«, sagt Lubezski.
»Was zum Teufel ist mit Ihnen passiert?«
»Es tut mir leid. Ich kniete auf dem Bett, um die Leiche zu untersuchen, da habe ich das Gleichgewicht verloren.« Er blickt Camilla hilflos an. »Ich bin mittendrin gelandet.«
Tim stößt einen gellenden Schrei aus.

Wie ein Urschrei auf einer unbekannten Frequenz. Um Tims zugekniffene Augen werden Krähenfüße sichtbar, und seine roten Mandeln zittern in seinem Rachen.
Camillas Hand streicht über den Kopf ihres Sohnes, während sie versucht, seine Panik zu schlichten. Lubezski steht stocksteif und blutbefleckt da und stammelt peinlich berührt herum. Red schiebt ihn aus der Küche.
»Mein Gott, Lubezski. Machen Sie, daß Sie hier rauskommen.«
Er muß lauter sprechen, um Tims Schreie zu übertönen.
»Ich – «
»Haben Sie völlig den Verstand verloren? Sehen Sie nur, was Ihr Anblick bei dem Kind angerichtet hat. Na los. Verpissen Sie sich. Und schalten Sie das nächste Mal Ihr verdammtes Hirn ein.«
»Es tut mir leid. Ich wußte nicht, daß das Kind da ist. Ich wollte Ihnen nur sagen, daß – «
»Sparen Sie sich das. Ich will es gar nicht hören. Ich sehe Sie im Yard. Na los. Fahren Sie nach Hause und ziehen Sie sich um.«
Lubezski dreht sich auf dem Absatz um und verläßt das Haus durch die Haustür.
»Verdammte Scheiße«, sagt Jez.
»Die Leiche ist oben.« Red zittert. »Sieh sie dir an.«
Jez geht nach oben, und Red kehrt in die Küche zurück.
»Ich weiß nicht, was ich sagen soll, Mrs. Weekes. Es tut mir furchtbar, furchtbar leid.«
Camillas Augen blitzen vor Zorn. »Mir auch.«
Tim hat sein Gesicht an ihrer Brust vergraben, und seine kleinen Arme umklammern ihren Hals. Er rührt sich nicht.
Egal, was Tim letzte Nacht gesehen oder nicht gesehen hat, es ist nun völlig unwichtig, denn er wird es ihnen nicht erzählen. Zumindest nicht früh genug, um noch etwas damit bewirken zu können.
Tim hat einen Schock.

102

Es ist gar nicht so schwierig, die Opfer auszusuchen, wenn man weiß, wo man nachsehen muß. Polizeicomputer, Wahllisten, Versandlisten, was auch immer. Es ist erstaunlich, wieviel Information man über Leute bekommen kann, wenn man will. Ich wußte, wonach ich suchte, und habe gesucht und gesucht, bis ich alle gefunden hatte. Zuerst mußte ich sie identifizieren, dann mußte ich sie beobachten, sichergehen, daß sie alleine leben, überprüfen, was sie so tun, all so etwas. Einige meiner ursprünglichen Kandidaten – ich glaube, drei von ihnen – stellten sich als ungeeignet heraus. Ich mußte sie abhaken und von vorne anfangen.

Und die, die auserwählt waren? Theoretisch hätten sie an ihren festgesetzten Tagen nicht für ihr Martyrium zur Verfügung stehen können. Sie hätten in Urlaub oder sonstwo gewesen sein können. Wenn, dann wäre es nicht Gottes Wille gewesen, daß sie Märtyrer werden. Aber sie waren alle da, und daher ist es Gottes Wille.

Wenn ich zu ihren Häusern gehe, trage ich meine Polizeiuniform, um sicherzugehen, daß sie mich auch reinlassen. Es wäre einfacher, in Zivilkleidung und mit meiner Dienstmarke zu gehen, aber es ist riskanter. Jeder kann sich als Zivilfahnder ausgeben. Die Leute sehen genauer hin, wenn Zivilbeamte bei ihnen auftauchen. Sie lassen einen auf der Türschwelle warten, während sie das Revier anrufen. Aber nicht, wenn man eine Uniform anhat.

Ich trage die Uniform natürlich nicht während des eigentlichen Martyriums. Der Pullover und die Hosen könnten Fasern auf den Leichen hinterlassen. Und ich sorge dafür, daß ich keine Fasern aus meiner Wohnung mitnehme, wenn ich hingehe. Ihr wart noch nie in meiner Wohnung, nicht wahr? Es gibt dort keine losen Fasern. Der Boden ist aus Holz, und ich habe keine Teppiche oder Brücken. Ich habe Jalousien statt Vorhänge und Federbetten statt Decken. Es gibt in meiner Wohnung nichts, was an mir hängenbleiben und ich mit zum Schauplatz der Verwandlung nehmen könnte. Vor jedem Martyrium gehe ich nach Hause und sorge dafür, daß ich sauber bin, damit kein Beweis-

stück von anderen Orten, an denen ich war, auftauchen kann. Und wenn ich Fasern von einem Tatort zum anderen mitnehme, in Nächten, in denen ich zwei töten muß, dann ist es auch egal. Die Polizei weiß, daß der Täter an beiden Plätzen war.
Sie weiß nur nicht, wer diese Person ist. Das ist alles.

103

Red steht in der Mitte der Einsatzzentrale und bellt Befehle wie ein Hauptfeldwebel.
»Geht noch einmal die Listen der Polizisten durch. Nehmt jedes Revier, das gestern Dienst hatte, und streicht es von der Liste. Dann schaut, wer noch übrigbleibt. Wir müssen jemanden übersehen haben. Und geht zum Revier in Hampstead. Ich will eine Liste aller protokollierten Anrufe von gestern nacht und wie darauf reagiert wurde. Ich will sichergehen, daß da alles übereinstimmt.«
»Vielleicht habe ich mich geirrt«, sagt Kate. »Vielleicht ist es ja doch kein Polizist.«
»Vielleicht nicht. Aber deine Theorie klang von Anfang an plausibel. Nur weil Silberzunge uns nicht in die Falle gegangen ist, heißt das noch lange nicht, daß sie Mist ist. Und zur Zeit haben wir nicht viele andere Ideen. Also suchen wir weiter.«
Jez wendet sich wieder seinem Computer zu und öffnet die Datenbank, die Kate und er benutzt haben. Sie haben zwei Listen; eine mit jedem Officer bei der Polizei und eine mit denen, die Reds zwei Kriterien erfüllen. Er druckt die kleinere Liste aus.
»Hat jemand einen Locher?« fragt er. »Ich will das hier abheften.«
Red schüttelt den Kopf.

»Duncan hat einen«, sagt Kate. »Er ist wahrscheinlich immer noch in seiner Schublade.«
»Haben wir die noch nicht ausgeräumt?« fragt Red.
»Nein«, erwidert Jez. »Ich habe erst vor kurzem reingeschissen, um meinen Gefühlen für ihn Ausdruck zu verleihen.«
»Das ist nicht dein Ernst, oder?« fragt ihn Kate mit weit aufgerissenen Augen.
Jez sieht sie an, als hätte sie sie nicht mehr alle.
»Natürlich nicht. Obwohl ich sagen muß, daß ich mit dem Gedanken gespielt habe.«
Duncans Schreibtisch hat drei Schubladen und ein Gestell für Briefpapier.
Jez zieht die oberste Schublade auf und wühlt darin herum.
»Sollten wir ihm nicht das ganze Zeug zurückgeben?«
»Wahrscheinlich«, sagt Red. »Aber es stand nicht gerade auf meiner Liste der dringenden Dinge.«
»Mein Gott. Seht euch diesen Mist an«, sagt Jez. »Schuhcreme, ein Nagelknipser, eine Kassette – *The Planets* von Holst –, diese kleinen Wattestäbchen für die Ohren, ein Schweizer Armeemesser, ein paar Päckchen Erkältungstee – «
»Jez«, unterbricht ihn Kate. »Wir spielen hier doch nicht ›Ich packe in mein Köfferchen‹. Also sei still.«
»– ein Schmöker von Harold Robbins – wer hätte das gedacht –, ein paar Postkarten, ein Brief von . . .«
Er bricht ab. Red und Kate blicken auf.
»Was?« fragt Red. »Was hast du gefunden?«
Jez hat den Brief auseinandergefaltet, und seine Augen überfliegen den Text.
»O mein Gott«, sagt er langsam.
Kate geht zu Duncans Tisch hinüber, und Jez gibt ihr den Brief. Sie erkennt den Briefkopf. *Kirche des Neuen Millenium,* 32 Phillimore Terrace, London W3. Der Brief ist vom 12. Februar 1998.
»Was ist es?« ertönt Reds Stimme von der anderen Seite des Raums. »Was steht drin?«

»Es ist von dieser verrückten Sekte, bei dem Jez und ich im Oktober waren«, sagt Kate. »Mit diesem riesigen Typen, der sich lautstark über die sieben Siegel ausgelassen hat und dann in Ohnmacht gefallen ist, als Jez sich an der Hand verletzte.«

Kate liest Bruchstücke des Briefes vor.

»Lieber Mr. Warren... Danke für Ihr Interesse... die Bibelstunde findet an drei Tagen der Woche statt. Dienstag, Freitag und Sonntag... blah, blah, blah... Anwesenheit ist nicht Pflicht, wird jedoch erhofft... Spenden richten sich nach dem, was Sie erübrigen können... Anhänger stammen aus allen Schichten... blah, blah, blah... Mit freundlichen Grüßen.«

Die Unterschrift besteht aus einem schwungvoll hingekritzelten Wort: Israel.

Kate blickt Jez an.

»Das verstehe ich nicht. Warum würde Duncan diesen Brief hier aufbewahren? Er wäre doch sicher nicht so unvorsichtig gewesen, oder?«

»Ist er echt?« fragt Red.

»Ja«, erwidert Jez. »Ich habe so einen Briefbogen auf Israels Schreibtisch gesehen, als wir ihn befragt haben. Das gehört eindeutig ihm. An Duncan adressiert, mit der Postfachnummer des Yards. Vielleicht wollte er nicht, daß Israel seine Privatadresse erfährt.«

»Könnte es nicht sein, daß er das im Rahmen einer verdeckten Ermittlung getan hat?« fragt Kate. »Ihr wißt schon, sich als echtes Sektenmitglied ausgeben, um Informationen zu sammeln.«

Red schüttelt den Kopf. »Das ist nicht unser Bereich. Das fällt unter das Aufgabengebiet des MI5. Wahrscheinlich unter ›Überwachung von möglichen subversiven Elementen‹.«

»Das MI5 ist doch angeblich rein politisch«, sagt Kate.

»*Angeblich* ist das richtige Wort. Aber im Grunde wird jeder auf die Liste gesetzt, der auf irgendeine Art subversiv sein könnte. Man muß nicht unbedingt mit Sprengstoff umgehen können, um dabei zu sein. Die Jungs, die wir am Speaker's

Corner verhaftet haben, stehen jetzt garantiert alle in den MI5-Akten.«
»Aber wenn Duncan tatsächlich ein Mitglied der *Kirche des Neuen Millenium* ist, warum war er dann nicht da, als wir dort aufgetaucht sind?« fragt Jez.
Kate zuckt die Achseln. »Vielleicht konnte er an dem Tag nicht. Vielleicht war es eines seiner Wochenenden mit Sam. Wir waren an einem Freitag da. Vielleicht ... Jez, glaubst du vielleicht, daß Duncan derjenige war, der uns den anonymen Hinweis gegeben hat?«
»Nein, es war nicht seine Stimme. Es sei denn, er hat einen Verzerrer benutzt, aber es klang nicht so. Ich bin sicher, ich hätte ihn erkannt.«
»Jedenfalls scheint es so, als sei Duncan Mitglied einer apokalyptischen Sekte – oder als spiele er mit dem Gedanken, Mitglied zu werden«, sagt Red. »Aber das beweist noch gar nichts. Wir können ihn deshalb nicht einfach verhaften. Es beweist nicht, daß er etwas mit den Morden zu tun hat. Er hat die Story der Zeitung verkauft, aber einer Sekte beizutreten ist kein Verbrechen. Wir brauchen stichhaltige Beweise.«
»Was denn zum Beispiel?« fragt Kate.
Sie alle schweigen einen Moment lang, während ihnen die Bedeutung ihrer Gedanken aufgeht.
»Ich hab's!« schreit Jez plötzlich.
»Was?«
»Die Liste der Kreditkarten.«
»Welche Liste der Kreditkarten?«
»Du weißt schon. Die Liste derer, die Silberlöffel gekauft haben. Sehen wir doch nach, ob seine dabei ist.«
Jez sucht die Aktenstapel auf Duncans Schreibtisch durch, den sie seit seiner Entlassung als Ablagetisch benutzen.
»Hier.« Er hebt einen orangefarbenen Hefter in die Höhe. »Da ist sie ja.«
»Aber er kann gar nicht auf dieser Liste stehen«, sagt Kate. »Wir haben jeden einzelnen auf dieser Liste überprüft.«

»Nicht wir. *Er.* Duncan. Duncan war dafür zuständig, Informationen über die Löffel zusammenzutragen, wenn du dich erinnerst.«

Kate schlägt die Hand vor den Mund.

»Er wird den Namen einfach gelöscht haben, als er ihn entdeckt hat.«

»Wahrscheinlich. Aber es gab so viele Namen. Vielleicht hat er ihn eingegeben, ohne sich etwas dabei zu denken. Wenn nur der Nachname und die Anfangsbuchstaben aufgetaucht sind, hat er es vielleicht gar nicht gesehen. Warren ist ein ziemlich weitverbreiteter Name. In dem Fall wird er ihn einfach als überprüft abgehakt haben, als er auf den Ausdrucken darüber gestolpert ist.«

Jez blättert die Seiten durch.

»Warum fängst du nicht hinten an?« fragt Red. »Da stehen die Namen mit W, oder?«

»Die Namen sind nicht alphabetisch sortiert«, sagt Jez. »Sie stehen hier einfach, wie sie von den Läden gemeldet wurden.«

Er fährt mit dem Finger die Seite entlang.

»Komm schon«, murmelt er. »Na los, komm schon.«

Die Namen sind in einem Rechteckschema angeordnet und nach der Überprüfung abgehakt worden. Die Liste ist vierzehn Seiten lang.

Jez ist bei der vorletzten Seite angelangt, als er den Namen entdeckt.

Im oberen Drittel der Seite ist einer der Namen mit einem dicken, schwarzen Filzstift durchgestrichen worden. Nicht nur durchgestrichen, sondern komplett übermalt.

Jez dreht das Blatt um und hält es gegen das Licht.

»Ich werd' nicht mehr«, sagt er.

Die anderen beiden umringen ihn.

Von hinten kann man erkennen, was Duncan so mühsam verbergen wollte.

Warren, Mr. D., Kreditkartennummer und Einzelheiten des Kaufs.

»Donnerstag, 1. Mai 1997«, sagt Red. »Genau ein Jahr, bevor das alles angefangen hat. Dieser *Bastard.*«

»Aber warum?« fragt Kate. »Warum hat Duncan diese Information überhaupt eingegeben? Warum hat er sie nicht einfach unter den Tisch fallen lassen?«

»Wer weiß?« erwidert Red. »Wenn es kein Fehler war, dann vielleicht wegen des Kicks, diese belastende Information einzugeben, während seine Kollegen nur ein Stück entfernt sitzen. Du hast doch davon gesprochen, daß er die Polizei herausfordern will, Kate. Gibt es eine bessere Möglichkeit?«

Er schnaubt verächtlich.

»Los, wir holen ihn her.«

Sie haben ihn.

»Warte mal«, sagt Jez. »Wenn wir mit der Kavallerie bei Duncan anrücken, wer weiß, was er dann tut. Das heißt, falls er überhaupt da ist. Und wenn er nicht da ist, riskieren wir, daß er erfährt, daß wir es wissen. Zumindest werden seine Nachbarn reden. Und wir wollen doch nicht, daß er abhaut oder etwas Dummes tut. Wir wollen ihn auf lockere, friedliche Art kriegen. Wir wollen keine lange Belagerung und ihn nach zwölf Stunden tot auffinden, weil er sich das Hirn weggepustet hat.«

»Was schlägst du also vor?« fragt Red.

»Ihn ein bißchen zu überwachen. Überprüfen, wie die Lage ist. Sachte und unauffällig.«

»Meldest du dich freiwillig?«

»Ja, ich weiß, wo er lebt. Ich fahre mal vorbei und sehe nach, wie die Dinge stehen. Wenn er zu Hause ist, werde ich euch anfunken, und wir können weiter entscheiden. Wenn er nicht da ist, dann stellen wir rund um die Uhr Wachen auf, bis er zurückkommt.«

»Du gehst nicht allein.«

»Warum nicht?«

»Jez, falls Duncan tatsächlich Silberzunge ist, dann hat er bereits zehn Leute getötet. Ich lasse dich nicht alleine gegen ihn antreten.«

»Ich werde nicht ›gegen ihn antreten‹, Red. Ich bleib' außer Reichweite. Er wird nicht einmal wissen, daß ich da bin.«
»Ich komme mit dir.«
»Sei nicht blöd, Red. Je mehr dort auftauchen, desto eher besteht die Gefahr, daß wir es vermasseln. Wenn wir beide gehen, ist es viel wahrscheinlicher, daß er uns entdeckt. Und denk daran, du warst derjenige, der ihn rausgeworfen hat. Er wird wahrscheinlich ausrasten, wenn er dich sieht. Ich gehe alleine. Ich bin jünger und fitter als du.«
»Na gut, du kannst nachsehen, ob er da ist. Aber dann meldest du dich und wartest Anweisungen ab. Du wirst ihn nur überwachen! Du wirst nicht das Haus betreten. Ich will nicht, daß er überhaupt weiß, daß du da bist. Ich will keine beschissenen Heldentaten. Ist das klar?«
»Glasklar.«

104

Duncans Haus ist leer. Jez wartet zehn Minuten am Ende der Straße, nur um sicherzugehen.
Duncan lebt in einer Sackgasse, die von der North Pole Road abgeht, und als Jez dort ankommt, spielen Kinder auf der Straße Fußball. Eine Frau in einer Armeejacke beobachtet sie von ihrer Tür aus. Sie hat blondgefärbte Haare und ein verkniffenes Gesicht, und sie würdigt Jez keines Blickes. Als die Kinder ihr Spiel beendet haben und die Frau wieder in ihr Haus gegangen ist, steigt Jez aus dem Auto und geht zu Duncans Haus hinüber.
Eine 21 aus Messing hängt an der braunen Tür, und über dem Fenster baumelt ein Korb. Jez preßt sein Gesicht gegen die Scheibe und schaut hinein.

Kein Lebenszeichen. Kein Licht, keine Geräusche, nichts. Es ist niemand da.

Jez tritt einen Schritt zurück und blickt sich um. Was für ein deprimierender Ort, denkt Jez. Makler bezeichnen diese Gegend als Nord Kensington, denn das Wort »Kensington« soll die Assoziation von Wohlstand und gutem Geschmack wecken. Die Tatsache, daß die Kensington High Street mindestens fünf Kilometer südlich von hier liegt, ist scheinbar völlig irrelevant. Andere Leute nennen diese Gegend East Acton, was sich nicht ganz so schick anhört, aber der Wahrheit näher kommt. Die Straße befindet sich mitten in White City, das sich ausschließlich durch die Anwesenheit des *BBC Television Centre* auszeichnet.

Duncans Haus liegt am Ende dieser Straße. Ein schmaler Durchgang verläuft an der Hausseite entlang und führt in einen kleinen, gepflasterten Garten. Jez geht diesen Weg entlang und muß sich seitlich drehen, um nicht gegen die Mülltonnen zu stoßen.

Er betrachtet das Haus von der Rückseite. Eine Verandatür aus Glas, die verschlossen ist. Zwei Fenster im ersten Stock, die ebenfalls beide zu sind. Eine Regenrinne aus Plastik. Er rüttelt daran, und sie gibt nach. Sie wird sein Gewicht nicht tragen können.

Er braucht Reds Dietriche, aber er konnte ihn natürlich nicht danach fragen. Er darf gar nicht in Duncans Haus. Das ist Teil der Abmachung.

Eigentlich sollte er Red anrufen und ihm sagen, er solle ein Überwachungsteam vorbeischicken. Aber wenn sie darauf warten wollen, daß Duncan zurückkommt, dann könnte das noch tagelang dauern. Vielleicht ist er über Weihnachten weggefahren.

Jez sieht sich die Verandatür an.

Ach, scheiß drauf, denkt er. Beuge die Regeln ein bißchen. Die Resultate rechtfertigen schließlich doch die Mittel.

Die Verandatür ist leicht zu öffnen. Das Schloß ist in den Griff

eingebaut, so daß man sie von innen ohne Schlüssel abschließen kann. Man muß einfach nur den Griff nach oben drehen, sobald die Tür geschlossen ist, das ist alles. Also braucht Jez nur das Glas einschlagen und den Griff nach unten drehen.
Er will es zu Ende bringen.
Jez geht zurück zum Wagen und macht den Kofferraum auf. Er schlägt den Teppich zurück, öffnet den Behälter, in dem der Ersatzreifen liegt, schraubt den Kreuzschlüssel ab, der in der Mitte des Reifens liegt, und schließt den Kofferraum wieder.
Den Durchgang zurück in Duncans Garten.
Zwei leichte Schläge mit dem Kreuzschlüssel, und um den Griff herum durchziehen Risse das Glas. Jez zieht den Ärmel über seine Hand und schlägt ein Loch, das groß genug für seinen Arm ist. Das Glas fällt drinnen mit einem leisen Klirren auf den Linoleumboden.
Jez greift hinein und drückt den Griff nach unten. Dann schiebt er die Tür auf, die über gutgeölte Schienen zur Seite gleitet.
Er steigt vorsichtig über die Glassplitter hinweg und geht mit leisen Schritten in die Küche.
Das Haus ist nicht sehr groß, also braucht Jez weniger als zehn Minuten, um durch alle Räume zu gehen.
Keine Unordnung im Haus. Alles ist sauber und ordentlich. Duncan muß weggefahren sein.
Er kommt sich vor wie ein Einbrecher. Als würde er ohne das Wissen eines anderen durch dessen Leben schnüffeln. Die Bücherregale absuchen und Schränke öffnen. Die Macht, zu nehmen und zurückzulassen, was man will.
Jez horcht die ganze Zeit auf Geräusche, die ankündigen könnten, daß Duncan zurückkommt. Er weiß nun, warum Einbrecher sich so oft in die Hose scheißen.
Nervenkitzel in White City.
Jez ist nun durch alle Räume gegangen und hat gesehen, was er sehen wollte. Er steht in der Küche neben der kaputten Scheibe der Verandatür und wählt auf seinem Handy Reds Nummer.

»Metcalfe.«
»Ich bin's.«
»Wo bist du?«
»In Duncans Haus.«
»*Im* Haus? Wie zum Teufel bist du da reingekommen?«
»Durch die Verandatür.«
»War sie offen?«
»Sie ist es jetzt.«
»Jez, du verdammter Idiot. Ich habe dir doch gesagt, du sollst draußen bleiben.«
»Red, mach dir keine Sorgen. Wir haben ihn.«
»Was?«
»Wir haben ihn. Hier fällt man beinah über Beweisstücke. Ehrlich. Er ist es ganz bestimmt. Duncan ist Silberzunge.«

105

Sie arbeiten schnell und leise. Draußen auf der Straße vor Duncans Haus ist nicht zu erkennen, daß im Inneren hektische Betriebsamkeit herrscht. Keine Polizeiwagen. Keine knackenden Funkgeräte, über die dringende Durchsagen gemacht werden. Keine Helikopter mit rotierenden Blättern. Nichts, was Duncan warnen könnte, falls er zurückkommt. Er wird einfach durch die Haustür treten, und dann haben sie ihn.
Ein Polizeihandwerker ist da, um die Glasscheibe an der Verandatür zu reparieren, und Kate ist los, um einen rückdatierten Durchsuchungsbefehl zu bekommen.
Sie finden die Mordwaffen in einem Kabuff unter der Treppe. Sie sind alle in Plastiktüten eingewickelt und wurden hinter einem Stapel Obstkisten versteckt, die voller Krimskrams sind. Es sind sieben verschiedene Waffen – der Holzknüppel, mit

dem James Cunningham erschlagen wurde, das Schwert, mit dem James Buxton geköpft wurde, das Messer, das bei Bart Miller benutzt wurde, die Machete für Matthew Fox, die Chirurgensäge für Simon Barker, der Baseballschläger für Jude Hardcastle und schließlich die Lanze, die letzte Nacht Thomas Fairweather tötete. Jede Waffe wurde gesäubert, aber die aus Holz scheinen sich Wasser und Seife widersetzt zu haben – zwischen den Holzfasern des Knüppels und des Baseballschlägers befinden sich immer noch Blutflecken.

Auf dem Regal im Eßzimmer finden sie zwei Bücher mit markierten Passagen. Das erste ist eine Bibel, in der mit rotem Kugelschreiber gewisse Stellen der Evangelien unterstrichen wurden, die sich auf die Berufung der Apostel, die Verleugnung des Petrus' und den ungläubigen Thomas beziehen. Das andere Buch ist das Heiligenlexikon, von dem Red an dem Tag eine Ausgabe gekauft hat, als sie die Leichen von Simon Barker und Jude Hardcastle gefunden haben. Elf Einträge wurden mit dem gleichen roten Kugelschreiber unterstrichen. Nur einer der Einträge – der über den heiligen Johannes – fehlt noch.

In einer der Schubladen in Duncans Schlafzimmer finden sie eine Ausgabe des *Sunday Times Magazine.* Auf sämtlichen Seiten wurden Buchstaben und Wörter ausgeschnitten.

Das einzige, was sie nicht finden können, sind die Zungen, die restlichen Löffel und ein Gerät, das klein und scharf genug ist, um damit eine Zunge herauszuschneiden.

»Er muß sie mitgenommen haben«, sagt Jez. »Was bedeutet, daß er nicht hierher zurückkommt, bevor er am 27. Johannes getötet hat. Bis dahin sind es noch sechs Tage.«

Red nickt. Er ist völlig in Gedanken versunken.

Acht Monate. Acht Monate, in denen er sich unaufhörlich wie ein Versager vorkam, weil er die Verbrechen nicht stoppen konnte. Acht Monate, in denen seine vernachlässigte Ehe an die Grenzen stieß und schließlich auseinanderbrach. Und all das wegen eines Mannes, dem er vertraut hat. Eines Mannes, den er persönlich ausgewählt hat, in seinem Team zu sein.

Eines Mannes, der Red nicht nur sein Vertrauen ins Gesicht geschleudert, sondern es zudem noch auf den Kopf gestellt und zu seinem eigenen Vorteil ausgenutzt hat. Duncan war von Anfang an Teil der Ermittlung. Jedesmal, wenn sie der Lösung zu nah kamen, konnte er sie von ihrer Spur abbringen oder in eine andere Richtung lenken.

Und dann, als Red dennoch das Muster erkannte, ging Duncan aus Trotz zu der *News of the World* und verkaufte ihnen die Story. *Seine* Story.

Aber das Beste hat er weggelassen, nicht wahr? Daß derjenige, der alles ausgeplaudert hat, auch der Mörder ist. Ein Mann, der über jeden Verdacht erhaben war und der daher auch geglaubt hat, sich über das Gesetz stellen zu können.

Red möchte einen Nachmittag mit Duncan in diesem fensterlosen Raum allein sein, ohne daß jemand zusieht. Er möchte nicht einmal wissen, warum Duncan es getan hat, sondern wie es ihm gelungen ist, solch ein schreckliches Doppelleben vor den anderen geheimzuhalten. Ein Team aus vier Leuten, und einer von ihnen verbirgt ein solch unglaubliches Geheimnis.

Was für ein Mensch bist du, Duncan? Daß du uns dabei zusiehst, wie wir im dunkeln herumirren, und kein Mitleid mit uns hast?

Und wenn Red das herausgefunden hat, dann will er Duncan mit Handschellen an den Stuhl fesseln und ihn zusammenschlagen. In einem Akt der simplen, primitiven Rache.

Red wacht jeden Morgen auf und stößt an die Grenzen seines Verstandes.

Aber Red wird keine Minute mit Duncan alleine sein, geschweige denn einen ganzen Nachmittag. Er wird zwar die Antworten auf seine Fragen bekommen, aber er wird nicht die Befriedigung bekommen, sich körperlich abzureagieren. Es wird immer jemand bei ihm im Raum sein, nur um sicherzugehen.

Red dreht sich auf dem Hacken um und geht hinaus auf die Terrasse.

106

»Wir gehen damit nicht an die Öffentlichkeit, und das ist mein letztes Wort.«
»Aber das hier ist etwas anderes«, widerspricht Jez. »Wir hatten vorher keinen Namen. Wir haben nur nach einem namenlosen Polizisten ohne Gesicht gesucht, und was du gesagt hast – daß wir den guten Namen der Polizei nicht gefährden dürfen –, ergab zu dem Zeitpunkt einen Sinn. Wir konnten einfach nicht herumgehen und sagen: ›Wenn ein Polizist vor Ihrer Tür auftaucht, vertrauen Sie ihm nicht.‹ Aber jetzt ist es anders. Wir werden ein bestimmtes Foto einer bestimmten Person herumzeigen. Die Tatsache, daß er einmal Polizist war, ist völlig unwichtig. Es wirft keinerlei schlechtes Licht auf die Polizei. Es ist jetzt eine einfache Mörderjagd. ›Das hier ist Duncan Warren, der wegen Mordes gesucht wird. Wenn Sie wissen, wo er ist, oder wenn Sie ihn sehen, melden Sie es bitte der Polizei. Nähern Sie sich ihm auf gar keinen Fall.‹ Das Übliche. Es besteht kein Grund mehr, es geheimzuhalten, Red.«
»Das stimmt nicht, Jez.«
»Warum nicht? Nenne mir einen Grund, Red.«
»Ich will Duncan erwischen. Ich will ihn lebend, und ich will ihn in Untersuchungshaft. Ich will nichts tun, was das gefährdet. Absolut nichts. Ich will nicht einmal, daß er weiß, daß wir ihn verdächtigen. Ich will, daß er erst erfährt, daß er entlarvt ist, wenn er mit dem Gesicht im Dreck liegt und ich ihm seine verdammten Rechte vorlese.«
»Red, du nimmst die Sache zu persönlich«, sagt Kate.
»Ja, das tue ich. Es überrascht mich, daß ihr zwei das nicht tut. Er hat euer Leben doch wohl die letzten acht Monate auch nicht gerade zu einem Picknick gemacht, oder?«
»Das ist nicht der Punkt.«
»Doch, genau das ist der verdammte Punkt.«

»Was ist mit dem nächsten Opfer? Der Feiertag von Johannes ist in weniger als einer Woche, und wir haben nicht einmal angefangen, die Leute zu warnen.«

»Und das werden wir auch nicht.«

»*Was?*«

»Sieh es doch mal so, Kate. Wir verbringen Woche um Woche damit, Fischer namens Andrew und Architekten namens Thomas davor zu warnen, daß sie in der und der Nacht möglicherweise in Gefahr sind. Und er hat sie trotzdem erwischt. Zwei Männer. Es hätten fünfzehn oder zwanzig Männer sein können, und er hätte sie trotzdem erwischt. Bei den beiden, bei Andrew und Thomas, hatten wir begrenzte Parameter. Aber weißt du, nach wem wir diesmal suchen? Nach jemandem namens John, der mit dem Schreiben oder Herstellen von Büchern zu tun hat. Hast du eigentlich eine Vorstellung, wie breitgefächert dieser Parameter ist? Wir reden hier von Autoren, Journalisten, Verlegern, Literaturagenten, Buchbindern, sogar Papierherstellern. Wir sprechen von Romanautoren, die Millionen Exemplare verkaufen, und Professoren, die technische Handbücher schreiben. Vom Herausgeber der *Times* und den freischaffenden Journalisten für das Monatsblättchen der Galvanotechnik-Industrie. Reicht dir das?«

»Ich – «

»Und wir wissen nicht einmal, *wie* er es diesmal tun wird. Der heilige Johannes starb als alter Mann, falls du es vergessen haben solltest. Er war der einzige Apostel, der kein Martyrium erlitten hat. Also ich habe keine Ahnung, wie unser beschissener Messias dieses kleine logistische Problem umgehen wird. Wir können die Leute warnen, soviel wir wollen, das Ergebnis wird gleich Null sein. Wenn wir uns an die Öffentlichkeit wenden, erreichen wir nur eins – es wird schwieriger werden, Duncan zu fassen. Wenn du willst, daß er völlig untertaucht, dann kannst du ja sein Bild im Fernsehen bringen und sehen, was passiert. Wie es zur Zeit aussieht, wissen wir nicht einmal, wo er gerade steckt. Jez, hast du Helen erreicht?«

»Ich habe ihr eine Nachricht auf Band hinterlassen.«
»Ruf sie noch einmal an.«
»Das habe ich gerade.«
»Dann versuch es noch mal. Jetzt.«
Jez hebt den Hörer ab und wählt Helens Nummer.
»Wieder der Anrufbeantworter«, sagt er und legt auf. Kate greift wieder ihre Diskussion mit Red auf.
»Ich kann nicht glauben, was du da sagst, Red. Im Grunde überläßt du John Duncan einfach so.«
»Nein, das tue ich nicht. Ich entscheide mich zwischen zwei Übeln.«
»Du meinst, daß ein weiterer Mord nichts weiter ausmacht.«
»Nein, das stimmt nicht. Natürlich werden wir den Mord nicht einfach geschehen lassen. Glaubst du, ich will, daß er einen weiteren Sieg für sich verbucht? Er hat uns lange genug überlistet. Aber wir können es nicht riskieren, Duncan zu warnen. Keine öffentliche Menschenjagd. *Das* meine ich.«
»Ich finde das Argument nicht stichhaltig.«
»Kate, es interessiert mich einen Scheiß, was du denkst. Wir werden es so machen. Wenn du deinen Einwänden Ausdruck verleihen willst – «
»Ja, das will ich, verdammt noch mal.«
»– dann hast du das hiermit getan. Du weißt doch, wer letztendlich den Schwarzen Peter hat, Kate. Wenn ich Scheiße baue, dann bin ich gerne bereit, auch die Schuld auf mich zu nehmen. Aber ich bin nicht bereit, die Verantwortung für etwas zu übernehmen, von dem ich nicht überzeugt bin.«
»Jez stimmt auch nicht mit dir überein. Was, wenn wir abstimmen?«
»Das hier ist keine verdammte Demokratie, Kate. Selbst wenn ihr zwei mich überstimmt, wird immer noch gemacht, was ich sage.«
»Du willst uns also nicht zuhören?«
»Ich höre dir immer zu, Kate. Es gab keinen einzigen Moment in dieser Ermittlung, in dem ich dir oder Jez nicht zugehört

habe. Aber daß ich dir zuhöre, heißt nicht, daß ich auch mit dir übereinstimmen muß.«
»Er hat recht, Kate«, wirft Jez ein.
»Hat er nicht.«
»Doch, das hat er. Wir müssen das hier zu Ende führen. Wir müssen Duncan erwischen. Egal, was dafür nötig ist.«
»Ich glaube es nicht, Jez. Vor zwei Minuten warst du noch dafür, daß wir uns an die Öffentlichkeit wenden.«
Jez' Telefon klingelt. Er hebt die Hand, um Kate zum Schweigen zu bringen, und hebt ab.
»Clifton ... Ach hallo, Helen, danke, daß Sie zurückrufen ... Nein, ganz und gar nicht ... Ich habe mich nur gefragt, ob Sie wissen, wo Duncan ist ... Nein, ich muß mit ihm etwas besprechen ... Ja, genau, bloß eine langweilige Polizeiangelegenheit ... Ach ja? Wissen Sie, wo genau er hin ist? ... Wissen Sie gar nichts Genaues? ... Nein, nein, da haben Sie wohl recht, das würde er nicht ... Haben Sie eine Ahnung, wann er zurückkommt? ... Natürlich wird er das ... Neujahr, sagten Sie? Vielen Dank ... Hören Sie, wäre es möglich, daß ich heute mit ein paar Kollegen vorbeikomme? Es wird nur wenige Minuten in Anspruch nehmen ... Das würde ich Ihnen lieber heute abend erklären ... Wir könnten jetzt losfahren, wenn Ihnen das am besten paßt ... Nein, nein, das ist kein Problem ... Wie lautet die Adresse? ... Gut. Bis in einer halben Stunde. Tschüs.«
Er legt auf.
»Helen sagt, Duncan sei über Weihnachten weggefahren. Sie hat keine Ahnung, wo er ist, nicht einmal, in welchen Teil des Landes er gefahren ist und wie sie ihn erreichen kann. Ihr wißt ja, daß die beiden sich nicht besonders gut verstehen. Sie weiß nicht genau, wann er zurückkommen wird, nur, daß es rechtzeitig zum Neujahrstag sein wird.«
»Warum?«
»Weil er Sam an dem Wochenende nehmen wird. Er will ihn am Abend des Neujahrstages abholen. Das ist ein Freitag.«

»Er holt Sam bei Helen ab?« fragt Red.
»Ja.«
»Bestimmt?«
»Bestimmt.«
Red schlägt sich mit der Faust in die hohle Hand.
»Jetzt haben wir ihn. An dem Tag können wir ihn festnehmen.«
»Ich habe ihr gesagt, wir würden jetzt vorbeikommen.«
Red zieht bereits seinen Mantel an.
»Großartig. Los, fahren wir.«
»Moment mal«, sagt Kate. »Duncan wird zu Neujahr zurückerwartet. John wird wahrscheinlich am 27. Dezember ermordet. Das ist beinah eine ganze Woche vor Duncans Rückkehr. Wollt ihr diesen Mord einfach geschehen lassen?«
Red stülpt den Kragen seines Mantels hoch und steckt den Schal in seinen Ausschnitt.
»Kate, wir haben das doch schon durchgesprochen. Wir kennen den Zeitpunkt und den Ort, an dem Duncan ganz bestimmt auftauchen wird. Wir kennen ihn gut genug, um zu wissen, daß er das Wochenende mit Sam ganz bestimmt nicht versäumt. Er wird dort sein, hundertprozentig, und wir werden ihn festnehmen. Und ich bete, daß wir in der Zwischenzeit keine weitere Person opfern müssen, um dieses Ziel zu erreichen. Zufrieden? Wenn du damit ein Problem hast ...«
»Dann kann ich es auch nicht ändern«, beendet Jez den Satz für Red.

107

Red hat genug von Küchen. Sein Tag hat in der Küche von Thomas Fairweather angefangen, wo sich der kleine Tim beim Anblick von Lubezski die Seele aus dem Leib geschrien hat, und endet jetzt hier in Helens Küche, wo er zusammen mit ihr und Jez und Kate Tee trinkt und den Untergang ihres Exmannes plant.

»Duncan betritt niemals das Haus, wenn er Sam abholen kommt«, sagt Helen. »Er ist immer um Punkt sechs Uhr da, und Sam und ich warten draußen auf der Straße auf ihn.«

»Er betritt *niemals* das Haus?« fragt Red. »Nicht einmal auf eine Tasse Tee oder um auf die Toilette zu gehen?«

»Niemals. Ich will ihn nicht hier drinnen haben, und ich glaube, Duncan legt auch keinen großen Wert darauf. Es ist Andys Haus, verstehen Sie? Er und Duncan verstehen sich nicht besonders. Duncan und ich verstehen uns auch nicht besonders. Wenn Sam nicht wäre, würden wir uns gar nicht mehr sehen.«

»Steigt Duncan aus dem Wagen aus, wenn er vorbeikommt?«

»Ja, sicher. Er und ich wechseln ein paar Worte auf dem Bürgersteig.«

»Wohl hauptsächlich Sam zuliebe?«

»Nein. *Ausschließlich* Sam zuliebe.«

»Wenn Sie und Sam also nicht draußen auf Duncan warten würden, würde er glauben, daß etwas nicht stimmt?«

»Ja, das vermute ich.«

»Na gut. Das verkompliziert die Sache ein wenig.«

»Warum?«

»Weil das bedeutet, daß wir Duncan draußen festnehmen müssen.«

»Ihn verhaften? Ich dachte, Sie wollten mit ihm über eine langweilige Polizeiangelegenheit reden?«

Verdammt! Red hat vergessen, daß Jez die Ausrede mit der »langweiligen Polizeiangelegenheit« benutzt hat, um Helen am Telefon abzuspeisen. Zu spät. Jetzt muß er es durchstehen.

»Äh … das stimmt nicht ganz. Ich sage Ihnen wohl besser die Wahrheit, Helen. Sie werden es bald sowieso herausfinden. Ich nehme an, Sie haben in den Zeitungen über den Apostel-Killer gelesen?«

»Natürlich. Wer nicht?«

»Nun, wir glauben, daß Duncan der Mörder ist.«

Helen fällt die Kinnlade herunter. Es ist bestimmt nicht sehr lustig, zu erfahren, daß der Exmann wahrscheinlich der meistgesuchte Mann im ganzen Land ist – selbst wenn man ihn nicht ausstehen kann.

»Sie *glauben*?«

»Nein, wir sind sicher. Jedenfalls neunundneunzig Prozent sicher.«

»Wie das?«

»Ich weiß, das muß sehr schwierig für Sie sein, Helen, aber wir haben die Mordwaffen in seinem Haus gefunden, und wir haben den Beweis, daß er Si … gewisse Gegenstände gekauft hat, die bei den Leichen gefunden wurden.«

»Jesus.«

»Genau für den hält er sich wahrscheinlich.«

Helen steht auf und geht zur Spüle hinüber, wo sie sich Wasser ins Gesicht spritzt. Sie geben ihr Zeit, sich zu fassen. Sie holt ein paarmal tief Luft und kehrt zum Tisch zurück.

»Und Sie wollen Duncan festnehmen, wenn er Sam abholen kommt?« fragt sie.

»Wir wissen nicht, wo er sonst sein könnte. Wir suchen nach ihm, aber hier können wir ihn ganz sicher erwischen.«

»Aber er wird doch nicht versuchen, mir etwas anzutun? Oder Sam?«

Oder Sam? Ein hastiger Nachsatz. Zwei Worte, die ihnen mehr über Helen Rowntree verraten, als sie sie wissen lassen möchte. Ich zuerst, dann mein Kind.

»Nein, ganz bestimmt nicht. Es ist sogar so – ich habe Ihnen das alles nicht erzählt, und diese Unterhaltung hat nie stattgefunden –, daß einmal ein Kind an einem der Tatorte war, und Duncan hat es nicht angerührt. Es gab noch andere heikle Situationen. Verlobte und Brüder, die auch hätten da sein können, als Duncan hinging. Er tötet nur die Leute, die in sein Schema passen. Er tötet nur die Apostel. Wir glauben, daß alles andere seinen ... wie hast du es noch ausgedrückt, Jez?«
»Sein Meisterwerk besudeln würde.«
»Genau.«
»Wie viele Leute hat er umgebracht?« fragt Helen.
Red überlegt, ob er ihr die ganze Wahrheit sagen soll, und kommt dann zum Schluß, daß er das muß.
»Bis jetzt zehn.«
»*Zehn*? Ich dachte, es wären nur sieben.«
»Ich weiß. Es ist uns gelungen, die letzten drei geheimzuhalten. Die Berichterstattung in den Medien hat uns nicht sehr geholfen. Wir hatten viel mehr Glück, seit sie uns nicht mehr auf den Fersen sind.«
»Drei weitere Morde hört sich in meinen Ohren aber nicht nach Glück an.«
»Vielleicht. Aber zumindest wissen wir jetzt, wer er ist – obwohl Duncan auf keinen Fall herausbekommen darf, daß wir es wissen. Wenn er Sie also anruft oder versucht, Kontakt – «
»Superintendent, Duncan würde eher versuchen, zum Mond zu fliegen, als Kontakt zu mir aufzunehmen. Wie ich schon sagte, wir würden uns gar nicht mehr sehen, wenn es Sam nicht gäbe. Er ruft nur an, um die Wochenenden mit Sam abzusprechen. Da wir den Neujahrstag schon abgemacht haben, wird er bestimmt nicht anrufen.«
Red hebt beschwichtigend die Hände.
»Schon gut. Aber Sie dürfen mit keiner Menschenseele darüber reden.«
»Glauben Sie, ich will, daß dieser Mann länger als notwendig die Straßen unsicher macht?«

»Natürlich nicht. Aber mit ›keiner Menschenseele‹ meine ich genau das. Mit keiner Menschenseele. Nicht einmal mit Andy, und ganz besonders nicht mit Sam.«

»Ich muß es ihm sagen. Wenn Sie Andys Haus benutzen wollen, dann muß ich es ihm sagen.«

»Bitte, Helen. Je weniger Leute davon wissen, desto geringer ist die Gefahr, daß etwas schiefgeht. Es geht nicht darum, wie groß Ihr Vertrauen zu dieser oder jener Person ist. Wir versuchen nur, das Risiko so gering wie möglich zu halten.«

»Was haben Sie also vor?«

»Ich will, daß Sie und Sam am Neujahrstag um 18 Uhr ganz normal auf Duncan warten. Wir werden die Gegend mit Zivilbeamten und Scharfschützen abdecken. Sie werden alle verkleidet sein oder sich in Verstecken aufhalten. Sie werden keinen von ihnen sehen, und das gleiche gilt für Duncan. Duncan wird ankommen, um Sam abzuholen. Sobald er aus dem Auto ausgestiegen ist und auf Sie zugeht, werden ein Dutzend bewaffnete Beamte aus dem Gestrüpp springen.«

»Und das wär's?«

»Ja, das wär's.«

»Was, wenn er Sam oder mich packt? Er könnte versuchen, uns als ... wie nennt man das noch? Wie im Golfkrieg?«

»Menschliche Schutzschilde«, wirft Jez ein.

»Genau. Als menschliche Schutzschilde zu benutzen. Er könnte uns als Geiseln nehmen und uns damit in die Schußlinie bringen.«

»Helen, das Team, das wir benutzen werden, ist das beste in ganz England, vielleicht sogar in ganz Europa. Sie trainieren tagein tagaus für solche Situationen.«

»Ich halte nicht viel davon, als Geisel genommen zu werden, das können Sie mir glauben.«

»Dazu wird es gar nicht kommen. Sollte sich Duncan an Ihnen oder Sam vergreifen wollen, wird er mit einem Schuß ins Bein außer Gefecht gesetzt. Wir werden ihn verwunden, nicht töten.«

»Ist Ihr Team für Geiselnahmen ausgebildet?«
»Ja, natürlich. Aber wie ich schon sagte, dazu wird es nicht kommen. Das verspreche ich Ihnen. Wir werden ihm zahlenmäßig überlegen sein, und außerdem wird er völlig überrascht sein. Er wird keine Chance haben.«
»Gibt es eine andere Möglichkeit, dies zu tun?«
»Nur, wenn wir ihn vorher finden. Wenn es die gäbe, müßten wir Sie nicht in diese Sache mit hineinziehen.«
»Warum suchen Sie nicht nach ihm?«
»Weil wir nicht das geringste Risiko eingehen wollen, daß er herausfindet, wieviel wir wissen. Das ist unsere beste Chance, Helen. Wir kennen den Zeitpunkt und den Ort.«
»Was ist mit dem Risiko für mich und Sam?«
»Wenn ich auch nur eine Sekunde glauben würde, daß einer von Ihnen auch nur dem geringsten Risiko ausgesetzt wäre, dann würde ich für diese Operation nicht meine Zustimmung geben.«
»Sind Sie sicher?«
»Ganz ehrlich, die Wahrscheinlichkeit, daß Sie beim Überqueren der Straße verletzt werden, ist höher.«
Ja, und Andrew Turner und Thomas Fairweather hatten größere Chancen, im Lotto zu gewinnen, als von Silberzunge getötet zu werden.
Helen blickt Red fest an.
»Ist das der einzige Weg?«
»Ja.«
»Und Sie sind sicher, daß es Duncan ist?«
»Ja.«
»Na gut. Ich mache es.«

108

Der erste Weihnachtsfeiertag 1998

Red sitzt am Ende einer Bank im vorderen Teil der Kirche.
Neben ihm sitzt eine Familie, eine traditionelle Einheit an einem der traditionsreichsten Tage. Die Eltern sehen aus, als wären sie Mitte Dreißig, und die Kinder – ein Junge und ein Mädchen – sind beide unter Zehn. Die Kinder flüstern aufgeregt miteinander. Die Mutter beugt sich nach vorne, um sie zu ermahnen, und lächelt Red entschuldigend zu. Er erwidert das Lächeln und gibt ihr zu verstehen, daß es ihn nicht stört.
Aber es stört ihn. Nicht die Kinder an sich, sondern die Tatsache, daß sie ihn an Thomas Fairweathers Neffen Tim erinnern. Der kleine Tim, der nach diesem Schrei beim Anblick von Lubezski vor vier Tagen kein Wort mehr gesprochen hat. Tim und seine Eltern sind über Weihnachten weggefahren, aber Red hat vereinbart, daß Tim nach seiner Rückkehr mit dem besten Kinderpsychologen sprechen kann, den der Scotland Yard aufzuweisen hat.
Es ist kalt in der Kirche. Red hat immer noch seinen Mantel an, aber er würde sich gerne an jemanden kuscheln. Am liebsten an Susan. Sie haben es nicht geschafft, sich auf den verabredeten Drink zu treffen, und sie hat sein Angebot abgelehnt, Weihnachten mit ihm zu verbringen. Er kann die Unterhaltung jetzt noch hören. Er ist romantisch, und sie ist pragmatisch.
»Es ist nur ein Tag, Susan. Denk doch daran, wie wir uns letztes Jahr amüsiert haben, nur wir beide. Wir haben Geschenke aufgemacht und uns betrunken und wie die Schulkinder gelacht.«
»Das ist doch genau der Punkt, Red. Es ist genau der Tag im Jahr, der nichts mit der Realität zu tun hat. Die Welt hält inne, und wir können die Strapazen und die Sorgen des Alltags ver-

gessen. Wir schwelgen nur in Nostalgie, wie schön es letztes Jahr war, und überzeugen uns am Ende noch, daß alles in Ordnung ist. Und sobald wir es auf die Probe stellen, zerbricht es, und wir sind schlimmer dran als zuvor.«

Also ist er an diesem Morgen mit einem dumpfen Schmerz aufgewacht, unter dem alle leiden, die Weihnachten alleine verbringen, und hat in der Wanne gelegen und zugesehen, wie sich seine Tränen mit dem heißen Badewasser vermischen. Er hätte nur den Kopf unter Wasser halten und den Mund öffnen müssen, um alles zu beenden.

Red hat Susan nichts von Duncan erzählt, da er nicht möchte, daß sie zu hohe Erwartungen in die Operation setzt. Sie hat gesagt, sie würde zurückkommen und über alles reden, sobald sie den Killer gefunden hätten. Wenn der Lohn dafür, daß sie den Mörder in Untersuchungshaft haben, der ist, daß sie zu ihm zurückkommt, dann kann er es noch eine Woche aushalten.

Die Stimme des Priesters unterbricht seine Gedanken.

»Lasset uns beten.«

Red beugt sich nach vorne, aber er kniet sich nicht hin. Davon bekommt er immer ein taubes Gefühl in den Knien.

Was tust du gerade, Duncan? Gerade heute? Was tut jemand, der sich für den Messias hält, an dem Tag, an dem die christliche Welt die Geburt seines Vorgängers feiert? Bist du zur Kirche gegangen, ganz anonym inmitten einer ahnungslosen Gemeinde, die nicht weiß, daß da ein Mann sitzt, der im Namen der Religion, an die sie glauben, zehn Menschen umgebracht hat? Oder bist du ganz alleine und bereitest dich darauf vor, den letzten deiner Heiligen zu töten?

Ganz allein, wie Red.

Der Priester liest in einem melodischen Singsang aus dem Gebetbuch vor.

»Erhöre unsere Gebete, himmlischer Vater, durch deinen Sohn, unseren Erlöser Jesus Christus. Wir folgen seinem Beispiel und gehorchen seinen Befehlen, und durch die Macht

deines Heiligen Geistes wird dieses Brot und dieser Wein in seinen Leib und sein Blut verwandelt. In derselben Nacht, in der er verraten wurde, nahm er das Brot, dankte und brach's und gab's den Jüngern und sprach: Nehmet, esset, das ist mein Leib. Und er nahm den Kelch und dankte, gab ihnen den und sprach: Trinket alle daraus; das ist mein Blut des Bundes, das vergossen wird für die Vergebung der Sünden.«
Die Gemeinde murmelt die Erwiderung.
Es ist plötzlich sehr wichtig für Red, die heilige Kommunion zu empfangen. Er war nie ein besonders religiöser Mensch, aber nun ist es anders. Dort draußen läuft ein falscher Messias herum.
Der Chor nimmt zuerst die heilige Kommunion entgegen, damit er singen kann, während an die anderen verteilt wird. Dann erhebt sich die Gemeinde und geht reihenweise nach vorne. Die Schlange wankt vorwärts und verteilt sich vor dem Altar wie ein Fluß, der sich ins Meer ergießt. Die Priester gehen vor und zurück, drücken Hostien in ineinandergelegte Hände und den Kelch an Münder, den sie nach jedem Mal abwischen.
Red findet einen Platz in der Mitte des Altargeländers und streckt die Hände aus. Ein Priester kommt vorbei und preßt die Hostie in Reds Handfläche.
»Der Leib Christi.«
Red nimmt die Hostie, steckt sie in den Mund und beginnt zu kauen. Es schmeckt zuerst nach nichts, aber dann breitet sich plötzlich der Geschmack auf seiner Zunge aus. Ein paar der Leute haben die Hostie festgehalten, um sie in den Messwein zu tunken, damit sie nicht direkt aus dem Kelch trinken müssen. Der Priester kommt noch einmal vorbei.
»Das Blut Christi.«
Red streckt die Hand aus, um den Kelch ruhig zu halten, und nimmt einen Schluck. Er bleibt ein paar Sekunden mit geschlossenen Augen vor dem Altar stehen und spricht ein kurzes Gebet.
»Bitte, Gott. Bitte laß uns ihn erwischen.«

109

Montag, 28. Dezember 1998

Red streckt die Arme hinter dem Kopf aus und läßt die Neuigkeit ganz beiläufig fallen.

»Er hat den letzten erwischt.«

»Wen?« fragt Kate.

»Wo?« fragt Jez.

»John Macdonald, Autor und Journalist. Wurde gestern nachmittag gegen vier Uhr dreißig gefunden. All die üblichen Merkmale: herausgeschnittene Zunge, der Silberlöffel im Mund, und er war bis auf die Unterhosen nackt.«

»Warum hast du uns nicht angerufen?« fragt Jez.

»Das hätte nichts genützt.«

»Was meinst du mit ›das hätte nichts genützt‹? Komm schon, Red. Wir hätten zumindest Duncans Foto verteilen können, mit der Bildunterschrift – «

»Kate, es hätte nichts gebracht.«

»›Halten Sie Ausschau nach diesem Mann.‹ Dann hätte dieser John Macdonald zumindest eine Chance gehabt.«

»Nein, hätte er nicht.«

»Du hast leicht reden. Du hältst Duncan anscheinend für so eine Art unbezwingbaren Superirren, der gegen alles immun ist, was wir sagen und tun. Aber das ist er nicht, Red. Das ist er einfach nicht.«

»Kate, bei diesem Fall hätten wir nichts unternehmen können.«

»Wie kannst du dir da so sicher sein?«

»Weil John Macdonald vor zwei Jahren gestorben ist.«

»Vor zwei Jahren? Ich dachte, du hättest gesagt, er wäre gestern getötet worden.«

»Nein, ich sagte, seine Leiche sei gestern gefunden worden. Gestorben ist er am 27. Dezember 1996. Gestorben, nicht getötet. Er starb im Alter von achtundsiebzig Jahren eines natürlichen Todes. Gestern, am zweiten Jahrestag seines Todes, wurde seine Leiche auf einem Mausoleum auf dem Friedhof von Highgate gefunden.«

»Duncan hat die Leiche aus dem Grab gezerrt?«

»Es war ein Mausoleum. Er mußte nur den Stein wegrollen.«

Nach zehn Morden gibt es immer noch Dinge, die sie schocken können. Eine Leiche auszugraben und zu entweihen, ist eines davon.

»Wer hat die Leiche gefunden?« fragt Jez.

»Einer der Totengräber. Er kam gerade von einer Beerdigung zurück, als er sie entdeckte.«

»Und niemand hat etwas oder jemanden dort gesehen?«

»Nein.«

Jez runzelt die Stirn.

»Aber wenn John doch seit zwei Jahren tot war, dann muß er doch mittlerweile ein Skelett sein.«

»Normalerweise ja. Aber er wurde einbalsamiert.«

»Mein Gott.«

»Einige der Organe wurden vom Einbalsamierer entnommen, aber die Zunge war immer noch dort.«

»Bis gestern.«

»Ja, bis gestern.«

»Damit hätten wir also alle elf Heiligen?«

»Ja, es sei denn, wir haben etwas übersehen.«

»Und das wär's? Wird er jetzt einfach aufhören?«

»Was soll er sonst noch tun? Er hat alle Heiligen.«

Der Postjunge kommt mit seinem Karren in den Raum geschoben. Er zieht einen Stapel Briefe heraus, die mit einem Gummiband zusammengehalten werden, legt ihn auf Reds Schreibtisch und verschwindet wieder. Red zieht das Gummi ab und nimmt sich seinen Brieföffner. Der Postjunge kommt zurück und hält einen braunen, wattierten Umschlag in der Hand.

»Tut mir leid, Sir. Den habe ich vergessen. Da paßte das Band nicht drum.«

Red nimmt den Umschlag. Er ist schwer. Sein Name und seine Adresse sind aus ausgeschnittenen Buchstaben zusammengesetzt und mit Tesafilm aufgeklebt. Er denkt sofort an die Ausgabe des *Sunday Times Magazine* in Duncans Schlafzimmer, aus dem Buchstaben ausgeschnitten wurden.

Red blickt den Postjungen an.

»Moment mal. Wurde das hier überprüft?«

»Ja, Sir. Durchleuchtet und überprüft. Das Bombenkommando sagt, es sei ungefährlich.

»Na gut. Danke.«

Der Postjunge verläßt das Zimmer. Red dreht den wattierten Umschlag immer wieder in den Händen. Keine Kabel. Keine Fettflecken von schwitzenden Explosionsstoffen. Red hält den Umschlag an die Nase und riecht daran. Kein Geruch von Mandeln oder Marzipan.

Wenn das Bombenkommando sagt, es sei in Ordnung, dann ist es das wohl auch. Red dreht den Umschlag wieder um und sieht sich den Poststempel an. LONDON, SW1, 23 DEC 1998. SW1 steht für Westminster. Scotland Yard gehört zu Westminster.

Duncan muß ganz in der Nähe gewesen sein, und sie haben es nicht gewußt.

Red fährt mit den Fingern über den Umschlag. Unter dem Polster im Inneren des Umschlags kann er drei harte, zylindrische Gegenstände ertasten. Jeder ist ein paar Zentimeter lang.

Kate und Jez beobachten ihn gespannt.

»Was ist es?« fragt Jez.

»Keine Ahnung. Es gibt nur einen Weg, es herauszufinden.«

Red nimmt den Brieföffner und schlitzt den Umschlag an einem Ende auf. Er greift hinein, und seine Fingerspitzen berühren Papier, und darunter ein hartes Material. Einer der Zylinder. Er muß in Papier eingewickelt sein.

Er nimmt ihn in die Hand. Er ist glatt, hat aber in regelmäßigen Abständen Furchen. Sehr seltsam.

Seine Finger tasten tiefer und finden die anderen beiden Zylinder. Er zieht alle drei gleichzeitig aus dem Umschlag.

Es sind Münzen.
Zehn Rollen mit je zehn Münzen, die in Bankpapier eingewikkelt sind.
Drei Rollen, die jeweils unterschiedlich groß und dick sind.
Red reißt das Papier der Rollen auf, und die Münzen klappern auf seinen Schreibtisch.
Zehn Zehnpencemünzen. Zehn Zwanzigpencemünzen. Zehn Fünfzigpencemünzen.
Dreißig Silberlinge.

110

Red starrt auf die Münzen, die vor ihm auf dem Tisch liegen.
»Da ging einer von den Zwölfen, mit Namen Judas Iskariot, hin zu den Hohepriestern und sprach: Was wollt ihr mir geben? Ich will ihn euch verraten. Und sie boten ihm dreißig Silberlinge.«
Er verspürt ein Pochen in seinem Kopf.
Red schließt die Augen und preßt die Fäuste gegen die Schläfen. Am liebsten würde er sich übergeben.
Er öffnet die Augen, und die Münzen sind immer noch da.
Elf Heilige und ein Mann. Der berühmteste Verräter der Menschheitsgeschichte.
Ja, ich habe Richard Logans Geld genommen. Aber deshalb habe ich Eric nicht angezeigt. Ich habe Eric angezeigt, weil ich es für richtig hielt. Ich habe den Kampf mit meinem Gewissen gewonnen und einen Bruder verloren. Ich habe Logans Geld genommen, aber es war kein Blutgeld. Ich habe es weggegeben.
Philip wurde gehängt und James erschlagen und Peter gekreuzigt und James geköpft und Bart gehäutet und Matthew zer-

hackt und Simon zersägt und Jude erschlagen und Andrew gekreuzigt und Thomas von einer Lanze durchbohrt und John entweiht.

Und ich bin der nächste.

Red hat noch nie solch eine panische Angst verspürt. Er steht an Mordschauplätzen und malt sich aus, wie sich die Opfer in dem Moment fühlten, als sie wußten, daß sie sterben würden. Er fragt sich, wie sie mit dem Wissen zurechtgekommen sind, beziehungsweise ob sie überhaupt damit zurechtgekommen sind. Aber er hat dieses blanke Entsetzen nie selbst verspürt. Bis jetzt.

Aus dem Augenwinkel nimmt er eine Bewegung wahr. Jemand kommt in den Raum.

Duncan, der aus der Dunkelheit seiner eigenen Seele ausbricht und zu ihnen stößt.

Es ist nicht Duncan, sondern eine der Therapeutinnen. Sie ist weiblich und zierlich, nicht männlich und so groß wie Duncan. Sie hätte sich keinen schlechteren Zeitpunkt aussuchen können.

Red spürt es eher, als es zu sehen, wie Jez sie an der Tür abfängt. Aber er hört dennoch Jez' Stimme.

»Raus.«

»Ich will mit Red sprechen. Es dauert nur – «

»RAUS!«

Die Therapeutin stürzt verwirrt und verletzt aus dem Raum. Kate legt den Arm um Reds Schulter.

»Red, du wirst Schutz bekommen. Wir bringen dich in einen Unterschlupf. Jeder hier weiß, wie Duncan aussieht. Er wird es nicht schaffen, sich dir auch nur auf eine Meile zu nähern. Das verspreche ich dir. Wir kriegen ihn. Wir werden ihn erwischen.«

Der Jäger wird gejagt. Die Münzen liegen immer noch so da, wie er sie ausgeschüttet hat.

»Ich . . . ich brauche einen Schluck Wasser.«

»Ich hole es dir«, sagt Kate.

»Ich geh' und hol' es dir«, sagt Jez gleichzeitig.
In Reds Stimme schwingt ein bettelnder Unterton mit.
»Nein. Er war gestern in Highgate. Er könnte jetzt hier sein. Bitte ... bitte laßt mich nicht allein.«
Red hat nie zuvor so um etwas gebeten, jedenfalls nicht, daß er sich daran erinnern könnte.
»Hol du das Wasser, Kate«, sagt Jez. »Ich bleibe hier.«
Red sackt in sich zusammen. Kate und Jez blicken sich über seinen Kopf hinweg an.
Das schrille Klingeln von Reds Telefon unterbricht die Stille. Jez hebt ab.
»Hallo?«
»Könnte ich bitte Superintendent Metcalfe sprechen?«
»Ich fürchte, er ist in einer Besprechung.«
»Würden Sie ihn bitte holen?«
»Ich fürchte, er kann nicht gestört werden.«
»Es muß sein. *Bitte.* Es ist unbedingt notwendig.«
Jez hält die Muschel mit der Hand zu und blickt Red an.
»Da ist jemand, der behauptet, mit dir sprechen zu müssen. Sagt, es sei unbedingt notwendig.« Er sieht den Ausdruck auf Reds Gesicht und fügt hastig hinzu: »Es ist nicht Duncan.«
Red zuckt die Achseln.
»Na schön.«
Jez gibt ihm den Hörer.
»Metcalfe.«
»Detective Superintendent Metcalfe?«
»Ja, am Apparat.«
»Hier ... hier spricht dein Bruder Eric.«

111

Als Red Eric das letzte Mal gesehen hat, saß dieser hinter den messerscharfen Drahtzäunen und Überwachungstürmen von Highpoint. Nun befindet er sich in Pentonville, das im Vergleich regelrecht fröhlich wirkt. Die eleganten, weißen Gebäude passen sehr gut in die Umgebung Nord Londons, und die Anwohner um Pentonville schenken dem Gefängnis kaum Beachtung. Highpoint dominiert, Pentonville paßt sich an.
Red legt seine Uhr, seine Schlüssel und sein Kleingeld auf ein weißes Plastiktablett und geht durch den Metalldetektor hindurch. Der Alarm gibt einen schrillen Pfeifton von sich. Einer der Gefängniswärter macht einen Schritt zur Seite und versperrt Red den Weg.
»Gehen Sie bitte zurück und versuchen Sie es noch einmal, Sir.«
Red folgt seiner Anweisung, und erneut ertönt der Pfeifton.
Dann begreift er, warum. Seine Polizeimarke. Er nimmt sie aus der Innentasche, legt sie auf das Tablett und geht ein drittes Mal durch den Detektor. Diesmal ertönt kein Pfeifen.
Red nimmt seine Sachen an sich und streckt die Arme zur Seite aus, damit der Wärter ihn abtasten kann. Es werden keine Ausnahmen gemacht, nicht einmal für einen Polizeibeamten.
»Danke, Sir. Gehen Sie bitte durch diese Tür dort und machen Sie sie hinter sich zu. Die zweite Tür öffnet sich erst, wenn die erste geschlossen ist. Von dort aus werden Sie begleitet.«
Red tritt durch die Tür und schließt sie hinter sich. Er kommt sich vor wie in einer Druckschleuse.
Ein leises Summen ertönt, als sich die zweite Tür öffnet. Ein anderer Gefängniswärter wartet auf der anderen Seite und geht mit Red einen Korridor entlang.
»Ich bin sicher, Sie kennen die Regeln, Sir. Versuchen Sie nicht, dem Gefangenen etwas zu geben. Es wird jemand die ganze Zeit hinter der Tür stehen. Wenn Sie etwas brauchen, rufen Sie.«

»Das letzte Mal, als ich meinen Bruder im Gefängnis besucht habe, hat er versucht, mich umzubringen. Ich habe wirklich keine Lust, mit ihm alleine zu sein.«

»Das wissen wir, Sir. Seine Knöchel und Handgelenke werden gefesselt sein.«

»Aber es wird sonst niemand bei uns sein?«

»Nein, Sir. Ihr Bruder hat extra um ein Treffen unter vier Augen gebeten.«

»Hat er gesagt, warum?«

»Er sagte, er habe vertrauliche Informationen für Sie.«

»Das hat er mir am Telefon auch gesagt. Ach, egal. Wenn er in Handschellen ist, dann wird es wohl in Ordnung sein. Danke.«

Der Raum ist klein und kahl, so wie die Vernehmungsräume im Scotland Yard. Der Wärter führt Red hinein und läßt ihn dann mit seinen Gedanken alleine.

Red geht zum Fenster hinüber und blickt durch die Gitter nach draußen. Ihm bietet sich ein trister Ausblick auf graue Dächer. Er geht zurück zum Tisch und setzt sich hin.

Er ist nicht so nervös, wie er vielleicht sein sollte, vor allem, weil alles so schnell passiert ist. Johns Leiche, die dreißig Silberlinge und dann Erics Anruf. All das folgte dicht aufeinander und riß Red mit sich fort.

Ich habe Informationen, die du sofort erfahren mußt. Das hat Eric am Telefon gesagt.

Es ist keine Falle. Dafür wäre es viel zu offensichtlich.

Was ist es dann?

Die Tür öffnet sich, und ein Mann in Jeans und Pullover kommt herein. Er hat einen Umschlag in der Hand, und die Hand- und Fußschellen klirren bei jeder Bewegung.

Eric.

Es ist eindeutig Eric, aber er ist nicht mehr Reds Bruder. Es ist, als würde man endlich jemanden treffen, den man bis dahin nur auf Fotos gesehen hat. So, als würde sich jemand von einem Bild auf einem Stück Papier in Fleisch und Blut verwandeln – oder in diesem Fall aus Erinnerungen, die Jahr für Jahr genährt und betrauert wurden.

Die Tür schließt sich hinter Eric, und zum ersten Mal seit sieben Millionen Sekunden sind die Metcalfe-Brüder im gleichen Raum.

Eric setzt sich Red gegenüber. Er sagt weder Hallo, noch streckt er ihm die Hand hin. In seinen Augen spiegelt sich unermeßlicher Haß wider.

Er hat dich gebeten herzukommen, denkt Red, nicht andersherum. Laß ihn sagen, was er zu sagen hat.

Eric schiebt den Umschlag über den Tisch. Er schiebt ihn ihm entgegen, statt ihn ihm zu geben, damit sich ihre Finger nicht einmal flüchtig berühren können.

»Das ist heute morgen angekommen.«

Es ist ein weißer Umschlag, der bereits geöffnet wurde. Die Adresse besteht aus Zeitungsbuchstaben, und der Poststempel lautet LONDON SW1, 23 DEC 1998. Genau wie bei dem wattierten Umschlag mit den Münzen.

Im Inneren des Umschlags befindet sich ein dreimal gefalteter Zettel. Red faltet ihn auseinander. Weitere Zeitungsbuchstaben in verschiedenen Größen und Schrifttypen. Red liest sich den Text durch.

»Habe ich nicht euch zwölf erwählt? Und einer von euch ist ein Teufel.« (Johannes, 6,70) Du weißt, wer der Teufel ist, Eric. Dein eigen Fleisch und Blut, der Dich verraten hat. Er ist der Schlechte, nicht Du. Ich kenne die Wahrheit, und ich weiß, was er denkt. Er will einer von uns sein, aber er wagt es nicht. Also verrät er nicht nur Dich und mich, sondern sogar sich selbst. Ein Teufel, der vorgibt, auf der Seite der Engel zu stehen. Wenn Du dies liest, habe ich elf der zwölf zusammen. Ich brauche nur noch einen. Deinen Bruder. Deinen Judas.

Es trägt keine Anrede an Eric und ist auch nicht unterschrieben.

Der Brief ist unglaublich kontrolliert. Die meisten Schreiben von Mördern schweifen ab, klingen wahnsinnig oder zusammenhanglos. Aber dieser Mörder hier, der weiß ganz genau, was er tut.
Red greift in seine Tasche und holt eine Zigarette aus der Schachtel. Er hält sie Eric hin.
»Möchtest du eine?«
Eric schüttelt den Kopf.
»Rauchst du?«
»Manchmal.«
Red zündet sich die Zigarette an und zeigt auf den Brief.
»Was willst du damit machen?«
Eric zuckt die Achseln.
»Nimm du ihn. Es geht doch darin um dich. Mit mir hat das Ganze nichts zu tun.«
»Natürlich hat es mit dir zu tun, Eric. Der Brief ist an dich adressiert. Du wirst darin erwähnt.«
»Er hat nur etwas mit mir zu tun, da er davon spricht, was du mir angetan hast. Er wurde nur an mich geschickt, damit du ihn bekommst. Ich will ihn nicht.«
Red überfliegt den Brief noch einmal.
Zum Teufel mit Duncan. Zum Teufel mit ihm.
Red macht das Feuerzeug an und hält eine Ecke des Briefes in die blaue Flamme. Orangefarbene Zungen schießen nach oben, und die schwarze, verkohlte Linie zieht über das Papier. Red hält das Blatt fest, bis er die Hitze an seinen Fingern spürt, und wirft es dann in den kleinen Metallaschenbecher auf dem Tisch. Sie sehen zu, wie das Papier zusammenschrumpft.
»Ist das kein wichtiges Beweisstück?« fragt Eric.
»Ich weiß, wer es geschickt hat.«
»Na gut.«
Zwischen ihnen entsteht Schweigen.
»Das war alles, was ich dir zeigen wollte«, sagt Eric schließlich. »Du hast wahrscheinlich noch zu tun.«

Red will soviel sagen, aber es ist alles sinnlos. Worte allein können nicht heilen oder Dinge ungeschehen machen.
Das Papier glimmt im Aschenbecher. Red zeigt erneut darauf.
»Erzähl niemandem davon, ja? Du hattest recht. Es ist ein wichtiges Beweisstück. Ich... ich hätte es nicht verbrennen dürfen.«
Eric zuckt erneut mit den Achseln.
»Ganz wie du meinst.«
Red steht auf und geht zur Tür. Er klopft zweimal, und der Gefängniswärter öffnet.
Red und Eric verabschieden sich nicht voneinander.
Red versucht, sich nicht umzusehen, als er geht, nur um zu beweisen, daß er stark genug ist. Aber er kann es nicht. Genau wie in Highpoint all die Jahre zuvor wird er im letzten Moment schwach. Er wirft einen Blick zurück in den Raum. Eric starrt einfach geradeaus auf den leeren Stuhl ihm gegenüber.
Red geht hastig den Korridor entlang. Er will so schnell wie möglich aus dem Gefängnis, aus der Stadt, aus dem Land. Er will weit weg an einen Ort fliehen, wo er wieder einundzwanzig Jahre alt ist und seinem Bruder dieser Moment des Irrsinns in Cambridge nie passiert ist. Er will sein Leben zurück.
Erst als er auf dem Weg zurück zum Scotland Yard ist, fällt Red ein, daß er Eric gar nicht gefragt hat, ob er mit Duncans Behauptung in dem Brief übereinstimmt. Aber er weiß, daß er nur nicht gefragt hat, weil er die Antwort nicht hören wollte.

112

Dienstag, 29. Dezember 1998

Red steht am Rand eines kleinen Sees und sieht sich um. In einiger Entfernung kann er im Westen und auch am nordöstlichen Horizont ein paar Häuser ausmachen. Drei Häuser, die in der Weite der Felder gestrandet zu sein scheinen. Er kommt sich eher vor wie in den verlassenen Highlands in Schottland und nicht wie in Essex. Die einzige sichtbare Straße ist die, die sich am Anfang der Auffahrt entlangschlängelt und zwischen den Dörfern Kelvedon und Silver End liegt. Man kann meilenweit jeden Ankömmling sehen.

Und genau aus diesem Grund haben sie Red hergebracht.

Jeder Unterschlupf der Polizei erfüllt drei Voraussetzungen – Schutz, Geheimhaltung und Sicherheit –, aber da enden die Gemeinsamkeiten auch. Einige der Häuser und Wohnungen befinden sich mitten in einer Stadt, wo die Anonymität in einer geschäftigen Gegend das Risiko des Entdecktwerdens aufwiegt. Andere Unterschlüpfe befinden sich auf dem Land, wo die Nachbarn jeden Fremden sofort bemerken, wo man jedoch ein Maß an Isolation findet, das man in der Stadt nicht hat.

Home Farm fällt in die zweite Kategorie. Für den normalen Betrachter scheint alles ganz normal. Das Farmhaus, das auf rund zehntausend Quadratmeter Land liegt und zu dem ein Obsthain und der See gehören, an dem Red gerade steht, wird von einem reizenden Rentnerehepaar namens Henry und Penny Sparrow bewohnt. Sie sind in Kelvedon bekannt und haben unzählige Gegenstände und Souvenirs aus dem Bereich der Seefahrt zusammengetragen, die sie in einer Scheune neben der Zufahrtsstraße aufbewahren.

Aber wenn man näher hinsieht, fallen einem vielleicht ein paar Dinge auf. Ein drei Meter breiter Graben, der das ganze Gelände der Home Farm umgibt, die Sicherheitslampen, die in regelmäßigen Abständen entlang des Zaunes stehen, die zwei Videokameras, die die Zufahrt beleuchten. Und wenn auf der Home Farm jemandem Schutz gewährt wird, dann kann man Männer sehen, die mit Polizeischäferhunden an kurzen Leinen durch das Gelände patrouillieren, und das statische Krachen der Funkgeräte der Bodyguards hören, die ihren Schutzbefohlenen bewachen.

Home Farm ist größer, als es von außen scheint, und verfügt über fünf Schlafzimmer, in denen, mit Ausnahme von einem, bequem zwei Leute übernachten können. Außerdem gibt es noch vier Badezimmer. Zur Zeit sind alle neun Betten belegt. Abgesehen von Red und den Sparrows sind noch sechs Männer von der Schutzmannschaft 3 da. Immer, wenn Home Farm als Unterschlupf benutzt wird, gibt es unzählige Freiwillige – hauptsächlich, weil Penny Sparrow früher Köchin war und ihr Können bei der ganzen Polizei bekannt ist. Die Männer, die auf Red aufpassen, sitzen abwechselnd mit vollgeladenen Tellern am Küchentisch und bepissen sich vor Lachen, wenn sie an die Kollegen des Teams 2 denken, die sich zur Zeit nur von Döner und Fast Food vom Inder ernähren, da sie in Streatham auf Drogeninformanten aufpassen müssen.

Sie haben Red am vergangenen Tag um die Mittagszeit zur Home Farm gebracht, ein paar Stunden, nachdem er Eric in Pentonville besucht hatte. Er wollte nicht herkommen, wußte aber, daß er keine andere Wahl hat. Er ist das ausgesuchte Opfer eines Serienmörders, der noch frei herumläuft, und daher hat der Commissioner angeordnet, daß er unter Polizeischutz gestellt wird, bis sie Duncan gefaßt haben. Red ist es jedoch gelungen, dem Commissioner ein kleines Zugeständnis abzuringen: Er erhält die Erlaubnis, Neujahr zu Helen Rowntrees Haus zu fahren und dabeizusein, wenn Duncan festgenommen wird. Der Commissioner hat sich anfangs gesträubt, aber Red konnte ihn schließlich umstimmen, indem er ihn darauf aufmerksam machte, daß in Stoke Newington bei der

Festnahme mehr bewaffnete Polizisten anwesend sein würden, als zur Zeit in Kelvedon sind.

Es bleibt jedenfalls auch nicht viel übrig, was Red in London tun könnte. Er hat keine andere Wahl, als sich ruhig zu verhalten und auf Neujahr zu warten. Dann können sie Duncan verhören, ihn offiziell wegen der zehn Morde anklagen und die ganze Sache dem Staatsanwalt übergeben. Der Fall ist dann abgeschlossen, Susan wird zurückkommen, und sie können anfangen, ihr Leben in der sicheren Gewißheit wiederaufzubauen, daß Duncan seinen Judas nicht bekommen hat.

Bevor Red London verlassen hat, ist er in zwei Büchereien gegangen – in die im ersten Stock der Westminster City Hall in der Victoria Street und dann in die unten neben dem Busbahnhof auf der Buckingham Palace Road. Er hat dort jedes Buch mitgenommen, das das Wort »Judas« oder »Apostel« im Titel enthält. Er mußte in einer kugelsicheren Weste und begleitet von zwei Männern mit Heckler & Koch Maschinenpistolen im Arm hineingehen, was ein gewisses Maß an Unruhe unter den anderen Benutzern der Büchereien auslöste.

Nun wirft er einen letzten Blick auf den See, während die Sonne an diesem kalten, klaren Dezembertag untergeht und die Schäferhunde Atemwolken in die kalte Luft ausstoßen. Dann betritt er das Farmhaus, wo er alles über jenen Mann lesen wird, dessen Verrat er angeblich nachgeahmt hat.

Wie in der Galerie, wo er den ersten Teil von Silberzunges Schema geknackt hat, sind es die Gemälde, die Red am meisten faszinieren. Unter den Büchern, die Red ausgeliehen hat, befindet sich eins, das sich mit der Darstellungsweise von Christus und seinen Aposteln im Verlauf der Jahrhunderte beschäftigt. Es ist keine große Überraschung, daß die längsten Kapitel die Geschehnisse um Judas' Verrat behandeln – Das letzte Abendmahl und Jesu Verhaftung im Garten von Gethsemane. Red blättert langsam die Seiten des Buches um und sieht, wie unterschiedlich die Künstler das gleiche Thema angegangen sind. Eine Vielzahl von verschiedenen Interpretationen, angefangen von der steifen, formelhaften Darstellung der frühen byzantinischen Kunst bis hin zu den leidenschaftlichen Gefühlen der Renaissance.

Während er die Bilder betrachtet, fällt Red auf, daß er nicht am längsten bei den berühmtesten Bildern verweilt, sondern bei denen, die auf irgendeine Weise die konventionelle Betrachtungsweise von Judas' Handeln herausfordern. Er bleibt unberührt von Leonardo da Vincis Meisterwerk der Apostel, die in dem Moment geschockt zurückschrecken, als Jesus verkündet, daß einer von ihnen ihn verraten wird. Denn Leonardos Judas wirkt gierig und beinah lüstern, während er den Geldbeutel umklammert, der vor ihm auf dem Tisch liegt. Ein paar Seiten weiter erscheint Judas erneut als stereotyper Söldner ohne Seele oder Skrupel, diesmal durch Signorellis Darstellung seiner unsteten Augen und seines knöchernen Schädels, während er verstohlen die Hostie in den Geldbeutel steckt.

Statt dessen fühlt er sich von Künstlern angezogen wie Rubens und Roberti und Holbein, die Judas in seinem moralischen Dilemma darstellen und nicht als Wiedergeburt des Bösen. Bei Rubens drängen sich alle Apostel zusammen, um Jesus nahe zu sein, und ihre strahlenden Gesichter spiegeln sich in dem Heiligenschein wider, der sich über dem Kopf des Messias befindet. Nur Judas in seinem goldfarbenen Umhang dreht dem Licht den Rücken zu und wendet sein Gesicht von Christus ab – nicht aus Scham, sondern aus Verwirrung über seine Rolle als der Mann, der die Unsterblichkeit des Messias und seine eigene ewige Verdammnis herbeiführen wird. Rubens' Judas steckt voller brütender Stärke und brennender Leidenschaft. Er ist ein Mann, der geadelt wird durch sein Entsetzen über die eigenen Gedanken.

So ist auch der Judas von Roberti gemalt. Er sitzt am Ende des dreiseitigen Tisches, wo die Apostel und Christus in kleinen Grüppchen zusammensitzen und plaudern. Judas ist der einzige, der niemanden ansieht. Eine gequälte und bärtige Gestalt, die dem Alptraum ihres Schicksals entgegensieht. Und Hol-

bein stellt diesen Judas als jemanden dar, der den Rand des Tisches umklammert, als wolle er ihn in Aufbegehren gegen den Verrat umstoßen, als einen Rebellen, der sich gegen sein eigenes Schicksal aufbäumt.
Ein paar Seiten weiter findet Red ein weiteres Bild von Holbein, diesmal eine Abbildung von Jesus im Garten von Gethsemane. Holbeins Christus ist das Abbild von Judas beim letzten Abendmahl. Sie sehen sich so ähnlich, daß sie Brüder, wenn nicht sogar Zwillingsbrüder sein könnten. Während der eine zum Himmel auffährt, fährt der andere zur Hölle hinab.
Red bemerkt eine weitere Sache: Judas hatte angeblich rotes Haar.
Red liest alles über Judas Iskariot, was er finden kann.
Und malt Bilder um die kahlen Worte.
Das ist es, was er herausfindet.

113

Donnerstag, 7. April 30 nach Christus

»Einer unter euch wird mich verraten.«
Die Gespräche am Tisch verstummen abrupt. Das Licht der Kerzen wirft einen orangefarbenen Schimmer auf die Gesichter der Männer, die auf Rattandiwanen um den niedrigen Tisch herumsitzen, und der Schock dieser schicksalhaften, tödlichen Worte dringt bis in die schweren Balken, die in Wände und Decke eingelassen sind.
Simon sackt beinah völlig in sich zusammen, als rechne er damit, daß der Verräter jeden Moment zuschlagen könnte. Thomas schüttelt langsam und ungläubig den Kopf. Die anderen Apostel blicken sich bestürzt und alarmiert an.

Jesus sitzt mitten unter ihnen und sieht aus, als sei er schon in einer anderen Welt. Seine Augen wandern nicht von einem zum anderen. Er schaut stur geradeaus, ein wenig nach oben, als hätte er den Blick auf etwas gerichtet, das die anderen nicht sehen können.

Petrus sitzt zu seiner Rechten und Johannes zu seiner Linken. Äußerlich könnten sie nicht verschiedener sein. Petrus, der weise, bärtige, alte Mann, der sogar, wenn er ganz ruhig dasitzt, grimmig aussieht. Und Johannes, das unerfahrene Baby der Gruppe, der sich gegen Jesu Brust sinken läßt.

Petrus beugt sich nach vorne und fährt Johannes an: »Wer ist es? Von wem spricht er?«

Johannes erwidert seinen Blick voller Melancholie. Von allen Zwölfen scheint er am wenigsten betroffen. Er ist der Lieblingsjünger von Jesus. Er kann unmöglich derjenige sein, dem vorgeworfen wird, den Messias zu verraten.

Johannes zuckt die Achseln. Petrus fährt ihn erneut an.

»Nun, dann frag unseren Herrn.«

Johannes schaut Jesus mit feuchten Augen an.

»Herr, wer ist es?«

Jesus blickt ihn nicht an. Es scheint, als hätte er die Frage nicht gehört.

Und dann, als Johannes gerade die Frage wiederholen will, spricht Jesus.

»Der die Hand mit mir in die Schüssel taucht, der wird mich verraten.«

Jeder einzelne Mann im Raum starrt Jesus an. Er aber schaut weiterhin gedankenverloren geradeaus.

Es ist Tradition, daß der Gastgeber des Passahmahls seinen Gästen ein Stück ungesäuertes Brot anbietet, das mit Bitterkraut gegessen wird als Zeichen der Bitterkeit der Knechtschaft zu Ägypten.

Wieder ist es Petrus, der das Schweigen bricht. Er wendet sich Philippus zu, der zu seiner Rechten sitzt, und murmelt etwas. Thomas, der an Philippus' anderer Seite sitzt, sagt ebenfalls etwas. Nun entstehen Gespräche, setzen sich in diese oder jene Richtung fort, bis alle Apostel sich in Zweier- oder Dreiergruppen ernst unterhalten.

Was meint er damit? Wer wird ihn verraten? An wen wird derjenige ihn verraten?

Ihre Worte fliegen hin und her und brechen sich an dem Mann in ihrer Mitte, aber er scheint nichts zu hören.

Er wartet ein paar Minuten, bis sie völlig in ihre Unterhaltungen vertieft sind, senkt dann den Blick und richtet ihn auf den Mann, der ihm direkt gegenübersitzt.

Judas Iskariot erwidert den Blick seines Herrn und weiß.

Es ist, als würden Jesus und Judas durch einen Lichttunnel verbunden, aus dem alle anderen ausgeschlossen sind. Das Licht verblaßt nicht an den Rändern, sondern hat ganz feste Grenzen. Es ist da und dann nicht mehr, wie eine eigenständige Einheit, die in der Luft hängt und sich klar gegen die Umgebung abgrenzt.

Jesus nimmt sein Stück Brot und hält es Judas hin.

Er schiebt es nicht über den Tisch oder legt es hin, damit Judas es aufnehmen kann, sondern er hält es zwischen Daumen und Zeigefinger, so daß Judas es von ihm nehmen kann.

Judas streckt seine Hand danach aus. Sein Bissen. Sein Schicksal.

Ihre Finger berühren sich flüchtig, als der Brocken die Hände wechselt, und mit diesem minimalen körperlichen Kontakt erfolgt der ultimative Transfer der Verantwortung auf Judas' sterbliche Schultern.

Der Lichttunnel verschwindet plötzlich, und damit erstirbt auch das Gemurmel der Unterhaltungen.

Jesus spricht zu Judas.

»Was du tun willst, tue sogleich.«

Judas spürt, wie er sich vom Diwan erhebt. Es ist, als würde er von einer höheren Macht geführt.

Die anderen sehen ihm zu. Er bemerkt, wie sie ihm ihre überraschten Gesichter zuwenden, aber er kann keine einzelnen Züge ausmachen. Nur das Gesicht des Messias bleibt deutlich.

Eine Stimme, vielleicht die von Andreas, fragt Judas, ob er für die Armen sorgen wolle.
Natürlich. Jeder beim Passahmahl muß vier Becher Wein trinken. Den ersten am Ende der Heiligung (Kaddesch), den zweiten während der Feier des Lamms (Haggadah), den dritten nach dem Tischdank (Barech) und den vierten nach dem großen Preisgesang (Hallel). Außerdem muß man den Wein aus verschiedenen Kelchen trinken, die die vier Königreiche symbolisieren, die im Buch Daniels als die Unterdrücker der Juden bezeichnet werden: die Chaldäer, die Medäer, die Babylonier und die Römer. Selbst die ärmsten der Armen müssen vier Becher bekommen. Wenn sie es sich nicht leisten können, dann erhalten sie Almosen. Aber niemand muß darauf verzichten.
Judas ist der, der die Kasse der Zwölf verwaltet. Er ist der Mann mit dem Beutel. Wenn jemand losgeschickt wird, den Armen Almosen zu geben, dann ist es er.
Sollen die anderen doch glauben, daß er dorthin geht. Nur er und der Messias verstehen es wirklich. Dies ist ihr eigener Bund.
Aber Judas Iskariot hat sich noch nie so einsam gefühlt wie in diesem Moment.

Das Haus, das sie für das Passahfest benutzen, gehört einem der Diener des Josef von Arimathea. Sie haben zugestimmt, ihm die Haut eines geschlachteten Lammes als Dankeschön zurückzulassen.
Judas eilt durch das Tor und stürzt sich in den Trubel von Zion, der dort am Abend des Passahfestes herrscht. Zion, der älteste Teil Jerusalems, ist ein Gewirr aus Kasbas und Marktplätzen, Dachterrassen und eingelassenen Innenhöfen. In diesem Bezirk ist den römischen Soldaten der Zutritt verwehrt: Die Gassen zwischen den Häusern sind zu schmal für sie und ihre Waffen, und nur lebensmüde Römer wagen sich ohne hier herein.
Es scheint, als wäre die ganze Welt in Jerusalem eingefallen. Mehr als 100 000 Pilger haben sich in die Stadt gedrängt und überwiegen die Einwohner drei zu eins. Sie zwängen sich in allen möglichen

Unterkünften zusammen – sie drängen sich in Zelten, sie hocken auf Dächern wie die Raben oder sitzen einfach auf den Bürgersteigen. Alle Pilger müssen in dieser Nacht innerhalb der Stadtmauern Jerusalems sein, denn sie können das Passahlamm nur in Jerusalem verzehren. Jedes Mahl ist identisch, so wie es im Buch Exodus niedergeschrieben ist.

Judas macht sich auf den Weg durch die engen Gassen, und die Macht führt ihn weiter. Die Feuer, über denen die Lämmer geröstet werden, prasseln und krachen in der kalten Nachtluft, und er kann den charakteristischen Geruch von Heuschrecken wahrnehmen, die in Lake gekocht werden. Die Geräusche der Stadt klingen ihm wie ein Orchester aus Bettlern, Stadtschreiern, Viehtreibern, Händlern, Sängern und Tieren in den Ohren. Er bewegt sich so schnell er kann durch die Menge und umklammert den Geldbeutel fest mit der Hand.

Schließlich erreicht er den Tempelhof, wo sogar noch zu dieser späten Stunde vor der großen wartenden Menge Lämmer geopfert werden. Der Boden ist knöcheltief mit Blut bedeckt, und die Schlachter leisten Schwerstarbeit. Judas sieht zu, wie sie die Lämmer festhalten und ihnen die Kehlen aufschlitzen, wie sie ihnen die Luftröhren aufsägen, bis die roten Blutfontänen spritzen und die Tiere im Todeskampf zucken.

Lamm Gottes, du nimmst hinweg die Sünden der Welt, erbarme dich unser.

Er erreicht die große hölzerne Tür des Refektoriums und schiebt sie auf. Der Speisesaal ist ein riesiger hoher Saal, in der sich gerade an drei langen Tischen, die parallel zueinander stehen, essende Menschen drängen. Hinter diesen Tischen, in einem rechten Winkel auf einer Empore, befindet sich die Haupttafel, die nur für die ältesten Hohepriester reserviert ist.

Judas geht darauf zu. Es scheint, als würde ihn jeder einzelne im Saal ansehen, als er an ihnen vorbeigeht. An der Haupttafel stehen nur auf einer Seite Stühle, damit niemand mit dem Rücken zum Saal sitzen muß. Judas geht an der Vorderseite entlang.

Er bleibt in der Mitte vor dem Hohepriester Kaiphas stehen. Hinter

Kaiphas steht Jonathan, der Anführer der Tempelwache. Die Unterhaltungen im Saal werden leiser und verstummen dann ganz.
Kaiphas sieht Judas an, sagt jedoch nichts.
Judas ist es, der die Stille unterbricht.
»Ich bin gekommen, um den Herrn Jesus Christus zu verraten.«

Jonathan hat eine Truppe von fünfhundert Männern versammelt, um zum Garten von Gethsemane zu gehen.
Es ist immer noch dunkel, als er sie, beladen mit Waffen und Laternen, aus dem Tempel führt. Am Goldenen Tor treffen sie auf eine Zenturie von römischen Soldaten, die ausdrücklich vom Tetrarchen Herodes Antipas ausgesandt wurde. Diese Zenturie wird offiziell Jonathan unterstellt.
Nun sind es sechshundert Männer, die im Gleichschritt ins Kidron-Tal marschieren. Sie bahnen sich ihren Weg zwischen Grabsteinen des Jehosaphat Friedhofs hindurch und waten durch den kniehohen Blutstrom und die Tierinnereien, die vom Tempelaltar fließen. Der Boden ist rutschig, und der Gestank nach verwesenden Innereien steigt ihnen in die Nase.
Am Grab von Absalom teilen sie sich auf. Die Zenturie geht ins Tal hinunter in Richtung Brücke, die die Stadt Jerusalem mit den Olivenhainen verbindet. Sie werden die Brücke schließen, sobald die Apostel hinübergegangen sind. Jonathan führt seine Männer den Hügel hinauf in Richtung Olivenbäume, und von dort aus wird Judas sie zu der Höhle führen, wo Jesus seines Wissens nach sein wird.
Jesus hat Judas nicht gesagt, daß er dort sein wird, aber Judas weiß es dennoch. Er kann als einziger Jesu Anwesenheit ahnen. Sie ist nah genug, daß Judas sie spüren kann, aber nie nah genug, daß er sie berühren könnte. Die Anwesenheit Jesu zieht ihn auf sein unausweichliches Schicksal zu.
Der Geldbeutel wiegt schwer in seiner Hand, noch schwerer durch die dreißig Silberlinge, die sie ihm bezahlt haben, damit er dieses Treffen möglich macht. Die Bezahlung macht die Übereinkunft

bindend. Ohne sie könnte Judas einfach jederzeit davongehen. Natürlich würde er das nicht tun. Sein Tun geschieht nicht aus eigenem Willen. Er hat nicht lange darüber nachgedacht, ob er das Geld nehmen soll. Es ist im Beutel, zusammen mit dem restlichen Geld der Apostel.

Jesus wartet in einem kleinen Wäldchen in der Nähe der Höhle auf sie. Hinter ihm stehen die drei treusten seiner Apostel: Petrus, der sie über seinem Bart anfunkelt, und Jakobus und Johannes, die Söhne des Donners. Ihre anklagenden Blicke bohren sich in Judas wie die spitzesten Speerspitzen.

Der Messias hat seine Todesangst überwunden.

»Wen sucht ihr?« fragt Jesus.

Hinter Judas ertönt die Stimme Jonathans.

»Jesus, den Nazoräer.«

»Ich bin es.«

Ohne zu zögern oder sich zu verbergen.

Die Männer neben Judas verteilen sich, und in der Dämmerung blitzt ein Stahl auf. Petrus' Schwert fährt durch die Luft auf den Kopf eines Wachmanns zu, und das Ohr des Mannes fällt zu Boden.

Die anderen Apostel kommen herbeigerannt, mit Simon an der Spitze.

Petrus steht mit erhobenem Schwert da und knurrt die Wachen wütend an.

Der Messias steht nun zwischen den Aposteln und den Tempelwachen. Gleichzeitig Schiedsrichter und umkämpfte Trophäe.

Er dreht sich zu Petrus um, und seine Stimme klingt streng, aber gefaßt.

»Tu dein Schwert an seinen Platz. Denn alle, die zum Schwerte greifen, werden durch das Schwert umkommen.«

Und nun begreift Judas.

Jesus steht inmitten seiner Häscher, und mit ihm steht die Macht des Himmels; so majestätisch, daß es die schwächlichen Bestrebungen der Sterblichen um ihn herum klein und lächerlich erscheinen läßt. Aber dennoch zieht er es vor, seine Macht nicht zu nut-

zen. Er kennt all die Dinge, die auf ihn zukommen müssen. Er unterwirft sich dem Willen von Männern, die im Vergleich zu ihm nichts sind.
Jesus zeigt auf die Apostel, aber er richtet seine Worte an Jonathan.
»Ich habe euch gesagt: Ich bin es. Wenn ihr also mich sucht, so laßt diese gehen.«
Die Wachmänner kommen langsam und vorsichtig nach vorne, als würden sie mit einer Falle rechnen. Sie legen zitternd Hand an Jesus. Als er sich nicht wehrt, fesseln sie ihn an Händen und Füßen und führen ihn fort.
Judas sieht ihnen nach. Als er sich umdreht, sind die anderen Apostel fort.
Der Garten ist nun leer, abgesehen von einem Mann, der nun dem Ausmaß seiner Tat ins Auge blicken muß.

Judas nimmt die dreißig Silberlinge zurück zum Tempel.
Kaiphas ist in seinem Büro, zusammen mit Annas und ein paar anderen Sadduzäerpriestern. Sie betrachten Judas gleichgültig. Er hat seine Rolle erfüllt – nun bedeutet er ihnen nichts mehr.
Judas stellt den Geldsack auf den Tisch und blickt Kaiphas an.
»Ich habe gesündigt, denn ich habe unschuldiges Blut verraten.«
Kaiphas nimmt den Beutel und dreht ihn in den Händen. Dann gibt er ihn Judas zurück.
»Was geht das uns an? Behalt es!«
Kaiphas wäscht seine Hände in Unschuld. Es ist nicht sein Schicksal. Nicht seine fürchterliche Schuld.
Judas verläßt hastig das Büro und geht auf den Altar im Hof der Priester zu, wo er den Sack öffnet und die Silberlinge hinwirft. Er rennt davon und hastet verwirrt durch die Tempelanlage, durch das Tor der Trauernden, durch den unteren Teil der Stadt, der in der Dämmerung still daliegt, und dann direkt zum Goldenen Tor, wo nur Stunden zuvor die Tempelwache die Zenturie von Herodes traf.

Judas bleibt erst dann stehen, als er die Felsnase über dem Hinom-Tal erreicht. Glimmende Abfallhaufen bedecken hier und da den Boden um ihn herum.
Er wollte nie, daß es so endet.
Er wußte natürlich nicht, wie es enden würde. Er hat seine Rolle erhalten und sie gespielt. Und er wird sie weiterhin spielen, bis zum Ende und darüber hinaus.
Es bleibt ihm nur eines übrig.
Jesus wußte von Anfang an, was mit ihm geschehen würde. Judas weiß das, da die Hauptpriester zwischen den Römern und dem Rest der Bevölkerung vermitteln und sie Jesus so schnell wie möglich den Römern übergeben werden. Die Römer machen die Priester dafür verantwortlich, wenn öffentliche Unruhen ausbrechen. Sie werden es nicht zulassen, daß Jesus der Mittelpunkt solcher Unruhen wird. Nicht in Jerusalem, das am Passahfest ein Pulverfaß ist.
Jesus weiß, daß er sterben muß, um die Menschheit zu retten. Erst wenn er die Sünden der Welt in seinem Leiden vereint, kann die Erlösung erfolgen. Er hätte es in Gethsemane aufhalten können, aber er tat es nicht.
Sie haben alle ihre Rolle gespielt.
Und was ist die Rolle von Judas?
Er hat eines der abscheulichsten Verbrechen gegen das jüdische Gesetz begangen – unschuldiges Blut verraten. Der Messias, den er verraten hat, hat kein Verbrechen begangen. Dennoch hat Judas ihn direkt in die Hände seiner Mörder ausgeliefert. Es spielt keine Rolle, daß jeder der Zwölf als Ausführer des Verrats hätte ausgewählt werden können. Er wurde ausersehen und muß büßen.
Er geht auf einen Baum zu, der direkt am Rand der Felsnase steht. Er nimmt den Gürtel von seinem Gewand und knotet ihn zu einer Schlinge. Er wirft den Gürtel über den Ast, bindet ihn fest und zieht daran, um zu überprüfen, ob er stark genug ist.
Er hält. Judas legt die Schlinge um seinen Hals.
Mit dem Aushauchen des Lebens überkommt ihn Mut. Ein Mann kann mit der letzten Tat in seinem Leben seinen Wert beweisen. Ein

Mann, dessen Seele nach Golgatha fliegt, um die Vergebung des Messias zu erflehen, den er verraten hat.
Judas Iskariot macht einen Schritt nach vorne und erhängt sich.

114

Freitag, 1. Januar 1999

Die Stadt ist still. Das ist sie immer am Neujahrstag. Nicht nur wegen des kollektiven Katers nach den Festivitäten der vergangenen Nacht, sondern wegen der kollektiven Erkenntnis, daß im kalten Tageslicht die Welt genauso ist wie zwölf Stunden zuvor. Das neue Jahr wird mit dem blinden Optimismus begrüßt, daß die nächsten zwölf Monate besser werden als die vergangenen, aber tief im Inneren weiß man, daß der willkürlich gewählte Moment, der den Jahreswechsel markiert, in keinster Weise eine Schwelle darstellt. Es ist nur ein Zeitpunkt wie alle anderen auch, ohne besondere Bedeutung. Die Sekunde, in der man sagt »Ja, ich will« oder in dem das Erstgeborene das Licht der Welt erblickt oder in dem ein geliebter Mensch den letzten Atemzug tut – das sind die Momente, die das Leben eines Menschen verändern. Nicht die Mitternachtsglocken, die den Start des letzten Jahres des Millenniums anzeigen.
Red sitzt in Helens Küche und wälzt diese Gedanken langsam in seinem Kopf herum, wie Kleidung, die träge in einem Trockner rotiert. Er ist seit zwei Uhr nachmittags hier, um sich davon zu überzeugen, daß die Vorbereitungen für die Verhaftung getroffen sind. Red war so vorsichtig, im Haus und außer Sichtweite zu bleiben, nur für den Fall, daß Duncan früher auftaucht oder beschließt, zuerst die Umgebung unter die Lupe zu nehmen. Daher koordiniert Red die Operation blind, in-

dem er per Funk den Unterhaltungen zuhört. Zwei bewaffnete Polizeibeamte sind bei ihm. Red mag für die Operation verantwortlich sein, aber er ist auch ein Angriffsziel – eine Doppelrolle, die ihm schwer im Magen liegt.
Das Haus befindet sich an der Nordseite der Evering Road, genau an der Ecke der Maury Road. Da die Maury Road in nördlicher Richtung eine Einbahnstraße ist, gibt es vier Möglichkeiten hinein, aber nur drei heraus.
Sie haben nichts dem Zufall überlassen.
Drei Häuser weiter steht ein weißer Lieferwagen, in dem drei schwerbewaffnete Officer sitzen. Sie alle tragen kugelsichere Westen und karierte Polizeibaseballmützen und sind mit Heckler & Kochs bewaffnet. Sie werden im Westen, in Richtung Rectory Road Bahnhof, jeden Fluchtweg abschneiden.
Zehn Meter östlich von der Kreuzung Evering und Maury steht ein dunkelblauer Ford Sierra, und ein grauer Opel zeigt in südlicher Richtung in den Teil der Maury Road, in dem sie als Einbahnstraße verläuft. In jedem Wagen sitzen zwei ebenfalls bewaffnete Beamte. Sie werden jeweils den östlichen und nördlichen Fluchtweg abriegeln.
In Helens und Andys Schlafzimmer warten zwei Scharfschützen, und das gleiche gilt für das Treppenhaus einer Sozialbausiedlung auf der anderen Straßenseite. Das Treppenhaus ist mit einem Schild abgesperrt, auf dem in großen, gelben Buchstaben steht: BETRETEN VERBOTEN: GEFAHR.
Die einzige weibliche Beamtin des Teams befindet sich auf der Straße. Außer ihr ist zur Zeit niemand zu sehen. Rose Buckley trägt gegen die Kälte fünf Schichten Kleidung und schiebt einen Kinderwagen vor der Sozialbausiedlung auf und ab, in dem eine Heckler & Koch liegt.
Zwölf Leute bewachen jeden Winkel und haben permanent Funkkontakt. Die Scharfschützen und die Männer in dem Lieferwagen tragen Kopfhörer mit Mundmikrofonen, die sie, wenn nötig, zur Seite schieben können. Die vier Männer in den Autos haben sich über die Funkgeräte eingeschaltet. Roses

Funkgerät ist an ihrem Kragen befestigt, damit sie hineinsprechen kann, ohne den Kopf zu bewegen. Jeder, der sie reden sieht, wird glauben, daß sie mit dem Baby spricht. Er wird nicht wissen, daß es ganz aus Metall ist und einen Heranstürmenden auf vierzig Meter umhauen kann.

Duncan kommt normalerweise aus südlicher Richtung über die Maury Road angefahren. Das ist die einzige Strecke, wo niemand steht, für den Fall, daß er irgendwie mitbekommt, daß etwas nicht stimmt.

Damit die Operation ein Erfolg wird, muß Duncan völlig ahnungslos sein. Er muß aus dem Wagen steigen und auf Helen und Sam zugehen, die auf ihn warten. Sie wollen auf gar keinen Fall, daß er in seinem Auto bleibt und sich mit ihnen eine wilde Verfolgungsjagd durch Stoke Newington liefert.

Helen kommt in die Küche, und ihre Hand umklammert die von Sam. Red blickt auf die Uhr.

Viertel vor sechs. Noch fünfzehn Minuten.

»Sie gehen besser nach draußen«, sagt er. »Falls Duncan zu früh da ist. Es ist arschkalt draußen. Er will bestimmt nicht, daß Sie frieren.«

»Seien Sie sich da nicht so sicher.«

»Na gut. Er will bestimmt nicht, daß Sam friert.«

Der Anflug eines Lächelns taucht auf Helens Gesicht auf.

»Wahrscheinlich nicht.«

Red wirft einen Blick auf Sam. Der Junge sieht eher verwirrt als ängstlich aus. Die Funkgeräte haben den ganzen Nachmittag unaufhörlich geknistert, und er hat die zwei Scharfschützen im Schlafzimmer seiner Mutter gesehen, als er zur Toilette gegangen ist.

Red steht auf und geht vor Sam in die Hocke – genau wie vor zehn Tagen vor dem kleinen Tim. Eine andere Küche, ein anderes Jahrhundert.

Der kleine Tim, der möglicherweise dem Vater dieses Jungen dabei zugesehen hat, wie er einen Mann kaltblütig umgebracht hat. Und der seitdem kein Wort gesagt hat.

Red ruft sich zurück in die Gegenwart.
»Weißt du, warum all diese Leute hier sind, Sam?«
»Ja.«
»Warum?«
»Sie sind hier, um meinen Dad mitzunehmen.«
»Wir wollen deinem Dad nur ein paar Fragen stellen, das ist alles. Als er von der Polizei weggegangen ist, hat er ein paar Dinge unerledigt zurückgelassen. Wir mußten herkommen, weil wir ihn nur hier finden können.«
Was für eine lahme Ausrede, Red. Das Kind ist kein Idiot. Es hat genug ferngesehen, um zu wissen, daß man nicht ein Dutzend bewaffnete Männer schickt, um Dad ein paar Fragen zu stellen.
»Also, du weißt, daß du nichts sagen darfst, wenn dein Dad ankommt?«
Sam nickt.
»Hat deine Mom dir das alles gesagt?«
Ein weiteres Nicken.
»Es ist wirklich wichtig. Tu einfach, was sie tut, und alles wird gut. Niemand wird verletzt werden.«
Red bringt sein Gesicht näher an das von Sam.
»Du vertraust deiner Mom doch, oder?«
Nicken.
»Guter Junge.«
Eins der Funkgeräte auf dem Tisch erwacht zum Leben. Es ist Rose.
»Verdächtiges Fahrzeug in westlicher Richtung auf der Evering Road.«
Red steht auf. »Schnell«, sagt er. »Geht.«
Während die beiden aus der Küche eilen, drückt Helen Sams Hand so stark, daß seine Finger ganz weiß werden. Red nimmt das Funkgerät in die Hand.
»Beschreibe das verdächtige Fahrzeug, Rose.«
»Dunkelblauer Fiat, Kennzeichen Golf sieben vier sechs Tango Oscar Bravo. Ein männlicher Insasse.«

»Wie sieht er aus?«
»Er trägt einen Hut. Das Gesicht ist halb verdeckt. Kann ihn nicht genau erkennen.«
Duncan fährt keinen dunkelblauen Fiat. Aber man weiß ja nie.
»Ich glaube nicht, daß es unser Mann ist. Aber such weiter.«
Zehn Sekunden Stille, und dann ertönt wieder Roses Stimme.
»Fiat entfernt sich vom Haus in Richtung Rectory Road. Nicht unser Mann.«
»Roger.«
»Kann der sich nicht beeilen? Ich frier' mir hier den Arsch ab.«
Der zweite Zeiger auf Reds Uhr tickt in lethargischen Kreisen herum.
So viele Dinge, die schiefgehen könnten. Helen kann die Nerven verlieren. Sam kann loslaufen und versuchen, Duncan zu warnen. Vielleicht geht ein Nachbar im falschen Moment vorbei. Duncan kann Schiß kriegen und nicht auftauchen. Was, wenn er es weiß?
Wie kann er es wissen? Das ist unmöglich. Aber andererseits hat er zehn Leute umgebracht, ohne daß wir es wußten.
Reds Magen zieht sich vor Nervosität zusammen. Laßt es uns hinter uns bringen.
Absolute Stille durch das Funkgerät. Niemand darf sprechen, ohne ein Auto gesehen zu haben.
Sechs Uhr. Komm schon.
Helen bläst Kringel mit ihrem Atem. Sams Zähne klappern. Reds Finger umklammern das Megaphon, mit dem er die abendliche Stille unterbrechen und sein kaputtes Leben wiederaufbauen wird. Er soll drinnen bleiben, bis alles vorbei ist. Aber niemand außer ihm wird Duncan seine Rechte vorlesen.
Eine Minute nach sechs.
Helen sagt, daß Duncan niemals zu spät kommt. *Niemals.*

Doch jetzt tut er es.
Er weiß es.
Bitte Gott, laß es ihn nicht wissen. Bitte, laß zur Abwechslung mal alles glatt gehen.
Drei Minuten nach sechs.
Roses Stimme über Funk.
»Dunkelgrüner Volvo Kombi. Kommt jetzt die Maury Road hoch.«
»Aus welcher Richtung?«
»Aus Süden.«
Wie Duncan es immer tut.
»Gib mir das Kennzeichen, Rose.«
»Moment ... Hotel, neun, drei acht Whiskey Uniform Papa.«
»Das ist er.«
Es geht los.
Red schiebt den Stuhl zurück und packt das Megaphon. Er spricht erneut ins Funkgerät.
»Kannst du ihn genau sehen, Rose?«
»Da kannst du einen drauf lassen.«
»Na gut. Dann übernimmst du das Reden. Du sagst, wann es losgeht.«
Roses Stimme klingt durch die Statik und ihr aufgeregtes Atmen verzerrt.
»Der Volvo bleibt an der Kreuzung Evering Road stehen ... er setzt den linken Blinker ... er biegt links in die Evering Road ein ... Sam winkt ... das Fahrzeug wird gegenüber Helen und Sam langsamer ... Fahrzeug bleibt in zweiter Reihe stehen ... er schaltet den Motor ab ... die Fahrertür öffnet sich ... der Verdächtige steigt aus ... der Verdächtige ist nun vollständig ausgestiegen ... LOS!«
Alles passiert gleichzeitig.
Rose reißt den Karabiner aus dem Kinderwagen. Die hinteren Türen des Lieferwagens werden aufgestoßen und drei Männer springen auf die Straße. Die anderen Männer sind aus den Wagen ausgestiegen und hocken hinter den geöffneten Türen.

Im Schlafzimmer und auf der Treppe richten die Scharfschützen ihre Zieleinrichtungen auf Duncans Schläfen.
Red steht im Türrahmen wie ein Racheengel. Er hält sich das Megaphon vor den Mund.
»Leg deine Hände auf den Kopf und runter auf den Boden. Versuch nicht, dich zu wehren. Du bist umstellt.«
Duncan blickt sich um und sieht die entschlossenen Läufe der Gewehre, die auf seinen Kopf und sein Herz zielen.
Er wendet sich den zwei Menschen zu, die vor ihm stehen. Helens Gesichtsausdruck ist unergründlich, aber auf Sams Gesicht liegt pure Verzweiflung.
Erneut ertönt Reds Stimme durch das Megaphon.
»Auf den Boden. Versuch nicht, dich zu wehren, oder man wird auf dich schießen.«
Duncan legt die verschränkten Hände hinter den Kopf und läßt sich langsam auf den Boden sinken.

115

»Ich war es nicht. Ich war es verdammt noch mal nicht.« Duncan reibt sich mit der Hand über das Gesicht. »Ich glaube es ja nicht.«
Red beugt sich über den Tisch.
»Gehen wir das Ganze noch einmal durch.«
Kein guter Bulle/schlechter Bulle-Spiel. Keine grellen Lampen, die dem Verdächtigen ins Gesicht scheinen. Kein durchsichtiger Spiegel, hinter dem sich auf der anderen Seite der Wand Experten aufstellen, um zuzusehen und zuzuhören. Nur Red und Duncan und die zwei stummen Constables, die jeweils neben der Tür stehen. Der Aschenbecher quillt über vor Marlboro-Stummeln.

Sie sind Duncans Story bereits zweimal durchgegangen. Der Kassettenrecorder, der zwischen ihnen auf dem Tisch steht, läuft unerbittlich weiter, bereit, jeden Widerspruch aufzunehmen. Sprich jetzt, und ich werde es später auseinandernehmen.

Die Chancen stehen schlecht, daß Duncan gestehen wird. Er kennt die ganzen Verhörmethoden der Polizei, da er sie selbst in der Vergangenheit unzählige Male angewandt hat. Er hat zehn Leute getötet, ohne daß eine Seele davon wußte, also wird er kaum zusammenbrechen und alles gestehen, sobald jemand gemein zu ihm wird. Und er hat sein Meisterwerk noch nicht beendet. Er hat seinen Judas noch nicht. Wenn er sie lange genug hinhält, müssen sie ihn laufen lassen, und dann hat er immer noch eine Chance.

»Wir gehen es von Anfang an Punkt für Punkt durch.«

Duncan zuckt die Achseln.

»Ich habe dir bereits alles gesagt.«

»Wo warst du die zehn letzten Tage?«

»Das habe ich doch schon gesagt. In einer Hütte im Lake District.«

»Mit wem?«

»Allein.«

»Wessen Hütte war es?«

»Ich habe sie gemietet.«

»Von wem?«

»Von einer Agentur.«

»Mit dem Geld, daß du von *News of the World* gekriegt hast?«

Duncan schweigt, und Red spricht weiter.

»Und du kannst das beweisen?«

»Ja, natürlich. Du kannst es bei der Agentur nachprüfen, von der ich die Hütte gemietet habe.« Er zeigt auf eine Visitenkarte, die auf dem Tisch liegt. »Da. Ich habe dir bereits ihre Nummer gegeben.«

»Du hättest einchecken und dann wer weiß wohin fahren können.«

»Das hätte ich tun können, habe ich aber nicht.«
»Und hat dich jemand gesehen, während du dort warst?«
»Das nehme ich an.«
»Wer zum Beispiel?«
»Zum einen ein paar Kneipenwirte. Ich habe in mehreren Pubs ein paar Bier getrunken. Hauptsächlich in Ullswater. Du kannst es bei ihnen nachprüfen.«
»Sonst noch jemand?«
»Leute, denen ich begegnet bin.«
»Zum Beispiel?«
»Vorwiegend andere Spaziergänger.«
»Haben diese Spaziergänger Namen?«
»Kenne ich nicht.«
»Wie praktisch.«
»Mein Gott. Es waren Leute, die ich auf einem Hügel getroffen habe. Ich habe sie nicht nach ihren Namen gefragt. Man plaudert ein paar Minuten über dies und das und geht dann seiner Wege.«
»Diese Spaziergänger sind also nicht auffindbar. Das ist keine große Hilfe.«
»Warum machst du keinen Aushang und bittest die Leute, die mich gesehen haben, sich zu melden? Häng mein Bild auf. Das dürfte doch etwas bringen.«
»Du hast diese Spaziergänger tagsüber gesehen?«
»Ja.«
»Es kann also niemand bestätigen, wo du in den betreffenden Nächten warst?«
»Kneipenwirte. Habe ich dir doch schon gesagt.«
»Und weißt du noch, an welchen Abenden du dort warst?«
»Nicht genau. Abgesehen vom Weihnachtsabend. An dem Abend war ich im *Blue Boar* in Ullswater.«
»Und die restlichen Abende?«
»Ich war im Urlaub. Ich habe mich treiben lassen und nicht auf das Datum geachtet. Ich habe meinen Job verloren, falls du es vergessen haben solltest. Ich wollte für eine Weile weg.«

Red ändert die Methode.
»Die Silberlöffel gehören zu einem Set. Du hast solch ein Set gekauft.«
»Nein.«
»Doch. Du hast es am 2. Mai 1997 mit deiner American-Express-Karte gekauft. Wir haben hier die Aufzeichnung.«
»Ich habe es dir schon einmal gesagt. Meine Kreditkarte wurde gestohlen. Wer immer sie gestohlen hat, hat die Löffel damit gekauft. Ich habe die Karte als gestohlen gemeldet. Das weißt du doch.«
»Ja. Wir haben es bei American Express überprüft. Die Karte wurde am 2. Mai als gestohlen gemeldet. An dem Tag, *nachdem* du die Löffel gekauft hattest.«
»Ich habe dann erst gemerkt, daß die Karte verschwunden war.«
»Die letzte Transaktion mit dieser Karte vor dem 1. Mai ist auf Samstag, den 26. April datiert. Du hast an einer Texaco-Tankstelle in der Wood Lane für 23 Pfund und 76 Pence Benzin gekauft. Gibst du das zu?«
»Ja, natürlich. Es ist die Tankstelle in der Nähe meines Hauses.«
»Du willst also behaupten, daß die Karte zwischen dem 26. April und dem 1. Mai verschwunden ist?«
»Ja.«
»Und du hast es erst am 2. Mai gemerkt?«
»Ja.«
»Ich halte das für ein bißchen unwahrscheinlich.«
»Ich nicht. Ich habe meine American-Express-Karte in dieser Woche einfach nicht benutzt. Benutzt du deine Kreditkarte jeden Tag, Red?«
»Und dir wurde nur die Kreditkarte gestohlen?«
»Ja.«
»Ein Stück grünes Plastik, auf dem American Express steht? Sonst nichts?«
»Nein.«

»Also das nenne ich seltsam. Du behauptest, man hätte dir die Kreditkarte gestohlen, aber der Mann, der sie dir angeblich gestohlen hat, hat keinerlei Bargeld genommen oder andere Kreditkarten oder sonst etwas.«

»Genau.«

»Und genau so arbeiten Diebe normalerweise, nicht wahr, Duncan? Statt das ganze Portemonnaie mitzunehmen und sich schnell davonzumachen, nehmen sie sich die Zeit und holen eine einzelne Karte heraus. Jetzt hör aber auf.«

»Ich halte das für logisch.«

»Warum?«

»Weil ich es auf die Art und Weise nicht so schnell bemerken würde. Wenn das ganze Portemonnaie weg ist, würde ich es wohl merken, oder? Und dann würde ich die Karte als gestohlen melden, und sie wäre nicht mehr gültig, wenn unser geheimnisvoller Fremder damit die Silberlöffel kaufen will.«

»Wer, glaubst du also, hat deine Kreditkarte gestohlen?«

»Es hätte jeder gewesen sein können. In der Woche war ich zwei Tage bei einer Tagung der Polizei. Es war heiß. Mein Sakko hing fast die ganze Zeit auf der Stuhllehne. Jemand hätte sie bei der Gelegenheit klauen können.«

»Hast du bei den Organisatoren der Tagung nachgefragt, als du bemerkt hast, daß die Karte weg ist?«

»Ja.«

»Und was haben sie gesagt?«

»Sie sagten, sie hätten sie nicht.«

»Und als du deinen Namen auf der Kreditkartenliste gesehen hast, hast du ihn einfach durchgestrichen. Handelt so ein unschuldiger Mann? Wohl kaum.«

»Ich habe den Namen gesehen. Ich wußte gar nicht, was ich tat. Ich habe ihn instinktiv einfach ausgestrichen. Ich wußte, daß ich unschuldig war, aber ich wußte auch, daß es nicht leicht sein würde zu erklären, warum ich auf der Liste stand.«

»Wenn du unschuldig warst, wäre es da nicht besser gewesen, das Risiko einzugehen und einfach zu sagen: ›Das ist meine

Karte, die mir gestohlen wurde, und ich habe keine Ahnung, wer sie geklaut hat, aber sie ist hier aufgetaucht.‹?«

»Ja, natürlich. Wenn ich es noch einmal machen könnte, würde ich es so machen. Aber ich habe es nicht so gemacht. Ich habe überreagiert und mußte es dann durchziehen.«

»Selbst, wenn das stimmt, dann erklärt es noch lange nicht alles andere.«

»Du bist wild entschlossen, mich schuldig zu befinden, nicht wahr, Red? Du kommst hier herein und hast dir in Gedanken schon alles zurechtgelegt. Und nichts, was ich tue oder sage, wird daran etwas ändern, oder?«

Er macht Anstalten aufzustehen.

»Setz dich, Duncan.«

Duncan hebt gleichzeitig Körper und Stimme. »Ich war es nicht. Man hat mich reingelegt. Es ist eine raffinierte Falle, damit die Polizei jemanden verhaften kann.«

»Setz dich verdammt noch mal hin.«

»Warum hörst du mir nicht zu?«

Red steht ebenfalls auf.

»Setz dich! Setz dich verdammt noch mal hin! Sofort!«

Die Constables machen einen Schritt nach vorne. Duncan blickt sie an und dann Red und setzt sich schließlich wieder hin. Die Constable treten zurück.

Red hat sich unter Kontrolle, seine Stimme klingt beherrscht.

»Hör zu, Sonnenschein. Du hast der *News of the World* für zwanzig Riesen deine Geschichte verkauft. Du hast uns das Vertrauen, das wir dir entgegengebracht haben, ins Gesicht gespuckt. Also verzeih mir, wenn ich es nicht besonders lustig finde, Briefe von dir zu bekommen, die an Judas gerichtet sind.«

»Ich habe dir diese Briefe nicht geschickt.«

»Ach nein? Wir haben in deinem Haus ein *Sunday Times Magazine* gefunden, aus dem Buchstaben ausgeschnitten waren. Diese Buchstaben stimmen genau mit denen überein, die auf dem wattierten Umschlag waren, in dem du mir die Münzen geschickt hast.«

Erwähne nicht den Brief an Eric, denkt Red. Tu so, als hättest du ihn nie bekommen. Gefährde nicht den Fall, indem du zugibst, wichtige Beweisstücke vernichtet zu haben.
»Ich weiß nicht, wovon du sprichst. Ich habe dir keine Briefe oder Münzen geschickt.«
Red fährt fort.
»Es gibt außerdem einen Brief an dich von der *Kirche des Neuen Millenium,* 32 Phillimore Terrace, London W3 vom 12. Februar 1998.«
»Ich habe es dir doch schon gesagt. Ich habe nie einen Brief bekommen. Ich weiß nicht einmal, was die *Kirche des Neuen Millenium* ist.«
»Das weißt du verdammt gut. Es ist ein Haufen Irrer, die von einem Typen angeführt werden, der sich Israel nennt – dem Typen, der dir den Brief geschrieben hat und der über das siebte Siegel predigt und behauptet, daß das Lamm Gottes wiederkehren wird. Er behauptet außerdem, seine Gemeindemitglieder seien seine Apostel. Genau der richtige Ort für jemanden, der sich für den Messias hält, findest du nicht?«
»Ich war nie dort. Ich habe noch nie von ihnen gehört. Ich weiß nicht, was ich sonst sagen soll.«
»Was ist mit den Mordwaffen, die wir unter deiner Treppe gefunden haben?«
»Die gehören mir nicht.«
»Keine einzige?«
»Nein.«
»Nicht der Holzknüppel?«
»Nein.«
»Nicht das Schwert?«
»Nein.«
»Nicht das Messer? Die Machete? Die Säge? Der Baseballschläger? Die Lanze?« Red schreit beinah. Er bemüht sich, die Kontrolle wiederzuerlangen.
»Nein, nein und nochmals nein.«
»Sie sind also einfach aufgetaucht, ja?«

»Ich habe dir doch schon gesagt, daß sie nicht mir gehören.«
»Duncan, wenn du an meiner Stelle wärst – wenn du an dieser Seite des Tisches wärst –, würdest du jemandem glauben, was du mir gerade gesagt hast? Du hast mir für keinen der Morde ein Alibi gegeben. Die einzigen möglichen Alibis, die du hast, sind die Besuche von Sam. Aber der einzige Mord, der zwischen Freitag 18 Uhr und Sonntag 18 Uhr begangen wurde – also in dem Zeitraum, in dem du einmal im Monat Sam bei dir hast –, war der an James Buxton. Und an dem Wochenende war Sam gar nicht bei dir.«
»Red, die Hälfte der Morde wurden Sonntagnacht begangen – «
»Nein. Sie wurden montags in den frühen Morgenstunden begangen. An den Wochenenden, an denen Sam also bei dir war, blieben dir, nachdem du Sam bei Helen abgesetzt hattest, noch sechs Stunden bis zur Durchführung der Morde.«
»Ich – «
»Nein, hör mir zu. Wir haben sieben Mordwaffen in deinem Haus gefunden. Wir haben Beweise, daß du die Silberlöffel gekauft hast. Wir haben einen Brief gefunden, der beweist, daß du mit einer religiösen Sekte zu tun hast, deren Anführer die Ideologie vertritt, die mit der inneren Einstellung des Mannes konform läuft, der diese Morde begangen hat. Zack, zack, zack. Drei Hauptpunkte, die alle unanfechtbar sind. Du wußtest, was wir dachten und wann wir es dachten. Du bist damit durchgekommen, weil du über jeden Verdacht erhaben warst. Und deshalb wurdest du unachtsam. Du hast zum Beispiel die Mordwaffen in deinem Haus verwahrt, statt sie verschwinden zu lassen – obwohl ich glaube, daß du sie als Erinnerung an deine Arbeit behalten wolltest. Bis jetzt hast du mir keinen einzigen Anlaß gegeben, dir deine Unschuldsbeteuerungen zu glauben. Von einem Beweis ganz zu schweigen. Das Profil des Täters paßt perfekt auf dich, Duncan. Abgesehen davon, was ich darüber denke, was du meinem Leben und meiner Ehe angetan hast. Schon allein dafür würde ich dich in der Hölle schmoren lassen.«

»Red, ich weiß, wie gut es dir in den Kram paßt, dein Opfer zu haben – besonders, wenn ich es bin –, aber ich war es nicht. Du sagst, du hättest all dieses Zeug in meinem Haus gefunden. Aber wo sind die Zungen? Wo ist das Skalpell? Wo ist der letzte Silberlöffel?«

»Sag du es mir. Du bist derjenige, der es weiß.«

»Sie sind nicht in meinem Haus, weil Silberzunge sie noch braucht. Und ich bin nicht Silberzunge.«

»Du hältst uns nur hin, damit du mich noch kriegen kannst. Aber das wirst du nicht.«

Red hat plötzlich genug. Er steht auf.

»Duncan Warren, ich werde dem Obersten Staatsanwalt empfehlen, dich wegen zehnfachen Mordes anzuklagen und dich bis zu deiner Gerichtsverhandlung in Untersuchungshaft zu behalten.«

Dann tut Red etwas, das er bei seinem Bruder Eric nie geschafft hat: Er geht aus dem Raum, ohne sich umzusehen.

TEIL DREI

I know the truth,
and I know
what you're thinking
(Ich kenne die Wahrheit,
und ich weiß,
was du denkst)
The Stone Roses, *Fools Gold*

116

Donnerstag, 1. April 1999

Das Leben im Scotland Yard geht seinen gewohnten Gang. Während der vergangenen zwei Monate sind in London drei Prostituierte mit aufgeschlitzten Kehlen gefunden worden, und die Medien überschlagen sich bald vor Begeisterung bei der Aussicht auf einen neuen Jack the Ripper.

Es ist nach acht, als Red an diesem Tag Feierabend macht. Er geht den Korridor hinunter und in Jez' Büro.

»Hast du Lust auf ein Bier?«

Jez geht die Fotos des letzten Opfers des Prostituierten-Mörders durch. Sie bieten einen blutrünstigen Anblick.

»Ja, ich glaube, ich brauche eins.«

Sie gehen ins Pub an der Ecke und setzen sich mit zwei Pint Bier an einen Tisch.

»Hast du dir was Schönes fürs Osterwochenende vorgenommen?« fragt Jez.

»Susan und ich fahren zu ein paar Freunden in den New Forest. Sie ist bereits unten, und ich werde morgen nachfahren. Ich brauche mal ein paar Tage Abstand von unserem netten Huren-Killer.«

»Hat sie nichts dagegen, daß du nachkommst?«

»Nein, glaube ich jedenfalls nicht. Sie ist viel entspannter, seit Duncan verhaftet wurde und sie zurückgekommen ist. Wir haben eine Woche oder so gebraucht, um alles zu klären, aber seitdem läuft es eigentlich ganz gut.«

»Du hast wirklich an einem Punkt gedacht, du hättest sie verloren, nicht wahr?«

»Ich glaube ja. Ich habe zu dem Zeitpunkt nicht so darüber gedacht, denn ich war von dem Apostel-Fall besessen. Aber wenn ich mir Zeit genommen hätte, darüber nachzudenken, dann hätte ich es wahrscheinlich so ausgedrückt.«

»Du hast die ganze Sache mit Duncan wirklich persönlich genommen.«

»Da hast du verdammt recht. Ihr habt doch gesehen, was er mit mir gemacht hat. Ich bin wirklich unter dem Streß zusammengebrochen. Es ist schwierig, jemanden nicht zu hassen, der einem das angetan hat. Du und Kate, ihr schient viel besser damit umzugehen.«

»Nein, ich glaube, wir haben es besser versteckt. Und außerdem hat Duncan Kate und mich nicht persönlich angegriffen wie dich. Dir diese Münzen zu schicken und dann der Brief an Eric … das war echt mies. Na jedenfalls ist es ja jetzt vorbei. Auf eine erfolgreiche Anklage und zehnmal lebenslänglich für Duncan.«

Sie stoßen an und trinken.

»Wann kommt die Sache vor Gericht?« fragt Jez.

»Ich glaube, im November. Gott allein weiß, warum es so lange dauert. Ich dachte, es gäbe keinen simpleren Fall.«

»Abgesehen davon, daß Duncan immer noch seine Unschuld beteuert.«

»Na, das muß er doch, oder? Wenn er auf nicht schuldig plädiert, dann steht ihm der ganze Prozeß zur Verfügung, um der Welt zu sagen, was er getan hat. Man wird es in allen schrecklichen Einzelheiten breitwalzen. Denk an die Publicity, die er bekommen wird, die Meter Zeitungspapier und die Sendezeit. Der ganze verdammte Planet will darüber Bescheid wissen. Das ist der Rose-West-Prozeß hoch zehn. Aber wenn er sich einfach schuldig bekennt, dann ist das Ganze in einer Stunde vorbei und er bekommt keine Chance, sich zu erklären.«

»Zum Glück haben wir die Fensterscheibe reparieren lassen.«

»Welche Fensterscheibe?«

»Die ich eingeschlagen habe, um in sein Haus zukommen.«

Red lacht.

»Ach ja. *Die* Scheibe.«

»Wäre echt ätzend gewesen, wenn er wegen unstatthaften Beweismitteln davongekommen wäre. Es ist ja nicht so, als hätten wir keinen Durchsuchungsbefehl gehabt. Jedenfalls nachdem Kate einen hat zurückdatieren lassen.«

Red deutet mit seinem Pintglas auf Jez.

»Daß du das nicht noch einmal tust, junger Mann. Als dein Vorgesetzter sollte ich dich eigentlich offiziell wegen Einbruchs verwarnen. Als dein Kollege denke ich, daß du genau das richtige getan hast. All dieses Zeug zu finden, hat die Sache wirklich geklärt. Duncan hätte sich wegen der gestohlenen Karte und des Sektenbriefs herausreden können, aber nicht bei sieben Mordwaffen unter seiner Treppe.«

»Ja, aber laß uns nicht weiter von ihm reden. Das ist längst Geschichte.«

Sie sprechen ungefähr zehn Minuten über den Job, bis Red die Arme über dem Kopf ausstreckt und gähnt.

»Ich muß los. Ich bin todmüde.«

»Na gut. Wann kommst du wieder?«

»Hoffentlich erst nach Ostern. Ich soll zwar erst Dienstag wieder dasein, aber ich vermute, daß sie mich doch noch früher zurückschleifen werden.«

»Na, ich werde dasein. Ich seh' dich dann.«

Sie gehen in kameradschaftlichem Schweigen zurück zum Scotland Yard und trennen sich am Eingang zum Parkhaus.

»Ich zieh' mich um und schwing' mich auf mein altes Rad«, sagt Jez. »Steig du nur in dein großes Auto und verschmutze die Luft noch ein bißchen mehr auf deinem Weg nach Hause.«

»Jez, ich schwöre dir, das Zeug, was aus meinem Auspuff kommt, ist längst nicht so gefährlich, wie das, was aus deinen Achselhöhlen kommt.«

Jez lacht.

»Leck mich.«

»Du mich auch. Ich wünsch' dir ein schönes Wochenende. Bis nächste Woche.«

Red geht durch die Tür ins Parkhaus und ist verschwunden.

117

Eine leere Wohnung und ein leerer Kühlschrank. Scheiße. Jetzt muß er auch noch etwas zu essen besorgen.
Red geht in den Flur und fällt beinah über das Bild, das an der Fußleiste lehnt. Er hat schon seit Tagen vor, es aufzuhängen. Auf der Wand ist mit Bleistift ein Kreuz gemalt, und neben dem Bild liegen Hammer und Nägel auf dem Boden, aber aus irgendeinem Grund hat er es noch nicht geschafft, den Nagel einzuschlagen und das Ganze hinter sich zu bringen. Er wird es später machen.
Er läßt sich aufs Sofa fallen und gähnt.
Er muß schlafen. Aber er muß zuerst etwas essen. Wahllose Gedanken gehen ihm durch den Kopf.
Er hat den Geschmack von Bier im Mund. Bier aus dem Pub, das er zusammen mit Jez getrunken hat. Jez ist ein guter Kerl. Hat den Fall mit unbefugtem Betreten gelöst.
Jez, der Coolste von ihnen, wenn es extrem stressig wird. Als Red zusammenbrach, war Jez immer noch wie ein Fels in der Brandung.
Was hat Jez noch im Pub gesagt? Daß er es persönlich genommen hätte.
Und außerdem hat Duncan Kate und mich nicht persönlich angegriffen wie dich. Dir diese Münzen zu schicken und dann der Brief an Eric ... das war echt mies.
Elektrische Ströme scheinen durch Reds Gehirn zu rasen.
Dir diese Münzen zu schicken und dann der Brief an Eric.
Der Brief an Eric.
Woher zum Teufel weiß Jez von dem Brief an Eric?
Red hat den Brief niemandem gegenüber erwähnt. Es war ein Beweisstück, und er hat ihn verbrannt, obwohl er es nicht hätte tun sollen. Er hat es niemandem beim Yard erzählt, und auch niemandem des Teams, das ihn auf Home Farm bewacht hat.

Woher weiß Jez also davon?
Jez war dabei, als Eric an jenem Morgen anrief. Scheiße, Jez hat abgehoben, als es klingelte.
Vielleicht habe ich es Jez dann erzählt.
Aber ich wußte es da ja noch gar nicht. Ich wußte nicht, was Eric wollte, bevor ich in Pentonville war.
Und ich habe es sicherlich niemandem hinterher erzählt. Ich habe es nicht einmal bei Duncans Verhör erwähnt, weil ich nicht wollte, daß er weiß, daß ich den Brief gelesen habe.
Red schnappt sich den Hörer und wählt die 192.
»Auskunft, welchen Namen bitte?«
»Pentonville Gefängnis, London N1.«
Eine Computerstimme nennt Red die Nummer zweimal. Er kritzelt sie auf den Block neben dem Telefon und wählt sie anschließend.
Immer wieder klingelt es.
Es ist neun Uhr am Vorabend zu Karfreitag. Kein Wunder, daß niemand sofort abhebt.
Kommt schon.
Eine offensichtlich gelangweilte Männerstimme meldet sich.
»Pentonville Gefängnis.«
»Ich würde gerne mit dem Direktor sprechen.«
»Ich fürchte, der Direktor ist bis – «
»Hier spricht Detective Superintendent Metcalfe von Scotland Yard. Ich muß in einer sehr dringenden Angelegenheit mit dem Direktor sprechen. Es ist mir egal, was er tut. Sie *müssen* ihn unterbrechen.«
»Woher will ich wissen, daß Sie tatsächlich der sind, für den Sie sich ausgeben?«
»Wollen Sie, daß ich einen Wagen voller Uniformierter vorbeischicke, um es zu beweisen?«
»Schon gut, schon gut. Ich werde Sie verbinden.«
Eine Melodie ertönt am anderen Ende.
Diesmal meldet sich eine verärgerte Männerstimme.

»Hallo?«
»Spreche ich mit dem Direktor?«
»Ja.«
»Hier spricht Detective Superintendent Metcalfe und ich – «
»Ihr Bruder ist ein Insasse in diesem Gefängnis.«
»Ja, das ist er. Und ich muß dringend mit ihm sprechen.«
»Superintendent, die Insassen sind bis morgen eingesperrt. Ich kann ihn jetzt nicht holen.«
»Das müssen Sie. Es ist absolut notwendig, daß ich heute abend mit ihm sprechen kann. Innerhalb der nächsten zehn Minuten.«
»Wie notwendig ist notwendig?«
»Lassen Sie es mich so ausdrücken. Er ist möglicherweise in der Lage, mir etwas zu sagen, das eine neunmonatige Ermittlung völlig umwirft.«
»Und Sie benötigen diese Information heute abend?«
»Ja, morgen ist es vielleicht zu spät.«
»Na gut. Geben Sie mir Ihre Nummer. Ich werde die Wärter veranlassen, Eric herauszuholen, damit er Sie anrufen kann.«
Danke. Vielen, vielen Dank.« Er nennt ihm seine Nummer.
»Bleiben Sie in der Nähe des Telefons.«
Die Leitung wird unterbrochen.
Red blickt die Wand an. Angst umklammert seinen Magen wie ein Oktopus.
Er macht den Fernseher an und schaltet durch die Kanäle. Es läuft nichts Vernünftiges.
Das schrille Klingeln des Telefons ertönt. Er schnappt sich den Hörer.
»Hallo?«
»Hi, Liebling. Wie geht es dir?« fragt Susan.
»Susan, mir geht es gut. Hör zu, kann ich dich zurückrufen? Ich warte auf einen sehr dringenden Anruf.«
»Sicher. Ich wollte nur kurz anrufen und fragen, wann du kommst.«

»Morgen. Womöglich morgen früh. Hör zu, ich rufe dich in fünfzehn Minuten zurück.«
»Red, ist alles in Ordnung?«
»Ja, sicher, ich darf diesen Anruf nicht verpassen.«
»Na gut. Bis gleich.«
Er unterbricht die Verbindung. Sein Herz hämmert in seiner Brust.
Wie lange werden sie brauchen, um Eric zu holen? Fünf Minuten, vielleicht zehn? Wenn sie zu seiner Zelle gehen müssen, ihn herausholen und zu einem Telefon bringen müssen …
Das Warten ist unerträglich.
Er legt seine Hand auf den Hörer.
Komm schon. KOMM SCHON.
Das Telefon klingelt.
»Hallo?«
»Superintendent Metcalfe, ich habe hier Ihren Bruder.«
»Geben Sie ihn mir bitte.«
Fußscharren im Hintergrund.
»Hier ist Eric.«
»Wie geht es dir?«
»Was willst du?«
»Erinnerst du dich noch an den Brief, den du bekommen hast?«
»Den du verbrannt hast?«
»Ja, genau den.«
»Natürlich erinnere ich mich daran.«
»Du hast doch niemandem davon erzählt, oder?«
»Nein.«
»Ganz bestimmt nicht?«
»Ganz bestimmt nicht. Du hast mich doch darum gebeten.«
»Keiner Seele?«
»Welchen Teil des Wortes ›Nein‹ verstehst du nicht? Ich habe niemandem davon erzählt. In Ordnung?«
»Ja. Danke.«
»Sonst noch was?«

»Nein, das war alles, was ich wissen wollte. Danke.«
Red legt auf.
Weder er noch Eric haben jemandem von dem Brief erzählt. Das bedeutet, daß nur drei Menschen auf der Welt wissen, daß er überhaupt existiert hat. Sie zwei und derjenige, der ihn geschickt hat.
Wenn also Jez über den Brief Bescheid weiß, dann kann es dafür nur eine logische Erklärung geben.
Jez hat ihn geschickt.

118

Die Haustür im Erdgeschoß öffnet sich und schließt sich wieder.
Red lehnt sich gegen die Wand und versucht zu überlegen, was er tun soll.
Er sollte verschwinden. Ein paar Sachen in den Koffer werfen und sich aus dem Staub machen.
Shalis Wohnungstür öffnet sich und knallt wieder zu.
Denk nach. Und zwar schnell.
Sein Hirn ist völlig leer.
Red geht ins Badezimmer und läßt kaltes Wasser über seine Hände laufen, das er sich anschließend ins Gesicht spritzt.
Shalis Musik dröhnt noch lauter als sonst durch den Fußboden.
Nicht jetzt. Jetzt auf gar keinen Fall.
Red preßt die Hände auf die Ohren und versucht, die Musik auszuschließen, damit er klar denken kann.
Der Baß pocht in seinem Kopf.
Shali, du rücksichtsloser Bastard.
Red kann bei dem Krach nicht nachdenken.

Na gut. Jetzt wird er sich mal ernsthaft mit Shali unterhalten.
Er marschiert zur Tür und reißt sie auf.
Direkt vor seiner Tür steht eine Gestalt in Baumwollhosen und einem Jeanshemd, das bis zum Hals zugeknöpft ist.
Jez.

119

Jez hält einen weißen Lappen in der Hand.
Red will etwas sagen, aber er bringt keinen Ton hervor.
Jez macht einen Schritt auf ihn zu. Der weiße Lappen nähert sich schnell Reds Gesicht.
Red nimmt den durchdringenden Geruch von Chloroform wahr, als Jez ihm den Lappen auf Nase und Mund preßt.
Dann ist da nur noch Schwärze.

120

Ich habe nie gedacht, daß man mich erwischen würde, außer einmal – in der Küche von Thomas Fairweathers Haus, mit Camilla und Tim. Als ich mit Lubezski hereinkam, der völlig mit Blut bedeckt war. Wißt ihr noch? Wißt ihr noch, wie Tim geschrien hat? Es war nicht, weil er Lubezski gesehen hat, sondern wegen mir. Er kam den Flur entlang, als ich Thomas marterte. Ich nahm ihn an der Hand und führte ihn zurück zu seinem Bett. Und dann sah er mich noch einmal, am nächsten Tag, als er wußte, was mit seinem Onkel passiert war.

Ihr denkt vielleicht, ich hätte nur Glück gehabt, daß Tim seit jener Nacht nicht mehr gesprochen hat. Ich ziehe es vor, es als Willen Gottes zu betrachten. Genau wie es Gottes Wille war, daß ich bis jetzt nicht entdeckt wurde. Es gibt drei Gründe, warum ich mich für den neuen Messias halte, und zwei von ihnen waren von Anfang an für jeden sichtbar.
Erstens: meine Initialen. Jez Clifton. J.C. Jesus Christus.
Und wenn ihr euch meine Akte bei Scotland Yard anseht, werdet ihr sehen, wann ich geboren wurde. Am 25. Dezember 1966. Daher bin ich jetzt 32 Jahre alt. Ungefähr genauso alt wie Christus, als er am Kreuz starb.
Diese zwei Hinweise waren die ganze Zeit da. Aber wie ich schon sagte, gibt es drei Hinweise. Der dritte Grund ist viel gewichtiger. Der dritte Grund ist der eindeutige Beweis.
Aber diesen dritten Grund kann ich nur mit meinem Judas teilen.

121

Als Red wieder zu sich kommt, sitzt er in der Küche gegen die Wand gelehnt. Das einzige Licht stammt von den flackernden Kerzen auf dem Tisch, also brauchen seine Augen einen Moment, sich anzupassen.
Er blickt auf die Uhr an der Wand. Erst kurz nach elf. Er war über zwei Stunden bewußtlos gewesen.
Der Küchentisch ist für dreizehn Personen gedeckt. An den Längsseiten stehen jeweils drei Gedecke, und an einem Kopfende befindet sich ebenfalls eines. Nur der Platz an dem Kopfende in der Nähe der Tür ist leer.
An jedem Platz steht ein Glas, mit Ausnahme des Platzes am Kopfende und dem rechts daneben. Dort sind Teller mit Fleisch angeordnet.

Es sind kleine Glasbehälter, in denen etwas schwimmt.
Red steht auf und sieht sich das Glas, das ihm am nächsten ist, genauer an.
Es ist eine Zunge.
Elf Gläser mit elf Zungen.
Plötzlich taucht Jez in der Tür auf.
Manchmal kommt der Moment, in dem ein Mensch großen emotionalen Belastungen ausgesetzt ist und man ihn nie wieder als den Menschen sehen kann, der er vorher war. Wenn man zum Beispiel eine friedfertige Person plötzlich wütend erlebt, wirklich wütend, oder wenn man einen gefaßten Menschen plötzlich dabei beobachtet, wie er in Tränen ausbricht. Danach wird man diesen Menschen nie wieder im gleichen Licht sehen. Etwas hat sich verändert und kann nie wieder so sein wie früher.
Als Red sich umdreht und Jez ansieht, kommt er ihm vor wie ein Fremder. Das Gesicht, das ihn anstarrt, hat zwar Jez' Züge, aber der Ausdruck gehört nicht dem Menschen, den Red kennt. Er hat Jez' Gesicht gesehen, wie es sich in Wut und Gelächter und Schmerz verzieht, aber noch nie so ... so ausdruckslos. Sein Gesichtsausdruck ist nicht einmal so zu nennen ... er ist einfach nur ausdruckslos.
Es war nicht Duncan, sondern Jez.
Jez trägt seinen Neoprenanzug. Red braucht einen Moment, um zu begreifen, warum, aber dann zieht er im Geiste vor Jez den Hut. Auf dem schwarzen Material kann man Blut nicht erkennen, und Gummi hinterläßt keine Fasern. Es ist das perfekte Outfit für einen Mord.
Jez tritt nach vorne.
»Ich sitze am Kopfende und du zu meiner Rechten. Die Wohnungstür ist abgeschlossen, und ich bin größer und jünger als du. Du wirst doch bestimmt nichts Dummes versuchen.«
Red geht um den Tisch herum und läßt sich unsicher in den Stuhl sinken, auf den Jez gezeigt hat. Bleib ganz ruhig, sagt er sich. Laß ihn reden.

Die Zungen in den Gläsern, die wie ganz normales Geschirr angeordnet sind, scheinen Red zu verspotten.
Schau nicht auf die Zungen. Konzentriere dich auf Jez.
Jez' Tasche steht neben seinem Stuhl auf dem Boden.
Es ist eine große Tasche. Groß genug, um darin das Essen und die Gläser zu transportieren. Und was er sonst noch für den heutigen Abend braucht.
Jez bückt sich und nimmt etwas aus der Tasche. Ein Stück lilafarbenen Stoff, der viermal gefaltet ist. Er schüttelt ihn aus und zieht es über den Kopf.
Es ist ein lilafarbenes Gewand. Wie das, das Christus auf dem Weg nach Golgatha trug.
Vor ihnen auf dem Tisch stehen zwei entkorkte Flaschen Rotwein. Jez setzt sich und schenkt jedem ein Glas ein. »Das erste von vieren«, sagt er. »Das Ritual des Passahfestes schreibt vor, daß jeder, sogar der ärmste der Armen, vier Gläser Wein trinkt.«
Red nippt an seinem Wein. Die säuerliche, warme Flüssigkeit läuft über seine Zähne auf seine Zunge.
Seine Zunge. Bitte Gott, nein.
In der Mitte des Tisches stehen vier kleine Schüsseln mit Kräutern. Jez streckt die Hand danach aus.
»Die bitteren Kräuter gehören zum Lamm«, sagt er. »Zerhackte Lorbeerblätter, Majoran, Basilikum und Meerrettich. Zur Erinnerung an die Vergangenheit der Juden als Sklaven in Ägypten.« Er streut ein paar Kräuter auf das Fleisch auf Reds Teller und dann auf sein eigenes. »Los. Iß.«
Sie essen schweigend. Das Lamm ist trocken und nicht leicht zu schlucken, also spült Red es mit dem Wein hinunter.
Red verspürt nur völlige Leere; er ist nicht in der Lage, sich einen Plan zurechtzulegen. Er versucht, sich zu entspannen, und hofft, daß ihm so ein Plan einfallen wird; dann verkrampft er sich und versucht, einen herbeizuzwingen. Keine der beiden Methoden wirkt. Sein Gehirn hat sich zum Selbstschutz abgeschaltet, denn es kann unmöglich akzeptieren, was mit ihm passieren wird, ohne zu implodieren.

Hinter den Schüsseln mit Kräutern stehen Teller, auf denen Brotscheiben angeordnet sind. Jez nimmt eine der Scheiben, reißt sie in zwei Stücke und gibt Red die eine Hälfte.
»Als sie aber aßen, nahm Jesus das Brot, dankte und brach's und gab's den Jüngern und sprach: Nehmet, esset; das ist mein Leib.«
Red blickt auf das Brot in seiner Hand und dann zu Jez hinüber.
Es ist nur ein Stück Brot.
Jez erwidert seinen Blick unverwandt.
Schluck deinen Stolz hinunter, Red. Schluck das Brot.
Red steckt sich das Brot in den Mund und beginnt zu kauen. Es schmeckt säuerlich. Es ist ungesäuertes Brot. Er spült den Geschmack mit Wein hinunter. Jez schenkt ihm nach.
»Und er nahm den Kelch und dankte, gab ihnen den und sprach: Trinket alle daraus; das ist mein Blut des Bundes, das vergossen wird für viele zur Vergebung der Sünden.«
Er blickt Red an.
»Trink.«
»Das ist nicht dein – «
»Trink.«
Red nippt an dem Glasrand und benetzt seine Lippen mit dem Wein.
Jez ißt sein Lamm auf. Red beeilt sich nicht mit seinem, und Jez sieht ihm beim Essen zu. Er scheint es auch nicht eilig zu haben. Als Red schließlich widerstrebend sein Messer und seine Gabel zusammenlegt, bricht Jez das Schweigen.
»Zieh deine Schuhe aus.«
»Was?«
»Zieh deine Schuhe aus.«
Red schiebt den Stuhl zurück, bis sich seine Beine nicht mehr unter dem Tisch befinden, und streift seine Schuhe ab.
»Nun deine Socken.«
Red zieht seine Socken aus und legt sie auf seine Schuhe. Eine der Socken fällt auf den Boden.

Jez bückt sich und hebt eine Plastikschüssel mit seifigem Wasser auf. Er kniet sich vor Red hin und stellt die Schüssel neben Reds Füßen auf den Boden. Das Wasser schwappt in der Schüssel hin und her, aber es schwappt nicht über.
Jez greift hinter sich und bringt ein kleines Händehandtuch zum Vorschein, das er sich auf die Schulter legt. Dann taucht er beide Hände in die Schüssel und greift nach Reds rechtem Fuß.
»Wenn du irgendwas versuchst, brech ich dir das Bein, klar?«
Red nickt.
Jez nimmt Reds Fuß in die Hand und beginnt ihn zu waschen. Er wäscht den Fußrücken, wo die Sehnen wie die Streben eines Ventilators zu den fünf Zehen zeigen. Dann wäscht er die Fußsohle und anschließend die Haut zwischen den Zehen. Als er mit dem rechten Fuß fertig ist, wiederholt er es mit dem linken. Jez vollführt diese Prozedur mit sanften Bewegungen, und währenddessen spricht er mit leiser monotoner Stimme.
»Da stand Jesus vom Mahl auf, legte sein Obergewand ab und nahm einen Schurz und umgürtete sich. Danach goß er Wasser in ein Becken, fing an, den Jüngern die Füße zu waschen, und trocknete sie mit dem Schurz, mit dem er umgürtet war.
... Jesus spricht zu ihm: Wer gewaschen ist, bedarf nichts, als daß ihm die Füße gewaschen werden; denn er ist ganz rein. Und ihr seid rein, aber nicht alle. Denn er kannte seinen Verräter; darum sprache er: Ihr seid nicht alle rein.«
Jez trocknet Reds Füße mit dem Handtuch ab. Als er damit fertig ist, steht er auf und setzt sich wieder auf seinen Stuhl.
»Warum?« fragt Red.
Es ist nur eine Frage, aber es gibt unzählige Antworten.
»Warum was?«
»Warum das hier? Was macht dich zum Messias?«
Jez lächelt, und Red weiß, daß er diese Frage erwartet hat.
»Ich starb und wurde wiedergeboren.«
»Was?«
»Ich bin auferstanden.«

»Jez, wovon sprichst du?«
»Ich starb am Karfreitag, und am dritten Tag erhob ich mich von den Toten.«
»Karfreitag ist morgen.« Red blickt auf die Uhr. Zwanzig vor zwölf. »Praktisch heute.«
»Nicht morgen. An einem Karfreitag vor langer Zeit. Um genau zu sein, am Karfreitag 1982.«
Jez zieht die Augenbrauen in die Höhe, als müßte diese Jahreszahl Red etwas sagen.
»Erinnerst du dich nicht?« fragt Jez.
»An was?«
Jez gibt darauf keine direkt Anwort. Er blickt in das Blaue in der Kerzenflamme, die ihm an nächsten ist.
»Ich wurde Karfreitag in einen Unfall verwickelt. Ich lag drei Tage im Koma. An einer lebenserhaltenden Maschine. Die ganze Zeit konnte ich nicht selbständig atmen oder essen oder sehen oder hören. Ich war unter einer Oberfläche gefangen und konnte nicht ins Leben zurückkehren. Die Ärzte dachten, es wäre nur eine Frage der Zeit, bis ich sterben würde. Sie wollten meinen Eltern raten, die Maschinen abzuschalten.«
Er blickt wieder auf.
»Sie wollten mich abschalten, Red.«
Red schweigt.
»Aber dann, am Ostersonntag, kam ich wieder zu mir. Einfach so. Einen Moment war ich noch im Koma, und plötzlich lebte ich wieder, als wäre nichts passiert. Der erste Arzt, der mich sah, hielt mich für ein Gespenst. Er hätte beinah einen Herzinfarkt bekommen.«
»Und mit dir war alles in Ordnung?«
»Ja, mir ging es gut. Mehr als das. Das Krankenhauspersonal konnte nicht glauben, daß ich keinerlei Schäden davongetragen hatte. Sie dachten, daß ich zumindest schwere Gehirnschäden hätte haben müssen, aber dem war nicht so. Ganz und gar nicht. Sie unterzogen mich jedem Test, der ihnen einfiel,

aber ich bestand jeden einzelnen mit Bestnote. Mit meinem Gehirn war alles in Ordnung.«

Da wäre ich mir nicht so sicher, denkt Red.

»Die Ärzte sagten, es sei wie ein Wunder. Nein, sie sagten, es sei tatsächlich ein Wunder.«

Red beginnt zu begreifen.

Jez schweigt ein paar Sekunden und fährt dann fort.

»Willst du gar nicht wissen, was für ein Unfall es war?«

»Ach ja. Natürlich.«

»Ich wurde von einem Auto überfahren.«

Etwas zerrt an Reds Erinnerung. Etwas versucht, sich einen Weg nach oben zu bahnen.

Jez fährt fort.

»Ich wurde von einem Auto überfahren, aber der Fahrer hielt nicht an. Er fuhr einfach weiter.«

Etwas steigt in Reds Erinnerung hoch.

»Er fuhr einfach weiter, Red. Fahrerflucht. An einem Karfreitag. In Cambridge.«

Etwas bricht durch Reds Unterbewußtsein.

Red weiß es. Bevor Jez weiterspricht, weiß er es.

»Du hast diesen Wagen gefahren, Red. Du warst derjenige, der mich überfahren hat.«

Jez beugt sich nach vorne.

»Du warst derjenige, der mich hat sterben lassen.«

122

Red erinnert sich, als wäre es gestern gewesen.

Der Junge auf dem Bürgersteig, in der Trainingshose und dem weiten Sweatshirt, dem durch den Regen die Haare am Hinterkopf festkleben. Der die Straße überquert und über den Fuß-

ball stolpert und mit dem Gesicht nach unten auf der Straße landet. Red, der auf die Bremse tritt, die Reifen blockieren, er gerät in Panik, das Auto dreht sich um die eigene Achse. Zwei Schläge unter dem Auto. Der Körper im Rückspiegel.
Und Red, der sich umsieht, ob ihn niemand bemerkt hat, bevor er weiterfährt, um die Kurve und seiner Zukunft entgegen.
Jez war dieser Junge.
»O Gott, Jez, es tut mir leid. Ich ... ich konnte nicht klar denken. Ich war gerade bei Eric im Krankenhaus gewesen. Er hatte versucht, mich umzubringen. Ich habe mich nicht richtig konzentriert. Ich habe dich zu spät gesehen. Ich war völlig fertig. Und dann, nachdem ich dich überfahren hatte, sah ich deinen Körper auf der Straße und geriet einfach in Panik.«
»Entschuldige dich nicht, Red. Wenn du mich nicht überfahren hättest, wäre ich nicht gestorben und wieder auferstanden. Ich hätte nicht erfahren, daß ich der Messias bin.«
»Aber ich habe nicht einmal angehalten, um dir zu helfen, als du auf der Straße lagst. Das war unverzeihlich. Ich hätte anhalten können. Ich hätte anhalten *müssen.*«
Jez zuckt die Achseln.
»Die Wege des Herrn sind wunderbar.«
»Wie hast du herausgefunden, daß ich am Steuer saß?«
Jez antwortet nicht direkt.
»Wie ich schon sagte, dieses dreitägige Koma, als ich praktisch tot war, ist der unwiderlegbare Beweis, der mir klarmachte, daß ich der Messias bin. Immer, wenn ich meine wahre Identität vor mir selbst abstritt – und das habe ich wirklich versucht –, kam ich darauf zurück. Ich war drei Tage lang tot, vom Karfreitag bis zum Ostersonntag, und bin wieder aufgewacht. Und dieser Vorfall ergab nur einen Sinn, wenn ich ihn als Wiederauferstehung deutete, die mir erlaubte, weiterzuleben und die mir auserwählten Taten zu tun. Es war ein Zeichen. Verstehst du?«
Red nickt, und Jez spricht weiter.
»Es war ein Zeichen des göttlichen Willen, was bedeutet, daß es

eine Person geben mußte, die diesen Willen ausführt. Wenn also dieser Vorfall so wichtig war, dann war alles daran wichtig – auch die Leute, die daran beteiligt waren. Die Person, die den Wagen gefahren hatte, war der Ausführende des göttlichen Willen. Es war nicht einfach irgendeine Person am Steuer. Es war jemand Auserwähltes, genau wie ich. Ich mußte diese Person finden. Der Grund, warum du nicht angehalten hast, um mir zu helfen, war, weil du gegen dein Schicksal ankämpftest. Du hattest Angst vor deinem Schicksal.«

»Ich hatte einfach nur Angst vor dem Gefängnis.«

»Nein, Red. Du verstehst mich falsch. Die weltlichen Konsequenzen waren unwichtig. Mit Schicksal meine ich deine Rolle im göttlichen Plan. Du hattest Angst, also liefst du davon und verstecktest dich, in der Hoffnung, daß jemand anderes deine Rolle übernehmen würde. Aber genau wie ich konntest du deinem Schicksal nicht entrinnen. Ich mußte dich finden. Also habe ich mich, kurz nachdem ich bei der Polizei angefangen hatte, in Hypnose versetzen lassen, um die Erinnerungen hervorzurufen, die ich tief in meinem Unterbewußtsein begraben hatte.«

»Und was ist passiert?«

»Unter Hypnose konnte ich mich ganz genau an den Unfall erinnern. Ich hatte schon zuvor Erinnerungsfetzen, aber das meiste war während des Komas verlorengegangen. Das heißt, bis ich mich entschloß, mich hypnotisieren zu lassen. Unter Hypnose konnte ich dein Gesicht sehen, während der Wagen auf mich zukam. Dein Gesicht kam mir bekannt vor – natürlich, denn dein Gesicht und das deines Bruders hatten monatelang in den Zeitungen gestanden –, aber ich konnte es nicht direkt einordnen. Es war, als hätte ich einen Film in meinem Kopf, den ich abspielen lassen konnte, wann immer ich wollte. Als ich diesen Film anhielt, bekam ich ein deutliches Bild des Kennzeichens. Ich nannte die Nummer dem Hypnotiseur, der sie aufschrieb. Und später ließ ich die Nummer bei der Registratur in Swansea überprüfen.«

»Wann war das?«
»Kurz nachdem ich der Polizei beigetreten war. Ich glaube 1990.«
»Aber da hatte ich den Wagen doch längst verkauft.«
»Natürlich. Deshalb ließ ich mir auch die gesamte Liste der Besitzer der letzten zehn Jahre geben. In dem Zeitraum gab es drei Besitzer – du, die Person, von der du ihn gekauft hattest, und die Person, der du ihn verkauft hast. Aber zum Zeitpunkt des Unfalls warst du als Besitzer eingetragen. Ich sah deinen Namen und erinnerte mich, wo ich dein Gesicht zuvor gesehen hatte, und alles ergab einen Sinn.«
»Was meinst du, alles ergab einen Sinn? *Was* ergab einen Sinn?«
»Im Evangelium ist Judas Iskariot derjenige, der den göttlichen Willen ausführt. Durch sein Tun – egal wie verwerflich es der Christenheit während der Jahrhunderte vorgekommen sein mag – sorgte er dafür, daß die Menschheit gerettet werden konnte. Und zweitausend Jahre später wurdest du auserwählt, genau das gleiche zu tun. Es war dein Tun, das mir klarmachte, daß ich der Messias bin. Du bist Judas so ähnlich. Siehst du das nicht, Red? Du hast deinen Bruder der Polizei übergeben und die Belohnung eingesteckt. Dreißig Riesen, nicht wahr? Dreißig. Sogar das war symbolisch. Es war perfekt. Einfach perfekt. Es war der ultimative Beweis, daß du, wie auch ich, auserwählt bist – ich, um die Menschheit zu retten, und du, als Auslöser dieses Wechsels.«
»Aber ich habe dich nicht verraten, Jez. Wenn –«
»Nein, du hast mich nicht verraten. Noch nicht. Aber das wirst du.«
»Woher willst du das wissen?«
»Weil du es kannst. Du hast deinen Bruder verraten. Dadurch hast du bewiesen, daß du in der Lage bist, es zu tun.«
»Ich habe Eric nicht verraten. Er hat ein Verbrechen begangen. Er mußte bestraft werden.«
»Du hast ihn verraten. Du hast dir die Beichte deines eigen

Fleisch und Blut angehört und bist damit hinter seinem Rükken zur Polizei gegangen.«
»Ich hab' in einer Zwickmühle gesteckt.«
»Genau. Ganz genau. Wie auch Judas Iskariot. Du kennst doch die Geschichte von Judas in und auswendig, Red. Das weiß ich doch. Du hast sie gelesen, als du in dem Unterschlupf in Kelvedon warst. Das hast es mir selbst erzählt. Du hast recht. Du stecktest wirklich in einer Zwickmühle. Egal, was du getan hättest, es wäre falsch gewesen. Du hast das getan, was du für das Beste hieltest. Du hast das getan, was du für das geringere Übel hieltest. Du konntest entweder das Geheimnis deines Bruders bewahren und Charlotte Logan die Gerechtigkeit vorenthalten, die ihr zustand, oder ihn übergeben und dein eigen Fleisch und Blut verraten. Ich habe Mitgefühl mit dir, Red. Ehrlich. Ich würde ungern solch eine Entscheidung treffen. Aber es ist nicht die Rolle, die Gott für mich auserwählt hat.«
Red will etwas sagen, aber Jez schneidet ihm das Wort ab.
»Du hast noch etwas anderes übersehen, Red. Sogar zwei andere Dinge. Zum einen hast du das Geld genommen. Du hast die Belohnung von Charlotte Logans Vater angenommen. Wie Judas hast du das Geld genommen. Es war menschlich. Du hast deinen Bruder ausgeliefert und das Geld genommen – du hast das getan, wie du alles andere tust, nämlich aus Gründen, die gleichzeitig ehrenhaft und nieder sind. Du hast das Geld deinem Vater gegeben, genau wie Judas versuchte, die Belohnung Kaiphas zurückzugeben. Aber du hast es dennoch genommen.
Und das zweite ist etwas, das du sicherlich weißt. Als du Eric aushändigtest, hast du nicht nur ihn, sondern auch dich selber verraten. Verstehst du, was ich meine?«
Red weiß es. Nur zu gut.
»Ich kenne dich, Red. Ich weiß, was du den Menschen zeigst und was du vor ihnen versteckst. Und ich weiß, daß der falsche Bruder im Gefängnis sitzt. Eric ist kein schlechter Mensch. Er hat einen Fehler gemacht. Es war ein Unfall. Bei dir ist es

jedoch anders. Dieses Gespenst lauert in dir, Red. Daher bist du so gut in dem, was du tust. Und das macht dich gleichzeitig so angreifbar. Ich habe dich an Tatorten gesehen, wenn du dir vorgestellt hast, was passiert ist. Wenn ich gerade mit den Aposteln beschäftigt war, völlig in meine Arbeit vertieft, dann bin ich ein paar Sekunden aus mir geschlüpft und habe dich gesehen. Du hättest genossen, das zu tun, was ich getan habe.«
Red fällt keine Antwort ein, also fragt er statt dessen etwas anderes.
»Warum hast du Duncan als Sündenbock ausgewählt?«
»Er hatte eigentlich nur Pech. Sonst nichts. Ich brauchte eine Kreditkarte, um die Silberlöffel zu kaufen. Seine war die erste, die mir unterkam. Ich bin eines Tages in sein Büro gegangen, als er nicht da war, und habe sie aus seiner Jackentasche genommen.«
»Warum hast du kein Bargeld benutzt?«
»Zu auffällig. Wer geht schon in einen Laden und bezahlt einen Satz Silberlöffel in bar? Und außerdem konnte ich sie mir nicht leisten.«
»Und Duncan schon?«
»Natürlich nicht. Aber er mußte ja nicht dafür zahlen, oder? American Express entschädigte ihn dafür, und die können es sich leisten. Sie entschädigen ihre Kunden immer, wenn mit einer gestohlenen Karte etwas gekauft wird. Es tut ihnen nicht weh, und auf die Art und Weise bekommen sie loyale Kunden.«
»Aber du wußtest nicht, daß ich Duncan für mein Team auswählen würde.«
»Nein, das stimmt. Da hatte ich Glück. Dadurch war es einfacher, ihn hereinzulegen. Aber ich wußte ganz genau, daß er so reagieren würde, wie er es getan hat, als er seinen Namen auf der Liste sah. Ich an seiner Stelle hätte es auch getan. Er ist in Panik geraten. Er dachte, es wäre viel einfacher, die Einzelheiten zu verbergen, statt sie logisch zu erklären. Er dachte wahrscheinlich, es würde nie wieder ans Licht kommen. Aber das hat er dir ja alles gesagt, als du ihn verhört hast.«

»Ich habe ihm nicht geglaubt.«
Ein schwaches Lächeln verzieht Jez' Mund.
»Jetzt tust du es.«
»Ja, jetzt tue ich es.«
»Der Rest war einfach. Der Brief der *Kirche des Neuen Millennium* – den habe ich gefälscht. Ich habe das Briefpapier von Israels Tisch genommen, als Kate und ich bei ihm waren. Israel war nach unten gegangen, um ein paar Leute reinzulassen, und Kate ging auf den Treppenabsatz hinaus, um zu sehen, wer es war. Ich war ungefähr zehn, fünfzehn Sekunden alleine. Da habe ich es genommen. Ganz spontan. Ich sah Israels Unterschrift auf einem Fax auf seinem Schreibtisch, und sie war so unleserlich, daß ich sie ganz leicht kopieren konnte. Eigentlich war es nur ein Kritzeln. Und du warst so darauf bedacht, Duncan als schuldig zu erachten, daß du dir noch nicht einmal die Mühe gemacht hast, nachzuprüfen, ob der Brief echt ist.«
»Und du hast alle Mordwaffen in Duncans Haus abgeladen, als du hingefahren bist.«
»Ja.«
»Kein Wunder, daß du unbedingt alleine hinwolltest.«
»Genau. Ich dachte wirklich, du würdest mitkommen oder Kate mitschicken, was alles ruiniert hätte. Ich bin nach Hause gefahren, habe die Sachen geholt und bin zu Duncan gefahren. Glaubhafte Beweise, nachdem du erst einmal da warst. Du hättest Duncan sofort umgebracht, wenn er durch die Tür gekommen wäre, Red.«
»Ja, ich weiß. Gut für ihn, daß er meilenweit weg war.«
Red schweigt einen Moment.
»Fühlst du dich nicht schuldig, Jez?«
»Weswegen?«
»Duncan reinzulegen?«
»Nein. Ich konnte ihn sowieso nie leiden. Na ja, er konnte mich auch nie wirklich leiden. Vielleicht hat er mich durchschaut, ohne es zu ahnen. Aber ich habe mich ganz bestimmt nicht mehr schuldig gefühlt, nachdem er uns an die *News of the World*

verkauft hatte. Egal, was er sonst getan hat, aber das war unverzeihlich. Zwei Judase in einem Team. Ich hatte wirklich die Qual der Wahl.«

»Es belastet also nicht dein Gewissen?«

»Was?«

»Die Tatsache, daß Duncan für etwas, das er nicht getan hat, drei Monate im Gefängnis verbracht hat?«

»Gewissen ist nur eine höfliche Umschreibung für Aberglauben, Red. Und Aberglaube ist nur eine höfliche Umschreibung für Angst. Nein, es belastet mich nicht. Duncan wird bald schon freigelassen, wenn die Wahrheit ans Licht kommt.«

»Und wie willst du das anstellen, Jez? Wie willst du dafür sorgen, daß die Wahrheit ans Licht kommt?«

Jez blickt seinem Freund tief in die Augen und sagt es ihm.

123

»Als Judas, der ihn verraten hatte, sah, daß er zum Tode verurteilt war, reute es ihn, und er brachte die dreißig Silberlinge den Hohenpriestern und Ältesten zurück und sprach: Ich habe Unrecht getan, daß ich unschuldiges Blut verraten habe. Sie aber sprachen: Was geht uns das an? Da sieh du zu! Und er warf die Silberlinge in den Tempel, ging fort und erhängte sich.«

Es ist nun nach Mitternacht. Der Karfreitag ist angebrochen.

Red trägt nur noch seine Unterhosen, und seine Hände sind hinter seinem Rücken gefesselt. Er sitzt auf dem Holzgeländer, das um die Empore herum verläuft. Ein dickes Seil liegt um seinen Hals und reicht über seinen Rücken zum Geländer hinunter. Jez hat das Seil an das Geländer geknüpft, das einen stabi-

len Eindruck macht. Das einzige, was brechen wird, ist Reds Genick.
Jez steht neben ihm. Er hat sich eine Dornenkrone auf den Kopf gesetzt, und ein paar Blutstropfen laufen ihm über die Stirn in Richtung Augenbrauen. Er scheint es gar nicht zu bemerken. Neben ihm auf dem Boden steht ein Teller mit Essen.
Red versucht, sich gegen das Entsetzen zu wappnen. Zeig ihm nicht deine Angst. Gib Jez nicht die Befriedigung.
Jez hat sein Handy in der rechten Hand und ein Skalpell in der linken. Der Silberlöffel – der letzte der zwölf – liegt neben seinen Füßen auf dem Boden.
Er bindet Reds Hände los und gibt ihm das Handy.
»Du weißt es, nicht wahr? Du weißt, daß du mich verraten mußt?«
Red nickt.
»Sag es.«
»Ich weiß, daß ich dich verraten muß.«
Jez nimmt eine Scheibe Brot, reißt ein kleines Stück ab und tunkt es in eine kleine Schüssel.
»Der die Hand mit mir in die Schüssel taucht, der wird mich verraten.«
Jez drückt Red den Klumpen in die Hand und schließt mit seinen Fingern Reds Finger darum. Er legt seinen Mund an Reds Ohr.
»Was du tun willst, tue sogleich. Dein letzter Verrat, Red. Tu es. Verrate mich an die Behörden. Ruf die Polizei an. Ruf Kate an. Ja, ruf Kate an. Sag ihr, was ich getan habe. Verrate mich an die Polizei. Sie werden kommen, sobald du tot bist, und sie werden mich vor Gericht stellen, wie die Römer Jesus vor Gericht stellten. Dann wird es die ganze Welt erfahren. Na los. Ruf die Polizei an.«
»Und dann wirst du mich hängen?«
»Nein, du wirst dich selbst erhängen.«
»Und wenn ich mich weigere?«
»Das kannst du nicht. Das wirst du nicht. Es ist dein Schicksal.«

Jez' Mission zieht Red nach unten wie Treibsand. Aber in diesem Treibsand hier wird man nicht schneller heruntergezogen, wenn man sich wehrt. Wenn er sich hier wehrt, dann bleibt er vielleicht am Leben. Wenn er nachgibt, ist er verloren.

Red nimmt Jez' Telefon und wählt Kates Nummer.

»Kate Beauchamp.«

»Kate, hier spricht Red.«

»Hallo Red. Wie geht es dir?«

Ihre Stimme klingt so verdammt normal, daß sie von einem anderen Planeten kommen könnte.

»Kate ... es ist nicht Duncan. Es ist Jez.«

»Was? Was ist Duncan nicht?«

»Der Killer. Der Apostel-Killer. Es ist Jez. Er ist es.«

»Red, wovon zum Teufel sprichst du?«

»Er ist hier. Er wird mich gleich hängen. O Gott, Kate ... du mußt mir helfen.«

»Wo bist du?«

»Ich bin zu – «

Jez reißt Red das Telefon aus der Hand und klappt es zu.

»Und jetzt erhäng dich.«

Ich bin zu ... Kate wird wissen, daß es heißen sollte *Ich bin zu Hause.* Er hat all seine Opfer in ihren Wohnungen und Häusern getötet.

Willkürliche Gedanken schwirren Red durch den Kopf.

Philip Rhodes, der letztes Jahr vom Geländer im Fulham herunterhing. Wie es angefangen hat, so wird es auch enden. Mit seinem Körper, der leblos von dem Geländer herunterbaumelt.

Vielleicht wird Kate ihm nicht glauben. Sie und Jez ... vielleicht ist sie die letzte Person auf Erden, die ihm glauben wird.

Es ist allgemein bekannt, daß sich niemand gegen seinen eigenen Willen erhängt. Das macht einfach niemand. Niemand wird aus freien Stücken ins Jenseits springen. Man muß ihn entweder bewußtlos schlagen oder austricksen.

Hier gibt es weder Tricks noch rohe Gewalt.
Red wird sich nicht erhängen. Er wird nicht die Rolle des Judas übernehmen. Wenn Jez will, daß er hängt, dann muß er sich selbst darum kümmern.
Red blickt Jez an.
»Fick dich ins Knie.«
Er sieht Jez durch einen Lichttunnel, in dem ihre jeweiligen Willen gegeneinander ankämpfen. Die Kraft von Jez' Überzeugung prallt gegen Reds Brust und wirbelt in seinem Kopf herum, ein göttlicher Wind, der ihn dazu treiben will, vom Geländer zu springen. Red sträubt sich gegen den Hurrikan.
Sei stark. Gib nicht nach.
Red klammert sich mit aller Macht an dem Geländer fest.
Genau in diesem Moment begreift Jez, daß sein Judas nicht die ihm zugeteilte Rolle spielen wird. Und genau in diesem Moment erkennt Red, daß er den Kampf gewonnen hat.
Und dann legen sich Jez' Hände grob auf Reds Schultern und schubsen ihn nach vorne. Red verliert langsam die Balance, während sein Rumpf in die Horizontale geht. Er verspürt Schmerzen in den Armen, als sie sich verdrehen und versuchen, seinen fallenden Körper festzuhalten, und seine Finger lösen sich vom Holz. Er fällt immer schneller, und seine Hände greifen blitzschnell nach seinem Hals und packen die Schlinge, bevor sie sich zuzieht. Der Schmerz auf der Innenseite seiner Knöchel und an seinen Fingerspitzen ist unerträglich, als das Seil zu Ende ist und sich die Schlinge zuzieht.
Nur acht Finger und zwei Daumen umklammern das Seil. Eine ziemlich dürftige Barriere zwischen Leben und Tod.
Red strampelt hilflos mit den Beinen und versucht, das Seil vom Geländer zu lösen. Das Seil gräbt sich in seinen Hals und zwingt gleichzeitig seinen Kopf nach hinten und sein Gesicht nach oben.
Jez beugt sich über das Geländer. Das Skalpell glänzt in seiner Hand.

Reds Mund ist völlig schutzlos, als er nach Luft schnappt.
Jez' Gesicht unter der Dornenkrone ist völlig konzentriert, und sie sind einander so nah, daß sie sich küssen könnten.
Das Skalpell ist in Reds Mund.
Er bemerkt den scharfen Geschmack von Blut, als das Skalpell seine Zunge verletzt. So wie Red es sich vorgestellt hat, als er sich Philip Rhodes' Haus ansah.
Seine letzte Chance.
Red löst die Finger seiner rechten Hand von der Schlinge und ballt sie zu einer Faust. Die Schlinge zieht sich plötzlich an den Stellen, an denen jetzt keine Finger mehr sind, enger um seinen Hals zu, und er dreht seinen Kopf ein wenig zur Seite, um den Druck zu verringern.
Red schwingt seine Faust in blinder Hoffnung nach oben. Er hört ein Knacken, als seine Knöchel auf Knochen und Knorpel treffen. Jez jault überrascht auf, läßt das Skalpell los und preßt seine Hand gegen sein blutendes Gesicht. Das Skalpell gleitet in Reds Rachen, und Panik steigt in ihm hoch.
Ich werde die Klinge verschlucken, o Gott, ich werde sie hinunterschlucken, und sie wird meine Innereien zerfetzen.
Red beugt den Kopf gegen den Druck des Seiles nach vorne und schiebt mit der Zunge das Skalpell zurück in den vorderen Teil seines Mundes. Die Klinge stößt gegen die Rückseite seiner Zähne.
Red greift in seinen Mund und zieht das Skalpell heraus.
Jez nimmt seine Hand von seinem Gesicht und schnaubt Blut durch seine Nase. Er beugt sich wieder vor, packt Reds linke Hand und versucht, seine Finger von dem Seil zu lösen.
Wenn Red dies zuläßt, wird er sterben.
Red hat immer noch das Skalpell in der rechten Hand. Er schlägt damit nach Jez. Die Klinge geht durch das Gummi des Neoprenanzugs und bohrt sich in Jez' rechte Seite, genau in die Stelle, an der Jez sich selbst geschnitten hat, als er im Dezember an Thomas Fairweathers Bett saß.
Jez stößt einen Schrei aus, als das Messer das vernarbte Gewebe

aufreißt. Er läßt Reds Finger los und preßt beide Hände auf seine Seite, während er rückwärts gegen die Wand stolpert.
Red greift nach oben und versucht, das Seil mit dem Skalpell durchzuschneiden. Das Seil bewegt sich ruckartig hin und her. Er hat nicht genug Kraft, um es durchzuschneiden.
Ich muß das Seil strammziehen. Dann kann ich es durchschneiden. Aber ich kann nicht das Seil mit einer Hand strammziehen und gleichzeitig durchschneiden. Ich brauche meine linke Hand, um es festzuhalten und die rechte, um es durchzuschneiden. Und meine linke Hand muß das Seil daran hindern, mir die Luft abzuschnüren.
Jez liegt immer noch an der Wand und versucht, die Blutung an seiner Seite zu stillen.
Er hat keine Wahl.
Red läßt die Schlinge los. Sofort zieht sie sich um seinen Hals zu. Nichts kann jetzt noch verhindern, daß er erstickt.
Mach schnell.
Red greift mit der linken Hand nach oben und packt das Seil. Er legt das Skalpell an die Stelle des Seils, wo die Spannung am größten ist, direkt oberhalb seines kleinen Fingers, und beginnt zu sägen. Es ist keine Luft mehr in seinen Lungen, als sich seine Luftröhre unter dem Druck des Seils zusammenzieht. Schwarze Pünktchen tanzen vor seinen Augen.
Komm schon.
Er wird ohnmächtig werden, bevor er sich retten kann. Und wenn er ohnmächtig wird, wird er sterben.
KOMM SCHON.
Aus den Augenwinkeln sieht Red eine Bewegung. Jez schiebt sich hoch und beugt sich über das Geländer. Das Blut glänzt auf seinem Neoprenanzug.
Jez greift nach Reds rechter Hand, die das Skalpell hält.
Red verspürt starke Schmerzen in seinen Fingern, als Jez versucht, ihm das Skalpell wegzunehmen.
Red steht kurz davor, das Bewußtsein zu verlieren. Das Vergessen lockt, schwarz und grenzenlos.

Dann geben die letzten Fasern des Seils nach und Red kracht zwei Meter nach unten auf den Boden.

124

Zwei Männer, blutbeschmiert, aber ungebrochen.
Red liegt zusammengekrümmt auf dem Boden und löst mit zitternden Fingern die Schlinge. Jez stolpert die Treppe herunter auf ihn zu und hinterläßt ungleichmäßige, dunkelrote Blutstreifen auf der Wand, an der er immer wieder abprallt.
Red zieht die Schlinge über den Kopf und wirft sie auf den Boden.
Jez ist jetzt am Fuß der Treppe.
Red bringt sich mühsam auf die Füße und wedelt mit dem Skalpell vor sich her.
»Verpiß dich, Jez.«
»Ich kann nicht.«
»Ich gehöre dir nicht, Jez. Ich komme nicht mit dir.«
»Du kannst nicht dagegen ankämpfen, Red. Du kannst nicht gegen deine Bestimmung ankämpfen.«
Du kannst nicht gegen deine Bestimmung ankämpfen. Du bist der, der den göttlichen Willen ausführt.
Du kannst nicht gegen das ankämpfen, was du bist.
Jez will einer von uns sein, aber er wagt es nicht. Ein Teufel, der vorgibt, auf der Seite der Engel zu stehen.
Ich frage mich, wie es wäre, dich zu töten, dir die Nase abzubeißen, dir das Ohr abzureißen, während das Blut hoch in die Luft spritzt, wie es sich anhört, wenn du dein Leben aushauchst.
Red verzieht das Gesicht zu einer zornigen Fratze, und seine Worte kommen gepreßt hervor.

»Du ... du hast den beschissenen Nerv, mich einen Judas zu nennen?«
Unbändiger Zorn staut sich in Red an, wie eine Welle auf hoher See, die erst unsichtbar ist, während sie an Geschwindigkeit und Stärke zunimmt, und sich dann aufbäumt und an Reds Selbstbeherrschung bricht.
Seine Muskeln werden durch seine blinde Wut angetrieben.
Ich kann es nicht mehr halten, es fließt durch mich hindurch, ich kann es nicht mehr halten.
Jez hält sich wieder die Seite. Er schnappt mit zusammengebissenen Zähne nach Luft.
Red schleudert das Skalpell von sich und stürzt sich mit bloßen Händen auf Jez. Seine Rache strömt durch seine schlagenden Fäuste, seine tretenden Füße wie in der Schlägerei im Pub, nur diesmal ist es real. Jez liegt auf dem Boden, und in seinem Schädel explodieren aufgrund der Schläge kleine Lichter. Er spürt dumpfe Schläge an seinen Rippen und Nieren, als er versucht, sich zu einem Ball zusammenzurollen, und er keucht vor Schmerzen, als ein Fuß ihn in die Hoden tritt. Die Dornen bohren sich in seine Stirn – er hat solche Schmerzen, wo das Blut aus seiner Seite fließt, und ihm ist schwindelig und alles dreht sich, so daß er nichts mehr sehen kann.
Die Schläge hören so plötzlich auf, wie sie angefangen haben.
Jez liegt auf dem Boden und hört, wie Reds Schritte sich entfernen.
Stille.
Jez versucht, sich zu bewegen, aber er kann es nicht. Er ist zu schwach. Irgendwo in seinem Körper sind ein paar Knochen gebrochen.
Der weiche Teppich schmiegt sich an seine Wange.
Wieder hört er Schritte, die sich ihm nähern.
Red zerrt Jez grob auf die Füße und schubst ihn gegen die Wand. Er bekommt kaum noch Luft, als seine gebrochenen Knochen protestieren.

Ein Wort in Jez' Ohr.
»Ausziehen.«
»Kann nicht. Kann ... mich nicht bewegen. Gebrochen.«
Jez sackt gegen die Wand, als Red ihn losläßt und weggeht.
Jez versucht, die Augen zu öffnen. Sein linkes Auge ist völlig zu, und mit dem rechten kann er durch die Schmerzen und das Blut nur sehr verschwommen sehen.
Aber er kann sehen, was ein paar Schritte entfernt auf dem Boden liegt. Was Red geholt hat.
Einen Hammer und ein paar Nägel. Panik dringt durch die Watte in Jez' Kopf und durch das Stechen an seiner Kopfhaut und an seiner Wange, wo die schiefsitzende Dornenkrone sich hineinbohrt.
Red kommt zurück. Er hat das Skalpell in der Hand.
Mit ein paar schnellen Bewegungen schlitzt er den Neoprenanzug auf, bis er in Fetzen auf dem Boden liegt.
Jez trägt jetzt nur noch seine Unterhose, wie all seine Opfer.
Red bringt sein Gesicht dicht vor das von Jez.
»Du hälst dich für den Messias?«
Jez nickt.
»Gut, dann kannst du auch wie der beschissene Messias sterben«, fährt er ihn an, und Spucketropfen spritzen auf Jez' Gesicht.
Red zerrt Jez zu den Doppeltüren hinüber, die von der Küche in das Wohnzimmer führen, und zieht sie zu. Dann packt er Jez' rechten Arm, bis der parallel zum Boden ist. Jez' Hand berührt nun den Türrahmen.
Nägel lassen sich nur schwer in verputzte Wände schlagen, aber ziemlich leicht in Holztürrahmen.
Red spürt die Spannung in Jez' ausgestreckter Handfläche, als er die Spitze des Nagels dagegenhält. Er hält den Nagel mit dem zweiten und dritten Finger seiner linken Hand fest, während er mit dem Hammer in der Rechten ausholt.
Er klopft den Nagel so fest er kann hinein, bis der Kopf des Nagels beinah in Jez' Handfläche verschwindet.

Jez schreit und schreit und schreit.
Red schweigt wie ein Grab und verspürt keinerlei Gnade, als er endlich tötet.
Er treibt zwei Nägel in die rechte Handfläche, reißt Jez' linke Hand hoch, bis sie an der anderen Seite des Türrahmens ist, und hämmert zwei weitere Nägel hinein.
Er kreuzt Jez' Knöchel und schlägt zwei Nägel bis in das Holz der Türen dahinter. Dabei zerstört er die Archillessehnen.
Er kreuzigt einen Mann mit einer Dornenkrone auf dem Kopf.
Zwischen Jez' Schreien sind bruchstückhafte Worte zu vernehmen, die dann jedoch immer deutlicher zu verstehen sind.
»Eli, eli, la'ma sabach-tha'ni? Mein Gott, mein Gott, warum hast du mich verlassen?«
Jez Brust hebt und senkt sich mühsam. Er blickt zu seinem Mörder hinauf und haucht seine letzten Worte.
»Es ist vollbracht.«
Red ist völlig ungerührt, als er sich nach vorne beugt.
»Zusammen mit ihm wurden dann zwei Räuber gekreuzigt, einer zur Rechten und einer zur Linken.«
Er nimmt Jez die Dornenkrone ab.
»Du bist nicht der Sohn Gottes, Jez. Du bist das Stück Scheiße, das neben ihm gestorben ist.«

125

Die Türklingel zerreißt die Stille. Red geht zur Tür und meldet sich.
»Hallo?«
Kates laute, atemlose Stimme dringt an sein Ohr.
»Red. Ich bin's, Kate. Was ist los?«

»Komm rauf«, sagt er und drückt den Türöffner, um sie hereinzulassen. Sie kommt die Treppe heraufgerannt und bleibt abrupt stehen, als sie ihn in der Tür stehen sieht.
»Mein Gott, Red. Du bist ja voller Blut. Was zum Teufel ist passiert? Wo ist Jez?«
Er tritt zur Seite, um sie in die Wohnung zu lassen, und gibt ihr ein paar Minuten mit der Leiche des Mannes, den sie einmal geliebt hat. Als er ihr nachgeht, findet er sie an der Wand zur Küche sitzen. Er läßt sich neben ihr auf den Boden gleiten. Sie rührt sich nicht. Sie versucht nicht, von ihm wegzukommen. Sie weiß, daß er Jez dies angetan haben muß, aber sie hat auch gesehen, was Jez getan hat. Sie kann sich vorstellen, was Red in den vergangenen Stunden durchgemacht haben muß, die ihm wahrscheinlich wie eine Ewigkeit vorgekommen sind.
»Es tut mir leid, Kate«, sagt er. »Ich wußte nicht, daß er es ist. Ich wollte nicht, daß er es ist.«
Sie vergräbt ihren Kopf an seiner Schulter. Er kann spüren, wie sich ihr Mund beim Sprechen bewegt.
»Was ist passiert?« fragt sie.
Er legt einen Arm um sie und preßt seine Wange an ihren Kopf. Er braucht ewig, bis er ihr antworten kann.
»Ich werde es dir auf dem Revier erzählen«, sagt er.

126

Freitag, 21. April 2000

Der Wasserfleck am Fenster in Reds Gefängniszelle wird immer größer.
Er liegt auf dem Bett und hat die Hände hinter dem Kopf verschränkt. Entfernte Stimmen hallen draußen durch die höh-

lenartigen Gänge und vermischen sich mit den Gedanken, die ihm durch den Kopf gehen.

Heute ist Karfreitag. Es ist über ein Jahr vergangen, seit er zusammen mit Kate in das Paddington Green Revier gegangen ist und sich wegen des Mordes an Detective Inspector Jeremy Clifton gestellt hat, mit der einzigen Bitte, daß Kate bei seinem Verhör anwesend sein möge.

Als die ganze Geschichte herauskam, wurde er von unzähligen Leuten besucht, die ihm alle das gleiche sagten: du hast in Notwehr gehandelt, du hattest es mit einem Psychopathen zu tun, du hast der Öffentlichkeit einen großen Dienst erwiesen. Susan, Lubezski und sogar der Commissioner kamen ihn besuchen, und sie alle gingen unverrichteter Dinge. Es machte keinen Unterschied, ob sie ihn anflehten oder ihm gut zuredeten oder ihm drohten. Alles, was sie sagten, stieß auf taube Ohren.

Reds Anwalt wollte, daß er auf nicht schuldig plädierte. Red bestand darauf, sich schuldig zu bekennen. Der Anwalt änderte immer wieder seine Methode und versuchte, ihn dazu zu bewegen, auf zeitweilige Geistesgestörtheit oder verminderte Zurechnungsfähigkeit zu plädieren. Red gab nicht nach. Egal, welchen Gesichtspunkt sein Anwalt auch vorbrachte, Reds Haltung blieb die gleiche: ich war nicht zeitweilig geistesgestört, und meine Zurechnungsfähigkeit war nicht vermindert. Ich habe kaltblütig getötet, und ich wußte genau, was ich tat.

Der erste Schnitt ist immer der tiefste. Der erste Mord fällt am schwersten. Nachdem man erst einmal Blut geleckt hat, wird es immer leichter. Red hat genug Mörder befragt, um das zu wissen.

Er hat den schwierigen Teil hinter sich gebracht, und es hat ihm Vergnügen bereitet. Deshalb freut ihn das lebenslängliche Urteil. Weil es ihm Vergnügen bereitet hat, Jez zu töten. Er läßt sich die Erinnerung immer wieder durch den Kopf gehen, und jedesmal kommt das Gefühl mit einer orgastischen Intensität zurück.

Die Macht über Leben und Tod. Nachdem man sie einmal hatte, gibt man sie nie wieder her. Nachdem man sie einmal benutzt hat, ist es nie wieder rückgängig zu machen.
Red hat es Vergnügen bereitet, und er weiß, daß es schlecht ist. Er ist zu dem geworden, was er verachtet hat.
Die Macht des Verstandes, die Fähigkeit, zwischen richtig und falsch zu unterscheiden, ist das, was den Menschen von anderen Primaten unterscheidet. Red benutzt diesen Verstand, solange er ihn noch hat. Er hat sich gesehen, wie er wirklich ist, und diese Wirklichkeit ist stärker als er. Also hat er dafür gesorgt, daß er irgendwo ist, wo sein Irrsinn kontrolliert werden kann.
Es wird ihn zerstören, aber er wird nicht mehr in der Lage sein, jemand anderen zu zerstören.
Es ist besser so.